Buch

In der sonnendurchfluteten Landschaft Südfrankreichs mit dem silberblättrigen Schimmer seiner Ölbäume und dem herben Harzgeruch seiner Pinien brechen eines Tages zwei junge Menschen mit Familie und Herkommen, weil sie sich lieben. Antoine Desmichel, ältester Sohn eines Gutsbesitzers, und die zigeunerhafte Arnaude, Tochter eines Scherenschleifers, beginnen in der Abgeschiedenheit eines großen Waldstücks am Fuße des rotfelsigen Grand-Cap, nicht weit von Toulon, ihr erfülltes, aber bescheidenes Leben als Köhlersleute.

Zart, aber ohne falsche Scham, realistisch, aber ohne Effekthascherei, schildert Thyde Monnier in diesem, ihrem preisgekrönten Hauptwerk jene elementaren menschlichen Gefühle, von denen die Familiengeschichte der Desmichels bestimmt wird.

... und Autor

Thyde Monnier ist am 22. Juli 1887 in Marseille geboren. Schon als 19jährige erlebt sie einen frühen literarischen Triumph mit einem den Dichter Mistral feiernden Wettbewerbsgedicht. Ihr erster Prosa-Band «Mon Bel Eté» erhält den Pro-Arte-Preis. Nach mehr als zehnjährigem Schweigen erscheint ihr großer Roman «Die Kurze Straße» und im Herbst des gleichen Jahres der erste Teil der hier vorliegenden, 1938 abgeschlossenen Trilogie, für den ihr eine der höchsten literarischen Ehrungen Frankreichs, der Prix Victor Margueritte – Silvestre Bois verliehen wurde.

Thyde Monnier

Liebe – Brot der Armen

Roman

Wilhelm Goldmann Verlag

Titel der französischen Originalausgaben
«Grand-Cap» und «Le Pain des Pauvres»
Übertragen ins Deutsche von Ernst Sander

Made in Germany · 6/82 · 1. Auflage · 1112

Umschlagentwurf: Atelier Adolf und Angelika Bachmann, München
Umschlagfoto: Photofile, New York
Druck: Mohndruck Graphische Betriebe GmbH, Gütersloh
Verlagsnummer: 6467
Lektorat: Gerda Weiss · Herstellung: Peter Papenbrok
ISBN: 3-442-06467-8

Erstes Buch
Der Berg am Meer

I

Arnaude steht auf. Sie umspannt ihren Leib mit beiden Händen, so wie man eine dicke Melone hält. Sie tritt auf die Türschwelle und schaut hinaus.

Die blasse Sonne scheint durch die feinen Piniennadeln – das ist wie ein kleiner Lichtregen. Mit großen, lässigen Pinselstrichen wischt sie immer von der gleichen Seite über die braunen Stämme; auf der andern haftet stets der schwarze Firnis der Nacht. Zwischen den verfilzten Massen der Zistrosensträucher mit den rauhen Blättern, aus denen das Unterholz besteht, trägt jeder der kurzen Grashalme seinen glitzernden Tautropfen, und das Morgenlicht zerlegt ihn spielerisch in alle Regenbogenfarben, daß er aufglänzt wie ein Diamant.

‹Wie spät es wohl sein mag?› überlegt Arnaude.

Als Antoine, Félicien und Joseph weggegangen sind, hat sie noch geschlafen. Die letzten vier Nächte hat sie nicht mehr ruhig liegen können, so sehr hat ihr Leib sie gequält und behindert. Da haben der Vater und die Söhne sich auf den einen Strohsack gelegt, und sie hat allein auf dem der Jungen geschlafen. Die Männer haben zum Grand-Cap hinauf müssen wie alle Tage. Da oben liegt ein Holzschlag, den Antoine Desmichels gekauft hat und der heruntergeschafft werden muß. Dann hat man gutes Feuerholz und schöne Holzkohle.

Ein heftiger Schmerz, wie von einer Eisenzange, der sich von einer Hüfte zur andern durch sie hinwindet, lenkt Arnaudes Gedanken ab. ‹Hu, hat es diesmal aber weh getan.› Sie krümmt sich über ihre Bürde und denkt: ‹Ja, jetzt ist es soweit. Das Kind will zur Welt.› Sie überlegt, ob sie wieder allein niederkommen wird, wie damals, als Félicien geboren wurde, an dem Tage, da Antoine zu weit weg im Walde gewesen ist, um sie hören zu können. Der Schmerz verebbt . . . Das nimmt Arnaude rasch wahr; sie tut ein paar Schritte ins Freie. Unter den dichtstehenden Bäumen schleppt sie sich vorwärts. Wenn sie nur bis zur Lichtung käme – dann würde ihre Stimme weiterdringen. Sie kommt hin; sie ruft:

«Antoine! Félicien! Antoine!»

Sie denkt: ‹Das bringt mich noch um! Ich kann nicht mehr!›

Sie legt sich auf die Erde und hört, wie das Blut in ihr in großen Wirbeln kocht und ihr zu Kopfe steigt. Sie schließt die Augen; ein Schwindelgefühl bemächtigt sich ihrer, und dann kommen die Erinnerungen.

In den reißenden Schmerzen der Geburt, die sich vorbereitet, denkt sie zurück an die Geburt ihres Sohnes Joseph, dann an die ihres Sohnes Félicien und dann immer weiter zurück in die Vergangenheit, an ihre Hochzeit, und wie sie sich Antoine gegeben hat: sie hat sich ihm dargeboten wie ein Ackerstück, damit er sie bestelle, besäe und fruchtbar mache.

In welche Fernen entgleitet man, wenn man nachdenkt! Die Züge, die die Nacht durchrasen wie Kometen und einen Schweif von Funkensternen hinter sich lassen, stürmen weniger schnell ihrem Ziele entgegen als Arnaudes Gedanken der Vergangenheit. Sie denkt an das erstemal, da sie gesehen hat, daß dieser Junge von La Guirande, dieser Antoine Desmichels, dieser Sohn reicher Leute, ein trauriges Gesicht gemacht hat. Denn wenn sie einander vor dieser Stunde getroffen hatten, dann war es immer inmitten lachender Tanzvergnügungen gewesen oder in heimlichen Schlupfwinkeln an der Straße, wo sie an nichts gedacht hatten, als einander in den Armen zu halten. Damals war ihre Freude am Beieinandersein vom süßen Saft einer Frucht erfüllt gewesen, die man frisch vom Baum gepflückt hat. Sie hatten sich daran berauscht, und es war kein anderer Geschmack auf ihre Lippen gekommen. Am Sankt-Marien-Tage, der das Dorffest von Bellaïgue ist, war Vater Desmichels mit seiner ganzen Familie erschienen. Sie hatten an einem der Tische unter den Platanen gesessen, und der Alte hatte seiner Frau und seinen Kindern, die um ihn herumsaßen, Limonade kommen lassen. Nur Antoine, der Älteste, war nicht dabeigewesen. Und gerade diesen Ältesten ließen die Augen des Alten nicht los, als er, im aufwirbelnden Staub, von ungefähr an ihm vorübertanzte. Und als er innegeworden, daß der Sohn schön und von gutem Wuchse war, da wurde er sich bewußt, daß Antoine immer mit demselben Mädchen tanzte. Und da sah er auch das Mädchen an. Und da erkannte er die junge Tochter des Scherenschleifers, die nach La Guirande gekommen war, um die Werkzeuge zum Schärfen abzuholen und dann wiederzubringen. Da fiel ihm ein, daß zwischen ihr und seinem Jungen Blikke gewechselt worden waren, zwischen den Feueraugen des schönen Mädchens und den Augen seines Sohnes, die wie ruhige Seen waren.

Er goß die Neige seines Bieres auf die Erde, und sein Glas, das er heftig auf die Tischplatte setzte, schlug hart auf das Holz.

«Ist recht so!» schrie er den Kellner an und warf ein Fünffrankenstück zwischen die Flaschen.

«Gehen wir?» fragte Félicie.

«Ja», sagte der Vater.

«Jetzt schon?» fragte Marguerite.

Félicie half ihrem Jüngsten, dem kleinen Florestan, vom Stuhl herunter und schob die Mädchen vor sich her.

Der Vater beäugte die tanzenden Paare. Als Antoine herankam, rief er:

«Los, Antoine, wir gehen!»

«Ich komme nach», antwortete der Junge.

Sein Gesicht leuchtete vor Glück; es flammte wie ein Sandbeerbaum im Herbst; er lächelte seinem Vater zu, und sein halb geöffneter, schimmernder, feuchter Mund war ganz dicht vor Arnaudes Mund, der gleichfalls offen war und erfüllt von aller Süße des Daseins.

Desmichels witterte schlimme Dinge; er sah die beiden Körper zueinander drängen; sie berührten einander auch jetzt noch, obwohl sie nicht mehr tanzten. Er sagte:

«Nein, du kommst gleich jetzt mit uns.»

Antoines Arme, die um Arnaudes Hüften lagen, lockerten sich und fielen herab, abgeschnittene Schlinggewächse.

Er sah seines Vaters voll auf ihn gerichtete Augen und schlug die seinen nieder.

«Gut», sagte er.

Arnaude war nach dieser Verabschiedung reglos stehengeblieben, aufrecht und stumm; spöttisch lächelnd belauerten sie die Tanzenden.

«Also auf Wiedersehen morgen», sagte Antoine. Und mit diesem herausfordernd-trotzigen Wort verließ er das Fest.

Desmichels nahm ihn beim Arm. Félicie ging mit den Kleinen voraus.

«Also», sagte der Vater, «du gibst dich immer noch mit dieser Landstreicherin ab?»

«Ja», sagte Antoine ruhig.

Er ballte die Fäuste in den Hosentaschen.

«Vielleicht bist du so freundlich . . .», sagte der Vater.

«Sie ist keine Landstreicherin», sagte Antoine. «Ich will heiraten.»

«Die da etwa?» fragte der Vater.

«Ja», sagte Antoine.

«Ich glaube», sagte der Vater, «du machst Witze.»

«Nein», sagte Antoine.

«Ich habe dir niemals was in den Weg gelegt», sagte der Vater. «Aber die . . .»

Sie stiegen in den kleinen Wagen: Félicie mit den Kindern saß hinten; sie plapperten und tuschelten, in die Ecken gedrückt. Sébastien und Pierre waren schon groß; sie hatten zugehört und versuchten, auch das, was jetzt kam, aufzuschnappen.

Desmichels setzte sich wie gewöhnlich neben Antoine, der die Zügel führte. Aber sie sprachen nur von landwirtschaftlichen Dingen. Als sie in La Guirande angekommen waren, hielt sich der Vater in Antoines Nähe, der den Wagen in den Schuppen schob, und sah ihm zu, und dann fragte er:

«Wie heißt sie?»

«Arnaude», sagte der Junge.

«Und weiter?»

«Das weiß ich nicht.»

«Lächerlich», sagte Desmichels. «Nicht einmal ihren Namen kennst du.»

Er spie aus und ging weg.

All das hat Antoine seiner Frau erzählt, später. Was Arnaude nicht vergessen kann, nächst den Erinnerungen an die Zusammenkünfte mit ihren Zärtlichkeiten und nächst dem Geschehnis beim Dorffest, das ist der Tag, da sie ihren Mann bei dem elenden Loch von Haus hat ankommen sehen, wo sie mit ihrem Vater wohnte, in den Felsen, oberhalb des Dorfes. Schon von weitem hatte er ihr zugelächelt aus blassem, verzerrtem Gesicht, wie ein kleiner Junge, der Schmerzen hat. Es wunderte sie, daß er ein Bündel auf der Schulter trug, und daß er Nans, den Hirten von La Guirande, bei sich hatte. Antoine hatte sich auf einen Stein gesetzt, und Nans hatte sich gleichfalls hingesetzt mit denselben sich zusammenkrümmenden Bewegungen, als sei er Antoines Schatten; genau wie der Schatten einer Elster sich gleichzeitig mit der Elster hinsetzt und nicht vom Flekke weicht, bis der Vogel davonfliegt.

«Was ist denn geschehen?» hatte Arnaude gefragt.

«Ich bin vom Gut weggegangen», hatte Antoine geantwortet.

«Wieso? Weggegangen?» hatte Arnaude gefragt. «Auf wie lange?»

«Auf immer.»

«Vom Gut? Von La Guirande? Deinem großen Hause?»

«Ja», hatte Antoine geantwortet.

Dann hatte er den Kopf gesenkt, und Nans hatte ebenfalls den Kopf gesenkt.

«Und warum?» hatte Arnaude gefragt, und die Worte waren ihr im Halse stecken geblieben.

«Mein Vater will nicht, daß wir heiraten, und hat mich vor die Wahl gestellt, entweder auf das Gut zu verzichten oder auf dich.»

«Oh!» rief Arnaude, «und du hast dich für mich entschieden?»

«Ja», sagte Antoine.

Er hob den schweren Kopf, der ihm auf die Brust gesunken war; der Wind, der vorüberstrich, nahm spielerisch sein Haar in seine Windhände und ließ es in der Luft tanzen.

Antoine richtete sich hoch auf und öffnete jäh sein Leinenhemd. Mit nacktem Oberkörper reckte er sich und ballte die Fäuste seiner straff ausgestreckten Arme. Er striegelte sein Haar mit dem Kamm seiner zehn Finger; mit jenen zehn Fingern fuhr er sich rauh übers Gesicht, die Stirn, die Wimpern, die Nase, den Mund, den er verzog. Er fuhr sich über die buschig behaarte Brust, die harten Brustwarzen. Über seinen flachen Jungmännerbauch glitten seine zehn Finger, und dann streckte er Arnaude wie ein Opfernder seine Hände hin. Er sagte:

«Ich habe mich für dich entschieden. Komm, küß mich.»

Arnaude warf sich ihm entgegen.

«Danke», sagte sie. «Ich werde es dir nie vergessen.»

Nans war aufgestanden und sah die beiden an. Sie spürten, bis wohin sein Blick drang.

«Du siehst», sagte Antoine und hielt Arnaude an der Schulter, «der Hirt hat gleichfalls seine Wahl getroffen. Da unten hat er in aller Ruhe eine auskömmliche, angesehene Stelle gehabt. Und als er mir nachgelaufen ist auf meinem Abschiedswege, da ist es mir schwergefallen, zu glauben, daß er um meinetwillen auf seinen geruhsamen Lebensabend verzichtete, um mir zu folgen; und dennoch ist es so. Er hat mich eingeholt und ist im gleichen Schritt neben mir gegangen und hat kein Wort gesagt, und ich, ich habe gefragt:

‹Weißt du auch, was du tust, Nans? Du kommst mit mir?›

‹Ja, ich komme mit dir›, hat er gesagt.

‹Du gehst fort von La Guirande?›

‹Weil du auch fortgehst.›

‹Warum?› habe ich gefragt.

Und er hat gesagt:

‹Weil ...›

Ich habe es nicht verstanden.»

Antoine wandte sich nach dem Hirten um, und da Arnaude mit ihrem ganzen Körpergewicht an ihm lehnte, wandte auch sie sich um:

«Und selbst jetzt», sagte er, «verstehe ich es nicht.»

«Es gibt da auch nichts zu verstehen», sagte Nans. «Nur dieses, daß ich lieber mit dir gehe, als daß ich ohne dich in La Guirande bleibe. Ich habe dich schon als ganz kleinen Jungen gekannt, das ist alles, und du bist immer gut zu mir gewesen, und da möchte ich nicht, daß du allein ins Leben hinausgehst mit deiner Frau. Oder wollt ihr mich etwa nicht?»

«Dich nicht wollen?» rief Antoine. «Bist du verrückt? Nur daß du viel aufgibst mit deiner Stelle auf dem Gute, und ich, was könnte ich dir statt dessen geben? Ich habe nichts, wie du weißt. Nun ich mich mit meinem Vater überworfen habe, bin ich ärmer als einer, der sich verdingen muß ...»

«Ich habe nichts von dir verlangt», sagte Nans.

«Was willst du denn nun anfangen?» fragte Arnaude ängstlich.

«Wie ich schon gesagt habe: mir eine Stelle suchen», sagte Antoine. «Ich finde schon ein Unterkommen als Tagelöhner. Oder könnte ich nicht zusammen mit deinem Vater Scheren schleifen?»

«Nein», sagte Arnaude, «das mag ich nicht; das schickt sich nicht für dich.»

«Nein», sagte Nans, «ein Desmichels-Sohn, der geht nicht auf die Walze. Und bei jemand anders in Dienst gehen, das paßt auch nicht für dich.»

«Also?» fragte Antoine.

«Also habe ich mir etwas ausgedacht. Du kennst doch den Grand-Cap, das Gebirge? Grand-Cap, kurz und bündig, sagt man meistens, und dann wissen die Leute hierherum, daß man von dem großen roten Felsrüssel spricht, hinter dem Gapeautal, von wo aus man das Meer sieht, nach Toulon hin ...»

«Ich weiß», sagte Antoine.

«Na, und da oben, auf halber Höhe, habe ich ein Stückchen Land, weiter keine große Sache, bewahre, mehr Steine als guter Boden, nur Pinien wachsen da und Heide und Wacholder; aber die Bäume sind schön, und es ist lange her, daß da oben gefällt worden ist. Aber es würde dir wohl nicht liegen, Kohlen zu brennen?»

«Doch», sagte Antoine.

«Wenn du willst, gehen wir hin. Es steht da auch ein kleines Haus, nur mit einem Zimmer; man könnte anbauen, einen Schuppen, und eine Erdaufschüttung machen. Der Wald daherum gehört mir, und er ist groß genug, um Arbeit zu geben; weiter hinauf reicht er bis Bramafan; das ist ein kleines Holzfällerdorf; und nach unten geht er bis zur Mühle von Sinssol, die den Laurades aus Belgentier gehört, und an die Felder von Plan-Bernard, das dir gehört ...»

«Das mir gehört hat», verbesserte ihn Antoine. «Jetzt gehört es mir nicht mehr; mein Vater hat es mir weggenommen zusammen mit allem übrigen, was ich erben sollte.»

«Es würde dir also zusagen?» fragte der Hirt.

«Ja», sagte Antoine. «Aber da ist etwas, das mich stört. Woher hast du denn das alles?»

«Oh», sagte Nans, «es würde zu lange dauern, wenn ich dir das erzählen wollte, und diese alten Geschichten interessieren dich auch kaum. Aber soviel ist sicher: es ist mein Eigentum, und keiner kann uns da hinauswerfen.»

«Wie denkst du darüber?» fragte Antoine Arnaude.

«Ich? Ich wäre schon einverstanden», sagte sie. «Wir wären dann immer beieinander.»

«Und dein Vater?»

«Mein Vater, der hat sein Handwerk. Er geht wieder fort. Er muß immer unterwegs sein; das mag er.»

«Wir könnten es uns einmal ansehen.»

«Sobald du willst», sagte Nans.

«Man wird schwarz beim Kohlenbrennen», sagte Antoine zu

Arnaude. «Macht dir das nichts aus? Ich würde dir die Betttücher schmutzig machen.»

«Ich helfe dir», sagte Arnaude. «Dann sind wir alle beide schmutzig, und es fällt weniger auf.»

Sie küßten einander.

«Ihr seid mir die Rechten», sagte Nans.

«Ein Mädchen wie die da, ganz Herz von oben bis unten», sagte Antoine, «meinst du nicht, daß die alle Guiranden der Welt aufwiegt?»

Nans hatte sich abgewandt.

«Wahrscheinlich kannst du das gar nicht nachfühlen, armer Nans; denn vielleicht hast du so was niemals gehabt?»

«Nein», sagte der Hirt, «niemals.»

Antoine hatte den Kopf in Arnaudes Schoß gebettet, und Arnaude streichelte mit beiden Händen sein Haar.

«Ach», sagte er, «glaub nur: das wiegt alles auf!»

«Ich glaube es dir», sagte Nans. «Aber wo bleiben wir über Nacht?»

«Dort», sagte Arnaude, «in der Scheune.»

«Und dein Vater?» fragte Antoine abermals.

«Er kennt dich. Ich habe ihm oft genug von dir erzählt. Er ist mit dir als Schwiegersohn einverstanden. Jetzt ist er unterwegs; aber er kommt wieder. – Kommt ins Haus. Ich will ein Kaninchen schlachten; ich habe ja vier; und dann gibt es Kaninchenklein.»

«Das ist dann das Verlobungsessen», sagte Antoine.

Er war in Arnaudes Haus gegangen.

«Jetzt gehörst du mir», hatte er noch gesagt.

Arnaude hatte das Feuer angesteckt und angefangen, das erste Abendessen zu kochen, das sie gemeinsam essen sollten.

Heute denkt sie:

‹Wie lange ist das her! Und wie manchesmal haben wir Kaninchenklein und Kartoffeln und Tomatensuppe am gleichen Tisch gegessen und stets mit guten Worten, ohne Zank und Streit. Zuerst mit meinem Vater und Nans zusammen und dann ohne meinen Vater, nach der Hochzeit, und dann ohne den Hirten, als Nans gestorben war. Aber andere sind gekommen, die Kinder, Félicien, Joseph ... Und jetzt kommt noch eins dazu. Wenn es ein Mädchen wäre, würde ich mich freuen, wenn ich auch nicht weiß, was ich damit anfangen soll. Ich bin eine

Jungmutter, weil ich zuviel Kraft habe, wenn ich auch nicht danach aussehe.›

Ein Schmerz, der sie wie ein Messerschnitt durchdringt, erweckt sie aus ihren Wachträumen. Im Schweigen des Waldes, das um sie ist wie ein weiches Tuch, hört sie ihre Kinnladen klappern – so sehr leidet sie. Sie lehnt sich gegen einen Pinienstamm und beugt sich abermals über ihre Leibesbürde. Ein großes Wellen bebt durch ihr Fleisch. Sie hört im Innern einen Ruf, den nur sie vernehmen kann, und flüstert zärtlich:

«Ja, Kleines, ja ...»

Ihr ist, als habe in ihr ein Sichregen geantwortet.

Das gibt ihr neue Kraft. Sie richtet sich auf und ruft wieder:

«Antoine! Antoine!»

Sie rafft alle Sinne zusammen und horcht nach dem erhofften Laut, durch das Laubgeraschel hindurch, und endlich trägt ihr die Luft den fernen Ruf zu, der auf ihren Ruf antwortet:

«He-oh!»

Da kommt sogleich eine Beschwichtigung über sie, die alle Leiden lindert. Sie kann zum Haus zurückgehen. Sie weiß jetzt, daß Félicien hinauf nach Bramafan gegangen ist und die Frau holt, die ihr beistehen kann, und daß sie alle zusammen kommen werden. Sie braucht nichts zu tun, als zu warten. Antoine wird da sein und das Kind hinnehmen.

2

JETZT, nun die Zeiten des Jungseins und Mutterwerdens fern sind, macht es Arnaude Desmichels, einer Frau mit leeren Armen, Freude, daran zu denken, wie das Leben in gleicher Weise noch ein Dutzend Jahre nach dieser Geburt weitergegangen ist. Im gelben Licht der Petroleumlampe in der Kohlenbrennerhütte saß abends jetzt zwischen Félicien und Joseph der hübsche kleine Ollivier. Antoine sah sie an und war glücklich, daß er drei Söhne hatte. Er sagte:

«Wenn er so alt wie seine Brüder ist, dann sind wir vier Männer und werden tüchtig schaffen. Man könnte in Solliès oder in Bellaïgue eine Holz- und Kohlenhandlung aufmachen und zufrieden sein. Dann kannst du dich ausruhen, Mutter. Du hast es verdient.»

Er hatte in seinen Plänen keinen Raum für den Krieg gelassen. Aber dennoch war der Krieg gekommen und hatte sich rücksichtslos Bahn gebrochen.

Eines Nachmittags, als Antoine Desmichels und Félicien am Meiler arbeiteten, und Ollivier und Arnaude ihnen halfen, hatten sie den Briefträger auf einem Waldwege kommen sehen, den er sonst nie benutzte.

Antoine hatte ihm zugerufen:

«Hallo, Tesseire! Hast du dich auch einmal zu uns herauf verlaufen?»

Aber der hatte nicht einmal gelacht und war nur stehengeblieben, um zu sagen:

«Guten Tag, alle miteinander, der Krieg ist erklärt.»

Es war, als habe er für einen Augenblick eine Last abgesetzt, die er nicht länger zu tragen vermochte.

Arnaude erzählte, wenn sie auf diesen zweiten August zu sprechen kam:

«Er war wie betrunken, der Mensch, als er diese gewichtige Nachricht überall herumtragen mußte. Und er hat alles auf einmal gesagt, als er alle Einzelheiten erzählen wollte: daß in den Städten einer noch lauter schreie als der andere, und zwar wegen einer Geschichte, die sich da ganz unten zugetragen habe, in Ländern, von denen man kaum wisse, ob es sie überhaupt gebe, in Österreich, weiß der Teufel wie weit weg, wegen eines Erzherzogs, einer Art Fürst, der ermordet worden sei.

Mein armer Antoine, der hat gerade noch dazwischensagen können:

‹Die da, die behält den Kopf oben.›

‹Ach, du, du hast noch Zeit›, hat Tesseire gesagt, ‹Du bist ja Jahrgang zweiundsiebzig. Aber deine Jungen ...›

Joseph war damals schon seit einem Jahre Soldat, und sie hatten ihn mir ins Elsaß geschickt. Félicien, der war vierundzwanzig, und der war also gerade recht! Aber ich habe es gar nicht so schnell fassen können, daß um dieses weiß der Himmel Erzherzogs willen, von dem keine Menschenseele jemals was gehört hatte, unser Ältester uns mitten im Kohlenbrennen verlassen und denen ihren Krieg mitmachen mußte.

‹Der Mobilmachungsbefehl ist überall angeschlagen›, hat Tesseire noch gesagt. ‹Wiedersehen ... Ich habe viel zu tun. Ich muß jetzt noch nach Bramafan hinauf und Bescheid sagen.›

Damit ist er weitergegangen. In Bramafan, dieser Handvoll

schäbiger Häuser auf dem Grand-Cap —: als ob es da junge, taugliche Männer gegeben hätte!

Félicien hatte während der ganzen Zeit kein Wort gesagt. Er war stehengeblieben, wie er dagestanden hatte, die Schaufel voll Erde in der Hand, die er auf den Meiler hatte werfen wollen, als der Briefträger gekommen war.

Ich habe meinen Jungen angesehen, und da ist er ganz blaß gewesen, und die Schaufel in seiner Hand hat gezittert. Er hat gesagt: ‹Plätte mir ein Hemd, Mama. Ich muß weg. Ich muß mich am ersten Tag stellen.›»

Olliviers deutlich ausgeprägte Erinnerungen beginnen mit diesem Zeitabschnitt. Bis dahin hatte er in den Wäldern des Grand-Cap, die beinahe alles waren, was er von der Welt kannte, frei wie ein Eichhörnchen gelebt. Er war zwölf Jahre; er ging nicht mehr allzuoft zur Schule. Wenn die Kinder aus Bramafan an der Hütte vorbeikamen, riefen sie ihn; aber drei von vier Malen versteckte er sich hinter den Holzhaufen und ließ sie ohne ihn hinunter nach Solliès gehen. Dann tat er, als wolle er sie wieder einholen; aber er vertrödelte seine Zeit am Flußufer; dort blieb er stundenlang und sah dem Strömen des Gapeau zu. Die Mutter mußte ihn erst an die fünfzigmal rufen, und sein hohler Magen mußte ihm vom Mittagessen erzählen, ehe er sich entschloß, wieder hinaufzusteigen. Es kostete ihn stets große Mühe, sich von der Freude loszureißen, die er empfand, wenn er dem, was geschah, mit den Blicken folgte und sich völlig seinem Traume anbefahl. Dann war ihm, als entströme das Blut seinen Adern, und sie füllten sich statt dessen mit dem grünen, geheimnisvollen Wasser, das er so sehr liebte.

«Den da», sagte Antoine mißgestimmt, «den sehe ich alles andere als Kohlenbrenner werden.»

«Was möchtest du denn am liebsten werden?» fragte Arnaude den Sohn.

«Ich? Seemann!»

Er stieß das ohne das mindeste Zögern heraus; man merkte, daß er es sich überlegt hatte. Aber da er noch klein war, lachten die andern.

«Abwarten, ob er es sich nicht anders überlegt», sagte der Vater.

«Das ist mir aber gar nicht recht», sagte Arnaude, «daß er aufs Meer hinaus will.»

«Ach, laß nur. Kinder sind kein persönliches Eigentum.»

Von jenem Mobilmachungstage an wurde Olliviers Leben also ganz anders. Mit Joseph ging es schnell. Es kam nur eine einzige Karte von ihm, ganz zu Anfang. Darauf stand nur ein Satz: «Mama, jetzt geht es an die Front. Hoch Frankreich!»

Dann war ein Dienstschreiben gekommen, und darin hatte gestanden, der Soldat «Desmichels, Joseph François,» sei bei einem Sturm auf Poperinghe (Belgien) gefallen. Arnaude hatte bis zur Selbstvergessenheit geweint. Ollivier hatte lange an die Tränennässe denken müssen, die er immerfort auf den Backen, den Händen und den Blusen seiner Mutter wahrgenommen hatte.

Dann kam endlich der Vater wieder. Er war nach einem Lager in der Nähe von Is-sur-Tille abkommandiert worden, und dort war ein so feuchtes Klima gewesen, daß er, der an die Sonne und die trockene Luft seiner Bergwelt Gewöhnte, sehr bald vor Gliederschmerzen lahm gewesen war.

Ollivier hatte starr daneben gestanden, als Antoine an Arnaudes Brust sich über Josephs Tod ausgeweint hatte; er hatte ihn sehr liebgehabt, und der Sohn war ihm eine tüchtige Hilfe gewesen. Doch dann hatte er seine Arbeit als Holzfäller wieder aufnehmen wollen und war in den Wald gegangen, das Werkzeug auf der Schulter. Ollivier hatte Josephs Axt genommen und war hinter dem Vater hergegangen.

Als der Junge eines Abends Reisig bündelte und dabei den Schlägen lauschte, die der Mann gegen eine dem Fallen nahe Eiche führte, wurde er plötzlich stutzig, als der Baum mit ungeheurem Krachen zu Boden stürzte. Er wunderte sich, daß der Vater ihn nicht gerufen hatte, damit er die Seile festlegte, die den Sturz abschwächen sollten. Er lief hin; er sah den Vater nicht; um den gefällten Stamm war Schweigen, und nur die Flucht der heimatlos gewordenen Tiere scholl schwach durch den weiten Pinienwald.

Als er dann zu Boden schaute, sah er, daß das Astwerk des gestürzten Baumes in einer dickflüssigen roten Masse lag, und das war Blut. Das Laub war damit beschmiert, und wirr durcheinander mit dem Gezweig lagen Fetzen – das war alles, was von Antoines Körper übrig war. In seinem Kampf mit der Eiche war der durch den Krieg verbrauchte Mann unterlegen, und der sterbende Baum hatte ihn getötet.

Ollivier stieß einen so fürchterlichen Schrei aus, daß ein alter

Nachbar aus Bramafan, der in einiger Entfernung arbeitete, herbeigelaufen kam, der Meinung, es sei etwas Schreckliches geschehen. Ja, etwas Schreckliches. So schrecklich, daß Arnaude jetzt, so kurz nach dem Tode des Sohnes, keine Tränen mehr hatte. Mit trockenen Augen und entstelltem Gesicht sah sie, wie der zerschmetterte Körper dessen, der sie zur Frau und Mutter gemacht hatte, nach ihrem kleinen Hause hinuntergetragen wurde. Sie hatte einzig durch Antoine und für Antoine gelebt, und so wußte sie jetzt, daß sie so gut wie tot war.

Wenn sie abends allein im Bett lag, in dem sich der Platz des Mannes noch immer durch eine Vertiefung andeutete, konnte sie nicht einschlafen; sie streckte sich nahe der Bettkante aus, ganz als ob Antoine noch dagewesen wäre. ‹Nun will ich an ihn denken›, sagte sie sich. Sie steigerte sich in Antoines Gegenwart hinein wie in eine Freude; die Erinnerung an die Stunde ihrer ersten Begegnung, schon halb vergessen, kam ihr wieder und alles, was ihnen beiden seither widerfahren und geschehen war. Die Hochzeit, die wilde Lust beim Kennenlernen der Liebe, die Geburten der drei Kinder, das harte Köhlerleben, immer mit schmutzigen Händen, die Freude, bei den Mahlzeiten zu fünft am Tische zu sitzen und immer für alle fünf zu essen zu haben, und dann, nachdem der Tag seinen Lauf vollendet hatte, neben dem Manne einzuschlafen, nachdem sie vorher den drei Jungen den Gutenachtkuß gegeben hatte. Sie dachte:

‹Wir waren arm; ja, arm sind wir immer gewesen. Aber wir waren auch glücklich, sehr, sehr glücklich! Es hätte länger dauern müssen, dieses Glück; es war ein Glück, das mit kleiner Flamme brannte, und keiner konnte etwas dagegen haben. Warum hat es nicht noch ein bißchen dauern können? Der Krieg – hätte man für möglich gehalten, daß es so was noch gebe? Man hat doch immer gemeint, dergleichen Sachen kämen nur in der ‹Französischen Geschichte› vor, wie wir sie in den Schulbüchern gelesen haben, ohne uns groß darum zu kümmern, weil es ja doch nicht zu unserer Zeit gehörte. Und nun ist diese Bestie wieder lebendig geworden und hat Antoine und Joseph totgemacht. Und jetzt hat es noch Félicien in den Klauen, dieses Untier, das Tod speit . . .› Félicien stand an der Maas; er schrieb nur selten. Keiner wußte recht, ob er überhaupt noch lebte.

‹Ja, wir sind glücklich gewesen›, dachte sie weiter, ‹man kann überhaupt nicht unglücklich sein, wenn man einander lieb hat. Und ebendarum muß man einander liebhaben; dann geht alles gut.›

«Wir haben unser Brot», hatte Antoine früher manchmal gesagt. Und sie, sie hatte gesagt:

«Und wir haben einander lieb, wir fünf, und darauf kommt es vor allem an. Denn du weißt doch, Antoine: einander gern haben und helfen, das ist das Brot der Armen. Dann schmeckt ihnen das Brot, auch wenn es trocken ist, und es nichts dazu gibt. Diese große Hilfe und Freundschaft untereinander, diese Liebe, wenn du willst...»

«Ja, so ist es», hatte Antoine gesagt.

Und selbst heute noch, nun sie ihres Mannes und Josephs beraubt worden war, als hätte sie ihre beiden Arme eingebüßt, meinte sie: wenn sie noch die Kraft aufbringe, um zu leben und Ollivier am Leben zu erhalten, so sei diese Liebe die Ursache, die gut ist wie das Brot. Aus ihr gewann sie Nahrung und Kraft trotz des Todes ihrer beiden Männer.

‹Auch wenn alles rings um mich zu Asche verginge, würde ich von diesem Brote essen, das einem Mut gibt in Zeiten, da einem das Blut bis in die Fingerspitzen gerinnt. Wohl bin ich mit Händen und Füßen auf mein Kreuz genagelt und trage eine Dornenkrone, die mir die Stirn zersticht; aber wenn ich dennoch allen Mut zusammenraffe und auf der Erde bleibe und meinem Kinde gut zurede – dann liegt das nur an dieser Herzensnahrung, die nicht einmal der Tod mir hat wegnehmen können. Was kann denn der Tod gegen die Liebe ausrichten? Gibt es überhaupt etwas, das der Liebe gegenüber auch nur das mindeste bedeutete? Und kann irgend etwas im Leben die Liebe ersetzen? Nein. Alles andere, Geld, Überfluß, alles, wonach die Leute laufen wie kleine Spinnen, ist nichts. Und wenn man dieses gute Brot hat, dann weiß man, warum man lebt; dann erkennt man den Sinn des Lebens. Das ist mein Glaube.›

Mit solcherlei zärtlichen und törichten Gedanken verbrachte sie ihre Nächte. Tagsüber tat sie, was eine Frau im Hause zu tun hat, wenn sie arm ist und als einzige Hilfe ein Kind hat.

Eines Morgens ging sie zur Bürgermeisterei von Solliès hinunter, um das Geld abzuholen, das ihr durch den Tod ihrer beiden Männer zustand.

«Ich empfehle Ihnen, Schritte zu unternehmen, daß wenigstens Félicien frei kommt», sagte ihr der Bürgermeister. «Er ist doch jetzt Ihr Ernährer.»

Sie schrieb, was man ihr sagte, daß sie schreiben solle, und konnte sich nicht vorstellen, daß das genügen könne, um Félicien dem Kriege zu entreißen. Alle jedoch, die dabei waren, versicherten ihr hoch und teuer, es werde Erfolg haben, und so war sie bisweilen guten Mutes. Aber nach diesen ersten Schritten trat jäh eine Stockung ein. Es wurde ihr mitgeteilt, der Soldat «Desmichels, Félicien Auguste», gelte als vermißt. Als sie zu Haus ankam, nachdem sie auf dem Bürgermeisteramt diese Nachricht erfahren hatte, setzte sie sich, ohne Licht zu machen, auf den niedrigen Küchenstuhl; ihre offenen Hände lagen auf ihren Knien. ‹Jetzt sind sie alle tot›, dachte sie. ‹Joseph, dem hat der Feueratem des Untiers das Herz verbrannt. Der arme Antoine, mein lieber Mann – an dem haben sich die Bäume gerächt, von denen er für mich so viele totgeschlagen hat. Sie haben aus seinem Leib ein totes Ding gemacht. Und nun auch Félicien ... Von dem hatte ich geglaubt, daß ich ihn wiedersehen würde. Man hat so seine Gedanken. Mein Ältester, habe ich gedacht, ob mir den das Schicksal wohl läßt? Er war ja doch der Stammvater eines neuen Geschlechts, und seine Kinder, die auch ein wenig die meinen gewesen wären, hätten Antoines Axt zur Hand genommen. Ja, das hatte ich gehofft; aber nun – was bleibt mir nun? Nicht viel, bis auf den Jungen, der noch zu klein ist, um auf eigenen Füßen zu stehen.›

«Ollivier!» rief sie plötzlich. «Wo bist du?»

«Hier, Mutter», sagte Ollivier. «Dicht bei dir.»

«Komm her!» sagte Arnaude, «komm rasch zu mir! Sie sind ja doch alle tot, und ich habe nur noch dich!»

Sie preßte ihn an sich, und so saßen sie in einer Ecke und rührten sich nicht, bis der Abend kam. Beim Flackerschein der vier Holzscheite, die auf dem Herde brannten, sah Ollivier, wie der Mund seiner Mutter sich bewegte und die frohen Erinnerungen an das Vergangene zu erzählen begann.

3

Zumal von den Desmichels erzählte sie ihm, und sie wurde dessen nicht müde. Sie erzählte ihm, sie stamme aus einer der ärmsten Familien des Landes, und eines Tages sei ihr Vater mit einem kleinen Scherenschleiferkarren nach Bellaïgue gekommen, den ein großer, gelber, zwischen den Rädern angespannter Hund ihm habe ziehen helfen. Im Vorjahre hatte er seine Frau verloren, und nun zog er, um seinen Lebensunterhalt zu verdienen, die Landstraßen entlang bis zu den Alpen und schleppte sein mageres kleines Mädchen mit, das tapfere Augen hatte. Die Kleine ging in die Bauernhöfe und sammelte die Scheren und die Sägeblätter ein, die geschliffen werden sollten. Und in den üppigen Wiesen von La Guirande war sie dann, gegen Ende Mai, Antoine Desmichels begegnet. Als sie am Grabenrand entlang gegangen war (schon damals hatte sie, genau wie später ihr Sohn Ollivier, einen lebendigen Sinn für alle Einzelheiten gehabt), hatte er ihr, war das nicht zum Lachen, hoch von seiner Leiter herunter ein Bündel roter Früchte zugeworfen. Der alte Desmichels, der knickerig war wie nur einer, hatte geschimpft:

‹Bist du verrückt? Kirschen, die man zu zehn Franken das Kilo verkaufen könnte, schenkst du einem Bettelmädchen?›

Am nächsten Sonntag hatten sie einander dann auf dem Markt von Solliès wiedergetroffen. Arnaude hatte an den Tauen herumgelungert, mit denen der Tanzplatz umspannt gewesen war. Sie war sich in ihrem verschossenen Kleide recht jämmerlich vorgekommen, das ihre langen, von der Landstraßensonne verbrannten Beine hatte sehen lassen. Es waren weit hübschere Mädchen als sie dagewesen, bei dem Podium, auf dem zwischen Girlanden die Musikanten gesessen und beim Blasen ihrer Blechinstrumente den Mund dermaßen verzogen hatten, daß man hatte lachen müssen. Und dennoch hatte Antoine seine Dame einfach sitzen lassen, die Tochter eines reichen Kaffeehausbesitzers, und hatte sie zum Tanzen aufgefordert.

Und um dieser Tatsache und um alles dessen willen, was dann gekommen war, empfand sie noch immer, obwohl es schon ein Menschenalter her und obwohl Antoine tot war, eine Dankbarkeit, die ihr die Tränen in die Augen trieb. Sie mußte immer daran denken, wie sie mit neidischen Blicken die jungen, hübsch gekleideten Mädchen angeschaut hatte, die sich über sie lustig machten. Daß sie der reichen Familie Desmichels angehörte, einer der ältesten der Gegend, das bedünkte sie eine Ehre, deren sie niemals überdrüssig wurde.

«Alles, was den Michels gehörte», sagte sie Ollivier, «war so wohlgehalten, gepflegt und satt wie ihre Töchter; es gab ganz einfach nichts Besseres. Jedesmal, wenn du den Fuß auf ein Stück guten Boden setztest, der in seiner Üppigkeit fast erstickte, und fragtest:

‹Wem gehört denn dieser schöne Acker?›

Dann konntest du sicher sein, daß du die Antwort erhieltest:

‹Der? Den Michels natürlich.›

Und wenn du beim Dorffest das hübscheste Mädchen sahst und dann fragtest:

‹Was ist denn das für eine, die so schön herausgeputzt ist?›

Dann bekamst du wieder zur Antwort:

‹Die? Das ist eine Michels-Tochter.›

Und weil es also immer hieß: ‹Die Äcker der Michels, die Töchter der Michels› – da ist der Name Desmichels entstanden.»

Und als nun dieser Sohn aus großer Familie sie gegen den Willen der Seinigen hatte zur Frau haben wollen, da hatte Arnaude willig eine Schuld auf sich genommen, von der sie sicher war, daß sie sie niemals würde abtragen können, auch nicht durch das Leben voller Arbeit und die Kinder, die sie Antoine geschenkt hatte.

Doch von dem vielen Gelde der Desmichels hatte sie nicht das mindeste gehabt.

‹Die willst du?› hatte der alte Desmichels Antoine gefragt. ‹Und dabei könntest du die kleine Guillot von der Seidenspinnerei haben oder Solange vom Kaffee ‹Zum Akazienbaum›, die beide tüchtig was mitbekommen. Aber nein: du mußt natürlich diese Landstreicherin haben, dies Scherenschleifermädchen, das zusammen mit einem Hunde den Wagen zieht, diese Zigeunerin, die aus Ländern kommt, die weit hinter den Alpen liegen . . .›

‹Ja, die will ich›, hatte Antoine gesagt.

Er war von klein auf ein sanfter, ein wenig in sich verschlossener Junge gewesen. Er führte niemals Widerrede, aber er tat nur das, was er sich vorgenommen hatte.

‹Gut, dann nimm sie. Nimm deine paar Lumpen mit, damit du eine Erinnerung an dein Zuhause hast, und bilde dir ja nicht ein, daß du jemals mehr von mir bekommst.›

Damit hatte er Antoine sein Bündel hingeworfen.

Als Antoine hatte weggehen wollen, hatte der Vater gesagt:

‹Warte!›

Auf seinen großen Beinen, die gerade und hart waren wie

zwei Eichenklötze, hatte er sich mitten im Hofe hingepflanzt. Er hatte gerufen:

‹Sébastien! Pierre! Florestan!›

Das waren seine Söhne.

Und dann:

‹Rosine! Louise! Marguerite!›

Das waren seine Töchter. Sieben Kinder hatte er im ganzen.

Dann hatte er zu einem der Fenster hingerufen:

‹Félicie, komm du auch her!›

Das war seine Frau.

Als sie alle dagewesen waren, hatte er zu Florestan gesagt:

‹Lauf hinaus und hole die Knechte und Mägde.›

Das Gesinde, das schon von der Geschichte gehört hatte, kam zitternd und bebend und scharte sich vor ihm zusammen.

Dann hatte er dem Hirten gesagt:

‹Nans, laß die Schafe aus den Ställen und treib sie her.›

Der Hirt, der war schon lange vor der Geburt der Kinder auf den Hof gekommen, und gerade Antoine hatte er am liebsten. Und da er wußte, um was es ging, konnte er nicht anders: er mußte die alten, runzligen Lider vor seinen blauen Augen schließen, damit ihm nicht die Tränen herunterliefen. Aber er hatte gehorcht, und jetzt drängten sich die Schafe um ihn und blökten. Währenddessen hatte auf Befehl des Herrn einer der Knechte an der Seite säuberlich alles aufgereiht, was der Erde dient: die Pflüge und die Pflugscharen zum Auswechseln, das Glättbrett, die stachelige Egge, die wie eine Meeräschengräte aussah, die Dreschmaschine, den Garbenbinder, die langen Heurechen, die Hacken, die Spaten, die Heugabeln, die Schaufeln, die kleinen Pflüge, die Sätücher, die Sensen, die Sicheln, die Schleifsteine in ihren Holzköchern. Nans hatte sich auf einen Steinhaufen gesetzt und schaute zu, als verstehe er nicht, was jetzt kommen werde.

‹Jean›, hatte der Herr zum Pferdeknecht gesagt, ‹mach die Scheunentore auf.›

Die hohen Tore waren auf ihren Eisenrädern zurückgerollt und hatten dem Lichte preisgegeben, was sie an Schätzen hüteten: die Säcke mit Korn und Hafer, sauber zu Reihen geordnet, so, wie die Ameisen ihre Körner hinlegen.

‹Jetzt mach die Kellertüren auf.›

Und die Keller hatten dargeboten, was in ihrem kühlen Dunkel lagerte: die großen runden Fässer und die kleinen, die Bordeauxweinfässer und die violetten Wände der Fuderfässer, in denen der Wein des Jahres milde kochte.

Sechzehn Hektar trugen Reben: schwarze Alicantetrauben, weiße Clairette, kleinbeerige Grenache, riesengroße Aramon und Ugnitrauben, die golden waren wie ein Sonnenuntergang.

In der Ecke neben den Fässern standen sechs große gelbe Fayencekrüge, deren jeder dreihundert Liter Olivenöl enthielt. Das spendeten die Hügel von Combe-Noire. Auf denen bei Les Fumades und Trois-Chênes dagegen wuchsen die Mandelbäume. In der Senkung von Plan-Bernard, dort, wo der Fluß Gapeau die Wiesen feuchtet, wuchsen zwei Reihen Nußbäume. Deshalb standen neben den Mandelsäcken auch Säcke mit Nüssen. Die aß man im Winter als Nachtisch zusammen mit den Feigen, die zum Trocknen auf Holzgestellen lagen, und den Äpfeln, die die Apfelbäume von La Guirande so überreich trugen, daß man sie kaum aufsammelte.

Der Herr überschaute langsam, mit weiten Augen, alle diese Dinge, und dann sagte er:

‹Nans, laß die Pferde heraus.›

‹Die Pferde, Herr?›

Er hatte sich nicht enthalten können, das zu sagen, trotz des ehrfürchtigen Gehorsams, der ihn bis zu dieser Minute hatte schweigen lassen.

‹Die Pferde? Die Pferde soll ich herauslassen? Alle zusammen?›

‹Ja›, sagte die harte Stimme.

Als der Großvater des Herrn gestorben war, der, der das Gut gekauft hatte; als der Vater gestorben war, und an dem Tage, da der Herr das schöne, reiche Mädchen hierher geführt, das er geheiratet hatte; und an den sieben Tagen, da die sieben Kinder geboren worden waren: Sébastien, Pierre, Florestan, Rosine, Louise, Marguerite und der freundlichste von allen, Antoine, der sich jetzt abseits hielt wie ein Missetäter —: an allen diesen Tagen hatte der Herr Nans, dem nächst ihm am höchsten Geachteten, befohlen:

‹Nans, laß die Pferde heraus.›

Und jedesmal hatte er, freudig und treuen Herzens, die drei kräftigen Wallache vor sich hergetrieben: «Coco, Bijou, Jeunhomme!», und dann die beiden Stuten, die die Kinder «Schöne» und «Sanfte» nannten; und dann die jährigen Fohlen mit den wirren, noch ungestutzten Mähnen. Und er hatte sie dreimal um den Hof getrieben, wie der Brauch es gebot.

Aber heute ... Doch auch heute mußte gehorcht werden trotz allem, und der Hirt, der auf den Armen seiner Mutter auf den Gutshof gekommen war, kannte den Herrn zu gut, als daß er nicht gewußt hätte, daß etwas furchtbar Trauriges geschehen werde; er lehnte sich gegen den alten Coco, der vor Altersschwäche zitterte, und zitterte vor Furcht.

Dennoch ließ er die Pferde die Runde um den Hof machen, und jedesmal, wenn er an dem Herrn vorüberkam, zog er ihnen die Köpfe nieder, damit sie ihn grüßten; denn er wußte, daß er so tun müsse.

Als er den Gang vollführt hatte, trieb er sie in die Ecke der Ställe und blieb hoch aufgerichtet bei ihnen stehen. Keine Sekunde war sein leinblütenblauer Blick dem eines andern gewichen.

Als dann alles in dem weiten Hof versammelt war, dem entgegen alle Gebäude des Gutes ihre Türen und Tore öffneten und den Überschwang an Reichtümern offenbarten; als alle die Stapel von Kornsäcken sehen konnten, die Fässer in den Kellern und die Strohballen auf den Speichern, an deren Balken die Schinken dörrten, seit die Schweine geschlachtet worden waren; als überall ein Gewoge und Gehüpfe war von Lämmern, die an den Eutern ihrer Mütter hingen, von großen Böcken mit gewundenen Hörnern, von Hammeln, Ziegen, Pferden und Eseln – da rief der alte Desmichels noch nach seiner Frau, die auf der Steinschwelle des Stalles saß und weinte.

Michel, der ihr der liebste unter den vier Jagdhunden auf La Guirande war, hatte sich ihr zu Füßen gelegt, und sie ließ ihre alte Hand auf seinem Kopfe ruhen.

‹Félicie›, sagte der Mann, ‹hol die kleine Truhe.›

Sie fuhr hoch, sie stand starr da in ihrem grauen Leinenkleid, das bis zu den Füßen reichte, und spreizte die zehn Finger gegen die Brust.

‹Hast du verstanden?› fragte er.

Während sie gehorchte, dachte Félicie daran, daß ihr Vater und ihre Mutter, daß alle Venels aus Méounes, denen sie entstammte, große Grundbesitzer, in dieser Truhe seit Hunderten von Jahren ihr Geld aufbewahrt hatten. Und wenn sie heute Mühe hatte, sie an sich zu pressen, so war es einmal, weil ihre Hände ohne Kraft waren, und zum anderen, weil die Truhe sehr voll war.

‹Banken sind Diebe; ich brauche sie nicht›, pflegte Desmichels zu sagen. ‹Mein Geld kann ich auch allein bewachen. Zu diesem Zweck gibt es Gewehre.›

In dem großen Raum, wo gegessen wurde, standen sie ihrer fünf, die Gewehre, sauber ausgerichtet in den Stützen – von dem ungefügen Vorderlader des Großvaters, der als Erinnerungsstück aufbewahrt wurde, bis zu dem letztgekauften, einer schlanken Hamerleß-Flinte, die schnell wie ein Blitzstrahl traf.

So war auch aller Geldbesitz des Hauses zur Stelle, in der kleinen Kirschholztruhe, und Félicie hielt mit beiden Armen den Deckel umspannt, der nicht mehr schloß.

Der Vater nahm die Truhe und stellte sie auf die breite Seitenfläche eines umgestürzten Ölbehälters. Er nahm alle Papiere heraus, alle Banknoten, alle Urkunden. Auf einem großen Tische breitete er sie aus, vor der Scheune. Auf der einen Seite machte er sieben Haufen aus den Münzen und Banknoten.

Alle sahen ihm zu, und keiner wagte ein Wort. Marguerite und Louise waren näher zur Mutter hingetreten, und Rosine, die jüngste und zärtlichste, hatte ihr den Arm um die Schultern gelegt und zupfte ihr behutsam die grauen Haarsträhnen zurecht, die auf der schweißfeuchten Stirn klebten.

Antoine stand aufrecht dicht vor dem großen Torweg, der hinausführte.

In diesem Augenblick wandte sich der Vater um und sah ihn an. ‹Komm her, du›, sagte er.

Antoine trat drei Schritte und stand nun inmitten der Gruppe, die die Menschen, die Tiere und das Besitztum des Gutshofes bildeten.

‹Bin ich nicht immer gut zu dir gewesen?› fragte er den Sohn.

‹Doch, Vater.›

‹Habe ich dir nicht, wie deinen Brüdern, wie deinen Schwestern, dein Recht zuteil werden lassen in den dreiundzwanzig Jahren, seit du geboren bist?›

‹Das hast du getan, Vater.›

‹Ein Glück, daß du das wenigstens anerkennst!›

Er sah ihm tief und fest in die Augen; Antoine senkte die Lider.

‹Gut. Und daß ich jetzt alles im Hof von La Guirande versammelt habe, was ich versammelt habe – ich glaube, du hast verstanden, warum ich das tat. Ich habe es getan, damit alle Ohren, die der Tiere und die der Menschen, und damit alle Ohren des Hauses dich antworten hören auf das, was ich dich jetzt fragen will.

Und es ist zum erstenmal, daß ich so etwas zu einem meiner Söhne sage. Und es ist auch zum letztenmal; denn du bist mein Ältester, und was heute für dich geordnet und festgesetzt wird, das wird von Amts wegen festgesetzt für alle andern, die sich in die gleiche Lage begeben. Habt ihr verstanden?›

Sein Blick verließ den starr dastehenden Antoine und suchte im Verhalten seiner anderen Kinder nach Billigung und Unterwerfung. Und alle schlugen die Augen nieder, selbst die, die nur zu gern nicht gehorcht hätten.

Er war zufrieden; er fuhr fort:

‹Um dieses also handelt es sich: hör gut zu, Antoine, denn ich werde es kein zweites Mal sagen. Ich habe in meinem Leben viel gearbeitet. Schon mit neun Jahren habe ich meines Vaters Schafe auf die Abhänge des Grand-Cap und von Bramafan getrieben. Als meine armen Eltern mir diesen Gutshof La Guirande hinterlassen haben, da hat nur das alte Haus in der Mitte gestanden, und daneben hat sich mit Not und Mühe ein Schafstall aufrecht gehalten. Nans, du bist damals schon hier gewesen, nicht wahr? Du kannst bezeugen, daß ich nicht lüge. Ich selbst und du als mein Gehilfe – wir haben die erste Scheune gebaut. Als Félicie Venel, meine Frau – und damit bezeuge ich ihr nochmals vor aller Welt den Dank, den ich ihr schulde –, als sie mir ihre Mitgift gebracht hat, den Koffer hier, randvoll von Goldstücken –: da habe ich geglaubt, ich könne es mir leisten, von diesem Gelde vier Wagenladungen voll Narzissenzwiebeln zu kaufen. Danach habe ich Ollioules-Tulpen angeschafft und Lilienzwiebeln und Fréesia-Knollen. Und das alles habe ich in die Erde gepflanzt. Nicht wahr, Nans?›

‹Ja, Herr›, sagte der Hirt.

‹Und die Bäume? Sag, Nans: haben wir auch Bäume gepflanzt, he?›

‹Ja, Herr. Viele Bäume!›

‹Wenn wir für jeden ein Zwanzigsousstück in den Ärmel eines alten Trikots gesteckt hätten, so würde am Ende zu jeder Masche eins herausgerutscht sein, nicht wahr? Und schließlich, wie es recht und billig ist, bin ich durch all diese Arbeit zu Gelde gekommen, und ich glaube, daß keiner hier es mir mißgönnt, weil es auf gute Weise gewonnen worden ist.›

Eine Bewegung schwoll durch die Gruppe, als alle Köpfe sich

zustimmend neigten. Alle verstummten; denn der alte Desmichels holte tief Atem. Ein Lamm blökte ungeduldig.

‹Als dann›, fuhr der Gutsherr fort, ‹rings um La Guirande, und ihr könnt es sehen, wenn ihr zum Tor hinaus seht, alle Obstbäume reichlich trugen und als alle Wiesen Heu genug für das Vieh gaben, da habe ich angefangen, andere Güter zu kaufen.

Vier Söhne sind mir gegeben worden, und jeder war ein Glück, das der liebe Gott mir geschenkt hat, und für jeden habe ich gekauft. Für dich, Antoine, meinen Ältesten, Plan-Bernard. Für Sébastien: Les Fumades. Für Pierre: Combe-Noir. Für Florestan: Trois-Chênes. Die Töchter – ihre Mitgift liegt bereit in Geld und in Häusern. Ihnen gebe ich lieber keinen Grundbesitz, denn sonst könnten sie womöglich einen Faulenzer aus den Büros von Toulon oder Marseille heiraten, der mir dann meine Kulturen verdirbt.›

Marguerite dachte an ihren Richard, der Beamter im Arsenal zu Toulon war.

‹Meine Söhne – das ist etwas anderes. Ich bin immer der Meinung gewesen, daß sie sich lieber die rechte Hand abhauen lassen würden, als diese Güter im Stiche zu lassen, an denen, wenn Schweiß zu düngen vermöchte, die Düngerhändler bankrott gemacht hätten. Auf die vier Teile habe ich zehntausend Amerikaner-Reben verteilt. Und keine ist dabei, die ich nicht mit eigener Hand gepfropft hätte.›

Er hielt inne und öffnete und schloß seine Finger und sah sie dabei an.

‹Und es sind Trauben gewachsen. Und der Wein ist in die Fässer geströmt. Mein Wein ist gut, ihr wißt es, die ihr alle davon trinkt! Danach habe ich oben, wo Heide und Cistus das Erdreich fressen, roden lassen. Feuer und Axt sind gegen das Dickicht vorgegangen. Denn nachts kamen die Wildschweine dort heraus und wühlten die Kartoffeln aus der Erde... Zum Glück geht keiner von uns Bauern im Var ohne Gewehr auf sein Feld. Hat man je so oft Hasenbraten gegessen wie bei uns, he, Nans?

Und das Korn hat jeden leeren Raum angefüllt. Wir haben Speicher bauen müssen. Dieses Mal habe ich Zimmerleute kommen lassen, und an Louisettes Tauftag ist der Pinienzweig auf dem Dache aufgepflanzt worden. Wie viele Hühner sind an dem Tage gebraten worden! Hier im Hofe haben wir ein Höllenfeuer gemacht, und alle haben sie in der Glut geröstet. Weißt du noch, Félicie?

Und fortan habe ich mich hin und wieder einmal ausruhen können. Ich habe angefangen, ein wenig häufiger auf die Jagd zu gehen, oder nach Toulon zu fahren. Du hast mich immer mit dem Einspänner hingebracht, nicht wahr, Antoine? Den Einspänner hattest du haben wollen. Du hast gesagt: ‹Alle großen Bauern hierherum haben einen. Man kann damit bequem die Körbe mit dem Frühgemüse zum Bahnhof fahren. Und sonntags können wir alle Picknickfahrten zur Karthause von Montrieux machen.› Da habe ich den Wagen gekauft. Anderes wäre vielleicht wichtiger gewesen, als daß mancher etwas gehabt hätte, das wir nicht hatten. Darum hätte man keinen Schweißtropfen zu verlieren brauchen!

Alles ließ sich wohl an. Dann ist noch Florestan gekommen, und dann Rosine. Und dann habe ich wohl abends im Bett zu meiner Frau gesagt: ‹Die Hammel sterben nicht, der Wein hält sich, die Kirschen verkaufen sich, die Mädchen werden schön, und die Jungen gedeihen kräftig. Wir müssen darauf gefaßt sein, daß einer von ihnen eines schönen Morgens ankommt und sagt: ‹Vater und Mutter: ich möchte gern Fräulein soundso heiraten; ihre Eltern züchten Kirschen, und sie ist ganz reizend.›

Man würde es zu zweit bereden: ‹Am besten sagt man rasch ja und tut ihm den Willen; denn einer wie er kann ja gar nicht anders als eine gute Wahl treffen, und da wollen wir den beiden nur ein Haus mit vier Zimmern und einen Wagenschuppen auf ihr Landstück bauen.›

Das soll heißen, daß wir auf so etwas gefaßt gewesen sind.

Aber von da bis zu dem Glauben, daß mein Ältester, der mich an dem Tage, da er zur Welt gekommen ist, so toll vor Freude gemacht hat, daß ich auf dem Küchenkalender den vierten Mai als ‹Tag des Jungen› bezeichnet habe, – daß gerade er mich dorthin bringen werde, wo ich heute stehe, ist es ein weiter Schritt; und das, das hätte ich nie geglaubt! Und darum: Antoine, ich habe dir jetzt alles gesagt. Das Mädchen, das du nehmen willst, das will ich nicht! Ich will nicht, daß du sie in dieses Haus bringst und sich zwischen deine Mutter und deine Schwestern setzen läßt. Ich habe etwas gegen sie. Ich habe sie einmal auf der Landstraße gesehen an dem Tage, da sie nach hier gekommen ist, um die Sicheln zum Schleifen abzuholen; sie ist viel zu mager und zu schwarz für meinen Geschmack. Als ich so alt war wie du, da mochte ich am liebsten Mädchen, die mollig waren wie Weinbergwachteln. Aber das muß jeder mit sich selbst abmachen, und nicht deshalb wende ich mich gegen dich. Nein – nur weil das Blut, das sie hierher bringt, mir nicht gefällt. Wenn ich sicher wäre, daß sie wie Roubieus Stute ist, die nicht fohlen kann, so würde ich dir sagen: ‹Nimm sie. Ich brauche sie ja nicht anzusehen, wenn ich sie zu häßlich finde.› Aber Landstreicherkinder, Scherenschleiferenkel, die gelbe Wagenzughunde unter ihren Voreltern haben – die will ich nicht. Hast du verstanden?

Jungen, die ihren Schulkameraden erzählen, ihr Großvater habe gerufen: Messer! Scheren! auf allen Landstraßen Frankreichs; Mädchen, die, während sie heranwachsen, immerfort Lust haben, zur Tür hinaus in den Staub zu laufen: die will ich nicht. Hast du verstanden?

Und ich sage dir, und ich sage es dir vor aller Welt: Deine Freiheit, ich lasse sie dir. Du hast die Wahl. Hier, du siehst es, hast du auf der einen Seite deinen Anteil an allem ...›

Der Vater breitete die Arme aus und tat, als nehme er einen Teil von allem, was er besaß, und biete es dem Sohne dar.

‹Hier die Pferde – eins davon ist für dich; ich hatte dir Jeunhomme zugedacht, weil du bei der Arbeit immer ihn genommen hast. Da ist er. Hier die Schafe, die Ziegen, hier die Lämmer. Siehst du sie? Siehst du den Wein, das Korn, die Säcke mit Kartoffeln, mit Mandeln, mit Nüssen? Siehst du die Ölkrüge und deinen Anteil an dem Schwein, das an den Balken hängt? Siehst du die Pflüge? Deiner ist der schönste; du selbst hast ihn in Cavaillon ausgesucht. Und siehst du das Geld auf dem großen Tische? Es ist in sieben Teile geteilt. Hier ist der deinige.›

Und der Vater schob mit der Hand einen Stapel Banknoten und Münzen nach der Seite hin, wo Antoine stand.

‹Und dann war noch etwas, das ich dir hatte geben wollen, wenn du La Guirande verließest, um zu heiraten. Und das war das beste von allem, weil weder Geld noch Schafe, noch Pferde die Treue eines Herzens aufwiegen können. Und das war Nans. Nans, hast du gehört? Mich freute der Gedanke, daß der Hirt mit dir in deine neue Wohnung gehen sollte und dort deine Kinder zwischen den Knien halten, wie er dich gehalten hat.

Aber Nans ist wie ich. Zigeunerkinder rührt er nicht an, weil er keine Lust hat, Flöhe aufzusammeln; nicht wahr, Hirt?

Also sieh genau her, Junge. Auf der einen Seite hast du alles dieses. Ich lasse es dich sehen, jedes Stück. Auf der andern hast du die Landstraße und dein Mädchen. Was nimmst du?›

Ein Schrei schrillte auf:

‹Desmichels!›

Es war die Mutter, die geschrien hatte.

‹Desmichels, laß ihn nachdenken!›

‹Nachdenken?› sagte der Vater. ‹Aber er denkt ja doch schon ein volles Jahr nach.›

Antoine hatte sich seiner Mutter zugewandt und hatte zwei Schritte ihr entgegen getan.

‹Halt!› sagte der Vater. ‹Du küßt deine Mutter nicht eher, als bis du gewählt hast! Ihr seht es, ihr alle, daß ich ihm Zeit zum Nachdenken lasse. Jean, bring uns zu trinken. Ich habe, wider meine Gewohnheit, so lange gesprochen, daß mir die Zunge am Gaumen klebt, als hätte ich den Pips.›

Sein großes rotes Gesicht war ganz mit gelben Flecken gesprenkelt, und hinten in seinen Augen zuckten Blutfäserchen auf grauen Seen. Das waren die einzigen Anzeichen seines Zornes. Der Knecht stellte die großen Gläser auf den Tisch, auf dem das Geld lag.

‹Schenk uns den Wein von Plan-Bernard ein, damit Antoine ihn noch einmal kostet; denn er kommt ja doch von seinem Lande.›

Als alle, Söhne, Töchter, Knechte, Mägde, ihre Gläser gefüllt und geleert hatten, bis auf Félicie, die zu sehr weinte, und Nans und Antoine und den Vater, als alle getrunken hatten trotz ihres inneren Aufruhrs, denn man vergießt so wenig Wein, wie man Brot verschwendet, sagte Desmichels:

‹Nun? Ist es soweit? Hast du nachgedacht?›

‹Ja›, sagte Antoine.

Und das Schweigen legte auf alle Laute einen bleiernen Sargdeckel. Nur eine einzige Stimme durchdrang es, das Aufgackern eines jungen Hühnchens, das selig war, aus dem Ei geschlüpft zu sein.

‹Das – oder das Mädchen?› fragte der Vater und deutete auf das Haus und die Landstraße.

‹Das Mädchen›, sagte Antoine.

Er durchschritt den Torbogen. Sein Kleiderbündel hatte am Prellstein gelehnt. Er warf es über die Schulter. Sie sahen ihn den Weg nach Solliès einschlagen.

‹Vorwärts, kümmert euch um die Tiere›, sagte der Herr. ‹Es ist Zeit genug draufgegangen.›

Da ging Nans langsam fort, und dann fing er plötzlich mit seinen alten Beinen an zu laufen, Antoine nach.

‹Nans›, rief der Herr. ‹Wohin willst du?›

Der Hirt kehrte sich nicht daran.

Desmichels ergriff den großen, halbvollen Weinkrug und schmetterte ihn gegen das Tor.

Arnaude erzählte mit Vorliebe diese Geschichte. Ollivier saß im Schatten und rührte sich nicht. Wenn sie fertig war, fragte die Mutter:

«Schläfst du?»

«Nein», sagte Ollivier.

«Das hat dein Vater getan», sagte Arnaude.

4

ANTOINE hatte niemals Verzeihung erhalten. Sein selbständiges Handeln war der erste Riß in diesem festgefügten Hause gewesen. Nans war fort, und da der neue Hirt weniger gut für die Schafe sorgte, ergaben sich Verluste. Der Mann der Frau, mit der Sébastien etwas hatte, kam eines Abends nach La Guirande, betrunken wie ein Schwein, und wollte «dem Desmichels-Sohn den Schädel einschlagen». Die Knechte mußten mit eingreifen, als er hinausgeworfen wurde. Sie tuschelten untereinander und lachten. Zwei Jahre danach fand man eines schönen Morgens Marguerites Bett leer. Ganz in der Frühe war sie weggegangen auf dem gleichen Wege wie Antoine, und es kam heraus, daß sie mit der Bahn nach Toulon gefahren war, wo ihr Richard sie erwartete; sie hatte sich ihm schon nach den Dorffesten hingegeben. Sie schrieb ihrem Vater; aber er antwortete ihr niemals. Bevor sie ging, hatte sie die kleine Kirschholztruhe aufgemacht und ihr Siebentel an Banknoten und Geld an sich genommen. Der Herr zerriß den Brief, in dem sie ihn um die Heiratserlaubnis bat, in vier Stücke und sagte:

«Wieder einer weniger in der Familie.»

An diesem Abend aß und trank er, dem ein ganzes gekochtes Huhn mit dem dazugehörigen Gemüse nach zwei großen Tellern Fleischbrühe weiter nichts ausmachte, wie gewöhnlich mit dem gleichen guten Appetit. Hernach trank er ein Glas Wein eigenen Wachstums, und als er dann seine Pfeife gestopft hatte, sagte er zu seiner Frau:

«Komm, laß uns schlafen gehen. Denn wenn man schläft, braucht man wenigstens nicht zu denken.»

Auf dem Wege zum Schlafzimmer machte er die Tür auf und blickte hinaus ins Nachtdunkel, und dann sackte er auf der Schwelle zusammen, wie er nach Antoines Fortgehen zusammengebrochen war. Aber diesmal stand er nicht wieder auf.

«Den haben seine Kinder auf dem Gewissen», flüsterten sich die Leute beim Begräbnis zu. Weder Antoine noch Marguerite waren im Trauerzuge.

Übrigens lebte Antoine um diese Zeit schon das Holzfällerleben, das er sich erwählt hatte. Sie wohnten hoch oben im Gebirge, und Arnaude hatte gerade erst Félicien geboren, als sie die Todesnachricht bekamen.

«Geh du hin», sagte Antoine zu Nans.

Und der alte Hirt machte sich auf den Weg, er ging auf die gleiche Weise und trug den gleichen roten Kapuzenmantel wie während seines ganzen Lebens.

Am übernächsten Tage kam er wieder. Die Furchen, die in seinem wie aus hartem Holz geschnitzten Gesicht von den Augen zum Kinn liefen, schienen noch tiefer geworden zu sein, und eine gefrorene Träne haftete darin und zeugte von seinem Besuche.

Schließlich machte er den Kapuzenmantel auf und sagte:

«Hier, das habe ich dir mitgebracht; ich habe gemeint, das würde dir Freude machen.»

Es war ein kleiner, drei Wochen alter Hund, ein Jagdhundwelpe; er sah klug aus und hatte klare wasserblaue Augen, genau wie Nans, und sein Körper war schon silbrig behaart.

Als sie sahen, wie er sich auf der Tischplatte, auf die der Hirt ihn gesetzt hatte, mit seinen vier dicken Pfoten taumelnd aufrecht zu halten versuchte, mußten sie, trotz ihres Schmerzes, laut auflachen.

«Er ist ein Sohn von Michel», sagte Nans, «oder vielmehr eine Tochter; weil er nämlich eine Hündin ist.»

«Da hast du einen guten Gedanken gehabt», sagte Antoine.

Arnaude war herangekommen und wollte den Hund streicheln; sie trug den kleinen, sechs Monate alten Félicien auf dem Arm; und als das Kind in seiner Seligkeit sein Händchen nach dem Kopf des Hundes hingestreckt hatte, da hatte dieser zart die Finger des Kleinen geleckt.

«Er ist ein gutes Tier», sagte Arnaude.

«Er soll Michelle heißen», sagte Antoine, «nach seinem Vater. Hirt, ich danke dir auch schön. Du hast mir in meinem Unglück eine mächtige Freude bereitet.»

Auf La Guirande lag schwere Trauer über allem. Einige Monate nach dem Tode des Vaters hatte Sébastien jene Madeleine Roussel, die einen so bösen Mann hatte, veranlaßt, sich scheiden zu lassen, und hatte sie geheiratet.

Sie war übrigens mild und klug und verstand sich vortrefflich mit ihren Schwägerinnen; aber die Knechte konnten nicht anders: wenn sie allein waren, sagten sie, daß das bei Lebzeiten des alten Herrn schwerlich geschehen wäre. Doch da jetzt Sébastien der Herr war, schwiegen sie. Zu seiner Hochzeit holte er Marguerite und ihren Richard aufs Gut und händigte ihnen die Besitzurkunden über ein Haus in Bellaïgue und ein weiteres in Solliès-Ville aus.

Dann lud er Antoine zu sich ein, «weil er jedem sein Recht zuteil werden lassen wollte».

An einem sonnigen Morgen durchschritt Antoine wiederum das Hoftor des großen Gutes, das mit allen seinen Reichtümern vor ihm ausgebreitet gelegen und das für ihn weniger schwer gewogen hatte als seine Liebe zu Arnaude. Er ging und küßte seine Mutter, die seit dem Tode des Mannes zu Bett liegen mußte, zu Boden geschmettert von dieser unvorhergesehenen Folge von Unglücksfällen. Er sah, daß Rosine schöner, daß Florestan groß geworden war; und dann schlossen er und Sébastien sich im runden Saal ein und sprachen miteinander.

Er erfuhr, daß seines Vaters Zorn so tief gewesen war, daß er heimlich das Landstück Plan-Bernard, das Antoine zugedacht gewesen war, hatte verkaufen lassen, um sicher zu gehen, daß er es niemals bekommen werde. Ein Herr aus Toulon hatte es erworben, und der ließ es brachliegen.

«Er hat keinem Menschen ein Sterbenswort davon gesagt», erzählte Sébastien. «Ich habe es erst aus seinen Papieren ersehen. Und nun ist die Sache die, daß ich dir den Gegenwert nicht geben kann. In seinem nachtragenden Haß hat nämlich der Vater alles in sechs statt in sieben Teile geteilt. Aber ich finde es gerecht, daß du auch etwas bekommst, und die Brüder sind meiner Ansicht. Wenn du also willst, geben wir dir das große Waldstück, das wir oberhalb von Bramafan am Abhang des Grand-Cap besitzen, da, wo du jetzt angefangen hast, Kohlen zu brennen. Wenn das zu dem hinzukommt, was du schon hast, so ergibt das ein ganz ansehnliches Stück. Du kannst eine Menge Holz herausholen; es ist lange her, daß da oben gefällt worden ist. Oder wenn du lieber Land urbar machen willst, wenn dein Junge größer ist, dann gibt es da unter den Felsen, gut geschützt, ein paar Heideflächen, wo du recht gut Lilienzwiebeln setzen könntest. Wenn du jemals einen Pflug oder anderes Gerät oder gar einen Knecht nötig haben solltest, dann brauchst du nur herzukommen; du bist hier zu Haus wie wir andern auch. Und dann habe ich mir noch etwas ausgedacht, das ich tun will. Hör zu.»

Sébastien schluckte den Speichel hinunter und tat einen tiefen Atemzug; seine Kiefer bewegten sich unter seiner braunen Gesichtshaut. Er sprach weiter:

«Nimm Jeunhomme mit dir. Ich gebe ihn dir. Er hängt sehr an dir, und er ist ein gutes Pferd; er wird dir gute Dienste tun, wenn du deine Holzkohle zu Tale schaffst. Einverstanden?»

Antoine war so bewegt, daß es ihm den Hals zuschnürte und er die Dankesworte, die er hatte sagen wollen, nicht hervorbrachte.

«Was Vater auch getan hat», sprach Sébastien weiter, «du bist und bleibst der älteste, und wenn alles mit rechten Dingen zugegangen wäre, müßtest du hier jetzt an meiner Stelle stehen. Mir, der ich meine Frau erst habe zur Scheidung bringen müssen, ehe ich sie nahm, kommt es nicht zu, mit dir zu rechten, daß du deine Frau gegen den Willen des Vaters hast haben wollen. Damals, an dem Tage, da es jene schreckliche Szene im Hofe gegeben hat, da habe ich dich umarmen wollen, so sehr gefiel mir dein Mut; aber ich habe Angst vor Vaters Zorn gehabt, und also laß es mich jetzt tun.»

Er schloß Antoine ungeschickt in die Arme, und sie rieben ihre stacheligen harthaarigen Backen aneinander.

«Und vergiß nie, daß ich dein Bruder bin», sagte Sébastien zum Schluß.

Als Antoine La Guirande verließ, bestieg er Jeunhomme, das schöne Pferd mit dem glänzenden Fell, mit dem er von kleinauf geackert hatte. Und in der Innentasche seiner alten Samtjacke fühlte er die dicke Brieftasche seines Vaters, die Sébastien ihm gegeben hatte, und darin steckten fünf Tausendfrankenscheine.

«Das soll für deine Jungen sein», hatte er gesagt, «es kommt dir von Rechts wegen zu. Du wirst es doch wohl nicht bei einem Sohne lassen? Madeleine erwartet auch etwas, und hoffentlich ist das erst das erste! Man braucht Männer bei der Bewirtschaftung des Gutes.»

Drei Jahre danach wurde den Kohlenbrennern auf dem Grand-Cap Joseph geboren. Sébastien hatte eingewilligt, daß er Pate stand, und er war mit seiner Tochter Nine heraufgekommen, um den jüngsten Desmichels in die Arme zu schließen. Unglücklicherweise erkältete er sich kurze Zeit danach, als er vom Bahnhof zurückkam, wo er sein Frühgemüse aufgegeben hatte, im eisigen Mistral. Dann war auch er nach dem Kirchhof von Bellaïgue gebracht worden, der, ein Buschgarten unter Blumengärten, am Ufer des Gapeau lag. Ein Vierteljahr später folgte die arme Félicie; die Totengräber trugen an ihr nicht schwerer als an einem Vögelchen, so hatte der Kummer sie abgezehrt. Die schöne Félicie Venel, die reiche Bauerntochter aus Méounes, deren Fleisch üppig und fest gewesen war wie das der Kirschen in ihren Obstgärten, war alt geworden und dann gestorben, und das ging keinen mehr etwas an, einen vielleicht ausgenommen; aber der sprach niemals davon.

Das Gut La Guirande hatte seine eigentlichen Herren verloren. Die hundertjährigen Rundziegeldächer, die Regen und Sonne genäßt und gedörrt haben, deren kräftiges Rot verblaßt ist und die sich von Flechten anfressen lassen – die dauern aus ... die dauern aus ... aber eines Tages bröckelt ein Stückchen ab, und dann, allmählich, fällt ein Ziegel nach dem andern, und der Regen tropft und rauscht ins Haus.

Jetzt war Pierre Herr des Gutes. Mit ihm hatte Antoine sich niemals gut gestanden. Er war hoffärtig wie sein Vater, freilich ohne dessen Gerechtigkeitssinn und gesunden Menschenverstand. Nach Sébastiens Tode zog sich seine Witwe mit ihrer Tochter in ein kleines Haus bei Sénès zurück, das sie von Verwandten geerbt hatte. Rosine verheiratete sich mit einem jungen Menschen aus Méounes. Sie wohnte in dem schönen Haus am Markte, bei der ältesten Kirche der Gegend.

Pierre hatte ein Fräulein Bannelier geheiratet, jene Solange aus dem Kaffee ‹Zum Akazienbaum› in Solliès-Pont, die Antoine nicht hatte haben wollen. Er führte die Zügel der Gutsverwaltung mit harter Hand. Als Obermagd diente ihm seine Schwester Louise, die sitzengeblieben war, und die er und Solange schlecht behandelten. Florestan, der jüngste und letzte, hatte unter eiserner Vormundschaft gestanden, und um Solange einen Gefallen zu tun, die ihn mit Zärtlichkeiten einzuwickeln verstanden hatte, hatte er sich seinen Besitz Trois-Chênes abknöpfen lassen; man hatte ihm gesagt, man würde mehr herauswirtschaften. Eines Abends, als er sich von Bruder und Schwägerin noch mehr als sonst angeekelt fühlte, durchschritt er, genau wie Antoine es getan hatte, das Hoftor des Gutes und ging auf und davon. Es sollte beinahe zwanzig Jahre dauern, bis man wieder von ihm hörte.

Antoine dachte längst nicht mehr an Florestan noch an Louise oder Rosine. Er lebte sein Leben wie die Tiere, die ihre Familie in einem Winkel des Waldes haben und ihn nie verlassen.

Als er mit Nans und Arnaude zum Grand-Cap hinaufgestiegen war, auf jenen Hang, den ganz oben ein roter Felsen krönt, da war schon jene große Hoffnung in ihm, er werde sich ein Loch in den gastlichen Berg wühlen und darin mit seiner Frau und den Kleinen, die etwa kommen würden, nisten.

Mit dem Gelde, das Sébastien ihm gegeben hatte, hatte er seine Hütte erweitern können. Der Hirt hatte ihm geholfen, und er hatte einen Holzschuppen angebaut, der gleichzeitig als Stall dienen konnte. Er hatte eine Ziege gekauft, Kaninchen, Hühner, und schließlich sogar einen Bock und zehn Jungschafe, die Nans auf der Hochfläche des Grand-Cap weidete, wo das kurze Gras vom nahen Meerwind salzig wird.

Wenn Nans mit seiner Herde im Gebirge war, blieben Antoine und Arnaude allein in ihrem Walde. Arnaude saß in einer Felshöhlung, nährte Joseph und paßte auf Félicien auf, der sich mit allen Kräften seines dicken kleinen Körpers nach rückwärts beugte, um die Axt aus dem Boden zu ziehen, in den der Vater sie leicht getrieben hatte. Dann legte Arnaude den schlafenden Joseph auf ein Lager aus Pinienzweiglein und half ihrem Manne bei der Errichtung des Meilers, beim Aufschütten feuchter Erde; und in diesem Berglein verbrannte das Holz dann bei kleinem Feuer und wandelte sich zuerst in Kohle, und dann in Geld, und dann in Nahrung für die Familie.

An einem solchen Morgen, als sie allein und bis ins tiefste Innere eins waren, friedsam und liebevoll ihrer Arbeit hingegeben, hörten sie Rufe und sahen, wie durch den Wald ein Menschenzug auf sie zukam. Einer aus Bramafan, der vorauslief, rief ihnen zu:

«Der Hirt!»

Und er fuchtelte mit beiden Armen und schüttelte den Kopf.

Arnaude raffte Joseph und Félicien auf und wollte nach der Lichtung laufen; aber Antoine, der Angst hatte vor dem, was kam, befahl ihr:

«Lauf zum Haus hinunter und mach ein sauberes Bett fertig. Nans hat einen Unfall gehabt.»

Und er ging allein dem Unglück entgegen, das er geahnt hatte.

Die Männer setzten die Knüppelholztrage, die als Bahre gedient hatte, neben ihm zu Boden. Nans schlug die Augen auf, sah Antoine an, der sich über ihn in seinem Elend gebeugt hatte, zeigte auf seinen Körper und sagte:

«Sieh.»

Antoine hob die alten Jacken hoch, die in der Hast dem Hirten übergeworfen worden waren, und sah das Gemenge von Kleidungsstücken und zerfetztem Fleisch, das dort war, wo vorher Nans' gute Beine gewesen waren. Er hatte die kalte Hand des Verwundeten in die seine genommen, und auf ihrer beider verschränkte Hände, in denen das warme, herzliche Strömen nicht mehr fühlbar war, tropfte aus seinen Augen eine große Träne nieder, schwer von Leid, wie die Regentropfen vor Gewittern. Zusammen mit einem Schluchzen kamen ihm die Worte:

«Aber was ist denn das? Was ist denn das?»

«Ein Felsbrocken», sagte einer der Männer. «Ein Felsbrocken. Anscheinend hat er sich daraufgesetzt, und da hat er sich losgelöst, und sie sind miteinander den Hang hinuntergerollt, hat er gesagt; und dann ist der Felsblock ihm auf den Bauch und die Beine gefallen. Wir haben das Poltern und seinen Schrei gehört. Da sind wir hingelaufen, und drei von uns sind nötig gewesen, um den Felsblock wegzuwälzen. Er war ganz voll Blut und Fleischfetzen, und darunter hat der Hirt gelegen, so wie du ihn da siehst.»

Nans hatte die Augen wieder geschlossen.

«Schnell», sagte Antoine, «tragt ihn schnell ins Haus, und dann lauft und holt den Doktor. So was heilt wieder, gebrochene Beine.»

«Nicht, wenn es so ist», sagte Nans leise und freundlich.

«Doch», sagte Antoine. «Paß nur auf. Selbst wenn eins abgeschnitten werden müßte, wirst du wieder gesund, du. Ein Bein, was ist denn schon groß daran an einem Bein? Hauptsache ist doch, daß du da bist, bei uns.»

Mühsam wandte der Hirt Antoine sein Gesicht zu, dessen Augen der Finger des Todes schon eingedrückt hatte; die Nase war spitzig, die Lippen waren dünn geworden; das Fleisch der Backen war eingefallen; der Atem ging schnell. Er sah mit seinen Augen, in denen eine unendlich große Ergebung war, mitten in Antoines Augen und sagte:

«Ein Bein, ja, das kann abgenommen werden, und man kann dennoch weiterleben. Aber ein Bauch, sag, das weißt du doch: kann man vielleicht einen Bauch abnehmen?»

Antoine sah auf das Blutrinnsal, das aus dem zerfetzten Fleisch zu fließen angefangen hatte, unterhalb der Bahre.

«Höre», sagte der Hirt, «ich habe Angst, daß ich gar nicht mehr bis zum Hause komme. Grüß Arnaude und die Kleinen von mir. Aber mit dir möchte ich noch eine Minute allein sein.»

«Tretet ein bißchen beiseite», bat Antoine die Männer.

«Gut», sagte der Hirt. «Und du, mein Antoine, beug dich zu mir, ganz nah, weil ich kaum noch Kraft habe, und dabei muß ich es doch sagen... Stütze mich.»

Antoine schob seine Arme unter den verstümmelten Körper, und bei der Bewegung, ohne die sich das nicht bewerkstelligen ließ, quoll ein Blutstrom aus der über dem Bauche offenen Hose.

Nans sah auf das Blut, mit dem sein Leben entströmte, und dann sah er Antoine an. Seine eiskalte Hand ruhte auf dem Kopfe, der an seinem Kopfe lag, und mit einem Seufzer sagte er:

«Du verstehst...»

Sein Körper schwankte.

«Herkommen! Rasch!» rief Antoine.

«Es ist das Ende», sagte einer der Männer.

Wenn er an diese letzte Kraftanstrengung des Hirten dachte, mußte Antoine sich noch lange nachher fragen:

«Was er mir wohl hat sagen wollen?»

«Der Tod hat ihm Schweigen geboten...», sagte Arnaude.

5

«Ja, dieser Nans, der hat sicher ein Geheimnis gehabt», sagte Arnaude, als sie Ollivier den Tod des Hirten schilderte. «Dein Vater hat oft darüber nachgedacht, und dennoch ist er sich niemals darüber klargeworden, was dieses letzte ‹Du verstehst...› wohl habe bedeuten sollen, das Nans im Todeskampfe gesagt hat. Dein Vater hat erzählt: ‹Er ist immer um mich gewesen. Als ich zum erstenmal die Augen aufgeschlagen habe, da ist er schon dagewesen; er war Hirt auf La Guirande und kaum jünger als mein Vater.› Und dann hat der arme Antoine weiter erzählt, wie gern er als ganz kleiner Junge Nans beim Hüten begleitet und wie Nans ihm beigebracht habe, Flöten aus ausgehöhlten Zweigen zu machen. Und wenn sie dann abends auf den Landstraßen heimgekehrt seien, an der Spitze der großen Schafherde, dann habe ihm der Hirt die Namen aller Sterne genannt. Und wenn ihre Blicke lange genug in dem Lichterfeld geweilt hatten, dann hatte Nans Antoine in die Augen gesehen und gesagt: ‹Ach, das sind so Sachen . . .› – ‹Was?› hat dein Vater gefragt. ‹Nichts›, hat der Hirt gesagt. Und dann hat er angefangen, mit seinen Hunden zu sprechen. Dein Vater hat es nicht herausbekommen, und wir werden es auch nicht herausbekommen, weder du noch ich. Und das alles liegt ja auch jetzt viel zu lange zurück.»

Auf diese Weise pflegte Arnaude an den langen Herbstabenden, da der Krieg die jungen Leiber der Männer zu Boden warf wie ehedem Antoine die jungen Leiber der Bäume, mit stiller Freude in ihren Erinnerungen ihrer und ihres Mannes Jugend nachzuspüren. Ollivier hörte die Mutter sprechen und wurde dessen, was sie erzählte, niemals überdrüssig. Er versetzte sich in jenen Lebensabschnitt, der ihm unbekannt war; er stellte sich seinen Großvater Desmichels vor, den Herrn des schönen Gutes La Guirande, der so hart gegen seine Söhne gewesen war; den Hirten Nans, der ein Geheimnis hatte und die Namen der Sterne kannte; den jungen Antoine mit den starken Armen, der sein Vater gewesen war, und diese Frau, seine Mutter, die damals, wie sie sich ausdrückte, «quicklebendig und geschäftig wie eine Maus und, zu Antoines nicht geringer Freude, immer guter Dinge» gewesen war. Arnaudes Stimme ließ ihm die Zeit der Gründung der «Familie Antoine Desmichels» wieder erstehen. Sie erzählte ihm, wie sie bei ihrem ersten Aufstieg zum Walde die Hütte in gutem Zustand gefunden hätten, aber zur Hälfte überwuchert von riesengroßen Cistussträuchern und kleinen Eichen. Wie Antoine und Nans angefangen hätten, die Axt an das Buschwerk zu legen, und wie sie ihrerseits die ersten Reisigbündel gebunden und an der Hauswand aufgereiht habe.

Endlich hätten sie dann das Fenster und die Tür aufmachen

können; die Angeln hätten sich gedreht, als man etwas von dem Öl daraufgetropft hätte, das Nans in einer kleinen Flasche mitgebracht hatte. ‹Du denkst auch an alles›, hatte Antoine gesagt. Und dann hätten sie Jagd auf die Taranteln und Spinnen gemacht, die die Herrschaft im Hause angetreten hatten.

«Da fällt mir ein: gerade dort, wo du jetzt eben sitzt, ist ein ganzes Nest von kleinen Schlangen gewesen; aber dein Vater hat schnell damit aufgeräumt.»

Bei dieser Erinnerung lächelte sie voll Stolz, und Ollivier dachte träumerisch an seinen Vater, der in seiner Jugend so stark gewesen war, daß er alte Häuser neu machen konnte.

«Und dann, als es hier wohnlich geworden war, hat der Hirt gesagt: ‹Jetzt braucht ihr nur noch Möbel.›

‹Die Sache ist nur die, daß ich kein Geld habe›, hat dein Vater gesagt.

‹Ich habe was›, hat Nans gesagt.

‹Nun hör dir bloß mal den da an›, hat dein Vater gesagt.

‹Ja›, habe ich gesagt.

Ich hätte schrecklich gern Möbel gehabt, aber dein Vater hat zu Nans gesagt:

‹Wenn du Geld hast, dann haben wir noch lange keins.›

‹Willst du mir weh tun?› hat Nans gesagt.

Der Hirt sieht mich an:

‹Was möchtest du denn gern haben, Kleine?›

Dein Vater hat mir zugezwinkert, aber ich, ich habe trotzdem gesagt:

‹Na, erstmal das Notwendigste: ein Bett, einen Tisch, drei Stühle, denn schließlich sind wir doch drei. Und du . . .›

‹Für mich›, hat Nans gesagt, ‹genügt eine Strohschütte in dem Stall, den wir bauen wollen. Ich will euch im Hause nicht im Wege sein.›

‹Nun sieh bloß einer den da an!› hat dein Vater gesagt.

‹Laß Arnaude nur weitersprechen›, hat der Hirt gesagt, ‹die ist viel vernünftiger als du.›

‹Weiter nichts›, habe ich gesagt.

‹Wenn ich also das Nötigste an Wäsche, Tischgeschirr und Kochgerät dazutäte – dann wärst du zufrieden?›

‹Oh, und wie!› habe ich gerufen.

‹Zu nett ist sie!› hat der Hirt gesagt. ‹Du hast vollkommen recht. Die ist zehntausendmal mehr wert als La Guirande. Solche Mädchen sind dem Hause eine viel bessere Stütze als eiserne

Balken. Na, morgen gehe ich nach Toulon und bestelle den Kram.›

Du kannst dir denken, wie glücklich ich gewesen bin! Ich hatte doch noch niemals irgendwas gehabt. Auch als meine Mutter noch lebte, da sind wir schon Scherenschleifer gewesen im Lande Piemont, und wir haben kein Haus gehabt, nur einen Unterschlupf in einer Felshöhle. Und meine Mutter ist immer krank gewesen, und es ist uns gar nicht gut gegangen. Als sie dann gestorben war, sind wir nach Frankreich gezogen über Coni und Barcelonnette, und da habe ich mit neidischen Augen die großen Alpenbauernhöfe gesehen, die vielen Kühe und Schafe, und die Ernten in den Scheunen, und wenn dann die Frauen mich in die Häuser kommen ließen, um mir das Geld fürs Schleifen zu geben – ach, wie habe ich sie dann um ihre schönen Kleiderschränke beneidet, um die wohlgeordneten Wäschestapel und die Berge von gefalteten Laken! Wenn man in einem fort auf der Landstraße schlafen muß, dann kann einen schon der Neid nach all so etwas packen! Nach einem Dach, das Regen und Kälte abhält, einer Tür mit einem Schlüssel, den man umdrehen kann, nach einer Lampe, die der Wind einem nicht ausbläst... Du kannst mir wirklich glauben, daß keine Menschenseele so glücklich gewesen ist wie ich, als die Möbel angekommen sind und ich sie im Hause aufgestellt habe. ‹Ich habe dir außerdem noch einen kleinen Wäscheschrank mitkommen lassen›, hat mir der Hirt gesagt. ‹Er ist bloß aus Tannenholz, denn ich bin ja nicht reich; aber seid ganz sicher: eines schönen Tages kauft ihr euch einen aus Nußbaum.›

Ich habe aus vollem Herzen gelacht und bin immerzu hin und her gelaufen. Ich war so froh, daß ich zwei Zimmer hatte, daß ich immerzu von einem ins andere gegangen bin. Und ehe ich wieder in das andere gegangen bin, habe ich versucht, zu vergessen, wie das erste aussah, damit ich noch einmal die Überraschung hatte. Ich hatte vier Bettlaken, sechs Bettücher und sechs Handtücher. Ich stapelte sie sauber in dem kleinen Schrank auf, auf dem obersten Bord, und vorher habe ich auf das blanke Holz das blaue Einwickelpapier von dem Laden gelegt, aus dem das alles gekommen war; ich hatte daraus eine schöne Papierspitze geschnitten und sie vorn drangemacht, und dann erst ist meine Wäsche hineingekommen. Ich sage dir: nicht mal mit dem König hätte ich tauschen mögen! Auf den Kaminsims in der Küche hatte ich alle meine Dosen gestellt:

‹Zucker, Kaffee, Mehl, Tee und Gewürz.› Dabei hatte ich gar keinen Tee, und Gewürze auch nicht, und da habe ich in den Topf, auf dem ‹Tee› stand, Thymian getan, und in den, auf dem ‹Gewürz› stand, Lorbeerblätter, denn die tut man doch an die Saucen, und auf diese Weise war doch in allen was drin.

Als alles fertig gewesen ist, da bin ich in den Wald gegangen; es war gerade um die Zeit, da die Heide blüht, und dann habe ich die rosigste und üppigste gepflückt und in die kleine Flasche gesteckt, in der Nans sein Öl mitgebracht hatte; und diesen Strauß habe ich auf den Tisch gestellt. Dann habe ich die Männer gerufen:

‹Kommt mal her und seht, ob das nicht hübsch ist?›

‹Ja, das ist hübsch›, hat dein Vater gesagt. ‹Du hast eine glückliche Hand beim Hauseinrichten.›

Nans hat gesagt: ‹Ich will dir eine richtige Blumenvase schenken.›

‹Ach was!› hat dein Vater gesagt, ‹es ist ohnehin schon zuviel.›

‹Das geht dich gar nichts an›, hat Nans gesagt. ‹Gib mir einen Kuß, Kleine, wenn du einverstanden bist. Dann bin ich zufrieden.›

Ich habe ihn geküßt. Und mein Mund hat gemerkt, daß seine Backe ein bißchen feucht gewesen ist. Ich habe nicht gewußt, was ich sagen sollte, und ich habe gedacht: ‹Wahrscheinlich hat er daran denken müssen, der arme Hirt, wie ganz anders sein Leben wohl verlaufen wäre, wenn auch er eine Frau hätte haben können.› Und ich lasse mich nicht davon abbringen, daß es genau das gewesen ist, woran er gedacht hat. An unserem Hochzeitstage hat Nans mir dann die richtige Blumenvase gebracht; die grüne da, siehst du, die immer auf dem Kaminsims steht; nur der eine Henkel ist abgebrochen, und dicht hält sie auch nicht mehr. Aber jetzt denke ich ja auch nicht mehr daran, Blumen hineinzustellen . . .»

Ollivier sah die grüne Vase an; er hörte seiner Mutter zu; er horchte in den Regen hinaus, der leise und regelmäßig auf die dürren Eichenblätter rauschte und in Rinnsalen an den roten Pinienstämmen niederlief.

Er hörte seiner Mutter zu und merkte gar nicht, daß sie kein einziges Mal ihren eigenen Vater erwähnte, den armen Scherenschleifer, mit dem sie vier Jahre lang auf der Landstraße gelegen hatte. Vier Jahre gemeinsamen Lebens bei Wind und Wetter, allein mit dem vom Wasser glänzenden Schleifstein, den blitzenden Klingen, den Funken, die vom Stein sprühten, dem Quietschen des Pedals, dem feuchten Lumpen mit den Rostflecken, aus dem es tropfte ... und dennoch erzählte sie davon nie. Das geschah weder aus Hochmut noch aus Undankbarkeit; sie hatte es ganz einfach vergessen, wie sie Bellot vergessen hatte, den gelben Hund, der mit ihr zusammen den Karren gezogen hatte an jenem Morgen, da sie am Obstgarten von La Guirande vorübergekommen war, wo Antoine Kirschen pflückte. Nun sie eine Desmichels geworden war, als sei sie eine geborene Desmichels, kam ihr alles andere vor, als sei es niemals vorhanden gewesen. Als sie ihren Mann geheiratet hatte, war sie innerlich ganz unbeteiligt geblieben, als sie sah, wie ihr Vater sein Handwerk als Scherenschleifer allein auszuüben begann, und ohne eine Träne hatte sie an der Schwelle des Hauses von ihm Abschied genommen. Ihr Mann, ihre Heimstatt, ihr Daseinsgrund war Antoine Desmichels und sonst niemand auf der Welt. Getreu dem Dienste, dem sie sich ganz und gar überantwortet hatte, widmete sie sich jetzt, nun ihr Mann tot war, Antoines Söhnen.

‹Antoines Söhne ... Das ist alles, was mir von ihm geblieben ist, und gegenwärtig habe ich nur noch Ollivier.›

Sie sah ihn an. Eine dunkle Ahnung sagte ihr, daß sie ihn nicht lange behalten werde. ‹Wenn er wenigstens erst fünfzehn wäre›, dachte sie, ‹und dann nimmt ihn mir etwas ...›

Einstweilen blieb er da und hörte seiner Mutter zu. Sie lebten dahin in einer Traurigkeit, die nicht enden zu wollen schien; sie nährten sich kärglich von Ziegenmilch, Kaninchen, die sie züchteten, und den Kartoffeln, die Ollivier auf ein armseliges kleines Ackerstück gepflanzt hatte, das bis an den Wald reichte und keinen guten Ertrag lieferte, da sehr viele Pinienwurzeln darin steckten.

«Hätte man wenigstens ein Feld im Tale», sagte Arnaude, «unterhalb der Mühle ist gutes Ackerland; der Gießbach, der Coulepierre, hält den Boden feucht. Ach, wenn es eine Gerechtigkeit gäbe, dann hätte dein Vater das Gut Plan-Bernard wiederbekommen müssen!»

Ollivier warf einen verlangenden Blick nach der Richtung, wo das reiche Land von Plan-Bernard lag; daneben sah er die Mühle von Sinssol und überlegte, warum sie wohl leer stehe.

«Die alte Ölmühle», sagte Arnaude gelegentlich, «ist seit Hun derten von Jahren im Besitz der Familie Laurade aus Belgentier. Bei ihrer Heirat hat Gabrielle Laurade sie dem Emile Resplandin eingebracht. Es heißt, sie gehöre zum Erbteil der kleinen Sylvaine, der Tochter der beiden, die einen Haufen Geld mitbekommt. Die Gerberei in Bellaïgue geht gut, weil sie Heereslieferungen hat, und da ist ihr Vater eine Art Direktor; man kann fast sagen: er ist der Eigentümer. Übrigens ist er nicht an der Front, weil er Krampfadern hat. Aber ich glaube nicht, daß er sehr glücklich ist. Seine Frau ist furchtbar hochmütig und anmaßend, und Liebhaber hat sie auch gehabt. Das hat mir Justine Marcelin aus Bramafan erzählt, weißt du, die Matratzenflickerin. Sonst kenne ich sie kaum, die Leute, bis auf Gabrielle und ihre Schwester Gina; die habe ich auf den Dorffesten gesehen. Sie waren von klein auf leichtfertig und glaubten sich wunder was. Allerdings hat ja Resplandin einen Charakter, so hart wie eine gefrorene Rübe. Er stammt von Bauern aus der Ardèche ab, und unsere Sonne ist ihm noch nicht ins Herz gedrungen.»

Während sie so schwatzte, kam die Nacht. Um Petroleum zu sparen, blieben sie draußen vor der Tür, wenn es aufgehört hatte zu regnen, bis die leichte Novemberkälte sie ins Bett scheuchte.

Beim Einschlafen, indessen die Eulen mit plumpen Flügeln von Baum zu Baum flogen, erging sich Ollivier in Wachträumen, daß er reich sei, daß er die Mühle von Sinssol kaufte und darin seine Mutter mit einer Dienstmagd wohnen ließe – er aber ginge aufs Meer hinaus.

Doch am andern Tage und am übernächsten auch erledigte er die Arbeiten, von denen sie lebten. Er hackte Holz und schichtete es zusammen mit der Mutter auf; er riß die großen Wurzeln aus dem neu angelegten Felde, die sich darin herumringelten wie Schlangen. Er schnitt die Kartoffeln in Stücke, legte sie sorglich in die Furchen, das Keimauge nach oben, und häufte mit der Hand vorsichtig lockere Erde darüber, die den jungen Trieb beschützte. Sein Großvater von La Guirande wäre mit ihm zufrieden gewesen. Er schnitt Futter für die Kaninchen, brachte die Ziege auf einen andern Platz, wenn sie einen großen Kreis um den Einsteckpfahl kahlgefressen hatte. Er tat, mit einem Worte, alles, was man als guter Landwirt tun muß. Doch Arnaude sah richtig, und vielleicht sah sie richtig, weil sie trotz alledem und ohne es zu wissen, trotz ihres Desmichelstums, das kleine Scherenschleifermädchen geblieben war, das halblaut vor sich hin sang und dabei in das strömende Wasser der Flüsse schaute.

Als sie mit Ollivier auf dem Felsrüssel des Grand-Cap stand, dem Vorgebirge aus nackten Schroffen, das sich steil gegen das weite Tal vorschiebt, sah sie, wie der Junge sich bis zum äußersten Klippenvorsprung vorwagte, bis dorthin, wo der Boden unter den Füßen wich; dort sah sie ihn stehen, den jungen, kräftigen, geradegewachsenen Körper vorgebeugt, den Kopf, dessen Haar der Bergwind hochwehte wie eine Flamme, aufgerichtet. Sie sah, wie er eine Bewegung mit den Schultern und den emporgehobenen Armen machte, als wolle er sich aufschwingen wie ein Adler; und als sie ihn lange genug angesehen hatte, im Herzen jene große Furcht, daß er ihr ganz sicher eines Tages davonfliegen werde, fragte sie:

«Was machst du denn da, Ollivier?»

Der Junge ließ seine Arme sinken; sein weiches Haar kam zur Ruhe, wie Segel plötzlich in sich zusammenfallen, wenn der Wind aussetzt; er riß seine Augen los, in denen die unendliche Wasserweite war, und antwortete ruhig:

«Nichts, Mutter. Ich habe nach dem Meere hingesehen.»

Der kleine graue Streifen tief unten, ganz hinten am Horizont, der wie eine lange Stahlklinge aussah, sollte sich eines Tages wie ein Messer in Arnaudes Innerstes graben.

‹Wenn ich wenigstens Félicien noch hätte›, dachte sie.

Sie seufzte ob dieser Unmöglichkeit, und dennoch war in eben diesem Augenblick Félicien wiedergekommen.

6

Wie jeden Abend, wenn Arnaude und Ollivier aus den Wäldern heimkehrten, war es schon dunkel geworden. Mit den gewohnten Bewegungen steckte die Mutter die Lampe an und schichtete das Feuerholz im Kamin auf. Derweile kümmerte sich Ollivier um die Tiere; er schüttete den Kaninchen das Futter hin, das er ihnen auf dem Berge geschnitten hatte. Arnaude ging hinaus, um Holz aus dem Schuppen zu holen. Gleich darauf kam sie wieder in die Küche und rief nach dem Stalle hin:

«Ollivier, komm doch mal mit nach dem Holzstapel; ich habe da ein ganz sonderbares Geräusch gehört, wie von einem großen Tier . . .»

Ihrer beider Blicke bohrten sich vom Schuppeneingang aus in das Dunkel.

«Es ist nichts», sagte Ollivier. «Außerdem hat der Hund ja auch nicht Laut gegeben.»

«Aber da bewegt sich doch was!» sagte Arnaude.

In diesem Augenblick rollten ihnen die beiseitegeschobenen Reisigbündel vor die Füße und ein Mann sprang vor.

«Hab keine Angst, Mutter; ich bin es.»

Es war Félicien.

Jetzt erkannte ihn auch Ollivier. Wenn jemand Ollivier gesagt hätte, als der Fremde von dem Holzstapel heruntersprang: ‹Das ist dein Bruder›, so würde er geantwortet haben: ‹Das ist nicht wahr.› Denn erstens glaubte man, Félicien sei tot, und dann: konnte dieser magere, blasse, hohlbrüstige Mensch der schmucke Félicien sein, auf den die Mädchen auf der Promenade in Solliès-Toucas einander aufmerksam machten? Aber die Mutter hatte keine Sekunde gezögert; sie hatte gerufen:

«Félicien!»

Und Ollivier hatte gedacht: ‹Sie ist verrückt!›

Dennoch stimmte es; es war Félicien.

Jetzt saß er am Tisch, auf seinem alten Platze, und man würde kaum haben glauben können, daß er jemals weggewesen wäre, hätte man nicht sein blasses Gesicht gesehen, in dem die fieberischen Augen zwei Löcher waren und aus dem ein Leidenszug alle Jugend verdrängt hatte.

«Also desertiert bist du?» fragte Arnaude, nachdem sie hundert- und tausendmal Gesicht und Körper ihres Erstgeborenen berührt, angeschaut und geküßt hatte.

«Wenn ihr es so nennen wollt: ja», sagte Félicien, «ich bin desertiert. Ich bin weggelaufen. Mutter, ich habe es nicht länger ausgehalten, Menschen zu töten, damit sie mich nicht töteten. Ihr beiden, ihr seid immer ruhig in unsern Wäldern gewesen, und um euch ist alles gewesen, was uns gehört. Ihr könnt nicht verstehen, wie das ist . . .»

«Dein Vater hat es mir erzählt», sagte Arnaude.

«Mein Vater, der arme, der hat auch sein gescheffelt Maß zu erdulden gehabt, denn das Unheil hat ihn auch kaputt gemacht. Es war eine sehr, sehr traurige Botschaft, Mutter, mit der ihr mich empfangen habt – daß mein Vater gestorben ist, weil er keine Kraft mehr hatte. Und was ihr mir dann noch gesagt habt, daß Joseph im ersten Monat an der Front gefallen ist – ihr könnt mir glauben, daß mich das schmerzt. Doch wenn man erlebt hat, was ich erlebt habe – wißt ihr, was man dann sagt, Mutter? Man sagt sich: ‹Die haben's gut.› Ja.»

«Du Armer!» sagte Arnaude.

«Ach, Mutter, das dürfte nicht erlaubt sein, so etwas! Wenn ihr wüßtet, wie es mit uns gewesen ist!

Wenn wir die doppelte Schnapsration und dann Messer in die Hand bekamen, solche Messer, wie Mazaugues, der Schlachter in Bellaïgue, sie hat – wir wären nur zu gern Tiere gewesen, damit wir nichts von alldem begriffen hätten; aber unglücklicherweise blieben wir Menschen trotz unserer Besoffenheit, und begriffen alles. Und dann, ach, Mutter, das war das schrecklichste von allem! Es waren ganz junge Kerle dabei, die an so was auch nicht im Traume gedacht hatten, und die weinten, wenn sie die Schlachtermesser ansahen, die sie in den Fingern hielten. Finger wie die von Ollivier, da, sieh sie dir an, was für weiche Haut er noch an den Fingern hat trotz seiner Holzfällerarbeit. Ja, und diese achtzehnjährigen Jungs hatten auch solche Kinderhände, und darin hielten sie die Messer . . .»

Ollivier hatte mit einer heftigen Bewegung seine Hand aus der des Bruders gerissen; er sah sie an, als habe sie sich plötzlich in etwas Ungeheuerliches verwandelt.

«Die Alten, die es schon gewohnt waren, die sahen diese Waffe mit ganz anderen Blicken an. Manche spuckten aus und sagten weiter nichts. Und dann, und das ist das gräßlichste, waren welche da – denen machte das Spaß; man sah es ihnen an. Das war der Mob aus Toulon und Marseille und anderswoher. Die hatten ihr Messer ruhig in der Hand und sagten:

‹Na, wann geht's los?›

Nachher waren sie dann über und über mit Blut bespritzt, und dann machten sie ihre Witze und sagten:

‹Schade, daß man ihnen nicht die Haare abschneiden kann wie bei den Negern. Dann wüßte man doch wenigstens, wie viele auf jeden von uns kommen.›»

«Denk doch jetzt nicht mehr an all das», sagte Arnaude. Sie sah, wie das Gesicht ihres Ältesten sich verzerrte.

«Ich muß solange daran denken», antwortete Félicien, «bis ich ganz sicher weiß, daß ich niemals wieder zurück brauche.»

Ein tiefes Schweigen entstand; sie dachten alle nach.

«Das wird sehr schwierig sein», sagte Félicien und krampfte die Hände ineinander.

«Höre», sagte Arnaude, «fürs erste kümmere dich nur darum, daß du ißt und trinkst und ruhig schläfst; denn du siehst aus wie aus dem Grabe erstanden. Dann werden wir weiter sehen.»

«Ruhig schlafen?» rief der junge Mensch. «Glaubt ihr denn, ich könnte ruhig sein? Ihr wißt ja nicht, daß mein Steckbrief überall hingeschickt worden ist, als ich von der Front weggelaufen bin. Ihr wißt ja nicht, daß die Gendarmen hinter mir her sind, daß sie mich schon beinahe gehabt hätten und vielleicht gar wissen, daß ich hier bin, und daß sie vielleicht schon da, hinter der Tür, auf der Lauer liegen.»

Er war aufgesprungen und hatte sich gegen die Stallwand geworfen. Man hörte die Kaninchen hin und her laufen, die er aufgeweckt hatte, als er seinen Stuhl umstieß; die Ziege mekkerte leise.

«Ist das immer noch Cabrette?» fragte er.

«Aber gewiß doch», sagte die Mutter. «Warum sollte sie es denn nicht mehr sein? Im März hat sie uns zwei Ziegenlämmer geworfen.»

«Michelle hat mich sofort wiedererkannt», fuhr Félicien fort. «Habt ihr es bemerkt? Sie hat nicht angeschlagen da vor dem Schuppen.»

«Ja», sagte die Mutter. «Gerade das ist mir ja so sonderbar vorgekommen.»

Die Hündin hatte ihren Namen gehört; ihr geschmeidiger Körper hatte bei Ollivier gelegen; nun stand sie auf und rollte sich bei Félicien zusammen. Aus dem grauen Fell streckte sie eine lange Pfote heraus und legte sie auf ihren Herrn.

Mit der niederhängenden Hand streichelte Félicien den Kopf der Hündin, die ihre treuen Augen zu ihm erhob und die Hand leckte.

«Sie tut genauso, wie ihre Mutter getan hat, die alte Michelle, die Nans von La Guirande mitgebracht hat. Du bist damals ein halbes Jahr alt gewesen und hast sie angelacht, und da hat sie dich genauso geleckt.»

«Sie ist gut», sagte Félicien. «Vater hat sie sehr gern gehabt.»

Seine Stimme klang sanft, und zum erstenmal seit seiner Ankunft erhellte ein Lächeln seinen Mund.

In energischerem Ton erklärte er:

«Ja, ich muß mich verstecken, Mutter; ihr werdet mich verstecken müssen. Ich glaube nicht, daß mich wer gesehen hat. Gestern abend um diese Zeit bin ich in Marseille in den Zug gestiegen, und in Toulon bin ich ausgestiegen, und dann bin ich in der Nacht zu Fuß hergekommen über La Farlède und Solliès-Ville und dann auf den Holzfällerwegen, die ich ja gut kenne. Den Tag über habe ich in einem Gebüsch in der Nähe von Bramafan geschlafen, und als es dann angefangen hat, dunkel zu werden, bin ich hierhergekommen . . .»

«Und während der ganzen Zeit hast du nichts gegessen?» rief die Mutter, «und ich, ich lasse dich erzählen!»

«Ich esse gleich. Laß mich erstmal meinem Herzen Luft machen, denn wenn ich all das auf dem Herzen habe, bringe ich keinen Bissen hinunter.»

«Trink wenigstens ein Glas Wein.»

Arnaude stand auf und goß es ihm ein.

Er trank es in einem Zuge aus.

«Das tut gut», sagte er, «der ist nicht wie der Wein, den sie uns da oben an der Maas verkauft haben; da ist nicht viel dran. Und dabei haben sie ganz recht, wenn sie ihn sich teuer bezahlen lassen!»

Er stellte das Glas wieder hin, und dann sagte er:

«In Marseille gab es guten.»

«Hast du dich da auf der Durchreise aufgehalten?» fragte Arnaude.

Félicien senkte den Kopf.

«Ich bin ein halbes Jahr lang da gewesen, ehe sie mich wieder schnappten.»

«Wann war denn das?»

«Als ich zum erstenmal von der Front weggelaufen bin.»

«Und dann bist du nicht zu uns gekommen?» fragte Arnaude.

«Nein.» Er ließ den Kopf sinken.

«Oh! Und warum nicht?» fragte Arnaude.

«Weil . . .», antwortete Félicien, und in seiner Stimme war Scham. «Es ist schwer, Mutter, dir das auseinanderzusetzen; denn schließlich bist du doch meine Mutter, und ich bin dir Rücksicht schuldig.»

«Ebendeshalb», sagte Arnaude.

«Du mußt verstehen . . .»

«Setz dich doch», sagte die Mutter. «Du kannst dich ja kaum auf den Beinen halten.»

«Du mußt verstehen: das erste Mal, als mich der Teufel geritten hat, daß ich mich entschloß, wegzulaufen – da bin ich durch die Hilfe einer Frau weggekommen. Es war eine große Dunkle; wir nannten sie Renée, und ich habe sie im Standquartier kennengelernt. Wir mochten uns.»

«War sie Kantinenwirtin?» fragte Arnaude.

«Nein.»

Félicien sah seine Mutter an, und dann sah er Ollivier an. Schließlich sagte er:

«Nein, sie war eine Hure.»

Mit einem schnellen Seitenblick schlug Arnaude die Augen nieder und zupfte einen rauhen Grashalm weg, der an ihrer Schürze hängengeblieben war.

«Aber sie war eine Frau mit so viel Herz, wie man es nur selten findet. Du kannst mir glauben, Mutter: die einzige gute Zeit, die ich in den Baracken von Flirey gehabt habe, wo wir bis zum Bauch im Dreck steckten, die danke ich ihr, und wenn ich überhaupt noch am Leben bin, so müßt ihr euch dafür bei ihr bedanken. Einige Zeit vorher hatte ich bei einem Gasangriff was abbekommen und mußte immerzu husten. Da hat sie mir Umschläge gemacht. Und Sirup hat sie mir gegeben, und ihr könnt es glauben: den hat sie von ihren paar Groschen gekauft. Am frühen Morgen, wenn ihre letzten Besucher weggegangen waren, dann hat sie mich von meiner Strohschütte geholt und in ihrem guten Bett schlafen lassen; sie hat mich gepflegt, wie sie es verstand: ‹Ich habe Kinder gehabt›, hat sie immer gesagt, ‹ich weiß, wie man es machen muß.› Und dann hat sie sich neben mich gelegt und mich gefragt:

‹Wie hieß es doch gleich, hast du gesagt, das Gut von deinem Großvater Desmichels?›

‹La Guirande›, habe ich gesagt, ‹und wir wohnen auf dem Grand-Cap; so heißt der Berg oberhalb von La Guirande.› Und manchmal habe ich ihr bis zum Morgen von euch allen erzählt, von Joseph, der schon Soldat war, von Vater, von Ollivier, der immer größer wurde, von Michelle, die wir schon so viele Jahre hätten, von ‹Jeunhomme›, der ganz kurz vor dem Kriege gestorben und der ein so gutes Pferd gewesen sei ... Ich hätte ihr tagelang erzählen mögen; denn immer sah sie so aus, als wenn sie mir gern zuhörte. Und nur, wenn ich von dir habe erzählen wollen, dann hat sie mich unterbrochen und gesagt: ‹Nein, deine Mutter, die ist eine gute Frau.›».

«Mir kommen die Tränen», sagte Arnaude.

«Als wir abrücken sollten, da hat sie mir gesagt: ‹Hör: ich merke, daß du die Nase voll hast, und außerdem bist du krank. Wollen wir nicht versuchen, alle beide auf und davon zu gehen?› ‹Das geht nicht›, habe ich geantwortet. Ich habe Herzklopfen gehabt, wie wenn einem unterwegs ein Wildschwein begegnet. Sie hat gesagt: ‹Laß mich nur machen, und laß dir nichts anmerken. Tu, als marschierst du mit den andern weg, und auf der Landstraße schlag dich im Buschwald in den dritten Seitenweg. Und dann brauchst du nichts zu tun, als dich hinzulegen und auf mich zu warten. Ich komme bestimmt; ich weiß nur noch nicht, wann. Aber kommen werde ich.› Sie ist auch gekommen. Anderthalb Tage habe ich auf dem Laubmoderhaufen gelegen, wie es sie in den Wäldern da im Osten gibt, wo das Wasser den ganzen Winter durch stinkt. Ich habe Frauenkleider anziehen müssen, nachdem ich mich mit dem Rasierzeug rasiert hatte, das sie mitgebracht hatte; und dann hat sie mich gepudert und mich geschminkt. ‹Zum Lachen siehst du aus!› hat sie gesagt. Aber wenn man sie geschnappt hätte, wäre sie erschossen worden genau wie ich.

Und so sind wir dann schließlich losgezogen. Sie hatte Ausweispapiere für uns beide fix und fertig. ‹Das hier ist meine Kusine›, hat sie dem Posten gesagt, ‹wir sollen weg aus dem Kriegsgebiet. Schade, nun müssen wir den Männern wer weiß wie weit nachlaufen.›

‹Na, und was sollen die Soldaten anfangen?› hat der Gendarm gefragt.

‹Das ist uns gleichgültig›, hat sie geantwortet. ‹Wir sind jetzt fürs Zivil da.›

Und dann ist unser kleiner Wagen abgefahren. Die Gendarmen haben unterwegs ein paarmal die Koffer und die großen Pakete abladen lassen, um darin herumzuschnüffeln; aber mich haben sie immer nur angesehen.

‹Hübsch ist sie gerade nicht, deine Kusine›, hat der eine gesagt. Renée hat geantwortet:

‹Sie ist total abgekämpft. Sie hat hier einen Geliebten gehabt, und die beiden haben sich die ganze Nacht auf Wiedersehen gesagt.› Auf diese Weise sind wir bis Marseille gekommen; jedesmal, wenn ihr die Papiere abverlangt wurden, hat sie sie gezeigt, und alles ist gutgegangen. Ab und zu hat sie ihre Hand vom Lenkrade genommen und sie mir aufs Haar gelegt, die Hand hat kühl auf meinem heißen Kopfe gelegen, und dann habe ich an die Quelle von Bonnefont denken müssen, in der Vater und ich uns nach der Arbeit, wenn uns die Hände vom Halten der Axtstiele brannten, gekühlt haben.

Als wir nach Marseille hineingekommen sind, hat Renée mir gesagt:

‹Ich muß den Rumpelkasten zurück zu meinem Bruder bringen, der wohnt in La Plaine und hat Lieferungen. Er hat ihn mir geliehen, damit ich ihm seine Ladenhüter von Seifenstücken und anderen Sachen in den Truppenlagern verkaufte; er steht sich gut mit einem Abgeordneten, und er hat mir die Passierscheine für uns beide besorgt. Ich will dich aber lieber nicht zu ihm bringen. In der Rue de la Reynarde habe ich eine Schwester wohnen. Bei der will ich dich lassen, und da wartest du auf mich. Da riskierst du nichts, und später können wir uns überlegen, wie du dich aus der Schlinge ziehst.›

Ihre Schwester Hortense sah ihr sehr ähnlich, nur war sie älter und dicker. Sie ging auch auf Männerfang, und in der Zwischenzeit rauchte sie Zigaretten und sang Schlager.

Mit ihr und Renée habe ich ein halbes Jahr zusammengelebt. Um offen zu sein: gefallen hat es mir nicht, denn ich war alles andere als auf der Höhe; immer tat es mir zwischen den Schultern weh, und meine Kräfte kamen und kamen nicht wieder. Aber ich saß ja im warmen Neste, in guter Deckung, und so ließ ich allem seinen Lauf. Und ihr könnt euch wohl ausmalen, wie ich an zu Haus und an euch gedacht habe. Eines Abends, als Renée und ihre Schwester auf der Straße waren, habe ich ein Blatt Papier und einen Federhalter genommen und euch geschrieben. Ich habe euch gesagt, ihr möchtet doch mal kommen, oder aber ich würde mich bis nach Toulon wagen, damit wir uns sehen könnten. Schon der bloße Gedanke machte mich ganz heiß.

Dann ist Renée mit ihrem Kerl heraufgekommen, und als er weggegangen war, hat sie gefragt: ‹Schreibst du nach Haus?›

Und ich, ich habe ‹ja› gesagt. Ich war darauf gefaßt, daß ihr das nicht recht war, und ich hatte mir vorgenommen, ihr die entsprechende Antwort zu geben.

‹Ist dir das etwa nicht recht?› habe ich gefragt.

‹Ob es mir recht ist oder nicht – darauf kommt es nicht an. Aber es ist eine Dummheit, und du bist nicht recht klug.›

Sie hat den Brief genommen und ihn gelesen, und dann ist sie aufgestanden und hat gefragt:

‹Wer soll denn herkommen von deinen Leuten?›

‹Vater ist an der Front, mein Bruder Joseph auch, und mein anderer Bruder Ollivier ist erst dreizehn.›»

Als er seinen Namen hörte, hatte Ollivier den Kopf gehoben wie vor kurzem Michelle, und in Gedanken ging er, ganz wie die Hündin, und legte sich dem älteren Bruder zu Füßen.

«‹Also bliebe nur deine Mutter?› hat Renée mich gefragt.

‹Ja›, habe ich gesagt.

‹Und deine Mutter willst du in die Rue de la Reynarde kommen lassen?›

‹Ich kenne sie›, habe ich gesagt, ‹um meinetwillen würde sie das tun.›»

«Bestimmt hätte ich es getan!» sagte Arnaude.

«‹Bestimmt›, hat Renée gesagt, ‹würde sie es tun! Aber wenn du auch nur ein bißchen Herz hättest, dann würdest du es nicht über dich bringen, sie darum zu bitten.›

‹Ich bin ganz krank vor Heimweh›, habe ich gesagt.

Sie hat gesagt: ‹Das verstehe ich.›

Oh, Mutter, was für ein Heimweh habe ich gehabt! Das kannst du dir gar nicht vorstellen. Ich habe dich hier gesehen, als wenn ich dabeigewesen wäre: allein mit Ollivier, und stets bemüht, die Arbeit zu leisten, für die früher immer drei Männer nötig gewesen waren . . .»

«Wir haben kein einziges Mal den Kamin angesteckt», sagte Arnaude.

«Ich weiß. Aber all das andere, das Holzschlagen, die Bestellung der Felder, vor allem des Feldes am Walde, wo die Erde so hart ist, und wo immerfort Eichenwurzeln zum Vorschein kommen, die ausgerissen werden müssen . . .»

«Das habe ich gemacht», sagte Ollivier.

«Ich weiß», sagte Félicien abermals, «und ich, ich habe mir wieder und wieder gesagt, daß ich die ganze Zeit über in diesem Saustall von Weiberzimmer blieb. Immerfort habe ich gedacht: Sankt Lukas, da muß auf den höchstgelegenen Äckern das Korn gesät werden. Sankt Cäcilientag – hoffentlich haben sie nicht vergessen, Bohnen zu setzen. Und im Juli habe ich mir, selbst an der Front, Sorgen gemacht, ob ihr auch die Narzissenzwiebeln verpflanztet; denn sonst hätten sie nicht mehr geblüht und wären verfault.»

«Wenn man sie bloß verkaufen könnte», sagte Ollivier. «Aber die Versandfirmen haben zugemacht.»

«Das habe ich nicht gewußt», sagte Félicien, «und ich habe mir immer vorgestellt, wie ich euch geholfen haben würde, wenn ich bei euch gewesen wäre. Dann hat Renée zu mir gesagt: ‹Du, ich habe dir schon mal erzählt, ich hätte ein Kind gehabt. Ja, glaub mir nur, es ist besser, wenn du deine Mutter nicht herkommen läßt. Es ist weniger schwer für sie, dich nicht zu sehen, als wenn sie dich hier unter den Huren sähe.› Hortense hat in ihrer Ecke gesagt: ‹Renée hat recht, Junge. Tu, was sie sagt.›

Da habe ich dann meinen Brief zerrissen.

Und drei Wochen später haben die Gendarmen mich geschnappt.»

«Wie haben sie dich denn aufgestöbert?» fragte Arnaude.

«Ich weiß es nicht. Vielleicht hat einer im Viertel von mir gesprochen; vielleicht auch bloß, weil sie eben nach mir gesucht haben. Eines Abends war Renée gerade nach unten gegangen, und da ist sie in aller Hast wieder die Treppe heraufgekommen, bleich wie der Tod, und hat mir zugeflüstert:

‹Mach, daß du wegkommst! Die Gendarmen halten in der ganzen Straße Haussuchung nach dir ab.›

‹Wie kann ich rauskommen?› habe ich gefragt.

Mein Herz hat so stark geklopft, daß ich glaubte, es würde zerspringen.»

«Mein Gott!» stöhnte die Mutter, als habe sie mit eigenen Augen die Gendarmen in allen Zimmern mit ihren Säbeln herumstochern sehen. «Und dann?»

«Und dann habe ich getan, was Renée mir geraten hat; sie kannte das Viertel ganz genau. Ich bin in der Dunkelheit bis zum Alten Hafen gelaufen, der ganz in der Nähe lag, und habe mich ins Meer gleiten lassen. Es war Mistral, und das Wasser war so eisig kalt wie der Gapeau, dort, wo er aus der Erde kommt, an der Quelle bei Chibron. Ich habe geglaubt, daß ich mir was wegholen würde. Aber die Angst hat mir Mut gemacht. Ich bin nach einem kleinen Boote hingeschwommen, das an einem großen Schiffe vertäut lag, ganz im Schatten, und daran habe ich mich mit beiden Händen festgeklammert, so daß nur meine Finger draußen waren und alles andere im Wasser. Lange Zeit habe ich nur das Geräusch der großen Wellen gehört, die gegen das Holz des Schiffes schlugen, das mich gerettet hat. Ich glaube, ich habe nie so sehr an zu Hause gedacht wie während dieser Zeit.»

«Ach, du armer Junge!» sagte Arnaude. Eine Träne quoll leise aus ihrem Auge und rann ihren alten Hals hinunter.

«Ja, Mutter, es ist mir sehr schlecht gegangen! Ich würde zehn Jahre meines Lebens darum gegeben haben, und selbst die Freiheit, der ich nachjagte, wenn ich mich hätte an dich lehnen, meinen Kopf auf deine Knie legen und deine Hand auf meinem Haar hätte fühlen können . . .»

«Komm!» rief Arnaude.

Sie nahm die Knie auseinander, damit er mehr Platz hätte, und breitete die Arme aus.

«Nein», sagte Félicien, «laß mich erst zu Ende erzählen . . . An die zwei Stunden habe ich so gehangen; nach und nach überkam mich eine wahre Kirchhofskälte – da sah ich auf dem schwarzen Wasser ein kleines Boot herankommen, und ich konnte erkennen, daß die Gendarmen und der Zollwächter darin saßen. Sie leuchteten mit Scheinwerfern das Wasser ab, und ich hangelte behutsam um mein Boot herum und hörte, wie der eine sagte: ‹Ich habe nicht das mindeste gesehen. Und du?› – ‹Ich auch nicht›, hat der andere gesagt. ‹Vielleicht finden sie mich nicht?› habe ich gedacht. Schließlich sind sie um das große Schiff herumgefahren, und dann ist der Zollwächter plötzlich in mein Boot gesprungen. Ich war darauf nicht gefaßt; ich habe losgelassen und mich ins Wasser gleiten lassen, ganz willenlos. Das hat mich gerettet. Später habe ich erfahren, daß der eine Gendarm gesagt hatte: ‹Ich bin der Meinung, daß er sich an dem Boot festhält›, und da war der Zollwächter hineingesprungen und hatte gesagt: ‹Ach, Quatsch, dann müßte ich ihm doch auf die Pfoten getreten haben.› Als ich wieder aufgetaucht bin, wie, das weiß ich nicht, war ich auf der anderen Seite des großen Schiffes. Ich habe gehört, wie sie in ihrem Boot davongerudert sind; aber es hat lange gedauert, bis ich gewagt habe, mich zu rühren. Gegen vier Uhr, als es nach und nach hell wurde, bin ich dann zum Ufer geschwommen und habe Umschau gehalten. Keine Katze ließ sich im ganzen Alten Hafen blicken. Der Mistral hatte die neugierigen Gaffer mit Gewalt zurück in die Häuser getrieben. Da bin ich denn aus dem Wasser gestiegen und wieder zur Rue de la Reynarde gegangen. Ich konnte kaum noch; meine Zähne schlugen aufeinander, und ich zitterte wie Espenlaub. Renée stand hinter der Tür und wartete auf mich. Sie hat gesagt: ‹Jetzt riskierst du nichts mehr. Die Gendarmen und der Zollwächter sind bei der langen Jeanne, mit der der Zollwächter was hat. Du bist vollkommen durchgefroren. Geh ins Bett, damit ich dich wärmen kann.›

Ungefähr zwei Stunden hatte ich in dem guten Bett gelegen, und die Wärmflasche und der Kräutertee hatten mich wohlig durchglüht; Renée hat neben mir gesessen und hat mir das Schälchen Salbeitee gehalten, damit meine Hand nicht müde wurde – da hat eine Frau, eine Nachbarin, die es gut mit uns meinte, die Tür aufgerissen und gerufen: ‹Vorsicht – Polente!›

Renée und ich, wir sind beide mit einem Satz auf gewesen und haben einander angesehen, als wenn es jetzt zum Tode ginge. Dann hat Renée die Matratze hochgehoben und gesagt: ‹Leg dich platt auf die Sprungfedermatratze und hol ordentlich Atem; und dann lege ich mich auf dich.› Die schwere Matratze hat auf mir gelastet. ‹Wirklich›, habe ich gedacht, ‹immer muß mir was die Luft nehmen; wenn nicht das Wasser, dann Bettlaken und Kissen.› Ich habe den Atem angehalten, solange ich konnte. Ich bin so zugedeckt gewesen, daß ich gerade noch Renées Stimme hören konnte: ‹Nein, Herr Gendarm›, hat sie gesagt, ‹wir haben ihn nicht gesehen. Sie sehen ja: ich bin nicht ganz auf der Höhe.› Und dann hat eine Stimme gerufen: ‹Los, du Hure, raus aus den Federn!› Und dann hat es einen fürchterlichen Lärm gegeben, als der Kerl Renée zu Boden gerissen und die Laken und Kissen und die Matratze über sie geworfen hat.

Die Gendarmen haben sich den Bauch gehalten vor Lachen. ‹Also da steckst du?› hat der eine gesagt. ‹Du Lümmel! Haben wir dich also doch noch geschnappt? Du kannst wohl nicht tief genug in die Hurenbetten hineinkriechen? Und während der Zeit lassen deine Kameraden sich welche vor den Latz ballern. Los, zieh dich an und dann komm mit, du Dreckskerl!›

Ich habe Renée nicht einmal mehr einen Blick zuwerfen können, als ich fort mußte; sie hatte sich den Kopf aufgeschlagen, als sie gegen das eiserne Bettgestell gefallen war, und die Schwester und ein paar andere Frauen versuchten, sie wieder zu sich zu bringen. Unten war die ganze Rue de la Reynarde auf den Beinen. Manche haben gelacht ... manche sahen aus, als hätten sie Mitleid ... ach, du arme Mutter ...

Einen Monat haben sie mich im Gefängnis gelassen, im Fort Saint-Nicolas, und dann haben sie mich wieder an die Front geschickt, und diesmal in ein Strafbataillon, zusammen mit Dieben und Mördern. Da war es, wo sie uns die Schlachtermesser in die Hand gegeben haben. Aber ich habe nur acht Tage mitgemacht, nicht länger, und dann bin ich wieder auf und davon gegangen.»

«Mein Gott», sagte Arnaude, «und wenn sie dich nun wieder schnappen?»

«Diesmal bin ich gut aufgehoben», sagte Félicien.

Arnaude ließ ihren Tränen freien Lauf; ihr faltiges Gesicht war ganz glänzend.

Félicien riß sich gewaltsam von den trüben Erinnerungen los.

«Bring mir was zu essen, Mutter. Jetzt, wo ich alles erzählt habe und fühle, daß ich bei euch bin, bekomme ich Hunger.»

Arnaude richtete ihre traurigen Augen von den zitternden Händen auf den Sohn:

«Wenn sie dich nun wieder schnappen, Félicien?»

Félicien legte ihr den Arm um die Schultern.

«Sie werden mich schon nicht schnappen, Mutter. Vielleicht habe ich ja nicht immer Unglück.»

«Und außerdem ist ja noch das Gewehr da!» sagte Ollivier.

Arnaude rückte den Suppentopf ans Feuer und kochte Eier, während Ollivier hinausging, um Brot und Käse zu holen. Als die drei an dem Tisch saßen, wo der Vater und der eine Sohn fehlten, sah Arnaude ihre essenden Söhne an und fragte dann:

«Und diese Renée, die so tapfer ist und dir so viel Gutes getan hat, was ist aus der geworden?»

Félicien schluckte den Mundvoll Brot hinunter und blickte betreten auf den Teller. Er sagte:

«Ich weiß es nicht. Ich habe ihr immer mal schreiben wollen ...»

7

Jetzt hatte Félicien keine Angst mehr; er langweilte sich bloß. Während der ersten Tage hatte er nichts empfunden als das große Glück, sich ausruhen zu können, unbehelligt zu sein und die guten Dinge zu essen, die seine Mutter ihm vorsetzte. Und zusammen mit dem Stolz, den Gendarmen ein Schnippchen geschlagen zu haben, kam ihm die Freude am Dasein wieder.

Am Abend seiner Heimkehr, als er Arnaude und Ollivier seine Erlebnisse geschildert hatte, war er nur zu geneigt gewesen, sich sogleich auf seinen alten Strohsack schlafen zu legen; aber die Mutter hatte klüglich Einspruch erhoben.

«Hör zu», hatte sie gesagt, «auf keinen Fall dürfen wir gleich zu Anfang Dummheiten machen. Ich will nicht, daß sie dich in deine Hölle zurückschleppen. Hier habe ich etwas zu sagen, und an dir ist es zu gehorchen.»

Hinten in der Küche begann sie, in die Tat umzusetzen, was ihr eingefallen war. Sie bepackte Ollivier mit einem Strohsack, Bettüchern und Decken, und sie selbst nahm einen Korb mit Wäsche. Auch ein paar armselige Lebensmittel packte sie dazu. Das dauerte eine ganze Zeit; denn sie mußte in jedem Schrank, im Abstellraum und sogar im Schuppen draußen erst die Sachen zusammensuchen. Die beiden Brüder warteten; sie hatte ihnen gesagt, sie sollten warten, und beide fühlten dunkel, daß sie sich fügen mußten. Als alles fertig war, sagte Arnaude:

«Kommt, nehmt eure Umhänge; wir gehen nach unten. Eine Laterne wird nicht angesteckt; die brauchen wir nicht; wir kennen ja die Wege, und das Licht würde uns nur verraten.»

«Wohin gehen wir denn?» fragte Ollivier.

«Nach der Mühle von Sinssol», sagte Arnaude. «Seit Krieg ist, werden keine Oliven mehr dorthin gebracht, und sie wird nicht schon morgen oder übermorgen wieder in Betrieb genommen werden. Dort ist Félicien gut versteckt, und schließlich wird die Schlächterei an der Front ja nicht ein ganzes Menschenalter dauern. Die Laurades und Resplandins lassen die Mühle verfallen. Der Mühlstein muß schon trocken sein wie Zunder, und das Getriebe riecht sicher kaum noch nach ranzigem Öl. Wir können den Richtweg quer durch Plan-Bernard gehen; wir zertreten nichts, denn es ist da ja nichts gepflanzt worden. Dieser Herr, dem Großvater Desmichels es verkauft hat, um dem armen Antoine einen Streich zu spielen, hat es niemals betreten, seit er das Geld dafür hingelegt hat. Wer sollte es sich einfallen lassen, dich ausgerechnet dort zu suchen? Kommt, wir wollen hinuntergehen.»

Durch die offene Türe schwoll ihnen die frische Nachtluft entgegen. Anfangs führte der Weg sie bergab von ihrem Berge unter der Deckung von Eichen und Pinien; dann durchquerten sie Plan-Bernard, wo die alten Reben, deren Wein der Herr von La Guirande so gern getrunken hatte, bis zur Erde niederhingen. An der Grenze des Weinbergs nahm sie dichter Platanenschatten auf; die Bäume umstanden das Gemäuer der Mühle.

Arnaude stellte ihren Korb hin; dann ging sie um den Wagenschuppen herum und stieß eine alte Schafstalltür auf, die locker in den Angeln hing.

«Von hier aus kann man hineinkommen», sagte sie, «ich weiß es, ich bin mit eurem Vater mal hier gewesen.»

Sie steckte eine Kerze an und führte die beiden nach einer Steintreppe hin, die nach unten führte. Sie kamen in einen großen Raum, der von dem Mühlstein und dem Wellbaum beherrscht wurde. Daneben stand eine Reihe dickleibiger eiserner Behälter. Arnaude sah sie an.

«Es ist noch alles so wie früher», sagte sie. «In einem von diesen Eisenbehältern, hatte ich gemeint, solltest du dich verstekken; und ich sehe, daß sich das tatsächlich machen läßt. Leg deine Sachen hin, Ollivier, und hilf mir. Wir legen eins dieser Eisendinger auf die Seite, als wenn es umgestoßen worden wäre. Davor rücken wir die andern, aber nicht zu ordentlich; und dann legen wir noch eins auf die Seite, mit der Öffnung nach vorn, daß es tüchtig auffällt. Und in dem, das hinten liegt, richtest du dich häuslich ein, Félicien; du packst deinen Strohsack hinein, und die Tücher und Decken. Das Schlimmste, was dich bei Tag oder bei Nacht stören kann, sind die Mäuse, die sich allmählich dazu gewöhnt haben, die Olivenkerne anzuknabbern. Eigentlich hätten sie ja mittlerweile eingehen müssen...»

«Aber hier ist es immerfort stockdunkel», sagte Félicien.

«Du sollst ja auch nicht unausgesetzt hier unten bleiben. Aber für den Augenblick ist es das beste, wenn du dich ein bißchen still verhältst. Wenn wir genau wissen, daß alles in der Gegend ruhig geblieben ist, dann kannst du getrost morgens ganz früh aufstehen und uns auf dem Grand-Cap besuchen. Wir beide, Ollivier und ich, erledigen unsere Arbeiten, als sei nichts vorgefallen, und wenn die Gendarmen kommen, lassen wir sie ruhig zu uns herein. Man hört in den Bergen jeden Schritt schon von weitem, und schließlich haben wir ja doch feinere Nasen als die sauberen Herren. Los, nimm deine Sachen und pack sie in den Behälter.»

Félicien mußte oft daran denken, wie fürchterlich einsam er sich gefühlt hatte, als seine Mutter und sein Bruder weggegangen waren und er allein in dem dunklen, kalten Raum hockte, in dem die großen Eisenbehälter schattenhaft um den Mühlstein standen wie Gespenster um eine Kirchhofsgrabplatte. Aber die Gewißheit, allen Verfolgungen entronnen zu sein, durchströmte ihn tröstlich, und in diesem Gefühl schlief er ein.

Mit diesem Abend begann für ihn ein sonderbar verzerrtes Leben, bald das eines Mönchs, bald das eines Waldmenschen. Mehrere Tage lang hielt er sich verborgen und dachte an nichts als an das Kommen der Nacht; denn dann erschien Ollivier und brachte Lebensmittel für den folgenden Tag. Aber dann fing er an, sich nach Bewegung und freier Luft zu sehnen, und nach etwas anderem, ohne das er sterben zu müssen meinte. Er bat und bettelte so lange, bis seine Mutter ihn an einem frühen Wintermorgen mit Sturm und wüstem Regen nach der Hütte hinaufkommen ließ, wo Félicien seinen Milchkaffee am Familientisch trank, während Michelle sich an seinen Beinen rieb und die Mutter ihn fast mit den Augen verschlang. Ollivier stand draußen im Dunkel des Schuppens Wache.

«Vor allem müssen wir aufpassen», sagte Arnaude plötzlich, «daß der Hund nicht hinter dir her läuft. Michelle hat dich so gern, daß sie das einmal tun könnte, und dann fängt sie womöglich an, vor der Mühlentür zu heulen, und das könnte Argwohn erwecken.»

«Das stimmt», sagte Félicien. «Ich werde achtgeben.»

An jenem Morgen, als gegen sieben Uhr der Regen aufgehört hatte, ging er mit Ollivier nach einem Holzschlage, den der Junge unterhalb von Bramafan angefangen hatte.

Félicien hatte seine Mutter darum gebeten, als hänge sein Leben davon ab.

«Paßt gut auf, ihr beiden», hatte sie gesagt. «Bleibt in gehöriger Entfernung vom Dorfe. Von den paar Menschen in Bramafan braucht dich nur ein einziger zu sehen und hinzulaufen und dich anzuzeigen – dann ist alles aus. Kriech beim geringsten Geräusch ins Dickicht, Félicien. In der Nähe ist das alte Bett des Coulepierre, das immer trocken ist. Du kannst dich zwischen Buschwerk und Steinen jederzeit verstecken, bis es dunkel ist, und dann kannst du zur Mühle zurück. Mach mir keine Dummheiten ...»

«Keine Angst, Mutter», sagte Félicien. «Ich habe in meinem Leben jetzt Dummheiten genug gemacht.»

Er dachte an die Nacht, die er in jenem Walde an der Maas verbracht hatte, wo es so feucht gewesen war, daß ihm die Kleider am Leibe klebten, und wo es so sehr nach moderndem Laub gerochen hatte, daß er den Geruch bis zum heutigen Tage nicht losgeworden war. Er mußte an den Vogel denken, dessen Zwitschern zu gleicher Zeit ein Lachen und Schluchzen gewesen, und wie unheimlich ihm das vorgekommen war. Und dann glitten seine Gedanken zurück zu noch schrecklicheren Nächten, denen, die er im Schmutz und Schlamm der Schützengräben durchgemacht hatte, zu den Sterbenden, die sich über ihn entleerten.

Ollivier ging stumm neben ihm; er sagte kein Wort; nur den Schlag zeigte er ihm, als sie angelangt waren. Die Bäume – jeder trug eine Nummer wie ein Zuchthäusler – lagen schon am Boden hingestreckt; ihr schönes, lebendiges Laubwerk welkte im Schmutz. Die Vögel hatten zutraulich und voller Hoffnung darin ihre Nester gebaut; jetzt gingen die Männer in ihren schweren Stiefeln darüber hin, und ihr Schritte zerknickten die zarten Zweiglein. Andere Bäume waren des Todes gewärtig; ihr Fleisch klaffte von Axthieben, ihr Blut bildete geronnene Tropfen. Ollivier dachte an seines Vaters Blut, das die kleinen Blätter der abgeknickten Zweige befleckt hatte. Er sagte:

«Hier ungefähr ist Vater damals verunglückt...»

«Gib mir deine Axt», sagte Félicien.

Er schwang sie mit beiden Händen hoch über den Kopf, um seinem Hieb größere Schwungkraft zu geben. Mit hartem Gesicht, gepreßtem Mund und angespannten Muskeln führte Félicien jeden Schlag mit sicherer Hand, genau dorthin, wo er sitzen mußte; zur rechten Zeit und nach der richtigen Seite tat er den kleinen Sprung seitwärts, um nicht von dem fallenden Baum getroffen zu werden, der krachend zu Boden stürzte. Als er eine Pause machte, sagte Ollivier: «Du kannst es noch ganz gut.»

«Ach», antwortete Félicien, «ich bin immer noch nicht ganz auf der Höhe; es strengt mich sehr an.»

Ein trockener Husten schüttelte ihn. Er wischte sich über die Stirn, die ein übler Schweiß benetzte, und sagte:

«Es kostet viel Zeit, bis ich wieder ein richtiger Mann bin.»

Fortan ging er öfter mit seinem Bruder zum Holzschlagen oder half Arnaude beim Hinabtragen der Reisigbündel; aber sie hielten alle drei unablässig die Ohren offen, und Félicien war stets auf den Sprung bedacht, den er tun mußte, um sich in Sicherheit zu bringen.

Eines Morgens, als sie bei der Arbeit waren und in aller Ruhe miteinander redeten, während sie die Zweige bündelten, stand plötzlich einer aus Bramafan vor ihnen, ohne daß sie sein Kommen bemerkt hätten. Es war der junge Marcelin aus Bellaïgue, der im Kriege ein Bein verloren und nach seiner Heimkehr ein Mädchen aus den Bergen geheiratet hatte; er lebte jetzt dort oben bei seinen Schwiegereltern. Seine Mutter Justine, die die Matratzen des ganzen Tales ausbesserte, war die einzige gewesen, die die Scherenschleifertochter gekannt hatte, als sie in die Gegend gekommen war. Die Freundschaft war von Dauer gewesen. So kam es, daß Marcelin Arnaude und ihre drei Söhne gut kannte. Er blieb vor ihnen stehen und fragte lächelnd:

«Na, wie geht's, ihr Kohlenbrenner?»

«Es geht», sagte Arnaude ruhig.

Ihr Blick flackerte; sie wußte, daß hinter ihrem Rücken Félicien arbeitete.

«Wir sind bei der Arbeit», sagte Ollivier. «Und du, Marcelin, willst du nach unten?»

«Ja», sagte der junge Mensch. «Und ich muß schnell machen, weil ich die Hebamme holen will.»

Arnaude hatte sich unauffällig umgesehen und fragte nun ihrerseits lächelnd:

«Ist es so weit mit deiner Frau?»

«Ja», antwortete er, «ich glaube, es geht jetzt los. Sie hat arge Schmerzen.»

«Ach», sagte Arnaude, «das sind schöne Schmerzen. Wenn sie überstanden sind, sind sie auch schon vergessen!»

«Trotzdem ist mir nicht ganz wohl dabei zumute», sagte Marcelin. «Ich will rasch weiter!»

Er ging ein paar Schritte talwärts; dann drehte er sich um und sagte noch: «Komisch! Von weitem war mir doch, als wäret ihr zu dritt gewesen?»

«Wahrscheinlich freust du dich so über deine Vaterschaft, daß du doppelt siehst», sagte Arnaude.

Als jedoch der junge Mensch weiter unten auf dem Fußwege verschwunden war, mußte sie sich an einen Pinienstamm lehnen. «Ich glaubte, ich würde ohnmächtig», sagte sie. «Wo bist du, Félicien?»

«Hinter der dicken Eiche hier», antwortete Félicien und trat hervor. «Ich bin um den Stamm herumgegangen, immer mehr, je weiter Marcelin ging. Wenn ich gekonnt hätte, wäre ich in den Baum hineingekrochen.»

«Morgen soll sie umgehauen werden, die Eiche», sagte Ollivier, «und heute hat sie dich gerettet.»

«Ja, das hat sie», sagte Félicien.

Er stellte seine Axt hin und legte der Mutter die Hände auf die Schulter, um sie zu küssen.

«Zittere doch nicht so», sagte er.

«Das zeigt, wie sehr wir uns vorsehen müssen», sagte Arnaude. «Wohlverstanden: auf Justines Sohn können wir uns verlassen wie auf einen Freund. Aber man kann gar nicht vorsichtig genug sein...»

«Ach», sagte Félicien, «ich werde noch verrückt dabei! Immer sich verstecken müssen... immer sich verstecken müssen ... Eines schönen Tages schnappen sie mich ja doch.»

Jähes Schweigen, in dem Furcht schwang, überkam die drei.

Während der ganzen folgenden Woche blieb Félicien in seinem Versteck in der Mühle. Trotz der Worte seiner Mutter bildete er sich ein, daß der Marcelin-Sohn ihn unter allen Umständen gesehen und verraten habe und daß die Gendarmerie von Solliès ihm auf den Fersen sei. In den langen Stunden seiner Gefangenschaft dachte er häufiger denn je an Renée, die so viel für ihn getan hatte. Er machte sich bittere Vorwürfe, daß er ihr von der Front aus nicht einmal eine Postkarte geschickt hatte. Was mochte sie jetzt wohl anfangen? Er hätte so gern ihre weiche Frauenhand auf seiner Stirn gefühlt und den süßen Kräutertee getrunken, den sie ihm gekocht hatte.

‹Sie würde mich besuchen, wenn ich ihr schriebe, daß ich hier bin›, dachte er. Aber andererseits hatte er Angst, eine Dummheit zu begehen, und nahm sich zusammen.

Auf diese Weise gingen ein ganzer Winter und ein ganzer Frühling hin. Jetzt fiel es ihm noch schwerer, hier gefangen zu sitzen, denn an den Sonntagabenden wehte von den Dörfern her Mädchenlachen zu ihm hin.

Die Sommertage, da die Sonne kaum aufhörte zu scheinen, zwangen ihn, in seinem Verlies zu bleiben, und dann schien um Mitternacht der Mond so stark, daß sein Licht alles überschwemmte und es hell war wie am Mittag. Daher wagte er sich nicht mehr hinaus. Jemand aus Solliès hatte Arnaude erzählt, daß die Gendarmerie ihre liebe Not mit den Deserteuren habe und sozusagen überall gleichzeitig sein müsse. Die Desmichels waren doppelt auf der Hut, und Ollivier hatte sich entschlossen, bei seinem Bruder zu schlafen, damit er als der

Bewohner vortreten könne, wenn die Gendarmen, sofern sie Spuren menschlicher Anwesenheit bemerkt hatten, mit Tagesanbruch in die alte Mühle von Sinssol kamen.

Aber es war ihm, der frei wie ein Eichhörnchen auf dem Grand-Cap gelebt und zumeist auf irgendeinem Strohbündel oder Reisighaufen geschlafen hatte, unangenehm, die tagheißen, flammenden Augustnächte neben einem mißgelaunten, hustenden Burschen zuzubringen.

Fast in jeder Nacht erwachte er nach dem ersten Ansturm von Schlafbegierde, weil es ihm an Luft fehlte. Er setzte sich auf den Rand des Strohsackes und kühlte auf den Fliesen des Bodens seine Füße, die wie sein ganzer Körper brennend heiß waren. Das kam von dem Fieber, das von Féliciens erschlafftem Körper auf ihn übersprang. Unter Félicien waren Laken und Keilkissen feucht von dem üblen Schweiß, der den Kranken die Kraft nimmt und macht, daß sie morgens noch schwächer als abends sind. Eine Art Widerwillen überkam Ollivier, so dicht neben dem feuchtwarmen Körper des Bruders zu liegen. Er hörte den keuchenden Atem, der stoßweise aus Féliciens Brust kam, in der ein tückisches Tier sich mit seinen Krallen ein Loch wühlte. Ollivier rückte von seinem Bruder ab, dachte einen Augenblick nach und zog leise, um Félicien nicht aufzuwecken, seine Hose an. Dann ging er behutsam zur Schafstalltür hinaus. Unter dem funkelnden Sternenhimmel erging er sich auf den schmalen Waldwegen oder auf der alten Tenne, die mit roten Backsteinen gepflastert war; darüber hin fiel sein langer Schatten. Oft blieb er draußen, bis es Morgen wurde.

Er spürte das Kommen der Dämmerung an dem Wehen eines leisen Windes, der das Laub aufzittern und durcheinanderrascheln ließ, gleich als wolle ein Blatt dem andern die gute Botschaft vom Nahen der Sonne sagen. Am östlichen Himmel, nach Toulon hin, begannen die Sterne blasser zu werden; ihr schwindendes Licht verschmolz mit einem hellen Schimmer, der allmählich das samtige Nachtblau verdrängte. Die Bergkette von Coudon wogte in klarem Grau vor der zarten Linie des Horizontes, der wie neu erschaffen aussah, obwohl er schon viele Tausende von Tagen erwacht war. Vor dem rosenroten Himmel hoben die schwarzen Umrisse der Pinien sich ab, als seien sie aus Eisen geschnitten. Ollivier stand und schaute. Er spürte, wie ein dumpfes Glücksgefühl ihn überkam, das ihm das Blut rascher durch die vom Schlaf geweiteten Adern trieb. Er wußte nicht, daß diese Freude von seiner innigen Verbundenheit mit der Erde, den Bäumen und dieser jungen Morgendämmerung herrührte, die eigens für ihn aufzuglühen schien. Später hat er oft an diese Augenblicke zurückgedacht und schmerzlich empfunden, daß er sie verloren hatte.

An einem solchen Morgen wagte er sich bei Sonnenaufgang bis an ein großes Bewässerungsbecken vor, das an der Grenze des Gebietes von Plan-Bernard lag. Das Becken war bis zum Rande gefüllt, und die Nacht hatte das Wasser abgekühlt. Er zog sich schnell aus, ließ sich hineinfallen wie ein Stein und spürte lustvoll, wie die Frische des Wassers über seine Haut glitt. Er schwamm hin und her wie im Gapeau, wenn er mit Joseph und Félicien gebadet hatte. Es machte ihm Spaß, zu tauchen und vom Grunde einen Topfscherben heraufzuholen, der wie ein Kleinod glänzte; schließlich streckte er sich an der Oberfläche lang aus und ließ sich gemächlich treiben. Er fühlte sich so leicht wie ein noch grünes Platanenblatt, das in der Sommerdürre vom Baum in den Fluß gefallen ist und beim leisesten Windhauch dahinsegelt. Er lag reglos; ein Teil seines Körpers war weiß geblieben, und ihm war, als sei er eine Wasserblume geworden, die sich unterhalb der glatten Oberfläche ausbreitet, über die nur der Griffel hinausragt. Unvermittelt hatte er genug davon; er drehte sich um und schwamm wieder auf dem Bauche. In diesem Augenblick hörte er auf dem Wege Steinchen rollen. Er hielt sich mit beiden Händen an dem Steinrand fest, und dabei mußte er an Féliciens Erzählung denken, als der Bruder sich während der Nacht in Marseille an das Boot angeklammert hatte, um nicht gefaßt zu werden.

‹Vielleicht›, dachte er, ‹kommen jetzt die Gendarmen? Aber Gendarmen – so früh am Morgen? Oder es ist ein Liebespaar... Wenn es die Gendarmen sind, muß ich mich hier im Wasser versteckt halten, wenn sie vorbeigehen. Aber wenn sie kommen, dann suchen sie nach Félicien, und ich hätte keine Möglichkeit, hinzulaufen und ihm Bescheid zu sagen. Aber wenn es ein Liebespaar ist, und wenn sie hier in der Nähe bleiben, dann sehe ich zu; denn so etwas habe ich noch nie gesehen.›

Ein Liebespaar... Félicien, Renée. Ollivier hatte an Marseille gedacht, an den Alten Hafen, und in diesem Zusammenhang dachte er an die Frau, die er nur aus den Erzählungen seines Bruders kannte. «Sie war eine Hure», hatte Félicien gesagt, und daraufhin hatte die Mutter schnell die Augen niedergeschlagen. Ein andermal hatte Félicien ihm gesagt, sie sei ein schönes Mädchen gewesen, rundlich, mit herrlichen Augen und Zähnen, und auf die Liebe habe sie sich verstanden. Aber dann hatte er innegehalten und hinzugefügt: «Ich erzähle dir das alles so ohne weiteres und bedenke gar nicht, daß du noch nicht erwachsen bist. Hast du schon mal was mit Frauen gehabt?» – «O nein!» hatte Ollivier gesagt und war dabei puterrot geworden. Der Bruder hatte gelacht: «Deshalb brauchst du doch nicht rot zu werden! Eines Tages kommt das doch. Paß nur auf: das sind Marksteine im Leben des Mannes.»

Seit dem letzten Frühling, seit Ollivier sechzehn geworden war, hatte er zu seiner eigenen Verwunderung angefangen, den Mädchen nachzusehen, die mit wiegenden Hüften von Bramafan her durch den Wald kamen. Jetzt dachte er, daß Renée sich sicherlich schöner als alle anderen beim Gehen in den Hüften gewiegt und das Blut der jungen Männer in Aufruhr versetzt habe. Er hätte sie so gern kennengelernt, sie angefaßt, sie ganz allein vor sich gesehen ... Wiederum erregte das Rollen kleiner Steine seine Aufmerksamkeit. Er sah über den Beckenrand hinweg; zwischen den Platanen hervor kamen Hunde.

Sogleich erkannte er Michelle. Vor drei Tagen war sie weggelaufen wie alle sechs Monate, wenn sie läufig wurde. Bis jetzt hatte Ollivier nicht groß darauf geachtet, wenn Arnaude das Tier von den Stühlen jagte, die es beschmutzte. Später hatte die Mutter dann gesagt:

«Die Hündin ist trächtig; wir müssen ein Junges für Ricou in Sénès aufheben; er möchte eins haben.» Oder aber: «Diesmal müssen wir sie alle ertränken.»

Dann fiepte Michelle ein paar Nächte lang nach den Jungen, ob sie nun ertränkt oder verschenkt worden waren, und suchte sie überall und gebärdete sich wie toll, und dann legte sie sich auf die kälteste Stelle der Fliesen; dort lag sie auf der Seite und bewegte sich nur, um ihr fieberndes Gesäuge zu lecken. Endlich wurde sie dann ruhiger und fing wieder an zu fressen. Sie schmiegte den Kopf in die Herrenhand, die ihre Kinder umgebracht hatte. Aber Arnaude hatte jedesmal gesagt:

«Sie hat eine Art, einen anzusehen, diese Hundemutter, daß es mir ins Herz schneidet.»

Ollivier hatte seinem Bruder die Wahrheit gesagt. Er hatte niemals eine Frau angerührt. Die einzige Frau, die er aus der Nähe kannte, war seine alternde Mutter. Die ersten Lustgedanken waren ihm im Zusammenhang mit Renée gekommen, und sie waren etwas durchaus Neues für ihn. Aber wenn er auch noch nicht mit seinen Kameraden in gewisse Häuser zu Toulon gegangen war oder die Liebe von ungefähr auf andere Weise kennengelernt hatte, wußte er doch schon, was zwischen Männern und Frauen geschieht, und manchmal war ihm, als sei es etwas Ekelhaftes – manchmal aber, es sei so wundervoll, daß er gar nicht zu hoffen wagte, es könnte auch ihm widerfahren. Aber er glaubte auch, daß er, wenn er nur ein einziges Mal seinen Mund auf einen Mädchenmund pressen und einen Körper, der sich ihm hingab, halten dürfte, es niemals würde vergessen können, daß es, eine Flamme brennender Lust, immer in seinem Blute weiterlodern würde.

Er faßte die Hunde schärfer ins Auge und sagte sich: ‹Ja, es ist tatsächlich Michelle; sie läuft noch immer mit dem großen schwarzen Hund aus Bramafan, der immer gekommen ist und an der Stalltür gekratzt hat, als wir sie das letztemal eingeschlossen hatten.› Die beiden Hunde hatten die ganze Nacht geheult, der eine drinnen, der andere draußen, und einander durch den Katzenschlupf hindurch die Schnauzen geleckt. Am Morgen war Michelle weggewesen; das Loch in der Holzwand war von draußen und drinnen mit Klauen und Zähnen größer gemacht worden, damit die Hündin hatte hinausschlüpfen können.

Ollivier erinnerte sich, wie oft er mit anderen Halbwüchsigen Hündinnen durch den Wald und auf der Straße hatte laufen sehen, die von einem Rudel von Hunden verfolgt wurden; und wie seine Freunde hatte er mit Steinen nach den Tieren geworfen, um sie auseinander zu bringen. Daran dachte er jetzt nicht. Er gewahrte in den Blicken Michelles und des schwarzen Hundes die gleiche wilde Seligkeit, die er in den Augen des Marcelin-Sohnes gesehen hatte, als er endlich das Holzfällermädchen geheiratet hatte, hinter dem er seit Jahren hergewesen war. Ollivier war nach dem Dorfe hinaufgegangen und hatte mit dem Brautpaar am Hochzeitsnachmittag Kaffee getrunken und Kuchen gegessen, und dann hatte er sie überrascht, als sie sich im Holzstall umarmt hatten.

‹Willst du denn nicht?› hatte Marcelin geflüstert. ‹Gleich... gleich...›, hatte das heftig atmende Mädchen geantwortet.

Ollivier sah in das klare Wasser, in dem sein nackter Körper sich spiegelte. Zum ersten Male empfand er, daß auch er ein Mann sei.

8

IM TALE saßen in den Feigenbäumen ebensoviel Vögel wie Feigen; alle Äpfel hatten Sonnenschein in sich gesogen und bildeten rote Flecken im üppigen, schnittbereiten Grase. Der September ließ einen Sandbeerbaum, der sich zwischen die Pinien des Grand-Cap verirrt hatte, auflodern wie eine Fackel. Aus dem lederharten Laubwerk der Eichbäume fiel eine Fülle von Eicheln zu Boden, die aussahen, als bestünden sie aus poliertem Holz und steckten in kleinen Lederfutteralen. Auf den Wegen trieb der Wind die welken Blätter vor sich her wie Vogelschwärme.

Félicien war nur zu froh, daß er jetzt häufiger aus seinem Schlupfloch herauskriechen konnte. Es wurde schon um fünf Uhr dunkel, und die Ausflügler verloren sich nicht mehr in die Wälder wie im August. Morgens weckte ihn das «Tit-tit-tit» der Krammetsvögel, und dann stand er auf, lief über die taufeuchten Wege und bot seinen nachtwarmen Körper der herbstlichen Kühle dar. Wenn es auf Mittag ging, genoß er voller Freude die letzte Sonnenwärme, die seinem mageren Rücken wohltat. Aber dennoch war er sich selbst zur Last. Er fühlte sich zu einsam.

Ollivier hatte seine Arbeit im Holzschlag unterhalb von Bramafan wieder aufgenommen und kam weniger häufig als früher zum Schlafen in die Mühle. Arnaude schöpfte neues Zutrauen; allmählich bildete sie sich ein, die Gendarmen wüßten, daß ihr Sohn wieder im Lande sei, drückten indessen aus purer Menschenfreundlichkeit beide Augen zu.

Nun er ohne die Mutter und den Bruder sich selbst überlassen war, dachte Félicien an Renée. Sie war die letzte Frau gewesen, die ihn liebgehabt hatte, und er brachte die Stunden, da er keinen Schlaf fand, damit hin, sie herbeizuwünschen. Er hätte sie gern wiedergesehen, die Freundin von damals, die ihm in Zeiten, da die Angst ihn zu Boden drückte wie ein böser Sturm, mit ihren Fingern, deren Nägel rot gefärbt waren, ans Kinn gefaßt und gesagt hatte: ‹Sei tapfer, Junge! Vergiß nicht, daß du ein Mann bist.› Renée ... Ach, warum hatte er ihr nicht schon längst geschrieben, daß er hier sei, zwei Stunden von Marseille entfernt? Sie würde kommen, sie würde neben ihm auf dem Strohsack liegen, auf diesem Bette in einem umgestürzten Ölbehälter; er würde wieder ihr schönes Lachen hören, das gurrte wie das Wasser des Gapeau unter den Zweigen; er würde sie fühlen, ihre weiche Haut; er hörte sich wieder sagen: «Liebste du...» Ja, aber durfte er den Zufällen der Post seinen Namen und den Ort seines Versteckes preisgeben? Das war gefährlich! Indessen wußte er nur zu gut, daß er noch weniger die Tollkühnheit aufbringen würde, sich bis Marseille, bis in die Rue de la Reynarde zu wagen, wo er auf der Stelle wiedererkannt und ohne Zweifel sofort verhaftet werden würde. Aber das Verlangen nach einer Frau begann ihn verrückt zu machen.

Während des ganzen Sommers war das Lachen der Mädchen, die das Kommen der Urlauber erregte, bis in seine Einsamkeit gedrungen und hatte sein Begehren angestachelt. Als er die Erinnerung an Renée zurückdrängte, mußte er an die Zeit denken, da er sonntags nach Solliès hinuntergegangen war, wo er sich mit seinem Bruder Joseph an die langen Tische gesetzt hatte, die aus Planken auf Böcken bestanden; darauf waren Bierlachen gewesen, die die Fliegen umschwärmt hatten.

Mit niedergeschlagenen Blicken und heuchlerischen Mienen befaßten die beiden sich mit den Mädchen, die aus den umliegenden Dörfern gekommen waren, um die wilde Freude des Tanzens im Arme der jungen Burschen zu genießen. Wochentags und selbst am Sonntagmorgen duldeten die Mütter keinerlei andere Beziehungen als flüchtige Blicke, die auf der Promenade gewechselt wurden. Jedes Dorf hatte seine Promenade; sie war an die hundert Meter lang und wurde von dichtbelaubten Platanen oder schlanken Zypressen beschattet. Wenn die Messe aus war, durften die Mädchen dort auf und ab gehen; sie gingen untergehakt, in Gruppen zu fünfen oder sechsen. So nahmen sie fast die ganze Straßenbreite ein, und wenn sie dann der Gruppe der jungen Burschen begegneten, die in entgegengesetzter Richtung gingen, drängten sie einander, Schulter an Schulter, um ihnen Platz zu machen. Meist gingen dann die Burschen hinterher. Sie hörten mit ihrem Kugelspiel auf; sie standen Kopf an Kopf vor der Kirchentür und warteten, bis die hellen Mädchenkleider die schwerfälligen Röcke der frommen Kirchgängerinnen abgelöst hatten. Mit geziertem Lachen gingen die Kleinen an ihnen vorüber und boten sich auf der Straße dar wie zierliche Blumen. Dann gingen die jungen Leute, zehn Schritte Abstand haltend, hinter ihnen her und nahmen ihre Lust vorweg, indem sie die Bewegungen der Mädchenkörper mit den Blicken verfolgten. Sie wußten, daß sie, wenn es dunkel geworden war, schon eins der Mädchen nach einem der Wege am Flußufer treiben und die Gelegenheit wahrnehmen würden. Einstweilen jedoch grüßten sie sie höflich und taten, als könnten sie kein Wässerchen trüben. Blicke wurden gewechselt, wenn die Gruppe der Mädchen dort, wo die Allee auf den für den Tanz mit Girlanden geschmückten Marktplatz mündete, kehrtmachte und dann unvermittelt der Gruppe der jungen Burschen gegenüberstand. Kein Wort durfte laut werden, und wenn einer der jungen Leute sich vergaß, wurde er am Abend tüchtig ausgescholten:

«Warum hast du mir guten Tag gesagt?» fuhr ihn dann seine Freundin an. «Vor all den andern Mädchen hast du mich blamiert, und wenn irgendwer es meiner Mutter erzählte, dann könnte ich was Schönes erleben!»

Auf diese Weise wurden einzig in die Blicke, die leidenschaftlicher als alle Worte waren, alle Verheißungen naher Freuden gelegt, zumal unter den jungen Liebenden, etwa Anna Toucas und Auguste Venel, Hélène Mazaugues und Marcel Séguier, Nine Desmichels und Félicien.

Nine war seine Kusine. Sie trug denselben Familiennamen wie er, da sie auf La Guirande geboren und die Tochter Sébastien Desmichels' und jener Madeleine Roussel war, die dieser nach dem Tode des Vater zur Scheidung veranlaßt hatte, damit er sie hatte heiraten können. Zur Zeit der Mobilmachung war Nine zwanzig gewesen; sie hatte ganz genau gewußt, was die jungen Männer von den Mädchen wollten, wenn sie an den Uferböschungen des Gapeau mit ihnen im Grase lagerten. Sie hatte es ihnen gern geschenkt, und Félicien war nicht der erste gewesen, der sie glücklich gemacht hatte. Daran dachte er an diesen Herbstmorgen, die erfüllt waren von einem feuchten Leben, das unter dem modernden Laub keimte, und die nach Pilzen rochen, roten Fliegenpilzen, die ihren Blutsaft ausschwitzten. Mehr als im Frühling, als er viel zuviel Angst gehabt, und mehr als im Sommer, als die Einsamkeit ihm die Kraft genommen hatte, fühlte er sich jetzt als Mann; ihn verlangte nach einer Frau, gleichgültig, ob es Renée, Nine oder eine andere war. Aber wie sollte er eine finden? Zu Renée wagte er sich nicht; also blieb nur Nine. Ja, er wußte es; sie würde kommen. Für ein Tuch, ein Schmuckstück, vielleicht nur um der Erinnerung willen an das, was zwischen ihnen gewesen war, würde sie kommen, wenn er sie darum bat. Ihre Mutter war krank und ließ ihr viel Freiheit, und überdies machte sie sich nichts daraus, wenn sie ausgescholten wurde; aber Félicien hatte Angst, gesehen zu werden, wenn er nach Sénès hinunterging, wo sie wohnte.

Er lag unter einer Eiche; die Eichhörnchen ließen Eichelschalen auf ihn fallen; er verschränkte hinter seinem Kopf die vom Nichtstun weichen Finger und ließ sie wieder locker. Er durchwühlte sein Gehirn nach einem Mittel, zu Nine zu gelangen. ‹Auf welche Weise?› dachte er. ‹Wie? Ich kann auf keinen Fall zu ihr gehen; aber wer könnte sie zu mir bestellen? Meine Mutter? Kommt nicht in Frage. Sie würde schreien vor Entsetzen. Ich habe niemand! Niemand sonst... Keinen Freund, keine Menschenseele...»

Plötzlich fiel ihm ein: Ollivier! Der konnte ihm behilflich sein, Ninette wiederzusehen, ihr sagen, sie solle kommen, sie herführen. Am Nachmittag stieg er zum Wald von Bramafan hinauf; er wußte, daß der Bruder dort Holz hackte. Er half ihm bei der Arbeit, tat nett und freundlich, und schließlich setzte er ihm die Sache auseinander, mit niedergeschlagenen Augen, schamhaft wie alle Männer, wenn sie untereinander von Liebesdingen sprechen. Ollivier versuchte auszuweichen; er sagte, er habe Angst, man könne ihn sehen; es bestehe die Gefahr einer Anzeige; Félicien solle bedenken, welche Sorge Arnaude sich machen würde. Er konnte sich nicht entschließen.

Aber Félicien machte ihm klar, auf welche Weise das Mädchen hinter ihm hergehen könne, ohne daß es auffalle, und schließlich stimmte Ollivier zu.

Félicien sagte:

«Du bist ein feiner Kerl; ich verlasse mich auf dich.»

Seit Krieg war, wurde auf den Marktplätzen der Dörfer, wo es an jungen Männern fehlte, nicht mehr getanzt. Man sprach oft von dem letzten Tanzvergnügen, als die Gendarmen gekommen waren und die aus Toulon auf Urlaub gekommenen Matrosen benachrichtigt hatten, sie hätten sich auf dem schnellsten Wege in ihre Garnison zu verfügen. Es war am Sonntag vor der Mobilmachung gewesen; würgende Traurigkeit war über die Tanzenden gekommen, und das Fest war lustlos zu Ende gegangen.

Ollivier wußte ganz genau, wo er Nine Desmichels finden konnte. In der nächsten Nacht überlegte er sich, daß sie jetzt, zur Zeit der Apfelernte, Äpfel pflücken würde, wie alle übrigen Leute im Tale auch. Als er am andern Tage hinunterging, fand er sie auch sehr bald im Obstgarten von Les Fumades, der ehemaligen Besitzung des Herrn von La Guirande, die Sébastiens Witwe und Tochter verblieben war.

«Ach nein, Ollivier!» rief sie von dem Apfelbaum herunter, in dem sie stand. «Du bist hier? Das kommt aber selten vor, daß man dich mal zu sehen bekommt!»

«Ich bin auf dem Wege zum Abschluß eines Holzverkaufs», sagte der Junge.

«Geht's deiner Mutter gut?» fragte sie. «Und habt ihr noch immer keine Nachricht von Félicien?»

Er dachte: ‹Sie hat ihn nicht vergessen. Sie hat sofort angefangen, von ihm zu sprechen.› Das machte ihn um des Bruders willen froh; zugleich aber empfand er, wenn er an sich selbst dachte, ein unbestimmtes Mißbehagen.

«Nein», sagte er rasch, und dann fuhr er fort:

«Darf ich dir ein bißchen helfen?»

«Ja, gern!» sagte sie. «Es gibt dieses Jahr beinahe zu viel Äpfel; man wird gar nicht fertig mit der Pflückerei!»

«Aber wenn du sie verkaufst, denkst du doch sicher anders?» fragte er. «Die bringen ein schönes Stück Geld!»

«Ja, aber ich möchte viel lieber tanzen gehen und mich amüsieren, als mir an den Bäumen die Finger schmutzig zu machen. Jetzt wird überhaupt nicht mehr getanzt, und kein Mensch ist lustig.»

«Damals, als Félicien noch hier war, hast du wohl viel getanzt, he?»

Er hatte das mit einem so kuriosen Gesichtsausdruck hingesagt, daß sie ihn groß anschaute; ihre Augen waren keck; die schönen Brauen waren zusammengewachsen; sie zeichneten ihr einen Schwalbenflug auf die Stirn.

«Was hast du damit sagen wollen? Ja, ich habe viel getanzt, und zumal mit Félicien. Hast du das sagen wollen? Bist du etwa eifersüchtig? Willst du vielleicht mit mir gehen?»

Sie mußte laut auflachen. Ollivier fühlte, daß er rot wurde. Er nahm all seinen Mut zusammen.

«Nein», sagte er. «Um mich handelt es sich nicht, sondern um Félicien. Kann uns hier auch niemand hören?»

«Das siehst du doch!» sagte sie. «Es sei denn, die Apfelbäume hätten plötzlich Ohren!»

Sie wies auf den großen leeren Obstgarten, der um sie war, sprang mit einem Satz zur Erde und zeigte dann auf den Apfelhaufen:

«Komm, hilf mir; wir müssen sie dort in die Körbe packen. Und dann sag mir, was los ist. Ich bin schrecklich gespannt.»

«Dann hör mal zu. Aber vorher mußt du mir schwören, daß du von dem, was ich dir jetzt sage, keinem Menschen ein Sterbenswort sagst.»

Das Lachen, das Nine verkniffen hatte, brach voll aus ihr heraus. Ihr Mund war eine von rotem Saft pralle Frucht.

‹Dieser Mund ...›, dachte Ollivier. ‹Und Renée? Ob wohl Renée einen so schönen Mund wie Nine gehabt hat? Diesen Mund wird Félicien küssen. Ich weiß es; ich habe gesehen, wie Marcelin seine Frau geküßt hat; ich weiß, wie man das macht. Félicien wird ihren Mund unter den seinen nehmen; er wird mit seinen Lippen die ihren pressen, er wird sie auseinanderdrücken, ihre Zähne spüren, ihre Zunge, all das Warme, Feuchte ...›

Sein Blick trübte sich; aber dann nahm er sich zusammen und sagte trocken: «Kein Sterbenswort, niemals! Hast du verstanden? Sag ja, und dann sage ich es dir. Es ist nämlich ganz und gar nicht lächerlich.»

«Ich bekomme es ja beinah mit der Angst», sagte Nine.

«Schwöre es mir.»

«Ich schwöre es.»

«Schwörst du es beim Haupt deiner Mutter?»

Wiederum lachte das Mädchen auf, und zwischen den üppigen Lippen wurde die weiße Reihe der Zähne sichtbar. Nine sagte:

«Meine Mutter, weißt du, die müßte längst tot sein, so oft habe ich bei ihrem Haupte geschworen und mich den Teufel drum gekümmert!»

Ollivier wagte nicht, weiterzusprechen. Sollte er wirklich diesem tollen Mädchen das gewichtige Geheimnis von Féliciens Versteck anvertrauen? Das mußte er genau überlegen.

«Also: ich schwöre es dir bei Féliciens Haupte!»

«Was?» fragte er. Er war ganz erschrocken, wie tief diese Worte mit dem übereinstimmten, was er gedacht hatte.

‹Féliciens Haupt ... Féliciens Haupt ... es beugt sich den

zwölf kleinen Mündungslöchern der zwölf Gewehre entgegen, die den Deserteuren zukommen ... Féliciens Haupt ...›

«Du mußt nämlich wissen», sagte sie, «daß ich deinen Bruder liebhabe, und wenn ich bei ihm schwöre, dann kannst du ganz beruhigt sein.»

Plötzlich war ein Anflug von Ernst in Nines Augen getreten, wie die Augen einer Katze ernst werden, wenn sie sich zusammenkauert, nachdem sie tausend Tollheiten getrieben hat und nun plötzlich dasitzt wie die Weisheit in Person.

«Gut», sagte Ollivier. «Jetzt glaube ich dir. Also hör zu.»

Er sagte es ihr ganz leise.

Nine war blaß geworden.

«Ja, ich verstehe», sagte sie. «Und ich werde zu ihm gehen; denn auch ich freue mich sehr, ihn wiederzusehen.»

«Du wirst doch auch ganz genau aufpassen, daß du unterwegs niemand triffst?»

«Sei unbesorgt», sagte Nine. «Durch meine Schuld soll ihm ganz bestimmt nichts zustoßen. Paß auf: einstweilen machen meine Mutter und ich abends immer die Äpfel zum Versand fertig. Aber in zwei, drei Tagen bin ich frei; dann mache ich mich so gegen sechs auf den Weg, wenn es schon dunkel ist.»

«Kennst du den Weg?» fragte er.

«Selbstverständlich!»

Wieder lachte sie.

‹Sie ist schon mit andern hingegangen›, dachte Ollivier. ‹Mit einem der jungen Männer aus dem Tal ist sie in unsere Wälder gekommen. Auf den schmalen Wegen ist sie mit ihm hinaufgestiegen. Sie hat sich küssen und berühren lassen. Und sie ist die Verlangende gewesen ...›

«Ich werde mit der Laterne auf dich warten», sagte er.

«Ach, das ist nicht nötig. Ich finde mich schon allein zurecht. Ich kenne mich aus mit den Waldwegen.»

Am liebsten hätte er sie geschlagen. Aber er sagte freundlich: «Ach, du! Also du hältst Wort. Ich gehe und sage es ihm.»

Er bot ihr die Hand, ehe er ging. Sie nahm ihn am Handgelenk und zog ihn an sich:

«Bring ihm einstweilen einen Kuß von mir. Komm, ich gebe dir einen, und den nimmst du ihm dann mit.»

Mit einer wohlberechneten Bewegung drückte sie den Körper des Jungen an den ihrigen. Der Fruchtmund des Mädchens berührte Olliviers Backe am Mundwinkel. Sie lachte dabei, und er spürte dieses Lachen, das aus ihrer Kehle in ihn überrann wie ein Taubengirren. Er stemmte sich mit aller Kraft nach rückwärts, denn er erschrak vor der übergroßen Lust, die ihn überkommen hatte, sich nach vorn zu werfen und von diesem Munde Besitz zu ergreifen.

Er entriß sich der Liebkosung dermaßen heftig, daß Nine sich hastig an die Lippen faßte und sagte:

«Du hast mir wehgetan, du Rohling!»

Ollivier stürzte aus dem Obstgarten auf die Straße; er sprang über den Bach und fing an zu laufen. Der Wind umschwoll ihn; er nahm ihn und ließ ihn und wühlte in seinen Kleidern, der Herbstwind, der die schönen Spättage durchkühlt, die wie Frühlingstage sind. Ollivier spürte die Kälte und schloß sein dünnes Hemd über der Brust, auf der die Haare zu sprießen anfingen. Er klapperte mit den Zähnen; seine Schultern schlotterten, und dabei war sein Kopf glühend heiß.

9

Wie drei Wege, die nebeneinander herlaufen, sich trennen und wieder vereinigen, schienen Arnaudes, Féliciens und Olliviers Leben ein und dasselbe zu sein, und dennoch verlief jedes in einer Landschaft, die nur ihm eigentümlich war.

Arnaude lebt dahin, ohne es zu merken, eine gealterte Frau, die alles gegeben hat und der niemand mehr etwas gibt. Sie hat Antoine, und er hat sie geliebt; er hat ihr drei Söhne geschenkt, und dann ist er gestorben. Jetzt lebt sie für ihre beiden Jungen; sie sorgt für sie; sie möchte gute Frauen für sie finden, die sie lieben, wie sie ihren Mann geliebt hat. Danach dürfte auch sie fortgehen und im Tode eine Stätte finden, wo sie sich ausruhen kann.

Einstweilen geht sie im Hause ihrer Alltagsarbeit nach; sie besorgt den Haushalt; sie kocht; sie wäscht. Manchmal hilft sie Ollivier beim Zerkleinern des Brennholzes, das er unten im Tale verkauft. Sie glaubt, daß der Krieg bald zu Ende geht; alle Zeitungen schreiben davon, so scheint es. Dann kann Félicien sich auskurieren und wieder richtig anfangen zu leben. Das ist der Umkreis von Arnaudes Gedanken.

Ollivier, seine Wälder und sein Himmel dagegen bilden eine Landschaft im Aufruhr, wie wenn ein Gewitter auszubrechen droht und man sich am liebsten die Brust mit einem Messer aufreißen möchte, um besser atmen zu können. Er möchte Nine für sich selber haben. Und Félicien ist wie ein Verhungernder; er hat Nine nötig wie das liebe Brot. Allabendlich warten die beiden jungen Menschen auf sie, und allabendlich läßt sich Félicien das Gespräch im Obstgarten von Les Fumades wiederholen:

«Und dann? Was hat sie dir dann gesagt? Und du, was hast du ihr geantwortet? Und was für ein Gesicht hat sie anfangs gemacht?»

Ollivier erzählt alles, bis auf den Kuß; den behält er für sich. Dieser Kuß ist wie eine Handvoll Disteln im Bett; er hindert einen die ganze Nacht am Schlafen. Ollivier meint nicht anders, als sei an seinem Mundwinkel ein Mal haften geblieben. Er möchte viel lieber still sein oder weggehen; aber Félicien sagt:

«Bleib doch; wenn du hier bist, habe ich weniger Sehnsucht.»

Seit vier Tagen leben die beiden jungen Menschen vom Einbruch der Dunkelheit an in der Hoffnung, das Geräusch der Schritte zu hören, das Nines Kommen anzeigt. Félicien kann nicht anders; er muß für sich in die Dunkelheit hinein erzählen: «Daß ich sie bekommen habe – ich muß schon sagen: sehr schwer ist das nicht gewesen. Sie ging mal mit dem, mal mit dem. Ich habe sie gewollt, aber ich habe es nicht gewagt. Mir war ein bißchen unbehaglich zumute, da wir doch Kusine und Vetter sind. Aber eines Abends waren wir in Hitze geraten, als wir einander geknutscht hatten wie verrückt, beim Tanzen in Bellaïgue; ich hatte gespürt, wie sie sich an mich drängte, und da habe ich mir denn ein Herz gefaßt. Ich bin hinter ihr die alte Stiege zum Heuboden hinaufgeklettert...»

«Pst!» unterbricht ihn Ollivier, «ich habe es rascheln hören.»

Das war gelogen, aber es schmerzte ihn, von diesen Dingen erzählen zu hören. Er empfand dabei eine Art Eifersucht, wie damals, bei den Dorffesten, wenn er Granatapfelsaft bekommen hatte, während die Männer Anisschnaps tranken.

Ein andermal sagte Félicien:

«Sie kommt nicht; sie hat dich zum besten gehalten. Ich muß ja doch schließlich am besten wissen, wie unzuverlässig sie ist.»

Und wieder ein anderes Mal:

«Ich weiß genau: sie wird kommen. Sie ist ein braves Mädchen, trotz ihres hurigen Getues, und damals hat sie mich sehr gern gehabt.»

Dabei ist er ganz rot geworden; der Schweiß läuft ihm von

der Stirn. An seiner Schläfe ringelt sich eine dicke Ader wie eine durchgeschnittene Schlange.

Ollivier antwortet darauf, je nachdem, ja oder nein.

Er hat seinem Bruder ein sauberes Hemd und seinen alten Sonntagsanzug gebracht. Ferner das Rasierzeug, Kölnisch Wasser und ein seidenes Taschentuch. Vier Abende hat Félicien sich gegen sechs Uhr umgezogen, Kölnisch Wasser ins Haar gesprengt und gewartet. Dann ist Ollivier schließlich wieder nach Haus gegangen. Während des ganzen Weges hat er an nichts als an Nine gedacht: ‹Ich freue mich, daß sie nicht gekommen ist, und dennoch tut es mir um Féliciens willen leid. Kenne einer sich mit seinem Innern aus, wenn nicht einmal die eigene Lampe hineinzuleuchten vermag.›

Er suchte sich mit aller Gewalt auf andere Gedanken zu bringen, indem er mit möglichst großen Schritten zur Hütte hinaufstieg.

Arnaude fragte:

«Na, wie geht es ihm?»

«Gut», antwortete er und legte sich schlafen.

Als es an diesem Abend kaum unter den Bäumen zu dunkeln anfing, wurde das Tappen von Schritten laut.

«Sieh schnell zur Luke hinaus», sagte Félicien.

«Sie kommt», sagte Ollivier.

«Mach, daß du weg kommst, rasch, rasch . . .», sagte Félicien.

Als Ollivier aus der Mühle ging, hörte er den Bruder leise bitten:

«Du paßt doch draußen auf, nicht?»

Draußen begegnet er Nine.

«Ach, du bist es?», fragt sie. «Hast du mich aber erschreckt!»

Sie hält in ihrer kühlen Hand die brennende des Jungen. Seit fünf Tagen ist er den Gedanken an dieses Mädchen nicht losgeworden.

«Guten Abend», sagt sie und lacht dabei. «Wie geht's? Ich bin gelaufen. Fühl nur.»

Sie legt die Finger des Jungen auf die Rundung ihrer einen Brust, die unter Olliviers Hand pocht, lebendig wie ein gefangenes Tier.

«Hörst du, wie mein Herz klopft?» fragt sie.

Ollivier hat die Hand zurückgezogen, als hätte er in glühende Kohlen gefaßt. Er sieht fort. Er schimpft:

«Geh schnell hinein; du hast ihn schon viel zu lange warten lassen.»

Nine sieht ihm tief in die Augen. Dieser Blick ist ein Messer, das sich ihm ins Innerste bohrt...

«Geh hinein!» sagt er.

Er schiebt sie zur Stalltür.

Er sieht Félicien, der aufrecht im Halbdunkel gestanden hat, sich jäh dem Mädchen entgegenwerfen. Er macht die Tür zu. Er ist allein; er geht langsam und schwerfällig nach dem Walde hin; er ist ganz außer Atem, wie damals, als er es mit einem Wildschwein hatte aufnehmen wollen, auf das er unversehens gestoßen war. Das beste wäre, meinte er, all das von sich abzuwälzen und heimzugehen, wo die Mutter ist, ebenfalls allein, ohne zu wissen, daß sie alle Ursache hat, um Félicien besorgt zu sein. Sie ahnt nichts von Nines Besuch in Sinssol, und Ollivier weiß ganz genau, daß sie ihn durchaus nicht billigen würde. Wenn Arnaude gelegentlich von Nine gesprochen hat, dann hat sie immer gesagt:

«Die macht der Familie Desmichels nicht gerade Ehre.»

Ja. Ollivier möchte gern weggehen, aber er muß bleiben und wachen, damit kein böser Zwischenfall eintritt. Er geht zu der großen Korkeiche hin, in die der Blitz ein Loch gehöhlt hat; da kann er sich verstecken. Von dort aus kann er, ohne selbst gesehen zu werden, die Straße überschauen, die sich an dem hellen Gapeau hinzieht – er kann die Gendarmen kommen sehen. Er schiebt sich einen Haufen dürres Laub zurecht, das in den hohlen Stamm hineingeweht ist. Er macht es sich bequem; die Füße stemmt er gegen einen dicken Ast. Er fühlt in der Dunkelheit, wie der ganze Baum um ihn lebt. Tiere bewegen und regen sich; er kennt das gut. Das Abbröckeln von Rinde dort oben rührt von zwei Eichhörnchen her, die spielen und einander verfolgen. Wenn er den Kopf hebt, kann er undeutlich die katzengeschmeidigen Körper erkennen, die mit ausgestreckten Pfötchen und waagerechtem Schwanz von einem Zweig zum andern springen. Das leise Geräusch unten, das wie Papierknittern klingt, macht eine Waldmausmutter, die sich in ihr Nest kuschelt. Von Zeit zu Zeit spielt ein verlorener Windhauch mit den Blättern an den äußersten Zweigspitzen; er läuft um die ganze Baumkrone herum, als tanze er einen Reigen, steigt zum höchsten Himmel hinauf und läßt sich dann ganz unvermittelt fallen wie ein Stein, mitten in den Baum hinein. Dann richten sich Olliviers Haare ganz wenig auf, wie ein dunkel gestreiftes Haferfeld.

Lange Zeit genießt er das alles, hingegeben an eine Glückseligkeit, die ihm wohltut; er fühlt einen Stolz in sich aufschwellen, wenn er bedenkt, daß er seinen ältesten Bruder beschützt und daß Félicien nichts Schlimmes zustoßen kann, solange er, Ollivier, wacht. Er hat vorhin im Gesicht des Bruders eine so große Freude wahrgenommen, daß in ihm ein kleines, glückliches Singen anhebt. Er schwingt in dem Rhythmus, der sanft wie der eines Wiegenliedes ist, und deutet mit seinem gegen den Ast gestemmten Fuß den Takt an.

Und plötzlich nimmt er wahr, daß er nicht mehr lauscht. Er hat sich verloren... Etwas versucht, in sein Bewußtsein einzudringen; zwei Namen haben sich gebildet und stehen da, mit großen Buchstaben:

«Nine. Félicien.»

Er denkt an die beiden. Ja, aber nicht mehr wie kurz zuvor noch. Jetzt stehen sie, die Wehrlosen, nicht mehr im Schutze seiner jungen, treuen Kraft. Er vermeint flammende Gesichter und Leiber zu sehen. Sein Mund krümmt sich hart zusammen; das Lied erstirbt. Mit einer Bewegung der Lenden läßt er sich aus dem Baum herausgleiten und steht aufrecht. Er sieht die Tür an, durch die Nine hineingegangen ist; schließlich geht er über den Grasplatz, und ohne es gewollt zu haben, wird er sich bewußt, daß er das Ohr an die Holztür hält und lauscht.

Er hört nichts; es ist, als sei drinnen alles erstorben.

Aber er weiß nur zu gut, daß zwei lebendige Leiber einander in der Mühle umarmen. Er fühlt, wie ein Glühen seine Haut überrinnt und tief in ihm weiterbrennt. Was machen die beiden da drinnen – das möchte er sehen, das möchte er hören.

‹Nines feuchter Mund, Féliciens fiebernder Mund...›

Sein leiser Schritt entführt ihn um das Gemäuer herum, ohne zu fragen, ob er folgen will. Er wird sich bewußt, daß er lang auf dem Boden liegt, vor einem eisenvergitterten Kellerloch, das ins Innere der Mühle geht. Sein Herzschlag erweckt ein dumpfes Echo im Stein. Er reißt die Augen weit auf und starrt in das düstere Innere. Man sieht nichts; aber er hört schwache, verworrene Geräusche, wie wenn jemand gegen die eisernen Ölbehälter stieße, und dann hustet Félicien plötzlich grausig; dieser Husten schüttelt ihn immer wie ein jäher Sturmstoß, und er versucht vergeblich, ihn mit den Händen zu ersticken. Dann ist es wieder still, so still, daß es scheint, die Stille werde niemals enden; sie läßt das Blut durch Olliviers Adern strömen wie reines Quellwasser und nicht länger strudeln wie während seiner bösen Wachträume.

In dieser Stille, die eine Minute dauert, ist ihm, als sei er noch ein Kind und schlafe ein, daheim, und der Vater sei wiedergekommen, und die Mutter und Félicien seien da, und Joseph lebe noch. Ihre Anwesenheit bringt eine tiefe Beruhigung mit sich, und in ihr gleitet er weich dem Schlaf entgegen.

Was ihn erweckt hat, weiß er später nicht mehr, als er sich in noch verzehrenderen Feuern flammen fühlt. Und dabei ist es nur ein winziger, schwacher Laut, süß und mit Schluchzen untermischt wie Taubengurren. Ein Klang im Ruf des Wiedehopfs, fernes Läuten einer Herdenglocke, etwas Zartes und Herzzerreißendes, das etwas anderes Zartes und Herzzerreißendes aufruft und mit sich vereinigt ...

Ollivier steht aufrecht; sein bestürzter Blick sucht in der Nacht eine Antwort auf seine Frage:

«Was ist denn das? Was ist denn das?»

Denn bis jetzt hatte er noch niemals den singenden Lustschrei einer liebenden Frau gehört.

Doch jetzt spricht Nine, und Ollivier kann sie verstehen. Das Feuer, das sein Fleisch ergriffen hat, breitet sich aus; es ist, wie wenn ein Pinienzapfen auflodert und alles zugleich in Flammen setzt: die Frucht des Mundes, das Gras der Haare, die Kühle der Haut. Seine Hände zittern. Die Flamme, die über ihn gekommen ist wie flüssiges Feuer, fließt vom Kopf zu den Füßen. Sie durchtränkt seine winzigsten Adern. Jede Zelle seines Körpers ist mit Sprengstoff geladen und entlädt sich, und der Brand in seinem Innern frißt sich laufend weiter.

Er lodert wie ein brennender Baum.

Aber er muß sich retten aus diesen Gluten. Er springt zur Seite. Er stürmt der feuchten Eisluft des Waldes entgegen; er stößt mit Schultern und Hüften gegen Eichen, die er im Dunkeln nicht sieht. Er hat seine Wächterpflichten vergessen; er denkt an nichts, als sich dem Tiere vorzuwerfen, das ihn fressen will; er stürzt auf Steine; er preßt den Mund gegen Wurzeln; er stößt leise Schreie aus, und seine Zähne zermalmen die Bitterkeit, die in all dem ist.

Stoßweise entringen sich ihm Klagerufe, wie Blut aus einer Wunde tropft:

«Ich», ruft er; «ich, ich ...»

Dann plötzlich wirbelt die Flammenfackel ihn hoch; er steigt in roten Spiralen immer höher, immer höher; er steigt, er steigt; in seinem Kopf kreist ein Schwindel, alle seine Sinne dienen und helfen in allen seinen wild aufhorchenden Organen, er steigt, er steigt, er wird größer, er dehnt sich, er ist riesig, das ganze Universum dringt in ihn ein ...

»Ach!»

Er ist zurückgestürzt und liegt da, ein Zerschmetterter. Jenseits der Schwäche, die sich jäh seiner bemächtigt hat und die ihn zermalmt, mit vernichtetem Körper, in die Erde gegrabenen Nägeln, das Haar ins Gras gepreßt, den Mund dem Himmel zugekehrt, den sein Schrei erfüllt hat, fühlt er, daß er gestorben ist ...

10

FÉLICIEN liegt auf Olliviers Bett, und sein Körper ist so flach, daß er ein Teil der Matratze zu sein scheint. Seine knochigen Knie bilden unter den Decken zwei spitzige Buckel. Arnaude ist dabei, einen Umschlag für ihn fertigzumachen. Sie hat den aufgekochten Leinsamen auf das vierfach gefaltete graue Papier geschüttet. Sie wartet, daß er sich abkühlt, und dabei sieht sie traurig auf die geschlossenen Augen des Sohnes.

«Schläft er?» fragt sie Ollivier.

«Ich glaube nicht», antwortet er.

Er sitzt in einiger Entfernung am Tisch, blättert in der Zeitung und gähnt.

Seit sechs Tagen ist Félicien jetzt in der Hütte. Eines Nachts, als Nine nach ihrem fünften Besuch bei ihm gerade fortgegangen war, hat er in der Mühle einen Erstickungsanfall gehabt, und das hat Ollivier einen solchen Schrecken eingejagt, daß er den Bruder mit nach Haus genommen hat, damit die Mutter ihn pflege.

«Ich möchte gern den Arzt kommen lassen; aber das will überlegt sein», sagt Arnaude.

«Ich könnte ja einen aus Toulon holen», schlägt Ollivier vor.

«Ich habe Angst», sagt Arnaude.

Sie pflegt ihn, so gut sie kann; sie gibt ihm einen Aufguß von Eukalyptus, Veilchen und Malven. Dahinein tut sie einen guten Teelöffel voll Honig und Branntwein, den sie vorher ansteckt. Er hustet weniger als während der ersten Tage, und er richtet sich ein wenig auf; aber er ist noch immer recht schwach.

Kräutertee und Umschläge – so gehen die Stunden hin.

Félicien hat jetzt die Augen aufgeschlagen.

«Ich bin durstig», sagt er.

Immer ist er durstig.

«Komm, mein Junge, trink», sagt Arnaude und stützt ihn. «Und dann mache ich dir deinen Umschlag.»

In diesem Augenblick klopft es hart an die Tür. Alle drei sehen einander an. Keiner rührt sich. Wiederum klopft es hart und heftig, und dann sagt eine Stimme:

«Im Namen des Gesetzes . . .»

«Die Gendarmen», sagt Félicien.

Er läßt sich zurücksinken, auf die Seite. Die Tasse, die er in beiden Händen gehalten hat, verliert in seinen kraftlosen Fingern das Gleichgewicht und ergießt ihren duftenden Inhalt weich und warm über sein Hemd.

«Mama!» sagt Félicien.

Ollivier hat sich im Umsehen den Rock angezogen, öffnet hinten in der Küche die Tür zum Holzschuppen und will Félicien hinausschleppen. Er flüstert ihm zu:

«Halt dich gut fest; ich verstecke dich draußen zwischen den Reisigbündeln – da finden sie dich nicht.»

Aber Félicien macht die Augen weit auf, die ganz leer sind, und klammert sich mit beiden Händen am Bettrand fest.

«Nein, nein», sagt er, «nein . . .»

Sein Gesicht ist schweißüberrieselt.

«Komm», sagt Ollivier.

Er zerrt an den Händen des Bruders.

«Ich kann mich nicht rühren», sagt Félicien.

Seine Angst schreit ihm in die Ohren: ‹Auf Fahnenflucht vor dem Feinde steht Todesstrafe!›

Seine Zähne schlagen aufeinander.

«Aber ich will dich ja doch tragen!» beharrt Ollivier.

«Nein, laß mich. Ich fühle mich sterbenselend.»

«Laß ihn», sagt Arnaude. «Es ist zu spät. Nun sind sie da. Geh und mach auf.»

Als Ollivier an der Tür ist, wird sie ihm aus der Hand gerissen und schlägt heftig gegen die Wand.

«Na», sagt der Wachtmeister, «ihr könnt euch was drauf einbilden – solch einen weiten Weg haben wir um euretwillen gemacht!»

«Sieh mal an, du bist es, Angiollini», sagt Arnaude.

«Ja. Aber mir wäre es lieber, man hätte einen andern geschickt.»

«Das glaube ich dir.»

Sie ist plötzlich ganz ruhig. Ihr ist, als ob sie mit Angiollini schon ins reine kommen werde. ‹Dieser Angiollini, der ist damals hinter mir hergewesen›, denkt Arnaude.

Der andere Gendarm ist blond und jung und kennt sich noch nicht recht aus. Er hält zwei Schritt Abstand von seinem Vorgesetzten. Er sieht sich mißtrauisch im Haus der Kohlenbrenner um. Alles ist sauber und ordentlich, mutet aber ärmlich an.

«Setzt euch», sagt Arnaude. «Darf ich euch ein Gläschen einschenken?»

Der junge Gendarm wird unvermittelt rot. Man hat ihm eingebleut, daß man im Hause von Gesetzesübertretern nichts zu trinken annehmen dürfe.

«Nein, laß nur; wir trinken nichts», sagt Angiollini. «Danach ist uns nicht zumute.»

Er setzt sich hin; die Beine in den Stiefeln, die er ausstreckt, sind zwei schwarze Säulen.

«Es tut mir leid», sagt er.

«Ach, trinkt nur», sagt Arnaude.

Sie hat zwei rosa Schnapsgläschen aus dem Wandschrank genommen. Sie wischt sie mit einem schönen, reinen Leinentuche aus. Sie sind voll Staub, weil sie unbenutzt geblieben sind. Sie muß daran denken, wie sie sie im Kaufhaus zu Toulon erstanden hat, mit Antoine und Nans, und wie sie stolz gewesen ist, daß ihr Hausstand nun wieder bereichert wurde. Sie hat auch eine kleine, dazu passende Karaffe, aber da sie niemals zum Aufbewahren von Schnaps benutzt worden ist, hat Arnaude eine Papierrose hineingesteckt, und sie steht jetzt auf der Kommode im Zimmer neben Josephs Bild.

«Schmeckt gut», sagt Angiollini, «aber man weiß nicht recht, was es ist.»

«Eigene Mischung», sagt Arnaude. «Alter Weißwein mit Kamillenblüten und Orangenschale; die gibt den etwas bitteren Geschmack. Magst du es?»

«Ja», sagt Angiollini. «Ein bißchen bitter, aber gut.»

Der junge Gendarm hat, als er sein Glas wieder hinstellte, hastig gemurmelt:

«Danke, Frau Desmichels.»

Jetzt wissen sie nicht mehr, was sie sagen sollen; sie denken alle an das gleiche, aber keiner mag davon sprechen.

«Du bist also sozusagen hergekommen, um mir meinen Jungen wegzunehmen?»

Und sie zwingt sich, ihn anzulächeln, als wolle sie ihre Worte dadurch unterstützen.

Dieses Lächeln! Sie hat sich verändert, die arme Arnaude; ihre kleine Landstreichermädchenbrust hängt schwer im grauen Frauenkleid. Und ihre Augen, die damals geflammt haben, sind auch alt geworden – wie ein brennendes Holzscheit, das ins Wasser geworfen worden ist. Ein rauchiger Schleier verhüllt das Feuer ihrer Augen; und dennoch durchschimmert ein wenig reines Blau die Trübungen, die ihr das Leben angetan hat. Ihr Haar, das in schwarzen Wellen im Winde geweht hat, wie jetzt das Olliviers, ist noch immer voll und glänzt. Nur die Farbe, ja, die Farbe, die so gut zu ihrem goldbraunen Gesicht gestanden hat... Ihr Haar ist jetzt grau; das ist es. Aber obwohl es nur Überbleibsel alles dessen sind, was Angiollini einmal toll gemacht hat, so toll, daß er darüber fast seine Gendarmenpflichten vergessen hat, ist es nach wie vor Arnaude, die da vor ihm sitzt, ja, nach wie vor Arnaude...

«Du hast natürlich nicht gewußt», sagt Arnaude, «daß er krank ist? Das hatte dir doch keiner gesagt? Denn sonst wärest du doch nicht um nichts und wieder nichts zum Grand-Cap hinaufgestiegen? Oh, glücklicherweise ist er nicht gerade todkrank. Aber er hat Fieber, und ich habe ihn ins Bett stecken müssen. Jetzt braucht er nur noch ein paar Tage guter Pflege, und dann geht er freiwillig nach Solliès hinunter und stellt sich. Nicht wahr, Félicien?»

«Ja, nur noch ein paar Tage», sagte Félicien. «Dann komme ich.»

Er versteht das alles nicht. Er denkt, daß man die beiden andern Male ganz anders mit ihm umgesprungen ist. Da ist er als Taugenichts und Feigling behandelt worden und hat Ohrfeigen bekommen, noch ehe er den Mund aufgetan hatte. Das kommt sicher daher, daß er krank ist, daß man ihn heute anders behandelt. ‹Also muß ich sehr krank sein. Sie wagen nicht, mich mitzunehmen, weil sie Angst haben, daß ich ihnen unterwegs zusammenklappe... Deswegen...›

Das Herz tobt ihm in der Brust wie ein eingesperrter Hund, der gegen die Holzwand springt. Angiollini hat noch nicht geantwortet; das gibt Arnaude Mut.

«Durch wen hast du es denn erfahren?» fragt sie.

«Durch Nine Desmichels», sagt der Wachtmeister. «Oh, nicht etwa, daß sie mit jemand darüber geschwatzt hätte; aber wir haben ja gewußt, daß sie früher mal mit deinem Jungen was gehabt hat. Und als wir erfahren hatten, Félicien sei zum zweitenmal ausgekniffen, da ist das Haus in Sénès überwacht worden. Wir haben uns nämlich gesagt: ‹Wenn er sich hier in der Gegend aufhält, dann wird er unbedingt eines schönen Tages zu seinem Mädchen gehen.› Aber lange Zeit haben wir nicht das mindeste bemerkt. Die andern haben hier heraufkommen wollen, aber ich habe gesagt: ‹Das hat keinen Zweck. Wenn er bei seiner Mutter ist . . .›»

«Ja, du kennst mich», sagt Arnaude. «Du weißt ganz genau, daß ich niemals erlaubt hätte, daß ihr ihn mitnähmet.»

Sie lacht aus vollem Halse, gebläht von diesem Triumphe.

«Wenn auch das nicht gerade», sagt Angiollini. «Aber ich habe gewußt, daß du ihn versteckt haben würdest.»

«Und zwar so gut würde ich ihn versteckt haben, daß ihr lange hättet suchen können!»

Sie unterbricht ihr Gelächter mit einem trockenen Absetzen und fragt: «Aber was hat denn diese Nine Desmichels eigentlich damit zu schaffen? Ich kann mir einfach nicht vorstellen, daß der Junge jemals nach Sénès hinuntergegangen sein sollte.»

«Ist er auch nicht», sagt Angiollini. «Aber die Kleine ist zu ihm hinaufgeklettert.»

Nun ist die Reihe an ihm zu erzählen, und er lacht seinerseits schallend.

Der junge Gendarm weiter hinten lacht auch ein bißchen.

«Das ist nicht wahr!» sagt Arnaude. «Ich habe sie doch niemals zu Gesicht bekommen.»

Sie fühlt, daß die Angst wieder über sie kommt.

«Hier ist sie natürlich nicht hergekommen, verstehst du, und darum hast du sie nicht gesehen! Nach der Mühle von Sinssol ist sie gegangen, um sich den Liebeszoll abzuholen, und auf welche Weise wir herausbekommen haben, daß dort dein Junge versteckt war: das ist noch viel komischer . . .»

«Das verstehe ich nicht», sagt Arnaude. «Nine hat Félicien in der Mühle besucht?»

«Ja», sagt Angiollini.

«Aber woher hat sie denn gewußt, daß er da gewesen ist?»

«Ja, danach mußt du deinen Sohn fragen.»

«Ist das wahr, Félicien?» fragt Arnaude. «Du hast dich mit deiner Kusine getroffen?»

«Ja, Mutter», sagt Félicien.

«Und woher hat sie gewußt, daß du in der Mühle gewesen bist?»

«Ich habe es ihr sagen lassen.»

«Durch wen?»

Félicien zögert, und dann gesteht er es ein:

«Durch Ollivier.»

«Das ist eine schöne Geschichte!» sagt Arnaude. «Also habt ihr mich alle beide hintergangen?»

Félicien antwortet nicht. Ollivier, der nahe der Tür gestanden hat, schlüpft geräuschlos hinaus.

«Siehst du nun, was dabei herausgekommen ist?» fragt Arnaude weiter. «Dadurch haben sie dich nun doch geschnappt trotz aller meiner Vorsicht.Und du selbst hast schuld. Und Ollivier hat auch schuld. Der –», sie schüttelte böse den Kopf, «– der ist nun zum Lügner geworden. – He, Ollivier! Man kann dir gratulieren!»

Sie drehte sich um. Er war nicht mehr da.

«Wo ist er denn?» fragt sie.

«Auf und davon, durch euern Holzschuppen», sagt Angiollini, «der Hasenfuß.»

«Ihr seid also», fragt Arnaude weiter, «hinter dem Mädchen hergegangen?»

«Nein; ich habe dir doch gesagt, es sei etwas Komisches dabei. Wir sind nämlich hinter dem Hunde hergegangen.»

«Hinter dem Hunde?»

«Hinter eurem Hunde, deinem Hunde, der Michelle. Du kannst dir wohl denken, daß wir das Tier kennen. Also: zweimal haben wir dicht bei Nines Haus gelegen und sozusagen die Landstraße überwacht, die da bei Sénès so viele Kurven macht; und da haben wir zweimal gesehen, wie Michelle im Zockeltrab angekommen ist und sich in aller Ruhe neben der Tür hingelegt hat, als kenne sie sich gut aus. Bald darauf ist Nine aus der Tür gekommen und hat dem Hunde die Hand auf den Kopf gelegt. Und der Hund hat sich das ruhig gefallen lassen. Ein wenig später ist Michelle dann wieder in den Wald gelaufen.

‹Na›, haben wir uns gesagt, ‹das ist ja eine tolle Sache!› Und dann haben wir genau dasselbe noch einmal beobachtet. Dann sind wir hinter dem Hunde hergegangen, und wieder ist er den Weg zum Grand-Cap hinaufgelaufen, und wir haben geglaubt, nun ginge es nach deinem Hause. Aber nein: der Hund bleibt auf dem Rasenplatz bei der Mühle stehen; dann legt er sich neben die Stalltür und macht ein Gesicht, als sei er nun zu Haus. Da ist uns alles klar gewesen.

‹Donnerwetter!› haben wir uns gesagt, ‹da steckt er also!›»

«Der Hund . . .», sagt Arnaude, «ich habe es ja geahnt.»

«Es war spät am Abend», fährt Angiollini fort. «Am andern Tage haben wir Nachforschungen angestellt; aber als wir an der Mühle angeklopft haben, da war der Vogel ausgeflogen. Das Nest war leer!»

Er klatschte sich ein paarmal mit der flachen Hand auf den Oberschenkel, so mußte er lachen. Er dachte nicht mehr an Arnaude; er hatte völlig vergessen, daß er Angiollini sei: er sprach jetzt als Wachtmeister.

Die Mutter fühlte das, und es überlief sie kalt. Sie erkannte, daß sie gegen die Tressen kämpfen müsse, die an seinem blauen Ärmel glänzten.

«Ja», sagte sie, «ich habe ihn hierhergeholt, verstehst du. Er ist ja doch krank!»

Das Fieber hatte Féliciens Backen rot geschminkt.

«Oh», sagte Angiollini und sah ihn an, «so krank ist er gar nicht. Bis zur Straße kann er ganz gut gehen. Und da nehmen wir den Autobus, und dann sind wir in ein paar Minuten in Solliès-Pont.»

«Und was wollt ihr da?» fragte Arnaude.

Sie mußte an sich halten, um nicht laut aufzuschreien, und in ihrer Kehle kämpfte etwas, als habe sie einen Schmetterling verschluckt, der mit den Flügeln flatterte.

«Was wir da wollen?» fragte Angiollini. «Du bist gut! Ich muß ihn doch verhaften, und zwar nötigenfalls mit Gewalt. Er ist doch ein Deserteur. Ich habe den Befehl.»

«Aber er ist doch krank . . .», sagt Arnaude.

Ihre Stimme rinnt nicht mehr; die Trockenheit ihrer Kehle hat die Quelle versiegen lassen.

«Dein Getu läßt mich an einen jungen Soldaten denken», sagt der Wachtmeister, «den ich zu Kriegsanfang unter meinen Leuten hatte. Eines Tages, als wir Befehl hatten, den vordersten

Graben zu besetzen, ich war damals Sergeant, da hat er herzzerbrechend geweint. Er kommt, er ist blaß, er nimmt sich zusammen, er sagt: ‹Ach, Herr Sergeant, müssen wir denn auch vor, wenn welche fallen?› Der arme Kerl! Er war noch nicht lange an der Front; er kannte den Kram noch nicht. Und ausgerechnet bei diesem Angriff ist er gefallen.»

«Das ist ganz was anderes», sagt Arnaude.

Inzwischen hat sie zweimal tief Atem geholt und allen ihren Mut zusammengenommen, eine Ertrinkende, die nach dem rettenden Ast langt.

«Das ist ganz was anderes. Mein Junge ist krank, und kein Mensch kann das Gegenteil behaupten. Verstehst du, Lello?»

Diesen Vornamen, mit dem sie ihn damals, in der Zeit von ihrer beider Freundschaft, angeredet hat, diese Koseform seines Vornamens, nimmt er im Unterbewußtsein hin wie einen der großen Sträuße gefüllter Nelken, die man einander bei den Blumenschlachten im Rhônedelta zuwirft. Er ist verwirrt und betäubt ob dieser Süße; aber er strafft sich nur desto mehr.

«Hier geht es um nichts als um meine Pflicht», sagt er. «Wenn dein Junge krank ist, dann kommt er ins Gefängnislazarett von Solliès. Du kannst dir wohl denken, daß ich Gnade vor Recht ergehen lassen möchte. Aber jetzt müssen wir zu Ende kommen und unsern Befehl ausführen.»

Er sieht den jungen Gendarmen fragend an, der plötzlich aufsteht. Der hat allnachgerade zu denken angefangen, daß der Alte die Sache zu sehr auf die lange Bank schiebt und viel zuviel Umstände macht. Schließlich handelt es sich doch nur darum, einen Deserteur festzunehmen.

«Da, lies!»

Angiollini hält Arnaude ein zerknittertes graues Papierstück hin.

«Ich kann nicht lesen», sagt Arnaude.

Sie stößt das Papier zurück.

Der junge Gendarm liest: «Befehl der Militärbehörde...»

«Die Männer sind samt und sonders Wilde», sagt Arnaude, als er fertig ist.

«Danke», sagt Angiollini.

«Ach, dich habe ich damit gar nicht gemeint», lenkt Arnaude ein. «Ich meine die Menschen, die so was schreiben und sich nicht überlegen, was dabei herauskommt, und daß das einem Menschen das Leben kosten kann. Der Arm wirft den Stein, und dann sagt er, er habe nichts Böses getan, und einzig der Stein habe die blutende Wunde geschlagen. Ich weiß ganz genau, daß du nicht so bist und keinen Felsbrocken statt eines Herzens in der Brust hast. Wenn du auch Wachtmeister bist – bei dir ist die Uniform nur äußerlich. Deine freundschaftlichen Worte ...»

Angiollini steht auf, und wenn er steht, ist er doppelt so groß und breit wie Arnaude. Er zieht sich den Uniformrock glatt, der am Bauch ein paar Falten bekommen hat, und schnallt mit großer Geste das Koppel um.

«Meine freundschaftlichen Worte, paß genau auf, Arnaude, meine freundschaftlichen Worte, das muß ich dir in aller Deutlichkeit sagen, werden mich unter gar keinen Umständen hindern, meine Pflicht bis zum äußersten zu erfüllen und deinen Sohn zu verhaften. Alles, was ich tun kann, um dir zu beweisen, daß auch ich noch an früher denke, ist, daß ich und mein Gendarm ihn auf einem Holzkarren bis zur Landstraße hinunterfahren wollen, damit er sich nicht unnötig anstrengt. Und dann fahren wir mit dem Autobus weiter, der unmittelbar vor der Gendarmeriewache hält. Na? Was sagst du dazu? Nun hör mal auf zu weinen; sie werden dir deinen Jungen schon nicht umbringen! Der Krieg geht auf jeden Fall bald zu Ende, und dann wird er dir in gutem Zustande wieder ausgeliefert. Er wird noch oft seine Ninette besuchen können.»

Er dreht sich nach dem Gendarmen um.

«Geh nach draußen», sagt er, «während Félicien sich anzieht, treibst du einen Holzkarren auf und polsterst ihn mit Ginsterreisig. Draußen liegt ein ganzer Haufen. Der ist weich, und der Bursche wird sich fühlen wie ein Schlaraffenkönig. Wenn du willst, Arnaude, kannst du bis zur Straße mit uns kommen.»

«Verstanden?» fährt er den Gendarmen an. «Der andere Junge, der Ollivier, wird sich draußen herumdrücken. Er soll dir helfen.»

«Und nun hilf deinem Jungen beim Anziehen», sagt er zu Arnaude.

Arnaude fühlt sich geschlagen. Dennoch wühlt ein wahnwitziger Drang nach Auflehnung in ihr. Eine mächtige Stimme dröhnt ihr in den Ohren.

‹Nein, nein! Es kann nicht sein! Sie dürfen ihn mir nicht wegnehmen.›

Sie geht in den Raum, wo sie ihre drei Söhne zur Welt gebracht hat. Dabei denkt sie: ‹Ich habe Pech mit meinen Männern; ich bringe es nicht fertig, sie bei mir zu behalten. Immer kommt etwas dazwischen, das sie mir nimmt, oder aber sie sterben . . .› Dieser Gedanke macht ihr das Herz so schwer, daß sie sich an die Kommode lehnen und das Gesicht mit beiden Händen bedecken muß.

Angiollini, der sie von der Küche her beobachtet hatte, ging die paar Schritte zu ihr hin und trat neben sie. Er legte ihr seine große Hand mit den harten Nägeln auf die Schulter.

«Es tut mir leid», sagte er noch einmal. «Aber was soll ich denn machen? Ich habe nun mal den Befehl . . .»

Arnaude wandte sich jäh nach ihm um und hängte sich schwer an ihn.

«Lello», weinte sie leise, «Lello», flüsterte sie an seinem Halse, «Liebster, Bester, das kannst du mir doch nicht antun wollen, mir meinen Jungen wegzunehmen? Du, den ich so liebgehabt habe; du, um dessentwillen ich so gern alles im Stich gelassen hätte!»

Sie fuhr sich heftig mit dem Handrücken über die Augen und umarmte den Wachtmeister.

«Du bist auch dicker geworden», sagt sie. «Die Zeiten, da wir jung und schlank waren, sind dahin. Aber das tut der Liebe keinen Abbruch, nicht wahr, Lellito?»

Angiollini wollte sprechen, aber Arnaude preßte ihre Backe an seinen Mund.

«Ach, Junge», sagt sie, «weißt du noch, wie du hinter mir her gewesen bist? Eine Zeitlang bist du fast jeden Abend nach Sénès hinaufgekommen. Der arme Antoine hat immer gesagt: ‹Der Gendarm muß irgendeinem Wild auf der Spur sein am Grand-Cap.› Zum Lachen! Ich habe ganz genau gewußt, wem du nachspürtest! Und wenn ich dich auf unser Haus habe zukommen sehen, dann wollte mir die Freude zum Munde hinaus, und ich habe singen müssen wie ein Vogel, den man frei läßt. Ich will dir nicht schmeicheln, du, aber damals hast du fabelhaft ausgesehen! Ich habe Frauen in Solliès und Bellaïgue gekannt, Antoinette, die Wäscherin, oder Fräulein Jeanne, die Tochter des ersten Amtsschreibers, die ganz wild auf dich gewesen sind. Und als ich dann gemerkt habe, daß du immer nur mich im Sinn gehabt hast und keine andere, obwohl ich doch nur eine arme Holzfällerfrau gewesen bin, da wäre ich dir am liebsten in die Arme geflogen . . .»

Sie hob ihr Gesicht dem Angiollinis entgegen und merkte, daß sie weiter nichts zu sagen brauchte: er sah sie voll Zärtlichkeit an.

«Ach», sagte er, «du machst es mir schwer! Denn jetzt sagst du mir das alles; aber damals, als ich dich kennengelernt hatte, da hast du niemals die meine sein wollen, obwohl ich so wild verliebt in dich gewesen bin.»

«Verstehst du denn das nicht? Was habe ich denn machen sollen, wo doch mein Mann immer aufgepaßt hat? Eifersüchtig wie ein Tiger ist er gewesen. Ach, wenn ich gekonnt hätte, du, glaub nur: ich hätte dich auf den Knien angefleht, daß du mich nähmest! Denn du hast mich genau so toll gemacht, wie du gewesen bist, mit deinen Glutaugen und allem, was du mir gesagt hast, wenn wir mal allein gewesen sind. Weißt du noch? Mir klingt es noch immer in den Ohren: ‹Mine›, hast du gesagt, ‹warum hast du dir dieses Jammerleben ausgesucht, so als Halbwilde in den Wäldern? Es kommt nur auf dich an – dann gehen wir zusammen auf und davon; ich lasse mich nach Korsika versetzen, da bin ich zu Hause. Ich habe ein kleines Haus in Vizzavona und ein bißchen Land dabei. Abends stehst du dann an der Tür, wenn ich heimkomme. Oder, wenn dir das lieber ist, können wir auch nach Ajaccio ziehen; da habe ich einen Onkel, der am Quai wohnt; er hat ein schönes, rotgetünchtes Haus mit großen grünen Fenstern, eins wie das andere. Er kann Tag für Tag tausend Franken ausgeben. Du führst ihm den Haushalt, und wir sind die glücklichsten Menschen der Welt.›»

«Wie gut du das alles behalten hast!» sagt Angiollini.

«Ich habe es dir ja gesagt: ich bewege es in meinem Herzen», sagt Arnaude. «Hast du vielleicht geglaubt, daß ich es vergessen hätte?»

«Es ist so lange her, so lange . . .»

«Meinst du?» sagt Arnaude. «Mir ist, als sei es gestern gewesen, als du mich an jedem geschützten Plätzchen im Walde geküßt hast.»

«Du hast es niemals tun wollen», sagt der Wachtmeister vorwurfsvoll.

«Ach, ich war ja noch so jung; keine Ahnung habe ich gehabt. Das ist der Grund gewesen. Aber wenn du mich jetzt wolltest . . .»

Sie bietet dem großen, vollen Mund Angiollinis ihren Mund, der grau wie eine dürre Feige ist.

«Oh!» sagt Angiollini und stemmt sie auf Armeslänge von sich weg.

«Was ist denn?» fragt Arnaude.

Über sich sieht sie ein Gesicht, das voll Traurigkeit ist, und jäh läßt sie den Kopf sinken.

«Du?» sagt er. «Du? Das hätte ich niemals von dir geglaubt...»

Allzusehr trug er das Bild der ehrenhaften Frau des Antoine Desmichels in sich, die allen seinen Verführungskünsten getrotzt hatte. Und als er sich des schönen, freien Blickes erinnerte, den sie ihm entgegengeschleudert hatte, als sie ihm sagte, daß sie ihrem Mann treu bleiben werde – da verstand er plötzlich, daß sie sich unmöglich so verändert haben könne. Und wie ein treffsicherer Pfeil pflanzte sich das Verständnis für den Grund in sein Hirn.

«Nur um deines Sohnes willen», sagte er, «hast du gemeint...»

Schamüberflutet wandte Arnaude sich ab, im gleichen Maße, wie sie sich, als er ins Zimmer kam, ihm entgegengeworfen hatte.

«Du Arme! Ich weiß gar nicht, was ich sagen soll.»

Und da sie sich nicht rührte, sagte er:

«Komm, laß mich meine Pflicht tun. Hilf deinem Jungen.»

Er ging hinaus, und sie hörte ihn draußen nach seinem Gendarmen rufen.

Als Félicien, dem sie beim Anziehen geholfen hatte, fertig war, stiegen der Mutter die Tränen in die Augen, als sie sah, wie sein Anzug ihn umschlotterte. Aber sie lächelte, um ihn nicht zu erschrecken, und sagte:

«Gut siehst du aus! Die beiden Herren brauchen sich deiner nicht zu schämen.»

«Ich pfeife darauf», sagte Félicien. «Ich werde ihnen schon durchbrennen.»

«Wo steckt denn bloß Ollivier?» fragte Arnaude.

«Er ist unter Segel gegangen», sagte Félicien. «Hast du denn nicht gemerkt, was für eine Angst er gehabt hat?»

«Das kann ich mir nicht denken. Er soll doch dem Gendarmen beim Fertigmachen des Holzkarrens helfen, damit es dich nicht zu sehr anstrengt.»

Félicien fiel wie ein toter Klotz gegen die Schulter seiner Mutter.

«Bleib bei mir, Mama; bleib bei mir!»

Sie stützt ihn mit all ihrer Kraft, streicht ihm das Haar aus der Stirn und sagt:

«Natürlich bleibe ich bei dir. Oder meinst du vielleicht...»

Sie spürt, wie der Körper des Sohnes gegen den ihrigen zittert; so zittert ein Baum, wenn er den ersten Axthieb empfängt.

«Ich bleibe bei dir, natürlich. Du meinst doch nicht etwa...», stammelt sie.

Félicien drängt sich an sie.

Angiollini und der Gendarm kamen.

«Der Holzkarren steht vor der Tür», sagte er. «Bist du fertig, Félicien? Los, jetzt kannst du zeigen, daß du ein Kerl bist. Gib deiner Mutter einen Kuß.»

«Mein Gott . . .» sagte Arnaude. «Muß es denn wirklich sein?»

«Und Ollivier?» ruft Félicien.

«Den haben wir nicht gesehen», sagt der Gendarm.

«Wollt ihr den vielleicht auch noch mitnehmen?» fragt Arnaude. «Und Frauen, he? Verhaftet ihr nicht auch Frauen, Mütter, die ihre Jungs vor dem Kriege zu retten versucht haben? Verhaftet ihr die nicht auch? Und steckt sie dann in eure Scheißgefängnisse voll Ratten und Wanzen?»

«Arnaude!» rief Angiollini.

«Was? ‹Arnaude?› Bilde dir bloß nicht ein, Angiollini, daß du mir imponierst, weil sie dich zum Wachtmeister gemacht haben und du zwei Stücke Goldband auf dem Rock trägst! Trotzdem bist du der größte Hornochse der Welt und hast es nicht mal fertiggebracht, eine Kohlenbrennerfrau in dich verliebt zu machen! Ja, ich sage es laut heraus: dieser Kohlenbrenner mit seiner schwarzen Fratze, der hat einen andern Kopf gehabt, als du ihn auf den Schultern trägst! Und wenn ich dir noch deutlicher die Wahrheit sagen soll, dann sperr die Ohren auf: wir haben uns totgelacht über dich und deine Liebe, tausendmal, mein armer Antoine und ich! Denn ihn, ihn habe ich geliebt! Ja, ihn habe ich geliebt, und dich, dich habe ich nie geliebt — verstehst du mich? Und Sie da, der andere Gendarm in der piekfeinen neuen Uniform, haben Sie auch ganz genau zugehört, was ich Ihrem Wachtmeister da mitten ins Gesicht gesagt habe? Na? Was warten Sie denn noch? Verhaften Sie mich nur gleich mit!»

«Halt die Klappe!» sagt Angiollini und legt ihr die Hand auf den Mund. «Du kommst von Sinnen und redest dich ins Unglück. Marsch, mach, daß du in deine Küche kommst, und laß uns gehen.»

«Nimm mich mit!» schreit Arnaude. «Sonst hau ich dir eins in die Schnauze!»

Sie packt mit beiden Händen in den Uniformrock des Wachtmeisters und fängt an, ihn zu schütteln.

«Bist du denn ganz und gar von Gott verlassen?» fragt Angiollini.

«Vorsicht, Herr Wachtmeister!» sagt der Gendarm.

«Laß nur. Wir sind alte Bekannte!»

Angiollini nimmt Arnaudes Hände beide in seine eine:

«Beruhige dich», sagt er. «Und dann komm nur mit, zum Donnerwetter. Auf der Gendarmeriewache kannst du weiterreden.»

«Natürlich komme ich mit», sagt Arnaude. «Oder bildest du dir vielleicht ein, daß du mich daran hindern könntest?»

«Sei doch still, Mama», sagt Félicien.

Angiollini zuckt die Achseln.

«Ohne Tritt – Marsch!» sagt er. «Aber vorsichtig!»

Nach ein paar Schritten bleibt Arnaude stehen und ruft zum Hause zurück: «Ollivier!»

Der Hund, der ihnen nachgesehen hat, trottet in den Holzschuppen.

‹Weit ist er nicht›, sagt sich die Mutter. ‹Michelle wittert ihn.›

II

Als Ollivier kein Sprechen mehr hört, klettert er von dem Holzstapel herunter. Dabei reißt er ein Reisigbündel mit, und das macht gehörigen Lärm. Er hastet in einen Winkel; er hat Angst. Er kauert im Dunkel und wagt nicht, sich zu rühren; dann beruhigt er sich; er steht auf; er öffnet leise die Küchentür. Niemand ist da, ganz wie er es sich gedacht hat; alle sind weggegangen. Nur Féliciens alte graue Hose liegt da, und das löcherige Umschlagetuch der Mutter. Es ist dunkel im Zimmer; zwar ist es erst fünf Uhr nachmittags, aber Allerheiligen steht bevor, und da sind die Tage am kürzesten. «Hernach», hat Arnaude gesagt, «von Sankt Lukas an, wird jeder Tag einen Flohsprung länger.» Er denkt: ‹Dabei haben wir noch gar nicht Sankt Lukas. Den ganzen Winter, bis Ende Januar, das ist eine lange, lange Zeit. Im Walde regnet es; es tropft von den Bäumen; und wenn man sich auch die Beine mit Leinenstreifen umwickelt und sie mit Bindfäden festbindet – das Wasser dringt doch durch. Das Geschäft, das Vater mir hinterlassen hat, ist nicht gerade leicht: als Holzhauer und Kohlenbrenner muß man immerfort im Walde sein und Bäume totmachen, damit man zu leben hat! Und dabei läuft man Gefahr, eines Tages von den Bäumen totgemacht zu werden wie Vater. Aber die Gefahr – das ist nicht so schlimm; auf dem Meere gibt es ebenfalls Gefahren. Aber das Meer, ach, das Meer – das muß ganz was anderes sein ... Was mag jetzt wohl mit Félicien geschehen? Wenn er im Gefängnis bleibt, reibt Mutter sich auf in ihrer Verzweiflung. Wenn sie ihn gleich freilassen, so ist das ein Beweis dafür, daß er sehr krank ist, und das ist genau so schlimm.›

Dann denkt er daran, wie er an Féliciens Ankunftsabend in Hinblick auf die Gendarmen gesagt hat:

«Und außerdem ist ja noch das Gewehr da!»

Ja, das Gewehr ist da; es ist noch immer da; es hängt schräg über dem Kamin; aber er, Ollivier, ist weggelaufen ... Etwas, das stärker gewesen ist als sein Wille, hat den am ganzen Leibe Zitternden in das Versteck getrieben. Die Gendarmen! Er hat es mit der Angst bekommen. So ist es. Es ist nicht gerade schön, aber es ist nun mal so.

Er steckt die Petroleumlampe an, und in dem gelben Licht sieht das leere Zimmer noch trostloser aus. Was soll er jetzt anfangen, nun er ganz allein ist? Er könnte vielleicht nach Solliès hinunter und herauszubekommen suchen, ob die Mutter meint, daß sie bald zurückkommt. Aber dann würde er ja wieder mit den Gendarmen zusammentreffen. Nein, das geht nicht. Sie werden ihn für den Spießgesellen des Bruders halten. Wer weiß, ob sie nicht noch einmal herauf zur Hütte kommen und ihn festnehmen? Wer weiß, ob sie nicht schon da sind und im Wald auf der Lauer liegen, um ihn zu verhaften?

Er glaubt zu hören, wie die Klinke niedergedrückt wird. Er bläst die Lampe aus und sitzt nun abermals da wie ein furchtgeschütteltes Tier in seinem Loch, vom Dunkel begraben. Er horcht angespannt ... Er fühlt, daß er hier nicht länger zu leben vermag. Er muß fort. Er wirft sich den Rock über, und nun hockt er wiederum im Holzstall. Da bleibt er noch kurze Zeit reglos und horcht an der Tür, die er leise geöffnet hat, hinaus in die Nacht.

Und plötzlich stürzt er nach draußen; er erreicht den Wald; er läuft den Abhang hinunter wie ein Kaninchen; er weicht den

Wegen aus; er springt von Pinienstamm zu Pinienstamm, und es ist, als strecke jeder Stamm lange Gendarmenarme aus, um ihn festzunehmen. Er kennt sich in dem Nachtwald so gut aus, daß er sich nur dann und wann von einem Brombeerstrauch schrammen läßt.

Mit einem Male kommt er auf eine große Lichtung; es ist eine Wiese am Gapeau-Ufer. Der Wald liegt hinter ihm; vor ihm erstreckt sich die Straße; sie ist hier weniger düster als im Wald. Links schimmern die Lichter des Dorfes Sénès. Und nun weiß er plötzlich, wohin er geht, wohin seine Gedanken, seit er von der Hütte fort ist, ihn getrieben haben. Er geht zu Nine Desmichels. Sogleich gewahrt er ihr Haus. Es steht abseits von den andern; es ist das letzte auf der Straße zwischen Solliès-Toucas und Solliès-Pont. Davor liegt ein kleiner Hof mit einem großen Holunder, den ein grüner Dreieckszaun umgibt. Zwei Stufen; ein abgeblühtes Geranium. Die Küchentür ist geschlossen. Das Licht von drinnen teilt sie in vier helle Flecke, die rechts auf die Mauer fallen. Im ersten Stock ist ebenfalls ein Fenster hell; das ist das Zimmer der Mutter. Sie legt sich immer schon am Frühnachmittag hin, weil sie schlecht zuwege ist. Also muß Nine allein in der Küche sein. Ollivier öffnet geräuschlos den Hoftorriegel. Im Hof horcht er, dann rafft er eine Handvoll Kies auf und wirft ihn gegen die Tür. Nichts rührt sich. Er tut dasselbe noch einmal. Die Tür geht auf, ein Schwall von Helle springt in Olliviers Augen. In diesem Lichte steht Nine mit ihrem ebenmäßigen, schönen Mädchenkörper, der sogleich ein Glücksverlangen auslöst.

«Wer ist denn da?» fragt sie.

Ollivier tritt einen Schritt vor.

«Ach, du bist es?» sagt sie. «Was fällt dir denn ein, so spät hierher zu kommen? Ist Félicien etwa krank?»

«Laß mich rein. Ich muß dir was sagen.»

«Du hast eine Art und Weise!» sagt Nine. «Aber du bist ja ganz blaß!»

«Sie haben ihn geschnappt», sagt Ollivier.

«Großer Gott!»

«Laß mich rein, dann erzähle ich dir alles. Und sprich nicht so laut; man braucht mich hier nicht zu sehen.»

«Dann komm», sagt Nine. «Setz dich hier in die Küche und verhalt dich still. Meine Mutter ist da.»

Sie geht hinein; er folgt ihr. Sie verriegelt die Tür; er setzt sich schwer auf einen Stuhl in der Ecke. Nine geht nach hinten, zum Treppenabsatz. Sie ruft nach oben:

«Nein, es war nichts. Ich hatte geglaubt, es hätte wer geklopft.»

Sie kommt wieder zu Ollivier. Sie beugt sich zu ihm nieder und flüstert ihm warm ins Ohr:

«Zieh deine Schuhe aus. Unter der Treppe ist meine Kammertür. Warte drinnen auf mich; ich komme gleich.»

Und sie fängt laut ein Tanzlied zu singen an, um Olliviers Schritte zu überdecken.

Das wäre gar nicht nötig gewesen; der Junge ist es gewohnt, nachts umherzulaufen, lautlos, wie ein Eichhörnchen.

Nun aber ruft die Mutter vom Bette her:

«Heda, Nine! Hör gefälligst mit der Singerei auf; ich möchte schlafen!»

«Gut», sagt Nine. «Dann mache ich eben die Tür zu.»

«Arbeitest du noch?» fragt die Mutter.

«Ja, ich stopfe; aber ich gehe bald zu Bett.»

«Na ... Dann gute Nacht.»

«Gute Nacht.»

Nine hat die Tür zur Treppe geschlossen. Sie hat sogar den Schlüssel einmal herumgedreht. Wenn die Mutter herunterkommt, kann sie ja sagen, sie habe es aus Versehen getan.

Sie kommt an ihre Kammertür; sie geht hinein; es ist dunkel.

«Wo bist du?» flüstert sie in die Finsternis hinein.

«Hier», sagt Ollivier.

Er hat sich auf das Bett gelegt. Er zittert am ganzen Leibe. Er fühlt: er tut hier etwas, das ... Félicien! Wenn Félicien das wüßte!

Nine tastet sich zu ihm hin. Er spürt ihr Näherkommen; er zieht sie am Arm zu sich; sie gleitet auf dem Bettvorleger aus und fällt schwer und warm auf ihn. Beider Lippen finden einander ganz von selbst, als hätten sie seit Tagen und Wochen auf nichts anderes gewartet. Mit beiden Händen knöpft Ollivier Nines Bluse auf.

«Laß! Laß!» sagt er.

Ein rauhes Lachen verzerrt sein Gesicht. Er fühlt sich zerrissen und lustvoll durchschauert, als ginge er beim Gewitter im Walde.

‹Das also ist es›, sagt er sich. ‹Das habe ich gewollt ...›

Die Lust nimmt ihn. Sie schmeckt nach Wahnsinn und Tod.

Nach diesem erschütternden Geschehen fällt er unvermittelt der Süße des Schlummers anheim. Wenn ihm jemand gesagt hätte, er werde, wenn er zum erstenmal bei einem Mädchen sei, gleich hinterher einschlafen, so würde er es nicht geglaubt haben. Aber sein Kopf und sein Körper haben seit dem Morgen zu viel Wirrnisse durchmachen müssen. Er ist viel abgespannter als damals, als er bei Bramafan die Steineiche umgehauen und in drei Stunden zerkleinert hat. Er erinnert sich: als der Baum gefallen war, da hat er sich auf die Erde gelegt und ist auf dem Laubwerk eingeschlafen. So ist es auch jetzt.

Mitten in der Nacht schlägt er die Augen auf; Nine hat die Lampe angesteckt. Er versteht nicht, warum diese Lampe brennen geblieben ist. Er atmet eine Luft, die anders als die gewohnte ist. Er glaubt sich zu Haus und meint, die Mutter habe die Schuppentür zugemacht, aus der sonst immer der Holzduft ins Zimmer strömt. Aber wie kommt es, daß sein eines Bein so schwer ist? Er spürt, daß er unbequem in einem weichen Bette liegt. Er will das Deckbett über sich ziehen; aber da merkt er, daß ein anderer Körper sich hineingewickelt hat. Nun weiß er wieder, wo er ist. Das Mädchen, das da weich und warm neben ihm schläft, ist Nine Desmichels. Nine ... Sie ist seine Geliebte. Er hat eine Geliebte wie Félicien, wie die andern Männer. Er ist ein Mann. Er braucht sich jetzt nicht mehr mit Granatapfelsaft abspeisen zu lassen, wenn die andern Pernod trinken. Gestern abend hat ein Mund an seiner Brust die Worte gestöhnt: «Wie du war keiner ...»

Aber auf der andern Seite: die Mutter und Félicien. Félicien, der auf einem Holzkarren weggefahren wird, und die Mutter, die weinend hinter dem Gendarmen hergeht. Er hat zwischen den Reisigbündeln auf dem höchsten Haufen gelegen und durch eine Lücke in den Ziegeln zugesehen, wie die Mutter und Félicien weggegangen sind, und er hat sich nicht vom Flecke gerührt und auf den Ruf seiner Mutter nicht geantwortet.

‹So was nennt man Feigheit!› denkt er.

In diesem Augenblick drängt sich Nine, die nicht geschlafen hat, an ihn und will ihn küssen.

«Laß mich gefälligst in Ruhe!» faucht er sie an.

«Na, dich macht die Liebe nicht gerade liebenswürdiger!»

Aber sie ist nicht böse; sie hat viele Männer gekannt, die hinterher schlecht gelaunt gewesen sind; sie versteht das. Sie weiß: die Männer schämen sich, daß sie um einer Frau willen so glücklich und so schwach gewesen sind. Man muß dann nett zu ihnen sein; dann werden sie ebenfalls wieder nett, und nach einer kleinen Weile kann man meinen, man beherrsche sie.

«Wie wär's, wenn du dich auszögest?» fragt sie Ollivier. «So ist es doch recht unbequem für dich...»

Das stimmt; gestern abend hat er sich völlig angekleidet auf dieses Mädchenbett geworfen; und nachher ist er in den Schlaf gefallen wie in ein Loch.

«Wann hast du eigentlich die Lampe angesteckt?» fragt er sie.

«Nachher, als ich mich zurechtgemacht habe...»

Auf der Erde steht eine Waschschüssel mit schmutzigem Wasser. Ollivier schämt sich. Er dreht sich auf die andere Seite.

«Soll ich dir helfen?» fragt sie.

Er schnallt seinen Ledergürtel ab und streift mit erhobenen Armen den Pullover über den Kopf. Unter dem Leinenhemde wölbt sich seine atmende Brust. Nine streicht mit der Hand darüber:

«Du bist gut im Stande.»

Sie gleitet zur Erde, sie zieht ihm die dicken Strümpfe aus. Die Hose hängt ihm bis auf die Füße nieder; sie zieht erst das eine, dann das andere Bein ab und lacht dabei.

«Zieh auch dein Hemd aus», sagt sie.

Er ist nackt; er schämt sich ein bißchen; er verkriecht sich unter der Decke.

Sie streckt sich neben ihm aus...

Jetzt hat er kein schlechtes Gewissen mehr, wenn er an Félicien denkt.

«Weißt du», sagt Nine, «meine Mutter braucht davon nichts zu wissen. Was willst du denn jetzt anfangen? Willst du zurück nach Haus?»

«Nein», sagt Ollivier. «Ich will bei dir bleiben.»

«Ja. Aber wo? Oben bei euch? Oder in der Mühle vielleicht?»

«Nein», sagt Ollivier. «Nicht in der Mühle ... und bei uns zu Haus auch nicht.»

«Aber wo denn?» fragt Nine. «Hier – das geht nicht. Wenn meine Mutter aufsteht, stöbert sie überall herum.»

«Ich will aber bei dir bleiben», sagt Ollivier.

«Mein Liebster ...», sagt sie, «wie sollen wir das denn anfangen? Laß mich mal überlegen; ich glaube, ich weiß einen Ausweg.»

Sie nimmt seine Hand in die ihrige, damit er sie ruhig hält.

«Hör zu», sagt sie. «Du gehst hinauf zum Grand-Cap, nach Hause, und ziehst deinen Sonntagsanzug an; denn ich möchte gern, daß du gut aussiehst. Dann packst du dir ein paar Hemden ein, zum Wechseln. Und dann gehst du nach Toulon. Und in Toulon gehst du zum Fischmarkt. Du weißt doch, wo das ist, der Fischmarkt?»

«Ja», sagt Ollivier. «Place à l'Huile.»

«Richtig. Und an der Ecke der Rue Méridienne, neben der Muschelhandlung Witwe Saturnin und Sohn, ist ein Café, das heißt ‹Bar de la Girelle›. Da gehst du hinein; es ist ein Hotel, wenn es auch nicht so aussieht; aber für die Leute, die Bescheid wissen, ist es ein Hotel. Ich weiß es; Fifi Fournier, eine meiner Freundinnen, leitet es. Du gehst durch die Bar hindurch und fragst nach Fifi Fournier, und du sagst ihr: ‹Nine schickt mich.› Weiter nichts; nur ‹Nine schickt mich.› Und da wartest du auf mich. Ich komme im Laufe des Tages nach. Und dann werden wir schon sehen, wie wir ins reine kommen. Einverstanden?»

«Ja», sagt Ollivier.

«Hast du auch ganz genau verstanden? Wiederhole es mal: ‹Fifi Fournier, Bar de la Girelle, Place à l'Huile. Nine schickt mich.› Na, also. Komm, wir wollen noch ein bißchen schlafen; sonst haben wir morgen Ränder unter den Augen.»

«Wieso, Ränder unter den Augen?»

«Ränder unter den Augen? Sie sind dann ganz geschwollen. Hast du das niemals gesehen?»

«Nein», sagt Ollivier.

«Na, in Toulon wird dir das schon auffallen. – Du brauchst nur dem Geruch nachzugehen; denn ein Fischmarkt – da riecht es natürlich! Und dann siehst du auch die Fischer, die die Fische in großen Körben herantragen; sie sind noch ganz feucht vom Meerwasser.»

«Feucht vom Meerwasser . . .», sagt Ollivier.

«Ja, zum Donnerwetter. Und nun schlaf und halt den Mund.»

Nine drängt sich an ihn. Sie hält ihn mit beiden Armen ganz fest. Eine ihrer Hände hat sie ihm unter den Kopf geschoben, sie hält ein Büschel seines Haars.

Plötzlich reißt er noch einmal die Augen auf und sagt:

«Ich habe aber kein Geld.»

«Das macht nichts», sagt Nine. «Ich gebe dir was.»

Die Gendarmeriestation zu Solliès-Pont ist ein großes, weißes Gebäude mit schönen grünen Fenstern, eins wie das andere, ganz wie die des Hauses in Ajaccio, in dem Angiollinis Onkel wohnt. An beiden Seiten des Portals stehen Bensiabäume. Im Mai überschütten sie alles mit ihren kleinen gelben Rosenblüten. Und auf der ganzen Länge der Mauer blühen dicht nebeneinander die kleinen weißen Nelken, die man ‹Kußnelken› nennt und die so gut duften.

Vor jenem Gebäude hat der Autobus Félicien und seine Mutter, den Wachtmeister und den Gendarmen abgesetzt. Dann sind sie alle vier in das Dienstzimmer des Gendarmeriehauptmanns gegangen, der sofort ein sehr ernstes Gesicht gemacht hat. Arnaude, der das Herz übervoll war, hat zu sprechen anfangen wollen . . .

«Mund halten!» hat der Hauptmann gesagt, und den Wachtmeister hat er gefragt:

«Nun?»

«Befehl ausgeführt!» hat Angiollini gemeldet.

Und er hat erzählt, wie sie erst zweimal zur Mühle hinaufgestiegen seien, und dann zur Kohlenbrennerhütte, weil sie herausgebracht hätten, daß, so unvorsichtig das auch gewesen sei, der Flüchtling bei seiner Mutter wohnen müsse. Und dann hätten sie an die Tür gepocht, ohne daß jemand geantwortet hätte, und gerufen: ‹Im Namen des Gesetzes!› Und dann seien sie eingedrungen. Und da habe der Flüchtling krank gelegen . . .

«. . . oder hat er vielleicht bloß so getan?» unterbricht der Hauptmann.

«Krank gelegen», fährt Angiollini fort, «und seine Mutter ist dabeigewesen, ihm einen Umschlag zu machen. Sein jüngerer Bruder ist auch dagewesen, Ollivier heißt er, aber als wir gekommen sind, hat er sich verdrückt.»

«Noch einer, der ein schlechtes Gewissen hat!» sagt der Hauptmann.

Arnaude wirft ihm einen finsteren Blick zu. Sie denkt:

‹Er spricht einen nordischen Dialekt; er stammt nicht aus unserm Lande. Er hat keine Ahnung von den Desmichels.›

«Ich habe ihm befohlen, er solle aufstehen», fährt der Wachtmeister fort, «und wir haben ihn auf einem Holzkarren zur

Landstraße hinuntergeschafft; und da haben wir ihn in den Autobus gesetzt, und nun sind wir zur Stelle.»

«Hat er keinerlei Widerstand geleistet?» fragt der Hauptmann.

«Widerstand?» ruft Arnaude. «Wie soll der wohl Widerstand leisten, der Ärmste! Er kann sich ja kaum auf den Beinen halten!»

«Sei doch still, Mama», sagt Félicien.

«Jawohl! Halten Sie den Mund, Frau! Sie machen die Sache nur noch schlimmer.»

Der Hauptmann trägt die Militärmedaille und das Kriegskreuz mit zwei Sternen und einer Palme. Er sieht Félicien scharf an und sagt:

«Du verdienst keinerlei Gnade. Zweimal bist du fahnenflüchtig geworden. Unterdessen haben sich andere an deiner Stelle ein Loch ins Fell schießen lassen und dein Vaterland verteidigt. Weißt du das etwa nicht? Was sollte aus Frankreich werden, wenn alle täten wie du? Machst du dir keine Sorgen um Frankreich? Um dein Vaterland? Hast du keinen Sinn dafür, was das heißt: Vaterland? Das ist das Haus, das dich beschirmt, und der Wald, in dem du Kohlen brennst, und dein Vater, deine Mutter, deine Brüder, – alles, was dich an diesen Boden fesselt, der dich geboren hat. Das ist das Vaterland – hast du verstanden? Und wenn die Feinde das angreifen mit Feuer und Schwert, dann drückst du dich. Zusammen mit Huren kneifst du aus und versteckst dich in Kontrollmädchenzimmern in Marseille . . .»

Er hatte ein Aktenstück, das vor ihm lag, hochgenommen und las daraus.

«Du wirst gefaßt. Gut. Du wirst mit einem Strafbataillon, noch dazu mit einem der tapfersten, wieder an die Front geschickt. Du hättest dich rehabilitieren können. Aber nein! Du kneifst zum zweiten Male aus, indem du dich unter einen Gefangenentransport mischst, als wenn du Befehl hättest, ihn zu begleiten. Du siehst: hier steht alles aufgeschrieben.»

Félicien, der in gerader Haltung vor dem Schreibtisch steht, wird weich in den Knien.

«Herr Hauptmann», sagt Angiollini, «darf er sich nicht hinsetzen? Er kann kaum noch stehen.»

«Ist er besoffen?» fragt der Hauptmann.

Arnaude springt vor.

Der Wachtmeister hält sie zurück.

«Vorsicht», flüstert er ihr zu. «Verdirb nichts!»

Und er fragt noch einmal:

«Erlauben Herr Hauptmann? Er ist krank.»

«Hinsetzen!» sagt der Hauptmann. «Anscheinend kannst du so wenig Haltung bewahren wie ein Frauenzimmer. Wenn du kannst, sag deine Entschuldigungsgründe dafür, daß du deine soldatische Pflicht verletzt hast und während einer Kampfhandlung fahnenflüchtig geworden bist. Wie denkt eigentlich dein Vater über den Fall? Der wird schön stolz auf dich sein!»

«Mein Vater?» fragt Félicien. «Der ist tot.»

Das ist das erste, was er sagt. Er weiß nur zu gut, daß Sprechen nichts hilft, wenn man nicht der Stärkere ist.

«Im Kriege gefallen?» forscht der Hauptmann.

Er kann sich nicht vorstellen, daß man gegenwärtig auch auf andere Weise sterben kann.

«Nicht im Kriege», sagt Félicien, «nur an den Folgen. Aber mein Bruder Joseph ist an der Front gefallen.»

«Und trotz dieser guten Beispiele ist dir nichts anderes eingefallen, als dich zu drücken? He? Antworte!»

«Ich hatte Angst», sagte Félicien, «und dann wollte ich nicht andere töten müssen, die Menschen wie ich waren . . .»

«Da irrst du dich aber gründlich», sagt der Hauptmann. «Das waren nicht Menschen wie du, sondern Feinde.»

«Ja, aber zu Haus, in ihrem Lande, da hatten sie doch auch Mütter . . .»

«Halt's Maul! Du bist ein Scheißkerl und weiter gar nichts! Du weißt nicht, was du redest, du hast dir den Kopf durch schlechte Lektüre verdrehen lassen. Für diese Nacht kommst du ins Gefängnis; das wird dich schon wieder auf die Beine bringen; und morgen wirst du nach Marseille transportiert. Da gibt es nämlich ein Kriegsgericht für Schweinehunde wie du!»

«Herr Hauptmann», sagt Angiollini, «verzeihen Herr Hauptmann, aber da muß etwas berücksichtigt werden, das vielleicht den Befehl umstößt . . .»

«Und?»

«Der Mann ist nämlich krank, und er ist schon an der Front schwer krank gewesen, und seine Krankheit ist die Ursache, daß er desertiert ist; denn wenn die nicht wäre . . .»

«Kennst du ihn?» fragt der Hauptmann.

«Ja», sagt Angiollini, «ich kenne ihn von klein auf, und seine Mutter auch, und seinen Vater, der ein ordentlicher Mensch gewesen ist, den habe ich auch seit vielen Jahren gekannt. Der Mann muß krank sein, das ist gar nicht anders möglich. Glauben Herr Hauptmann mir: nur diese große Schwäche von wegen seiner Blutarmut, die hat ihn dazu getrieben.»

«Und nun? Was willst du?»

«Ich . . . Wenn es möglich wäre, wohlverstanden, denn ich weiß ganz genau, daß erst das Gesetz und die Dienstvorschriften kommen . . . Ich möchte erstens bitten, daß Herr Hauptmann in den Bericht schreiben, daß der Mann krank ist, und zweitens, ob man ihn statt ins Gefängnis ins Lazarett stecken kann, in die Arrestabteilung, bis er vors Kriegsgericht muß.»

«Ja», sagt der Hauptmann. «Und wenn er auskneift?»

«Dafür bin ich da, Herr Hauptmann. Ich will nachts immer vor der Tür wachen, wenn es sein muß. Aber er wird schon nicht auskneifen; nicht wahr, Félicien?»

«Nein, Herr Wachtmeister», sagt Félicien.

«Nein, Angiollini; der kneift gewiß nicht aus. Verlaß dich auf mein Wort.»

Das sagt Arnaude hastig und lächelt dabei den Wachtmeister an.

«Bürgst du mir mit deinem Ehrenwort als Portepeeträger dafür?» fragt der Hauptmann. «Weißt du, daß du statt seiner vors Kriegsgericht kommst, wenn er auskneift?»

«Keine Bange!» sagt Angiollini.

«Gut. Bring die Sache in Ordnung. Führ ihn zum Herrn Oberstabsarzt im Lazarett Schloß Fonvert, und wenn er übernommen ist, beauftrage ich dich persönlich mit der Überwachung.»

«Danke, Herr Hauptmann», sagt Angiollini. «Los, Junge, bedank dich beim Herrn Hauptmann, und dann komm mit. Kannst du jetzt zu Fuß gehen?»

«O ja», sagt Félicien. «Danke, Herr Hauptmann.»

«Danke, Herr Hauptmann», sagt Arnaude.

Draußen fragt Angiollini Arnaude: «Na, bist du nun zufrieden?»

«Ja», sag sie, «und ich bitte dich auch vielmals um Entschuldigung . . .»

«Schon gut, laß nur; ihr Frauen verliert ja immer gleich den Kopf, wenn es um eure Brut geht. Den Teufel auch! So was springt dem Tode mitten ins Gesicht und kratzt ihm die Augen aus.»

«So sind wir Mütter nun mal», sagt Arnaude. «Wohin gehen wir denn jetzt?»

«Wir bringen Félicien ins Lazarett, und da wird er zunächst erst mal in ein gutes, sauberes Bett gesteckt und bekommt bessere Heilmittel als deine. Und morgen sehen wir dann weiter.»

«Ob ich wohl die Nacht über bei ihm bleiben darf?» fragt Arnaude.

«Wahrscheinlich nicht!» sagt Angiollini. «So schlecht geht es ihm doch gar nicht, daß du bei ihm wachen müßtest.»

«Aber wenn er in der Nacht nun was braucht...»

«Dafür gibt es doch Krankenschwestern, und einige sind sogar recht nett.»

«Natürlich», sagt Félicien. «Es geht nicht, Mama, daß du mitkommst.»

«Wohin soll ich denn aber sonst gehen?» fragt sie.

«Geh nach Haus», sagt Félicien. «Ollivier macht sich sicher schon Gedanken.»

«Ja, das tut er wohl», sagt Arnaude nachdenklich. «Aber andererseits kann ich dich doch nicht allein lassen! Ich würde die ganze Nacht kein Auge zutun. Ich möchte so gern in deiner Nähe bleiben...»

«Hör zu», sagt Angiollini, «ich will dir einen guten Rat geben; denn ich sehe ein: es ist völlig ausgeschlossen, daß wir dich dazu bringen, wieder hinauf zum Grand-Cap zu gehen. Du gehörst zu der Sorte von Müttern, die die ganze Nacht auf der Erde vor der Lazarettür liegen, um nur ja am nächsten Morgen, wenn die Sonne aufgeht, ganz genau zu wissen, ob ihr Junge klar gepinkelt hat oder trübe. Also paß mal auf: genau gegenüber dem Lazarett zu Fonvert, das die Herrschaften aus dem Schloß gestiftet haben, liegt das Hotel Marcillan. Ich bin mit dem Besitzer bekannt; der wird dir schon nicht zuviel abknöpfen. Da übernachtest du. Von deinem Fenster aus kannst du Féliciens Fenster sehen. Da kannst du also in aller Ruhe schlafen. Und morgen kommst du um acht Uhr an das Lazarettor, und dann sage ich dir, wie es ihm geht. Einverstanden?»

«Du bist ein Prachtkerl, Lello», sagt Arnaude. «Ich schäme mich so...»

«Nun hör bloß mit dem albernen Gejammere auf», sagt der Wachtmeister, «sonst werden wir überhaupt nicht fertig. Das Hotel wirst du gleich sehen; wir kommen daran vorbei: Hotel

Marcillan. Du brauchst nur zu sagen, der Wachtmeister Angiollini schicke dich. Ich bin da bekannt... Verstanden?»

«Ja», sagt Arnaude. «Ich habe aber kein Geld.»

«Ich gebe dir was», sagt Angiollini.

«Hast du auch wirklich verstanden?» fragt Nine Ollivier. «Hotel de la Girelle? Du fragst nach Fifi Fournier. Dann sagst du ihr: ‹Nine schickt mich.› Ist dir jetzt alles klar?»

«Ja», sagt Ollivier. «Die Sache ist bloß, daß ich kein Geld habe.»

«Ich gebe dir welches», sagt Nine.

Sie liegen beieinander. Es ist elf Uhr nachts.

Es ist elf Uhr abends. Arnaude, die es nicht gewohnt ist, in einem Stadtzimmer zu schlafen, mit Menschen über sich und Menschen unter sich, ist gerade aufgewacht. Das Licht von der Straße her stört sie. Sie denkt: ‹Die Luft ist schlecht. Wahrscheinlich hat Ollivier die Tür zum Holzschuppen zugemacht; der Holzduft weht nicht zu mir her.›

Dann fällt ihr wieder ein, wo sie ist. Und nun wacht die Unruhe gemeinsam mit ihr.

Félicien schläft nicht. Ein Nachtlicht, das er nicht gewohnt ist, macht den weißen Raum hell; es ist ein friedliches Licht, wie Ströme von Mondschein. Drei Männer schlafen in der Arrestabteilung.

Der eine ist so groß, daß seine Füße immer unter der Decke hervorkommen. Das ist ein Marokkaner, der sich die Hand abgehackt hat. Der andere, ein kleiner, brauner, magerer, ist ein Korse. Er hat ein Freudenmädchen erdrosselt und dann einen Selbstmordversuch begangen.

Sie haben Félicien gleich beide, einer nach dem andern, ihre Geschichte erzählt. Das hat ihn über den ersten Augenblick hinweggebracht, als Angiollini fortgegangen ist, nachdem er ihn mit einem glücklichen Lächeln den Schwestern ausgeliefert hat.

«Du, nicht Hammel?» hat der Marokkaner gesagt. «Ich Hammel, große Herde. Vater Boujma ben Achmed. Tot. Mama alt, viel alt. Ich Djemil ben Boujma. Verheiratet mit junge Frau, heißen in dein Land kleines Mädchen, aber sie, vier kleine Kinder. Kleine Kinder immer kranke Augen, kleine Frau auch, immer kranke Augen und Bauchweh. Können nicht Hammel hüten. Mutter alt, kann nicht Hammel hüten... Kein Regen sieben Monate lang. Müssen Hammel getrieben werden auf Berg Atlas, da Gras finden; aber Marrakech zu weit für kranke Frau und alte Mutter und kleine Kinder. Also Hammel sterben vor Hunger. Hörst du zu?»

«Ja», sagt Félicien, «aber du sprichst nicht sehr gut Französisch.»

«Dabei ich in Franzosenschule gehen, aber viel schwer verstehen sprechen Französisch. Brief von Frau bekommen, läßt mir sagen durch Schreiber Hassan: ‹Komm zurück, mein Gemahl, sonst alle Hammel sterben vor Hunger.› Ich gehen zu Kommandeur. Sehr nett, Kommandeur. Ich sagen: ‹Kommandeur, Frau schreibt Hammel alle vor Hunger sterben, weil kranke Augen und kranker Bauch, kann nicht hintreiben grünes Gras fressen auf Berg Atlas. Mutter zu alt, geht mit Stock. Ich muß sofort hin nach Marrakech, sonst Hammel alle tot, kleine Kinder, kleine Frau, alte Mutter, alle vor Hunger sterben ... Du verstehst, Herr Kommandeur.› Kommandeur sagen: ‹Aber bekommen nicht deine Frau und deine Mutter Geldunterstützung?› Ich sagen: ‹Vater Boujma ben Achmed hinterlassen große Herde Hammel ...»

«Du machst uns vollkommen verrückt mit deiner großen Hammelherde», unterbricht ihn der Korse. «Die ganze Baracke lacht schon über dich!»

«Du, schlechter Kerl», sagt der Marokkaner. «Du haben totgemacht Mädchen und willst mich hindern erzählen mein Freund, warum mich hat abgeschneiden mein Hand ...»

«Zum hundertstenmal ...», sagt der Korse.

«Du hast dir die Hand abgeschnitten?» fragt Félicien.

Ein wilder Hustenanfall macht, daß er sich zusammenkrümmt.

«Du, viel Husten», sagt der Marokkaner. «Aber Damen Schwestern dir legen Umschläge auf und du heilen bald. Also hör. Als Kommandeur sagen: ‹Geldunterstützung›, ich nicht verstehen und noch mal sagen: ‹Herr Kommandeur, ich muß fahren in Schiff sofort Marrakech. Gib den Urlaub!›. Kommandeur sagen: ‹Unmöglich.› Erzählt es General. General viel lachen. Kommandeur sagen: ‹Mensch, Djemil, geh wieder zu Kameraden nach Lager La Farlède. Du, guter Soldat, zweimal verwundet, wieder gesund, Kriegskreuz, Feinde immer noch böse, mußt noch gehen Vaterland verteidigen, nachher, wenn Feinde kaputt, Krieg vorbei, dann du wieder Marrakech gehen, Hammel Atlas treiben.› Ich noch mal sagen: ‹Nein, muß gleich sofort Hammel treiben, sonst alle Hammel tot.› Kommandeur da böses Gesicht machen; sagen: ‹Schluß, Djemil, marsch zurück zu Kameraden, sonst Gefängnis.› Da, ich, Messer genommen ...»

«So'n Bart!» ruft der Korse.

«Und weiter?» fragt Félicien.

«Ich, mit Messer, angefangen Hand abschneiden, um keine Hand mehr haben, um halten Gewehr. Brauch kein Hand, Hammel treiben. Aber Fleisch zu hart, habe genommen Beil zu Holzhacken. Also diesmal, gut Hand abschneiden. Aber Blut fließen so sehr, fließen überall wie Pferd pißt, und ich zu Boden fallen. Kameraden schreien, mich hochheben, Revierstube tragen, dann Lazarett. Ich, sehr froh, denken abfahren sofort Marrakech treiben Hammel; aber Kommandeur kommen, sehen und sagen: ‹Du, schlechter Soldat, Djemil, verloren Achtung deiner Vorgesetzten. Wenn geheilt, kommst vor Kriegsgericht. Marsch, Gefängnis.› Er mich bös ansehen, ich nicht verstanden. Denn ich ja doch haben erklärt Kommandeur: ‹Hammel sterben vor Hunger, Frau krank mit Augen, Mutter alt, Kinder klein ...›»

«Menschenskind, fängst du nun wieder von vorne an?» schreit der Korse.

Er hat sich im Bett aufgesetzt; sein Hemd steht offen und läßt ein wahres Vlies von harten schwarzen Haaren sehen; mittenhindurch geht ein dicker Verband.

«Du machst wer weiß was für Geschichten um deine blödsinnige Hand. Sieh mich mal an: ich habe eine Flintenkugel in der Brust und habe ganz und gar nicht das Bedürfnis, es allen Leuten unter die Nase zu reiben ...»

«Du, schlechter Kerl», schreit der Marokkaner. «Du haben Hurenmädchen getötet mit beide Hände rund um Hals!»

«Sie hat mich durchaus nicht etwa nicht gemocht», sagt der Korse. «Nein, aber einmal, da wollte sie nicht, weil ich ein Glas zuviel getrunken und ihr ein paar in die Fresse geschlagen hatte. Diese Schellfische! Die wollen einem Mann aus Corte was kommandieren! Und dann habe ich es ja auch nicht mit Absicht getan; ich habe sie ja nicht mehr prügeln, sondern bloß haben wollen. Ich habe gehört, wie sie gejault hat; aber ich habe gemeint, das sei, weil es ihr Spaß mache. Und dann bin ich eingeschlafen. Die Gendarmen haben mich wachgerüttelt, und da habe ich dann die Bescherung gesehen. Ich habe gebeten, sie sollten mich zum Lokus gehen lassen, und da habe ich mir dann drei Kugeln in die Brust geschossen.»

«Bist du wieder gesund?» fragt Félicien.

«Noch nicht; erst muß ich mir noch die dritte Kugel rausnehmen lassen; sie steckt im Gewebe, sagen die Ärzte.»

«Damen Schwestern haben gesagt, du böse dran», sagt der Marokkaner mit einem düsteren Blick.

«Halt die Schnauze und kümmere dich um deinen Dreck! Und ich – mir ist es Wurst, ob ich hier abkratze oder in den Graben zurück muß: das ist ein und dasselbe, verstehst du? Ich stehe mutterseelenallein auf der Welt; ich habe keine ‹kleine Frau und keine große Herde Hammel›. Mein Vater und meine Mutter, die haben beide einen kleinen Garten auf dem Bauche, mit einem Gitter drum und einer Zypresse, am Berghang oberhalb von Corte. Kennst du Korsika?»

«Nein», sagte Félicien.

«Da ist es schön, weißt du. So schön ist es nirgends! Besonders Corte. Das klebt da hoch am Felsen, und du kannst von da aus das ganze Land überschauen mit den unendlichen Wäldern ...»

«Marrakech ...», fängt der Marokkaner an.

«Ach, du mit deinem beschissenen Marrakech, wo kein Baum und kein Strauch wächst!»

«Palmen, Dattelpalmen – sind das kein Baum?»

«Nein, das sind kein Baum! Drei Haufen dürre Palmen um einen Telegraphenpfahl herum – nein, das sind keine Bäume! In Corte wachsen Kastanienbäume, so viele, daß du vier Stunden lang immer auf demselben samtweichen Laubteppich gehen kannst, und es gibt Reben und Obstbäume. Ja, das ist ein interessantes Stückchen Wüste!»

«Wüste ...», murmelt der Marokkaner.

«Und du?» fragt der Korse, «was hast du ausgefressen?»

«Ich bin desertiert», sagt Félicien. «Und weil ich krank bin, haben sie mich hierhergebracht.»

Sie schweigen alle drei. Der Marokkaner hat sich auf seinem Bett zusammengerollt wie ein großer Hund; sein Armstumpf und sein Wollkopf sind alles, was von ihm zu sehen ist. Der Korse führt sich schlecht auf; Félicien dämmert leicht in den Schlaf hinüber.

13

ARNAUDE hatte recht gehabt mit ihrem Glauben, daß dank Angiollini schon alles irgendwie ins reine kommen werde. Félicien war im Schloß-Lazarett belassen worden. Als Arnaude am nächsten Morgen diese erfreuliche Neuigkeit erfahren hatte, da hatte sie dem Wachtmeister gesagt:

«Wenn du mir jetzt eine große Gefälligkeit erweisen würdest, noch eine, will ich lieber sagen, dann würdest du jemand zum Grand-Cap hinaufschicken, der mir Ollivier hierher bringt. Ich muß ihm vielerlei erklären, auch, daß er sich noch ein paar Tage behelfen muß; denn ich, ich möchte gern in Féliciens Nähe bleiben . . .»

«Das verstehe ich», hat Angiollini geantwortet. «Wird gemacht.»

Arnaude darf den Kranken nicht besuchen, weil er in der Arrestabteilung ist; aber die Schwester, der der Wachtmeister gesagt hat, die Mutter wohne gegenüber, läßt morgens fünf Minuten lang Féliciens Fenster weit offen. Dann stellt sich Arnaude an ihr Fenster und sieht jemand in einem weißen Bette liegen, der ihr mit der Hand Zeichen macht, und das ist ihr Sohn. Das genügt, um während der übrigen Zeit ihre Lebensgeister wachzuhalten.

Gegen Abend ist Angiollini mit recht betroffenem Gesicht wiedergekommen und hat gesagt:

«Ich verstehe das nicht. Ich habe jemand nach dem Grand-Cap hinaufgeschickt, wie ich es dir versprochen hatte; aber oben bei euch war niemand.»

«Wahrscheinlich ist Ollivier im Walde gewesen», sagt Arnaude.

«Nein», sagte Angiollini. «Mein Gendarm ist überall herumgegangen; er hat gerufen und er behauptet, er sei sogar bis Bramafan hinaufgestiegen, weil er meinte, der Junge habe sich einsam gefühlt und sei seine Kameraden besuchen gegangen.»

«Wir haben mit niemand Verkehr», sagt Arnaude.

«Um so erstaunlicher ist es, daß er Ollivier weder im Hause noch draußen getroffen hat . . . Der Schlüssel habe in der Tür gesteckt, hat er gesagt, und er sei auch hineingegangen. Aber er habe nichts Ungewöhnliches gesehen; alles sei gut in Ordnung gewesen.»

«Und dennoch kann er nicht weit sein», sagt Arnaude. «Oder

ist er vielleicht auf den Gedanken gekommen, wegzulaufen und hierher zu uns zu kommen? Aber dann hätten wir ihn ja hier treffen müssen... Ich verstehe das nicht. Also müßte er doch oben sein... Oder wer weiß? Vielleicht steckt er in der Mühle von Sinssol? Hat dein Gendarm da ebenfalls nachgesehen?»

«Ach so», sagt der Wachtmeister. «Nein, wahrscheinlich nicht. Ich habe vergessen, es ihm zu sagen; aber es stimmt schon, es könnte sein, daß er aus Angst vor uns Polizeileuten dahin gelaufen ist, wo du deinen Félicien versteckt hast. Möchtest du, daß ich den Mann noch mal losschicke?»

«Nein», sagt Arnaude. «Morgen früh, beim ersten Morgengrauen, denn heute abend ist es schon zu dunkel, will ich selbst hinauf. Dann werde ich ihn schon bald aufgestöbert haben, den armen Jungen; er muß ja allmählich vollkommen durcheinander gekommen sein vor Einsamkeit. Und meinen Hund, hat er den auch nicht gesehen, dein Gendarm?»

«Das weiß ich nicht; er hat mir nichts davon gesagt.»

«Und nun sag mir bitte noch», fährt Arnaude fort, «was glaubst du, daß mit Félicien geschehen wird?»

«Ganz genau kann ich dir das leider nicht sagen. Aber es ist amtlich festgestellt, daß dein Junge brustkrank ist und sehr gute Pflege nötig hat. Mein Hauptmann hat befürwortet, daß er bedingt freigelassen wird. Wenn er damit durchkommt, kannst du deinen Sohn mit nach Haus nehmen und nach eigenem Ermessen gesund pflegen.»

«Wenn er überhaupt wieder gesund wird...», sagt Arnaude traurig.

«Wenn alles gut geht, wirst ausgerechnet du doch nicht den Kopf hängen lassen?»

Der Wachtmeister legt seine große Hand auf Arnaudes Schulter wie am Morgen der Verhaftung, und Arnaude durchlebt in Gedanken nochmals die Geschehnisse im Zimmer, als sie sich ihrer beider alter Liebschaft hat bedienen wollen, um Angiollini zu bestechen, und sie denkt auch der Beleidigung, die sie ihm nachher angetan hat.

«Ich verstehe sehr gut», sagt sie, «daß alles nur deshalb so glatt geht, weil du hinter deinem Hauptmann her bist und ihn antreibst. Und ich weiß auch ganz genau, daß er nur so viel auf dich hört, der Mann mit den vielen Rangabzeichen und dem strengen Gesicht, weil du sicher noch viel tapferer und mutiger bist, als ich geglaubt hatte. Also hör zu: ich habe dich schon um Entschuldigung meines abscheulichen Benehmens wegen gebeten; aber jetzt will ich dir etwas sagen, das du unbedingt wissen mußt, damit wir völlig einig sind. Ich schäme mich nur ein bißchen ... Also stell dich mal da an das Fenster und dreh mir den Rücken zu, ja? Dann fällt es mir leichter, zu sprechen.»

«Lächerlich», sagt der Wachtmeister. «Aber ich will dir mal gehorchen.»

Sein großer, gedrungener Körper verdeckt das ganze Viereck des kleinen Fensters, und Arnaude spricht im Halbdunkel:

«Ja», sagt sie, «ja, du mußt mich recht verstehen. Als ich dich hatte dahinbringen wollen, mir meinen Sohn zu lassen, da habe ich dich Lello und selbst Lellito genannt; und ich habe gesagt, daß deine feurigen Augen und all das, was du gesagt hast, mich damals rein toll gemacht hätten ... Das ist nicht wahr gewesen, und es gehört sich, daß ich dir das sage. Denn ich habe in meinem ganzen Leben nur einen einzigen Mann geliebt, und das ist mein armer Antoine gewesen, der mich gegen den Willen der Seinigen mit dem Namen Desmichels beehrt und mir meine drei Söhne geschenkt hat. Aber das will ich dir sagen: wenn ich mich manchmal nach dir umgeschaut habe, dann ist das geschehen, weil, wenn ich jemals einen andern hätte lieben können, ja, wenn mir das möglich gewesen wäre – ja, Angiollini, weil dann du es gewesen wärest.»

«Das wiegt alles auf», sagt Angiollini. «Darf ich mich jetzt wieder umdrehen?»

«Ja», sagt Arnaude. «Und, bitte, gib mir jetzt einen großen Freundschaftskuß.»

Sie legt ihre beiden Hände auf die Schultern des Mannes und küßt ihn auf die Backen, erst auf die eine, dann auf die andere, die er ihr hinhält. «Und nun kommst du», sagt sie.

«Du treibst mich zu schönen Dingen! Ein Gendarmeriewachtmeister, der die Mutter eines Deserteurs küßt – tolle Sache, meinst du nicht auch?»

Sie fangen beide an zu lachen.

«Wenn du lachst», sagt Angiollini, «hast du Augen, wie du sie mit zwanzig hattest!»

«Hast du sie wirklich noch nicht vergessen?»

«Nein. Noch in meiner Todesstunde könnte ich dir sagen, welche Farbe sie gehabt haben.»

«Hast du ein Gedächtnis! Siehst du heute abend nach Félicien?»

Und Arnaude nimmt sanft ihre Hand aus der des Wachtmeisters.

«Ja», sagt er. «Soll ich ihm etwas ausrichten?»

«Überbring ihm die schöne Nachricht, daß er freikommt, und sag ihm, daß ich morgen Ollivier zu ihm bringen werde. Die beiden werden sich freuen, wenn sie einander wiedersehen. Sag ihm, sobald wir wieder da wären, würden wir ihm vom Fenster aus einen Gruß zuwinken. Und vielleicht kannst du uns gar die Erlaubnis erwirken, daß wir ihn besuchen können?»

«Ich will's versuchen», sagt Angiollini.

Es ist fast noch dunkel, als Arnaude am anderen Morgen das Hotel Marcillan verläßt. Im Vorbeigehen wirft sie einen Blick zum Lazarettfenster hinauf. Noch erhellt ein bläuliches Nachtlicht das Zimmer, in dem Félicien liegt. Sie denkt: ‹Wie er wohl die Nacht verbracht hat? Ob er immer noch so stark schwitzt?›

Der erste Autobus, der, mit dem sie fährt, bringt die Frauen, die ihr Gemüse verkaufen wollen, von Méounes nach Toulon; gegen sieben Uhr kommt er wieder in das Tal; er muß bald ankommen; am Ortsausgang von Solliès wird sie ihn treffen. Tatsächlich ist er da; sie steigt ein, und ungefähr gegenüber der Gapeaubrücke steigt sie wieder aus und schlägt den Weg zum Grand-Cap ein. Es ist nicht gerade warm an diesem grauen Novembermorgen; ein böser Wind reißt die trockenen Blätter von den Eichen und schleudert sie ihr, ganze Hände voll, ins Gesicht. Sie wickelt sich in ihr Umschlagetuch. Sie weiß, daß es im Walde weniger schlimm sein wird, daher geht sie beim ersten Fußweg querfeldein durch Heidekraut und hohe Farne. Es hat während der letzten Zeit viel geregnet, und so ist das Bachbett ungewöhnlicherweise bis zum Rande voll schlammigen Wassers. Sie kürzt sich den Weg ab und geht über die schwankende Planke, die hinüberführt. Sie weiß nicht, daß Ollivier die gleiche Überlegung angestellt und sich genau so beeilt hat, um wegzukommen, wie sie sich beeilt, um heimzukommen. Genau wie er nimmt sie einen Richtweg durch das Gebiet von Plan-Bernard und Sinssol; so kommt sie auf den Grasplatz vor der Mühle und geht zuversichtlich in den Stall. Sie denkt: ‹Der Angstmeier, sich hier besser versteckt zu glauben als daheim! Wahrscheinlich schläft er noch. Das wird eine schöne Überraschung geben!›

Aber der Preßraum ist leer; Ollivier ist nicht da. Arnaudes

Rufen bleibt ohne Antwort. Sie lehnt sich an einen der großen Behälter; der Gedanke bewegt sie, wie sie hierhergekommen ist und den Sohn versteckt hat. ‹Ach, wenn er nur auf mich gehört hätte, dann wäre er nicht verhaftet worden. Aber diese Jungen, diese angehenden Männer, haben immer ihren eigenen Kopf, und was dabei herauskommt, weiß man ja! Aber dennoch hat er sich in acht genommen, und ohne diese Nine wäre er niemals aufgestöbert worden.› Ihre Gedanken verweilen auch kurz bei der Tochter der Madeleine und des Sébastien Desmichels, die ihren Jungen so liebgehabt hat, daß sie nachts durch den Wald hier heraufgestiegen ist, nur um sich mit ihm zu treffen. Wenn sie, Arnaude, nicht wüßte, wie leichtfertig das Mädchen gleichzeitig ist, würde sie schon glauben, daß Nine Félicien glücklich machen könne. Denn schließlich ist so etwas doch eine Liebesprobe. Oh, sie weiß genau, daß sie dergleichen früher auch getan haben würde, um mit Antoine beisammen zu sein. Durch Wasser, Feuer und eine ganze Hölle voller Teufel wäre sie gegangen; es hätte nur seines Winkes bedurft ...

Sie sieht auf das Zufallsbett zwischen den dunklen, kalten Eisenwänden des Ölbehälters, das ein Liebeslager gewesen ist; der Strohsack liegt noch da. Auf dem Boden sieht sie etwas Weißes liegen; es ist zusammengeknüllt und sieht aus wie ein toter Vogel. Es ist ein Frauentaschentuch. Sie nimmt es hoch und verbirgt es in der hohlen Hand. Sie denkt an Nine; sie denkt an Renée; sie denkt an Félicien ... an das Liebesverlangen, das ihn mit den beiden zusammengebracht hat. Sie sagt sich: ‹Eine Frau hatte ihn gerettet; eine Frau hat ihn zugrunde gerichtet.›

Jedoch die Unruhe um Olliviers willen reißt sie aus diesen Gedanken. Er muß in der Hütte sein. Sie geht weiter, durch Gras und Unterholz. Ihr Herz treibt sie vorwärts:

‹Ach, ich habe immer nur an Félicien gedacht! Als wir fortgegangen sind, hätte ich selbst mich um Olliviers Verbleiben kümmern müssen. Ich habe ihm nicht einmal gesagt, daß oben im Wandschrank noch das große Stück Ochsenbraten mit Zwiebeln steht. Wer weiß, ob er es gefunden hat? Und wenn nicht, was hat er dann wohl gegessen? Die Hühner legen ja gegenwärtig immer ein paar Eier, und so hat er sich vielleicht einen Eierkuchen gebacken; Ziegenmilch ist auch da ... Ich glaube, es hat auch noch ein Stück Käse dagelegen. Nun, er wird wohl kaum Hungers gestorben sein; so dumm ist er nicht! Aber trotzdem hätte ich mich um ihn kümmern müssen, ehe wir fortgegangen sind. Ich hatte nur den Kopf zu voll mit Féliciens Unglück, das sehe ich jetzt ein, und da habe ich an weiter nichts denken können.›

Endlich ist sie auf der Hochfläche, an deren Ende die Hütte liegt. Sie sieht sofort, daß der Schlüssel im Loch steckt, ganz wie der Gendarm es gestern gesehen hat. ‹Das sieht mal wieder so recht dem Jungen ähnlich›, denkt sie. ‹Er schläft bei offener Tür.› Sie geht in die Küche, und dann gleich in die Kammer. Sie ruft: «Ollivier!»

Keine Antwort. Man kann kaum etwas erkennen. Sie tastet mit der Hand über das Bett; es ist flach; sie kann es nicht glauben; sie macht das Fenster auf, damit es heller wird; sie geht wieder zum Bett; es ist leer, unbenutzt, so wie es bei ihrem Fortgehen gewesen ist, die Decke liegt schön rechtwinklig über dem Federkissen. Die Schubfächer der Kommode stehen noch immer halb offen; im letzten Augenblick hatte sie noch ein Halstuch für Félicien gesucht und sie nicht ordentlich wieder zugemacht. Ollivier ist nicht in der Kammer gewesen.

Sie geht wieder in die Küche. Vielleicht hat er in dem kleinen Bett geschlafen, das er oder Félicien manchmal benutzt haben. Aber sollte er wirklich schon so früh aufgestanden sein? Auch dort macht sie das Fenster auf, damit sie besser sehen kann. Das Bett liegt da, wie Félicien es verlassen hat, als der Wachtmeister ihm beim Anziehen behilflich gewesen ist; das Laken und die Decken hängen zur Erde nieder. Es ist leer und kalt. Auch dort hat Ollivier nicht geschlafen.

Da bekommt Arnaude es mit der Angst; sie setzt sich auf den Bettrand; die Erregung hat sie schwach in den Beinen gemacht. ‹Wo ist er nur? Wo ist er nur? Ach, hätte ich ihn doch nicht allein gelassen!› denkt sie. ‹Er ist noch so jung; vielleicht hat er sich hier gefürchtet und im Walde schlafen gelegt, wenn nur nichts Schlimmeres passiert ist.›

Sie geht hinaus; sie ruft nach allen Seiten, wo nur ein besonntes Eckchen im silbrigen Morgennebel auftaucht.

«Ollivier!»

So ruft sie nach den dichtstehenden hohen Pinien hin, die am Abhang nach Bramafan zu stehen, und in den Pinien pfeift der Mistral.

«Ollivier!»

So ruft sie nach dem Wege hin, der sich ins Tal hinunterschlängelt und dort auf die Straße nach Solliès trifft. Dort liegen Obstgärten, und der Wind ist gelinder; man hört ganz schwach das Rauschen des Gapeau; er singt wie der Wind.

Und sie ruft nach der Aufforstung hin, wo eine krause Jungeiche neben der andern steht, bis zu den Wäldern von Montrieux-le-Vieux, und ruft nach den roten Rebenfeldern, die sich von hinter Solliès-Pont bis nach La Farlède erstrecken.

«Ollivier!»

Aber nur die Stimmen des Wassers, des Windes, der Bäume antworten ihr.

Der Holzstall fällt ihr ein; sie geht durch den Außeneingang hinein. Die Tür steht weit offen, und in der Ecke, bei den Reisigbündeln, liegt etwas hingekauert. Sie ruft:

«Ollivier!»

Es ist Michelle. Die Hündin hebt ihr die Schnauze entgegen, um ihr die Hand zu lecken; aber die Schnauze ist ganz geschwollen; blutiger Geifer quillt ihr aus dem Maul, und die halbgeschlossenen Augen geben kaum den fiebernden Blick frei.

«Michelle!»

Sie schreit es. Der Hund ist totgeschlagen – also ist auch Ollivier totgeschlagen worden! Sie kniet sich neben den Hund hin, und da sieht sie, daß auch seine eine Pfote geschwollen ist; das Gelenk ist dick wie eine Orange. Michelle ist verwundet; jemand hat ihr Böses getan. Also kann Ollivier nicht dagewesen sein; denn er würde nicht gelitten haben, daß jemand seinen Hund anrührte.

«Ach, du Ärmste!» sagt sie. «Wer hat dir denn das getan? Warte nur, ich helfe dir ja. Aber erst muß ich Ollivier finden, großer Gott, erst muß ich ihn finden!»

Sie steht wieder auf; sie zittert vor Sorge und Angst, sie geht wieder in die Küche. Sie tastet nach dem oberen Schrankbord. Das Stück Zwiebelbraten steht da, unberührt. Wein, Brot, Käse, alles da – unberührt. Ollivier hat nicht gegessen.

Wiederum geht sie hinaus; sie meint, es müsse ihr klarwerden, was hier geschehen ist, wenn sie überall nachsähe. Der Stall ... Sowie sie ihn aufmacht, kommt Cabrette ihr an der Kette entgegen und sieht sie starr an; dann dreht sie sich um und stellt sich breitbeinig hin. Sie möchte gemolken werden. Arnaude sieht, daß das Euter schwer herabhängt. Sie faßt daran; es ist hart und so voll, daß das Tier Schmerzen hat und traurig meckert.

«Ja, ja», sagt Arnaude. «Du wirst ja gemolken. Laß mich nur erst Ollivier finden.»

Sie sucht mit der Hand in dem Hühnernest; sieben Eier sind darin; so viel legen sie gerade an zwei Tagen. Ollivier hat sie nicht fortgenommen, und die Hühner haben keine Körner mehr, die Kaninchen kein Futter; der Kleiebrei bildet eine trockene Kruste rings um den Rand der alten Emailleschüssel.

Alles mutet verlassen an. Arnaude bleibt reglos und stumm mitten im Stall stehen. Jetzt ist alles aus. Sie weiß nicht mehr, wo sie ihn suchen soll... Hier ist Ollivier nirgends. Aber wo kann er sonst sein? Sie denkt an ganz verrückte Sachen: ‹Wenn Verbrecher gekommen wären und den Kleinen überfallen hätten, dann müßte man doch Spuren des Kampfes sehen und Unordnung; und dabei ist alles an seinem Ort... Kann der Hund sich nicht selbst verletzt haben?›

Als sie wieder im Hause ist, fällt ihr plötzlich etwas ein. In ihrem Schrank hat sie unter dem Handtuchstapel hundert Franken versteckt, zwei Scheine zu fünfzig. In der Verwirrung beim Aufbruch hat sie vergessen, sie einzustecken, und hat sich vom Wachtmeister Geld leihen müssen. Sie sieht nach; die beiden Scheine stecken in der alten Brieftasche von Antoines Vater. Nichts ist in Unordnung. Nein, es sind keine Diebe hiergewesen. Aber hinter dem beiseite geschobenen Vorhang der Kleiderablage springt ihr eine leere Stelle in die Augen: Olliviers Sonntagsanzug ist fort!

Félicien hat sich den seinen zusammen mit Angiollini angezogen, ehe sie zur Gendarmeriestation hinuntergegangen sind; aber Olliviers Sonntagsanzug müßte dahängen und ist fort; also muß der Junge ihn angezogen haben. Er hat sich umgezogen... Sie zählt die Hemden nach: die drei besten fehlen, und die gelben Halbschuhe auch, und die gestreiften Strümpfe ebenfalls. Und es fehlen auch zwei Taschentücher vom letzten Dutzend, das sie bei dem Hausierer gekauft hat, der donnerstags immer vorbeikommt, und das gewirkte weiße Seidenhalstuch und die Mütze...

Der alte Anzug, die Arbeitsschuhe, die groben, hundertmal gestopften Strümpfe liegen, wie Arnaude jetzt sieht, in einem wirren grauen Haufen in einer Küchenecke. Ein Lackledergürtel ringelt sich am Boden wie eine Schlange.

Ollivier ist davongegangen. Er ist im vollen Bewußtsein seines Tuns davongegangen...

Arnaude hat sich neben den Kleiderhaufen gesetzt, den eine undankbare Hand da hingeworfen hat. Ihre müden Augen, in die nur noch selten Tränen steigen, überschauen, nach innen gewandt, alles Unglück, das sie im Leben erfahren hat. Sie spricht vor sich hin:

«Ach, ich Arme ...»

Sie sieht, wie leer es um sie geworden ist: Antoine tot, Joseph tot, Félicien krank, Ollivier fort. Das klägliche Meckern der Ziege, die meint, daß ihr die Euter platzen, dringt durch die Stallwand. Die Hühner, die ihr in die Küche nachgelaufen sind, weil sie glauben, daß sie Körner bekommen, machen die Hälse lang und gackern verstört. Sie hört Michelle fiepen. Die Hündin möchte gern zu ihr, aber sie hat nicht mehr die Kraft, sich hinzuschleppen. Die Kaninchen scharren am Gitter und nagen am Holz, sie wollen ins Freie. Der Wind schlägt mit einem trokkenen Geräusch, das wie eine Ohrfeige klingt, die Schuppentür gegen die Mauer, und dann wirft er sie wieder in den ächzenden Rahmen. Dann lacht der Wind ein grausig-böses Lachen und treibt einen Schwall abgerissener Blätter bis ins Haus; sie sind dürr wie Insektenleichen.

14

«Das mußt du einsehen, Mama: der Junge, der hat nicht allein die Schuld ...»

«Was er getan hat», sagt Arnaude, «das kann ich ihm niemals ...»

«Was er getan hat», sagt Félicien, «ist freilich nicht sehr schön, vor allem dir gegenüber; aber ich sage noch einmal: man muß sich in ihn hineinversetzen.»

Félicien liegt auf seinem Lazarettbett. Das Sommerlicht des Sankt-Martin-Tages dringt zum Fenster herein, und man genießt die Sonne doppelt, weil es die letzte vor Winterbeginn ist. Die Pflegerin hat Arnaude einen Stuhl angeboten, und dann hat sie verständnisvoll und freundlich gelächelt und hat die beiden allein gelassen.

Félicien und Arnaude sind nämlich allein im Zimmer. Vor einer Woche hat der Marokkaner fort müssen. Sein Handgelenk war vernarbt; man hat ihn wieder an die Front geschickt, und zwar diesmal in einem der Strafbataillone. Mit einem schimmernd weißen Lachen hat er sich von Félicien verabschiedet.

«Also, lieber Freund, jetzt werden müssen mich abschneiden andere Hand für gehen nach Gebirge Atlas, treiben große Herde Hammel!»

Félicien denkt heimlich: ‹An der Front ist wahrhaftig kein Mangel an Messern, mit denen er sich auch die andere Hand abschneiden kann.› Ein eiskaltes Rieseln ist ihm über den Rücken gelaufen, als er an die Handbewegung der «Grabenreiniger» hat denken müssen... Dann hat er sich wohlig in sein Bett gekuschelt und weitergedacht: ‹Besser er als ich.›

Vorgestern ist der Korse in den Operationssaal gebracht worden, um sich die letzte Kugel herausnehmen zu lassen. Morgens um sieben haben sie ihn abgeholt. Félicien, der nach einer elend schlechten Nacht mit brennendem Fieber würgend tief geschlafen hatte, war durch das Quietschen der Fahrbahre aufgewacht. Als er an ihm vorbeigefahren ist, hat der Korse gesagt:

«Bis gleich, Kollege.»

Um elf, als ihm das Essen gebracht worden ist, hat Félicien den Lazarettgehilfen gefragt:

«Na, wie geht's denn dem Corsico?»

«Kann ich dir nicht sagen», hat der junge Mensch geantwortet. Der Tag hat sich hingeschleppt; es regnete; das stimmte trübselig. Félicien hat ein bißchen in einem kleinen Roman gelesen, den der Korse ihm geliehen hatte und der von einem jungen Mädchen in einem Schlosse handelte, das ein Kind von einem verheirateten Herrn aus der Nachbarschaft erwartete. Sie hieß Diane, und ihre Mutter zwang sie, immerfort wilde Ritte zu machen, damit sie das Kind los würde. Auf dem buntfarbenen Umschlag war ein Park zu sehen mit schönen Bäumen und Teichen mit Schwänen. Im Vordergrund sah man die vom Pferde gleitende Diane, die ganz blaß und abgezehrt in ihrem langen, eng anliegenden Reitkleide aussah. Wie ein auseinandergefaltetes Tuch glitt sie in die Arme ihrer Mutter, der Gräfin des Arbois, die sie mit unerbittlicher Miene ansah. Man meinte, die Gräfin müsse den Mund auftun und sagen: ‹Lieber möchte ich dich tot sehen, o meine Tochter, als daß du Unehre über das Schloß derer des Arbois brächtest.› Aber trotzdem wird Diane das Kind nicht los, und die Gräfin läßt es durch einen der Diener beiseite schaffen; er trägt es in den Wald und will es aussetzen, das arme Wurm! Glücklicherweise wird der Diener von

Banditen ermordet, und die Frau des Räuberhauptmanns, Conchita, rettet dem Kleinen das Leben und nimmt sich seiner an. Der Räuberhauptmann hat eine Tochter Ginèvre, und der Leser ahnt, daß der Junge, wenn er groß ist, sich in Ginèvre verlieben wird. Aber Diane, die einen sehr reichen Marquis geheiratet hat und Witwe geworden ist, findet den Sohn wieder und will natürlich unter allen Umständen verhindern, daß er die Räubertochter heiratet. Glücklicherweise wird, wenn man unvermittelt auf der letzten Seite angelangt ist, angedeutet, daß Ginèvre ebenfalls ein aus einem Schlosse gestohlenes Kind und Erbin eines riesigen Vermögens ist.

Der Roman hat eine Fortsetzung, und Félicien möchte sie recht gern lesen. Wahrscheinlich wird Ginèvre den Sohn Dianes heiraten, und beide werden sehr glücklich miteinander sein. Eben das möchte Félicien nur zu gern ganz genau wissen.

Am Abend enttaucht er der Dumpfheit, in die ihn das Lesen versetzt hat, und fragt wiederum den Lazarettgehilfen, der ihm das Abendessen bringt:

«Sag mal, will der Korse eigentlich auf dem Operationstisch übernachten?»

Dem Lazarettgehilfen ist unbehaglich zumute. Er will schnell das Tablett hinsetzen und weggehen, aber Félicien will Klarheit haben und hält ihn am Ärmel fest. Es ist ihm etwas eingefallen:

«Er hat doch nicht etwa schlapp gemacht?»

«Doch», sagt der Lazarettgehilfe. «Die Kugel hat zu tief, zu dicht bei den Eingeweiden gesessen. Er ist nicht mehr aus der Narkose aufgewacht.»

«Armer Kerl!» sagt Félicien.

Er vergißt, daß der Korse ein Mörder gewesen ist und schwerlich Mitleid verdient hat. Er denkt nur an den kleinen Kirchhof in Corte, wo der Sohn nicht neben den Eltern unter den umgitterten Zypressen liegen wird. Er denkt: ‹Auch daran ist der Krieg schuld. Der Krieg, der macht alle Menschen verrückt. Wenn ich der liebe Gott wäre, würde ich den Menschen alles wieder wegnehmen, was ich ihnen geschenkt habe, damit sie auf Erden froh und glücklich sind. Die Pflanzen, die Bäume, die ihnen Nahrung geben, die Tiere, von deren Fleisch sie sich so mühelos nähren können, das Wissen, wie man Feuer macht und das Wasser benutzt, die Sonne, die die Früchte reifen läßt, die Frauen, die unser Liebesverlangen stillen und uns durch das ihrige die verlorene Jugend wiedergeben – ja, das alles würde ich ihnen wieder wegnehmen, weil sie aller dieser guten Dinge nicht würdig sind, diese Idioten, die einander immer nur Böses zufügen!›

Alle diese Gedanken haben ihn so mitgenommen, daß er, als die Nachtschwester ihre Runde macht, mit vierzig Grad Fieber dagelegen hat.

«Was ist denn mit Ihnen los?» hat sie gefragt. «Ihnen ging es doch schon wieder besser?»

«Ich möchte, daß meine Mutter herkommt», hat Félicien gesagt. «Der Gedanke daran quält mich.»

«Ich weiß nicht, ob sich das machen läßt», hat die Schwester geantwortet, «Sie dürfen nicht vergessen, daß Sie in der Arrestabteilung sind.»

«Das weiß ich», hat Félicien geantwortet. «Aber das wird doch nicht anders dadurch, ob ich nun meine Mutter sehe oder nicht?»

«Für all das gibt es Dienstvorschriften.»

«Das weiß ich auch», hat Félicien geantwortet.

Ganz plötzlich ist sein Gesicht so traurig geworden, daß die Schwester Mitleid mit ihm bekommen hat.

«Ich will's versuchen», hat sie gesagt, und dann ist sie hinausgegangen.

‹Vielleicht bringt der Wachtmeister es zuwege›, hat Félicien gedacht.

Am andern Morgen hat er seine Mutter ins Zimmer kommen sehen. Ihr magerer Körper hat sich an seine Schulter gelehnt; Schluchzen hat sie geschüttelt.

«Nicht weinen, Mama.»

Das hat er gesagt, aber auch ihm sind die Tränen warm zum Halse hinuntergelaufen.

Jetzt sitzt die Mutter nahe dem Kopfende seines Bettes und sieht ihn an, während sie ihm zuhört. Es schmerzt sie, zu sehen, mit was für einem grauen Gesicht er daliegt in dem Leinenhemde, das weiß und steif wie eine frisch gekalkte Wand ist, und wie mager seine Hände geworden sind, die flach auf der Bettdecke liegen, zwei langgestreckte Tiere mit fünf Pfoten.

Ihr Félicien, ihr Sohn – ach, wenn sie den wenigstens behalten könnte! Und sie, die ihm Ollivier hat bringen wollen – sie hat ihm nun diese schlimme Nachricht sagen müssen...

«Verschwunden? Wieso?» hat Félicien gesagt. «Und wohin meinst du denn, daß er gegangen sein könnte? Wir haben doch mit niemand Verkehr. Ihr habt einfach nicht gründlich genug nachgesehen. Er ist wohl zufällig an einer Stelle im Walde gewesen, wo er das Rufen nicht gehört hat.»

Arnaude wagt nicht, zu widersprechen; aber sie sagt Félicien, daß Ollivier vor seinem Fortgehen seinen neuen Anzug angezogen und sich Wäsche eingepackt hat.

«Donnerwetter!» sagt Félicien. «Das ist allerdings was anderes.»

Er hat eine Zeitlang nachgedacht und nicht gewußt, was er hat sagen sollen. Schließlich hat er sich das Unglaubliche vorzustellen versucht, daß Ollivier im vollen Bewußtsein seines Tuns von daheim weggegangen ist. Dann hat er überlegt, aus welchem Grunde er das getan haben könnte. Er hat sein Denken mit beiden Händen vorwärts gestoßen, so wie ein Widder gegen eine geschlossene Tür anrennt, damit er auf irgendeine Weise Klarheit gewönne. ‹Warum? Warum?› hat er sich immer wieder gefragt. ‹Der Junge hat sich bei uns doch wohlgefühlt; er hat uns liebgehabt wie wir ihn. Wer weiß, ob er nach eigenem oder nach fremdem Ermessen gehandelt hat, als er sich zum Weggehen hat hinreißen lassen? Eben das müßte man herauszubekommen versuchen . . .›

Er fragt die Mutter:

«Du hast keine Ahnung, nicht?»

«Wieso, keine Ahnung?»

«Na, keine Ahnung, warum er ausgekniffen ist?»

«Meiner Meinung nach», sagt Arnaude, «ist seine Sehnsucht nach dem Meer die Ursache.»

«Das hätte er doch nur zu sagen brauchen; wir hätten ihm schon nichts in den Weg gelegt», sagt Félicien. «Andererseits hat er sich allerdings um mich kümmern müssen . . . Er hat sich unfrei gefühlt.»

Wiederum denkt er nach. Er denkt an das Leben, das der Bruder während der letzten langen Monate hat führen müssen: immer die Arbeit im Walde, und das Überwachen der Mühle von Sinssol. Ollivier hat darüber niemals ein Wort verloren; aber wahrscheinlich hätte er viel lieber das gleiche Leben wie seine Altersgenossen geführt und nach eigenem Ermessen über seine Tage und vielleicht auch über seine Nächte verfügt . . . Seine Nächte? War Ollivier denn schon so weit, daß ihm die

Nächte zu anderem dienten als zum Schlafen? – ‹Man merkt gar nicht, wie sie heranwachsen...›, denkt Félicien weiter. ‹Wenn sie jünger als unsereins sind, sieht man in ihnen nur Kinder, und mit einem Mal sind sie Männer, und man hat es nicht gemerkt. Aber wenn das so ist, dann haben wir die meiste Schuld, zumal ich; denn Mama ist eine Frau, und das ist ganz was anderes. Aber ich, ich hätte die Augen offen halten müssen.›

Er sieht jetzt ein, daß er sie nicht offen gehalten, daß er nicht an den Bruder gedacht hat, wenn er abends, als sie wie Gefangene in der verlassenen Mühle gehockt haben, sich immer nur um sich selbst bekümmert und immer nur von sich selbst gesprochen hat... ja, von sich selbst... oder aber von Frauen: von Renée, von Nine, von andern, mit denen er zusammengewesen ist, wenn der Zufall es gerade ergeben hat – alle diese Frauen haben in dem, was er Ollivier erzählt hat, die Hauptrolle gespielt. Der Junge hat kaum jemals geantwortet; aber zugehört hat er.

‹Wenn ich bedenke, in welch wahnwitzigem Zustand ich mich damals befunden habe, als ich die Liebe entbehren mußte›, sagt er sich, ‹dann verstehe ich, daß wohl der Lavastrom, der mich verbrannt hat, auch Ollivier versengt hat; denn er in seiner Jugend ist ja noch empfindlicher als weißes Lindenholz. Ich hätte besser achtgeben müssen – das sehe ich jetzt ein... Ich muß daran denken, was für ein böses Jungsgesicht er immer an den Abenden gemacht hat, wo Nine zu mir gekommen, und wie er mir immer ins Wort gefallen ist, wenn ich ihm von ihr und mir erzählt habe. Das hätte ich nicht tun dürfen... das hätte ich nicht tun dürfen... Jetzt sehe ich das ein.›

Und in diesem Augenblick hat er den Kopf hochgerichtet und der Mutter gesagt: «Das mußt du einsehen, Mama: der Junge, der hat nicht allein die Schuld.»

«Was heißt hier einsehen?» antwortet Arnaude. «Ich sehe ein, daß er uns verlassen hat: mich, die ich allein bin, und dich, der du krank liegst, und daß er sich dabei so wenig Gedanken gemacht hat, als wären wir ihm völlig gleichgültige Leute. Und nun soll ich nach Entschuldigungen für ihn suchen? Wenn er nicht ganz allein die Schuld hat – wer hat sie dann? Du vielleicht, oder ich, bei denen er es viel zu gut gehabt hat...?»

«Du nicht», sagt Félicien. «Aber ich.»

«Du? Wieso denn?»

«Er hat um meinetwillen auf seine Freiheit verzichten müssen. Als ich das getan habe, was ich getan habe und was ich morgen wieder tun würde, weil das, was von mir verlangt wurde, für mich unmöglich zu tun war, da wäre es besser gewesen, wenn ich, wie das erstemal, in Marseille oder sonstwo geblieben wäre, anstatt zu euch zu kommen und euer Dasein durcheinander zu bringen ...»

«Bist du närrisch?» fragt Arnaude.

«Nein ... Leider sage ich die Wahrheit. Wenn man erst dahin gekommen ist, wo ich hingekommen bin, nämlich etwas zu tun, das einen aus der Gesellschaft ausschließt, dann wäre es besser, als Zwangsarbeiter in Kaledonien Landstraßen zu bauen, als hinzugehen und die Seinen in Schwierigkeiten zu bringen.»

«Schwierigkeiten? Wie kannst du nur so etwas sagen!»

«Jawohl, Schwierigkeiten! Ich bleibe dabei. Und Unruhe in die Gedankenwelt eines sechzehnjährigen Jungen zu bringen, wie ich es in meiner männlichen Leidenschaft getan habe. Du hast kein Wort darüber verloren, weil du gut bist wie das liebe Brot; aber glaub nur: ich weiß ganz genau, daß es unrecht von mir gewesen ist, daß ich mich in der Mühle mit Nine getroffen habe, und daß Ollivier sozusagen Zeuge unserer Zusammenkünfte gewesen ist. Ich habe dem Jungen Flöhe ins Ohr gesetzt mit meinen Erzählungen von meinem Liebesverlangen, das er ja noch gar nicht hat nachempfinden können. Ach, Mama, das werde ich mein Leben lang bereuen!»

‹Sein Leben lang ...›, denkt Arnaude, als sie sein marmorgelbes Gesicht ansieht, in dem schon das Blut sich zersetzt; ‹sein Leben lang, großer Gott, großer Gott! Und das muß ich anhören! ›

«Und deshalb», fährt Félicien fort, «darfst du ihm nicht allzu böse sein, nicht wahr?»

Ein Hustenanfall läßt ihn sich zusammenkrümmen – ein Baum, den nur noch schwache Wurzeln im Boden festhalten, und der böse Wind zerrt sie aus der Erde.

Der Mutter wird das Herz in der Brust schwer wie ein Stein.

«Das größte Unglück bei alldem ist», sagt sie, «daß euer Vater tot ist. Wenn er noch dagewesen wäre, dann hättest du nicht diese fürchterliche Dummheit begangen, zu glauben, du könntest dich vor dem Kriege in Sicherheit bringen; wenn er dagewesen wäre, hätte er dir besser zureden können als ich arme Frau, und du würdest ihm gehorcht haben. Dann hätte man dich gleich ins Lazarett gesteckt, und heute wärest du womöglich schon gesund.»

«Das, Mutter», sagt Félicien hart und bitter, «entschuldige bitte, wenn ich dir das sage: das ist eine andere Sache. Du sprichst vom Kriege wie jemand, der keine Ahnung hat, was das eigentlich ist, der Krieg; eben wie eine Frau, die den Schützengraben nur vom Hörensagen kennt, die niemals hat Wasser trinken müssen, in dem Leichen schwimmen ... Ach nein, das alles weißt du nicht und kannst es auch nicht wissen! Das ist, als wollte ich dir erklären, wie es gewesen ist, als du deine Kinder zur Welt gebracht hast ... Verstehst du mich, Mutter?»

«Ach ...», sagt Arnaude, «laß nur ... Auf jeden Fall aber ist es mir lieber, daß du nach Haus gekommen bist, und ich kann wirklich nicht einsehen, daß dein Beispiel Ollivier hätte veranlassen können, uns davonzulaufen.»

«Wenn du das nicht einsiehst, so kommt das daher, daß du nicht auf den Grund der Dinge siehst, bis in die Bezirke des Herzens, die du dennoch gut kennst. Ich muß daran denken, wie ich dich oftmals habe sagen hören, und das ist noch gar nicht so lange her: ‹Die Liebe ist das Brot der Armen.› Und ich weiß, Mutter, daß du damit nicht die Liebe gemeint hast, die ein Mann von einer x-beliebigen Frau fordert, weil sein Verlangen unerträglich geworden ist und unter allen Umständen befriedigt werden muß. Es hat lange gedauert, bis ich eingesehen hatte, daß du dabei an etwas Schöneres gedacht hast, an etwas, das Vater und du erlebt haben, und von dem ich hoffte, daß auch ich es eines Tages erleben würde, zusammen mit einer, die ich wirklich liebte.»

Wiederum fühlt Arnaude, wie ihr das Herz schwer wie ein Stein wird. In ihr schreit eine verzweifelte Stimme: ‹Also jetzt erhofft er es nicht mehr für sich, dieses große Glück, daß zwei Menschen glauben, es gebe nur sie beide auf der Erde?›

Sie möchte gern lachen: «Wenn deine Kusine Ninette das gehört hätte, dann würde ihr das aber gar nicht recht sein. Denn sie hat doch gewiß geglaubt, sie sei das Wesen, nach dem du gesucht hast; und schließlich muß sie dich doch sehr liebgehabt haben, daß sie um deinetwillen bis zur Mühle hinaufgestiegen ist?»

«Ich behaupte nicht das Gegenteil ...», sagt Félicien. «Aber ich muß dir etwas beichten, Mutter: Liebe, wahre Liebe, solche wie die, von der du sagst, sie sei eine kraftspendende Speise

– die habe ich für Nine nie empfunden. Sie hat viel zuviel Liebe für alle möglichen Leute gehabt, und zwar eine Liebe, die nicht von der Art ist, die du meinst. Was ich von ihr gewollt habe – ich schäme mich ein bißchen, dir das einzugestehen, wie ich mich geschämt habe, dir von Renée zu erzählen; denn du bist meine Mutter, und dergleichen Dinge schicken sich nicht für die Ohren derjenigen, die einen zur Welt gebracht hat – und was sie mir gegeben hat, das ist nur das gewesen, was ich von ihr gewollt hatte, und weiter nichts.»

Er verschränkt die Hände, in denen die Knochen das Skelett andeuten, und nimmt sie wieder auseinander.

«Weiter nichts ...», sagt er noch einmal. «Anderes von ihr zu erwarten, wäre unrecht gewesen. Ich fürchte nur eins, und das ist, daß Ollivier ...» Er unterbricht sich.

«Was ist mit Ollivier?» fragt die Mutter. «Was hattest du sagen wollen?»

«Nichts», sagt Félicien. «Es war nur so ein Gedanke, der mir gekommen ist. Und ich hoffe und bitte, daß ich mich irre; das kannst du mir glauben, Mutter ...»

15

«Drei ganze Wochen? Wer hat das gesagt?»

Ollivier fragt sich, ob er recht gehört hat. Irgendwer hat ihm eben gesagt:

«Weißt du, Ollivier, seit drei Wochen bist du nun hier, und drei Viertel deiner Zeit verbringst du, ohne was zu tun, in einer Hurenbude. Einen guten Eindruck macht das nicht gerade ...»

Er sieht den Sprecher an. Er ist hager, etwas über dreißig, und hat im Kriege einen Arm verloren. Er balanciert einen breiten Brustkorb auf soliden Hüften. Er hat ein gutes, offenes Gesicht. Er wird Provençal genannt. Er ist Fischer.

«Die Sache ist nämlich die, daß du meiner Meinung nach nicht so schlecht bist wie dem Anschein nach dein Lebenswandel. Also hör mal zu ... Aber erst mal trink deinen Schnaps aus.»

Die beiden sitzen vor der Bar de la Girelle. Auf dem Eisentischchen zwischen ihren Beinen stehen zwei Gläser Anisschnaps. Es ist elf Uhr morgens. Der Fischmarkt ist gerammelt voll. Von allen Verkaufsständen ertönen Schreie und schallen durcheinander. Die Sardinenverkäuferin wühlt mit beiden Händen in den toten Fischen, die zur Ware geworden sind, um die am meisten schimmernden oben auf den Haufen zu bringen und Kundschaft anzulocken. Sie zieht ihre Finger, an denen die Fischschuppen glitzern, aus der Masse und fährt sich damit durchs Haar, das in Unordnung geraten ist. Es weht ein Mistral, der große Papierfetzen hochhebt und durch die Straße segeln läßt.

«Fast wie Flugzeuge!» sagt ein Mädchen.

«Springlebendig! Springlebendig!» ruft die Sardinenverkäuferin.

«Meine Seeigel sind ganz voll!» singt eine Frau.

Der Austernhändler läßt den Sprühregen seiner Sprengbüchse über das Seegras wandern, das seine flachen Körbe bedeckt. Der Wind bläst entweder die Meerkräuter trocken, oder er weht sie ihm gar weg. Er schimpft:

«Bei diesem Satansmistral kann man überhaupt nichts frisch halten.»

Die beiden jungen Leute haben getrunken und ihre Gläser hingestellt. Provençal beginnt wiederum:

«Ich kenne dich nicht gut genug, um zu wissen, was an dir ist und was du eigentlich willst; aber ich sage dir, es tut mir weh, wenn ich sehe, wie du dich verdirbst wie eine Qualle, die an der Sonne liegt. Wenn du also Lust hast, dann will ich dir einen Vorschlag machen:

Du weißt, ich bin Fischer. Du kennst mein Boot, die Jeanne-Louise; ich habe sie nach meinen beiden kleinen Mädchen genannt; nicht wahr? Du weißt doch, daß ich Witwer bin und zwei kleine Mädchen habe? Sie sind in Hyères in Pension. Ich will, daß sie was Ordentliches lernen. Die eine soll in den Postdienst, und die andere soll Lehrerin werden; das möchte ich gern; ich verdiene genug; es kann also klappen. Wenn ich einen guten Fang gemacht habe, bringt mir das allerlei Geld; aber ich würde noch viel mehr verdienen, wenn ich ein Auto hätte – oh, es braucht gar kein schwerer Wagen zu sein –; dann könnte ich nämlich die Fische in den Dörfern im Binnenlande verkaufen. Aber in der Umgebung von Toulon ist alles abgegrast. Da habe ich mir also ausgedacht, daß man sein Standquartier in Le Lavandou nähme und dort Rundnetze stellte. Weißt du, was das ist, ein Rundnetz?»

«Nein», sagt Ollivier.

«Das ist ein großes Netz, das man vom Boot aus im Kreise aufstellt; es reicht bis zum Grunde. Und wenn man es hochzieht, dann wimmelt es nur so darin! Aber man muß zu mehreren sein. Man mietet sich Männer, und man bezahlt sie durch einen Anteil am Fang; es fällt noch immer genug dabei ab. Aber es ist eine Mordsarbeit für den, der es tut. Erst mal muß man zu zweit sein, wenn das Netz aufgestellt wird – einer am Ruder, und der andere läßt das Netz längs der Bordwand hinunter; er muß höllisch aufpassen, daß es sich nicht verheddert oder hängenbleibt, denn das kostet eine Stange Geld. Und dann, wenn das Netz wieder oben ist, muß sortiert und gewogen werden; ich sage dir, das ist eine Hundearbeit. Es bringt was ein, aber allein traue ich es mir nicht zu. Vor allem nicht, weil ich ja doch nur einen Arm habe...

Mit einem wie du würde ich es riskieren. Machst du mit?»

«Aber du kennst mich ja überhaupt nicht!» sagt Ollivier. «Erstens habe ich keinen roten Heller, und zweitens weiß ich nicht, ob ich das alles überhaupt kann. Wenn ich nun nicht zu deiner Zufriedenheit arbeite?»

«Wenn du nicht zu meiner Zufriedenheit arbeitest, dann gehen wir einfach wieder auseinander, und weiter gar nichts. Aber ich glaube, ich werde schon mit dir zufrieden sein.»

Während des Schweigens, das jetzt eintritt, trinken sie beide ihre Gläser leer. Fifi Fournier tritt zu ihnen. Sie ist groß und kräftig, hat kohlschwarze Augen, einen blutrot gemalten Mund und zwei große goldene Ohrringe, die ihr immer über die Backen fallen.

«Na, wie geht's?» fragt sie. «Kaputt von der Arbeit? Ach, diese Männer, die sind überhaupt nicht totzukriegen!»

«Quatsch nicht!» antwortet Provençal. «Heute morgen um fünf war ich draußen; aber auf der See ging es ruhiger zu als in deinem Bette, obwohl man ja niemals wissen kann...»

Er kneift sie in die fetten Schenkel und sagt:

«Los, zahlen, wir haben zu tun.»

«Ach, dich habe ich ja gar nicht gemeint...», sagt sie.

Sie geht in die Bar, um das Wechselgeld zu holen.

«Hast du gehört», sagt Provençal, «wie dies Weibszeug von dir redet? Glaub mir, es wird verdammt Zeit, daß du andere Luft atmest.»

«Und zwei fünf», sagt Fifi, die zurückgekommen ist.

«Danke», sagt Provençal.

«Gehst du auch weg?» fragt Fifi Ollivier, der aufgestanden ist.

«Ja», sagt Provençal. «Ich nehme ihn mit.»

«Aber wenn nun Nine kommt? Gestern ist sie nicht hier gewesen; also wird sie sicher heute kommen.»

«Du kannst ihr ja sagen, er käme wieder», sagt Provençal. «Und im übrigen möge Saturnin sie mit Geduld segnen. Los, Ollivier, komm.»

«Warum hast du ihr das gesagt?» fragt Ollivier.

«Komm nur, ich erkläre es dir dann. Wir können uns unterwegs unterhalten.»

Sie gehen die Rue de la Fraternité hinunter, bis zum Cours Lafayette. Auch hier sind Lärm, Geschrei und Verkaufsstände. Hier kann man alles kaufen. Die Frühgemüse des Var und die schönen Blumen aus den Mistbeeten leiden unter dem Mistral, der sie gefrieren läßt. Die Frauen wickeln sich in ihre Umschlagetücher.

«Meine Beste», sagt die Kuchenverkäuferin, «ich habe keinen Tropfen Blut mehr in mir.»

«Ich bin auch vollkommen zu Eis gefroren», sagt eine andere.

«Ach nein, hast du wirklich kein warmes Plätzchen?» ruft ihr Provençal im Vorübergehen zu.

Dieser Provençal! Immer ist er zu Scherzen aufgelegt. Die Mädchen kennen ihn und lachen ihm zu; aber Ollivier will möglichst schnell von all diesen Weibern weg.

«Komm, wir gehen zum Hafen», sagt Provençal und biegt in den Quai ein. «Ich habe an meinem Boot zu tun; da kannst du es dir gleich mal ansehen.»

Im Hafen wird überall gearbeitet. In der Nähe der kleinen Motorboote, an denen die Besitzer herumbasteln, um sie für die nachmittäglichen Rundfahrten fertigzumachen, riecht es nach Petroleum, Öl und Bohnerwachs. Andere Männer stehen mit nacktem Oberkörper auf den Jachtbrücken, waschen die Boote mit Eimergüssen und schrubben sie mit Bürstenbesen.

Manche rufen: «Hallo, Provençal!»

Selbst hier ist er bekannt wie ein bunter Hund. Provençal holt das Festlegetau an und sagt zu Ollivier:

«Spring!»

Ollivier springt. Das Boot schwankt. Zum erstenmal hat er den Fuß auf ein Wasserfahrzeug gesetzt. Ihm ist ganz sonderbar zumute.

Er denkt an die Träume, denen er nachgehangen hat, wenn er hoch oben auf dem äußersten Felsvorsprung des Grand-Cap lag; dann hat er seinen Wünschen freien Lauf gelassen und ist dem schimmernden Streifen tief unten, ganz in der Ferne, entgegengegangen, von dem er wußte, das sei das Meer.

Hier indessen sah das Meer ganz anders aus: es war nahe, Ölflecken schwammen darauf; es war schmutzig, denn die Männer, die ihre Motoren reinigten, wuschen ihre Lappen darin und gossen sein Wasser mit Eimern an die Bordwände und schrubbten dann mit Bürstenbesen. Es war, als sei das Meer zur Dienerin all dieser kleinen Fahrzeuge geworden. Er aber hatte eine große grüne Wasserweite gesehen, fast wie der Wald, wenn man ihn von oben sah, und dann und wann schäumende Berge, die sich majestätisch ergossen, und die sein Schiff, sein riesengroßes Schiff, gleichmütig durchschnitt...

«Siehst du», sagt Provençal, «da ist ein kleines Loch. Wir müssen kalfatern.»

...und das schöne, glänzende Deck, wo die weiblichen Fahrgäste in feinen Kleidern in Liegestühlen ruhen...

«La Balise, wo ich fischen will, liegt zwar nicht weit weg; aber wenn man nicht kalfatert, bekommt man trotzdem nasse Füße», sagt Provençal.

...und die Länder, wo die Meere schwarz und rot sind, wo die Seeleute mit Festen empfangen werden; wo man zwischen Bananenbäumen einhergeht, nach Hütten mit nackten Negerinnen...

«Na, woran denkst du denn, Junge?» fragt Provençal. «Hübsches Boot, nicht wahr?»

«Ja», sagt Ollivier.

Provençal steht auf.

«Fertig. Jetzt wollen wir ein bißchen miteinander reden. Da in diesem Puff war ich nicht zur Unterhaltung aufgelegt. Ich möchte gern, daß du Vertrauen zu mir hast. Ich bin älter als du, und du kannst mir mancherlei sagen, ohne daß ich rot werde. Seit wann läßt du dich eigentlich aushalten?»

«Ich lasse mich nicht aushalten!» schreit Ollivier.

«Das nimmst du dir zu Herzen? Um so besser. Also habe ich doch recht gehabt. Es ist noch nicht allzu tief gegangen. Aber du überlegst dir nicht, was du tust. Was machst du denn, wenn du dich nicht aushalten läßt? Du bist ja nun bald drei Wochen da.»

«Allerdings», sagt Ollivier.

Er kann nicht anders: er muß überlegen, daß es schon drei Wochen sind. Großer Gott, die Mutter, Félicien...

«Was hast du denn seither getan? Hast du gearbeitet? Hast du was verdient? Nein. Du hast mit dieser Hure herumgeliebelt, die dich einen um den andern Tag besuchen kommt, nicht wahr? Und weiter nichts. Dafür bezahlt sie dir, was du ißt, und dein Nachtquartier. Wenn du also nicht willst, daß ich das Sichaushaltenlassen nenne – wie soll ich es dann nennen?»

«Ich habe nicht darüber nachgedacht», sagt Ollivier.

«Aha! Es ist genau so, wie ich gesagt habe: du hast es dir nicht überlegt. Aber jetzt ist es hohe Zeit, daß du mal nachdenkst. Du bist schon zur Genüge auf den Hund gekommen. Du bist allein. Hast du niemand?»

«Wieso?» fragt Ollivier.

«Na: hast du keinen Vater, keine Mutter, keine Angehörigen? Ich habe dich getroffen, wir haben einen Schnaps miteinander getrunken, ich mag dich irgendwie, aber ich bin niemand mit Fragen über dich beschwerlich geworden. Ich mag mich nicht mit dem Hurenvolk unterhalten. Fifi und die andere, deine Nine, das ist ganz derselbe Schlag. Du bietest ihr einen Stuhl an, und schon liegt sie mit dir im Bett. Meine Frau ist vernünftig gewesen, als ich sie geheiratet habe, und meine beiden kleinen Mädchen müssen auf dem rechten Wege bleiben! Woher kennst du die Nine eigentlich?»

«Irgendwoher», sagt Ollivier.

«Na, schön. Ich will nichts gesagt haben. Und sonst hast du keinen Menschen?»

«Doch, meine Mutter», sagt Ollivier. «Vater ist tot, gestorben an den Folgen des Krieges, und mein Bruder Joseph ist gefallen.»

«Und warum lebst du nicht mit deiner Mutter zusammen?» fragt Provençal. «Bist du ausgekniffen?»

«Ach», sagt Ollivier, «das würde zu weit führen...»

«Gut. Ich verstehe: das sind Dinge, die du für dich behalten willst. In Ordnung: ich will nicht wieder danach fragen: ich habe Vertrauen zu dir; du siehst gut aus, nur daß du ein bißchen zu hübsch bist; du hast nettes Haar und wasserklare Augen. Auf so was fliegen die Mädchen wie die Langusten auf faules Fleisch. Paß auf, daß du ihnen nicht zwischen die Scheren gerätst.»

«Was hast du da eigentlich vorhin Nine bestellen lassen: ‹Saturnin solle sie mit Geduld segnen?›» fragt Ollivier.

«Nichts», sagt Provençal. «Ich sehe, du bist nicht im Bilde; ich übergehe diesen Punkt.»

«Dieser Saturnin . . .»

«Welcher Saturnin? Ich habe niemals jemand namens Saturnin erwähnt. Du brauchst dich ja nur mal umzuhören; es gibt eine ganze Menge Menschen, die ihn besser kennen als ich. Ich muß jetzt in eine Drogerie gehen; ich brauche Mastix. Kommst du mit?»

«Wenn es dir nichts ausmacht, warte ich hier auf dich», sagt Ollivier. «Mir tun die Beine weh.»

Wie eine Katze springt Provençal auf den Landsteg, und Ollivier sieht, wie er über den Quai de Cronstadt davongeht.

Er stößt einen Seufzer der Erleichterung aus; er ist froh, daß er ungestört nachdenken kann.

Drei Wochen? Also sieht er schon seit einer ganzen Reihe von Tagen die vier Zimmerwände, die sein ganzer Horizont sind; seit drei Wochen atmet er dieselbe abgestandene Luft; seit drei Wochen ißt er an dem Tisch in der Ecke des Barsaales; seit drei Wochen bestehen seine ganze Arbeit, sein Verlangen, seine Freude darin, daß er Nine kommen sieht und dann nimmt?

In Gedanken durchlebt er den Tag seiner Flucht:

Als er frühmorgens wieder oben bei der Hütte angelangt war, um sich umzuziehen und seine Habseligkeiten einzupacken, waren weder seine Mutter noch Félicien dagewesen. Nur Michelle hatte auf der Schwelle gesessen. Er hatte getan, was zu tun er hergekommen war; doch als er die Tür geöffnet hatte und fortgehen wollte, war Michelle aufgestanden, und Ollivier hatte sie angesehen.

Jetzt, in diesem Boot, in dem Ollivier vom Meere gewiegt wird, durchlebt er nochmals die Sekunden, da er und der Hund miteinander gesprochen haben. Das alles lastet auf seinem Herzen wie etwas Böses.

‹Wohin gehst du?› haben Olliviers Augen gefragt.

‹Wohin du gehst›, haben Michelles Augen geantwortet.

Ihr ganzer Körper ist gespannt gewesen wie zum Sprunge.

‹Kusch dich!› hat Ollivier gerufen.

Dann hat er gedacht: ‹Nein, eingesperrt kann ich sie hier nicht lassen. Wenn Mutter erst in ein paar Tagen wiederkommt, würde das Tier verhungern.›

‹Raus›, hat er gesagt.

Sogleich ist Michelle hinausgeschossen und hat ihn umtanzt.

‹Komm, leg dich in den Holzstall!›

‹Nein›, haben Michelles Augen gesagt. ‹Ich möchte lieber mit dir spazierengehen.›

‹Nein›, hat Ollivier gesagt, ‹ich will dich nicht mithaben.›

Er hat getan, als wolle er ihr einen Fußtritt versetzen; der Hund hat die goldenen Augen zugekniffen und ist nicht vom Fleck gewichen. Ollivier hat zwei Schritte getan; sogleich ist der Hund wieder neben ihm gewesen.

‹Kusch dich, sage ich dir! Zum Donnerwetter, hast du nicht verstanden?›

‹Ich verstehe nur, daß ich bei dir bleiben will›, haben die goldenen Augen gesagt.

‹Aber ich will dich nicht mithaben›, hat Ollivier, ganz außer sich, geschrien.

Er hat gedacht: ‹Ich verpasse um dieses Biestes willen noch den Autobus!›

Er hat die Hand erhoben:

‹Marsch, in den Holzstall! Hast du verstanden? Kusch!›

Der Hund hat sich vor den Reisigbündeln ausgestreckt, die Schnauze auf den Pfoten. Er hat ihn von unten herauf angesehen, und seine schalkhaften Blicke schienen zu sagen:

‹Ja, ich verstehe: Herrchen spielt mit mir.›

Ollivier ist rasch, mit langen Schritten, den Fußweg hinuntergegangen, der sich zwischen den Pinien hinschlängelt. Nach einiger Zeit hat er sich umgesehen; aber der Hund hat ruhig vor dem Reisighaufen gelegen. Ollivier ist den Richtweg über die Mühle von Sinssol und das Gebiet von Plan-Bernard gegangen und hat den Gießbach, den Coulepierre, auf der alten Planke überschritten, um schneller zur Landstraße zu kommen. Und dort hat er Michelle im Grase sitzen und auf ihn warten sehen. ‹Zum Teufel nochmal!› hat er gerufen.

Er hat einen Stein aus der Böschung geklaubt und nach ihr geworfen.

Sie hat gerade noch zur Seite springen können und ist dann auf ihn zugekommen. Da hat er einen zweiten Stein geworfen und gut gezielt, und während sie aufheulte, hat er noch einen und dann noch einen geworfen. Wie von Sinnen ist er gewesen. Der Hund hat sich nach ihm umgedreht; aus der Schnauze ist ihm das Blut gelaufen, und mit der einen Pfote hat er nicht auftreten können; er hat geheult.

Aber dann ist er in den Wald gelaufen, und Ollivier ist auf die Straße gesprungen.

‹Dahin kann man also kommen, wenn man in Wut ist›, sagt sich Ollivier an diesem Morgen, als er seinen Abschied von zu Haus überdenkt. Mit aller Gewalt will er an nichts anderes denken. Die Mutter ... Félicien ... Hat er auf die beiden nicht die Steine der Gleichgültigkeit und des Vergessens geworfen und sie womöglich härter getroffen als den Hund? Gerade eben hat er nicht einmal diesem Provençal zu sagen gewagt: ‹Ja, ich habe eine Mutter, und sie ist die beste Mutter von der Welt, und ich habe einen Bruder, den ich liebhabe und der mich liebhat. Félicien heißt er. Wenn du wüßtest, was er alles für mich getan hat, als ich klein gewesen bin, und erst vor kurzem noch ... Er ist innerlich ganz zermürbt vom Kriege, und er hat gegen die Gesetze verstoßen müssen. Du weißt also nicht, was mit meinem Félicien geschehen ist? Ja, die Gendarmen sind gekommen mit Papieren, hinter sich das Gesetz, und sie haben ihn verhaftet, und ich, was meinst du wohl, was ich getan habe, Provençal, der du sagst, ich sei nicht verdorben, und du glaubtest, du kenntest mich? Du weißt nicht, was ich getan habe, ich, der damit geprotzt hat, wir hätten doch ein Gewehr im Hause. Haha, ich bin weggelaufen und habe mich auf einem Holzstapel versteckt, und ich habe es dermaßen mit der Angst bekommen, daß ich, als sie alle weg waren, noch eine ganze Weile dageblieben bin, ohne mich zu rühren. Ich bin ein rechter Held, was? Ich bin schon einer – findest du nicht auch? Und dann habe ich durch Nine erfahren, daß meine Mutter wieder hinauf in unser Haus gegangen ist und daß sie die Erlaubnis erhalten hat, Félicien mitzunehmen, damit sie versuchen kann, ihn wieder gesund zu machen. Sie haben ihn bedingt freigelassen. Du meinst, nun hätte auch ich heimkehren müssen, nicht? Um meiner Mutter zur Hand zu sein, um mich um Félicien zu kümmern ... Gut und schön – das habe ich aber nicht getan. Ich bin hiergeblieben, in der Hurenbude, in der Bar de la Girelle, und da habe ich gegessen, getrunken, geliebt oder gar nichts getan. Ob ich mich aushalten lasse, hast du gefragt? Du hast recht, Provençal! Und du hast gesagt, daß ich schon drei Wochen da sei ...›

«KOLLER?» fragt Provençal.

«Nein, kein Koller», sagt Ollivier. «Besaufen möchte ich mich.»

«Das kommt auf dasselbe raus», sagt Provençal.

Ein paar Tage später gehen sie nach dem Essen in der Bar de la Girelle alle beide weg. Fifi Fournier steht vor der Tür, sieht sie weggehen und sagt keinen Ton. Sie hat am Nachmittag gesehen, daß Nine geweint hat, und sie hat erregtes Sprechen in Olliviers Zimmer gehört. Ihrer Meinung nach hat Nine eine Dummheit begangen. Man betrügt keinen Mann wie Saturnin sozusagen vor seiner eigenen Nase, ohne daß es Scherereien gibt. Und um solch eines Lümmels willen! Was die Frauen doch dumm sind ...

Ollivier weiß ganz genau, was Fifi von ihm denkt; nur über die Geschichte mit Saturnin ist er sich noch nicht ganz klar. Hat Nine was mit dem Kerl? Er hat die Wahrheit nicht aus ihr herausbekommen können. Er hat sie geschüttelt, er hat ihr sogar eine runtergehauen; aber sie hat immer nein gesagt. Dann hat sie geweint, aber in diesem Monat in Toulon hat Ollivier schon alle schlechten Männergewohnheiten angenommen; als er sie in Tränen gesehen hat, da hat er ihr gesagt:

«Heul nur zu! Schöne Augen bekommst du davon!»

Ihm war, als sei das eine Rache für Michelles Tränen.

Als sie etwas von der Bar de la Girelle weggewesen sind, hat Provençal gesagt:

«Wenn Blicke Revolverkugeln wären, dann würdest du jetzt tot sein.»

Während des Monats, der hingegangen ist, seit er seinem Zuhause den Rücken gekehrt hat, hat er sein Kindergesicht verloren, das reine, von der wundervollen Bergluft gebräunte, die ihm mit so sauberen Händen die Backen gestreichelt hat. Ein Männerbart sproßt ihm; er muß sich rasieren. In sein schwarzes, gewelltes Haar, das der Mistral sich um die Finger gewickelt hat, haben die Friseure von Toulon Brillantine geschmiert, die nach unechten Veilchen riecht. Seine Brustmuskeln spielen nicht mehr frei unter der sie einengenden Bekleidung. Das Eichhörnchen vom Grand-Cap sitzt im Käfig.

«Wohin gehen wir?» fragt Ollivier.

«Wenn du Lust hast», sagt Provençal, »nach den ‹Deux Bretonnes›. Da ist immer was los; man ist lustig, und ich sehe, so was brauchst du heute abend.»

«Wo ist denn das?»

«Rue de la Glacière; nur ein paar Schritt.»

Sie gehen weiter und keiner spricht, bis sie zur Rue d'Alger kommen. Da sagt Provençal:

«Hast du dich immer noch nicht entschlossen, ob du Fischer werden willst oder nicht?»

«Ich weiß nicht, was ich will», sagt Ollivier.

«Ich habe nämlich gehört, daß da ein junger Mensch ist, der gern mit mir mitmachen möchte. Aber ich will nur lieber warten, bis du dich entschlossen hast.»

«Ich weiß nicht, was ich will», sagt Ollivier noch einmal. «Ich weiß nicht, was mit mir los ist.»

«Komm rein», sagt Provençal. «Wir sind da.»

Das Café ‹Aux deux Bretonnes› ist wie ein unterirdischer Gang. Ollivier denkt an die Grotten, die zwischen Solliès und Bellaïgue so zahlreich sind; bei Gewittern kann man dort unterkriechen. Der Vater hat ihm einmal erzählt, eines Tages hätten er und Florestan, als sie mit dem Fahrrade vorbeigekommen seien, Leute gesehen, die in solch einer Höhle warteten, daß es aufhöre zu regnen, und da habe Florestan gesagt:

‹Sieh mal an: wie die Steinzeitmenschen!›

Sie hatten alle laut gelacht. Florestan, der las viel und wußte mancherlei.

Vater hatte des öfteren gesagt:

‹Schade, daß Florestan nicht lange genug zur Schule gegangen ist. Er war ein heller Kopf.›

Die beiden Bretoninnen sind auch da. Sie haben schwarze Samtröcke mit vielen Falten an; sie bauschen sich rund über kleine Holzschuhe. Sie tragen leuchtende Seidenmieder, haben ein Goldkreuz um den Hals hängen und Spitzenhauben auf den sorglich frisierten Haaren.

«Die blonde, die heißt Annick», erklärt Provençal, «und die dunkle Marie-Anne. Wie sie richtig heißen, weiß ich nicht. Sie verdienen einen Haufen Geld.»

«Na, ihr beiden Hübschen?» fragt die Blonde, die an ihren Tisch gekommen ist.

«Durst haben wir», sagt Provençal.

Annick steht auf der untersten der drei Stufen, die zum Keller führen.

Provençal steckt ihr die Hand in den Ausschnitt. Sie lacht. Sie sagt:

«Was wollt ihr denn haben?»

«Was du willst, vorausgesetzt, daß es kratzt», sagt Provençal. «Der Junge hat den Koller.»

«Halt den Mund», sagt Ollivier. Er schämt sich.

«Ach, du brauchst nicht rot zu werden», sagt die Bretonin. «Koller, so was kennen wir; aber hier begeht der Koller Selbstmord!»

«Für eine von so weit weg sprichst du unsere hiesige Mundart ganz gut», sagt Provençal.

«Ich?» sagt die Blonde und lacht laut los, «ich bin aus Signe; ich mache daraus kein Hehl. Aber Marie-Anne, die ist echt.»

«Aus Signe?» fragt Ollivier.

Er hat den Kopf gehoben.

«Kennst du das?» fragt Annick.

Signe, Chibron, die Gapeau-Quelle . . .

«Bring was zu trinken!» sagt Ollivier.

«Gleich bekommt ihr was», sagt die Blonde.

Das steinerne Gewölbe rundet sich an beiden Seiten des Ganges, und darunter stehen die Tische so dicht, daß kaum Platz für die Stühle ist. Wenn man den Arm hochhebt, rührt man an die Decke. Viele von denen, die zum Trinken hierhergekommen sind, haben ihre Namen oder ganze Sätze an die Wände geschrieben, und man meint, man verschwimme in den Gedanken dieser anderen.

«Trink», sagt Provençal. «Ich besaufe mich zwar nicht allzu gern; aber ich fühle, daß ich dir heute abend helfen muß.»

Ollivier trinkt. Er hustet.

«Dolles Zeug», sagt er.

«Das ist Calva», sagt Provençal. «Ich persönlich mag unsern heimischen Schnaps lieber, den weißen. Aber das ist schließlich Gewohnheitssache. In dem Weinland hinter Solliès-Toucas ist er besonders gut.»

Ollivier ist herumgefahren, als ob ihn wer gebissen hätte.

«Warum sagst du das?» fragt er.

«Na», sagt Provençal, «weil es stimmt! Bist du aber mal komisch!»

Ollivier stürzt sein Glas auf einen Zug hinunter.

«Das geht nun aber wirklich nicht», sagt Provençal.

Das Grammophon spielt, und ein Schlager löst den andern ab.

Dann und wann singt einer der Gäste den Kehrreim mit.

Drei kleine Kellnerinnen, die schwarze Samtröcke tragen wie die Besitzerinnen, gehen im Durchgang hin und her. Sie sind sehr tief ausgeschnitten,und ihre kurzen Röcke lassen die Waden und sogar noch mehr sehen.

«Willst du dir eine einladen?» fragt Provençal, als er sieht, daß Ollivier sie anstarrt.

«Machen sie denn mit?» fragt Ollivier.

«Mein Gott, dazu sind sie doch da!»

Provençal streckt den Arm aus und faßt eine der vorübergehenden Kellnerinnen am Rock.

«Hallo, Mirette! Der Junge hier möchte dich zu einem Glas einladen!»

«Mirette?» fragt Ollivier. «Was für ein Name! Das heißt doch Augapfel!»

«So heiße ich ja auch meiner Augen wegen», sagt Mirette. «Sind sie nicht schön?»

«Ja», sagt Ollivier.

Mirette setzt sich auf seine Knie. Sie ist dunkel; ihr Haar liegt flach an; dicht und schimmernd wie ein Tuch umrahmt es ihr Gesicht.

«Was wollen wir denn trinken?» fragt sie. «Champagner ist dir wohl zu teuer? Den trinke ich nämlich besonders gern. Und außerdem macht er mich wild! Soll ich welchen bestellen?»

«Wenn du willst?» sagt Ollivier.

«Die will dich nur blau machen», prophezeit ihm Provençal.

«Macht nichts», sagt Ollivier.

Nach der großen Auseinandersetzung hat Nine ihm Geld in die Rocktasche gesteckt. Mirette kommt mit zwei Flaschen in einem Kühler wieder; der Wein perlt in den Kelchen.

«Trinkst du etwa allein?» fragt eine andere Kellnerin Provençal und läßt sich auf seine Knie gleiten.

«Nein, er trinkt mit dir», sagt Ollivier.

«Ich heiße Lilas», sagt sie.

«Was ihr alle für Namen habt!» sagt Ollivier.

«Die Gäste haben uns so getauft, Mirette und mich. Von mir sagen sie immer, ich sehe aus wie der Frühling. Daher Lilas ...»

Lilas ... malvenfarbene Augen, zarte, rosige Haut, Haar wie goldenes Moos, ein bitterer Mund mit gesenkten Winkeln. Ollivier schaut sie an. Ihre schmalen, seidenbestrumpften Beine pressen sich gegen die Provençals.

«Wirklich?» fragt Ollivier ernst. «Ich habe geglaubt, du hießest Michelle.»

«Warum?» fragt sie überrascht.

«Warum?» fragt Provençal.

«Es ist mir so eingefallen...» sagt Ollivier.

Er lacht laut auf, und zugleich denkt er: ‹Warum beleidige ich meinen Hund?›

Lilas sieht Provençal an und bemerkt den leeren Ärmel, der an Stelle seines linken Armes herunterbaumelt.

«Hast du ihn im Felde verloren?» fragt sie.

«Ja, sie haben ihn mir zur Erinnerung an den Chemin-des-Dames abgenommen.»

«Du hast ihn für das Vaterland hingegeben», sagt Lilas. «Du bist ein Held!»

«Na ja», sagt Provençal.

«Es gibt gegenwärtig viele Helden», sagt Mirette. «Die einen haben den Arm verloren, die andern ein Bein und manche beides...»

«Und manche noch was anderes», sagt Provençal, «und das ist für euch das schlimmste!»

«Spotte nicht», sagt Lilas. «So was ist heilig.»

«... den Teufel auch», sagt Provençal und beißt Mirette in den Hals.

Sie schreit:

«Du tust mir weh!»

«Wenn ihr es nicht komisch findet», sagt Provençal, «dann muß man euch zum Weinen bringen.»

«Bist du denn gar nicht stolz darauf?» fragt Lilas.

«Nein!» sagt Provençal. «Ich bin nicht stolz darauf. Nein, stolz bin ich nicht darauf. Ich sehe auch nicht ein, weshalb ich stolz sein sollte, daß ich jetzt nur einen Arm habe, was mich arg bei der Arbeit hindert und was das einzige Ergebnis der beiden Jahre ist, die ich wie ein Schwein in den Gräben gelebt habe.»

«Na», sagt Mirette, «jetzt wird ja wenigstens demnächst der Waffenstillstand unterzeichnet, und wir haben ein bißchen Ruhe.»

«Ja», sagt Provençal. «Vor allem die Toten. Die haben nämlich die Gewißheit, daß sie tatsächlich ihre Ruhe haben! Und das sind eine ganze Menge! Das kannst du mir glauben! Die Kriegerfriedhöfe, die sind nur so aus der Erde geschossen, und in ihrer Nähe wird gutes Getreide wachsen, und die Reben werden dicke Trauben tragen. Die Welt ist mit einemmal fruchtbarer geworden, und wo viel Dünger ist, da wachsen auch die Bäume besser. Was die Menschen Schlechtes tun, kommt den Pflanzen zugute. Leider wachsen da oben in der Gegend von Metz und bei Pont à Mousson oder auf den Bergen bei Schlutz und um Verdun herum nur Fichten und Eschen, also Bäume, die nichts anderes können als Schatten geben. Wenn es dort wie hier bei uns wäre, im Gapeautal, wo so viele Kirschbäume, Feigenbäume, Aprikosenbäume wachsen, die so voll sitzen, daß sie sich zur Erde neigen – dann könnte man wenigstens die ‹Früchte des Sieges› pflücken, von denen sie immer quasseln... Was, Ollivier?»

«Sicher», sagt Ollivier.

«Kennst du das Gapeautal eigentlich? Das ist ein Fleckchen Erde hier in unserm Süden, der trocken wie eine Mandel ist, daß man schon weit gehen muß, nach Gèmenos oder ins Louptal, bei Cannes, wenn man so frische Wiesen und so viele Arten von Bäumen finden will. Meinst du nicht auch, Ollivier?»

«Scheiße!» sagt Ollivier.

Er stößt das Mädchen Mirette von seinen Knien, das genießerisch seinen Champagner gesüffelt hat.

«Na, was ist denn in dich gefahren?» fragt Provençal.

«Marsch, hau ab!» sagt er zu Lilas und stellt sie auf die Füße.

«Was haben die denn?» fragt Mirette.

«Weiß ich nicht», sagt Lilas. «Komm, laß sie.»

Ollivier hat, als er losfluchte, so stark auf den Tisch gehauen, daß die zweite, noch halbvolle Flasche umgefallen ist. Der Wein rinnt, ein Bächlein, auf Olliviers Schenkel.

«Es kotzt mich an», schreit er, «daß du mich seit einer geschlagenen Stunde mit Sachen anödest, die mich verrückt machen: das Weinland von Solliès, und Korn, das gedeiht, und Reben, die tragen! Und damit noch nicht genug: dann kommst du mir auch noch mit dem Gapeau und mit Kirschen und Feigen . . . Und damit du endlich aufhörtest, habe ich Scheiße gesagt!»

«Aber warum denn nur?» fragt Provençal.

«Ja, warum?» fragt ein Matrose, der während der Unterhaltung der beiden an ihren Tisch gekommen ist.

Die beiden jungen Menschen hatten innegehalten und sahen zu dem Manne auf, der sich da in ihr Gespräch mischte. Er war an die vierzig und hatte ein schmales, trockenes Gesicht; die Augen waren das einzige bißchen Farbe darin. Diese Augen. Zwei Spalten und darin ein Stern.

Etwas in Olliviers Innerm sagt sofort: ‹Diese Augen kenne ich.› Aber er hört nicht darauf.

«Ich habe am Nebentisch gesessen, Jungs», sagt der Mann. «Ich muß mich entschuldigen, daß ich zugehört habe.»

«Daß du zugehört hast, Matrose», sagt Provençal, «das macht nichts. Aber daß du kommst und dich zwischen das mischst, was ich hier mit meinem Kameraden habe – erlaub bitte, daß ich dir sage, daß dich das gar nichts angeht.»

«Nein», sagt Ollivier, «das geht Sie gar nichts an.»

Der Matrose hält seine Pfeife in der Hand, so wie man einen Vogel hält.

«Kennen wir uns nicht?» fragt er Ollivier.

«Nein», sagt Provençal, «du kennst ihn nicht; er ist nicht von hier. Aber darum handelt es sich ja auch gar nicht. Ich mag es nicht, wenn man mich anödet, und du ödest mich mächtig an. Geh mir aus der Sonne, hat mal einer gesagt . . .»

«Und der hieß Diogenes», sagt der Matrose.

«Meinetwegen; mir ist das Wurst, vorausgesetzt, daß du dich jetzt verdrückst. Weiter will ich nichts von dir. Denn sonst helfe ich ein bißchen nach.»

«Ach nein», sagt der Matrose ernst, «mach mich lieber nicht bange!»

Provençal schiebt seinen Stuhl zurück und steht auf.

«Halt», sagt der Matrose. «Laß uns vorher noch ein paar Worte reden. Ich sehe gern klar. Nachher können wir uns dann totschlagen, wenn du immer noch willst. Also antworte mir in aller Ruhe. Weißt du, wer das gewesen ist, dieser Diogenes?»

«Nein», sagt Provençal.

«Lang ihm doch eine in die Fresse!» schreit Ollivier.

Der Matrose sieht ihn groß an.

«Komisch», sagt er. «Ich muß dich kennen. Und dabei sind es weder deine Augen noch dein Gesicht, sondern deine Stimme; davon kommt das; deine Stimme, und weiter nichts . . .»

«Blödes Gesabbel . . .», schimpft Provençal.

«Ja, es kommt von deiner Stimme . . . aber wahrscheinlich

irre ich mich. – Also dieser Diogenes, das ist ein Kerl gewesen, der immer mit einer Laterne herumgegangen ist. Das war damals, als es noch keine Elektrizität gegeben hat. So ist er also herumgegangen, und wenn ihn einer gefragt hat: ‹Was suchst du eigentlich?›, dann hat er geantwortet: ‹Ich suche einen Menschen.› Und er hat sein Lebtag keinen mehr gefunden.»

«Du pflaumst uns an ...», sagt Provençal.

«Bitte hör noch ein bißchen weiter zu; hernach können wir uns dann totschlagen, sage ich. Also laß mich reden, ehe du mich totschlägst!»

Die Gäste drängten sich um die drei, hörten zu und lachten. Mirette und Lilas saßen auf den Knien zweier Matrosen und amüsierten sich königlich.

«Och», sagt Mirette, «Kerle, die sich prügeln, das kommt hier häufig vor.»

«Ja», sagt der Matrose und sieht Ollivier an. «Und was ich dir sagen will, denn auf dich habe ich es abgesehen, das ist, daß Diogenes heute wiederkommen könnte, und wenn er dich dann sieht und reden hört, dann würde er sich abermals sagen: ‹das ist kein Mensch.›»

«Ich bin kein Mensch?» fährt Ollivier auf. «Vielleicht auch kein Mann?»

Er schwingt die Faust vor. Der Matrose fängt sie im Schwung ab und umschließt sie, wie er seine Pfeife umschlossen hat: so wie man einen Vogel hält.

«Du bist weder Mensch noch Mann, sage ich dir. Zunächst, weil keiner ein Mann ist, der so wohlfrisierte Haare trägt, als ob sie einzeln aneinander geklebt worden wären; und dann das Hurenparfüm, das du an dir hast, und dann das Mädchentaschentuch und der Zuhälterschlips. Nein, mit solchen Sachen ist man kein Mann. Aber weißt du, warum du vor allem kein Mann bist?»

Er preßt ihm die Faust ein wenig zusammen. Ollivier schreit auf, Provençal springt vor. Der Matrose packt ihn, ohne mit der Wimper zu zucken, an der Brust, sieht ihn ruhig an und sagt:

«Laß mich zu Ende sprechen.»

«Du bist kein Mann», fährt er fort, «weil du beleidigst, was nicht beleidigt werden darf.»

«Ich habe Sie nicht beleidigt», sagt Ollivier.

«Von mir ist nicht die Rede», sagt der Matrose. «Wenn man

mich beleidigt, dann wehre ich mich, und wenn du genau nach Gründen suchst, um mich zu beleidigen, dann kannst du schon welche finden. Ich meine all die Dinge, von denen dein Kamerad zu dir gesprochen hat, als du ihm die schlimme Antwort gabst.»

Provençal sieht den Mann groß an.

«Er hat dir von dem Weinland hinter Solliès-Toucas gesprochen; dort gibt es eine so klare Quelle, daß sie auch das Herz eines Verbrechers erquicken müßte. Ich kenne sie gut; Bonnefont heißt sie. Und von den Ginsterhügeln, die im Juni so stark duften, daß man schwindlig wird, und von den Lilienfeldern auf den Höhen, wo man Lilienzwiebeln zieht, so daß das Blühen überhaupt kein Ende nimmt . . .»

Ein Beben überkommt Ollivier.

Der Mann hält inne und sagt zu Procençal:

«Schieb ihm einen Stuhl her; er kann sich nicht mehr auf den Beinen halten.»

Als Ollivier sitzt, spricht er weiter:

«Er hat dir von den Reben erzählt, die sich auf den schmalen roten Terrassen staffeln und die so gute Trauben tragen, daß der Weiße, den sie geben, besser als sonstwo ist. Er hat dir von dem Korn erzählt, das gut gedeiht. Er hat dir von den Wiesen erzählt, die den Gapeau säumen, wo Kirschbäume, Feigenbäume und Aprikosenbäume ihre Früchte ins Gras niedersenken, so reichlich tragen sie. Und anstatt die Hände zu öffnen und die Ohren und den Mund, vor Freude über all dieses, – da hast du es beleidigt . . .»

«Und was geht Sie das an?» fragt Ollivier.

«Das geht mich insofern was an, als es mir beweist, daß du kein Mann bist und daß ich das Recht habe, es dir mitten ins Gesicht zu sagen. Und das geht mich insofern was an, als es dasselbe ist, ob man von diesen Dingen schlecht spricht oder von mir; denn all das, das bin ich, das trage ich in meinem tiefsten Innern, und ich dulde niemals, daß man schlecht davon spricht. Hast du verstanden?»

«Scheiße!» schreit Ollivier zum zweitenmal.

Sein Stuhl rutscht zurück und fällt um. Er sackt unter dem Fausthieb, der ihn am Kinn getroffen hat, zusammen und rollt am Boden wie eine zerbrochene Gliederpuppe.

«Hast du jetzt verstanden?» fragt der Matrose und beugt sich über ihn, «du, der nichts versteht?»

Provençal hat sich auf den Mann gestürzt; beide haben blutige Gesichter. Frauen kreischen schrill auf, doch die beiden Bretoninnen, die Keilereien dieser Art gewohnt sind, haben schon zwei Polizisten hergeholt, die hinten an der Kasse gesessen und getrunken haben. Jeder von ihnen packt einen der beiden Kampfhähne am Arm.

«Los, los, macht Schluß, sonst kommt ihr mit zur Wache!» sagen sie. Sie kennen sich in dergleichen Dingen aus.

Ollivier ist am Boden liegengeblieben; aus dem Munde rinnt ihm das Blut.

«Wie heißt du?» fragt der eine Polizist Provençal. «Schämst du dich gar nicht? Du trägst das Kriegskreuz, hast einen Arm verloren und prügelst dich hier herum?»

«Provençal heiße ich; man kennt mich hier. Ich habe nur meinem Kameraden beistehen wollen.»

«Und du, der Matrose, wie heißt du?» fragt der andere Polizist und sieht den Mann an.

«Florestan Desmichels, Matrose auf der ‹Dupleix›.»

«Na, du Pompon, du kannst dir gratulieren, wenn du wieder an Bord bist!»

«Und du?» fragt der Polizist Ollivier.

«Ich?» stammelt Ollivier.

Er war ohne Hilfe aufgestanden. Er hatte den Kopf gehoben und eine widerspenstige Bewegung gemacht, wie ein Pferd, das durch die Nacht geführt wird und plötzlich vor einem Gebüsch scheut. Er sah den Matrosen an, und die Stimme in seinem Innern, der er vorhin nicht hatte lauschen wollen, rief ihm wiederum zu: ‹Die Augen . . . Die Augen. Vater, Mutter, Joseph, Félicien . . .›

«Na, hast du keinen Namen?» fragt der Polizist und schüttelt seinen Arm, «oder schämst du dich, ihn zu sagen?»

«Ollivier Desmichels!» ruft Ollivier.

«Woher?» schreit der Matrose auf.

«Vom Grand-Cap», sagt Ollivier.

«Und ich von La Guirande!» sagt Florestan.

Sie stehen hochaufgerichtet einander gegenüber und wissen nicht, was sie sagen sollen. Dann legt Florestan seine beiden Hände auf Olliviers Schultern.

«Junge . . .», sagt er.

Er küßt ihn auf die Backe.

«Sieh da, nun schließen sie Freundschaft», sagt der Polizist.

«Nun können wir unsern Rum austrinken. Aber fangt nicht wieder von vorn an.»

Provençal sieht die beiden an.

«Gehen wir?» fragt er.

«Nein», sagt Ollivier. «Er ist mein Onkel, weißt du. Und jetzt bleibe ich bei ihm.»

«Junge . . . Habe ich dir sehr weh getan?» fragt Florestan.

17

«NUN?» fragt Ollivier.

Er hat Florestan an der Endstelle des Autobus von Solliès erwartet, und jetzt gehen die beiden durch die Rue de la Fraternité zum Hafen hinunter.

«Alles in Ordnung», sagt Florestan.

«Sie ist einverstanden?»

«Ja.»

Der ganze Grand-Cap, der mit seinem harten Felskamm in den harten Himmel ragt und wie ein blauer Stein schimmert, der ganze Wald, der sich um den roten Felsen kraust, und das wasserdurchzogene Tal, das am Morgen, beim ersten Sonnenstrahle, dampft, all das ist mit einemmal in Olliviers Kopf und vollführt dort einen wilden Wirbel.

«Deine Mutter», sagt Florestan, «hat das mächtig mitgenommen.»

«Du mußt mir alles ganz genau erzählen», sagt Ollivier.

Als sie auf dem Quai de Cronstadt angekommen sind, setzen sie sich auf eine der Caféterrassen. Auf dem Wasser liegen graue Kriegsschiffe. Weiße Motorbarkassen setzen blaue Marineoffiziere an Land. Ein ganz junger läuft, kaum daß er den festen Boden unter sich spürt, davon und schlenkert mit einem Handkoffer.

«Als ich in den Wald hinaufgestiegen bin», sagt Florestan, «habe ich gesehen, daß eure Haustür weit offen stand. Deine Mutter ist dabeigewesen, Kaffee zu kochen. Ich habe gerufen: ‹Guten Tag, alle miteinander!› und bin dann gleich hineingegangen. Sie lag auf den Knien und fachte ein Feuer an, das rauchte. ‹Wer ist denn das?› hat sie gesagt; und ich habe gesagt: ‹Ich.› – ‹Wieso: du?› – ‹Florestan Desmichels, dein Schwager.› – ‹Mein Schwager?› hat sie gesagt. ‹Aber den habe ich ja seit Jahren nicht gesehen!› – ‹Na, jetzt siehst du mich eben!› habe ich geantwortet. – ‹Komm herein›, hat sie gesagt. ‹Kommst du von La Guirande?› – ‹Nein›, habe ich gesagt; ‹ich komme aus Toulon und bringe dir herzliche Grüße von Ollivier.›

Da hättest du sie mal sehen sollen . . . Sie ist aufgesprungen, und dann hat sie sich hingesetzt und die Hände auf den Tisch gelegt, als wisse sie nicht, was sie damit anfangen solle.

‹Und Félicien?› habe ich gefragt.

‹Er liegt da drüben in der Kammer›, hat sie gesagt, ‹er schläft. Er hat eine schlechte Nacht hinter sich. Komm mit nach draußen; es ist besser, wenn er dich nicht sieht und nicht hört, daß wir von seinem Bruder sprechen. Er würde sich sonst erschrekken.›

Ich habe gefragt:

‹Wie geht's ihm denn?›

‹Mal besser, mal schlechter›, hat sie gesagt.

Ich habe gemerkt, daß sie davon nicht sprechen mochte. Wir sind hinausgegangen, und dann habe ich weitergesprochen:

‹Ja, Ollivier hat mich zu dir hinaufgeschickt. Wir haben einander in Toulon kennengelernt, und ich soll dich etwas fragen.› Ach, du kannst dir wohl denken, daß nun ein Regen von Fragen über mich niederging. ‹Wie geht es ihm denn? Was macht er denn? Und warum ist er so mir nichts dir nichts von zu Haus weggelaufen? Er ist ein Taugenichts; nicht mal den Strick zum Hängen ist er wert! Er hat nur seinen Rock angehabt, und darin muß er sich doch erkälten . . .› Also lauter Sachen, die eine Mutter im Kopfe wälzt, wenn sie sich quälen will. Ich habe sie ruhig das Herz ausschütten lassen, und dann bin ich zur Sache gekommen:

‹Also die Sache ist die, Arnaude›, habe ich gesagt, ‹daß dein Sohn dem Meere verfallen ist.›

‹Ich weiß›, hat sie gesagt, ‹schon als ganz kleiner Junge hat er auf den grauen Wasserstreifen da unten in der Ferne gestarrt, als ob es das gelobte Land sei. Schon deshalb habe ich gewußt, daß das Meer ihn mir nehmen werde . . .›

Ich habe einen Witz gemacht. Aber sie hat nicht gelacht, und da habe ich weitergesprochen:

‹Dein Junge will zur See. Ich, das siehst du ja schon an meiner Kleidung, bin Matrose; ich mache das schon lange, und zwar wahrhaftig nicht aus Liebe zu dieser Vettel, dem Meer, ob du das nun glaubst oder nicht; denn ich, ich habe das Land lieber. Nur hat man mir das Land, das mir gehört hat, gestohlen . . .›

Deine Mutter hat mir gesagt:

‹Ja, richtig; hast du denn von deinem Lande Trois-Chênes, wo so gute Mandeln wuchsen, nicht leben können?›

‹Du hast ja auch erfahren›, habe ich gesagt, ‹wie es mit den Gütern der Desmichels ist. Natürlich hätte ich davon leben können, wenn sie es mir nicht zusammen mit meinem übrigen väterlichen Erbe gestohlen hätten.›

Und dann habe ich deiner Mutter erzählt, was ich auch dir erzählt habe: wie ich, da ich der jüngste gewesen bin, niemals den Mund habe auftun dürfen, zumal meinem Bruder Pierre gegenüber nicht, der so hart zu allen gewesen ist. Wie er und seine Frau mich dahin gebracht haben, daß ich meinen Anteil mit den ihrigen zusammenlegte, sozusagen um der leichteren Bestellung willen, und wie eines schönen Tages alles auf ihren Namen überschrieben gewesen ist und ich nur noch meine Augen gehabt habe, um zu weinen. Anstatt zu protestieren, habe ich mir schöntun lassen und zugesehen, wie meine Schwestern schlecht behandelt wurden, ohne daß ich für sie eintreten konnte. Da bin ich denn lieber weggegangen, zur See, nach Ländern, wo ich Mann sein durfte.

Deine Mutter hat zugehört, wie ich all das erzählt habe, und dann hat sie mich gefragt:

‹Der Junge will also zur See?›

Ich habe ganz genau gemerkt, daß sie während meiner langen Erzählung immer nur daran gedacht hatte.

‹Ja›, habe ich gesagt. ‹Aber er ist noch nicht volljährig, und somit braucht er deine Einwilligung.›

‹Die bekommt er nicht›, ist sie mir ins Wort gefallen.

‹Und auch die seines Vormunds, weil der arme Antoine ja tot ist. Wer ist denn sein Vormund?›

‹Weißt du das denn nicht?› hat sie gefragt. ‹Das ist Pierre.›

‹Mein Bruder?›

‹Ja, dein Bruder auf La Guirande. Der muß deswegen also gefragt werden.›

‹Das hat ja keinen Zweck›, habe ich gesagt, ‹wo du als die erste dich weigerst, deine Einwilligung zu geben.›

Ich habe sie von der Seite angesehen; es hat um ihren Mund gezuckt, und da habe ich scheinheilig weitergeredet:

‹Du kannst natürlich nach deinem Ermessen über deinen Jungen bestimmen. Ich dränge ihn ganz bestimmt nicht dazu, zur See zu gehen; das weißt du. Aber glaub nur ja nicht, daß er jemals wieder hierher zurückkommt und mit dir zusammen lebt. Er hat sich verändert. Er ist nicht mehr der kleine Kohlenbrennerjunge aus dem Walde. Entweder bleibt er in Toulon, oder aber er geht nach Marseille. Und was er da anfangen wird? Ich kann es dir nicht sagen; denn schließlich ist er jung, und das Leben wird ihn sich schon zurechtkneten, ob er will oder nicht. Das Gute am Matrosenberuf ist, daß es eine saubere, klare Sache zwischen Himmel und Meer ist; man kommt dabei nicht auf dumme Gedanken. Man tut mit seinen Händen Männerarbeit, und wenn in der Freizeit gelacht wird, dann ist das Lachen klar wie das Wasser unserer Quellen. Verstehst du?› habe ich gefragt.

Und dabei habe ich an die Quelle da hinter Solliès-Toucas gedacht, in deren Nähe auf den Wiesen das Gras üppiger wächst, und an die Kirschbäume, und auch daran, daß du sie an unserm ersten Abend beleidigt hast ... Und da habe ich mir gelobt: ‹Ich will vor meiner Rückkehr die Hände hineintauchen in die Bonnefont-Quelle, in das gute, klare Wasser.›

Ich habe gesehen, daß deine Mutter mir jetzt gut zuhörte. Und da habe ich noch gesagt:

‹Ja er ist jung, dein Ollivier, und er gefällt den Mädchen nicht übel, darauf kannst du dich verlassen ...›

Wieder hat sie mich unterbrochen und gefragt:

‹Hast du deine Nichte Nine, die Tochter von Sébastien und Madeleine, auch getroffen?›

‹Nein›, habe ich mit ganz dummem Gesicht gesagt. ‹Ich habe keinen von der Familie gesehen. Warum fragst du mich denn danach?›

‹Es ist mir nur so eingefallen›, hat sie gesagt.

Ich habe wieder angefangen:

‹Ollivier ...›

‹Du brauchst dir nicht den Mund fusselig zu reden; ich gebe meine Einwilligung. Aber ist denn die deines Bruders Pierre wirklich nötig?›

‹Ja›, habe ich geantwortet, ‹da müssen wir mal sehen ...›

‹Schon gut›, hat sie gesagt, ‹ich habe es mir überlegt, während du gesprochen hast. Du mußt nach La Guirande gehen.›

‹Ich?› habe ich gefragt.

Na, ich muß schon sagen: da hat sie mich schön angefahren!

Sie hat sich aufgereckt, klein und mager, wie sie immer gewesen ist; wie eine Steinfrau hat sie ausgesehen, ganz wie die Lavablöcke unter den Bäumen von Montrieux, die seit den Schöpfungstagen dort stehen. Wenn einer dieser schwarzen, verbrannten Steine sich erhöbe und dir sagte: ‹Geh!› – dann käme dir schwerlich der Gedanke, nein zu sagen, nicht wahr? Du hast das Glück, daß deine Mutter stark wie die Natur selbst ist! Ich habe also gesagt: ‹Gut, ich gehe hin.›

‹Laß mich wissen, was er geantwortet hat›, hat sie gesagt.

Ich bin dann nach Solliès-Toucas hinuntergegangen, ganz wie ich es gewollt hatte, nach der Bonnefont-Quelle, die ich so gern habe, und habe Gesicht und Hände hineingetaucht; das Wasser war so kalt, daß es mir den Atem verschlug; aber es hat mir wohlgetan, wo es mich benetzt hat. Ich kann die Araber sehr wohl verstehen, die ihre Gebete mit Wasser verrichten. Am liebsten hätte ich darin gebadet...

In Solliès-Toucas habe ich Leute wiedererkannt, die mich nicht wiedererkannt haben; das kannst du dir wohl denken, nach all den Jahren. Ich bin eben anders geworden. Ich bin quer durch die Wiesen gegangen, auf dem Wege, der hinter dem Kirchhof durchführt. Da liegen alle die Desmichels begraben. Ich bin nicht hineingegangen, denn ich habe so meine besonderen Gedanken über die Toten. Dann habe ich bald zwischen den Kastanienbäumen, den schönsten des ganzen Tales, die Gebäude von La Guirande auftauchen sehen. Da habe ich mich eine Weile an den Abhang gesetzt und hinübergeschaut.

Du wirst schon noch sehen, Ollivier, wenn du genug auf dem Meere herumgeschaukelt bist, wonach dir jetzt so sehr der Sinn steht – du wirst schon noch sehen, wie es ist, wenn du am Abhang sitzt und auf deine Wälder am Grand-Cap und auf euer Kohlenbrennerhaus schaust... Ich habe aus allen Schornsteinen die Rauchwolken aufsteigen sehen, und ich habe sie alle wiedererkannt. Die blaue Wolke da, habe ich gedacht, kommt vom Rebholz, das sie im Herrenhaus verbrennen. Die Magd kocht den Kaffee für Pierres Frau, die immer so spät aufsteht. Im Schuppen sind sie beim Kochen der Suppe für die Feldarbeiter; da wird mit Eichenknüppeln geheizt, und die machen eine große gelbe Rauchwolke. Im Winkel hinter dem Stall kocht der Knecht Kartoffeln für das Schweinefutter; von seinem offenen Feuer steigt eine in weiße Fetzen zerrissene Wolke zwischen den Bäumen empor und weht über die Wiesen davon.

Wenn du eines Tages dasitzt und den Rauch aus eurem Schornstein aufsteigen siehst, dann wirst du dir sagen: ‹Onkel Florestan hat recht gehabt!› Und du wirst sehen, wie dein Inneres wach wird und aufmerkt um einer so einfachen Sache willen ... Schließlich habe ich mich von der Freude losgerissen, die ich empfand. Ich habe Pierre über die Terrasse gehen sehen: hochgewachsen, stark, hart, dem Alter nach ganz wie mein Vater damals. ‹Pierre!› rufe ich. Er dreht sich um:

‹Nanu, wer ist denn der da?› fragt er.

‹Dein Bruder Florestan.›

‹Sieh mal einer an!› sagt er.

Ich sage ihm, was ich will; ich gehe mit ihm ins Haus.

‹Raus›, sagt er zu dem Mädchen, das beim Aufräumen war.

Die Einwilligung hat er auf der Stelle gegeben; es war ihm ganz gleichgültig.

‹Was geht mich denn das groß an?› hat er gesagt. ‹Ich kenne ja diesen Neffen überhaupt nicht. Ihr seid eine undankbare Bande, und weiter gar nichts. Als Antoine gestorben war, hat Arnaude mir den Notar aus Solliès ins Haus geschickt, und der hat gesagt: ‹Sie sind jetzt das Familienoberhaupt; Sie sind der Vormund des minderjährigen Sohnes.› Ich habe geantwortet: ‹Gut!› Den Jungen, den habe ich niemals zu Gesicht bekommen. Arnaude, Louise, Rosine und selbst du, ihr seid ja alle bloß neidisch, daß ich Herr von La Guirande geworden bin, und deshalb könnt ihr mich nicht leiden!›

Ich hatte sagen wollen: ‹Wenn du dich ein bißchen beliebt gemacht hättest ...› Aber ich habe sofort eingesehen, daß er das gar nicht verstanden hätte; ich habe gemerkt, daß ihm sein Reichtum zu Kopfe gestiegen und daß er bis zum Platzen voll war von seiner Wichtigkeit. Das Herz der Menschen, die nichts als reich sind, erstickt am Gelde. Wozu also soll man seine Worte an solche Leute verschwenden? Man müßte sie eine Abmagerungskur durchmachen lassen wie die Kaninchenhäsinnen, die keine Jungen mehr kriegen, weil man sie zu gut gefüttert hat ... Sie müßten einmal leiden, sich die Haut von Wind und Regen der Landstraßen gerben lassen und ihr Brot an Bauernhöfen erbetteln, wo die Hunde auf einen gehetzt werden; dann würden sie vielleicht gut werden, und das Lebendige ihrer Herzen würde über die Fäulnis siegen. Aber nicht einmal das ist sicher ... Gefrorene Rüben geben immer schlechte Suppen.

Als ich fortgegangen bin, hatte ich seine Unterschrift in der

Tasche; und weiter hatte ich ja nichts von ihm wollen. Und als ich gegangen bin, da habe ich auf meines Bruders Fußspur gespien. Dein Bruder, vergiß das nie, Ollivier, solange du lebst: das ist der, der nicht das mindeste mit dir zu tun hat und dir dennoch seine Güte und Hilfe zuteil werden läßt; aber demjenigen, der zwar von der gleichen Mutter wie du geboren ist und vom gleichen Vater abstammt und ruhig im warmen Bette schläft, während dich friert, und der eine üppige Mahlzeit ißt und dich nicht fragt, ob du nicht vielleicht Hunger hast – dem kannst du ruhig auf die Fußspur spucken, ohne daß du gegen Recht und Billigkeit verstößt.»

«Aber wo hast du denn die Unterschrift?» unterbricht ihn Ollivier.

Das Blut pocht ihm in den Schläfen. Er hätte schon gleich zu Anfang schreien mögen:

‹Mach nicht so viel Worte, Onkel! Erzähl nicht von Dingen, auf die ich pfeife; aber die Unterschrift, die Einwilligung, sag, ob du die hast, die Einwilligung?›

Florestan hielt ihm das auseinandergefaltete Papier hin und fuhr fort:

«Als ich wieder oben bei eurem Haus angekommen bin, war Félicien gerade aufgewacht. Deine Mutter hatte ihn auf meinen Besuch vorbereitet, und wir haben von dir gesprochen. Ich muß dir leider sagen, Ollivier, daß es deinem Bruder gar nicht gut geht, ich weiß nicht, ob ihn deine Mutter wieder zurechtkurieren wird; es sieht so aus, als lebten sie alle beide von Illusionen. Ja, wir haben uns ausgesprochen ... Es macht nicht den Eindruck, als sei er dir sehr böse, der Félicien; und deshalb möchte ich dir eigentlich nahelegen, ihn mal zu besuchen ...»

«Nein», rief Ollivier. «Das tu ich nicht!»

«Niemand zwingt dich dazu; aber was hast du denn gegen ihn? Und gegen deine Mutter? Sie haben dir doch nur Gutes getan.»

‹Eben deshalb!› denkt Ollivier.

«Und du schreist wie am Spieß», fährt Florestan fort, «wenn ich davon rede, daß du sie mal besuchen könntest?»

«Ich will nichts wiedersehen», sagt Ollivier. «Weder Félicien noch meine Mutter, noch das Haus, noch den Grand-Cap.»

«Ich verstehe dich nicht; das mutet ja beinahe an, als hättest du Angst davor? Nun, du hast ja noch ein bißchen Zeit, um anderen Sinnes zu werden.»

«Kommt nicht in Frage.»

«Was ich dir gesagt habe, ist ganz ins Gegenteil von dem umgeschlagen, was ich dir eigentlich hatte sagen wollen», sagt Florestan nachdenklich.

«Nein», sagt Ollivier; «nicht das, was du mir gesagt hast, hat mir den Weg vorgezeichnet, den ich gehen muß, sondern das, was du bist.»

«Wieso: das, was ich bin?»

«Du bist du selbst. Und ich will werden wie du.»

«Geh und besuch deine Mutter. Geh hin. Dann tätest du etwas wirklich Gutes!»

«Nein», widerspricht Ollivier. «Später, das kann ich noch nicht sagen; aber jetzt? Nein. Es ist alles noch zu frisch; ich kann es nicht ... Verstehst du denn nicht, wie ich mich schäme über das, was ich getan habe? An dem Abend in den ‹Deux Bretonnes› hast du selbst mir gesagt, ich sei jetzt noch kein Mann! Du siehst, ich habe dir gehorcht; ich habe mir den Kopf gewaschen, ich habe mir ein blaues Arbeiterhalstuch gekauft, und das seidene Taschentuch habe ich in Fetzen gerissen, und dann habe ich Nine geschrieben, es sei alles aus, und sie könne mir den Buckel runterrutschen. Aber der Geruch von ihren unechten Veilchen ist immer noch nicht ganz aus meinen Haaren raus, und ich darf Nine nicht wiedersehen, weil ich immer noch nicht genug Widerstandskraft habe ... Wenn ich zum Grand-Cap ginge, dann würde meine Mutter mich dazubehalten versuchen; ich würde womöglich nachgeben, und eines schönen Tages hockte ich dann wieder in der Bar de la Girelle.»

«Wenn das so ist, dann gebe ich dir recht», sagt Florestan. «Ich habe mir schon gedacht, daß deine Bockigkeit solcherart sei, und das habe ich auch deiner Mutter auseinanderzusetzen versucht ... Aber paß nur auf: die starke Seeluft wird dir schon den unechten Veilchengeruch wegwehen. Das hat sie so an sich, die schlechten Gerüche der Städte in ihre sauberen Hände zu nehmen und ins Meer zu werfen. Und auch deine Erinnerung an dieses Mädchen, die eine schmutzige Erinnerung ist, weil nur deine Haut davon weiß, die deinem Herzen die Lust zur Rückkehr eingibt – die wirft sie ebenfalls ins Meer, und dann fressen sie die Fische!»

«Du bist ein feiner Kerl», sagt Ollivier. «Ich hatte falschen Kurs gesteuert, und du hast mich mit einem Fausthieb wieder auf den richtigen gebracht! Ich muß dir sehr dankbar sein.»

Florestan lächelt, und all die gleichlaufenden Fältchen seines fleischlosen Gesichtes machen die Bewegung dieses Lächelns mit. Er sagt:

«Ich hatte geglaubt, nur einen Ertrinkenden beim Schopfe zu fassen, und dabei ist es mein Neffe gewesen... Das nennt man Glück! Aber sag mir mal, Hand aufs Herz: erkennen konntest du mich ja nicht – aber hat denn nichts in dir gesprochen?»

«O doch!» sagt Ollivier. «Als ich deine Augen sah. Du hast ja dieselben Augen wie Vater.»

«Und in mir, als ich deine Stimme hörte. Die ganze Zeit, als wir vor deinem Kameraden miteinander gesprochen haben... Sag mal, was ist eigentlich aus ihm geworden, aus Provençal?»

«Ich weiß nicht», sagt Ollivier. «Seit ich bei dir bin, habe ich ihn nicht wiedergesehen.»

«Geh und verabschiede dich von ihm, ehe wir ausreisen. Er scheint mir ein anständiger Kerl zu sein.»

«Das glaube ich auch.»

«Die sind selten. Gehst du und sagst ihm auf Wiedersehen?»

«Gemacht!» sagt Ollivier.

«Ja», spricht Florestan weiter, «während ich zu dir gesprochen habe, da in diesem Kellergewölbe, in dem es übler stinkt als auf der ganzen Place à l'Huile, da habe ich weit mehr auf deine Stimme gehorcht als auf meine, obwohl du mir ja kaum geantwortet hast, und ich habe mir gesagt: ‹Großer Gott im Himmel, wo habe ich nur diese Stimme schon gehört?›»

«Das kommt, weil ich Vaters Stimme habe», sagt Ollivier. «Auf dem Grand-Cap hatten sie es auch schon gemerkt und oft darüber gelacht. Wenn Mutter in den Wald hineingerufen hat: ‹Kommst du, Antoine?› und ich antwortete: ‹Ja, gleich!›, dann hat sie immer zurückgerufen: ‹Na schön.› Und darüber haben wir dann viel gelacht...»

«Wenn dein Vater nun nie gelebt hätte, und ich hätte also nicht seine Augen und du nicht seine Stimme haben können: dann würden wir uns nie kennengelernt haben!»

Wieder verzieht das Lächeln seine Gesichtsfalten und nistet sich tief in seinen mageren Backen ein. Er legt seine große Hand flach auf die des Neffen. Ollivier empfindet zum erstenmal, seit er von zu Haus weggegangen ist, echte Freude.

Florestan scheint in die Weite zu schauen, ins Leere. Schließlich sagt er: «Daß ich deinen armen Vater zum letztenmal gesehen habe, das ist auf dem Fest in Bellaïgue gewesen, wohin er mit deiner Mutter gekommen war. Du warst damals drei Jahre; er hat dich hochgehoben, damit du das bunte Durcheinander besser sehen könntest. Félicien und Joseph waren schon große Jungen. Ich sehe sie noch vor mir: sie hatten alle beide Matrosenmützen mit roten Pompons auf, und auf den Bändern hat gestanden ‹Formidable›. Später habe ich dann im Hafen von Beyrouth mal die ‹Formidable› getroffen, und anstatt des großen Schiffes hatte ich immer die beiden Jungs mit den beiden gleichen Matrosenmützen vor Augen...

Zu diesem Feste war ich also auch gekommen, und dein Vater hat mich gerufen, und wir haben ein Glas Bier miteinander getrunken. Du hast mir mit aller Gewalt das Glas aus der Hand nehmen wollen und hast mich angelacht, und dann hast du es schließlich umgeworfen... Seither habe ich niemand mehr gesehen. Um dieser Solange willen, die hinter Pierres Rücken allzu nett zu mir hat sein wollen, und dieser ganzen Eigentumsangelegenheit wegen, von der ich dir ja erzählt habe, bin ich von La Guirande weggegangen. Seit fünfzehn Jahren und länger ist das Meer meine Heimat gewesen...»

«Und dabei sagst du, daß du es gar nicht magst?»

«Paß mal auf!» sagte Florestan, und seine Hand glitt auf Olliviers Knie, das er mit seinen harten Fingern umspannte, «das Meer, das wirst du noch kennenlernen, bis es dir zum Halse heraus hängt, und wenn du genügend darauf herumgegondelt bist, Tag und Nacht, ohne Unterlaß – dann magst du nichts mehr als die Erde, oder du müßtest kein Desmichels sein.»

«Wir werden ja sehen...», sagt Ollivier.

«Ja, wir werden sehen, ganz wie du sagst! Aber jetzt werde ich mich um deine Einschiffung kümmern, nun wir die Einwilligung deiner Mutter haben. Und bald wirst du die Decksplanken der ‹Dupleix› unter den Füßen spüren. Da, meinst du, bist du dann zufrieden, ja?»

«Allerdings!» sagt Ollivier.

Eine Flamme schießt aus seinen Augen.

«Lächerlich!» sagt Florestan. «Das wird dir schneller vergehen, als es mir wiederkommt. Aber das ist nun mal so in deinem Alter. Du hast also keinerlei Sehnsucht nach deinem Walde? Singen die Pinien auf dem Grand-Cap nicht auch ein Meerlied? Sag, sag, hast du das Wogen der Bäume schon vergessen? Ach, die Erde, die zieht sich nicht wie das Meer in sich zurück: die bietet offen an, was sie an guten Gaben hat: Blumen, Korn, Wein, lauter Dinge, die die Menschen von ihr nehmen und in ihrer Dummheit wohl gar vergeuden. Überleg dir bitte mal, ob es nicht schön ist, Pferde durch den Morgen zu führen oder die Hand am Pfluge zu haben, damit er seine Furchen durch den Leib deines Feldes zieht, und nach der Arbeit am grasigen Hügelhang auszuruhen? Und am Baume den Pfirsich zu finden, wie geschaffen für deine hohle Hand, der vom Safte strotzt, nach dem dein Durst verlangte?»

«Die Erde», sagt Ollivier, «die kenne ich; ich habe sie unter meinen Füßen gespürt bis hinauf zum höchsten roten Felsgipfel des Grand-Cap; und dennoch habe ich zum Meer hinuntergeschaut, das silbern glänzte und sich weit unter dem Himmel erstreckte wie eine zweite Erde, die der Bestellung wartete... Wenn mein Verlangen es vermocht hätte – dann wären mir Flügel gewachsen, damit ich dem Meere hätte entgegenfliegen können... Nicht wahr? Nun verstehst du doch...»

«Die Quelle von Bonnefont, die so klar singt wie keine andere, die Quelle, die ich so gern habe, daß ich unsinniges Zeug rede, wenn ich von ihr zu sprechen anfange: kennst du die?»

«Ja», sagt Ollivier. «Das ist Süßwasser.»

«Süß, ja, so süß; da hast du recht...»

«Ob du das wohl nachfühlen kannst, Onkel? Noch ehe ich auf dem Meere bin, trägt es mich schon davon. Welle auf Welle...»

Florestan schlug Ollivier mit der flachen Hand auf die Schulter:

«Und eines Tages kehrst du dennoch zurück! Denn das Meer, weißt du, lebend oder tot, das Meer wirft dich immer wieder ans Land!»

Ollivier richtet sich auf und schaut mit leuchtendem Gesicht in die Ferne. Er fragt:

«Wann gehen wir an Bord?»

18

Auf der Postkarte ist eine große halbrunde Bucht mit einer Stadt, hinter der ein spitziger Berg aufragt. Auf der Rückseite steht: «Gruß aus Rio de Janeiro.» Darunter ist geschrieben: «Ollivier.»

Arnaude wendet sie hin und her, als hoffe sie, ihr noch etwas zu entlocken, wenn sie sie nur lange genug anschaue. Der Briefträger hat sie ihr bis zu ihrem Hause hinaufgebracht. Er hat gesagt:

«Uff! Es ist warm; man merkt, daß es wieder schönes Wetter wird!»

«Das bringt die Jahreszeit so mit sich», hat Arnaude gesagt.

«Ich habe hier was von Ihrem Jungen», hat der Briefträger gesagt. «Er ist nicht hopps gegangen.»

«Wo kommt denn die Karte her?»

«Aus Rio de Janeiro; das liegt da drüben auf der andern Seite des Ozeans. Er hat Ihnen auch einen Gruß draufgeschrieben.»

«Schönen Dank», sagt Arnaude. «Trinken Sie ein Schlückchen?»

«Recht gern, und ich möchte mich auch ein bißchen hinsetzen, wenn ich auch nicht so kaputt bin wie letzten Sommer ... Alle diese Feldpostbriefe, da habe ich über Gebirgswege klettern müssen, auf denen sich selbst der Teufel nicht zurechtgefunden hätte. Aber jetzt, wo die Feindseligkeiten eingestellt sind und auch die Kriegsgefangenen so nach und nach zurückkommen, da habe ich es etwas ruhiger.»

«Nur einen Gruß hat er draufgeschrieben?» fragt Arnaude.

«Ja, wahrscheinlich hat er es ein bißchen eilig gehabt, der Junge! Das nächste Mal wird er Ihnen schon einen ganzen Roman schreiben. Na, schönen Dank, Frau Desmichels, und auf Wiedersehen!»

Im Stehen kippt er den Rest hinunter und geht dann auf dem Fußweg bergabwärts. Und nun sieht Arnaude sich die Karte an; es ist die erste, die sie von Ollivier bekommen hat. Sie hält sie in den Händen und sieht sie an; sie ist das einzige Lebenszeichen von einem von ihrer Familie. Sie ist allein auf der Welt mit dieser Karte. Félicien ist tot, seit länger als einem Jahre schon, kurz nach dem freudigen Ereignis des Waffenstillstandes, als so viele Frauen glaubten, nun seien ihre Männer gerettet. Aber diejenigen, die das Übel zutiefst getroffen hatte, zu denen war der Frieden nicht gnädiger gewesen als der Krieg.

Félicien hat noch einmal den Mund geöffnet und das Leben um Hilfe angerufen, und dann ist es aus gewesen.

Arnaude hat die ganze Nacht mit dem Hunde am Fußende des Bettes gewacht und zugesehen, wie er gestorben ist ... Am Morgen ist der Marcelin-Sohn aus Bramafan, der gesehen hatte, daß es schlecht stand, auf seinem künstlichen Bein heruntergehumpelt gekommen. Und als Arnaude ihn mit seiner Prothese gesehen hat, da hat sie neidisch gedacht: ‹Hätte das nicht einem der Meinen passieren können?›

Marcelin hat Félicien reglos liegen sehen; sein Mund hat weit offen gestanden, dieser verzweifelte Mund, der so warm auf den Lippen Renées und Nines geruht hat; er hat versucht, ihn zu schließen; aber es war schon zuviel Zeit vergangen; die Muskeln haben nicht mehr nachgegeben. Félicien verblieb im Tode mit diesem weit offenen Munde, in dem noch sein letzter Schrei war. Marcelin hat gesagt:

«Der arme Félicien! Ja, an uns ist wenig dran!»

Und dann: «Ich will Ihnen meine Mutter schicken.»

Seine Mutter, das ist Arnaudes alte Bekannte, die Justine Fournier aus Sénès, die einen Marcelin aus Bellaïgue geheiratet hat. Sie hat diesen Jungen gehabt, der trotz seines Holzbeines ein Holzfällermädchen aus Bramafan geheiratet hat und nun dort oben in schönem Einklang bei den Eltern der Braut lebt. Aber sie hat auch eine Tochter gehabt, die auf Abwege geraten ist. Fifi, eine mannstolle, die schon als ganz junges Ding für Geld mit den Männern in den Wald gegangen ist. Jetzt scheint es, als habe sie eine Art Bar in Toulon, so eine Art von schlechtem Hause. Wenigstens hat Arnaude das gehört; aber sie hat nie mit Justine darüber gesprochen, wenn Justine ihren Sohn besucht und dann in Arnaudes Haus vorgesprochen hat. Damals, als Antoine und Joseph gestorben sind, ist sie extra heraufgekommen, und nun kommt sie um Féliciens willen.

«Du Arme», sagt sie, «dir geht es wie mir; wir haben beide unser Päckchen abbekommen; der Krieg hat uns böse mitgenommen. Mein armer Mann ist in den ersten Tagen gefallen wie dein Joseph, und nun ist dein Félicien zu guter Letzt auch noch daran gestorben, und mein Junge hat sein Bein hergeben müssen ... Und dennoch bin ich noch glücklich dran, wo er sich doch nun daran gewöhnt hat, mit diesem Ersatzbein zu laufen, und wo seine Verlobte in Bramafan ihn trotz alledem hat heiraten wollen ... Das ist doch wirklich Glück! Sie haben einen reizenden Jungen. Sie liegen mir immer in den Ohren, ich solle doch zu ihnen ziehen; aber sie sind ja ohnehin schon so viele . . . Fifi sagt das auch immer; wenn ich wollte, könnte ich nach Toulon ziehen; aber wir verstehen uns nicht allzu gut, und da möchte ich lieber für mich bleiben . . .»

Arnaude ahnt alles, was Justine nicht zugeben will.

«Dein Glück», fährt Justine fort, «ist gerade wie meins: du erstickst nicht gerade darin. Von deinen vier Männern hat der Krieg dir drei genommen, und den vierten hast du trotzdem nicht. Ach, diese Kinder und ihre Undankbarkeit . . .»

Arnaude nimmt Ollivier in Schutz.

«Er ist nicht aus Undankbarkeit weggegangen; er ist nur seiner Liebe zum Meer gefolgt. Ich habe es schon immer gewußt, und ich kann ihm deswegen nicht böse sein; bloß er fehlt mir natürlich sehr.»

«Ach ja, wenn man erst alt ist und nicht tot, dann ist es, als stehe man einsam mitten auf einem Kirchhof . . .»

«Ja», sagt Arnaude.

Die beiden Frauen sitzen einander gegenüber. Keine spricht. Justine strickt an einem Strumpf für ihr Enkelkind. Sie sieht ihn an und lächelt. Sie sagt:

«Was hat er schon für große Füße, der kleine Justin!»

Als sie fortgeht, sagt Arnaude ihr:

«Komm doch von Zeit zu Zeit mal ein bißchen zu mir herauf; es ist so nett, wenn du da bist; und wenn du hier übernachten willst, sind ja doch die Betten der Jungs da.»

«Da kann ich nicht nein sagen», sagt Justine. «Unsere Freundschaft, die ist wie wir: sie wird mit uns alt.»

Eines Morgens, kurz nachdem sie Olliviers Karte bekommen hat, als Arnaude dabei ist, den vier Kaninchen, die ihr geblieben sind, Futter zu geben, sieht sie den Wachtmeister Angiollini kommen.

«Guten Tag!» sagt sie. «Dich hat man aber lange nicht gesehen!»

«Ich habe mir etwas im Kopf herumgehen lassen müssen», sagt er, «und nun bin ich damit fertig. Bietest du mir denn gar nichts zu trinken an?»

Sie lächelt ihn an.

«Meinetwegen nimm die ganze Flasche. Du hast meinem armen Félicien so viel Gutes getan, daß ich es niemals wettmachen kann.»

Angiollini kommt mit ins Haus; er setzt sich; sein Gesicht

über dem blauen Kragen ist rot. Arnaude gießt ihm ein; er trinkt einen Schluck; es ist, als wollte er sich Mut antrinken. Er sagt:

«Schmeckt wieder mal gut, dein Zeugs da. Ist es noch dasselbe?»

«Ja», sagt Arnaude, «es ist die letzte Flasche; ich mag ihn jetzt nicht mehr machen, den Orangenwein ... Félicien hat hin und wieder ein Schlückchen getrunken, und solange er das getan hat, habe ich Mut gehabt; aber jetzt ...»

Angiollini sieht sich in der Küche um. Sie ist sauber, wie stets; aber trotzdem hängt an der Ecke über dem Kaminsims ein großes Spinnennetz. Am Boden, vor dem Ausguß, liegen verwelkte Gemüseabfälle. ‹Arnaude fängt an, ihre Haltung zu verlieren›, denkt er. Er fragt:

«Noch immer keine Nachricht von Ollivier?»

«Doch, denk nur mal», sagt sie, «eine Postkarte.»

«Das muß dich aber gefreut haben!»

«Ich hatte schon alle Hoffnung aufgegeben, weißt du. Ich habe mir immer gesagt: ‹Auch der wird mir noch sterben, wie die andern alle, und ich werde es nicht einmal wissen.› Und manchmal habe ich mich abends, wenn ich im Bette lag, ganz allein hier im Hause, gefragt: ‹Wer weiß, wo er schläft, der Junge: im Bett oder im Sarge?›»

«In einer Hängematte schläft er», sagt der Wachtmeister, «denn schließlich ist er doch Seemann. Glaub mir nur, du, das ist gar nicht so übel!»

«Mir wäre es lieber, wenn ich ihn hier bei mir hätte ...»

«Das weiß ich nicht so recht; denn schließlich ist es besser, wenn er weit weg von zu Haus und auf dem Meere ist, als daß er in gewissen Straßen in Toulon verbummelte.»

«Glaubst du, daß mein Junge auf schlechte Wege geraten wäre? Ich glaube das ganz und gar nicht ...»

«Wenn du es glaubtest, wärst du keine Mutter», sagt Angiollini, «aber man muß mit der Versuchung rechnen. Wenn er männliche Verwandte gehabt hätte, deinen Mann oder einen seiner Brüder, dann hätte er einen gewissen Halt gehabt; aber so ganz allein, und noch dazu der Verkehr mit dieser Nine, deiner Nichte, die mit allen Wassern gewaschen ist: du kannst dir ja denken, was dabei hätte herauskommen können.»

«Die Nine, ich habe geglaubt, die wäre um Féliciens willen anständig geworden ...»

«Anständig? Die läuft durch alle Gaststätten und Straßen von Toulon, weiter hat sie nichts zu tun! Die und Fifi Fournier, Justines Tochter, die sind doch dafür bekannt!»

«Fifi Marcelin, meinst du?»

«Seit sie die Bar de la Girelle führt, eine Absteige übelster Sorte, hat sie den Namen ihrer Mutter angenommen. Hast du das nicht gewußt?»

«Ich weiß überhaupt nichts», sagt Arnaude. «Ich weiß nur, daß ich Kummer habe und einsam bin . . .»

Sie nimmt die Karte aus der Ecke des Spiegels über der Kommode. Der Wachtmeister liest sie.

«Viel ist das ja gerade nicht», sagt er. «Rio de Janeiro, das liegt weit weg.»

«Bist du mal da gewesen?»

«Nein; ich habe davon erzählen hören . . .»

Er denkt nach, und dann sagt er:

«Weiß er das mit Félicien?»

«Ich weiß nicht», sagt Arnaude. «Ich habe ja seine Adresse nicht gehabt; ich habe es seinem Onkel Florestan schreiben lassen, und der hat es ihm vielleicht gesagt.»

«Sind die beiden noch immer auf demselben Schiff?»

«Ich weiß es nicht, sag ich dir; ich weiß überhaupt nichts . . .»

Er sieht noch einmal die Karte an und sagt dann:

«Heute und morgen kommt er nicht schon wieder.»

«Nein, das wohl nicht», sagt Arnaude.

«Du bist noch lange allein . . .»

«Ach ja», sagt Arnaude.

Schweigen. Der Wachtmeister steht auf; er legt die Karte hin; dann bleibt er vor dem Tische stehen.

«Noch ein Gläschen?» fragt Arnaude.

«Nein, danke. Mach dir keine Umstände.»

Das antwortet er; dann holt er tief Luft und sagt:

«Ich bin um meine Versetzung nach Korsika eingekommen.»

Er sieht zu Arnaude hinüber, die ihm einen aufblitzenden Blick zuwirft.

«Ach?» sagt sie.

«Ja, es ist schon einige Zeit her, daß ich darum eingekommen bin, und gestern habe ich einen zustimmenden Bescheid bekommen. Das ist es gewesen, was ich meinte, als ich gesagt habe, ich müsse mir etwas im Kopf herumgehen lassen.»

Arnaude sagt:

«Möchtest du denn so gern aus dem Var weg?»

«Davon kann keine Rede sein, daß ich gern aus dem Var oder gar vom Festland wegmöchte. Aber da drüben, zu Haus, in Vizzavona, habe ich Wälder, in denen nichts geschieht; und die Bäume wachsen nur so drauflos und müßten gelichtet und ausgeästet werden, und die Korkeichen ersticken in ihrer Borke, und mitten im Walde, da liegt ein Haus, und das möchte gern, daß man mal seine Fenster aufmacht, damit es frische Luft bekommt.»

Er hält inne und wartet, daß Arnaude etwas sagt; aber sie sagt nichts, und da fährt er fort:

«Am Rande meines Waldes, da ist eine Lichtung, wie ein Tal. Du glaubst nicht, wie gut da der Boden ist! Mein Vater hat da Salat gezogen, groß wie Kohlköpfe, und Wassermelonen, aus denen der Saft lief, wenn man sie bloß anfaßte. Meine Mutter hat es mit den Blumen gehabt: Geranien, die groß wie Bäume geworden sind; Nelken, ein wahres Feuerwerk, und die Glyzinen sind bis über das Dach hinaus gewachsen, und morgens haben sie dir mit Blütentrauben voll Bienen guten Tag gesagt... Und das Basilikum? Das Basilikum hättest du sehen müssen! Ein ganzes Heer von Schmetterlingen hat sich immer darüber getummelt. Magst du den Basilikumduft auch so gern?»

Er sah Arnaude tief in die Augen; er suchte noch tiefer zu dringen. Mit seinen beiden kräftigen Schenkeln und starken Händen, die auf den Schenkeln ruhten, verkörperte er die Schönheit der Stärke – so saß er der mageren, verblühten Arnaude gegenüber. Sie hatte Mitleid mit ihm:

«Ja», sagte sie, «das duftet schön.»

«Ach, siehst du, du kannst gar nicht anders: du mußt es zugeben. Na, und ich sage dir: die Basilikumtuffen im Garten meiner armen Mutter, die sind höher gewesen als du, und die Wespen wurden einfach verrückt von dem Duft! Und glaub nur ja nicht, daß das gewesen wäre, weil wir sie besser als andere Leute gepflegt hätten! Nein, das hat an der Erde gelegen, am Blut der korsischen Erde, das sich gut mit dem Blut des Basilikum mischt.»

Er lachte Arnaude mit all seinen weißen, gesunden Zähnen und mit seinem vollen Kindermunde an. Doch dann verwischt sich sein Lächeln plötzlich.

«Ja», sagt er noch einmal zaghaft. «Es hat einen Duft, dies Basilikum von Vizzavona . . .»

Arnaude sieht ihn traurig an:

«Ja», sagt sie, «die Sache ist nur die: hier habe ich drei Namen auf einem Steine stehen, auf dem Friedhof zu Solliès; und mir selbst ist er noch tiefer eingegraben, der Name Desmichels ... Und du weißt wohl, daß ich das niemals aufgebe.»

Angiollini schwankt auf seinem Stuhle wie ein Mensch, den eine Kugel getroffen hat und der taumelt, ehe er zu Boden fällt. «Ich hatte gehofft ...», sagt er, «daß du meine Frau werden würdest.»

«Ich weiß», sagt Arnaude. «Du wärst nicht fähig gewesen, mir anderes als Gutes vorzuschlagen.»

«Du willst also noch immer nicht?»

Seine Stimme ist wie die eines Bettlers, der um Essen bittet.

«Ich kann nicht», sagt sie. «Meine Toten würden unter ihren Steinen aufstehen.»

«Du hast dich schon einmal geweigert», sagt Angiollini. «Aber da hattest du noch deinen Mann, und da habe ich es verstanden. Aber jetzt ...»

«Jetzt?» fragt Arnaude, «glaubst du, ich hätte ihn jetzt nicht mehr? Weil mein armer Antoine im Fleische tot ist, glaubst du, daß er auch in meinem Innern tot sei? Ich gehöre nicht zu denen, die vergessen können. Mein Brot der Armen, ich esse es noch immer zusammen mit Antoine, auch wenn das schwarze Grab uns trennt; verstehst du?»

«Den Rest meines Lebens ...», sagt Angiollini.

«Den Rest deines Lebens sollst du dir nicht durch mich alte Frau verpfuschen. Es gibt andere und jüngere und schönere als mich, die die Fenster deines Hauses in Vizzavona aufmachen und den Basilikumduft atmen können ...»

Sie nimmt die Hand des Wachtmeisters in die ihrige; und er drückt sie gegen seine glühend heiße Backe.

«Du weißt ganz genau», sagt er, «daß es für mich nur dich gibt und immer geben wird.»

«Du Armer! Ich bin so alt und so häßlich geworden, und du hast mich immer noch lieb?»

«Und wenn ich altersschwach im Lehnstuhl sitze, werde ich dich noch immer liebhaben», sagt Angiollini.

Er hat leise gesprochen, als schäme er sich. Arnaude spürt, wie die Bewegung ihr zum Hals hinaufsteigt und ihr die Tränen in die Augen treibt.

«Oh», sagt sie, «Männer wie du, die gereichen Gott zur Ehre!»

Ein bitteres Lächeln krümmt Angiollinis Mund. Er sagt: «Was nützt das, wenn du mich nicht willst?»

«Wenn Freundschaft bezahlt werden könnte», sagt Arnaude, «dann würde dein Wachtmeistersold nicht ausreichen, um die meine zu bezahlen. Aber sonst . . .»

Angiollini steht auf, setzt sein Käppi auf und sagt abschließend: «Du hast mich niemals geliebt, ich sehe es nur zu gut, und du wirst mich auch niemals lieben . . . Ich meine: so ganz richtig.»

«Das ist es nicht», sagt Arnaude. «Nur . . .»

Sie sieht, wie er sich zum Fortgehen anschickt; sie spürt mit allen Fasern, daß dies das letzte Gute ist, das ihr das Leben bietet, und daß sie es verliert, wenn sie diese Neigung zurückstößt, und daß die Einsamkeit hernach um so schwerer sein wird. Sie überlegt, wie sie es ihm erklären könnte... Er wartet: aber alles, was sie findet, und für sie sagt das alles, sind die Worte:

«Nur, ja, das ist es . . . Ich bin eine Desmichels.»

«Ja», sagt er, «ich verstehe. Ich bin einer der seltenen Frauen begegnet, in denen der Tod die Treue nicht getötet hat. Um so schlimmer für mich; was soll man machen...»

Die Worte zögern auf seinen schweren Lippen; aber er schweigt. Unvermittelt sagt er noch:

«Dann leb wohl, und nichts für ungut.»

«Leb wohl . . .», sagt Arnaude.

Ungeschickt drücken sie sich die Hände. Dann sieht Arnaude ihn zwischen den Bäumen davongehen; mit großen Schritten stelzt er über die Brombeerranken. Sie steht in der offenen Tür und sieht, wie die matte Dezembersonne den Nachtreif nicht zu schmelzen vermag. Tief unten glitzert das Ziegeldach der Mühle von Sinssol, das schwer betaut ist; oben reckt der rote Schiffsbug des Grand-Cap seine harte Spitze in den grauen, gequälten Wolkenhimmel. Der Berg... Die Bäume, die Holz gegeben haben; das Holz, das Kohle gegeben hat; Antoines gute Kraft an ihrer Brust, an ihrem mageren, dunklen Landstreichermädchenkörper, den Antoine sich auserwählt hatte. Die Jugend... Die Arbeitstage, die Liebesnächte, die Kinder: Félicien, Joseph, Ollivier . . . Die leuchtende Straße unten im Tal geleitet Louis Angiollini nach Korsika. Ja, was er jetzt auch sagen mag: eines Tages wird eine andere Frau die Fensterflügel des Hauses in Vizzavona öffnen und den Duft der Basilikumblüten atmen ... Arnaude geht wieder ins Haus, und da die Karte auf dem Tische liegengeblieben ist neben dem leeren Glase, aus dem der Wachtmeister getrunken hat, sieht sie sie wiederum an. «Gruß aus Rio de Janeiro.»

«Viel ist das gerade nicht», hat Angiollini gesagt.

Und er hat auch gesagt:

«Heute und morgen kommt er nicht schon wieder!»

Und dann:

«Du wirst noch lange allein sein.»

Wer hat das gesagt? Ein Mann, drei Söhne, ein volles Herz, volle Arme ... Ein Mann, drei Söhne, und jetzt allein?

Und Justine hat gesagt:

«Wenn man erst alt ist und nicht tot, dann ist es, als stehe man einsam mitten auf einem Kirchhof.»

Eine Träne rinnt ihr in den zitternden Mund. Mit dem Handrücken wischt sie sie hastig weg. Der Hund reibt sich an dem grauen Rock. Arnaude spürt die Wärme von etwas, das da ist. Sie sagt:

«Ach, Michelle, du?»

19

Es mußte nur ein ganz kleines Feuer brennen ... Der Rauch, der zwischen den Bäumen hindurch aus dem Kamin stieg, war dünn, weiß wie ein Birkenstamm, und in den Fingern des leichten Windes weich wie ein Frauenschal. Beim geringsten Lufthauch veränderte er seine Form; er bildete zarte Mäander, die zu geschwungenen Linien wurden; und wenn der Wind verebbte, stieg er als Säule steil empor, ein hellerer Baum zwischen den dunklen Säulen der Waldbäume ...

Ollivier saß und schaute. Er glaubte auf seiner Schulter die harte Hand seines Onkels Florestan zu spüren, die Hand, die ihn in den ‹Deux Bretonnes› vom Stuhle gerissen hatte; die Hand, die gegenwärtig Tausende von Kilometern von seiner Schulter entfernt war, weil sie sich dort unten in Horta in eine Frauenhand gelegt hatte und darin verblieben war.

In seinen Ohren sang der Wind mit Onkel Florestans Stimme Worte, von denen man hätte annehmen können, daß sie längst vergessen seien: «Du wirst sehen ... du wirst sehen ... der Rauch ... der Rauch ...» Es war ein Wispern leiser, vertrauter Stimmen, die zu leben schienen; die den Deckel des Sarges mit winzigen grausamen Fingern hoben und mit behenden Füßen heraussprangen ...

‹Sie muß mit dicken Heidekrautwurzeln geheizt haben. Ich hatte ihr einen riesengroßen Haufen dagelassen auf dem Platz vor dem Haus. Ja, so ist es; Heidekrautwurzeln geben diesen weißen, leichten Rauch, der wie Zigarettenrauch ist ...›

Seine Gedanken trieben mit dem Rauche dahin; er vermochte nicht, sie zu lenken und festzuhalten, so wenig, wie die seidenweichen Rauchmäander unter dem Hauch des Windes Bestand hatten.

‹Gleich ...›, sagte er sich, ‹gleich ... dann gehe ich näher an das Haus heran. Sie wird meine Schritte hören; und dann wird sie herauskommen und meiner gewahr werden.›

Aber er blieb sitzen, wo er saß, und ließ die Minuten verrinnen. Seine Beine waren wie aus Blei gegossen.

Zwei Tage zuvor hatte die ‹Dupleix› ihn in Marseille an Land gesetzt. Das alte Schiff war im Radoub-Hafen ins Trockendock gekommen. Man wollte versuchen, es zu reparieren; oder aber es sollte abgewrackt werden. Es hatte zu viele Meere durchfahren; es hatte Torpedoschüsse abbekommen; es hatte gespürt, wie seine unteren Räume warm geworden waren, als die Baumwoll- oder Kohleladung Feuer gefangen hatte. Es hatte die Küsten des Mittelmeers, des Atlantik, des Stillen Ozeans kennengelernt; und nun war es am Ende. Seine Mannschaft, seine Matrosen waren von Bord gegangen, den Seesack auf dem Rükken, und hatten sich voller Mitleid umgeschaut, so, wie man einen Kranken verläßt, der sterben muß, und an der Spitalschwelle noch einen Blick zurückwirft.

Ollivier war mit den andern an Land gegangen. Es blieben ihm sechs Tage, bis er sich wieder einschiffen mußte; wohin es diesmal ging, wußte er noch nicht. Mit der Straßenbahn war er von La Joliette nach Marseille hineingefahren. Der Zufall hatte ihn zu den Kais geführt. Bei Fort Saint-Jean war er ausgestiegen. Es war einer der freudigen, frühlinghaften Morgen, wie der südliche Herbst sie bisweilen über Marseille breitet. Notre-Dame de la Garde und das Gewirr von alten Dächern, das von den Höhen, von der Kirche des Accoules und dem Hôtel-Dieu her, niedersteigt, waren gebadet von goldenem Lichte. Ollivier ging über das Steinpflaster des Kais, auf dem Spuren vom Teer der Schiffe und vom Orangensaft hafteten, und wo die großen braunen oder weiß gebleichten Fischernetze lagen und nach Fischen rochen.

Zu seiner Rechten tanzten auf einem öligen Wasser die kleinen Fischerfahrzeuge; es war ein buntes Hin und Her von Farben. Zur Linken schatteten die engen, dicht mit Wäsche behängten Gassen des Mairieviertels; man konnte die herausfordernden Lockzeichen von Frauenhäusern wahrnehmen. Ein Gedanke ließ Ollivier innehalten: ‹Renée!› Renée? Wer konnte ihm verbieten, an Renée zu denken? Hierherum mußte das Mädchen wohnen, das Félicien versteckt gehalten hatte ... Rue Langerie, Rue Coin-de-Reboul, Rue de la Reynarde ... Hier also. Rue de la Reynarde. Nummer sechs ... Er geht hinein.

«Ach, mein Süßer, zu mir kommst du?»

Ollivier hat niemals eine so dicke Frau gesehen. Alles an ihr ist rund, vom Gesicht an, das sich von Kinn zu Kinn bis zur Brust rundet. Ihre Brüste, es sieht aus, als habe sie nur eine einzige, runden sich hinab auf den Bauch, und ihr Bauch ist eine große Welle, die über die Schenkel rollt. Mit einer hurtigen kleinen Hand, an der rote Steine funkeln, hat sie Ollivier die Matrosenmütze abgenommen und ist in ihr Zimmer gegangen, von wo aus sie ihm winkt. Ollivier folgt ihr. Es ist ein ziemlich großer Raum. In der einen Ecke steht ein breites Bett, ganz zerwühlt; daneben ein Waschgerät, eine Wasserkanne, ein Stuhl. Ollivier hat sich hingesetzt; die Frau wälzt ihre Fettmasse neben ihn.

«Anscheinend hast du es nicht eilig?» fragt sie.

«Kennen Sie vielleicht eine gewisse Renée?» fragt Ollivier.

Die Frau sieht ihn an:

«Renée sagst du ... Welche denn? Es gibt nämlich einen ganzen Haufen Renées hier im Viertel! Welche meinst du denn?»

«Ich weiß nicht; ich weiß nur, daß sie Renée heißt ... Ihren anderen Namen kenne ich nicht.»

«Ich kenne mehrere hierherum, und dann kenne ich eine, die ist meine Schwester. Meinst du die?»

«Vielleicht ist sie es ...», sagt Ollivier. «Wie heißen Sie denn?»

«Ich? Hortense.»

«Dann meine ich Ihre Schwester. Ich bin nämlich der Bruder von Félicien.»

«Von Félicien?»

«Ja, von dem, der während des Krieges desertiert ist, und den Ihre Schwester bei sich versteckt hat.»

«Ach so!» sagt sie und legt die Matrosenmütze auf das Bett, die sie bis jetzt in der Hand gehalten hat. «Ja, ich entsinne mich . . .»

«Ist Renée nicht da?»

«Nein, sie wohnt jetzt nicht mehr hier. Sie hat sich selbständig gemacht. Sie wohnt in der Rue Coin-de-Reboul. Wollen Sie sie besuchen?»

«O nein», sagt er, «o nein . . . Ich bin gerade vorbeigekommen, und da habe ich mal hereingeschaut . . . Aber ich will Sie nicht stören. Also sie wohnt nicht mehr hier?»

«Nein, sie hat sich einen Zuhälter genommen, einen jungen Kerl aus Algier, und um zu dritt hier zu wohnen, dazu ist es zu eng. Sie wohnt mit der Mutter ihres Mannes zusammen; das sind ohnehin schon genug Menschen. Rue Coin-de-Reboul ist es; ich habe es ja schon gesagt; wenn Sie sie besuchen wollen, brauchen Sie ja bloß hinzugehen; ihr Mann heißt Jean Balestra. Sie können sich ja hinfragen. Ich habe keinen Verkehr mehr mit ihr; wir haben uns verkracht. Für sie ist nur noch ihr Kerl da.»

«Oh, es hat keinen Zweck», sagt Ollivier, «ich wollte nur . . . ich bin gerade vorbeigekommen, und da verstehen Sie wohl . . .»

Er ist aufgestanden; er hat seine Mütze vom Bette genommen und sie sich aufgesetzt, schief auf eine Seite, und sich das Haar darunter glattgestrichen.

Sie sieht ihn an; ihre Augen schimmern schwach zwischen den Fettwülsten von Lidern. Sie sagt:

«Und dein Bruder, der Félicien?»

«Der ist tot», sagt Ollivier.

«Oh», sagt sie, «wenn Renée das wüßte, würde sie sehr traurig sein. Und mich macht es auch traurig, weißt du, weil er so nett gewesen ist, dein Bruder . . . Was hat ihm denn gefehlt?»

«Er ist im Felde gaskrank gewesen. Daran ist er gestorben.»

«Ach ja. Schon als er hier gewesen ist, ist er recht schwach gewesen! Wir haben ihn gut gepflegt, aber als sie ihn dann wieder geschnappt haben, die Nacht, die er im Hafenwasser zugebracht hat, die hat es natürlich noch schlimmer gemacht.»

«Ja, dann will ich nur gehen», sagt Ollivier.

«Und zu Renée willst du nicht hin?»

«Ach, es hat ja keinen Zweck . . .»

Hortense begleitet ihn bis auf die Straße; dann nicken sie einander zum Abschied zu.

Vom Alten Hafen ist er zum Bahnhof hinaufgestiegen, hinten über den Börsenplatz und durch die kleinen Straßen. Anderthalb Stunden lang hat er auf einen Zug nach Toulon gewartet; dann ist er eingestiegen. Während der Abfahrt hat er vom Zugfenster aus das entschwindende Marseille angeschaut, ein Vorort nach dem andern ist vorübergeglitten, und ohne eine Antwort zu wissen, hat er sich gefragt:

‹Was, zum Teufel, will ich bloß in Toulon?›

Er ist angekommen: Toulon, die Place à l'Huile, der Fischmarkt, die Bar de la Girelle. . . Wer weiß, ob Nine dort noch immer aus- und eingeht? Wer weiß, ob sie noch von Fifi geleitet wird? Er getraut sich nicht hineinzugehen; er sieht von fern hinüber.

Als er weitergeht, sieht er das Ladenfenster «Witwe Saturnin und Sohn, Austernhandlung». Jetzt, nun alles vorbei ist, wird ihm klar, daß Nine ihn mit diesem Saturnin betrogen hat. Und wer weiß, mit wie vielen andern überdies noch? Wie naiv ist er damals gewesen! Er sieht in Gedanken Nines schönen Fruchtmund vor sich . . . Er sieht Provençals gutes Gesicht. Wer weiß, was aus dem geworden ist? Er hätte ihm eigentlich mal schreiben müssen, diesem Provençal, der ein paar Wochen lang sein Freund gewesen ist; aber er hat es nicht getan. Es ist genau wie mit Félicien, der immer an Renée hatte schreiben wollen, die so gut zu ihm gewesen ist . . . und dann hatte er es ebenfalls nicht getan. Jetzt hatte Renée einen andern Mann, den sie liebte, dem sie die Schale mit Kräutertee hinhielt, wenn er erkältet war, damit er seine Hände nicht anzustrengen brauchte. Und er hieß nicht Félicien Desmichels, sondern Jean Balestra . . . Wer weiß, wie der Mann hieß, den Nine gegenwärtig in dem Zimmer der Bar de la Girelle festhielt, dem sie Geld schenkte, und Liebe, und die Zärtlichkeiten ihres schönen Mundes?

Hier wie in Marseille, bei Nine wie bei Renée, war keine Stätte für Ollivier, für Olliviers Erinnerungen, für sein Verlangen, die entschwundene Jugend lebendig wiederzufinden . . . Doch etwas davon . . . etwas . . . etwas davon lebte in dem kleinen Hause, tief in den Wäldern; dort waren Arme bereit, sich ihm entgegenzuöffnen . . .

Hinter dem Cours Lafayette, auf einem kleinen Platze, wo immer Kistenstapel stehen, fährt der Autobus nach Solliès-Pont ab, nach Solliès-Toucas, nach dem Tale. Dann braucht man nur den Weg über den Coulepierre zu gehen, und dann ist man auch schon im Walde . . .

Und jetzt ist er schon eine ganze Weile da. Beim Gehen durch die Wälder hat er seinen Schritt von ehemals wiedergefunden. Den Holzfällerschritt, der dem Matrosenschritt ähnelt.

Als er auf dem wacholderbewachsenen Hügelgelände angekommen ist, von wo aus man das Haus sehen kann, hat Ollivier sich hingesetzt. Unendliche Müdigkeit ist über ihn gekommen. Er schaut, er horcht. Er sieht das Haus, in dem er geboren ist; er sieht die Holzschuppentür, die halboffen steht; er sieht die schwache weiße Rauchwolke, die sich im Gezweig verliert wie ein durchsichtiger Stoff. Er schaut, aber in ihm bleibt alles stumm. Er hat hierhergehen wollen, und nun ist er da . . . Das ist alles.

Während der langen Stunden des Alleinseins haben drei Frauengestalten ihm Gesellschaft geleistet, drei: die Mutter, Nine, Renée . . . Da er Nine und Renée nicht hat sehen können, ist ihm, als werde er auch die Mutter nicht sehen. Aber schließlich ist das etwas anderes; sie ist seine Mutter. Mütter warten immer auf einen . . . Eine Mutter ist keine Frau.

Er braucht nur ein paar Meter weiterzugehen; dann kann er sich in ihre Arme flüchten. Er steht auf; der Rauch kräuselt sich weich wie zuvor; er geht auf das Haus zu. Nichts verrät sein Kommen; nichts rührt sich; er steht vor der Tür. Er wartet noch; eine dürre Hand würgt ihn an der Gurgel. Dann tut er einen tiefen Atemzug, und seine Finger klopfen gegen die Türfüllung. Gleich wird die Mutter ihm öffnen, gleich wird er sie sehen . . . Alles bleibt still. Er klopft stärker. Alles bleibt still. Er drückt die Türklinke nieder. Alles bleibt still. Er sagt: «Mutter!» Die Küche ist leer. Die Kammer auch. Ein Eisentopf, in dem etwas leise brodelt, steht auf einem kleinen Heidekrautwurzelfeuer. Schweigen und Leere sind da. Ollivier gesellt sich zu ihnen. Er setzt sich. Er wartet.

Nun ist er wiedergekommen und hat alles gefunden, wie es gewesen ist . . . Wie einfach war das! Immer wieder hat er sich vorgestellt, wie es wohl sein werde, wenn er eines Tages heimkäme; was dann geschehen werde . . . Ja, so ist es nun. Die

Mutter war wohl in den Wald gegangen und sammelte Reisig oder schnitt Futter für die Kaninchen; gleich mußte sie wiederkommen und sagen:

«Du bist da? Du bist heimgekehrt?»

Das Reisig und das Kaninchenfutter werden ihr aus der Schürze fallen, die sie loslassen muß, um die Hände zum Gesicht des wiedergefundenen Sohnes zu erheben. Und die Liebkosungen, die er auf seinem Gesicht spüren wird, werden wundervoller sein als die aller Frauen der ganzen Welt.

«Mutter! Ach, Mutter!»

Er ist aufgestanden; er geht in die Kammer; sie ist dunkel, kalt, vom Lichte ausgeschlossen. Die Mutter schläft sicher in dem kleinen Bett in der Küche; er sieht, daß etwas in Unordnung ist. Von der Suppe auf dem Feuer geht ein Duft aus, den er wiedererkennt; sein Geruchssinn hat ihn nicht vergessen. Es ist Dinkelsuppe. Er taucht einen großen Löffel hinein; er füllt sich einen Teller voll mit der dicken, gelben Brühe, der duftender Dampf entsteigt; der Teller hat danebengestanden wie eigens für ihn hingestellt. Er setzt sich an den Tisch; er ißt gierig; keine Suppe hat ihm jemals so gut geschmeckt wie diese. Er sucht nach Wein im Wandschrank. Es ist keiner da; die Mutter muß Wasser trinken. Es wird ihm klar, daß sie sehr arm sein muß. Wovon mag sie jetzt wohl leben? Sicher von der Rente für die Toten. Er streckt sich auf dem kleinen Bette aus, das einen Altfrauengeruch an sich hat. Wie traurig und allein sie jetzt wohl sein mag, und ohne Freude ...

Er geht hinaus; sie muß ja den Weg vom Wald her kommen, und Michelle wird sie umspringen. Er geht zum Krautgarten hinunter, von wo sie vielleicht Gemüse hat holen wollen. Er setzt sich; er will ein bißchen nachdenken. Von seinem Platze aus kann er den Weg sehen, der sich durch den Wald nach Bramafan hinaufschlängelt, wo er so oft mit Félicien und Joseph gearbeitet hat. In Gedanken sieht er die große Steineiche vor sich, deren Zweige rot vom Blut des Vaters gewesen sind; er sieht die Korkeiche, um die Félicien herumgeschlichen ist, als er Angst hatte, daß der Marcelin-Sohn ihn sähe; er sieht den Holzkarren, der als Bahre gedient hat, als sie den Bruder nach der Gendarmeriewache gebracht haben. Und ganz unten schimmert das nasse Ziegeldach der Mühle von Sinssol ...

Aber die Mutter ... die Mutter ... was tut sie nur? Sie kann doch nicht weit weg sein? Die Tür offen, die Suppe auf dem

Feuer, das unbestimmte Gefühl von Nähe, das in der Hütte gewesen ist . . .

Plötzlich ein Geräusch. Ein Geräusch auf dem Berge, auf dem Hang, der bis zum Grand-Cap ansteigt . . . Die Gestalten werden deutlicher erkennbar: eine Ziege schleppt an der Kette eine unsicher gehende alte Frau nach. Die Mutter! Was treibt ihn, sich mit jähem Sprunge hinter einen Zistusbusch zu werfen anstatt zu laufen, ihr entgegenzueilen, zu rufen, zu schreien: «Ich bin da, Mutter! Ich bin wieder da!» Arnaude kommt näher; ihre spärliche Gestalt gleitet zwischen den Pinienstämmen heran. Jetzt hört Ollivier ihre Stimme; sie sagt leise und ängstlich: «Sachte . . . sachte . . . zieh doch nicht so, Cabrette; sonst falle ich noch hin!» Aber Cabrette zerrt mit aller Kraft ihrer harten Hufe vorwärts, und Arnaude müssen die Hände vom Festhalten der Kette wehtun.

Jetzt ist Arnaude auf dem Vorplatz; sie läßt die Ziege in den Holzstall gehen; sie zieht die Tür von innen zu. Sie ist nicht mehr zu sehen. Sie muß durch den Holzstall in die Küche gegangen sein; sie wird mit beiden Händen den Eisentopf anfassen, um zu riechen, ob die Suppe nicht angebrannt ist; dann wird sie sich allein an den Tisch setzen; ganz allein wird sie essen; und dann wird sie ganz allein ihre Arbeit verrichten, die Arbeit einer armen alten Frau, die ihr Haus nicht mehr ganz gut in Ordnung hält; und wenn es dann dunkel ist, wenn die Eulen weichen Fluges das Haus umschwirren, wird sie die gelb brennende Lampe auslöschen und ganz allein einschlafen . . .

Der Rauch, der vom Dach aufsteigt, ist immer schwächer geworden; er ist nur noch wie ein weißer Seidenfaden, den der leichte Wind zerreißt und davonweht, wie es ihm gefällt. Eines Tages wird diese kleine Rauchwolke gänzlich verschwunden sein; und die Tür wird sich für immer geschlossen haben, und das arme Dasein, das jetzt noch darin lebt, wird erloschen sein. Dann ist Arnaude tot. «Meine Mutter, meine Mutter muß sterben . . .»

Tränen rinnen langsam, eine nach der andern, über seine Backen und treffen einander unterhalb seines Gesichts, am Halse, den der weiße Matrosenkragen umschließt. Ollivier läßt sie rinnen; sein schweres Herz wird leichter um das Gewicht der Bitterkeit, die sie fortschwemmen. «Meine Mutter muß sterben . . . meine Mutter. Meine Mutter, die ich verlassen habe . . . Ich will in die Küche gehen, in der sie ganz allein sitzt; ich will ihre Altfrauenhände nehmen und das Gesicht des Kindes daraufpressen, das sie aus ihrem Fleische geboren hat. Ich will . . . ich will . . .» Ollivier steht auf; er tut ein paar Schritte; er sieht die geschlossene Tür an, die seine Hand aufstoßen muß; er sieht sie an —: «Nein! Ich kann es nicht!» Seine Lippen zittern; seine Schultern ziehen sich zusammen, als ob der ganze Himmel auf sie niederstürzen müsse; er kann es nicht, er kann es nicht. Mit schweren Schritten geht er den Weg hinunter, der zur Straße führt. Und als er an die Böschung kommt, springt er hinab und fängt an zu laufen wie ein Dieb...

Zweites Buch
Sylvaine

I

«Weg mit den Körben!» ruft Gina. «Die Weinlese ist zu Ende!» Sie wirft ihren Weidenkorb, der über und über vom schwarzen Blut der Trauben befleckt ist, weit von sich und lacht laut und klingend, mit hocherhobenen Armen. Das Sonnenlicht fließt an ihren nackten Armen herunter wie brennendes Wasser; es fließt über ihre goldbraunen Backen, ihre schimmernden Zähne, das rote Fruchtfleisch ihrer Lippen. An ihren Mundwinkeln haftet noch ein purpurner Rest der Trauben, die ihr vorhin, im lustvollen Spiel der Lese, ein Bursche auf der Haut zerdrückt hat.

Der September hat die Leute von der Gerberei auf das dreieckige Weinland geführt, das der Gapeau und zwei seiner Nebenarme grün flutend umschlingen, und sie haben die schweren, vom kostbaren Blut der Erde geschwellten Trauben geschnitten. Das Landstück ist eins der letzten Besitztümer der Laurades. Es ist Ginas Anteil, und sie entlockt ihm den schweren, nach Erdbeeren schmeckenden Wein, den die Besucher ihres Hotels in Le Lavandou trinken sollen.

Sie lacht; sie reckt in einem jähen Lustgefühl den Körper hoch empor über das flammende Reblaub, und Sylvaine sieht sie mit großen, weit offenen Augen an, jungen Augen, die sich zum erstenmal zu öffnen scheinen: ‹Wie schön sie ist! Ach, schön zu sein wie sie – ja, das wäre schon etwas!›

Sie ruft, und es ist wie ein Schrei, der sich dieser Schönheit entgegenstürzt: «Oh, Tante Gina!»

«Was denn?» fragt Gina.

Und sie lacht dem Mädchen zu, lacht für das Mädchen.

Nichts. Sylvaine weiß nicht mehr, weshalb sie mit diesem Schrei hat rufen müssen. Wie soll sie es in Worte fassen und sagen ... und was soll sie sagen? Sie würde doch nur ein wirres, irres Gestammel hervorbringen, wie man es nicht sagt.

Das macht die Schönheit. Das Schöne, das Schöne! Wie schön ist sie!

Dieser gespannte Körper, der sich in dem leichten Kleide abzeichnet; dieser Körper, den die Sonne in ihre Feuerhände nimmt; diese Hände, die wie goldene Zungen sind, wie sie die Sonne auf Bildern hat, diese goldenen Hände, diese goldenen Zungen, die die Kleider verbrennen und durch den Stoff hindurchgleiten, die die Haut finden und alles, was man ihnen verbirgt, und kosend und schmeichelnd darüber hingleiten und im Körper brünstiges Feuer entfachen. Und durch das offene Haar hindurch schlägt einem die Sonne auf den Kopf, tapp, wie ein Fausthieb! Und der warme Fruchtsaft, der Saft, der Samen der Erde, und sein Duft, und all das Schöne...

Stimmengeräusch. Das Lachen bricht ab:

«Sylvaine! Sylvaine! Was ist dir denn?»

«Gabrielle! Deine Tochter!»

«Gina, komm rasch! Mein Gott, Sylvaine...»

«Schnell, schnell! Holt Tresterschnaps. Legt sie auf den Grashang. Nein, lieber Essig – der bringt sie rascher wieder zu sich.»

«Das kommt von der starken Sonne.»

«Laßt nur, laßt nur. Es ist nichts. Alles dreht sich um mich.»

Hände sind Händen preisgegeben, die die Schläfen reiben; die eben noch fieberheißen sind jetzt eisig kalt. Erst der Duft des künftigen Weines, jetzt der des Essig gewordenen; ein Stückchen Zucker, in Branntwein getaucht, schafft Hilfe; alles Übel, das der Weinberg schuf, heilt der Weinberg.

«Das macht ihr Alter, und weiter gar nichts», sagt Gina. «Hört mal zu: wir sind jetzt fertig mit der Weinlese, und ich fahre heim – da könntet ihr mir die Kleine eigentlich mit nach Le Lavandou geben. Die Seeluft wird ihr guttun.»

Sylvaine erinnert sich jenes Weinlesetages, als sei er gestern gewesen. Und dabei liegt er schon drei Monate zurück, und nach diesen drei Monaten hat sie einen weiteren im Hotel ihrer Tante in Le Lavandou verbracht, und gerade dieser Monat ist wie eine aufbrechende Mohnblüte gewesen: ein wenig Licht, ein wenig Farbe, Seidiges, das man in Händen gehalten hat – und dann plötzlich nichts mehr. Doch nein – noch etwas ist geblieben und bleibt: die Postkarte, eine Pinie, ein Felsen, ein Küstenstreif, und auf der Rückseite nur zwei Worte und die Unterschrift:

«Beste Grüße. Ollivier.»

Und auf diese beiden Worte, auf diesen Namen gründet sich alles.

Bis jetzt war das Meer alles gewesen, das Ferienmeer, das Wasser, das den Körper überspielte und koste. Es hatte jede Minute, jeden Tag ausgefüllt. Es war einem so vertraut gewesen, daß man es nicht einmal mehr mit Namen genannt hat. Man hatte einfach gesagt: «Es ist schön.» Oder: «Es ist stürmisch.» Jeder wußte dann, wovon man gesprochen hatte. Und dann war es plötzlich nicht mehr dagewesen; es war hart und unbeweglich geworden wie eine Mauer, gegen die man sich lehnt und an die man sich preßt und die man dabei nicht anschaut. Und das ist so seit dem Augenblick, da ein junger Mensch in das Hotelcafé gekommen ist, ohne Sylvaine anzusehen. Aber sie, sie hat ihn angesehen.

Tante Gina hat ein bißchen verlegen gesagt:

«Ach nein, Ollivier, Sie sind hier? Ich hatte gemeint, Sie würden den ganzen Monat über in Toulon bleiben?»

«Ich bin wiedergekommen», hat der junge Mensch gesagt. «Mein Kamerad Provençal ist krank. Wir haben nicht ausfahren können.»

Da hat Tante Gina gesagt: «Dann kann ich Sie ja meiner Nichte vorstellen», und dann hat sie Sylvaine angesehen und hinzugefügt: «Dies ist Ollivier, der immer bei mir wohnt. Er gehört sozusagen zum Hause, nicht wahr, Ollivier? Und ihm danken wir es, wenn wir die schönen Goldbrassen essen können; er ist nämlich Fischer.»

Ollivier hat mit seinen Freunden Billard gespielt; er hat die Zeitung gelesen, im Stehen, und seine großen Hände haben flach auf den offenen Seiten gelegen; er ist auch in die Küche gegangen, und Sylvaine hat Tante Gina auflachen hören. Dann ist er wieder fortgegangen und hat gesagt:

«Ja, es ist nun wohl Zeit, daß ich das Rundnetz stelle.»

«Denken Sie an mich, wenn Sie Barben fangen sollten», hat Tante Gina ihm nachgerufen.

An der Tür hat der junge Mensch Sylvaine zugenickt; aber die ganze Zeit vorher ist es gewesen, als habe er sie überhaupt nicht gesehen.

Als er am andern Tage wiedergekommen ist, hat er auf die Marmorbank des Cafés ein Netz mit Aalen, Krabben und roten Seekröten geworfen, die im Todeskampfe weit die Mäuler aufrissen.

«Ist gerade noch gut genug für die Bouillabaisse», hat Tante Gina gesagt, und sie hat die Fische gleichgültig und achtlos hingenommen.

In diesem Augenblick haben Olliviers Augen sich zu Sylvaines Augen erhoben, und ihrer beider Blicke haben einander getroffen.

Die beiden Blicke, sinnlich und beseelt, haben einander getroffen wie die beiden Sterne, die mit ihrer Glut und ihren Flammen dermaleinst den Weltuntergang verursachen werden: seit drei Jahrtausenden stürmen sie diesem einen Augenblick entgegen, der Erfüllung und Vernichtung ist. Sie haben sich ineinander verstrickt, diese beiden Blicke, und sie sind wie zwei Tiere, die in ihrer Liebesleidenschaft zugrunde gehen müssen.

Sekunden vergehen, und in der Milchstraße, unter Myriaden von Planeten, rollen Welten weiter dahin.

Endlich, und das geschieht mit einem Erbeben durch und durch und einem Zerreißen durch und durch, lassen die Blicke einander los und stürzen ins Leere, einer am andern vorbei.

«Ja, es stimmt schon», sagt Ollivier, der sich besinnt, daß er Gina antworten muß, «es ist kein sehr guter Fang. Aber es hat die Nacht über zu stark geweht.»

Gina trägt die Fische in die Küche, Ollivier geht ihr nach, und Sylvaine bleibt am Tische stehen, auf dessen Platte zwischen grünem Seegras ein vergessener Seestern seine zerbrochenen Spitzen weich krümmt.

‹Es muß ihn wohl schmerzen›, denkt Sylvaine.

Und sie spürt, wie sich ihr das Herz in der Brust zusammenkrampft.

Keiner ist da, der ihr sagen könnte, daß das Weh, das sie überkommen hat, das große Weh und das große Heil der Welt ist und daß nun ihr eigentliches Leben begonnen hat, in diesem Jahre, da sie sechzehn geworden ist, in diesem Café, wo es nach Küchendunst riecht, nach Absinth und toten Seekröten.

Jetzt, nun sie wieder in Bellaïgue, in der Gerberei ist, denkt sie an dies alles und erkennt nur zu gut, daß sie zwei Monate lang unaufhörlich daran gedacht hat. Sie hat keine Freundinnen. Zehn Jahre lang ist sie in Hyères in einem Pensionat gewesen. Sie hat die Abschlußprüfung bestanden. Die Mädchen, die nur die Stadtschule besucht und nichts als deren Abgangszeugnis haben, meinen, sie sei stolz wie ihre Mutter Gabrielle Resplandin, die nicht erlaubt, daß sie mit den Landmädchen verkehrt. Emile Resplandin, Sylvaines Vater, ist Direktor der großen Gerberei, die dem ganzen Orte Arbeit gibt. Außer dem alten tauben Hausmädchen wohnt nur noch Romain Toucas, der Prokurist, mit ihnen im Hause. Und der ist ungesellig. Er kennt Sylvaine von klein auf, aber er spricht immer nur ein paar Worte, und ihm kann sie sich nicht anvertrauen. Vergebens hält sie Umschau unter denen, die um sie sind. Der Vater ist immer mit seiner Arbeit beschäftigt. Er hat ein hartes, sorgenvolles Gesicht. «Schließlich ist man nicht umsonst Direktor einer so bedeutenden Gerberei», sagt er.

Unaufhörlich ist er hinter seinen Arbeitern her oder befaßt sich mit seinen Monatsabrechnungen. Es ist unvorstellbar, daß man ihm mit Liebesdingen kommen könnte. Niemals hat er sein kleines Mädchen auf die Knie genommen, und er erzählt nur zu gern, daß seine Eltern, Handwerker in der Ardèche, einander nur einmal im Jahre, am ersten Januar, geküßt und daß sie es niemals in seiner Gegenwart zu tun gewagt hätten.

Wenn Sylvaine ihrer Mutter, die immer ein Gesicht machte, als sei sie nicht von dieser Welt, etwas sagen wollte, so hörte sie nie richtig hin, sondern gähnte sofort. Glücklicherweise ist Tante Théonie gerade nach Bellaïgue gekommen. Sylvaine meint, daß, wie die Dinge lagen, eine höhere Macht habe eingreifen müssen. Wenn Tante Théonie in diesem Augenblicke aus ihrer Heimat Vernon in der Ardèche, wo sie mit den alten Resplandins zusammen lebte, hinunter ins Var gekommen ist, so ist das einzig aus dem Grunde geschehen, daß Sylvaines Herz sich von dem schweren Goldklumpen befreien kann, mit dem diese heimliche junge Liebe es beladen hat.

«Und das ist alles?» fragt Tante Théonie.

«Ja, das ist alles, Tante.»

«Schwörst du mir das bei deiner Taufdenkmünze?»

«Aber warum denn...»

«Ich will keine Fragen – ich will, daß du schwörst.»

«Ich schwöre es dir», sagt Sylvaine. «Es ist nichts weiter gewesen als der Kuß, von dem ich dir erzählt habe, am Morgen, als ich abreiste.»

«Und was hat er dabei gesagt?»

«Was er gesagt hat? ‹Es tut mir schrecklich leid, daß Sie abreisen, und ich möchte Sie gern wiedersehen. Schreiben Sie mir doch; dann komme ich nach Bellaïgue, wenn es Ihnen recht ist.› Und da habe ich ‹ja› genickt; denn sprechen konnte ich nicht, und in diesem Augenblick hat er meine Hand genommen, und seine ist ganz heiß gewesen, und da hat er mich geküßt.»

«Auf die Backe?»

«Auf den Mund...»

«Das schickt sich nicht für ein junges Mädchen. Bist du dir dessen bewußt, Sylvaine?»

«Und da ist Tante Gina dazugekommen und hat ein böses Gesicht gemacht. ‹Wir müssen jetzt fort›, hat sie gesagt, ‹sonst verpaßt du deinen Zug.› Und da bin ich weggefahren, und ich habe Ollivier immer kleiner und kleiner werden sehen, und dann ist Vater in Toulon am Bahnhof gewesen. Das ist alles. Auf meinen Brief an Tante Gina habe ich hintendrauf geschrieben: ‹Schönen Gruß an Herrn Ollivier.› Und er, er hat mir die Karte geschrieben.»

Sie nestelt das harte, warme, zerknitterte Papierstück aus ihrer Bluse.

«Hat deine Mutter die Karte gesehen?»

«Ja. Sie hat gefragt: ‹Wer ist denn das?› Und ich habe gesagt: ‹Niemand.› Da hat sie nichts mehr gesagt.»

«Und dein Vater?»

«Er hat an dem Tage nicht mit uns gegessen. Er hatte einen wichtigen Kunden da. Ich habe ihm nichts davon gesagt.»

«Du weißt ja wohl, mein Kind, daß du für solche Dinge noch reichlich jung bist.»

«Ich werde siebzehn, Tante, und in dem Alter sind manche schon verheiratet. Stéphanie Mazaugues, die in Hyères mit mir in der Pension war, ist seit dem letzten Herbst verheiratet und bekommt jetzt ein Baby.»

«Ja, aber das ist trotzdem nicht ganz dasselbe.»

«Ach, Tante, du großer Gott — — du!»

«Wieso: du großer Gott? Du willst sagen: ‹Du, Tante, bist ja schon über die fünfzig hinaus und sitzengeblieben; du verstehst eben nichts von Liebesdingen.› Das hast du doch mit deinem ‹Du großer Gott!› sagen wollen, nicht wahr?»

«Nicht ganz», sagt Sylvaine. «Aber...»

«Aber du irrst dich, und weiter gar nichts. Du bist wie alle jungen Mädchen, die sich einbilden, die Liebe sei eigens für sie erschaffen worden und vor ihnen habe niemand was Rechtes damit anzufangen gewußt, nicht wahr?»

«Tante...»

«Ach, glaub mir nur, mein Kind, wenn ich dich in deiner Jugend ansehe, ganz Drang, aufzublühen und Frucht zu tragen, dann ist es, als sehe ich meine eigene Jugend...»

«Dann willst du mir also helfen, Tante? Ach, ja, Tante, ich sehe es deinen Augen an, daß du mir helfen willst. Weißt du eigentlich, daß deine Augen noch immer hübsch sind? Sie sind nicht so eisern wie Vaters Augen, und keine schwarzen Kieselsteine wie die von Mama: sie sehen aus, als sei ein Stückchen Himmel hineingefallen; man schaut sie gern an. Olliviers Augen sehen aus wie der Gapeau, wenn er ganz ruhig fließt und man auf dem Grunde die grünen Steine sehen kann. Ich will meinen Ollivier haben, Tante. Er ist so schön.»

«Ja, ja, laß nur. Ich kann mich in dich hineindenken. Was soll ich denn nun tun, du kleine Hexe du?»

«Paß auf: ich werde ihn beim Mittagessen ein paarmal erwähnen, und dann gehe ich hinaus und tue, als wollte ich meinen Hühnern Futter bringen. Und dann mußt du Vater fragen, wie er darüber denkt. Du bist doch seine Schwester, und ich weiß, daß er trotz all seiner Härte auf dich etwas gibt. Du erzählst ihm von Ollivier und setzt ihm auseinander, was für eine feine Sache das ist, wenn einer Fischer und Fischverkäufer ist, und daß er ein guter, anständiger Mensch ist, und daß er mich sehr glücklich machen wird, und daß wir, wenn ich auch am Meer wohnen muß, immer sonntags nach Bellaïgue zum Essen kommen werden...»

Sylvaine ist ganz Feuer und Flamme. Ihr junges, warmes Fleisch, in dem die Gewalt der Wünsche drängt, preßt sich gegen den alten Körper der Tante.

Ihre schönen Augen, die so viel schöner sind als alle, von denen sie erzählt hat, leuchten in der Lust, die sie Ollivier danken, und suchen aus den Augen der Tante zu lesen, was sie insgeheim denkt.

«Sag doch, Tante, tust du das wohl? Sagst du das alles, damit ich wirklich glücklich werde? Ja, Tante? Sagst du es? Ja?»

Sie schmiegt ihren Kopf mit dem Haar, das wie lebendiges Gras ist, voller Schatten und rotem Feuer wie das Haar Gabrielles, in Tante Théonies gute Hände. Ihre helle Stirn ist wie ein See, in dessen Tiefen es von heimlichen Verknüpfungen wimmelt.

«Du weißt ja doch, Tante, daß ich niemand außer dir habe. Daß ich von klein auf immer nur dich gehabt habe? Vater ist ja doch nur ein Arbeitstier...»

«Sei still!»

«Und Mutter ist überhaupt nichts. Sie ist überhaupt keine Mutter. Kein einziges Mal hat sie mir in die Augen gesehen, um zu erkennen, was in mir vorgeht...»

«Sei still, Mädchen!»

«Aber du, du! Ach, wenn du es doch tun wolltest...»

In diesem Augenblick schaut Gabrielle zum Fenster des Wohnzimmers hinaus. Sie sieht die beiden unten in dem halbrunden Lorbeerboskett sitzen. Sie ruft ihnen zu:

«Na, kommt ihr nun wohl bald zu Tische, oder nicht? Wenn ihr beiden Klatschmäuler beieinander hockt, vergeßt ihr völlig die Zeit.»

Und dann verzieht sie verächtlich das Gesicht und sagt zu ihrem Manne:

«Deine Schwester ist genau so unvernünftig wie das Kind.»

2

Zum zehnten Male las Sylvaine den Brief. Zum erstenmal hatte sie ihn im Walde hinter einem Baumstamm gelesen, und dann in dem Lorbeerboskett, ihrer Lieblingszuflucht seit dem ersten Ferientage. Sie hatte ihn in sich aufgenommen, wie wenn man bei allzu großem Durst gierig trinkt, so daß das Wasser einem aus den Mundwinkeln rinnt. Und dabei waren in ihr gleichzeitig Quellwasserfrische und Weinglut gewesen.

Danach war sie ein paar Schritte den grasbewachsenen Weg hinabgegangen, und dabei hatte sie einen kleinen lavendelblauen Schmetterling aufgelesen, der sich mit drei Flügeln vorwärts schleppte, und hatte ihn behutsam auf eine Dahlienblüte gesetzt und dabei gedacht: ‹So wird er wenigstens nicht zertreten.›

Dieser Schmetterling war ihr plötzlich sehr wichtig geworden, und sie blieb eine lange Weile stehen und paßte auf, daß er nicht von der Blüte herabfiel.

Als sie dann den Kopf hob, atmete sie mit vollen Zügen den scharfen Wintermorgenwind, und ihr war, als trage er neue, ungekannte Düfte mit sich. Sie griff sich mit beiden Händen an den brennend heißen Kopf und schüttelte ihr Haar in der fließend kalten Luft. Sylvaine hatte sich den großen Garten der Gerberei, dessen üppiger südlicher Pflanzenwuchs sich selbst überlassen worden war, als Zufluchtsort erkoren; doch seit ihrer Rückkehr aus Le Lavandou sah sie diesen Garten, in dem sie alle ihre Kindheitssonntage verbracht hatte, häufig mit verstörten Blicken an. Für ihr einsames Herz war er ein Freund gewesen, dessen armseligste Reize sie geliebt hatte. Doch jetzt blieb sie zu ihrer nicht geringen Verwunderung fühllos gegenüber all den Freuden, die er ihr bislang so verschwenderisch mitgeteilt hatte; jetzt durchschritt sie ihn gleichgültig wie eine Fremde.

Sie schritt über diesen Boden und fragte sich immer wieder, wie es möglich sei, daß ihr lieber als dieser Wundergarten mit all seinen Gaben, als der er ihr ehedem erschienen, ein Fleckchen wasserbespülten Strandes war, in dem nur ein paar ärmliche, hagere, vom Seewind zerfetzte Lilien mit malvenfarbenen Blüten sproßten. Aber dort waren Olliviers Antlitz und Körper, bronzen aufgerichtet gegen das leuchtende Meer, und das war schöner als alle Kindheitsträume.

Tiefer als jemals spürt sie heute, daß sie bereit ist, zitternde Flügel auszubreiten, spürte sie mit unumstößlicher Gewißheit, daß diese Flügel sie über Wälder, Wiesen und Berge tragen werden, magnetisch hingezogen auf heimlich aufgetanen Straßen, hin zu dem einen, der ihrer wartet, seit die Welt erschaffen worden ist.

Ein lebendiges Wehen strömt in ihre dem Leben geöffneten Lungen, ihren bebenden Mund, ihren aufgetanen Körper. Sie hebt die Arme, und ihr ist, als seien sie wirklich Flügel geworden, bereit, sie hinwegzutragen; sie läuft nach dem Lorbeerboskett hin, sie wirft sich zu Boden, als werfe sie sich in die Lüfte – genau so, wie sie sich in Le Lavandou in die Wellen geworfen hat. Sie bleibt liegen, Schoß, Brüste und Mund an den Boden gepreßt, auf dem kleine, schwarze, von den Lorbeerbüschen gefallene Kugeln liegen, die hart das Leben vieler kleiner Lorbeerkeime in sich beschließen und einen bitteren, starken Duft verströmen; in ihren bebenden Händen, vor ihren verlangenden Lippen erschafft sie sich andere Lippen, und dabei atmet sie den Lorbeerduft und seine mächtige Keimkraft, der für sie ihr Leben lang der Duft der Liebe bleiben wird. Und dann endlich liest sie zum zehntenmal den schönen Liebesbrief, den Ollivier ihr geschrieben hat.

Ein wenig später liest sie ihn wiederum, liest ihn der Tante vor, und nun sie die Worte laut sagt, klingen sie noch gesanghafter als in der Stille ihres Herzens. Sie tut einen tiefen Atemzug, so tief, als wolle sie den ganzen Himmel mit seinen Wolkengeschwadern in sich aufnehmen, ehe sie der Vertrauten die leidenschafterfüllten Zeilen preisgibt: «Ich will Sie nicht entführen wie ein Dieb, Fräulein Sylvaine, und obwohl ich so stolz bin, zu glauben, daß Sie, wenn ich auf dem großen schwarzen Pferde zur Gerberei geritten käme, das meinem Vater gehört und das ‹Jeunhomme› geheißen hat, sogleich aufsitzen und mit mir kommen würden, so meine ich doch, daß es besser ist, wenn alles sich so vollzieht, wie es vollzogen werden muß. Und darum sage ich Ihnen in diesem Briefe: versuchen Sie, Ihrem Vater von der großen Neigung zu erzählen, die wir beide füreinander empfinden, seit wir uns bei Ihrer Tante Gina kennengelernt haben. Sagen Sie Ihrem Vater, daß ich Sie liebe, und daß ich alles tun werde, um Sie glücklich zu machen. Ich weiß, daß Sie reicher sind als ich, aber ich weiß auch, daß meine beiden Arme Geld aufwiegen, weil sie zuverlässig sind, und daher kommt es, daß ich mich nicht schämen werde, zu kommen und um Ihre Hand zu bitten – an dem Tage, da Ihr Vater sagt, daß er mich gern kennenlernen möchte.»

Als sie gelesen hat, strahlt ihr Gesicht wie der ganze Himmel.

«Liebes Kind», sagt Tante Théonie, «was soll dir nur solch ein Brief? Natürlich, er ist sehr schön; aber wenn du ihn liest und immer wieder liest – dabei kommt mehr Schlimmes als Gutes heraus. Dein Vater will nun einmal nichts von dem jungen Manne wissen, und so ist es am besten, wenn dieser Briefwechsel aufhört. Du bist zu jung, um gegen den Willen deiner Eltern auf und davon zu gehen. Hör auf mich, sei geduldig, warte, bis du einundzwanzig bist, und wenn ihr einander dann noch immer liebt ...» Als habe ein Dämon sie aus ihren lichten Himmelshöhen herabgestürzt, schreit Sylvaine auf:

«Noch vier Jahre? Du willst, daß ich noch vier Jahre lang warten soll? Bis dahin komme ich ja um!»

«Ach, du bist verrückt!»

«Nein, die andern sind verrückt, die andern, die Alten, die sich in nichts hineindenken können. Ach, wenn doch ganz Bellaïgue aufbrennen würde! Wenn doch alle Mauern zusammenkrachten! Wenn doch mein Vater in den Flammen umkäme! Die Welt müßte untergehen, mein Vater müßte tot sein, alle müßten tot sein, keiner, keiner, keiner dürfte leben bleiben, und dann würde ich davongehen, immer weiter, immer geradeaus, bis ich Ollivier gefunden hätte!»

«Ach . . .», sagt Tante Théonie. «Glücklicherweise denkst du ganz anders.»

«Nein! Genau so denke ich! Genau so!»

Sylvaine zittert vor Wut. Zwei Zornestränen verfangen sich in den Winkeln ihrer Wimpern, aber sie rollen nicht herab; sie verbrennen im Fieber der Empörung, das sie schüttelt.

«Ach . . .», sagt die Tante noch einmal.

Der Wahnwitz weicht von Sylvaine; sie spürt den Kummer der Tante; sie fährt ruhiger fort:

«Doch, so denke ich, weil sie nicht wollen, daß ich glücklich bin. Aber wir sind noch nicht am Ende; sie kennen mich nicht. Sie verbieten mir, daß ich meine Briefe bekomme. Gut. Sie werden es ja sehen, ob ich nicht trotzdem Briefe von meinem Ollivier bekomme!»

Nun aber zeigt der Schmerz seine Macht; er macht ihr bewußt, wie wenig sicher sie sich im Grunde ist, und macht den Zornesmistral zunichte, der sie geschüttelt hat. Sie kauert sich in ihre Schwachheit; ihr Körper krümmt sich; sie preßt die Hände vor die Augen.

«Nur ruhig, nur ruhig», sagt Tante Théonie. «Weine doch nicht so! Du tust dir ja was an!»

«Ich bin ja so unglücklich!» schluchzt Sylvaine.

Als sie etwas ruhiger geworden ist und sich mit beiden Händen das volle Haar aus den todtraurigen Augen gestrichen hat, da hat Tante Théonie das verstörte Kind angeschaut, das sie so lieb hat, und ein großes Mitleid ist über sie gekommen.

«Sag mal», fragt sie, «wie bist du denn eigentlich an den Brief da gekommen?»

«Das war so: Gegen neun bin ich bis nach Font-Froide gegangen; du weißt ja, daß man von dort aus die Straße sehen kann, die am Gapeau entlang führt. Da habe ich den Briefträger kommen sehen, und da habe ich ihn gefragt: ‹Haben Sie Post für uns?› Und da hat er ‹ja› gesagt. Und da habe ich gesagt: ‹Na, da kann ich Ihnen ja den Weg abnehmen.› Er ist es zufrieden gewesen. Dann habe ich alles im Büro abgegeben, was für die Gerberei war, und meinen Brief, den habe ich mir in die Bluse gesteckt. Von der Karte mit den ‹Besten Grüßen›, weißt du, Tante, hatte ich Mutter erzählt, aber sie hat kaum hingehört. Und so brauchte ich ihr doch nichts von dem Briefe zu sagen? Dir, dir habe ich ihn sofort gezeigt. Und ist denn solch ein Brief vielleicht nichts Wichtiges? Ich habe kaum gewagt, ihn aufzumachen, so große Angst hatte ich, daß so gut wie nichts darinstehen könne ... und jetzt kann ich kaum aufhören, ihn anzuschauen.»

«Und wenn dein Vater es nun mit aller Gewalt nicht will?» fragt Tante Théonie.

«Ja, und was dann?! Weiter hast du mir nichts zu sagen? Ich hätte mal sehen mögen, was du getan hättest, wenn du das mit siebzehn Jahren erlebt hättest!»

«Liebes Kind, damals vollzog sich dergleichen auf eine Weise, die schwerlich nach deinem Sinne gewesen wäre. Man wurde mit einem verheiratet, den die Familie bestimmte, und das war alles.»

«Und darein habt ihr Mädchen euch geschickt? Haben sich denn nicht manche lieber überhaupt nicht verheiratet?»

«Das ist auch vorgekommen.»

«Du hast das getan!»

«Ich? Von mir ist nicht die Rede gewesen.»

«Nein, du hast nichts gesagt, aber Justine Marcelin, die Frau, die die Matratzen stopft. Als ich vor drei Wochen die erste Karte bekommen hatte, da ist niemand hier gewesen, dem ich sie hätte zeigen können. Justine hat im Schuppen gesessen und ihre Wolle gekrempelt. Mama hat mich zu ihr geschickt; ich habe ihr die große Nadel bringen sollen, und da habe ich mich zu ihr gesetzt. Erst hat sie mir von allen möglichen Dingen erzählt – wovon, das habe ich vergessen; aber dann hat sie gesagt: ‹Wir wollen nur hoffen, daß Sie ein bißchen Glück in Herzenssachen haben, denn Sie müssen wissen, Fräulein Sylvaine, daß in Ihrer Familie die Frauen immer Pech in der Liebe haben. Denken Sie nur an Ihre Tante Gina, die rein närrisch gewesen ist, bis sie den jungen Kerl aus Le Lavandou hat heiraten können, und dann hat er sie mir nichts, dir nichts sitzenlassen, und sie hat sich scheiden lassen müssen.Und Ihre Tante Théonie da oben in Vernon, die hat den nicht bekommen können, den sie hatte haben wollen, und da ist sie lieber eine alte Jungfer geworden.› – ‹Und meine Mutter?› habe ich gefragt. – ‹Ihre Mutter›, hat sie geantwortet, ‹von der wollen wir lieber nicht reden ... Ich habe sie gekannt, als sie jung gewesen ist, und da hat sie sich wer weiß was auf ihre Schönheit eingebildet. Ich sehe sie noch zu Belgentier auf dem Marktplatz mit dem feinen Marineoffizier tanzen, von dem wir alle geglaubt haben, daß er sie heiraten werde: dem Sylvain, dem Sohn der reichen Delacroze, denen Schloß Fontvert drüben bei Solliès gehört hat. Auf alle Dorffeste ist er gekommen, und eines schönen Tages ist er dann ausgeblieben, und es hat geheißen, er habe ein Fräulein aus Toulon geheiratet. Danach ist Ihre Mutter eine ganze Zeit nicht auf unsere Feste gekommen. Zwei Jahre später hat sie dann Ihren Vater geheiratet. Jetzt hat es den Anschein, als sei sie darüber hinweggekommen, und wenn man mit ihr von früher spricht, sagt sie sogar mir, die ich doch ihre Jugendfreundin gewesen bin, sie erinnere sich nicht mehr.›»

«Solch ein Klatschmaul, die Justine!» unterbricht sie Tante Théonie, «dir das alles zu erzählen...»

«Ich glaube, Mutter hat mich zum Andenken an diese Jugendliebe Sylvaine genannt.»

«Ach, diese alten Geschichten!»

«Aber warum lacht sie denn niemals und macht immer ein Gesicht, als gehöre sie gar nicht hierher?»

«Das weiß ich nicht. Hör auf davon! Es wäre viel besser, wenn du dich in Zukunft ein bißchen zusammennehmen würdest; wenn du besser auf dich acht gäbest, Schneiderei und Haushalt lerntest, deinen Eltern zu Willen wärest und vor allem: wenn du nicht mehr an einen jungen Menschen dächtest, von dem dein Vater nun einmal mit aller Gewalt...»

«Ach, mein Vater! Mein Vater! Ich habe es nun endlich satt, immerfort von meinem Vater reden zu hören! Er muß doch wissen, was es heißt, wenn man liebt; denn schließlich ist er doch auch einmal jung gewesen!»

«Jung?»

Tante Théonie fühlt sich dreißig Jahre zurückversetzt. Sie denkt: ‹Ist Emile wirklich jemals jung gewesen?›

Sie sieht vor ihrem inneren Auge das hochgelegene Haus in Vernon, wo sie noch immer mit zwei alten, kraftlosen Leuten zusammenlebt. Ist Emile jung gewesen? Sie weiß es nicht. Aber ihre eigene Jugend, die ist wie eine Blume gewesen, die, im Juni in voller Blüte gepflückt, und dann, ihres Duftes beraubt, zum Trocknen zwischen die Blätter eines Buches gelegt wird. Sie erinnert sich des Tages, da sie mit dem gleichen schönen Feuer, das sie vorhin aus Sylvaines Augen hat blitzen sehen, ihren Eltern auseinandergesetzt hat, daß sie sich lieber überhaupt nicht verheiraten würde, als den nicht zu heiraten, den sie liebte; sie erinnert sich des kalten Blickes, den Vater Resplandin mit seiner Frau gewechselt, und der Ruhe, mit der er gesagt hat: ‹Schön. Eigentlich ist es mir so sogar noch lieber. Dann bleibst du wenigstens immer bei uns.› Dann hatte sie sich zu dem Bruder umgedreht, der aufrecht hinter ihr gestanden hatte, wie als suche sie Hilfe bei ihm. Aber er war stumm geblieben. Da war es ihr wie Eiswasser durch die Adern geronnen, und ihr Blut war gefroren. Es war ihr deutlich geworden, daß sie auch von seiner Seite nichts zu hoffen hatte. Noch am gleichen Abend hatte sie ihrem Freunde geschrieben, es sei besser, wenn man einander Lebewohl sage. Er hatte dann eine andere geheiratet. Ein Jahr danach war Emile Soldat geworden; dann hatte er Gabrielle kennengelernt und sich seinerseits verheiratet. Er war in der fernen Gerberei geblieben, deren Direktor er geworden war. Und sie, sie hatte nach wie vor der Mutter im Haushalt und dem Vater in seinem Schuhladen geholfen. Und so war ihr das Leben dahingeglitten wie ein grauer Fluß, in dem sich nichts als die Uferlandschaft spiegelt. Tante Théonie hatte in dem alten Spiegel in ihrer Kammer gesehen, was aus dem jungen Gesicht von einstmals geworden war, das Liebe empfangen hatte. Mit kalten, verzweifelten Händen hatte sie die Petroleumlampe wieder hingestellt, deren gelber Schein sie den Schatten der gewelkten Rose hatte sehen lassen ... Mit ihren mageren Händen, die einstmals warme, kräftige Männerhände gedrückt hatten, hatte sie ihren Altjungfernkopf umklammert, auf dem sich weißes, totes Haar zu ringeln begann: sie hatte sich, so tief sie konnte, in die Augen geschaut, in denen einstmals die Lust hoch aufgelodert war, fackelhaft, und in denen jetzt nur noch ein kleines, armseliges Feuer gloste, erstickt von Asche.

Eine ganze Nacht lang hatte sie still für sich in der großen kalten Kammer geschluchzt; der Vater hatte verboten, daß dort Feuer angesteckt würde. Sie hatte alle Briefe zerrissen, die sie getreulich aufbewahrt hatte, seit ihre Liebe zunichte geworden war; in aller seiner Nacktheit hatte sie das Leben gesehen, das ihr zu leben blieb, bis der Tod kam, und sie hatte erkannt, daß sie ihr Leben ganz und gar verloren hatte, als ihr der letzte Lebensgrund verlorengegangen war, – und heute, angesichts der Leidenschaft Sylvaines, die sie an die eigene denken läßt, weiß sie, daß sie eine Lüge auf sich zu nehmen bereit ist, wenn sie dadurch verhindern kann, daß es Sylvaine ergeht, wie es ihr ergangen ist.

«Schreib Ollivier eine Antwort», sagt sie. «Morgen gehe ich nach Solliès; da stecke ich deinen Brief dann in den Kasten.»

‹Sie wenigstens soll glücklich sein!› denkt die Beraubte. Sie sagt: «Bist du nun zufrieden?»

«Ach, Tante!»

Sylvaine küßt mit ihren fieberheißen Lippen die kleine, alte Runzelhand, und in ihr singen alle Stimmen der Hoffnung.

Und so, wie die Bewegungen des Meeres sich in harmonischen Rhythmen vollziehen, beginnt der Briefwechsel zwischen Sylvaine und Ollivier. Die Flut bringt eine Seite mit Worten, die Ebbe trägt vier Seiten mit Worten fort, die noch süßer als das Sichwiegen der Wasser sind, und die Freuden der Liebe schläfern die getrennten Kinder ein. Sylvaine schreibt viel – viel häufiger als Ollivier. Ihre aufgestaute Jugend, ihre Gefangenschaft in dem Pensionat, die Romantik, die allen Frauen eigen ist, haben ihr Geschmack an der Zergliederung bis zum äußersten vorgetriebener Gefühle verliehen. Ohne daß sie es weiß, brennt sie von Geburt an in einer Leidenschaft, die alles in Flammen setzt, was sie berührt. Ollivier jedoch wohnt die Ausgewogenheit der Leute aus dem Walde inne, die sich mit den riesigen Kräften der Winde und dem Ungestüm der Natur messen müssen und von früh auf gelernt haben, wieviel die Geduld wert ist.

In dem Augenblick seines Lebens, da er Sylvaine getroffen hat, kennt er schon die Leidenschaft, die Begierden und ihre Befriedigung; und erkennt auch den bitteren Ekel, das galliggiftige Würgen nach dem Rausche. Er ist kalt geworden, ein wenig traurig, karg in Worten und Gesten, und gewappnet mit der Ruhe des Bergbewohners. Sylvaine ist für ihn, was für seinen Onkel Florestan die Quelle von Bonnefont gewesen ist, in der er sich nach der Arbeit gewaschen hat. Ollivier gibt sich willig Sylvaines Reinheit anheim, aber er verschanzt sein Herz und sein Hirn, die schon müde von heftigen Kämpfen sind, hinter dem verläßlichen Körper eines jungen Menschen aus den Bergwäldern. Er läßt sich von dem Wasser überrieseln, dessen Frische er wohlig empfindet; aber er spürt darin nicht das Brodeln der heißen Kraft, das aus dem vulkanischen Innern aufsteigt. Erst sehr viel später sollte ihm deutlich werden, welch ein Glühen unter Sylvaines Unschuld geschwelt und aus ihren letzten Tiefen Brände emporgeschleudert hat, die alles hätten zerstören können.

Für Sylvaine gibt es nichts als das Hinundher von Briefen, das in den Rhythmen der Liebe und des Meeres schwingt. Sie sieht und fühlt nichts anderes, und dennoch nimmt sie nach wie vor teil am Leben ihrer Familie. Zusammen mit der Mutter oder dem Hausmädchen unterzieht sie sich den tausend häuslichen Arbeiten, die sie kennen muß, wenn sie Ollivier heiraten will. Ums Morgengrauen steht sie auf und segnet den Anbruch des Tages, der ihr vielleicht einen Brief von Ollivier bringen wird. Sie frisiert sich und wäscht sich das Gesicht, um Ollivier zu gefallen. Sie lernt kochen, damit Ollivier mit ihr zufrieden ist. Sie sitzt nähend am Fenster und schaut hinaus, ob Ollivier nicht kommt. Alles das, und auch das unnützeste und langweiligste, tut sie heiter und zufrieden in dem Gedanken, daß sie es bald in ihrem eigenen Hause tun wird, wo sie mit Ollivier wohnt, in den Wäldern bei La Favière, in der Nähe von Le Lavandou, wo sein Freund ihm lachend ein kleines Haus unter Pinien gezeigt hatte, das den Namen ‹Mir geht's gut!› trug. Und abends legt sie sich nieder, als sei Ollivier bei ihr.

Einigermaßen verwundert, das im vorigen Monat noch so ungestüme Kind dermaßen ruhig zu sehen, fragt Tante Théonie sich, ob sie sich nicht hat hinters Licht führen lassen, und ob diese Ruhe nicht einer Liebe entspringt, die ihre Erfüllung gefunden hat. Sie beglückwünscht sich, daß sie die Hand zu einer Vereinigung geboten hat, der so viel Freude entspringt. Sie sieht, wie Sylvaine sich entfaltet gleich einer Pflanze, die den ihr gemäßen Boden gefunden hat und nach allen Seiten neue Triebe ansetzt.

So geht der Winter hin, ohne daß Sylvaine etwas anderes empfunden hätte als die Berührung der Briefumschläge durch ihre Hand oder die Lust beim Aufreißen des Papiers. Eine geheime Sinnlichkeit filtert ihrem Blute einen flüchtigen Stoff ein, der ihr in die Augen steigt und sie mit Frauenblicken schauen läßt.

Als die Zeit des großen Weihnachtsessens gekommen ist, nach dem Tante Théonie wieder nach Vernon zurückfahren muß, tritt Sylvaine plötzlich in das Bewußtsein ihres Vaters, der sie zufällig einmal angeschaut hat, als jenes Licht sie umstrahlt, das von ihr ausgeht, wenn sie an Ollivier denkt.

Er meint: ‹Sie wird hübsch, die Kleine. Eines Tages müssen

wir daran denken, sie zu verheiraten. Es hat ganz den Anschein, als habe sie diesen Fischkerl in Le Lavandou ganz und gar vergessen, dem ich sie niemals gegeben hätte, trotz der Einwände Théonies. Was diese alten Mädchen für komische Gedanken haben... Glücklicherweise ist Gabrielle vernünftiger. Die sagt: Kinderliebeskram geht schnell zu Ende. Vielleicht macht der junge Lauraguais von der Papierfabrik das Rennen? Ich muß mal zu seinem Vater gehen und mit ihm sprechen.›

Sylvaine trägt bei der Mahlzeit, als ihr Vater sie anschaut, Olliviers letzten Brief auf der Brust. Deshalb brennt sie wie eine Flamme. Manchmal streichelt sie die Stelle, wo Ollivier geschrieben hat: «Nächstes Jahr feiern wir das Weihnachtsfest miteinander!»

Als Tante Théonie heim nach Vernon fährt, tritt Sylvaine, glühend wie sie ist, in ihr achtzehntes Lebensjahr ein.

3

Sie sollte diese Augenblicke ihres jungen Lebens niemals vergessen. Später, sehr viel später, als das rhythmische Fluten der Leidenschaft verebbt war und nur noch in ihrem Blute leise fortschwang, vermochte sie dieser weit zurückliegenden Zeitspanne niemals ohne ein trauriges Lächeln zu gedenken, und dann dachte sie: ‹Wie habe ich damals geglüht!› Gleichzeitig aber ließ jemand, der sie ohne ihr Wissen geliebt hatte, sich zu der Feststellung hinreißen, ‹daß sie damals ihrem Glücke geradezu gierig nachgejagt habe›. Aber sie verteidigte sich: ‹Wie hätte ich denn meine Seele, die gerade erst in einem sich aller seiner Kräfte bewußten Körper erblüht war, hindern können, sich der lodernden Welt entgegenzuwerfen, die eigens geschaffen schien, ein Tummelplatz brodelnder Triebe zu sein?›

Und wenn sie noch später daran dachte, wie häufig sie den Boden ihrer harten Kämpfe mit den Schultern berührt hatte, sagte sie sich voller Mitleid und nicht ohne Verachtung: ‹Wie rasch bin ich doch unterlegen...›

Zu jener Zeit jedoch, da sie achtzehn Jahre alt, da ihr das zuteil geworden war, was man in romantischem Überschwang ‹die schönste Liebe des ganzen Lebens› nennt, – wie hätte sie da schon wissen können, daß sie noch vor der Schlacht verraten sein und daß das Glas Wasser, das man ihr darbot, ihr bitterer schmecken würde als Galle?

An diesem Januarmorgen weint sie große Tränen, wie ein Kind, dessen Spielzeug jemand zerbrochen hat. Tante Théonie ist heim nach der Ardèche gereist, tief traurig, als im Augenblick des Abschieds das Blütengesicht des Mädchens welk wurde. Noch am Abend zuvor hatte sie versucht, sich mit ihrem Bruder Sylvaines wegen auszusprechen. Aber Emile Resplandin hatte kaum hingehört; während der Überprüfung zweier Lederrechnungen hatte er ihr nur gesagt: «Was? Ist die Geschichte denn noch immer nicht liquidiert?»

Dann war Romain Toucas, der Prokurist, in das Büro gekommen, wo Emile und sie gesessen hatten, und hatte die Post gebracht.

Emile hatte die Umschläge mit seinem großen Daumen aufgerissen und mit schnellen Blicken den Inhalt der Briefe überflogen; er hatte gesagt:

«Rechtsabteilung. Versand. Für dich. Privat.»

Und in demselben knappen, eiligen Ton hatte er, während Toucas die Briefe ordnete, fortgefahren:

«Ich hatte gehofft, du würdest mir nicht wieder mit diesen Dummheiten kommen. Du solltest doch wirklich verstehen, liebe Théonie, daß ich zuviel zu tun habe, als daß ich meine Zeit an dergleichen Kindereien verschwenden könnte ... Was? Die Häute aus Abriès sind noch nicht geliefert worden? Was sagst du dazu, Romain? Schreib den Leuten, sie müßten bis Monatsende hier sein; sonst treten wir zurück ... Nicht wahr, du siehst doch ein, mein Kind, daß ich andere und sehr viel wichtigere Dinge im Kopfe habe als die läppischen Liebesgeschichten eines leider mit allzuviel Phantasie begabten Mädchens. Sei bitte so freundlich und erzähle mir interessantere Dinge. Wenn ich daran denke, daß du in ein paar Stunden den Papé und die Mamé wiedersiehst ... Ich wollte, ich könnte auch mal hinfahren; aber ich sehe keine Möglichkeit, mich für eine Woche aus dieser Tretmühle frei zu machen! Ach, sag mal, Romain, ich weiß im Augenblick nicht recht, wie es mit dem Auftrag Séveran geworden ist; die Entfleischung war schlecht gemacht, die Blößen waren brüchig, Séveran ist fuchsteufelswild und verlangt deswegen drei Monate Ziel; ich weiß, daß es ihm dreckig geht. Théonie, ich lasse dir ein Paket packen, das du der Mamé von mir mitnehmen sollst; paß mal auf, wie sie sich freuen wird ... Die gute Alte, sag ihr nur, eines schönen Tages käme ich doch mal hin. Der Wagen bringt dich nach Solliès, und da erreichst du den Sechsuhrzug. Sylvaine bringt dich auf den Weg; dann kommt sie auf andere Gedanken ... Da! Nun kommt unsere Alaunsendung mit Verspätung an! Romain! Romain! Ist denn der Mensch schon weg? Romain!»

Er lehnte seinen stämmigen Körper über das Geländer der Treppe, die zum Planierungssaal führte, und rief ein paar Anordnungen hinunter.

Théonie stand verlassen vor dem Tisch, auf dem die Papiere lagen, die für ihren Bruder wichtiger waren als das von ihm verachtete Lebendige.

Arme kleine Sylvaine! In dieser Umgebung mußte sie das Kind zurücklassen, klein und nackt und unschuldig, wie es war, mit dieser würgenden Liebe im Herzen und Händen wie Blumen ...

«Laß mich sie doch mit nach Vernon nehmen», sagte sie.

«Mitnehmen? Wen? Sylvaine? Kommt nicht in Frage. Ich will dir nicht weh tun, liebe Schwester; aber du hast keinen guten Einfluß auf das Kind. Sylvaine hat dich ins Vertrauen gezogen, und eure Unterhaltungen (Gabrielle hat mich gewarnt; ich hätte besser aufpassen müssen), eure Sabbeleien über diesen Unfug, die hat sie viel zu wichtig genommen.»

Tante Théonie war weggegangen; traurig war sie zu Sylvaine gekommen, und Sylvaine hatte gefragt:

«Und?»

«Dein Vater will noch immer nichts davon wissen ... Ach, bitte, bitte, Kind, schlag es dir aus dem Kopfe! Versuch es wenigstens! Laß ihn nicht mehr schreiben, und schreib auch du ihm nicht mehr. Du kommst niemals zum Ziel ...»

Sylvaine hatte am ganzen Leibe gezittert wie ein junger Baum im Gewittersturm. Sie hatte die verschränkten Finger verkrampft. Ihre Augen hatten in dem blaß gewordenen Gesicht gebrannt. Sie hatte gesagt:

«Dann eben nicht! Wenn er will, daß wir Feinde sind, dann sind wir eben Feinde!»

Erschrocken ob dieser harten Entschlossenheit hatte die Tante gerufen:

«Sylvaine!»

«Hab keine Angst, Tante. Ich werde mir schon zu helfen wissen.»

Der Augenblick der Abfahrt war gekommen, und erst in der allerletzten Minute, als sie erkannte, daß sie jetzt ihre einzige Zuflucht verlieren würde, wurde sich Sylvaine zum erstenmal in vollem Umfang bewußt, wie einsam und verlassen sie war.

Auf dem Bahnhof konnte sie dank dem Einverständnis, das sie der Tante erpreßt hatte, einen hastig hingeschriebenen Brief an Ollivier in den Kasten stecken.

«Das ist der letzte», sagte sie sich, «es ist wohl der letzte; denn jetzt habe ich keinen mehr, der mir beisteht...»

In fieberisch überstürzten Zeilen hatte sie dem Freunde geschrieben: «Jetzt weiß ich nicht mehr, wie ich Ihnen schreiben und Ihre Briefe empfangen soll; meine Tante fährt heim, und hier ist niemand... keine Menschenseele. Ollivier, ich habe Angst, daß Sie mich vergessen! Bitte, kommen Sie doch Sonntag, da bin ich allein; ich will mich den ganzen Tag über in dem Lorbeerboskett aufhalten, wo ich immer so gern meinen Gedanken an uns beide nachgehangen habe. Von da aus kann ich Sie schon von weitem kommen sehen, auf der Straße, die am Gapeau entlang führt, und ich kann Ihnen sogar entgegengehen. Antworten Sie mir nicht, sondern kommen Sie! Ich will auf Sie warten und auf nichts achtgeben als auf den Weg, auf dem Sie kommen...»

An jenem Sonntag, fünf Tage nach der Abreise der Tante, ist die Luft von süßer Frühlingsmilde erfüllt. Auf den Wiesen am Ufer des Flusses, dessen Winterwasser jetzt wieder rein und blau dahinströmt, sprießt gleichmäßig hohes, zartes Gras; wie grüner, wolkiger Samt sieht es aus. An den Zweigen der Kirschbäume schwellen runde Triebfinger mit dicken Knospen, deren runzlige Schildkrötenhaut die Blütenbüschel gefangenhält, bis der erste warme Strahl sie sich entfalten läßt. Die Mispelbäume treiben zwischen ihren langen Blättern, die aussehen, als bestünden sie aus gepreßtem Leder, wollige Kugeln hervor, Verheißungen künftiger Früchte. Seit einem Monat durchbrechen überall Narzissen und Tulpen die Erde, die den Schnee nicht kennt, und bereiten heimlich in dem weichen, porzellanweißen, von sieben Häuten geschützten Lager ihrer Zwiebeln ihr Blüten vor.

Sylvaine ist der frühe Frühling des Var von Kindheitstagen an vertraut, der der Erde zwischen Marseille und Menton neues Leben schenkt, während sie anderswo noch unter Eis und Schnee schläft – Sylvaine empfindet beglückt, wie just in dem Augenblick alles um sie her sich erneut, da Ollivier zu ihr kommt und da, gleich dem Frühling, der sich nicht scheut, der Wintersnot zu trotzen, ihrer beider Glück beginnen soll.

Sie weiß ganz genau, wie alles sich vollziehen wird. An jenem Nachmittag werden Emile und Gabrielle Resplandin in Toulon eine Verwandte besuchen, die ein Baby bekommen hat. Sylvaine weiß, daß sie und das alte Hausmädchen unter Romains Toucas' Obhut stehen werden – aber sie weiß auch, daß Romain immer zum Café in Belgentier hinuntergeht und daß die Alte, müde von der Arbeit der Woche, nach dem Essen in der Küche am Herde einzuschlafen pflegt. Sie fühlt sich genau so frei wie die Meise mit dem schwarzen Köpfchen, die sie in dem großen Lindenbaum, der den Platz vor dem Hause beschattet, von Ast zu Ast hüpfen sieht. Es macht ihr Freude, ihr immer wirres Haar ordentlich zu frisieren; im Zimmer der Mutter sucht sie Puder und Rouge; sie glaubt, sich damit noch schöner machen zu können. Sie sucht sich das Kleid aus, das ihr, wie sie meint, am besten steht; sie trällert fröhlich vor sich hin, ganz wie die Meise in der Linde, als sie nach dem Lorbeerboskett, ihrem Traumschloß, hinuntergeht.

Dort, zwischen den langen, schwarzen Zweigen, schafft sie sich ein Plätzchen, und daneben ein anderes, indem sie trockenes Laub zu einem Kissen aufhäuft; die dürren Blätter strömen noch ihren starken Duft aus. Sie malt sich aus, wie sie dort hokken wird, an Ollivier geschmiegt.

So wartet sie den ganzen Tag über.

Als jedoch die schnellen Schatten des Januarabends durch den Garten zu fließen beginnen, fällt plötzlich die Erwartung von ihr ab; sie richtet sich auf und sieht sich einer großen Leere gegenüber; erschrocken schaut sie in die Nacht, die den Tag mordet, ohne daß Ollivier gekommen ist. Voller Angst denkt sie: ‹Es kann ja nicht sein; er kann noch kommen.›

Die Kirchturmuhr von Belgentier schickt ihr fünf Schläge hinüber; sie nimmt sie hin und duckt sich dabei zusammen, als hätten brennende Hiebe ihr Herz getroffen.

Beim Fortgehen hatte die Mutter ihr tausend Aufträge für den Abend gegeben. Sie hat sie alle vergessen. Nur eine einzige Empfindung ist in ihr: der Schmerz, der sie beißt wie ein toller Hund.

Jetzt ist es Nacht rings um sie her; sie weiß jetzt, daß Ollivier nicht mehr kommen wird. Sie kann ihm nicht mehr schreiben, alles ist aus; die Welt ist in die Finsternis des Chaos vor der Schöpfung zurückgestürzt; nur eins kann vielleicht noch Linderung geben: Sterben...

Sie hat um sich geschaut mit den Blicken eines, der allein steht im Wirbel der Planeten; sie schaut tief hinein in die massige Finsternis dieser feindlichen Nacht, der Mörderin ihres Hoffens, und in der Nacht hat sie das bleiche Licht der Venus aufquellen sehen. Da sind ihr die Tränen übers Gesicht gelaufen, und um aus vollem Herzen weinen zu können, hat sie sich in das Lorbeergestrüpp geworfen, wo es am härtesten ist – als sei ihr Körper unnütz und nichts als das.

Als eine Hand sich auf ihre Schulter legt, hebt sie den verwirrten Blick der Berührung entgegen, die sie dem bitteren Manna des Schmerzes entreißt. «Sie?» fragt sie.

Romain Toucas steht in der Dunkelheit. Er fragt:

«Sylvaine, was ist dir denn?»

«Nichts», sagt sie.

Sie preßt die heiße Stirn wieder in die fiebernden Hände.

«Du wirst dir noch etwas holen», sagt Romain. «Die Nächte sind kühl.»

«Das ist mir gleichgültig», ruft sie. «Lassen Sie mich in Ruhe!» Und wieder wirft sie sich mit aller Kraft zu Boden.

Romain Toucas, groß und stark wie er ist, beugt sich über sie. Dies ist ihm fremd.

Er versucht mit beiden Händen, sie aufzurichten. Sie sträubt sich.

«Aber was hast du denn nur?» fragt er. «Irgend etwas ist doch mit dir los! Hat dir jemand was getan?»

Er bemüht sich, ihr tränennasses Gesicht, in dem Erde und Blätter kleben, zu sich hin zu drehen. Im Baumschatten kann er sie nur undeutlich sehen; aber er fühlt, daß sie glühendheiß ist und von Kopf bis Füßen zittert.

«Hat dir jemand was getan?» fragt er noch einmal.

«Ach!» schluchzt Sylvaine.

Das bedeutet: ‹Ob mir jemand was getan hat? Das fragen Sie mich, als ob es etwas Alltägliches sei, das man mir angetan hat? Schlimmeres hätte mir gar nicht geschehen können! Mir ist etwas genommen worden, ja, genommen worden, was niemand mir wiedergeben kann: meine Liebe!›

«Weine doch nicht», sagt Romain. «Es tut mir weh.»

Er nimmt den von Schluchzen geschüttelten Körper auf seine

harten Arme, diesen jungen, in Seide gehüllten Körper, den Sylvaine hat auf der Erde liegenlassen, als sei er ein totes Tier.

Dieser Bauer aus den Hochalpen, der seit dem Tode seiner Mutter nicht mehr geweint hat, fühlt angesichts der Verzweiflung, der sich dieses reiche Mädchen, daß er glücklich glaubte, preisgibt, ein ihm bislang unbekanntes Schmerzgefühl in sich aufsteigen. In seiner Verlegenheit taucht er sein Taschentuch in das nahe Wasserbecken und fährt damit über Sylvaines Backen. Das kalte Wasser beruhigt sie; sie öffnet die geschwollenen Lider und sieht über sich ein ruhiges, festes Gesicht, das sie bis jetzt niemals richtig angeschaut hat; es ist voller Mitleid, und dafür gibt sie ihm ein Lächeln.

«Danke», sagt sie. «Jetzt ist es vorbei.»

«Aber was hast du denn nur gehabt?» fragt Romain. «Man kann es ja mit der Angst bekommen. Ich war auf dem Heimweg von Solliès, weil ich das Haus nicht allzu lange allein lassen wollte. Schon von weitem habe ich dich gehört. Armes Kleines, wie du geweint hast! Warum, sag es doch, warum nur?»

«Ach», sagt sie, «das ist eine viel zu lange Geschichte, als daß ich es Ihnen erzählen könnte.»

Sie windet sich aus Romains Armen und setzt sich neben ihn. Mit beiden Händen drückt sie die wirre Masse ihres Haars; noch einmal fährt sie sich mit dem feuchten Taschentuch übers Gesicht, auf dem warmer Schweiß brennt, und fühlt sich danach wohltuend erfrischt. Plötzlich überkommt sie eine große Gleichgültigkeit; ein Frostschauer schüttelt sie; sie fängt an, mit den Zähnen zu klappern. Sie möchte schrecklich gern ein Jahr jünger sein, als sie noch nichts von Ollivier gewußt hat und er nichts von ihr – als die ganze Welt für sie eine einzige Tulpe gewesen ist, die im Gartenbeet ihre gelbe und rote Fahne entfaltet. Aber sie fühlt, daß das genau so unmöglich ist, als wenn sie den Gapeau zwingen wollte, zurück zu seiner Quelle bei Chibron zu fließen, dorthin, wo sie den Fluß, der in der Folge so viel Gutes und so viel Böses schuf, als einen schmalen Silberfaden zwischen Gras und Kräutern hat entspringen sehen.

«Sprich doch», sagt Romain. «Erklär es mir. Wer weiß – vielleicht kann ich dir helfen?»

Er meint, daß sie sich mit irgendeinem Kinderkummer herumquält; denn wenn er auch von ungefähr einiges aufgeschnappt hat, das mit Sylvaines Liebesgeschichte zusammenhing, so hat er dem doch wenig Bedeutung beigemessen.

Doch in dieser Minute, neben dem jungen Körper, der vor Leidenschaft bebt, empfindet er eine Verwirrung von einer Süße, die er bislang nicht gekannt hat.

Sylvaine hat sich die Haare zurückgestrichen und in die Sterne geschaut, als erwarte sie von ihnen Hilfe; jetzt senkt sie wieder den Kopf und schaut zu Boden. Neben sich wischt sie ein Fleckchen Erde sauber, dann legt sie behutsam drei dürre, vom Lorbeer abgefallene Blätter hin. Sie ordnet sie fächerförmig an, und in die Zwischenräume legt sie zwei der schwarzen Kügelchen der ewigen Früchte des Lorbeerbaums. Sie denkt an die unauffälligen Blüten, die sie hervorgebracht haben, an ihren feinen Mandelduft, an ihre Verwandlung zu diesen harten Samen. Sie beschaut mit Genugtuung das Muster, das sie gelegt hat; aber dann fegt sie mit einer jähen Handbewegung alles weg. Schließlich hebt sie den Kopf wieder und sagt: «Der Mond geht auf.»

Am Osthimmel schwillt ein Lichtschein und ergießt sich über die weißen Straßen zwischen den braunroten Heideflächen. Der Flug einer Fledermaus gleitet eisenschwarz hindurch. Ein kalter Windhauch raschelt durch das Gezweig; Sylvaine öffnet den Mund ihm entgegen. Später ist ihr gewesen, als habe sie jahrelang versucht, den Geschmack dieses Windhauches wiederzufinden, der ihr plötzlich die Lebenskraft zurückgegeben hat.

«Wissen Sie noch, die Weinlese?» fragt sie. «Ja, gleich danach hat es angefangen, als ich nach Le Lavandou gefahren bin.»

4

SIEBEN Brüder Resplandin waren sie in Vernon gewesen. Sie stammten zwar aus der Ardèche; aber ihr Name gehört dem Var an. Eine Sévénier-Tochter hatte ihn in die Gegend gebracht, als sie sich mit einem jungen Menschen aus dem Süden verheiratet hatte und dann in ihren Bergen die Stammutter eines neuen Geschlechtes geworden war. Sie waren sämtlich Ackerbauern, und manche waren Schuster. Ein paar von Emile Resplandins Onkeln waren nach ‹den Staaten› ausgewandert, wie die alten Leute zu sagen pflegten. An den langen Abenden der rauhen Winter sprach man von ihnen; man hoffte, daß wenigstens einer zurückkomme und sie alle reich mache. Aber der Großvater und die Großmutter starben, ohne daß sie sie wiedergesehen hätten, und Emiles Vater blieb als einziger bis zu ihrem Ende bei ihnen. Er übernahm dann die ‹Lederhandlung und Besohlanstalt›, deren Kunden dreißig Jahre lang unten vom Treppenabsatz her die Besitzerin hatten rufen müssen, die in der im ersten Stock gelegenen Küche war, damit sie herunterkam und ihnen etwas verkaufte. Wenn alles draußen beim Kartoffelroden oder beim Rebholzsammeln war, wurde der Laden zugemacht.

Als erstes Kind wurde eine Tochter geboren, jene Théonie, die Sylvaine in der Folgezeit so lieb hatte. Drei Jahre danach kam Emile. Schon als ganz kleines Kind erwies er sich seinem Inneren und seinem Äußeren nach als ein echter Sohn der Ardèche. In Théonie lebte noch eine Zärtlichkeit des Herzens fort, die sich ihrem Blute vom Urgroßvater her vererbt hatte, jenem Resplandin aus Belgentier, der in das schwarze Vivarais verpflanzt worden war und, wie es scheint, ‹großes Heimweh in diesem rauhen Lande› gehabt hatte. Als ein echter Sohn dieses rauhen Landes erwies Emile sich zum erstenmal, als er als Kind sich lieber von seinem Vater halbtot prügeln ließ, als ihm nachzugeben.

«Eisenkopf!» hatte der Vater gesagt.

«Genau wie du selber!» hatte das Kind geantwortet.

Aber der Lederhändler hatte sich an Halsstarrigkeit übertroffen gesehen und hatte nur noch gesagt:

«Er ist ganz wie sein Onkel in Brujas. Der ließe sich auch eher totschlagen, als daß er ‹nein› sagte, wenn er ‹ja› denkt.»

Dieser Onkel, der genau so halsstarrig war wie der Fluß Arc, der den harten Fels so lange ausgehöhlt hat, bis eine runde Ausflußöffnung geschaffen war, war einer der sechs Brüder von Emiles Vater. Er war noch rauher und verschlossener als die andern und betätigte sich als Feldhüter auf dem öden Höhenzuge Gras-de-Brujas, wo dunkle Kornfelder sich auf unendlichen Hochflächen entrollen, über denen Adler kreisen.

Da Théonie als kleines Kind kränklich war und alle der Mutter zur Verfügung stehende Zeit beanspruchte, hatte Vater Resplandin eines Tages seinen Sohn nach Brujas gebracht und dem Bruder gesagt:

«Ich möchte ihn dir hier lassen, damit er Hüter wird wie du.»

Der Onkel hatte den Kleinen zu sich genommen, der damals sechs Jahre alt war. Er schickte ihn, so gut es ging, zur Schule; der Weg dorthin lag das halbe Jahr über unter tiefem Schnee. Aber der Schulinspektor brachte ihn eines Tages dem Feldhüter wieder und sagte: «Wir wissen nicht recht, was wir ihm beibringen sollen; er weiß genau so viel wie wir.»

Er war ein aufgeschossener, handfester Bursche, der in Schlingen die riesengroßen roten Kaninchen fing, die es dort gibt, und ihnen mit einem einzigen Faustschlag den Schädel eintrieb. Ihnen mit einem Messer den warmen Bauch aufzuschlitzen, aus dem das Blut quoll, sie zu zerteilen und mit Thymian auf Eichenholzkohlen zu braten – das war die Hauptbeschäftigung des Vierzehnjährigen. Er schlug auch mit einer Stange die Kastanien aus den Zweigen der dicken, vom Blitz zerspalteten Bäume und trug sie in den Schalen geröstet auf. Eine Handvoll Nüsse und ein paar saure, runzelige Äpfel ergänzten den Nachtisch.

Zu Weihnachten kam Emiles Vater heraufgestiegen und brachte Blutwurst, Speck, Schinken und die schönen, mit einer duftenden Kräuterfarce gefüllten Labmagen mit, die die Mutter an dem Tage bereitet hatte, da das Schwein geschlachtet worden war. Er brachte auch winzig kleine Ziegenkäse mit, die weiß, trocken und hart wie Kreide waren, aber würzig schmeckten; sie steckten auf einem Holzstäbchen, von dem man sie, einen nach dem andern, heruntèrnahm. An diesem Mittag gab es stets Kaninchenklein oder Krammetsvögel, die Emile gefangen hatte, und die drei Männer stopften sich voll mit Wildfleisch und Wein.

Dann blieben die beiden Brüder noch eine Weile am Tische sitzen und wärmten mit ihren rissigen Fingern die Schnapsgläser an, aus denen sie mit großen Zügen tranken.

Emile, im Magen üppigere Nahrung als während des ganzen Jahres, hörte sie vom Lande sprechen, von den Besitztümern der Familien Resplandin und Sévénier, vom Schicksal der fünf Brüder, die ein bißchen auseinandergekommen waren; der eine war da, der andere dort verheiratet, und zwei waren gar jenseits des Ozeans, und keiner hatte je wieder von ihnen gehört. Sie erzählten auch, und dabei lachten sie schallend und rülpsten dröhnend, Geschichten, die sie auf den Jahrmärkten aufgeschnappt hatten, dem zu Vans beispielsweise, der berühmt in der ganzen Gegend war, wohin die Bergbewohner von La Lozère kamen, oder dem zu Beaucaire in der Provence, wohin der Großvater früher immer zusammen mit den Söhnen gegangen war, um sich für die Zeit der Weinlese zu verdingen. Emile glaubte diesen «Papé» leibhaftig vor sich zu sehen, wenn der

Vater ihn schilderte, wie er zu Fuß bis Vernon gewandert war, über Gebirgspfade, die sich zwischen Kastanienbäumen mit in hohem Farnkraut verfilzten Wurzeln hinschlängelten. Am liebsten hätte er gleich ihnen eine so lange Wanderung unternommen und wäre, nachdem er das schwarze Brot und die harte Wurst des Landes gegessen hätte, auf dem weiten, von heiteren Platanen mit grasgrünem Laube beschatteten Platze angelangt, die das Wasser der Rhône tränkt, in das sie ihre Wurzeln senken.

Emile Resplandins Vater hatte seinen Vater oft auf solchen Wanderungen begleitet, wo sich, wenn das Gebirge hinter ihnen lag, nach Pont-Saint-Esprit hin die klare Weite des Stromes aufgetan hatte. Die Erinnerung daran saß tief in ihm, und wenn er davon sprach, sprach er gern davon.

Es geschah beinahe nur an diesem einzigen Tag im Jahre, daß der Junge die Stimme der beiden Männer zu hören bekam. Die Menschen der Ardèche sind nicht schwatzhaft; sie gehen mit ihren Worten genau so sparsam um wie mit ihrem Wein oder ihren Kartoffeln, und in dieser Beziehung waren die Resplandins eben Sévéniers geblieben. Ihre harten Köpfe platteten sich nach dem Nacken zu ab; ihre wilden Augen und ihr Hang zum Schweigen hatten sie vor der mundfertigen Heiterkeit bewahrt, die der Ahnherr aus Belgentier ihnen vererbt hatte. Aber ihm dankte Théonie die Weichheit ihres Charakters, die die Ursache des Spitznamens «die Provençalin» gewesen ist, den die Onkel ihr verächtlich beilegten. Sie allein jedoch hatte all die Sonne in sich aufgenommen, die durch jenen Südsohn dem Blut der Sévéniers eingefiltert worden war. Emile war ganz dem Vater nachgeschlagen; er war wie aus Gebirgsgestein aufgemauert, und seine Jugend bei dem Feldhüter von Brujas war nicht danach angetan gewesen, sein Herz weicher zu machen.

Mehrere Jahre lang lebte er das Landgendarmenleben seines Onkels. Er begleitete ihn auf seinen Dienstwegen über die kahlen Hochflächen, wo ein eisiger Wind wehte, dem nur das hohe, silbrige Gras widerstehen konnte, das dünn wie die Fiedern von Straußenfedern war und Kräuselgras genannt wurde. Auf den Kaminen aller Bauernhöfe standen Sträuße davon, und zusammen mit den Geranien, die ihre kraftlosen Blätter hinter den Fensterscheiben spreiteten, waren sie das einzige Blumenhafte, was vor dem harten Klima von Brujas Gnade fand.

Eines Morgens sagte der Onkel ihm, sie würden Besuch bekommen. Der älteste der Resplandin-Neffen hatte vor kurzem ein Mädchen aus Joyeuse geheiratet und wollte der jungen Frau den Onkel in den Bergen vorführen, der als Junggeselle eine große Sehenswürdigkeit war.

An dem Tage, da der Wagen mit der jungen Frau, die in gleicher Weise rot vom Geschütteltwerden auf dem holprigen Wege und vom Erregenden des Besuches war, und dem stolz in seinem schwarzen Bräutigamsgewande prunkenden Neffen ankam, suchte der Onkel Emile. Er war verschwunden. Man durchstöberte ein paarmal das Haus; man sah in der Scheune nach und sogar in dem Schuppen, wo der Backofen stand. Endlich vernahm der Onkel ein Geräusch in der Waschküche, die als Holzstall diente, fand ihn unter den Reisigbündeln kauern und zog ihn hervor an das graue Tageslicht: einen großen Lümmel, der noch röter als die neue Kusine und über und über mit Spinnweben und kleinen Reisigstücken bedeckt war. Da stand er, hielt sich mit dem Arm die Augen zu und versteifte sich trotz aller Rippenstöße darauf, den Mund nicht aufzutun.

«Laßt ihn doch», sagte die junge Frau, der er leid tat.

«Sag guten Tag, zum Donnerwetter!» wiederholte der Onkel. Schließlich wurde Emile mittels eines kräftigen Puffs vorwärtsgestoßen.

«Los! Gib deiner Kusine wenigstens einen Kuß!»

Da nahm er den Arm von seinem verlegenen Gesicht, sah die Fremde von unten herauf an und schrie wütend:

«Lieber küsse ich unserer Ziege den Hintern!»

In späterer Zeit hat er dieses kleine Geschehnis nicht ungern erzählt und noch hinzugefügt:

«Und dabei habe ich es noch dazu im Dialekt gesagt! Das hat gepoltert wie die Steinbrocken im Arc! Ich glaube, die Kusine hat deswegen geweint. Ein schöner Wildling muß ich gewesen sein!»

«Und geändert hast du dich kein bißchen», sagte dann Gabrielle immer.

Als er Soldat werden mußte, hatte er sein einsames Bergleben aufgegeben; aber seine Frau pflegte zu sagen, daß die Spuren des rauhen Daseins von Brujas ihm bis ins späteste Greisenalter anhaften würden. Der Zufall wollte es, daß Nizza seine Garnisonstadt wurde; er war wie vor den Kopf geschlagen ob dieses Überschwangs an Schönheit und Duft.

Gegen Ende seiner Dienstzeit entschloß er sich, dem Wunsche seiner Mutter zu folgen, die ihn in allen ihren Briefen gebeten hatte, doch einmal den Vetter Resplandin in Belgentier zu besuchen.

Eines Sonntagsmorgens, zwei Tage Urlaub in der Tasche, fuhr er mit dem Zuge bis Toulon, von dort mit dem pferdebespannten Postwagen über La Farlède und Méounes in das grüne Tal des Gapeau. In Belgentier hatte er bald die Resplandins ausfindig gemacht. Sie waren eine der angesehensten Familien der Gegend, große Kirschen- und Narzissenexporteure. Er wurde mit der liebenswürdigen Freigebigkeit und Gastfreundschaft des Südens empfangen; er aß das zu seinen Ehren geschlachtete Huhn und geröstete Artischocken, und bei Tisch herrschte eitel Fröhlichkeit. Neben ihm saß ein hageres, dunkles Mädchen, seine Kusine Léonie, und sah ihn an, als wolle sie ihn verschlingen. Beim Nachtisch machte der Vater ein paar überdeutliche Anspielungen auf diese Tatsache; er sagte, daß, wenn er mal hinausginge, seine Tochter ganz genau wissen werde, wohin sie den Kopf am liebsten legen möchte.

Emile sah ohne Verdruß einem Leben in dieser schwerelosen Gegend und diesem wohlversehenen Hause, wo es an nichts mangelte, entgegen; dabei bestand noch die Aussicht, daß er der Nachfolger seines Schwiegervaters im Handel mit Frühgemüsen wurde. Beim Abschied schüttelte er lächelnd Léonies Hand und versprach, er werde wiederkommen, da man ihn ja eingeladen habe, wenn er einmal längeren Urlaub habe.

Als er einen Monat später wiederum am Tische seiner Verwandten saß, zweifelte nicht einmal er selbst daran, daß er diesmal als Léonies Verlobter Abschied nehmen werde.

Aber es sollte anders kommen.

Die Kirschernte war damals in vollem Gange. In allen Häusern von Belgentier, in allen Schuppen und selbst auf den Türschwellen standen Stapel von Schilfkörben und leichten Holzkistchen, in denen die Früchte verschickt wurden.

Solliès-Pont unten im Tal, wo es schon wärmer ist, läßt so gegen den neunten Mai die ersten Sendungen hinausgehen. Acht Tage später beginnt es in Solliès-Toucas und Les Sénès, und noch eine Woche später ist Belgentier dran. Méounes bildet dann den Schluß. Dort oben ist es schon ein bißchen gebirgig, und nachts räubern die Füchse die Hühnerställe aus.

Diese Zeit ist die wichtigste des ganzen Jahres; im Juli kommt dann noch der Versand der langen, braunen Feigen hinzu, und die Verpflanzung der Blumenzwiebeln, die geteilt und von den alten Häuten befreit werden müssen. Dann arbeitet alles, und selbst die Mädchen, die das ganze Jahr über im Haushalt beschäftigt sind, sieht man ausnahmslos in den großen, offenen Räumen, wo die Männer ihre Körbe mit den schönen Früchten entleeren.

Vater Resplandin beschäftigte mehr als dreißig Frauen bei seinem Versandunternehmen. Sie standen in dem weitläufigen Schuppen um einen langen Tisch und legten die dicksten und rötesten Kirschen jede für sich unten in die mit weißem Papier ausgeschlagenen Kistchen. Dann bedeckten sie das regelmäßige Muster von frühreifen Früchten mit einer dünnen Watteschicht und legten die Deckel darauf. Danach nahmen Léonie und ihre Mutter, die immerfort um den Tisch herumgingen, die Kistchen und schichteten sie in Stapeln zu zehn oder zwanzig auf einer Bank auf, damit sie zugenagelt und mit Zetteln versehen werden konnten. Sie wurden nach Deutschland, England und Paris versandt.

Nach dem Essen schickte Vater Resplandin, den es drängte, zu seinen Leuten in den Obstgärten am Flußufer zu kommen, wo sie ohne Unterlaß beim Pflücken waren, Emile hinaus; er folgte den Frauen in den Schuppen und erbot sich, ihnen zu helfen. Léonie strahlte, daß sie mit ihrem künftigen Verlobten großtun konnte, den der Himmel ihrer Häßlichkeit so unvermittelt hatte zuteil werden lassen; sie schurigelte ihn vor den Arbeiterinnen, sämtlich Mädchen aus dem Tale, die sie nur zu gut kannten und durchaus nicht mochten; denn ihr Herz war ebenso dürr wie ihre Schenkel.

Teils um ihr zu willfahren und teils, weil es ihm Spaß machte, ging Emile also von einer Arbeiterin zur andern, empfing aus ihren Händen die vollen Kistchen und trug sie zu Léonie oder deren Mutter hin. Eins der Mädchen machte eine ungeschickte Bewegung und ließ das zerbrechliche Behältnis fallen. Mit einem Schreckensruf bückte sich die Verwirrte, um den Schaden wieder gutzumachen. Emile hatte sich ebenfalls gebückt, und beider Finger und Blicke trafen einander gleichzeitig. Emile Resplandins Augen waren eisengrau, stark und vom Feuer der Jugend erfüllt; die Gabrielles schwarz und glühend wie schmelzendes Erz. Beide wurden rot, als ihre Blicke einander trafen, und ihre Hände über den fleischigen Früchten hatten Mühe, voneinander loszukommen.

Léonie war hinzugetreten und keifte zänkisch:

«Sie müssen auch immer etwas Dummes anstellen, Gabrielle!»

Das hübsche Gesicht der Ungeschickten verzog sich anmaßend, und eine zornige Röte ergoß sich über die goldbraune Pfirsichhaut. Gabrielle murmelte eine Entschuldigung und ging an ihren Platz zurück, und Emile nahm seinen Rundgang um den Tisch wieder auf.

Das alles hatte keine fünf Minuten gedauert, und nichts schien sich verändert zu haben; aber dennoch war alles ganz anders geworden.

Emile empfing während der Woche, die er noch bei seinen Verwandten verbrachte, jedesmal, wenn er an den Tisch der Arbeiterinnen kam, von Gabrielle einen unverhüllten, leidenschafterfüllten Blick. Er flammte in sein Blut über; sein Fleisch geriet in Brand. Noch hatte er kein einziges Wort mit ihr gesprochen, und dennoch fühlte er sich mit ihr verbunden.

Am Abschiedstage ging er, ganz wie er es sich vorgenommen hatte, zu Fuß nach Solliès-Toucas, um das Tal besser kennenzulernen. Léonie mußte des Kirschenversands wegen daheim bleiben; sie verabschiedete sich von ihm an der Schuppentür mit einem Lächeln, das «Auf Wiedersehen!» sagen sollte, und beschwichtigte sich mit Hoffnungen.

Als er fort war und die Arbeiterinnen zu ihr kamen, fiel ihr gleich auf, daß Gabrielle nicht dabei war. Gina, die ebenfalls bei den Resplandins arbeitete, sagte auf Léonies Frage frech, ihre Schwester sei krank.

Emile schritt auf der zwischen Oliventerrassen eingezwängten Straße wacker aus, dort, wo das enge Tal gerade Raum genug für den Lauf des Gapeau und die üppigen Wiesen mit den früchteschweren Bäumen läßt; er konnte nicht umhin, Vergleiche zwischen diesem Reichtum und der trostlosen Armut der Ardèche, seiner Heimat, anzustellen. Er war gerade bei dem Walde von Montrieux-le-Jeune angekommen, als er hinter sich Schritte hörte; er wandte sich um.

Gabrielle stand vor ihm. Sie sagte ihm nicht, weshalb sie den gleichen Weg wie er habe, und er fragte sie nicht. Sie sagte, daß sie für den eigenen Bedarf Kirschen in einer Obstplantage pflücken wolle, die ihre Eltern bei La Guirande hätten. Als sie dort ankamen, kletterten sie beide in einen Baum, aßen nach Herzenslust die frischen, saftgeschwellten Früchte, die Emiles Verwandte nicht anrührten, um desto mehr verschicken zu können, und streckten sich dann unter dem Baum im Grase aus.

Das Begehren, das dieses Mädchen aus dem Süden in ihm entzündet hatte, öffnete ihm die Augen darüber, daß es im Leben vielleicht noch liebenswertere Dinge gebe als Landbesitz und Geld. Diesmal, und einzig diesmal, nahm der provençalische Großvater Rache. Emiles Mund hatte den Gabrielles gefunden; er hatte das Mädchen genommen, und dann gaben beide sich erschlafft der Ruhe hin, die der Lust folgt; sie wußten beide nicht recht, wie das eigentlich hatte geschehen können.

Am Ausgang des Obstgartens nahmen sie Abschied. Er ging zum Bahnhof, sie nach Haus. Sie hatten ausgemacht, daß sie einander am nächsten Sonntag in Toulon treffen wollten. Diesmal gingen sie in ein Hotel, und Emile verließ es in einem weit tieferen Rausche, als wenn er allen Wein des reichen Resplandin getrunken hätte. Léonie empfing lediglich aus Höflichkeit eine Postkarte und wurde sich klar, daß sie vergessen sei. Ein Vierteljahr danach verlebte Gabrielle einige Zeit bei ihrer Großmutter in Le Mourillon, und dort heiratete Emile sie, nachdem seine Militärzeit zu Ende war.

Seine Eltern schrieben aus Vernon, es wäre ihnen lieber gewesen, wenn er Léonie Resplandin geheiratet hätte; aber trotzdem nahmen sie die neue Schwiegertochter in dem hohen grauen Hause mit der ‹Lederhandlung und Besohlanstalt› gut auf.

Vater Laurade, der Prokurist der großen Gerberei zu Bellaïgue, war einigermaßen in Sorge um seine allzu gewitzigten Töchter gewesen; er freute sich so sehr über diese Lösung, daß er Emile anbot, in seinen Betrieb einzutreten. Emile stürzte sich wie wild auf die Arbeit. Schnell wurde er Laurades rechte Hand; dann bekam er seine Stelle; und dann, als kurze Zeit nach Sylvaines Geburt der Direktor durch einen Unglücksfall ums Leben kam, wurde er der Vorgesetzte seines Schwiegervaters.

Léonie ärgerte sich krank, als sie von dem Verrat Gabrielles und des Vetters erfuhr; sie heiratete den Sohn eines Weingutbesitzers aus Cuers, der genau so reich war wie sie. Ein Jahr danach gaben die Resplandins ihren Besitz auf und zogen zu ihrer Tochter. Der Besitz stand zum Verkauf; Emile erwarb ihn und war von nun an der einzige Resplandin in Bellaïgue.

In der Einsamkeit ihres Dorfes waren Theonie nur unbestimmte Gerüchte von alledem zu Ohren gekommen. Sie hatte sich nicht vorstellen können, daß ihr Bruder trotz aller seiner Härte vielleicht dennoch einer Empfindung zugänglich war. Wenn sie all dieses Sylvaine erzählt hätte, so würde das Mädchen wohl versucht haben, in dem Manne, der so rauh und stachelig war wie die Kastanien seiner Heimat, ein wenig Zärtlichkeit zu erwecken.

5

DAS also war Sylvaines Vater. Seit Jahren fühlte er allnächtlich neben seinem im Lauf der Zeit dick gewordenen Körper den sehnigen und empfindlichen Körper Gabrielles, der nicht alterte. An Abenden, da er sich jugendlich-kräftig fühlte, wenn sein der Zahlen müdes Gehirn ihm einige Ruhe ließ, überwand er Gabrielles verächtliches Widerstreben. Er liebte seine Frau mit der Gewissenhaftigkeit eines guten Arbeiters, die er allem zuteil werden ließ, was er unternahm; schwerfällig und ehrenhaft. Gabrielle wollte kein zweites Kind; sie meinte, das eine mache ihr schon zur Genüge zu schaffen. Sie liebte weder Emile noch Sylvaine; sie liebte nur sich selbst, ihren glatten, ebenmäßigen Körper und ihr durch eine einzige Liebeserinnerung verwüstetes Herz – durch jene Liebe war sie zerstört worden, und dennoch preßte sie die Erinnerung daran an sich wie einen Gürtel mit Stahlzacken; sie empfand dabei eine selbstquälerische Lust. Es war die Erinnerung an jenen Sylvain Delacroze, der soviel schöner und reicher als sie gewesen war und der ihr ein paar Monate lang einige Beachtung geschenkt hatte, die gleiche, die er der Jacht oder dem Pferde zu schenken pflegte, nach denen ihm der Sinn stand.

Als sie sich diesem allzusehr geliebten Manne hingab, hatte sie ihn dadurch an sich fesseln wollen. Ganz wie es die alte Justine Sylvaine erzählt hatte, war sie bei den dörflichen Festen immer nur mit dem jungen Offizier beisammen gewesen und hatte mit ihm geglänzt wie mit einem schimmernden Kleide. Als er sich von ihr abgewandt hatte, war sie sich wie mit Lumpen bekleidet vorgekommen, so fraß die Enttäuschung in ihr. Aber stolz wie sie war, verbarg sie ihre Tränen vor den spottsüchtigen Freundinnen, die ihr auflauerten. Sie verstand es, schallend zu lachen, wenn alles in ihr sich zusammenkrampfte. Nur, daß sich in den Ruinen ihres Herzens Schlechtigkeit und Bosheit häuslich niederließen und nicht daraus wichen, solange sie lebte.

Ihre erste Rache am Leben bestand darin, daß sie zwei Jahre

später Léonie Resplandin den Verlobten vor der Nase wegschnappte; und die zweite, daß sie ihrer Tochter den Namen jenes Sylvain gab, des einzigen Menschen, den sie hatte lieben können.

Sie lebte in der Folgezeit gewissermaßen in einer Art Traumdasein, und daher kam es, daß sie sich belästigt fühlte, wenn man sie nur anredete. Sie diente ihrem Manne als Frau; sie stand dem Hauswesen vor. Als sie ihre Tochter zur Welt gebracht hatte, sah sie sie neben sich aufwachsen, ohne daß sie ihr ein einziges Mal «in die Augen geschaut hätte, um zu erkennen, was in dem Kinde vorging». Das hatte Sylvaine der Tante gesagt, und es stimmte vollauf.

Als Gabrielles Schwester Gina, die sich besser darauf verstand, Heucheleien zu durchschauen, ihr die Gleichgültigkeit vorgeworfen hatte, mit der sie in ihrer Familie einherging, da hatte sie ihr gehässiges kleines Märtyrergesicht mit den spitzen Zähnen erhoben und geantwortet:

«Ich tue meine Pflicht. Ich passe auf, daß sie was zu essen bekommen; ich halte ihnen das Haus in Ordnung; sie haben mir nichts vorzuwerfen.» ‹Nichts, außer daß ich sie nicht liebhabe...›, hätte sie fortfahren können, wenn sie aufrichtig gewesen wäre. Und da Sylvaine diese Zärtlichkeit, die ihr empfindliches Herz nötiger braucht als die Luft zum Atmen, weder bei ihrem Vater noch bei ihrer Mutter gefunden hat, sucht sie sie mit der verzweifelten Kraft und Begierde der Jugend in ihrer Umwelt.

Manchmal wird sie ihr durch eine freundliche Nähe zuteil. Tante Théonie kommt von ihren Bergen und ist kurze Zeit da; ihre guten Augen sind immer nur auf das Glück der andern bedacht und Sylvaine entdeckt unter dem schwarzen Wollmieder der alten Jungfer ein mütterliches Herz, von dem jene Wärme ausströmt, die ihr nötig ist wie ein Lebenselement.

Sie ist einsam. An jenem Sonntag ist sie es in noch stärkerem Maße gewesen, weil Ollivier fortgeblieben ist, nach dessen Nähe sie sich gesehnt hatte. Sie hat die Arme ausgestreckt wie eine Blinde; sie hat ihre Qual nach jeder Möglichkeit eines Echos hin aus sich herausgeschrien, aber das Echo hat ihr nur die eigenen Schreie zurückgesandt; sie hat mit verstörten Blicken um sich geschaut; voll tiefer Herzensnot hat sie in den Garten gerufen: «Ist denn nichts für mich in dir? Nichts? Gar nichts?» Und die kalte fühllose Erde, die nur zu den Toten freundlich ist, hat ihren hingegebenen Körper empfangen. Und dennoch hat sich ihr in ihrer tiefsten Verlassenheit ein Arm hingestreckt und hat sie aufgehoben, Augen haben ihr Mitleid in ihre Augen ergossen, und ein Mund hat Worte der Hoffnung gesprochen.

Romain Toucas... Sie kennt ihn, ja, so wie man die Katze kennt, der man das Futter hinstellt, die Katze, die auf der Türschwelle liegt und sich um niemand kümmert, oder die Frau, die einmal wöchentlich zum Waschen kommt. Seit sie sich seiner bewußt ist, kennt sie ihn nur im Zusammenhang mit dem Betriebe, wo er Resplandin in den Werkräumen oder im Büro gehorcht oder ihn vertritt. Als sie klein war, hat er ihr ein paarmal Schokolade oder ein Spielzeug geschenkt. Zu ihrem fünfzehnten Geburtstag hat sie von ihm einen gläsernen Armreif bekommen, der bald zerbrochen ist; die Scherben hatte sie weggeworfen. Jedesmal hatte sie «danke» gesagt, und Gabrielle war ärgerlich gewesen, daß der Prokurist sich überhaupt bemerkbar gemacht hatte. Sylvaine jedoch hatte ein paarmal gespürt, daß Romain Toucas' Blicke an ihr hingen. ‹Vielleicht hat er eine Freundin in meinem Alter›, hatte sie sich dann gesagt, und das war alles gewesen. Aber selbst diese Mutmaßung mußte falsch sein; denn der Prokurist lebte allein und war niemals mit einer Frau gesehen worden.

Wenn er zum Häutekauf nach Toulon oder Marseille oder in die Hochalpen geschickt worden war, hatte Resplandin ihn bei der Rückkehr immer damit aufgezogen, daß die Vergnügungsmöglichkeiten in den großen Städten wohlfeil seien. Er hatte dann niemals geantwortet; aber sein stämmiger Hals war zwischen dem dichten Haar und dem Rockkragen rot geworden.

Am Sonntag nach jenem, da er Sylvaine getröstet hat, zieht sich Romain Toucas nach dem Essen an, verabschiedet sich und steigt auf sein Fahrrad. Gabrielle sieht ihn auf der Straße nach Toulon davonfahren und fragt heimlich ihren Mann:

«Wohin will denn dieser menschenscheue Kerl, der sich sonst nicht vom Flecke bewegt?»

Sylvaine hat nichts gehört. Sie ist völlig in ihren Schmerz versunken. Ollivier hat kein Lebenszeichen gegeben.

Im Büro, wo der Vater sie Rechnungen ordnen und ablegen läßt, sieht sie am Montagmorgen, wie der Prokurist kommt. Er tritt zu ihr, zwinkert ihr zu und steckt ihr einen winzig klein zusammengefalteten Zettel in die Hand.

Verwirrt und fragend schaut sie zu dem Manne auf; aber da

kommt der Vater herein; sie läßt den Zettel in der Bluse verschwinden und geht unter irgendeinem Vorwand hinaus.

Zwei Minuten später ist sie schier außer sich vor Freude: Ollivier hat ihr geschrieben! Es sind nur ein paar mit Bleistift auf schlechtes Papier gekritzelte Zeilen:

«Montag um sechs, wenn Sie kommen können, erwarte ich Sie an der Zypresse bei der kleinen Kapelle an der Straße nach Solliès. Ich würde mich sehr freuen, wenn Sie kämen. Ollivier.»

‹Heute abend!› denkt sie. ‹Aber wie soll ich mich freimachen? Wie soll ich mich freimachen?›

Den Gedanken daran wird sie den ganzen Tag nicht los; bei Tische, bei der Arbeit, überall quält er sie. Er ist wie eine rote, freudenfarbene Hummel, die ihr im Kopf herumbrummt. Als sie alle zusammen beim Mittagessen sitzen, sagt Romain Toucas auf einmal:

«Sylvaine, neulich hast du doch mal gefragt, ob es jetzt schon blühende Heide gebe? Ja, es gibt tatsächlich welche, drüben bei Solliès, im Quellenholze; ich habe es gesehen.»

Er sieht Sylvaine durchdringend an; sie senkt schnell die Lider und sagt:

«Ach, wie schön; dann kann ich ja heute abend welche pflükken.»

«Ich sehe es höchst ungern, wenn du allein in den Wald gehst», sagt der Vater.

«Ich kann ja Rose Venel abholen, wenn ich bei ihr vorbeigehe.» Ihre Finger trommeln an der Tischkante. Sie denkt, daß sie hernach sagen kann, Rose Venel sei nicht zu Haus gewesen.

«Ich kann ja mitgehen, wenn Sie erlauben», sagt Toucas. «Ich hatte sowieso nach Solliès wollen.»

«Nanu», sagt Resplandin, «du gerätst mir doch nicht etwa auf Abwege, Romain? Sonst gehst du niemals aus, und nun bist du erst gestern fortgewesen ...»

«Ein Vetter von mir ist auf der Durchreise da», sagt Toucas.

«Ich habe gar nicht gewußt, daß du Verwandte hast.»

«Er ist aus Gap, der Heimat meiner Mutter.»

«Na, wenn das Mädchen in deiner Obhut ist, dann bin ich beruhigt», sagt Resplandin. «Geh aber erst nach Arbeitsschluß; es ist viel zu tun – der Auftrag Martel muß fertiggemacht werden.» Die beiden Männer fangen wieder an, von der Gerberei zu reden, wie bei allen Mahlzeiten. Gabrielle hat für nichts

Auge und Ohr. Sylvaine ist, wie stets, sich selbst überlassen; in ihrem Herzen wiegt sich neues Hoffen.

«Ich hatte schon geglaubt, Sie kämen nicht mehr...», sagt Ollivier.

Sylvaine wirft ihre Jacke ins Gras und fährt sich mit beiden Händen durch das wehende Haar. Ollivier sieht sie an. Er sagt noch:

«Das machen Sie noch immer genau so hübsch wie in Le Lavandou.»

«Ich bin so gelaufen», sagt Sylvaine.

Sie ist rot; in ihrer Kehle flattert etwas wie ein Vogel; sie möchte es loswerden; es benimmt ihr den Atem. Endlich kann sie Luft holen; sie sagt:

«Ich hatte solche Sehnsucht...»

«Ich auch», sagt Ollivier.

Beide senken die Köpfe wie Leute, denen eine zu schwere Last aufgebürdet worden ist. Doch ihrer beider Leidenschaft, diese unbezwingbare Macht, macht sie schnell wieder froh.

«Guten Tag!» sagt Sylvaine. «Nicht einmal guten Tag haben Sie mir gesagt!»

«Guten Tag!» sagt Ollivier weich.

Er zieht sie an sich; sie zittert, daß sie bei ihm ist, und so stehen sie stumm und hören ihr Blut rauschen.

«Sie sind nicht nett», sagt Sylvaine. «Warum sind Sie letzten Sonntag nicht gekommen? Ich habe gewartet, bis es dunkel war.»

Nun er da ist, weiß sie kaum noch, daß sie gelitten hat.

«Wenn ich gekonnt hätte...», sagt Ollivier und senkt abermals den Kopf.

«Weshalb haben Sie denn nicht können?» fragt Sylvaine.

«Ach, das sind so Sachen...»

Sein braunes Gesicht ist plötzlich flammendrot geworden; er kann nichts als verstummen.

«Bis in die Nacht hinein hatte ich gehofft», sagt Sylvaine.

Ollivier langt nach ihrer Hand.

«Wir wollen einander keine Vorwürfe machen», sagt er, «da wir doch nun beieinander sind.»

«Ja», sagt sie.

Ihre beiden Hände liegen in Olliviers großen Händen, die sich über ihrer Wärme geschlossen haben. Sylvaine ist, als müsse der

Traum zerrinnen, wenn sie noch ein einziges Wort sage, und als werde sie dann wieder allein sein wie neulich im Lorbeerboskett. Sie lauscht aufmerksam auf Olliviers Atmen, das ihrem Atmen antwortet. Der Freund zieht sie an sich, noch enger; einen Arm hat er um ihre Schultern gelegt, und sie findet seinen Mund wieder, den Geschmack dieses Männermundes, den sie im Augenblick der Abreise von Le Lavandou empfunden hat und den alle Abende voll fieberischen Verlangens sie abermals haben empfinden lassen. Aber ein erträumter Mund und eben jener Mund, wenn man ihn lebendig fühlt – das ist zweierlei. Keiner von Sylvaines Träumen, so erfüllt von Erinnerungen sie auch gewesen sind, hatte sie in einen solchen Sternenwirbel gerissen, hatte ihr solch eine weiche Schwäche in den Beinen gegeben, hatte solch eine brennende Sonne in ihr Fleisch ergossen, in der man schmolz wie Früchte, die sich auftun und ihren Saft verströmen.

Ollivier faßt sich zuerst. Er hat Angst vor sich selbst. ‹Sie ist ein Mädchen›, sagte er sich, ‹ein Mädchen . . .›

Er löst Sylvaines Körper von dem seinigen und lehnt ihn gegen den schweren Leib der Zypresse, die die kleine Kapelle beschirmt; Sylvaine hebt sich von der dunklen, rauhen Rinde rührend und zart ab – ein Kind, das noch nicht Frau ist. Er läßt seine harten Arbeiterhände, die auf der Erde und auf dem Meer gekämpft haben, an ihren Armen hinauf bis zu ihren kleinen, abfallenden Schultern gleiten. Er streichelt ihr Gesicht, das wie das einer glücklichen Toten ist; er rührt an das Wunder der Brauen, die daliegen wie schwarzes, behutsam gemähtes Gras. Er folgt der reinen Wölbung der Wangen, der knabenhaften Nase und dem Kinn und dem Hals, der wie ein Taubenhals ist. Der bebende Mund sucht seine Hand und den Duft seiner Haut, begierig wie ein Säugling die Brust sucht; aber er küßt diesen Mund nur ganz zart; es ist, als habe dieser Kuß Furcht vor sich selbst.

«Sylvaine?» fragt er.

Sie schlägt die Augen auf und seufzt tief.

«Bist du da?» fragt sie.

Sie richtet sich auf, sinkt in sich zusammen und richtet sich abermals auf.

Sie sagt, und sie schaut dabei verwirrt und verlegen um sich: «Ich muß Heide mit nach Haus bringen; deswegen bin ich ja hergekommen.»

«Ach nein, deswegen bist du hergekommen?» fragt Ollivier.

Sie lachen einander an und zeigen dabei die blanken, jungen Zähne.

Wieder umfängt er sie mit beiden Armen, und jetzt küßt er sie stürmischer als zuvor. Sie sinkt hin, lang ausgestreckt.

«Und deswegen bist du nicht gekommen?» fragt er.

«Schweig doch», flüstert Sylvaine. «Sonst bin ich verloren ...»

Sie drückt ihn mit der Hand zurück; sie steht wieder auf und beginnt in den Wald hinaufzugehen, auf einem Wege, der zwischen Steineichen dahinführt; blühende Heidesträucher bilden zu beiden Seiten rosige Ufer.

Sie macht sich daran, die Zweige abzubrechen und einen Strauß zu binden. Ollivier geht schweigend hinter ihr her; wider ihr Wollen spürt sie es; in ihr flüstert es immerfort:

‹Er ist da! Mein Gott, er ist da!›

Immer meint sie, sie müsse rückwärts in seine Arme sinken, von denen sie glaubt, daß er sie geöffnet halte, um sie hinzunehmen. Sie durchdenkt alle Möglichkeiten, um es zuwege zu bringen, daß sie sich so oft wie möglich mit Ollivier treffen kann.

«Wann sehe ich dich wieder?» fragt sie.

«Das kommt auf dich an», antwortet Ollivier. «Ich kann immer kommen.»

Sylvaine überlegt; sie weiß, wie schwierig es ist. Gegen die ganze Welt wird sie ankämpfen müssen. Aufs neue fühlt sie sich überwältigt und kraftlos.

Als Romain Toucas sie von der Straße her, wo er sie hundert Meter vor der Kapelle verlassen hat, mit einem nachgemachten Holzfällerpfiff ruft, haben Ollivier und Sylvaine einander wieder und immer wieder gesagt, was sie einander seit ihrem Abschied in Le Lavandou gewesen sind und was sie von der Zukunft zu erhoffen vermögen.

Schließlich ist Sylvaine traurig geworden.

«Ich glaube nicht, daß ich meinen Vater umstimmen kann», hat sie Ollivier gesagt, «er ist halsstarrig; er stammt nicht umsonst aus der Ardèche; aber schließlich bin ich seine Tochter, und es sind ja auch nur noch drei Jahre, bis ich mündig bin.»

«Und deine Mutter?» fragt Ollivier.

«Ach, meine Mutter ...», hat Sylvaine noch trauriger gesagt.

Beide schweigen.

«Kann Tante Gina nicht ein Wort für uns einlegen?» fällt es Sylvaine plötzlich ein.

Ollivier zuckt zusammen. «O nein!» sagt er. «Das geht nicht!»

«Und ich hatte geglaubt, du verstündest dich gut mit ihr», sagt Sylvaine. «Vater mag sie auch nicht, und dabei ist sie so nett. Keiner kann uns helfen. Ach, wenn du doch am Sonntag gekommen wärst!»

«Warum denn?» fragt Ollivier.

«Mir ist, als wäre dann alles besser geworden. Bei Vaters Rückkehr wären wir beide vor ihn hingetreten und hätten ihm alles gesagt. Ich habe mich an dem Tage so tapfer gefühlt! Und du?»

«Ach, ich ...», sagt Ollivier.

Er macht eine vage Handbewegung.

«Hast du etwa Angst davor?» fragt Sylvaine.

«Das nicht», sagt Ollivier, «nein, das ist es nicht. Aber ...»

Plötzlich sieht auch er ganz niedergeschlagen aus.

«Es gibt so mancherlei ...», sagt er.

«Aber warum bist du denn nicht gekommen?» fragt Sylvaine abermals.

«Ach, darum nicht. Ich habe nicht können; das habe ich dir doch schon einmal gesagt.»

«Hast du zu tun gehabt?»

«Ja, ich habe zu tun gehabt. Es ließ sich nicht anders machen.»

«Ich habe so sehr auf dich gewartet!»

«Nun hör aber auf damit! Ein für allemal! Es soll nicht wieder vorkommen.»

«Willst du denn nicht mehr arbeiten?»

«Arbeiten? Gewiß doch. Nein, es ist etwas anderes gewesen. Du verstehst das nicht – du kannst es gar nicht verstehen. Und bitte, sag jetzt nicht mehr, daß ich zu euch ins Haus komme. Das geht nicht. Ich muß jetzt erst fort, weit weg, festen Boden unter die Füße bekommen, und dann komme ich wieder und halte bei deinem Vater um dich an. Wartest du wohl so lange?»

«Ja», sagt Sylvaine.

«Auch, wenn es sehr lange dauert?»

«Ja», sagt Sylvaine. «Aber du mußt mir schreiben – dann will ich auch geduldig warten.»

«Ja, schreiben will ich dir», sagt Ollivier. «Nicht gerade jeden Tag; ich bin kein großer Schriftgelehrter. Aber du mußt immer daran denken, daß ich dich nie vergessen werde.»

«Ich will dir auch schreiben», sagt Sylvaine.

«Ja. Ich schicke dir meine neue Adresse.Ich ziehe von deiner

Tante weg. Ich gehe wieder zur See; aber da erreichen deine Briefe mich ja auch. Aber jetzt erst mal das Wichtigste, du: kannst du übermorgen wieder herkommen?»

«Übermorgen?» wiederholt Sylvaine. «Übermorgen? Ich weiß nicht.»

«Du mußt es aber wissen», ruft Ollivier mit unterdrückter Stimme. «Du mußt es wissen, und du mußt den festen Willen haben! Wenn dein Mut dich im Stich läßt, kommen wir überhaupt zu nichts!»

Romain Toucas pfeift zum zweitenmal.

«Mein Gott», sagt Sylvaine aufgeregt und kopflos, «ich komme ja viel zu spät.»

«Kommst du also?» fragt Ollivier. «Zur selben Zeit, hierher? Sag doch, sag doch, daß du kommen willst!»

«Ja», sagt Sylvaine, «ja, bitte, laß mich jetzt weg; ich habe Angst...»

Vergebens versucht sie, die beiden Hände auseinanderzuzerren, die er hinter ihr verschränkt hat; sie fühlt, wie ihr Körper sich verlangend dem seinen entgegendrängt. Sie fühlt eine weiche, schwankende Lust, dazubleiben, in den harten Armen, die sie umschlingen, das brennende Gesicht an seine Lippen gedrückt.

Dann kehrt ihr jäh die Willenskraft zurück; sie reißt sich los und läuft davon, der Straße zu.

Ollivier ist unter den Bäumen stehengeblieben; seine Arme sind leer; noch immer hält er sie ausgestreckt. Unter der letzten Eiche ruft sie:

«Übermorgen, um die gleiche Zeit!»

Dann springt sie die Böschung hinunter.

«Das hat aber lange gedauert», sagt Romain Toucas. «Komm, wir müssen schnell machen.»

Er geht voraus mit langen, kräftigen Schritten.

«Oha», sagt Sylvaine und fährt sich mit den Händen an den Hals. «Sie gehen viel zu schnell; ich kann kaum noch!»

Er sieht ihren erhitzten Körper; ihre junge Brust; er sieht Sylvaines flammendes Gesicht, das so schön, so voller Leidenschaft und Leben ist; und er meint, es sei ihm zum erstenmal beschieden, das alles in seiner Fülle zu sehen. Und ihr schwellender Mund...

Mit einem matten Lächeln wendet Sylvaine ihm ihr leidenschaft-gezeichnetes Gesicht zu.

«Sie sind wirklich sehr nett», sagt sie. «Ich weiß gar nicht, wie ich Ihnen danken soll.»

«Allzu zufrieden siehst du nicht aus», sagt Romain.

«Ach», sagt sie; «was soll ich denn machen? Es ist alles so schwierig . . .»

Dicke Tränen laufen ihr über die Backen.

6

«Nichts», sagt Romain Toucas.

«Wieso? Nichts?» fragt Sylvaine.

«Nichts.»

«Aber das kann doch gar nicht möglich sein!» sagt Sylvaine, und ihr Gesicht verzerrt sich vor innerlicher Schwäche.

«Ich bin dem Briefträger im Hof begegnet und habe ihm selber die Post abgenommen. Wenn etwas dabeigewesen wäre, hätte ich es sehen müssen.»

Sie war in den Planierungssaal hinuntergekommen, wo, wie sie wußte, der Prokurist zu tun hatte. Während er mit den Arbeitern redete, hatte sie dem Drehen der großen Walzen zugeschaut, die durch eine an der Decke hängende Transmission angetrieben wurden. Die langen, glänzenden Treibriemen, die die Transmission mit den Walzen verbanden, liefen, wie Wasser rinnt – dermaßen schnell, daß man meinen konnte, sie stünden still. Ein weiches Surren begleitete ihre Bewegung. Mit mechanischen Griffen unterwarfen die Arbeiter die Häute der Glättung, und während Sylvaine ihnen zusah, wurde sie sich plötzlich darüber klar, daß diese Häute, jetzt eine tote Ware, ehedem lebendigen Tieren angehört hatten, die umhergelaufen waren, gefressen und in der grünen Freiheit der Wiesen gelebt hatten.

Wer von allen, die hier unter diesen abgezogenen Häuten lebten, war wohl jemals auf diesen Gedanken gekommen? Und sie selbst, die von Geburt an den durchdringenden Geruch des Tannins geatmet hatte – hatte sie jemals darüber nachgedacht, was das auf Nützlichkeit und praktischen Zweck bedachte Gewerbe aus diesen Tierhäuten machte?

Bei Tisch hörte sie dem Vater zu, der in und mit der Gerberei lebte, auch wenn er ihr körperlich fern war. Er sagte:

«Stell dir mal vor, Romain: es hat den Anschein, als ersetze man jetzt das Verfahren mit flüssiger Beize, wie wir es hier mit unsern Loheextrakten anwenden, durch ein elektrisches Beizverfahren. Es führt zu guten Ergebnissen, heißt es, und es wirkt weit schneller. Der Direktor der Gerberei zu Barjols hat es mir auseinandergesetzt. Statt daß die Häute erst enthaart und entfleischt werden müssen, verstehst du, damit dann der Äscherkalk durch Druck eingepreßt werden kann, hat man jetzt beide Werkvorgänge vereinigt: die Häute kommen in rotierende Trommeln mit einer bestimmten Gerbstofflösung, und dahindurch wird ein Strom mit siebzig Volt geschickt. Die Poren der Häute erweitern sich dann schneller, und das erleichtert wieder die Gärung, die ja bei unsern Methoden so lange dauert. Anscheinend kann man auf diese Weise dickes Sohlleder binnen acht Tagen fix und fertig gerben. Nun sag selber, ob das nicht eine fabelhaft interessante Sache ist? Und statt die kleinen abgehaarten Felle mit Seesalz und Chromalaun zu gerben, wie wir es tun, nimmt man eine alkalische Bichromatlösung, die mit einem Schwefelreduktor versetzt ist. Ist dir der Kniff klar? Es heißt, daß die Häute bei diesem Verfahren etwas Chromsalz aufnehmen und in ein paar Stunden gar sind. Man müßte das mal versuchen. Wie denkst du darüber?»

Sylvaine hörte dieser Unterhaltung zu. Immer und ewig sprechen die Männer beim Essen von solchen Dingen, die Fremden unverständlich wären, ihr jedoch von früher Kindheit an vertraut sind. Heute jedoch ist ihr der Gedanke an die Häute, die ehedem lebendiges, durchblutetes Fleisch geschützt haben und nun zur Ware geworden sind, beinahe qualvoll. «So viele tote Tiere, mein Gott, so viele tote Tiere!» sagt sie immer wieder, wenn sie um sich schaut. Sie ist schier vernarrt in lebende Tiere; sie schreit vor Entzücken, wenn sie gerade ausgeschlüpfte Küchlein sieht oder ein just geworfenes Ziegenlamm oder die Silberkugeln der kleinen Spinnen – und bis jetzt ist ihr gar nicht bewußt geworden, daß sie inmitten von Kadavern, von «Blößen», aufgewachsen ist, denen in ihres Vaters Fabrik – eine an Zynismus grenzende Ironie! – die Weichheit und Geschmeidigkeit des Lebens wiedergegeben wird. Sie hat bislang niemals den Verwesungsgeruch gespürt, der aus den Gerbergruben aufsteigt. Aber heute nimmt sie ihn bis in ihre letzten Tiefen wahr; er schnürt ihr die Kehle zusammen und läßt sie zurückfahren.

Der Prokurist ist zu ihr getreten, und als er sie so niedergeschlagen sieht, sagt er ihr wieder etwas Nettes:

«Heute ist ja nun leider nichts gekommen; aber morgen vielleicht, weißt du . . .»

«Ja, morgen bestimmt», sagt sie.

Ihr ist, als müsse sie ersticken. Sie geht ins Büro hinauf und fragt den Vater:

«Kann ich bitte ein bißchen in den Garten gehen? Ich habe Kopfschmerzen.»

«Geh nur», sagt Resplandin. «Seit ein paar Tagen machst du immer so ein sonderbares Gesicht.»

Sylvaine geht. Draußen atmet sie tief die Luft ein, die nach jungen Keimen schmeckt und ihr die von jenem fürchterlichen Geruch erfüllten Lungen reinzuwaschen scheint. Sie geht die Wege auf und ab, und dann setzt sie sich auf eine Böschung. Eine Fülle von kleinen, stark duftenden Veilchen rieselt wie ein Bach mit dunklem Wasser in dem kurzen Grase. Die Mandelbäume stehen in voller Blüte. Sie stehen in Vierecken und sind, wie die Olivenbäume, kugelig gestutzt; die entfernteren sehen blaßgrau aus, die näheren rosa. Die Ranunkel- und Tulpenbeete bilden große rote und gelbe Flecken. Die regelmäßig angelegten Narzissenpflanzungen sind schon im Abblühen: ganz weiß die Sorte ‹Grüne Ader›, während die Felder mit ‹Gloriosa› gelb und weiß sind und die mit ‹Sonnengold› leuchtendschwefelgelb.

Ein schwerer, schwindelerregender Duft steigt an diesen Februartagen von den üppigen Beeten auf und zieht sich durchs Tal wie eine Wolke.

Auf Sylvaine lastet wiederum die Bürde, die die Maßlosigkeit ihrer Liebe ihr auferlegt hat. Sie fühlt, daß sie diese niederdrückende Last zu Unrecht trägt. Sie muß daran denken, wie leicht alles in ihrer Pensionszeit gewesen ist, als es sich nur darum handelte, in der Klasse nicht allzuviel zu schwatzen, um innerlich vollkommen ruhig zu sein. Sie erkennt, wie schwierig es sein wird, der Mutter, die sie überhaupt nicht beachtet, und dem Vater, der sich mit Lieferungsterminen und Verfallstagen herumquälen muß, klarzumachen, daß ihre Liebe zu Ollivier keine Kleinmädchenliebe ist. ‹Ach›, denkt sie, ‹wäre ich doch noch klein! Wie schnell ist das vorbei gewesen, viel zu schnell!›

Sie bleibt sitzen; sie ist so matt, daß sie sich wie an den Boden angenagelt fühlt. Dann streicht sie sich mit der ihr eigentümlichen Bewegung beider Hände das Haar aus der Stirn. Immer ist es ihr zu warm, überall. Abends möchte sie sich gern abkühlen, indem sie sich auszieht und erst nach einer Weile das Nachthemd überstreift. Aber sie tut es nicht; sie schämt sich, daß sie immer an Ollivier denken muß, wenn sie nackt ist.

Sie steht auf und schlendert dem Lorbeerboskett zu, das sie so gern hat; aber eine abergläubische Furcht hält sie davon ab, als ihr einfällt, daß sie dort unter den dunklen Bäumen schon einmal böse Erinnerungen begraben hat.

Sie geht einen Weg hinab und setzt sich schließlich auf eine niedrige Mauer, von wo aus man die Straße überschauen kann, als hoffe sie, Ollivier kommen zu sehen.

«Daran ist wirklich nichts zu verstehen ...» Gerade heute vor vierzehn Tagen hat sie sich mit dem Freunde bei der Zypresse an der Kapelle getroffen, und kurz bevor sie sich hatten trennen müssen, hatte er sie an sich gedrückt, als wolle er sie zerbrechen, und hatte mit belegter, leidenschaftsdunkler Stimme gesagt:

«Kommst du also? Zur selben Zeit? Hierher? Sag doch, sag doch, daß du kommen wirst!»

Obwohl sie am ganzen Leibe gezittert hatte, hatte sie geantwortet:

«Ja, ja; bitte, laß mich jetzt weg ...»

Ach, warum war sie nicht dageblieben? Unter keinen Umständen hätte sie weggehen dürfen. Durfte man denn auseinandergehen, wenn man einander so sehr liebte? Man sagt stets: ‹Wir sehen uns ja wieder. Heute abend, oder morgen.› Und dabei kann es geschehen, daß man einander nie im Leben wiedersieht.

Sie beide hatten beispielsweise gesagt: ‹Übermorgen!› Und zwei Tage später hatte es Sylvaine unter mancherlei peinlichen Schwierigkeiten einzurichten gewußt, daß sie weggehen konnte. Sie hatte der Mutter rasch auseinandergesetzt, daß sie auf einen Sprung zu Rose Venel gehe, die ihr ein Häkelmuster zeigen wolle. Wie gewöhnlich hatte Gabrielle nicht recht hingehört, und da Sylvaine wußte, daß der Vater nicht da sei, war sie schnell über den Gerbereihof gelaufen. Am Tor war sie dem heimkehrenden Resplandin begegnet.

«Na, wohin willst du denn so eilig?» hatte er gefragt.

«Zu Rose Venel», hatte sie geantwortet, und dann hatte sie noch leichtherzig gesagt: «Ich kann ohne ihre Hilfe nicht mit der Häkelspitze fertig werden, die sie mir angefangen hat, und da ...»

«Dann soll sie gefälligst hierher zu uns ins Haus kommen

und es dir zeigen; denn schließlich wird sie ja dafür bezahlt, daß sie bei uns näht», hatte Resplandin trocken gesagt. «Es ist durchaus unnötig, daß du ihr den Weg abnimmst. Du hast genug in der Gerberei zu tun, und wenn du im Büro nichts zu arbeiten hast, sollst du deiner Mutter zur Hand sein. Marsch, ins Haus!»

Er hatte Sylvaine mit seinen groben Fingern beim Arm gefaßt und sie über den Hof gezerrt.

«Ich mag es nicht, wenn du dich allein auf der Landstraße herumtreibst wie irgendein leichtes Mädchen – du verstehst mich doch, nicht wahr? Daß mir das nicht wieder vorkommt! Wenn du nicht auf dich achtest, dann achte ich eben auf dich!»

Sylvaine war es, als grüben sich die groben Finger, die das zarte Fleisch ihres jungen Armes umklammert hielten, noch härter in ihre Brust, wo ihr Herz in rasender Angst pochte.

Vor dem großen Vater her war sie über die Türschwelle gegangen, winzig klein und beladen mit der Last ihrer Verzweiflung. Den Rest des Tages über hatte sie an nichts als an den nächsten Tag denken können, denn dann wollte sie abermals nach dem Quellenholz gehen. Sicherlich würde Ollivier wiederkommen.

Wirklich war es ihr am nächsten Tage gelungen, zu entwischen, ohne abgefaßt zu werden. Sie hatte frischen Mut gefaßt. Die Vorfreude beflügelte sie; sie lief ihrem Glück voraus. Aber siehe da: Ollivier war nicht gekommen.

Sie hatte noch eine weitere Nacht durchfiebert und Pläne geschmiedet und wieder verworfen. Sobald sie aufgestanden war, hatte sie einen Brief geschrieben und Romain gebeten, ihn für sie in den Kasten zu stecken. Als er zurückgekommen war, hatte er ihr durch ein Zeichen zu verstehen gegeben, daß der Brief besorgt worden sei.

Sie hatte auf Antwort gewartet – einen Tag, zwei Tage, eine ganze Woche, und dann war ihr klar geworden, daß diese Antwort niemals kommen werde. Dann hatte sie sich an Romains breiter Brust ausgeweint, verdeckt von Büschen, an der Biegung eines Gartenweges. Sie hatte den einzigen Menschen, den ihr das Schicksal als Vertrauten gewährt hatte, flehentlich gebeten, seinerseits Nachforschungen nach Ollivier anzustellen und ihn, da sie es nicht konnte, um ein Beisammensein zu bitten. Gefügig wie immer hatte Romain sich dazu bereit erklärt; aber bei seiner Rückkehr hatte er gesagt:

«Ollivier ist nicht mehr in Le Lavandou. Er ist auf und davon, ohne einer Menschenseele ein Wort zu sagen, und keiner weiß, wohin. Wahrscheinlich ist er zur See gegangen...»

Wie totes Wasser sich über einem Stein schließt, der seine Oberfläche verletzt hat, entbreitet sich der Schmerz Sylvaines, die sich von Ollivier vergessen glaubt, zu einer tiefen, starren Ruhe. Das Mädchen nimmt wieder sein kindliches Aussehen an; es fängt wieder an zu spielen; es nimmt aufs neue einigen Anteil an dem Leben, wie es vor dieser Liebe gewesen ist; es hat Augen für andere Dinge und andere Menschen. Sylvaine schreibt an Tante Théonie, sie habe sich Ollivier ganz und gar aus dem Sinn geschlagen. Sie sagt sich, er sei ihres Vertrauens nicht würdig gewesen; allzu leicht habe sie ihre Neigung einem Menschen zugewandt, der sie nicht verdient habe. Der junge Lauraguais, der reiche Papierfabrikantensohn, mit dem der Vater sie so gern verheiraten möchte, wird von den Resplandins zum Essen eingeladen und ist schier geblendet ob ihrer Klugheit und Schönheit. Wenn er da ist, wechseln Sylvaine und Romain Blicke stillschweigenden Einverständnisses; sie zeigt, wenn sie laut auflacht, ihre jungen Zähne; daran soll er erkennen, daß sie tatsächlich überwunden hat. Sylvaine ist fest davon überzeugt, daß sie über Ollivier hinaus ist.

Aber eines Tages, ganz plötzlich, ohne jeden augenscheinlichen Grund knickt sie in sich zusammen, und alle ihre Kraft ist dahin. Wenn ein junger Baum sich mit Blüten bedeckt, bevor die Zeit des Ergrünens gekommen ist, weiß der Landmann, daß in seinem Herzen ein geheimes Übel nagt. Er läßt sich durch die schimmernden Blütenbüschel nicht täuschen, und wenn er ein Zweiglein abbricht, sieht er, daß das Mark schwarz, daß das Blut des Baumes verdorben ist. Der Baum sieht aus, als lebe er; aber um die Zeit, da seine Blüten Früchte werden sollen, verdorrt er plötzlich.

Eines Nachts erwacht Sylvaine. Seit drei Tagen peitscht ein wütender Märzregen das Land. Der warme Wind, der aus Italien kommt, und die eisigen Böen, die vom Meer her wehen, raufen sich um die Wassermassen, die auf die zarten Mandelblätter niederrauschen und sie zerfetzen. Sylvaine hat geträumt, Ollivier sei bei ihr gewesen und habe ihre Hand gehalten. Ihre Hand ist noch ganz warm vom Druck der seinen gewesen, als sie die Augen aufgeschlagen hat und sich ihrer Einsamkeit bewußt geworden ist. Da wird ihr deutlich, daß er sie nicht vergessen hat; daß er sie niemals vergessen wird; und nun weiß sie, daß sie niemals glücklich werden kann, wenn es ihr versagt bleibt, Ollivier zu gewinnen.

Sie durchdenkt alle Stunden von ihrer beider Gemeinsamkeit. Ollivier in Le Lavandou. Zugleich mit dem kräftigen Geruch der Fische, die im Seegras sterbend die Mäuler aufreißen, kommt er in das Hotelcafé; Seesterne krümmen ihre zerknickten Spitzen; die zartgrün und lachsrotfarbenen Fische sind naß wie die großen Hände des Fischers, der sie, um ihr Freude zu machen, hin und her wendet; seine Hände sind mit schimmernden Fischschuppen bedeckt. Und gleichzeitig der Blick, der erste Blick, in dem ihrer beider Augen sich ineinander verstrickt haben wie zwei liebende Tiere. Dieser Blick, der, als er sich abgewandt, sie beide ausgehöhlt und leer zurückgelassen hat. Dann der Kuß, am Bahnhof, im Augenblick der Abfahrt, der hastige, ungeschickte Kuß, der etwas so Unerhörtes und Neues für den unberührten Mund des Mädchens gewesen ist, daß Sylvaine gemeint hat, er brenne wie ein Mal während der ganzen Bahnfahrt auf ihren Lippen fort und sie müsse versuchen, ihn mit den Fingern wegzuwischen. Und dann ihrer beider Briefe, die Tante Théonie ihnen ermöglicht hat, die Briefe mit ihren kindlich-unbefangenen, einfältig-unverbrauchten Worten, die das beste am Leben sind, alten und ewig neuen, ewig verjüngten Worten: «Sie, wir beide, du; nur uns beide gibt es auf der Welt, und wir leben einzig, weil es nur uns beide gibt.»

Sie denkt an die Zeit zurück, da Tante Théonie zum erstenmal mit dem Vater gesprochen hat. Sie versucht, ihm diese Liebe, ihre Stärke und ihre Hoffnungen auseinanderzusetzen. Aber Emile Resplandin antwortet mit Gelächter – erst mit Gelächter, dann mit Vernunftsgründen, und endlich mit Zornesworten. Er schimpft drauflos: Sylvaine sei erst siebzehn – die Zeit der Hochzeitsträume liege noch vor ihr. Und dann dieser Fischhändler – das sei wahrhaftig der rechte für eine Direktorstochter! «Einen besseren hat sie sich wohl nicht aussuchen können, die dumme Gans? Wir werden ihr schon was Passendes ausfindig machen. Sie ist hübsch und gebildet genug, um andere Ansprüche zu stellen.»

Aber Sylvaine will sich nicht unterkriegen lassen, und nun wird alles anders: «Sie gehorcht, und damit basta! Bei uns Resplandins haben die Frauen immer gehorcht, und die Launen eines allzu frühreifen Kindes werden daran nichts ändern!»

Sylvaine weint; sie schreibt an Ollivier den letzten Brief, den Tante Théonie vor der Abreise in den Kasten wirft: «Herrn Ollivier Desmichels, Hotel Laurade, Le Lavandou», jenen Brief, der Ollivier anfleht: «Komm!» und Ollivier ist nicht gekommen. Und Romain Toucas hat sie gefunden, wie sie vor Enttäuschung innerlich zu Eis gefroren war, und er hat ihr gut zugesprochen. Am Sonntag danach ist er bis nach Le Lavandou gefahren, und tags darauf ist Ollivier gekommen und hat sie an sich gedrückt, und sein Glühen hat sie fast verbrannt. Sie hat glauben können, daß die ganze Welt wieder schön geworden sei, nun Ollivier dagewesen ist. Nichts hat dafür gesprochen, daß es jemals anders werden könnte. Am übernächsten Tage hatten sie einander nochmals bei der Zypresse an der kleinen Kapelle treffen und beratschlagen wollen, wie sie es anstellen müßten, einander wiederzusehen und sich vielleicht gar ein Herz zu fassen, vor die Eltern hinzutreten trotz Olliviers Angst, und auch trotz Sylvaines Angst, die weiß, daß der Vater der harten Erde von Brujas entstammt, wo das Gras aus trockenen Fiedern besteht, und daß die Mutter sie ungerührt wie eine Statue ansehen wird.

Aber sie sagt sich: ‹In drei Jahren bin ich mündig. Was bedeuten denn drei Jahre gegenüber dieser großen Liebe? Sie wird uns warm und lebendig erhalten. Es bedarf nur des Wartens, der Geduld – dann wird alles von selbst gut.›

Aber Ollivier muß da, muß nah sein. Und Ollivier hat nicht geschrieben; Ollivier ist zur See gegangen...

Sylvaine streckt die Arme wie Fühler aus, um ein wenig Nahrung in dieser Wüste zu ertasten, etwas zu trinken, zu essen, etwas Lebenspendendes – oder sie muß sterben.

Wenn man in dieser geräuschleeren Nacht ganz, ganz laut den Namen dessen ruft, den man liebt: muß er ihn dann nicht hören, muß er nicht kommen, und wenn er noch so weit weg ist?

«Ollivier! Ollivier!»

Der Ruf macht große Kreise im schwarzen Wasser der Nacht. Der Hund hat undeutlich etwas gehört; er bellt wie im Traum und schläft wieder ein. Sylvaine sitzt auf der Bettkante und schaut zum Fenster hinaus, das allen Winden und allem Regen geöffnet ist; denn ganz sicher wird Ollivier kommen...

Der Morgen dämmert herauf, Sylvaine sieht, wie bleicher Tagesschein die Wassersäulen durchlichtet, die der Wind bald von rechts, bald von links her peitscht und dann und wann durch das Fensterviereck ins Zimmer weht. Sie haßt den Tag; sie möchte am liebsten gar nicht mehr aufs neue in das lebendige Leben eingehen; denn es ist zu schwer, zu hart für sie, leben, immer ohne Ollivier leben zu müssen. Liegenbleiben, wie sie jetzt liegt, reglos und stumm – wäre das nicht schön? Ja, aber dazu müßte man tot sein ... Sterben ist nicht leicht; man fürchtet sich davor. Also von neuem zu leben beginnen? Mit diesem brennenden, wühlenden Schmerz? Ganz ohne Freude? Gemeinsam mit den andern, die immerfort um sie herum sind und auf sie einreden? Gott sei Dank: der Vater reist heute schon frühmorgens weg, und die Mutter, die ist, wie stets, so gut wie nicht vorhanden; vielleicht kann man mit Romain ein paar Worte über Ollivier sprechen?

So ist Sylvaine denn an jenem Tage aufgestanden, hat ihren Kaffee getrunken, hat die Eltern geküßt wie alle Tage und hat sich dann auf ihren Buchhalterinnenplatz im Büro der Gerberei gesetzt. Bevor er weggefahren ist, hat der Vater ihr gesagt:

«Überprüfe die Rechnungen von Revest in Toulon. Sie sind total falsch. Ich verlasse mich darauf, daß du den Fehler herausbekommst.»

Sie hat die Papiere vor sich ausgebreitet und sorgfältig die Lieferungen nachgerechnet, die dieser Revest gemacht hat. Noch vor dem Essen hat sie den Fehler gefunden. Ganz stolz hat sie ein paar Takte aus einem Schlager vor sich hingeträllert, den sie mochte. Aber dann hat sie gleich wieder innegehalten; es ist so lange her, daß sie gesungen hat – sie erkennt die eigene Stimme nicht mehr. Sie muß wohl häufiger singen. So ist der ganze Tag mit Arbeiten hingegangen, mit denen sie sich befaßt hat – in einer dumpfen Ruhe, als habe sie ein Betäubungsmittel getrunken.

Gegen sechs Uhr abends, kurz nach Fabrikschluß, hat sie noch im Lederkeller zu tun. Der Raum, der so genannt wird, ist tatsächlich ein großes Kellergewölbe, wo die zum Versand fertigen Häute lagern. Sie liegen in gebündelten Stapeln da, steife, noch wahrnehmbare Tierformen mit den Ausschnitten der vier Pfoten, des Schwanzes und den ausgefaserten Stellen am Kopfende.

Sie geht hinunter; sie zählt diejenigen, die sie hat zählen wollen. Romain ist da; er packt zwei Männern eine Traglast auf und macht Eintragungen in sein Notizbuch.

Bevor der zweite der beiden Männer, der sich unter seiner Last tief bückt, die Treppe hinaufgeht, fragt er:

«Soll ich nochmal wiederkommen, oder ist das alles?»

«Nein. Fertig.»

«Weil es ja doch schon sechs ist.»

«Ich weiß. Sie können weggehen. Ich schließe dann ab.»

«Oben sind sie schon alle weg», sagt Sylvaine. «Ich bin mir nicht ganz klar über die Lieferung Gandolfi gewesen, und da bin ich lieber heruntergekommen und habe sie durchgezählt.»

Sie unterbricht sich; es fällt ihr ein, wann sie das letztemal mit Romain allein gewesen ist: an dem Tage, da sie immer wieder gefragt hat:

«Nichts? Wirklich nichts?»

Umweht vom Geruch der toten Häute ringsum hatte Romain gesagt:

«Nichts.»

Sie hat seither gelebt ... Wie hat sie nur leben können? Wie soll sie künftig leben? Diesmal, das weiß sie nur zu gut, braucht sie nicht einmal zu fragen. Nichts. Wenn eine Nachricht gekommen wäre, würde Romain es ihr schon gesagt haben. Nichts. Nie, nie wieder in alle Zukunft. Ollivier hat sie vergessen.

Sie stützt die Ellbogen auf einen Lederstapel und läßt große, stumme Tränen aus den über ihren müden Augen geschlossenen Lidern rinnen. Ihre fieberisch zitternden Finger verkrampfen sich. Sie hört ihr Blut in den Schläfen pochen, als müsse es im nächsten Augenblick über das Leder sprudeln. Ihr ist glühend heiß, ihr ist eisig kalt; ein Schwindelgefühl spielt mit ihrem Kopfe. Ihr ist, als gleite sie treibend in einem Flusse dahin. ‹Der Tod!› denkt sie. ‹Vielleicht sterbe ich jetzt ...›

Romain Toucas sieht sie weinen. Auch in ihm glüht es; auch er zittert. Sie hat vergessen, daß er da ist, und er weiß das. Er fühlt, wie sie, ohne daß sie es weiß, die Zähne aufeinanderbeißt. Willenlos horcht er in das ungeheure Schweigen hinein, das die große, menschenleere Gerberei um sie zieht.

Sylvaine kehrt ihm den gebeugten Rücken zu; sie sieht ihn nicht kommen. Sie fühlt seine harten Arme erst, als ihr Leib von ihnen umschlungen ist, und als ihr gewaltsam umgedrehter Körper und ihr Gesicht sich einem andern Körper, einem andern Gesicht gegenüber befinden. Sie kann sich nicht mehr wehren.

Ein Mund zermalmt auf dem ihren den Namen, den sie schreit – erstickt, wie ein Ruf aus der Erde:

«Ollivier! Ollivier ...»

7

Emile Resplandin hat hastig den Kopf gehoben, als seine Schwester zu ihm ins Büro gekommen ist. Er hat sie starr und durchdringend angesehen und mit schwerer Hand die auf dem Tische liegenden Papiere beiseitegefegt.

«Nun? Und?» fragt er.

«Sie will nichts sagen», antwortete Théonie.

Ihre Stimme zittert; sie verkrampft die Finger.

«Den Namen?» fragt Resplandin.

«Weder den Namen noch sonst etwas. Sie bleibt stumm.»

Théonie senkt den Kopf. Sie spürt eine Zorneswoge auf sich zubranden, die ihr Angst macht.

«Weißt du, Emile...»

Resplandin springt auf, stößt dabei den Stuhl hinter sich um und macht eine drohende Geste:

«Ich werde sie schon dahin bringen, daß sie den Mund aufmacht!»

Trotz ihrer Angst bleibt Théonie vor ihm stehen:

«Du wirst sie doch nicht schlagen, Emile?»

«Glaubst du vielleicht, ich genierte mich? Du siehst doch, daß du mit deinen Gefühlsduseleien bei ihr nicht weiterkommst. Genau so wenig wie ihre Mutter mit ihren Vernunftsgründen. Mir wird sie es schon sagen müssen!»

«Emile!»

Resplandin hat seine Schwester brutal zurückgestoßen und ist schon auf dem Treppenabsatz.

Théonie ist am Fenster stehengeblieben. Blicklos sieht sie den Garten, die Stätte so vieler harmlos-freundlicher Gespräche mit der Kleinen, und der dunkle Fleck in der Mitte ist das Lorbeerboskett, wo Sylvaine ihr zum erstenmal von ihrer Liebe gesprochen hat. Wenn sie das Fensterglas anschaut, meint sie, noch einmal zu sehen, was soeben zwischen ihr und dem starrköpfigen Kinde vor sich gegangen ist, dessen schönes, blumenhaftes Gesicht jetzt starr und verschlossen anmutet.

Sie denkt an ihrer beider Zuneigung, die einen Teil der Leere von Sylvaines Herzen, zu der die Selbstsucht der Ihrigen sie verdammte, ausgefüllt hat; sie denkt an die glücklichen Lippen, von denen wie perlendes Wasser das Eingeständnis dieser jungen Liebe gesprudelt war. Wie oft hat sie während des zögernden Frühlings, der die graue Landschaft von Vernon mühevoll zu einiger Farbigkeit aufheiterte, an das Kind gedacht, das genau so einsam und verlassen wie sie selbst war, und das sich mit der Bürde einer Frauenleidenschaft plagen mußte, die ihm viel zu schwer war.

Als sie voneinander Abschied genommen hatten, da hatte Sylvaine versprochen, ihr zu schreiben. Aber während der sechs Monate der Trennung hatte Théonie nur drei Briefe von ihr bekommen. In dem ersten hatte gestanden: «Tante, mir ist ein großes Glück zuteil geworden. Ich habe Ollivier wiedergesehen! Wenn Du hier gewesen wärest, dann würdest Du es gleichzeitig mit mir erfahren haben. Aber Du bist ja so weit weg! Und ich habe Angst, daß ich beim Schreiben an Dich überrascht werde; darum antworte mir bitte nicht. Wann kommst Du wieder, Tante? Dein kleines Mädchen braucht Dich so sehr!»

Dann waren einige Wochen hingegangen, ohne daß sie Nachricht bekommen hätte. Aber dann war eines Tages der zweite Brief da gewesen:

«Tante, ich bin ganz zufrieden. Ich will Dir etwas Gutes sagen. Ich bin ganz zufrieden; ich bin jetzt so weit, daß ich – Du weißt schon, wen – vergessen habe. Ach, ich habe mir gar nicht viel Mühe zu geben brauchen; es ist ganz allein gekommen! Es ist noch nicht lange her, aber ich bin überzeugt, daß es zu Ende ist und daß es mich nicht zum zweitenmal packen wird. Eines Morgens, als ich aufwachte, habe ich es gemerkt. Nun es so ist, ist alles schön geworden, und mein Garten steht, wie alles übrige, in voller Blüte! Ich bin ganz zufrieden. Ich bin sehr hübsch, und der junge Lauraguais, der von der Papierfabrik, der hat es auch gesagt, als er bei uns zum Essen war. Papa ist immer gut aufgelegt, und ich küsse Dich wie verrückt. Dein kleines Mädchen.» Gerade jetzt muß Théonie daran denken, wie froh diese Zeilen sie gemacht haben, die zu Beginn des Briefes hüpften wie Ziegenlämmer am Hügelhang. Bei ihren Fahrten über Land war sie frohen Mutes den Kirchweg hinaufgestiegen. Mit aller Innigkeit, deren ihr altes Herz fähig war, hatte sie für das Kind zu ihrer Lieblingsheiligen gebetet: «Du, die du bei deinem Tode gesagt hast, du würdest Rosen auf die Erde regnen lasse, gute heilige Therese, Braut des Heilands, die die Liebe verzehrte: spende doch meinem Kinde eine Blume aus deinem Strauße und laß es die weiße Rose des Vergessens sein!» Sie hatte an diesem poetischen Gebet, das sie ganz benommen gemacht hatte, Gefallen gefunden, und sie hatte es während der nächsten Tage zu Füßen des Bildes der Heiligen nochmals sagen wollen. Damals hatte sie Sylvaine einen Brief geschrieben, der sich unauffällig ausnahm, um dessen geheimen Untersinn sie beide jedoch wußten: «Liebes Kind, ich bin sehr froh über Deinen Brief. Fahre nur fort, Dich wohl zu befinden, Deinen Eltern gehorsam zu sein und Deinen Garten zu pflegen, damit er Dir viele schöne Blumen schenkt. Ich bin glücklich, weil ich Dich glücklich weiß, und ich gebe Dir einen ordentlichen Kuß als Belohnung dafür, daß Du mir so nett geschrieben hast.»

Aber eine Woche danach war ein anderer Brief gekommen, auf fleckigem Papier, zerknittert, und die letzten vier Zeilen senkten sich trübselig wie ein Mund, der nicht mehr lächeln kann:

«Tante, großer Gott, Tante, ich bin ja so unglücklich! Ich habe seither nicht das mindeste von Ollivier gehört, und es ist ja gar nicht wahr, daß ich ihn vergessen habe – ich habe es Dir im letzten Brief nicht etwa geschrieben, weil ich Dich hatte belügen wollen, sondern weil ich geglaubt hatte, es sei so. Ich habe kein Glück; ich hatte so schön angefangen, ruhig und zufrieden zu sein, und nun ist alles wiedergekommen und lastet auf mir wie ein Stein, der mir das Herz abdrückt.»

Théonie war aufs höchste bestürzt gewesen. Ihr erster Gedanke war gewesen: ‹Hinfahren!› Aber sie war ja nicht unabhängig. Sie mußte das Heumachen auf den Wiesen der Eltern beaufsichtigen; während des Sommers war immerfort große Wäsche; Holz für den Winter mußte geschlagen und eingefahren werden. Und was würden die Verwandten sagen, wenn sie plötzlich ankäme? Hatte Emile nicht gesagt, sie solle erst im September wieder nach Bellaigue kommen? Konnte sie sich über diese Weisung einfach hinwegsetzen? Sie war nicht tapfer; denn sonst hätte sie sich damals auch für ihre eigene Liebe voll einsetzen können; und da sie nur zu gut um ihre Schwachheit wußte, war sie nicht nach Bellaïgue gefahren. Ihre Briefe waren unter dem Schleier der Unbekümmertheit flehende Angstrufe gewesen: «Sylvaine, warum schreibst Du nicht? Du bist doch nicht etwa krank? Dein Vater schreibt uns, Du seist ein wenig blaß und zeigtest einen Hang zum Herumtreiben.» Es war keine Antwort gekommen. «Liebes Kind, es tut mir wirklich leid, daß ich neuerdings nicht mehr Deine netten Briefe bekomme, die mir zu einer lieben Gewohnheit geworden waren. Bist Du so faul geworden? Dein Vater schreibt, es gehe Dir nicht gut, und er müsse wohl mit Dir zum Arzt gehen; aber dennoch könntest Du mir doch wohl eine Zeile zukommen lassen. Wenn Du möchtest, daß ich komme und Dich pflege, dann bitte doch Deinen Vater darum. Dann lasse ich hier alles stehen und liegen, um bei Dir zu sein.» Diese inständigen Bitten hatten nur ein einziges Echo ausgelöst – zwei Zeilen als Nachschrift zu einem Briefe Emiles: «Liebe Tante, es geht mir recht gut. Herzliche Grüße und Küsse Deine Sylvaine.» Und dann war alles stumm geblieben, völlig stumm, bis eines Morgens ein Telegramm mit erschreckendem Inhalt gekommen war: «Komm, brauche dich, Resplandin.»

Sie war gekommen, völlig kopflos von den Vorstellungen dessen, was sie vorzufinden fürchtete: ein krankes Kind, das ihr entkräftet und entmutigt die Arme entgegenstreckte. Aber es hatte noch schlimmer kommen sollen. Nachdem der Bruder sie ins Büro geführt und ihr gesagt hatte, um was es sich handelte, da hatte sie sich Sylvaine gegenüber gesehen, die ein neues, frauenhaftes Gesicht gehabt und sie teilnahmslos angesehen hatte. Weder Tränen noch Worte hatten aus dem Mädchen die Wahrheit herauszubringen vermocht.

Sie hatte nicht glauben können, daß die offenherzige Sylvaine, deren Zutraulichkeit stets so natürlich gewesen war wie die eines Hundes, der einem den Kopf aufs Knie legt, sich ihr gegenüber ohne Grund auf diese Weise verschloß und verhärtete. Immer wieder hatte sie über die tragische Ursache dieses Verhaltens nachgedacht, ohne zu einem Ergebnis zu kommen.

«Ihr seid doch sonst immer so dick miteinander gewesen!» hatte Resplandin ihr bösartig entgegengeschleudert. «Gabrielle hat auch gesagt: ‹Das Mädchen wird sich viel eher deiner Schwester anvertrauen als mir.› Und außerdem hat sie noch gesagt: ‹Ich erkläre, daß die ganze Geschichte mich nichts angeht.› Also geh in ihr Zimmer. Du mußt sie zum Sprechen bringen, in ihrem ureigensten Interesse, hast du verstanden?»

Sylvaine hatte die schluchzende Tante traurig angeschaut; aber eine volle Stunde lang hatte sie immer nur geantwortet:

«Ich kann nichts sagen, Tante, und ich werde nichts sagen.»

«Nicht einmal mir?»

«Nein! Dir am allerwenigsten!»

Und mit einer wilden Bewegung hatte Sylvaine sie von sich gestoßen.

Da hat Théonie wieder zu ihrem Bruder gehen und gestehen müssen, daß auch sie machtlos sei.

Und jetzt neigt sich ihr Herz den Geräuschen entgegen, die durch die verschlossene Tür des Zimmers kommen, in dem sie versucht hat, Sylvaine zum Sprechen zu bringen.

Plötzlich schwillt das Stimmengeräusch an; jemand schreit auf, schluchzt, eine andere Stimme brüllt in mörderischer Wut... Resplandin reißt die Bürotür auf und schleudert Sylvaine zu Boden.

«Sylvaine!» schreit Théonie.

Sylvaine ist ohne Hilfe aufgestanden; mit einer weichen Bewegung wischt sie sich den Mund ab, von dem ein Blutfaden zum Kinn hinunterrinnt. Ihre leeren Augen suchen die der Tante.

«Tante...», sagte sie; es ist wie ein Seufzen.

Théonie will zu ihr, aber Resplandin tritt dazwischen.

«Quatsch!» sagt er. «Wenn sie ein bißchen blutet – das wird schon wieder heil. Aber wenn dadurch das krepiert, was sie im Bauche hat, dann wäre das ihr Glück!»

Sylvaine steht starr; sie zittert am ganzen Leibe.

«Hör zu», sagt der Vater. «Du brauchst keine Angst zu haben. Prügel bekommst du jetzt nicht mehr. Das ist abgetan.»

Er schüttelt seine großen Fäuste; er ringt danach, ruhig zu sprechen:

«Ich will nur wissen, was los ist. Ich brauche dir nicht zu wiederholen, wie schuftig das ist, was du getan hast, verstehst du. Es ist das erstemal, daß so was in unserer Familie vorkommt, ohne daß man weiß, wie es sich aus der Welt schaffen läßt. Was jetzt schleunigst zu geschehen hat, wo es nun einmal so ist und keiner es ändern kann, das ist, daß du heiraten mußt. Und darum mußt du den Namen des Betreffenden sagen ... verstehst du? Den Namen! Du mußt ihn mir sagen, und wenn der Kerl nicht wagt, mir vor die Augen zu kommen, so werde ich ihn schon zu finden wissen, jawohl. Und wenn ihr dann verheiratet seid, dann soll alles vergeben und vergessen sein. Es ist doch nicht etwa dieser Fischer, dieser... wie heißt er doch gleich? Der, den sie da bei Gina in Le Lavandou kennengelernt hat?» fragt er die Schwester.

«Nein!» ruft Sylvaine.

‹Es ist zu lange her, daß sie ihn zuletzt gesehen hat›, denkt Théonie, ‹vorausgesetzt, daß sie nicht ... Nein, das ist unmöglich. Wie hätte sie das ohne Beihilfe bewerkstelligen sollen? Aber dennoch? Und wenn es so ist: warum vertraut sie sich dann nicht mir an, die sie lieb hat, die ihre Liebe geschützt hat? Ach, irgend etwas, irgend etwas ist geschehen, und das macht alles so schwierig.› «Sie tut keinen Schritt ohne Begleitung», sagt der Vater. «Selbst wenn sie aufs Feld geht, sind immer Rose Venel oder Romain bei ihr, und das sind ältere, vernünftige Leute.»

«Setz dich hin», sagt Théonie und schiebt Sylvaine einen Stuhl in die Kniekehlen. «Du kannst dich ja kaum noch aufrecht halten.»

«Also?» sagt Resplandin. «Sagst du nun den Namen? Wer ist es gewesen?»

Sylvaine senkt den Kopf und preßt die gemarterten Lippen aufeinander.

«Willst du es nicht sagen?»

«Nein», sagt Sylvaine.

«Oh!» schreit der Vater auf.

Er schüttelt die Fäuste vor ihrem Gesicht, und dann sagt er, halb zu sich selbst:

«Aber ich kann sie doch nicht totschlagen!»

Es ist erstickend heiß im Zimmer. Es hat nur ein Fenster, und das hat Resplandin geschlossen, bevor seine Schwester gekommen ist, aus Angst, man könne die Auseinandersetzung in den Werkräumen hören, die unter dem Büro liegen. Auf den Scheiben brennt die starke Julisonne. Resplandin stößt die Flügel mit einer heftigen Bewegung auf und nestelt sich den Kragenknopf los, knöpft das Hemd auf und öffnet die schweißbedeckte Brust der Luft. Dann beugt er sich hinaus und ruft:

«He, du Lümmel! Was strolchst du da herum? Weißt du nicht, daß es verboten ist, nach der Seite hin durch den Garten zu gehen?»

Er dreht sich nach Théonie um:

«Ein Lehrling, der Junge von Eustache. Die andern haben ihn wohl geschickt, daß er uns ausspioniert.»

Er setzt sich schwerfällig Sylvaine gegenüber und sieht sie mit seinem verstörten, verwüsteten Gesicht an. Er sagt, und er wägt dabei die Worte ab:

«Du mußt einsehen, daß ich in Anbetracht meiner Stellung dergleichen Geschichten nicht durchgehen lassen kann. Ich bin der Direktor der Gerberei von Bellaïgue, und das will etwas sagen. Ich muß wissen, wer dich in den Zustand gebracht hat; das habe ich dir schon auseinandergesetzt, weil ihr euch schnellstens heiraten müßt. Mit dem Zeitpunkt der Geburt – das läßt sich schon regeln. Aber ich sehe, daß du noch störrischer bist als die Esel in Brujas. Du hast gesagt, du wolltest den Namen nicht sagen, und dann sagst du ihn auch nicht. Gut. Dann schreibst du ihn eben auf. Hast du verstanden? Ich sperre dich jetzt hier ein. Die Tür wird abgeschlossen, und vor die Fensterläden kommt draußen ein Riegel. Ich lasse dir genügend Zeit zum Nachdenken. Aber das sage ich dir: aufschreiben mußt du den Namen. Oder du kommst nicht lebend aus dem Zimmer. Ich glaube, ich habe mich deutlich genug ausgedrückt, und du siehst ja, daß ich nicht mehr böse bin. Wenn du dich schämst, ihn auszusprechen, den Namen, mit dem uns vier Monate lang zu betrügen du dich nicht geschämt hast, den Namen des Kerls, mit dem du Schweinereien gemacht hast wie eine Straßenhure, gut und schön, ich habe es dir gesagt: dann schreibst du ihn eben auf! Da ist Papier und Tinte, und weiter brauchst du nichts.»

«Ich schreibe nicht», sagt Sylvaine.

Jäh hält sie sich den Arm vors Gesicht. Resplandin hat sich auf sie gestürzt. Sie ist gegen den Tisch getaumelt.

«Heiliges Donnerwetter!»

«Laß sie los!» schreit die entsetzte Théonie. «Sie wird schon schreiben – nicht wahr, Sylvaine? Ich sage dir, daß sie schreibt!» Sie beugt sich nieder, um dem Mädchen aufzuhelfen.

«Marsch! Raus!» brüllt Resplandin.

Er schiebt die Schwester zur Treppe; er geht gleichfalls und wirft die Tür hinter sich zu.

Sylvaine hört, wie er beide Schlösser abschließt. Seine Schritte entfernen sich. Bald danach schlägt es sechs, und die Arbeiter verlassen die Gerberei. Sie hört, wie das Fenster nach der Gartenseite hin verriegelt wird. Nun sie weiß, daß sie die ganze Nacht über allein sein wird, kommt eine tiefe Beruhigung über sie. Sie legt sich lang auf den Fußboden. Die Kühle der Fliesen tut ihren zerschlagenen Gliedern und ihrem brennenden Fleische gut. Sie streckt die Arme und die nackten Beine flach aus, um am ganzen Körper die Kühle zu spüren, die sich wie ein feuchtes Tuch auf die Flammenbahn ihres Blutes legt.

Sie stützt sich nur auf die Ellbogen, um sich das Haar aus der Stirn zu streichen, das in der Wunde klebt, dann schmiegt sie die Backe an den Boden, verlassen und verzweifelt, und denkt nach.

Zum ersten Male denkt sie nach über das, was sich in ihrem Leibe bildet und was die Ursache all dieser Verwirrungen ist. Sie kann die Wut des Vaters nachempfinden. Wenn sie sich selbst prügeln könnte, bis das Schlimmste aus ihr wiche, so würde sie es schon längst getan haben. Aber was sie nicht verstehen kann, das ist, wie ihr das hat geschehen können... Sie hat geglaubt, dazu sei eine viel innigere Nähe, sei Liebe nötig, daß ein Kind entstünde. Das war es also gewesen, und weiter nichts, das große Geheimnis, von dem die Frauen nur versteckt sprechen und daraus das Leben entspringt? Weiter nichts? Wie hätte sie das wissen, wie hätte sie sich behüten sollen, da ihr doch niemand etwas von solchen Dingen gesagt hatte?

Als Rose Venel, die ältere Freundin, sich mit dem Neffen des Bürgermeisters verheiratet hatte, da hatte man nach dem großen Fest die beiden Eheleute allein in ihrem neuen, schönen Hause gelassen, und Sylvaine, die zur Hochzeit eingeladen gewesen war, hatte Madame Roussin an der Schulter ihres Mannes schluchzen sehen, und da hatte sie ein anderes junges Mädchen gefragt:

«Warum weint sie denn so?»

Die andere hatte sie in einen Winkel gezogen und ihr geheimnisvoll zugetuschelt:

«Weißt du, das tut sie, weil ihre Tochter doch mit ihrem Manne jetzt allein ist.»

«Ja, und?» hatte Sylvaine gefragt.

«Ja, und nun macht sie sich Gedanken.»

«Aber warum denn nur?» hatte Sylvaine weitergefragt. «Morgen sieht sie sie doch wieder; sie wohnen doch nebeneinander.»

«Ach, weißt du – morgen... morgen, da ist es nicht mehr dasselbe.»

«Wieso denn nicht?» hatte die ahnungslose Sylvaine sich versteift.

«Ja, verstehst du das denn nicht? Rose geht doch heute abend mit ihrem Mann ins Bett. Und da weint ihre Mutter eben.»

«Will er ihr denn was Böses antun?»

«Im Gegenteil, du Dummes! Etwas Böses . . . Ach, sei still, du bist eben noch zu dumm!»

Sie hatte die Freundin an sich gedrückt und dabei nervös gelacht. Während der ganzen folgenden Nacht hatte Sylvaine an das Böse denken müssen. Und später, als sie Rose Venel strahlend ihr Baby hatte spazierenfahren sehen, hatte sie begriffen, daß das Böse gleichzeitig etwas Gutes sei.

Aber sie selbst? Man hatte um ihretwillen kein großes Fest veranstaltet mit Essen und Trinken; man hatte sie nicht mit ihrem jungen Ehemanne eine ganze Nacht lang in ein schönes neues Schlafzimmer gesperrt. Für sie war das alles schnell und schmerzhaft gewesen, als wenn einem ein Zahn gezogen wird und der Zahnarzt sagt:

«Laß nur, es tut nicht weh.»

Einmal hatte sie in Toulon bei dieser Gelegenheit den Zahnarzt in den Finger gebissen, und er hatte gelacht. Auch diesmal hatte sie beißen, hatte sie sich verteidigen wollen; aber es war schon zu spät gewesen; in ihrem Schmerz, der ihren Willen ertränkte, hatte sie sich schon zu weit gehenlassen. Den letzten Willensrest hatte die Lust weggespült, die sie empfunden hatte, so wie ein Gießbach einen Abhang mit allen Bäumen und Felsen überschwemmt. Wenn sie sich sofort hätte wehren sollen, dann hätten Küsse nicht süße, saftige Früchte, dann hätten Liebesworte nicht so lieblich sein müssen wie die Stimme des leisen Windes im glatten Sommerlaub. Dann hätte sie gleich erkennen müssen, was von ihr gewollt und warum nach ihrem Munde gesucht und warum so viele Worte wie Sciroccowehen ins Ohr gesagt wurden. Aber es war schön gewesen, zu fühlen, schön, zu hören: «Laß mich doch, laß doch, laß . . .»

War es böse? War es gut?

Und das war nun daraus geworden.

Ihre Tränen beginnen zu strömen; da sie die Lider geschlossen hält, rinnen sie ihr über den Hals ins Haar; sie läßt sie rinnen. Düstere Verzweiflung tritt an die Stelle der Empörung, daß sie von all dem nichts verstanden, daß sie nicht einmal eine mitfühlende Brust hat, an die sie so gern den fiebernden Kopf geschmiegt hätte. Sie fühlt sich wie zerbrochen von einer Mattigkeit, die sie den Tod herbeirufen läßt; sie möchte immer so liegenbleiben, reglos der Kühle hingegeben, sich niemals in das wache Leben zurückfinden und vor allem, vor allem nicht immerfort das Fürchterliche spüren, von dem sie sich rings umdroht fühlt! Plötzlich schläft sie ein, ohne daß sie sich dessen bewußt geworden ist. Im Schlafe ist ihr kalt; sie zieht sich den abgetretenen Teppich über die Beine, der in der Mitte des Büros liegt, und wickelt sich hinein; dann weckt ein Geräusch sie auf; sie richtet sich hoch, wobei sie mit den Zähnen klappert, und überlegt, wie lange sie wohl geschlafen haben mag? Die kleine Wanduhr im Büro zeigt auf fünf. Blasse Lichtstrahlen gleiten durch das Fenster, und durch die Helligkeit an der Decke gleitet ein blauer Schatten, wie von Flügeln. Sylvaine denkt: ‹das ist Pivolo, meine weiße Taube.› Die hölzerne Tür wird gerüttelt. Tante Théonie steht dahinter und flüstert:

«Sylvaine, liebes Kind . . .»

«Ja?» fragt sie.

«Armes Kleines! Mein Gott, du bist noch immer da drin. Friert dich denn nicht? Und du hast gestern den ganzen Tag nichts zu essen bekommen . . .»

Sylvaine gibt keine Antwort.

«Sag, hast du denn nun Vater gehorcht? Sag, Sylvaine, hast du ihn aufgeschrieben, den Namen?»

Sylvaine hockt reglos hinter der Tür und horcht. Unzählige Sterne wirbeln durch ihren Kopf; ein Flimmern kreist vor ihren Augen.

Die alte, milde Stimme dringt durch die Tür. Das Holz muß warm werden durch den Fliederhauch dieser bittenden, flehenden Stimme.

«Sylvaine, sag doch, Sylvaine! Antworte mir doch, ob du den Namen aufgeschrieben hast?»

«Natürlich!» schreit sie wütend. «Vor über zwei Stunden habe ich ihn aufgeschrieben! Geh und sag Vater, er solle mich herauslassen.»

Ruhig geht sie an den Tisch, schlägt das Hauptbuch der Gerberei auf und streicht mit den Handflächen über die weißen Seiten. Und dann schreibt sie mit großen, ruhigen Buchstaben schön in die Mitte:

«Ollivier Desmichels. Hotel Laurade. Le Lavandou.»

Als sie den Federhalter hinlegt, ist ihr, als hätten ihr zwei Hände zart und weich die Schultern gestreichelt. Sie hört, wie Tante Théonies Schritte sich in dem hallenden Hause entfernen. Sie setzt sich vor den Tisch und wartet, daß jemand kommt und sie freiläßt.

8

ALS sie Olliviers Namen in das Hauptbuch geschrieben hat, ist Sylvaine auf Geheiß des Vaters aus dem Büro weg und in ihr Zimmer gegangen, wohin Tante Théonie ihr Kaffee gebracht hat. Weiter hat sie nichts wollen trotz der Bitten und Vorstellungen der Tante, die an Sylvaines leidenden und schaffenden Körper gedacht hat.

Sie hat gebeten, mit ihrer Mutter zu sprechen; aber Gabrielle hat geantwortet, sie habe ohnehin schon genug Belästigungen durch diese Geschichte gehabt und wolle sie nicht mehr sehen.

Kurz darauf ist der Vater zu ihr gekommen und hat gefragt:

«Also doch er?»

«Ja.»

«Gut. Du packst jetzt alles, was du für ein paar Monate brauchst, in einen Koffer. Du reist mit deiner Tante nach Vernon. Du heiratest da; dann merken die Leute hier nicht, daß die Daten nicht stimmen. Auf keinen Fall wünsche ich, daß dein Bauch mich zum Gespött des ganzen Tales macht. Wenn der Kerl, dessen Namen du aufgeschrieben hast, dich nehmen will, dann wirst du eben seine Frau, obwohl es mir widerstrebt. Und wenn nicht er, dann ein anderer. Ich werde das schon in die Wege leiten; denn wenn du nach Bellaïgue mit einem Kind auf dem Arm zurückkommst, dann muß ein Mann neben dir sein, damit die Nachbarn dich auch in Zukunft noch grüßen. Hast du verstanden?»

«Ja», hat Sylvaine gesagt.

Sie hat nichts verstanden, als daß Ollivier für sie gesucht werden soll. Das hat ihr Angst gemacht. Sie hat den Namen in das Buch geschrieben, weil sie irgendeinen schreiben mußte, um herausgelassen zu werden, und weil sie den wahren Namen ja niemals hätte preisgeben dürfen. Und dann auch, weil sie so tief gewünscht hätte, daß der Name Ollivier Desmichels der Name gewesen sei, den sie hätte schreiben müssen . . . Aber Ollivier vor sich sehen, nach dieser Lüge – das ist unmöglich. Und so tapfer sie bislang gewesen ist: jetzt ist sie blaß geworden und nach rückwärts der Tante in die Arme gesunken, und als sie wieder zu sich gekommen ist, da hat sie immer nur gejammert:

«Ich will weg! Ich will ganz schnell hier weg!»

«Ja, Kind, ja, Kind!» hat Tante Théonie geschluchzt; sie hat nichts verstanden.

Sie ist abgereist. Wochenlang hat sie nichts um sich her wahrgenommen; jetzt wird sie sich bewußt, daß sie in einem Zimmer in einem grauen Hause in der Ardèche ist. Hier ist der Sommer schon fast zu Ende. Der Südsommer mit seinem warmen Thymianduft, der auf den Hügeln mild in der Sonne kocht, während am andern Ufer des Gapeau, in den feuchten Wiesen, die Goldknöpfe ihre frischduftenden Dolden entfalten, ist ihr verlorengegangen.

Seit ihrer Ankunft hier hat sie auf dem niedrigen Betschemel am Fenster gehockt und auf eine Landschaft mit Schieferdächern geschaut, über die schrill kreischende Mauersegler dahingeschossen sind. Sie ißt wenig; sie schläft kaum; sie spricht so gut wie überhaupt nicht. Der Vater und die Tante schreiben einander Briefe; vielmehr bekommt die Tante vom Vater Befehle, die sie an Sylvaine weitergibt und die Sylvaine ohne Widerrede ausführt. Die Not hat sie menschenscheu gemacht; sie geht immer nur abends mit der Tante in den Garten, wohin die Hausangestellte die Sessel der beiden alten Eltern schiebt, die sie erschrocken anstarren.

Den Horizont, dem eine verabscheute Frucht entgegenreift, würdigt Sylvaine kaum eines Blickes, seit sie im Geburtshaus ihres Vaters ist. Das sind jetzt vier Monate.

Am liebsten sitzt sie in dem kleinen Zimmer, das ehemals das Emiles gewesen ist und das ihr niemals so traurig vorgekommen ist wie an diesem Abend. Auf dem Kamin steht eine Uhr mit abgeblättertem Gold; sie stellt eine Ziege dar, die einen Felsen erklettert hat; und das Zifferblatt darauf hat weder Glas noch Zeiger. Auf jeder Seite dieses toten Dinges stehen zwei bauchige rote Tonvasen. In der einen neigt eine schmutzig-malvenfarbene künstliche Blume den Kopf gegen den Stengel. Sie scheint in sich verdorrt zu sein, weil sie immer von der Höhe ihres Burgturmes hat herabschauen müssen, ob nicht einer komme und sie befreie. Die Rose in dem andern Wachturm mutet frischer an; sie hebt ihren runden Kohlkopf auf einem dürren Draht, dem drei grüne Papierblätter entsprossen sind. Der graue Marmor darunter ist ein Feld, auf dem nichts gedeiht als Schmutzflecken, und alle diese Dinge werden von dem großen geneigten See des Spiegels aufgefangen und dumpf wiedergegeben.

Sylvaine hält einen Brief in der Hand, den ersten, den der Vater unmittelbar an sie gerichtet hat. Emile Resplandin benachrichtigt seine Tochter, daß er diesem Desmichels geschrieben und daß er versucht habe, ihn zu Gesicht zu bekommen – aber ohne Erfolg. Denn der Mann müsse zur See gegangen sein, und aus den Auskünften, die man eingeholt habe, habe sich ergeben, daß er längere Zeit mit einer Geliebten zusammengelebt habe. Da man also unter gar keinen Umständen auf ihn zählen könne, habe er beschlossen, Sylvaine einen Gatten zu geben, mit dem sie nach Bellaïgue zurückkommen könne, wo er ihm eine Stellung in der Gerberei anbieten werde.

Sylvaine läßt das Briefblatt auf die Knie sinken. Tante Théonie, die ebenfalls einen Brief bekommen hat, ist auf den Zehenspitzen ins Zimmer gekommen wie zu einer Sterbenden.

«Wen meint er denn?» fragt Sylvaine.

«Den jungen Granville.»

Tante Théonie senkt den Kopf.

Sylvaine hat gefragt:

«Und wann kommt er?»

«Sonntag», hat Tante Théonie gesagt. «Dein Vater kommt schon Samstagabend.»

Sylvaine hat diesen Constant Granville früher mal kennengelernt. Er stammt hier aus der Gegend und ist das siebente Kind einer großen, in Konkurs geratenen Spinnereibesitzerfamilie. Gegen eine Rente für seine arbeitsunfähige Mutter und seine Schwestern hat er sich wohl bereit erklärt, vor den Augen der andern als der Vater des Kindes aufzutreten. In Bellaïgue wird es dann einfach heißen, die Hochzeit sei in Vernon gefeiert worden, und die jungen Gatten würden später nach Bellaïgue übersiedeln, wo Constant die Stellung eines Subdirektors bekleiden würde.

Und nach und nach ist das alles Wirklichkeit geworden.

Erst ist Resplandin angekommen. Sylvaine hat die harten Fäuste wiedergesehen, die vor einiger Zeit erbarmungslos auf ihren Kopf und ihre Augen niedergesaust sind und ihre erhobenen Hände weggeschlagen haben. Resplandin hat mit ihr gesprochen, und sie hat zu allem ‹ja› gesagt. Denn jetzt ist ihr alles völlig gleichgültig. Ollivier ist ihr für alle Zeit verloren, und was ist schon an dem gelegen, was nun noch übrigbleibt?

«Hast du mich also verstanden? Du ziehst dein gewöhnliches Kleid an und frisierst dich ein bißchen besser.»

«Ja, Vater.»

«Und dann bist du wohl so freundlich und machst ein etwas liebenswürdigeres Gesicht. Vergiß gefälligst nicht, daß er dir eine Ehre erweist, dieser Mann, indem er dich trotz deines Zustandes nimmt.»

«Ja, Vater.»

«Und komm mir späterhin nicht mit Klagen und Beschwerden. Ob du glücklich bist oder nicht – das mußt du mit dir selber abmachen. Verstanden?»

«Ja, Vater», hat Sylvaine wiederum gesagt.

Und am Sonntag bringt die Tante dann Constant Granville. Er ist ein magerer Mensch von ungefähr dreißig Jahren, mit eingefallener Brust und glanzlosen Augen. Er wird rot, als er Sylvaine begrüßt und ihr eine weiche, feuchte Hand reicht. Man könnte meinen, er habe den Fehltritt begangen. Als sie ihn so verlegen sieht, lächelt sie ihm freundlich entgegen, und dabei denkt sie: ‹Der ist noch immer nicht danach beschaffen, daß er mir verwehren könnte, an Ollivier zu denken.›

Das Kind beginnt, sich in ihr zu regen; aber kein mütterlicher Trieb wird in ihr wach. Sie vermag sich nicht vorzustellen, was das für ein Leben sein wird, wenn sie wieder in Bellaïgue ist, in dem Teil des Hauses, der ihnen eingeräumt werden wird, ihr und diesem Manne, den zu heiraten man sie zwingt, und diesem Kinde, das ein anderer Mann ihr aufgebürdet hat.

Dann findet die Hochzeit statt, und jetzt wohnt Constant im Haus der alten Resplandins; er hat Geld geschickt bekommen, er hat Sylvaine umarmt. Sie leidet Nacht für Nacht an nervöser Schlaflosigkeit und legt sich auf ein Ruhebett im Ankleidezimmer, und morgens, wenn Constant nach der Spinnerei gegangen ist, deren Konkurs er abwickelt, seufzt sie erleichtert auf und kriecht wieder in das Bett, aus dem sie geflohen ist.

Ende November kommt das Kind zur Welt. Sylvaine leidet, aber sie gibt kaum einen Laut von sich. Zwei Tage lang hat sie Schmerzen, ohne daß sie stöhnt und etwas sagt, und als sie Hilfe verlangt, ist es schon zu spät. Während die arme Théonie ihr weinend Beistand leistet und Constant den Arzt holt, der ganz hinten am Pont de Rosière wohnt, geht Sylvaine ohne Unterlaß in dem eisigen Korridor auf und ab und hält ihren Leib mit beiden Händen umspannt.

«Leg dich doch hin, leg dich doch hin», jammert die Tante.

«Nein», sagt sie. «Nein . . .»

Aber ihr ist, als müsse sie sterben.

Endlich taumelt sie auf das Bett, und dann kommt das Kind.

«Ein Junge», sagt Tante Théonie.

Der Arzt kommt; er stürzt nur so die Treppe des alten Hauses hinauf. Er tritt an das Bett:

«Donnerwetter», sagt er, «Sie haben aber lange gewartet!»

Er tut, was getan werden muß, und dann ist Sylvaine plötzlich allein.

Der Arzt hat das Neugeborene in die Küche getragen; er hat den Rock ausgezogen und die Ärmel hochgestreift; er verlangt kochendes Wasser und Alkohol und große Wannen; er schlägt klatschend auf das mit violetten Flecken gemaserte Fleisch des Kindes.

«Was hat er denn?» fragt Tante Théonie; sie zittert noch immer.

«Atemstockung», sagt der Arzt. «Es hat zu lange gedauert. Ich weiß nicht, ob wir ihn durchbringen.»

Zwei Stunden arbeitet er mit dem armen kleinen Körper herum. Constant blickt stumm auf den erbärmlichen Menschenkeim, der nicht einmal die Kraft zum Schreien hat. Er geht zu Sylvaine, die erschöpft in dem schmutzigen, zerwühlten Wehbett liegt, und streicht ihr zart mit der Hand über die Stirn, um ihr das im Schweiß angeklebte Haar wegzuwischen. Da legt sie ihre Hand auf die des Mannes: «Du bist gut», sagt sie.

Er lächelt schmerzlich.

«Schlaf nur. Du brauchst jetzt vor allem Ruhe.»

Als sie aufwacht, wird ihr gesagt, das Kind sei tot.

Sie weint über das traurige Schicksal des kleinen Wesens; aber sie vermag der erbarmungslosen Stimme nicht zu wehren, die in ihr flüstert:

‹Es ist gut, daß es so gekommen ist – selbst für das Kind.›

Und dann beginnt das Leben wieder; denn das Leben endet nur, um immer wieder zu beginnen.

Der Herbst ist gekommen, Sylvaine geht langsam durch die Wälder der Ardèche, in deren Tälern stachelige Fruchtschalen liegen, aus denen die Kastanien gefallen sind. ‹So viele Stacheln für das bißchen Frucht . . .›, denkt Sylvaine, und sie denkt weiter: ‹Sie sind leer, leer wie mein Leib, mein Herz, leer für alle Zeit und am Verfaulen.› Sie gleitet, ein spärlicher Schatten, durch diese öde Landschaft, die ihr Angst macht. Bald wird sie dieses rauhe Land verlassen, wo zwischen den großen, vom Blitz zerspellten Bäumen, Felsen stehen, die gleichfalls wie Bäume aussehen, verfluchte Bäume, die von bösen Feen zu Stein verwandelt worden sind. Sie geht im Tal der Rhône, des Flusses, der in ihrem Erdkundeschulbuch wie eine blaue Ader ausgesehen hat. Bald wird sie das Haus in Bellaïgue wiedersehen, die vier roten, schrägen Flächen des Ziegeldaches, das so ganz anders ist als die Schieferdächer dieses Landes hier. Und schon jetzt hat sie Furcht vor den mörderischen Träumen, denen sie entgegengeht; denn unter jenem Dache wird sie nur Leichen finden.

Als sie eines Abends vom Spazierengehen heimkommt, sieht sie Constant mit sehr betroffenem Gesicht auf sich zutreten. Ein Brief ist angekommen, in dem steht, daß Gabrielle sich erkältet hat, als sie nach Sonnenuntergang zu lange im Freien geblieben ist unter der großen Linde vor dem Hause. Drei Tage später kommt ein zweiter Brief: Gabrielles Zustand hat sich verschlimmert; es geht ihr sehr schlecht. Fast gleichzeitig ist ein Telegramm da: Gabrielle ist tot.

«Du mußt hinfahren», sagt Constant. «Es ist doch deine Mutter!»

«Ach?» sagt Sylvaine. Sie hält das blaue Formular in der Hand.

«Der arme Emile!» sagt Tante Théonie.

Constant und Sylvaine wollen in aller Eile nach Bellaïgue reisen. Théonie sieht Sylvaine an; sie nennt sie immer noch ihr kleines Mädchen. Sie erkennt, daß Sylvaine die große Traurigkeit wieder mit heimnehmen wird, mit der sie hergekommen ist, und sie denkt an ihre eigene verdorbene Jugend und daran, daß es um das Glück der Frauen nicht wohlbestellt ist.

9

An dem Morgen, da Emile Resplandin seine Tochter aus dem Büro herausgelassen hat, nachdem er auf den ersten Blick mitten im Hauptbuch den Namen Ollivier Desmichels gelesen hat – da hat er die Seite der Länge nach gefaltet, so daß längs der Heftung ein schmaler Rand stehengeblieben ist. Dann hat er die Seite entfernt, indem er sie behutsam mit dem Taschenmesser herausgeschnitten hat; er hat sie viermal zusammengeknickt und in einen Briefumschlag gesteckt. Darauf hat er auf den stehengebliebenen weißen Papierrand geschrieben: «Irrtümlich vernichtete Seite. Emile Resplandin, Direktor.» Und dann hat er das Hauptbuch zugeklappt und es dorthin gelegt, wohin es gehörte, in das eigens dafür gefertigte Fach.

Und dann hat er sich in seinem Sessel zurückgelehnt und nachgedacht. Erstmal kommt es jetzt darauf an, Sylvaine aus der Gerberei wegzubringen. Er ist ohnehin schon nicht sehr beliebt in Bellaïgue. Er ist ein Fremder, aus der fernen Ardèche Gekommener, die so ganz anders als das Var ist. Kusine Léonie ist gehässig und nachtragend, und die Resplandins in Cuers suchen ihm alles mögliche anzuhängen. Hinzu kommt, daß Gabrielle barsch und hochmütig ist. Seit sie Direktorengattin ist, grüßt sie nicht jeden, und die Leute, die sie gekannt haben, als sie jung gewesen und mit ihrer Schwester von einem Ball zum andern gelaufen ist, können ihr diese Anmaßung nicht vergeben.

Daß sie etwas mit Sylvain Delacroze gehabt hat – das ist Resplandin an einem Sonnabend, einem Zahltag, zu Ohren gekommen; ein gekündigter Arbeiter hat ihm mitten ins Gesicht gesagt, er habe lediglich das abbekommen, was das Schloß Fontvert übriggelassen habe. Romain Toucas war dabeigewesen; er hat getan, als habe er nicht verstanden; er hat den Arbeiter angefahren: «Bist du besoffen?» und ihn an die frische Luft befördert.

Jawohl, Romain ist ein feiner Kerl. Wenn er auch in der letzten Zeit ein bißchen auf Abwege geraten zu sein scheint. Immer muß er von Werkraum zu Werkraum laufen, und wenn Resplandin zur einen Tür hereinkommt, drückt er sich zur andern hinaus. Und dabei hat er gut und gern seine fünfundfünfzig auf dem Buckel, der Bursche – sollten ihm dennoch Liebesgeschichten zu schaffen machen? Er ist früher einmal verheiratet gewesen; die Frau ist ihm auf und davongegangen, und das hat ihm den Geschmack an den andern verdorben. Recht hat er. ‹Das Weibszeug›, denkt Resplandin weiter, ‹das macht unsereinem doch immer nur Schwierigkeiten.› Er hat ganz genau gewußt, was er tat, als er damals bei seinem Onkel geantwortet hat, er wolle lieber der Ziege den Hintern küssen. Die Weiber? Eine Landplage! Wenn man ihnen die Zügel locker ließ, wie die Laurades es bei Gabrielle und Gina getan hatten, dann kam was Schönes dabei heraus! Gina ist wie eine läufige Katze mit jedem gegangen, der sie hat haben wollen. Dieser Rotzlöffel aus Toulon hat ein Geschäft zu machen geglaubt, als er sie heiratete; aber er hat sich schnell genug auf den Finger gebissen und sie mitsamt ihrem Hotel sitzenlassen. Danach ist ihr ein alter, reicher Kerl beigesprungen, aber selbst da noch hat sie es mit allen ihren Hotelgästen getrieben, und das Hotel selbst ist dabei zu kurz gekommen. Na, schön! Gabrielle hat sich damit begnügt, ihm schon vor der Hochzeit Hörner aufzusetzen und ihm in der Folgezeit für den Rest ihres Lebens ein finsteres Gesicht zu schneiden. Die erste Leidenschaft, die damals im Grase unter den Kirschbäumen befriedigt worden ist, die ist nur zu bald erloschen gewesen. Wie lange ist es eigentlich her, daß sie ihn wirklich als ihren Mann betrachtet hat? Und schließlich hat er ja auch andere Dinge im Kopfe. Aber die Frauen? Man muß schon sagen ...

Théonie fällt einem durch ihre Sanftmut und Gefügigkeit auf die Nerven. Im Gegensatz zu den Laurade-Töchtern ist sie zu kurz gehalten worden. Sie hat sich lieber überhaupt nicht verheiratet, als auf den zu verzichten, den sie nicht hatte nehmen sollen. Sie ist nicht schlecht dabei gefahren! Unglücklicher ist sie deswegen auch nicht geworden, obwohl sie mit ihrem Märtyrergesicht immer den Anschein erwecken möchte. Sie hat eben zu viel Phantasie.

Resplandin sieht ein, daß es vielleicht falsch gewesen ist, sie so häufig mit Sylvaine beisammensein zu lassen. Wahrscheinlich haben die beiden immerfort von der Liebe gequasselt, der großen, lebenslang währenden Liebe und dergleichen – als ob es so etwas überhaupt gäbe! Und Sylvaine, die ist die schlimmste von allen. Die hat sie alle schön hinters Licht geführt, und anstatt an diese läufigen Weibsbilder zu denken, täte er besser, zu überlegen, wie sich die Sache am besten einrenken ließe.

Als Gabrielle durch die Waschfrau erfahren hatte, was geschehen war, da hatte er es nicht glauben wollen, und selbst heute noch ist er deswegen wie vor den Kopf geschlagen. War denn solch ein Mädchen ganz und gar von Gott verlassen? Hatte man sie für nichts und wieder nichts bis zu ihrem fünfzehnten Jahre in eine Pension gesteckt und ihr danach streng alle Feste und Bälle verboten? Ausgerechnet zu dieser Satanstante hatte sie gehen müssen, um da diesen Lümmel kennenzulernen. Und der, der hatte wohl die Nase voll gehabt, Seekröten zu fischen und Rundnetze zu stellen; und da hatte er herausbekommen, wie man sich besser bettet. Gar nicht so dumm, der Junge: ‹Das Mädchen ist aus gutem Hause; der Vater nimmt eine vielbeachtete Stellung ein – der wird die Sache lieber vertuschen als mit einem Fleck auf der Weste herumlaufen.› Also macht man der Kleinen ein Kind und hat gewonnenes Spiel. Jawohl, wenn nicht Resplandin wäre, Resplandin aus der Ardèche! Dessen Tochter schnappt man sich nicht so mir nichts, dir nichts! Der schlägt dem Fischerkerl die feine Rechnung rechts und links um die Ohren. Weder das Geld noch das Mädchen bekommt er, sondern gar nichts! Er hat das Fett abgeschöpft – daran soll er nun sein Lebtag zehren . . .

Die Wut, die in ihm aufsteigt, läßt Resplandin fast erstikken. Er macht den Umschlag auf; er überliest nochmals den Namen und die Anschrift. Er wird ihm auf der Stelle schreiben, er solle kommen und ihn besuchen. Dann wird er schon antanzen, Lippen gespitzt wie ein Hühnerpopo; aber Resplandin weiß ganz genau, was er ihm sagen wird. Er malt sich aus, wie er ihm übers Maul fahren wird, dem Lümmel! Und dann wird er ihn mit einem Tritt in den Hintern hinausbefördern.

Er setzt sich an den Schreibtisch und schreibt:

«Herrn Ollivier Desmichels, Hotel Laurade, Le Lavandou.

Ich möchte Sie in einer gewissen Angelegenheit sprechen; Sie können sich wohl denken, um was es sich handelt. Kommen Sie so bald wie möglich zur Gerberei, in mein Büro. Da bin ich immer anzutreffen. Resplandin. Bellaïgue.»

Er ruft Romain Toucas, der auf der Treppe ist.

«Hier, Romain, laß das gleich einstecken.»

Der Prokurist liest die Anschrift; seine große Hand fängt an zu zittern; aber es hilft ihm nichts – er muß den Brief sogleich an einen Lehrling weitergeben.

«He, Junge! Bring das mal gleich zum Briefkasten.»

Der Brief ist weg.

«Du kannst wieder nach unten gehen», sagt Resplandin zu Romain Toucas.

Er muß jetzt allein sein und alles ganz genau überlegen.

Also:

Zunächst muß Sylvaine mit ihrer Tante nach Vernon fahren. Dann ist er die beiden Tränentiere los, und keiner kann die

Monate der Schwangerschaft nachrechnen. Und dann muß man dem Mädchen so schnell wie möglich einen Mann ausfindig machen, und heiraten müssen die beiden irgendwo in der Ferne. Wenn Sylvaine dann später mit Kind und Mann zurück nach Bellaïgue kommt, wird keiner sich etwas zu sagen getrauen, und man kann ein bißchen ruhiger sein.

Er ist zufrieden mit sich und seinen Berechnungen. Er weiß nicht, daß das Leben andere angestellt hat.

Fünf Tage danach geht er wie gewöhnlich morgens in sein Büro. Am Vorabend ist Sylvaine in Vernon angekommen. Wenn Ollivier Desmichels heute nicht kommt, dann kommt er eben morgen oder einen andern Tag. Den Brief muß er längst bekommen haben, und so wird er sich schon auf die Socken machen.

Resplandin tritt an den Tisch, wo die gesamte Post ungeöffnet daliegt. Ganz obenauf liegt ein grauer Umschlag: «Herrn Emile Resplandin. Persönlich.» Das ist ja Romains Handschrift. Was soll denn das heißen? Gestern beim Abendessen haben sie sich gesehen, und der Prokurist hat kein Wort davon gesagt, daß er die Absicht habe, heute wegzubleiben. Komische Sache . . .

Mit dem Daumen reißt er den Umschlag auf. Er liest. Er geht zum Fenster und stößt die Laden auf, daß sie gegen die Mauern klappen. Er meint zu ersticken, wie immer, wenn die Wut ihn überkommt. Er bekommt einen Anfall; er meint zu sterben. Er hat etwas wie einen Stockhieb über den Kopf bekommen; das Blut tritt ihm in die Augen. Er kann nichts mehr sehen; er klammert sich mit den Händen an der Tischplatte fest, während alles um ihn sich dreht. Dieser Brief . . . Das ist nicht wahr . . .! Aber dennoch liegt er offen da, auf den andern, die von Einkäufen und Lederverkäufen handeln. Nur zwei Zeilen ist er lang. Zwei Zeilen, die spitz aufeinander zulaufen wie die Messer des Schlachters Mazaugues, wenn er kommt, um ein Ziegenlamm abzustechen. Resplandin verdreht die Augen. Die Ziegenlämmer verdrehten auch immer die Augen, wenn ihnen die Messerklinge die Gurgel durchschnitt. Wer weiß, was sie dann sahen – das Land, das Gras oder die vollen Mutter-euter? Resplandin sieht den Brief an. Selbst wenn er nicht hinsehen will – er muß es tun. Er wird groß, immer größer; er füllt das ganze Zimmer aus. Die beiden Zeilen . . . die stehen überall geschrieben, an der Decke, auf dem Fußboden, an den Wänden. Sie geben einander die Hände, sie tanzen, sie schreien.

Mit geschlossenen Augen und zugehaltenen Ohren sieht man sie, hört man sie; man kann ihnen nicht entrinnen. Zwei Zeilen: «Bitte vergeben Sie mir. Ich bin weggegangen, weil ich der Vater des Kindes bin. Ich will sterben. Romain.»

Während Resplandin zusammenbricht, niedergeworfen von dem Übel, das ihn jäh angesprungen hat, entgleitet das Briefblatt seiner kraftlosen Hand, umschwebt ihn voller Anmut, zögert einen Augenblick in dem frischen Luftzug vom Fenster her und senkt sich dann auf den ausgestreckten Körper wie ein totes Winterblatt.

Das alles sollte Sylvaine erst sehr viel später erfahren. Als sie sechs Monate danach nach Bellaïgue zurückkommt, sieht sie, daß ihr Vater gealtert und von ihr mehr denn je wie durch eine Steinmauer geschieden ist. Sie ist jetzt wieder ganz schmal, und bei ihr ist der Mann, den sie sich nicht erwählt hat.

Genau wie Resplandin es gewollt hat, hat sie jetzt einen Mann zur Seite, und die Leute reden sie Madame Granville an. Man weiß, daß er der Vater gewesen und daß das Kind gestorben ist. Aber Constant will jetzt Gatte, Liebhaber und Mann der Frau sein, die es ihm angetan hat.

Das hatte schon in Vernon angefangen, als Sylvaine nach dem Tode des Kindes sich traurige Nächte hindurch mit ihrer Schlaflosigkeit gequält und darauf gelauert hatte, daß vier klare Striche das Fenster durchkreuzten und anzeigten, daß es Tag wurde. Aus diesem großen, breiten und hohen Fenster, vor dem im Sommer immer die Mauersegler dahinschossen, hatte sie sich früher, als sorgloses Kind, immer hinausgelehnt und der Tante zugelacht, die sie vom Garten her gerufen hatte. Und vom Garten her war dann immer der feuchte Duft der üppigen Rosen zu ihr hinaufgeweht. Sie hatte Tante Théonie gern; sie hatte Vernon gern; sie liebte die rauhe Ardèche, die ein mächtiger Strom mit schweren Wassern durchfloß, der so ganz anders war als ihr durchsichtiger Gapeau. Man hat ihr erzählt, daß sie als kleines Kind bei jedem Besuch der Tante im Var nach dem Abschied eine geschlagene Stunde und noch länger geweint habe, und sie erinnerte sich, daß sie, als sie ungefähr zwölf gewesen war, sich in der Nacht vor der Rückreise nach Bellaïgue schier in den Gedanken verbissen hatte: ‹Ich fahre nicht weg; ich stürze mich aus der Postkutsche. Noch vor dem Pont de Rosière springe ich hinaus, und dann müssen sie mich ja wohl hierbehalten ...›, und sie hatte sich ausgemalt, wie wohl ihrem vom Sturz zerschundenen Körper Tante Théonies sanfte Hände tun würden.

Dieses Mal war sie ohne Bedauern abgereist; sie hatte nicht die mindeste Lust verspürt, aus dem Wagen zu springen, damit sie in Vernon hätte bleiben können. Vernon, der schöne Garten und alle Erinnerungen waren ihr besudelt worden, als man sie hierher geschickt hatte, während sich in ihr ein Kind bildete, das sie nicht gewollt hatte.

Der Liebhaber, den sie nicht gewollt hatte ...

Der Gatte, den sie nicht gewollt hatte ...

Das Kind, das sie nicht gewollt hatte ...

Das also sollte ihr Leben sein?

Warum hatte sie sich hingegeben? Nur die mitleidige Stimme der Tante hatte sie danach fragen dürfen, und sie hatte nicht geantwortet. Niemals. Niemals antworten. Niemals wieder davon sprechen. Das Kind zur Welt bringen, weil es nun einmal zur Welt gebracht werden mußte – aber Erklärungen darüber abgeben? Nein. Nein, niemals Erklärungen. Wenn man sich selbst nicht einmal versteht – was sollen dann Erklärungen?

Aber jetzt, nun sie alles getan hat, was die andern von ihr verlangt haben, nun ihr Leben ein verwüsteter Acker ist, wo das Böse das Gute überwuchert hat – ach, jetzt sollt ihr mich unter meinem Schutt in Ruhe lassen, weiter verlange ich nichts!

Jene Nacht in der Ardèche, da der junge, wehmütige Mensch, der ihr seinen Namen verkauft hat, zu ihr ins Zimmer gekommen ist, kann sie niemals vergessen. Sie hat noch immer vor Augen, wie im grauen Zwielicht des Raumes der Türgriff niedergeklinkt worden ist, nach dem eine fiebernde Hand gegriffen hat; sie hört sein dürftiges Gestammel, wie er ihr auseinandersetzt, daß er nicht schlafen kann, weil er ihre Nähe allzu stark fühlt, und sie durchlebt es noch einmal, wie ihre Verachtung von der Furcht hinweggeschwemmt worden ist, er könnte sich auf sie stürzen, die Bettdecke wegreißen und sie nackt und kalt, wie sie in diesem einsamen, nie von der Liebe erwärmten Bette liegt, überwältigen.

Schließlich ist sie es gewesen, die, müde des Ankämpfens gegen eine Nähe, vor der sie Angst hatte, in die anstoßende

Wäschekammer geflüchtet ist, von wo aus sie seine Schritte sich durch den weitläufigen, gekachelten Flur hat entfernen hören.

Am nächsten Tage hat Tante Théonie bei Tisch ihre guten Blicke, die zu erraten versuchten, um trösten zu können, auf Constant gerichtet, der kein Wort sagt, und auf Sylvaine, der man es ansieht, daß sie während der Nacht kein Auge zugetan hat.

Am Tage danach ist dann Resplandins Telegramm gekommen, das seinen Briefen, die von Gabrielles Erkrankung gesprochen hatten, gefolgt ist: «Mutter tot.» Sie reisen ab, Sylvaine weint – nicht, weil ihre Mutter gestorben ist; nicht, weil sie Vernon und Tante Théonie verläßt, sondern weil sie jetzt Bellaïgue wiedersehen muß, die Gerberei, den Vater. Sie mag Vernon nicht mehr; sie mag Bellaïgue nicht mehr; sie mag sich selbst nicht mehr; sie will nichts als sterben.

‹Ollivier. Das ganze Leben ohne Ollivier?›

Gabrielle liegt schon im Sarge, als Sylvaine in Bellaïgue ankommt. Alles ist geblieben, wie es gewesen ist. Der Autobusfahrer hat gesagt:

«Ihre arme Mutter, herzliches Beileid!»

Und unmittelbar anschließend, um ihr etwas Nettes zu sagen: «Jetzt muß man Sie also mit Frau Granville anreden?»

Wenn man ins Haus geht, muß man sich immer vor den niedrigen Zweigen der Linde in acht nehmen, die einem mit ihren kleinen Fingern, an denen blonde Blüten sitzen, durchs Gesicht streichen wollen.

Auch im Tode sind Gabrielles Lippen fest aufeinandergepreßt, und dahinter sind ihre Lebensfreude und ihr Lebensekel verborgen. Als wenn sie noch lebte, sieht sie die Tochter nicht ins Zimmer kommen, und Sylvaine tut nur so, als berührte sie leicht die kalte Wange. Verbindet sie etwas mit dieser Toten, das sie weinen machen könnte? Am besten täte man, über sich selbst zu weinen.

Emile Resplandins Augen sind geschwollen; drei Nächte lang hat er bei der Kranken gewacht. Er schaut sie an, nun sie starr und ihm entrückt daliegt. ‹Es ist schwer, die Frau zu verlieren›, sagt er sich. ‹Zwanzig Jahre Gemeinsamkeit – und nun bin ich ganz allein. In gewissem Sinne ist es gut, daß Sylvaine und Granville da sind. Wenn sie ihren Fischer geheiratet hätte, würde sie am Meer wohnen. Jetzt kann sie wenigstens für mich sorgen. Erst gestern hat mir der Arzt gesagt: ‹Sie können plötzlich einen Anfall bekommen. Bleiben Sie nie allein.› Ich räume Sylvaine das große Zimmer neben meinem ein: da kann sie schlafen, und im Falle des Falles brauche ich sie nur zu rufen. Constant bekommt den Posten dieses Schweins von Romain in der Gerberei. Den habe ich ihm freigehalten. Dann habe ich da ebenfalls eine Hilfe. Ich kenne ihn; schon von klein auf ist er schüchtern und gehorsam gewesen. Wenn er sich erstmal eingearbeitet hat, wird alles seinen Gang gehen. Sylvaine kann sich wieder ein bißchen mit der Buchführung befassen. Es sieht so aus, als ob die beiden gut miteinander auskommen. Es wird schon alles klappen, wenn es auch schlecht angefangen hat. Vielleicht bekommen sie ein Kind, und das kann ich dann gern haben. Am Ende bin ich gar nicht so schlecht dran.›

Sylvaine tritt an die Stelle der Mutter. Sie bringt, was ihr gehört, aus ihrem Jungmädchenzimmer in dasjenige, das der Vater für sie und ihren Mann bestimmt hat. Als sie ihre Kleider aufhängt, muß sie denken: ‹Warum tue ich das alles nur? Was mache ich denn hier? Bin ich denn das wirklich, dieses große, trübsinnige Mädchen, das seine Kleider in diesen Schrank hängt? Mädchen? Nicht einmal das. Ein Mädchen ist wenigstens Herrin seines Körpers. Ich habe ihn preisgegeben, ich habe ihn verkauft – zweimal habe ich ihn Menschen überlassen, die ich nicht liebte. Um dessentwillen, was er Liebe nannte und was für ihn vielleicht sogar Liebe gewesen ist, habe ich ihn Romain gegeben, und er hat damit getan, was er gewollt hat, in dem Lederkeller, in den ich gegangen bin, um mich nach Ollivier sehnen zu können, nach seinen Küssen und seiner Nähe, und dann habe ich geglaubt, es sei Ollivier, der mich nähme . . .›

Sylvaine schreit innerlich auf. In ihr steckt ein Messer und das kann sie niemals loswerden! Ollivier! Sie hat an den Tag ihres Beieinanderseins unter der Zypresse an der kleinen Kapelle denken müssen, als er gesagt hat:

‹Deswegen bist du hergekommen? Nur deswegen bist du hergekommen?›

Olliviers verlangender Mund, kühl im Begehren, auf dem ihrigen; Romains gieriger Mund; Constants fiebernder Mund. Sie wußte nur zu gut: wenn sie blieb, dann würde sie eines Nachts nachgeben müssen – und wenn nicht, dann würde darüber ein Krieg ausbrechen, den durchzuhalten sie zu schwach war. ‹Wenn sie blieb ...› Aber wohin sollte sie denn gehen? Sie sehnte sich nach einem neuen Lande mit lauter Menschen, die sie nicht kannte. Weit wegzugehen – davon träumen alle, denen das Leben Wunden geschlagen hat. Aber wohin? Und mit wem? Und woher den Mut nehmen? Und das Geld? Bis jetzt hatte sie niemals Geldmangel empfunden und niemals Geld gehabt. Sie mußte an die Zaubergeschichten denken, in denen die Geldsäcke nur so herbeigeflogen kommen. Als Kind hatte sie niemals etwas zu bezahlen brauchen. Sie war das Fräulein Resplandin; sie war überall bekannt; sie brauchte nur zu sagen: «Mama wird gelegentlich vorbeikommen», oder: «Schikken Sie die Rechnung ins Büro.» Bei der Fahrt nach Vernon hatte Tante Théonie das Reisegeld gehabt, und bei der Rückkehr Constant. Er hatte die Summe überwiesen erhalten, um derentwillen sie sich Frau Granville nennen durfte, und der Vater hatte ihnen beiden, wie sie wußte, als Entgelt für die Arbeit in der Gerberei eine Rente ausgesetzt.

Sie war, wie eine Münze, seit ihrer Geburt von einer Hand in die andere geglitten, von denen der Eltern in die des Mannes; und jetzt hatten ihr Vater und ihr Mann sich zusammengetan. Und sie? Kam sie denn nie zu sich selbst? Sollte sie niemals über sich verfügen, sich selbst gehören, mit sich machen dürfen, was sie wollte? Aber was denn auch? Was sollte sie denn mit sich anfangen? Ohne daß sie ihn gefragt hätte, hatte ihr der Vater letzte Nacht, als sie am Sarge der toten Mutter wachten, gesagt: «Es freut mich, daß du mit deinem Manne gut auskommst, Sylvaine. Die Sache hätte für dich nach deiner großen Dummheit viel schlimmer auslaufen können. Romain Toucas, nachdem er mir diesen Brief geschrieben hat, der schuld an meinem Anfall ist, weil ich einfach nicht glauben konnte, was darin stand – Romain Toucas soll ins Wasser gegangen sein. Hoffentlich stimmt das. Dann brauche ich ihn wenigstens nicht in die Fresse zu schlagen. Und dein Fischer ... ja, ich will es dir nur lieber sagen, weil ich mir nicht vorstellen kann, daß du ihn noch liebst, wo du doch diese Geschichte mit Romain gehabt hast. Ja, also dein Fischer, dem habe ich geschrieben, und er hat es nicht einmal für nötig gehalten, zu antworten. Ich hatte ihm geschrieben, er möge zu mir kommen, und das hat er nicht getan. Und schlimmer noch – jetzt, nun du eine Frau bist, kann ich dir ja reinen Wein einschenken –: es scheint, daß er ein Verhältnis mit deiner

Tante Gina gehabt hat, bevor sie den Schlüssel unter die Fußmatte gelegt hat und mit ihrem gegenwärtigen Liebhaber auf und davongegangen ist. Na, gehen dir jetzt die Augen auf?»

Sylvaine denkt an den Tag, da der Vater ihr eine Falle voll Mäuse gegeben hat, damit sie sie ertränkte. Im Büro hatte es von Mäusen gewimmelt, und da hatte man die Falle mit einem guten Köder aufgestellt. Am andern Morgen war der Gitterkäfig ganz voll gewesen.

«Schmeiß sie nur in den Wasserbehälter», hatte der Vater gesagt. Die Tiere waren in dem kalten Wasser wild durcheinandergelaufen, und alle hatten nach oben gedrängt. Da hatte Sylvaine gedacht: ‹Mein Gott, ich quäle sie ja so, wenn ich sie ertränke! Das kann ich nicht...› Sie hatte die Falle wieder ins Büro getragen und gesagt: «Laß es bitte jemand anders tun; ich kann es nicht.» Alle hatten gelacht, und Romain Toucas hatte die Falle in den Hof hinuntergetragen. Dort hatte er sie mit Petroleum übergossen und dann mit seinem Feuerzeug angezündet. Eine dichte, schwere Rauchwolke war in die Luft emporgewirbelt, und kleine, spitze Schreie waren aufgegellt. Das Gewimmel von kleinen Körpern, die der Qual entrinnen wollten, hatte ein paar Sekunden gedauert: dann war alles stumm geworden, und Romain hatte die verbrannten Mäuse auf den Kehrichthaufen geworfen. Eine war dabei herausgefallen, und man hatte die geplatzten Augen sehen können, die weiß wie Schlehenknospen ausgesehen hatten. Sylvaine fragte sich: ‹Warum habe ich mich seit jenem Tage nicht vor ihm in acht genommen?›

Und sie dachte weiter: ‹Auch ich habe geschrien; ich habe hinaus wollen und dennoch bin ich wieder zurück in das Feuer gefallen, das alles Gute in mir verbrannt hat. Und so liege ich jetzt ganz unten und bin wie tot, wie tot... Ich weiß, daß Ollivier mich belogen hat, und nun bin ich noch schlimmer dran als meine Mutter, die wenigstens ihre Ruhe hat, und noch schlimmer als die Mäuse in der Falle, die vor dem Feuer weglaufen wollten. Und mein Vater hat gesagt: ‹Die Sache hätte noch viel schlimmer auslaufen können!› Was gab es denn noch Schlimmeres, als nach alledem auch noch zu hören, daß Ollivier eine andere geliebt habe? Daß nicht nur sie ihn niemals besitzen werde; daß nicht nur sie ihn niemals besessen habe, sondern Gina, während sie doch geglaubt hatte, er gehöre ihr?›

‹Vielleicht›, dachte sie, ‹ist es ihm gegangen wie mir, und er hat versucht, sich einzubilden, ich sei es? Aber dennoch: für ihn ist das ganz etwas anderes; denn er hätte ja doch nur zu kommen und mich zu nehmen brauchen. Ein Mann braucht doch nur die Hand auszustrecken – dann gibt sich die Frau, die er will. Mit uns ist das anders; wir müssen warten, bis die Hand sich auf uns legt. Und selbst wenn wir uns nicht nehmen lassen wollen, ist es dann zu spät; denn es ist zu wundervoll, die große, warme Hand auf sich zu spüren. Darin beruhen Glück und Unglück der Frauen – das verstehe ich jetzt.›

Olliviers gute Hand – wo war sie jetzt? Auf welche Schulter legte sie sich warm und fest? Ob Sylvaine nie wieder auch nur das geringste von ihm hören würde? Bald würde sie dulden müssen, daß Constant in Wahrheit ihr Mann wurde. Ob seine Liebe sie vielleicht gar dahin brachte, Olliviers gute Hand und Romains rohe Umarmung zu vergessen? Vielleicht würde sie ein zweites Kind bekommen, und dann würde die verfluchte Erinnerung an das erste endgültig begraben sein. Resplandin würde Pate stehen; er würde sagen: ‹Wenn deine arme Mutter noch unter uns wäre – wie würde sie sich freuen!› Das Leben würde sich neu formen, würde gesunden wie das Fleisch, wenn das Krebsgeschwür herausgeschnitten worden ist. Sie würden alle zufrieden sein. Alle, alle – nur Sylvaine wird allein sein wie die verbrannte Maus, die mit Petroleum übergossen und dann angesteckt worden war – mit verbranntem Herzen, mit einem Herzen, das geplatzt war wie die Mausaugen.

«Sylvaine», sagte Louisa, eine entfernte Verwandte der Laurades, die zur Trauerfeier gekommen war, «was soll es denn zu Mittag geben?»

Sie ist allzu schnell in das Zimmer gekommen, wo Sylvaine vor dem Kleiderschrank kniet, die zerknitterten Kleider in der Hand. Sie sieht auf Sylvaines Backen angetrocknete Tränen.

Sie fragt:

«Bist du krank?»

«Nein», sagt Sylvaine.

«Na, ich kann es nachfühlen», sagt die Kusine. «Ich habe die arme Gabrielle auch sehr gern gehabt, und sie ist ja deine Mutter gewesen – da ist dir natürlich das Herz schwer. Aber was will man machen? Das Leben geht weiter. Du hast ja noch deinen Vater, und überdies einen guten Mann, der sanft wie ein Lamm zu sein scheint. Und wenn du auch dein armes erstes Kind wieder hast hergeben müssen – der liebe Gott wird dir schon noch ein anderes schenken.»

‹So ist es ...›, denkt Sylvaine. ‹So ist es ... Sie sagt alles, was bei solchen Gelegenheiten gesagt werden muß.›

Sie steht auf und streicht das Kleid glatt, das sie aufhängen will.

«Ja», sagt Louisa, «was soll es denn nun zu Mittag geben?»

«Man könnte vielleicht Spinat kochen», sagt Sylvaine. «Gewöhnlich steht um diese Jahreszeit welcher im Garten.»

«Natürlich», sagt Louisa.

«Und dazu Kalbsbraten. Nimm ein Rippenstück; Vater mag nicht, wenn er zu trocken ist.»

«Und dein Mann? Du mußt doch auch darauf Rücksicht nehmen, was dein Mann mag!»

«Mein Mann auch nicht.»

«Gut», sagt Louisa.

‹Das Leben›, denkt Sylvaine.

10

«Und dabei bist du solch ein netter Mensch!» sagt Fifi Fournier.

«Ach, was hilft das, wenn sie anderer Ansicht ist», sagt Constant. Die beiden sind in einem Zimmer der Bar de la Girelle. Das Fenster steht offen; der Sommer strahlt in seiner Fülle. Vom Fischmarkt her schallen Rufe und Geschrei zu den beiden.

Auf dem Nachttisch steht eine Flasche Anislikör und ein Eisbehälter, aber nur ein Glas.

Constant fährt mit dem Finger eine Linie entlang, die quer über Fifis Schenkel läuft und unterhalb deren die Haut bronzefarben ist.

«Bis dahin geht mein Badeanzug», sagt Fifi. «Ich bade täglich zweimal in der See bei Le Mourillon. Das mag ich sehr gern, und ich schäme mich durchaus nicht, wenn ich gesehen werde. Im Gegenteil!»

«Du bist schön», sagt Constant.

Fifi rückt etwas von ihm weg und legt sich flach auf den Rücken. Sie kreuzt die Arme unter dem Kopf, gähnt, und dann fragt sie:

«Also du sagst, daß mit deiner Frau einfach nichts zu machen ist?»

«Sie weist mich nicht ab», sagt Constant. «Aber man fühlt: sie hat etwas gegen mich.»

«Vielleicht macht sie sich nichts aus der Liebe», sagt Fifi. «Solche Frauen soll es geben. War sie unberührt, als ihr heiratetet?»

«Ja», sagt Constant.

«Dann ändert sie sich vielleicht noch. Dann gib nur die Hoffnung nicht auf. Aber wenn du einen Vorgänger gehabt hättest und sie bliebe kalt – dann wäre die Sache faul.»

«Ja», sagt Constant.

«Ich meine aber, es muß an ihr liegen. Dich kenne ich zwar kaum; aber du bist nett. Du bist sanft zu den Frauen. Und eben darum habe ich dir einen Wink gegeben, als ich dich allein und mit einem so traurigen Gesicht habe in der ‹Fregatte› sitzen sehen; ich halte es nämlich einfach nicht aus, wenn einer unglücklich ist. Und du, du hast mächtig unglücklich ausgesehen! Und als wir uns dann ein bißchen kennengelernt hatten, da habe ich dir meine Adresse gegeben, und nun bin ich wirklich froh, daß du hergekommen bist.»

«Bist du schon öfter hier gewesen?» fragt Constant.

«Ich bin doch die Besitzerin», sagt Fifi.

«Du wohnst hier? Das ist fein; das trifft sich wirklich wunderbar. Stehst du für dich allein?»

«Ich habe einen Freund gehabt», sagt Fifi, «richtiger einen Zuhälter. Er ist mir mit einem Mädchen durchgegangen. Um so besser – da lebe ich billiger.»

«Hast du denn nicht an ihm gehangen?» fragt Constant.

«Er hat an mir gehangen», sagt Fifi. «Aber nur wie die Zekke am Hunde. Wenn sie sich voll Blut gesogen hat, fällt sie ab. Du bist wohl nicht aus Toulon?»

«Nein, von weiter oben her; aber ich lebe schon seit einer ganzen Zeit in der Nähe von Toulon.»

«Bist du Angestellter?»

«Ja», sagt Constant, «in einem Büro.»

«Oh», sagt Fifi, «ich frage dich nicht aus Neugierde! Behalt deine Geheimnisse ruhig für dich. Aber mir ist aufgefallen, daß du recht gepflegte Hände hast, und schließlich hast du ja davon angefangen, daß deine Frau dich nicht liebt.»

Sie streichelt die Brust des Liebhabers.

«Ich mag dich», sagt sie.

Constant umarmt sie.

«Das ist lieb von dir», sagt er, «sehr lieb ...»

Aber am liebsten möchte er losheulen.

Wie Sylvaine es vorausgeahnt, hat sie nachgeben müssen, und, wiederum einem Manne, den sie nicht gewollt hat. Am Abend ihrer Rückkehr nach Bellaïgue war es geschehen.

Auch sie hätte am liebsten losgeheult.

Constant hat es gemerkt und geglaubt, sie habe an den gedacht, der sie zur Mutter gemacht habe.

Er versteht sie nicht.

Seit seiner Ankunft in Bellaïgue hat er versucht, herauszubekommen, wer es gewesen ist; aber er ist ein Fremder, und niemand möchte ihn aufklären. Als Resplandin ihn seinerzeit besucht und ihm das Unglück dargelegt hatte, in das seine Tochter geraten war, und als danach Tante Théonie im Auftrag ihres Bruders ihm auf den Zahn gefühlt hatte, da hatte er zunächst an nichts anderes denken können als an die große Erleichterung, die diese Lösung für ihn mit sich bringen würde. Als sein Vater, der vierzig Jahre lang die bedeutendste Spinnerei der an Spinnereien reichen Ardèche geleitet hatte, gestorben war, da hatte sich herausgestellt, daß sein gesamtes Eigentum, Maschinen und Gebäude, weit über den Wert hypothekarisch belastet war. Die Überschüsse der letzten Jahre waren auf geheimnisvolle Weise verschwunden; es war nichts als ein schauerlich hoher Berg von Schulden und ein Name geblieben, dem Schande drohte.

Als Constants Mutter Witwe geworden war, hatte sie keinen roten Heller ihr eigen genannt; sie hatte nur den Sohn gehabt, der ein langwieriges Studium begonnen hatte, und fünf häßliche, hirnlose und kränkliche Töchter. Sie hatte sich vor dem Nichts gesehen, sich in ihr Zimmer eingeschlossen und drauflos gejammert. Wenn sie zum Vorschein gekommen war, dann war es nur gewesen, um ihre Kinder daran zu erinnern, daß sie eine geborene de Bois-Luzy, Edle du Tarn, gewesen sei, und daß ihr Vater, der Kavalleriegeneral, keinen Flecken auf seinem Ehrenschild geduldet habe. Durch dergleichen Klagelieder war keinem geholfen; die jungen Mädchen waren tapferer: sie redeten davon, sie wollten sich als Kammerjungfern verdingen. Constant hörte sich das an, glaubte indessen nicht, daß sie auf diese Weise die Familie wieder auf den grünen Zweig bringen würden.

In dem Augenblicke, da die Situation als hoffnungslos verfahren gelten mußte, wurde dem jungen Menschen Emile Resplandins Vorschlag unterbreitet. Auf der einen Seite der Ruin, die Not, kalte Schultern. Auf der andern Seite eine achtzehnjährige Braut, schön und unglücklich, die gestrauchelt war und einen Ritter suchte, der für sie in die Schranken trat, und außerdem hunderttausend Franken. Er besann sich keinen Augenblick; er stimmte zu und stellte nur eine einzige Bedingung: unverbrüchliches Schweigen. Er war gern bereit, eine Schande gegen eine andere auszutauschen – aber es durfte niemand erfahren. Für ganz Vernon und selbst für seine Schwestern sollte, so wurde es verabredet, gelten, daß Constant Sylvaine während seiner letzten Ferien kennengelernt habe, und daß die beiden jungen Menschen in ihrer allzu heftigen gegenseitigen Verliebtheit «den Karren vor die Ochsen gespannt hätten», wie Madame Granville zu sagen pflegte, wobei sie lächelnd ihre Pferdezähne fletschte.

Sylvaine hatte die ersten Unterhandlungen, die Besuche, die Hochzeit über sich ergehen lassen, ohne daß ihr das alles recht bewußt geworden war; nachdem spätabends die Gäste weggegangen und sie und Constant allein gewesen waren, da hatte sie sich mit einer solchen Selbstverständlichkeit in ihr altes Zimmer zurückgezogen, daß der junge Mensch nicht zu ihr zu gehen gewagt und die Nacht auf einem Sofa verbracht hatte. Übrigens hatte er sich damals noch nichts aus Sylvaine gemacht; er hatte sogar Widerwillen gegen sie empfunden; denn schließlich hatte sein Opfer ja die Hoffnung auf Glück in ihm ertötet. Er verbarg unter einem puritanischen Gehabe eine gierige Sinnlichkeit. Anfangs hatte er geglaubt, daß sich allmählich zwischen ihm und dem unglücklichen Mädchen zunächst eine moralische, dann aber eine physische Bindung ergeben werde; aber Sylvaine betrachtete ihn, wie sie die ganze Welt betrachtete, seit sie Ollivier verloren hatte –: ihr Blick ging durch ihn hindurch, als sei er aus Glas.

Aber als dann das Kind geboren und danach gestorben war, als Sylvaine sich befreit fühlte –, da sah sich Constant plötzlich einem jungen Mädchen gegenüber, das ihm völlig verwandelt vorkam. Es war, als fachten Sylvaines verbotene Preisgabe ihrer selbst an einen andern und alle ihre Leiden das Begehren des Mannes, der dem Namen nach ihr Gatte war, in gesteigertem Maße an. Resplandin hatte ihm gesagt, seine Tochter sei vielmehr das Opfer einer Vergewaltigung denn der bewußten, willigen Hingabe geworden. Daß sie jenen Gelegenheitsliebhaber wirklich geliebt habe und sich um seinetwillen bewahren wolle, vermochte man schlechterdings nicht zu glauben. Daher fing Constant an, sich Sylvaine zu nähern, sobald sie befreit und einer neuen Schönheit teilhaftig geworden war.

Als er, betroffen durch ihr zögerndes Sichverweigern, darauf bestand, sah sie ein, daß sie nachgeben müsse; als Grenze bestimmte sie sich den Augenblick ihrer Rückkehr nach Bellaïgue. Denn dann konnte sie den Vater fragen, ob Ollivier gekommen sei und was er gesagt habe. Sie dachte: ‹Wenn Ollivier noch in der Gegend ist und ich sicher sein darf, daß er mich noch liebt, dann lasse ich alles stehen und liegen und gehe zu ihm.›

Gabrielles Tod beschleunigte die Rückkehr ins Var, und gleich in den ersten Minuten seines Alleinseins mit Sylvaine fing Resplandin von sich aus an, von Ollivier zu sprechen und erbarmungslos Sylvaines letzte Hoffnungen zu zerstreuen. Am nächsten Abend überließ sie sich ihrem Manne.

An all das muß sie jetzt denken, nun sie sich in einem Jahr der Gemeinschaft in alles hat schicken lassen, was sie nicht hat vermeiden können. Doch sie weiß nur zu gut, daß sie nicht glücklich ist. Constant ist es ebensowenig.

Die trübe Gleichgültigkeit, die sie der Leidenschaft ihres Mannes entgegenbringt, ist, wie sie nur zu gut weiß, nicht das, was er von ihr erwartet. Er tut ihr schrecklich leid, daß er sich immer noch in Hoffnungen verbohrt; denn sie weiß ja, wie es ist, wenn man ins Ungewisse hinein liebt. Aber sie kann ihm nicht helfen; sie kann ihm nur ihren Körper lassen, wenn er es will.

Schließlich bekommt Constant es satt, immer den Bettler zu spielen, dem verächtlich ein Stückchen Freude zugeworfen wird. Er sagt sich, daß es schließlich ja auch noch andere Frauen gibt, ebenso schöne und leidenschaftlichere als diese Statue, die nur einmal lebendig geworden ist, als es nicht eben nötig gewesen wäre. Er beschließt, in den Armen einer anderen herauszubekommen, ob er der Liebe würdig ist oder nicht. So gewöhnt er sich daran, nach Toulon zu fahren; er tut, als habe er dort geschäftlich zu tun. Der alte Resplandin durchschaut den Schwindel, sagt aber nichts, weil er längst weiß, wie es um diese Ehe bestellt ist. Da er Gabrielle nicht mehr hat, indessen er noch einigen Lebenstrieb in sich spürt, verlustiert er sich nach Kräften. Er denkt: ‹Schließlich wird er sich wohl eine Geliebte nehmen, der Junge, da ja die blöde Gans, die Sylvaine, nicht verstanden hat, ihn an sich zu fesseln.›

Constant gleitet von einer leichten Frau zur andern, und so gerät er eines Tages an Fifi Fournier, die er in der ‹Fregatte› sitzen sieht, wo sie ihre arroganten Beine auf einem Barstuhl kreuzt. Nach einer Bekanntschaft von ein paar Stunden sind die beiden sich einig.

Jetzt ist Fifi seine Geliebte. Er liebt sie nicht; er kann sie nicht lieben; aber wenn Fifi sich wie eine Katze an ihn schmiegt und alles tut, was er will, rächt er sich für die Vernachlässigung, die Sylvaine ihm zuteil werden läßt.

Als eine aufs Praktische bedachte Frau verliert Fifi nicht die Tatsache aus den Augen, daß Constant immer bei Kasse ist und daß das Geld dazu da ist, um unter die Leute zu kommen. Constant läßt den Dingen ihren Lauf. Wenn er nachts heim nach Bellaïgue kommt, liegt es nicht an der Schwere seiner Brieftasche, daß er Schlagseite hat. Er merkt, daß er taumelt, und er bleibt stehen und denkt nach:

‹Ich pfeife drauf! Ihr geschieht ganz recht – sie hat es ja so haben wollen.›

Aber wenn er dann nach dergleichen nächtlichen Eskapaden in seinem einsamen Zimmer Schiffbruch leidet, weint er verzweifelt all seinen Ekel heraus; er schluchzt den einzigen Namen, der seinem Liebesverlangen genugtun könnte: «Sylvaine ...»

Niemand hört ihn. Und wenn ihn einer nachts rumoren hörte, so würde er denken: ‹Resplandins Schwiegersohn hat sich in Unkosten gestürzt.›

Weiter nichts.

11

Auf diese Weise kann das Leben jahrelang weitergehen, ohne daß man sich dessen recht bewußt wird.

Sylvaine arbeitet in der Gerberei; ihr Arbeitsplatz ist ganz dicht bei dem Constants; sie können einander durch ein kleines Fenster sehen. Im Hause ist Kusine Louisa endgültig an die Stelle des alten tauben Hausmädchens getreten; sie führt den Haushalt, an dem Sylvaine nicht den mindesten Anteil nimmt. Sie befaßt sich lieber mit ihren Zahlen, in denen sie völlig aufgeht und die ihr das Nachdenken ersparen. Wenn sie also morgens Anordnungen für die Hausarbeit gibt, sagt sie immer rasch:

«Mach nur alles, wie du es willst; dann klappt es am besten.»

Heute hat Louisa gesagt:

«Weißt du, ich möchte deine Matratze mal auffrischen lassen. Seit zwei Jahren ist nichts daran getan worden; ganz platt ist sie. Und die von deinem Vater muß auch mal vorgenommen werden.»

«Gut», sagt Sylvaine.

Dann denkt sie nicht mehr daran.

Im Laufe des Tages kommt sie zufällig an dem großen Schuppen am Hofeingang vorbei und sieht, daß dort jemand beim Wollekrempeln ist. Sie geht hin und schaut zu. Die gleiche Frau, die seit Jahren in Bellaïgue die Matratzen ausbessert, sitzt dort und arbeitet.

«Sieh da, guten Tag, Justine», sagt sie. «Sind Sie wieder mal bei uns?»

«Guten Tag, Fräulein Sylvaine», sagt die Frau. «Oh, Verzeihung! Es will mir gar nicht in den Sinn, daß Sie verheiratet sind . . .»

«Es ist auch nicht so wichtig», sagt Sylvaine.

«Und wie geht's Ihnen denn?» fragt Justine. «Sie haben sich hübsch herausgemacht, seit ich Sie nicht gesehen habe!»

«Das ist schon eine ganze Weile her», sagt Sylvaine.

«Damals lebte Ihre arme Mutter noch, und Ihre gute Tante Théonie auch. Ich habe gehört, sie sei letzten Winter gestorben.»

«Ach – haben Sie sie denn gekannt?» fragt Sylvaine. Sie möchte am liebsten weggehen.

«Ob ich sie gekannt habe? Glauben Sie mir nur: mir ist, als sähe ich sie vor mir, Ihre gute Tante mit den freundlichen Augen! Und genauso geht's mir mit Ihnen. Sie waren solch ein frisches, lustiges junges Mädchen!»

«Ach nein?» fragt Sylvaine.

Sie tut einen Schritt, um wegzugehen. Aber Justine hat ihre Krempelmaschine angehalten, wendet sich Sylvaine zu und sagt schalkhaft:

«Wissen Sie noch, Fräulein Sylvaine, wie ich Ihnen damals, am letzten Morgen, als ich hier die Matratzen flickte und Sie mir die große Nadel gebracht haben – wie ich Ihnen da von früher erzählt habe?»

«Ach nein?» fragt Sylvaine noch einmal; sie weiß nichts mehr davon.

«Und da haben Sie mir eine Postkarte gezeigt, die Sie gerade von dem jungen Manne da aus Le Lavandou bekommen hatten, in den Sie reinweg vernarrt waren! Nein, nein, das war keiner für Sie, das weiß ich ganz genau; aber da ich ihn nun mal kannte, da habe ich mich gefragt . . .»

«Sie haben ihn gekannt?» fragt Sylvaine.

«Was ist Ihnen denn?» Justine blickt auf. Sie ist ganz betroffen, so sonderbar hat Sylvaines Stimme geklungen.

«Ja, wir sind miteinander bekannt», fährt Justine fort, «oder vielmehr: ich bin mit seiner Mutter bekannt, weil wir nämlich Freundinnen sind. Aber er, er hat sich schon seit einer ganzen Zeit nicht blicken lassen. Er ist wieder zur See gegangen, und leider läßt er überhaupt nichts von sich hören.»

«Ach?» sagt Sylvaine.

«Und seine Mutter, die Ärmste, die nährt sich auch mehr von Tränen als von Brot. Nicht daß sie im Elend säße; denn sie bekommt ja eine Rente für den einen Sohn und den Mann, die beide im Kriege geblieben sind. Aber wo sie nun immer so ganz allein ist, nachdem sie doch mal drei Söhne gehabt hat: da kommt sie nicht wieder obenauf. Ach, sie wird es nicht mehr lange machen! Hin und wieder gehe ich zu ihr und leiste ihr ein bißchen Gesellschaft. Wir sind zusammen eingesegnet worden, und so was vergißt man nicht, selbst wenn man nun zum alten Eisen gehört wie sie und ich!»

Sylvaine steht reglos da. Ihr Herz pocht heftig. Justine meint, sie habe ihr Dinge erzählt, die sie langweilen.

«Entschuldigen Sie, Fräulein; ich erzähle Ihnen da einen Haufen Sachen, die Ihnen ganz gleichgültig sind. Ja, wenn man alt wird, dann wird man geschwätzig. Und dabei habe ich noch so viel zu tun . . .»

Sie setzt ihre Krempelmaschine wieder in Tätigkeit, die ein Päckchen Füllwolle nach dem andern frißt.

«Sie haben hier gute Wolle; das sage ich jedem, der es hören will. Man muß schon suchen, wenn man weißere und längere Wolle finden will als hier in der Gerberei.»

Sylvaine setzt sich auf den Prellstein neben der Matratzenflickerin. Sie holt tief Atem.

«Erzählen Sie doch noch ein bißchen von der Frau, Justine.»

«Von Arnaude Desmichels?»

«Wo wohnt sie denn? In Solliès?»

«O nein, Fräulein! Viel, viel weiter! Ganz oben in den Bergen, am Abhang des Grand-Cap. Sie wissen doch: der große rote Fels, der sich wie ein Rüssel vorschiebt? Ja, da ganz oben in den Wäldern wohnt sie, ganz allein, wie ich schon gesagt habe, in einem kleinen Hause, wo sie mit dem armen Antoine gelebt hat, ihrem Manne, und ihren Söhnen. Sie haben Holzkohlen gebrannt. Ach, das ist eine traurige Sache! Durch nichts ist sie zu bewegen, von da oben herunterzukommen; sie . . . Und dann sagt sie immer: ‹Wenn ich nicht hier oben bleibe – wo soll Ollivier mich dann suchen, wenn er wiederkommt?›»

Die Krempelmaschine wippt auf und ab . . . In Sylvaines Kopf schwankt der Schwindel auf und ab . . . Sie faßt mit beiden Händen in den Halsausschnitt ihrer Bluse, als wenn ihr etwas den Atem hindere; sie hat sich an die Mauer gelehnt. Sie ist ganz blaß geworden, was Justine wundert; sie springt auf:

«Ist Ihnen nicht wohl, Fräulein?»

«Pst!» sagt Sylvaine. «Nicht so laut.»

«Man kann es ja richtig mit der Angst bekommen, Sie Arme!»

«Es geht schon vorüber», sagt Sylvaine und lehnt sich gegen den Torpfeiler. «Nur ein plötzlicher Schwindelanfall.»

Sie fährt sich mit der Hand über die Stirn. Sie seufzt.

«Nun ist es vorbei.»

«Vielleicht kleine Füßchen?» fragt Justine spitzbübisch.

«Nein, nein!»

«Dann also die Sonne? Die erste Sommersonne, die hat es in sich. Vielleicht hat so ein starker Sonnenstrahl Sie getroffen?»

«Ja», sagt Sylvaine, «ein starker Strahl . . .»

Sie reibt sich die Stirn mit beiden Händen.

«Legen Sie sich doch ein bißchen hin, Fräulein. Soll ich Louisa sagen, daß sie Ihnen Kräutertee aufgießt? Sie sind ja kreidebleich!»

«Nein, danke; bemühen Sie sich nicht. Es ist ja schon vorbei.»

Sie geht davon, und Justine folgt ihr mit den Augen, weil sie Angst hat, Sylvaine könnte hinfallen.

‹Ein starker Strahl›, denkt Sylvaine. ‹Ein starker Sonnenstrahl, ein starker Hoffnungsstrahl . . .›

Und sie geht wieder in ihr Büro; Constant sieht sie hereinkommen.

«Du siehst aber blaß aus», sagt er. «Du bist doch nicht etwa krank?»

«Nein, nein», sagt sie. «Ich habe einen Schwindelanfall gehabt; weiter nichts.»

Und eine Minute später:

«Aber ich glaube, ich komme nicht genug an die frische Luft; ich hocke ja immer hier im Büro. Vielleicht wäre es gut, wenn ich wieder Waldspaziergänge machte. Das habe ich früher immer sehr gern getan.»

‹Ein starker Strahl, ein starker Strahl hat meinen Kopf getroffen, so wie er den Kopf des Gefangenen trifft, der zu seinem Gitterfenster aufblickt und sich in der Sonnenwärme badet. Ollivier . . .›

Wie lange ist es her, daß jemand diesen Namen vor ihr ausgesprochen hat? Das letztemal war es gewesen, als der Vater ihr gesagt hatte, Ollivier habe sie vergessen, und dabei hatte er, wie sie sich erinnert, nur gesagt: ‹Dein Fischer.›

«Wir könnten zusammen spazierengehen, wenn du willst?» schlägt Constant vor.

‹Ich möchte . . .› – so hatte Sylvaine es sich gedacht. «Wir könnten», sagt Constant.

‹Jetzt, wo ich außer meinem Vater auch noch diesen Mann habe, bin ich weniger frei denn je›, denkt Sylvaine. Sie kommt nicht wieder darauf zurück.

«Hast du keine Lust mehr zum Spazierengehen?» fragt Constant sie eines Tages.

«Nein, sie ist mir vergangen», antwortet sie.

Er versteht sie nicht.

Justine, die Matratzenflickerin, ist mit ihrer Arbeit fertig. Es wird an die zwei Jahre dauern, bis sie wieder einmal in die Gerberei kommt. Eines Tages fragt Sylvaine die Kusine Louisa nach ihr.

«Ich weiß nicht genau, wo sie steckt», sagt Louisa. «Ich glaube, sie wohnt in der Nähe von Les Sénès. Wenn sie zur Arbeit kommen soll, muß man dem Schlachter Mazaugues Bescheid sagen; der ist mit ihr bekannt. Willst du zu ihr?»

Der Kusine ist das ein bißchen peinlich; sie sieht weg. Die

Beziehungen Constants zu Fifi Fournier in Toulon sind ruchbar geworden. Und Fifi ist eine Frau, von der man nicht spricht, und sie ist Justines Tochter.

Louisa war beim Plätten gewesen, als Sylvaine gekommen ist und sie angeredet hat. Jetzt läßt sie das Bügeleisen langsam über die Wäsche gleiten und denkt nach. Sicher ahnt Sylvaine etwas und beabsichtigt, zu Fifis Mutter zu gehen und ihr etwas vorzujammern. Louisa fragt noch einmal:

«Willst du zu ihr? Hat sie deine Matratze nicht gut gemacht?» Ihre Augen suchen von unten herauf die Sylvaines.

«O nein», sagt Sylvaine. «Ich hatte nur gerade an sie denken müssen, weiter nichts. Weshalb – das weiß ich nicht . . .»

So geht ein ganzer Sommer, ein schöner Sommer hin. Und ein ganzer Herbst. Die Linde blüht zu ihrer Zeit; die Reben blühen, die Olivenbäume blühen. Man pflückt die Lindenblüten, bevor die Fruchtknoten zu Samenkügelchen werden. Man trocknet sie, indem man sie auf dem Salontisch ausbreitet, und noch lange Zeit danach macht, wie Louisa sagt, der Duft einen ganz benommen, wenn man ins Zimmer kommt – so wohlriechend ist er. Die Rebenblüten werden viermal mit Schwefel bestäubt und zweimal mit blauem Vitriol besprengt. Die grünen Oliven werden gepflückt und eingemacht. Zuerst kommen sie neun Tage lang in eine Aschenlauge, in große irdene Krüge. Dann werden sie tüchtig gewaschen und mit abgekochtem Wasser übergossen, dem Lorbeerblätter und Fenchel zugesetzt worden sind.

Wie stets spenden Ende September die Weinberge Trauben, trotz der Gewitter, die die Weinlese bedroht haben. Überall lachen und scherzen die Frauen, die sich zu dieser harten Arbeit verdingt haben; überall riecht es nach Most, und in einem Winkel des Hofes liegt ein großer Haufen ausgepreßter Trauben. Vierzehn Tage lang wird Tresterwein getrunken, und in den Kellern werden auf die neuen Schnapsflaschen weiße Etiketten geklebt. Im Dezember werden mit Bambusstöcken die schwarzen Oliven von den Bäumen geschlagen, deren Saft auf den Fingern violette Flecken zurückläßt.

Wie damals, als Sylvaine sechzehn gewesen ist, wird bei Tische von der Gerberei und von landwirtschaftlichen Arbeiten gesprochen.

«Eigentlich müßte man sich mal die alte Mühle von Sinssol

ansehen», sagt Resplandin. «Ich weiß nicht recht, ob sie noch betriebsfähig ist? Es ist dumm, daß wir unser Öl bei Giraud machen lassen, wo wir doch eine eigene Mühle haben.»

«Wo liegt Sinssol eigentlich?» fragt Constant.

«Da oben, unterhalb von Bramafan», antwortet der Schwiegervater, «am Grand-Cap. Sie ist früher vom Coulepierre getrieben worden; aber der Gießbach hat einen anderen Lauf genommen; es würde ein tüchtiges Stück Arbeit kosten . . .»

«Dann müßte man doch da gelegentlich mal nach dem Rechten sehen?» schlägt Constant vor.

«Ja», sagt Resplandin.

‹Oben am Grand-Cap›, denkt Sylvaine. ‹Ja, da müßte man mal nach dem Rechten sehen . . .›

Sie wohnt jetzt wieder in ihrem Jungmädchenzimmer. Ja, wirklich – sie schläft schlecht . . . Sie geht früh zu Bett; sie ist immer matt und abgespannt. Constant jedoch geht spät zu Bett; entweder arbeitet er lange an den Büchern der Gerberei, oder er fährt für den Rest des Abends nach Toulon. Oft hört Sylvaine ihn erst gegen sechs Uhr morgens heimkommen. Er hat neuerdings ein Auto. Das macht ihn unabhängiger. Sylvaine kann sich denken, daß er zu einer Frau fährt. Sie sagt ihrem Vater kein Wort darüber; er muß ja doch genau wie sie das Motorengeräusch hören. Warum soll man darüber Worte verlieren?

Resplandin denkt an das gleiche, und Constant ist überzeugt, daß niemand wagt, ihn zur Rechenschaft zu ziehen. Übrigens arbeitet er; er arbeitet mehr denn je; es sind da nämlich einige Unklarheiten in seiner Buchführung.

Tagsüber verbohrt er sich in seine Zahlen, und nachts flüchtet er in Fifis Arme. Er kommt sich vor wie jemand, der am äußersten Rande eines Gebirgsweges geht, den die Wasser unterhöhlt haben, und der sich schon in das tosende Durcheinander von entwurzelten Bäumen und Schlamm fallen sieht und denkt: ‹Ich muß hindurch . . .› Er weiß ganz genau, daß er schließlich hineinstürzen und weggerissen werden wird; aber dann braucht er wenigstens nicht mehr an sich selbst, an Sylvaine und an ihrer beider verfehltes, verdorbenes Leben zu denken.

An diesem Morgen schläft Sylvaine fest. Die Schlaflosigkeit hat sie dermaßen mitgenommen, daß sie gegen zwei aufgestanden ist und sich auf ihrem Kocher etwas Wasser angewärmt hat. Darin hat sie zwei Schlaftabletten aufgelöst. Das ist ihr letztes Hilfsmittel. Sie nimmt allnächtlich das Doppelte der vorgeschriebenen Dosis. Das betäubt sie. Dann braucht sie wenigstens nicht mehr an sich selbst, an Ollivier und an ihrer beider verfehltes, verdorbenes Leben zu denken.

So leben ein Mann und eine Frau nebeneinander hin, leiden beide an ihren Leidenschaften und vergeuden ihre kurze Lebenszeit.

Doch an diesem Morgen schläft Sylvaine tief und gut. Das Brompräparat hat ihr seine beruhigenden Kräfte mitgeteilt; sie weilt in einer Welt, wo alles so schön ist, daß sie immer darin bleiben möchte.

Stimmengeräusche, Schritte – ein Geräusch, das immerfort dableibt und sich vernehmlich machen will, zieht sie aus dem Traumschacht, in den sie hinabgestürzt ist. Vaters Stimme, Louisas Stimme; es klopft immerfort an ihre Tür. Ist es denn schon so spät? Nein; es dämmert ja kaum.

Sie setzt sich auf den Bettrand und horcht.

«Was ist denn?» ruft sie. «Ihr könnt hereinkommen; ich bin wach.»

Hinter der Tür wird es plötzlich furchtbar still. Warum ist sie nur aus dem Schlaf gerissen worden, wenn jetzt keiner etwas sagt? Schließlich faßt Resplandin Mut. Er kommt herein. Er sagt: «Guten Morgen!», aber er sieht nicht zu Sylvaines Bett hin, das im Dunkeln steht. Er geht zum Fenster; er macht es mit beiden Händen auf und lehnt sich hinaus. Immer, wenn ihm irgend etwas schwer zu schaffen macht, hat er ein drängendes Verlangen nach frischer Luft. Die Luft, die ins Zimmer strömt, ist ganz feucht; das kommt daher, weil es draußen naß ist. Es regnet seit einer Woche; die Bäume triefen förmlich.

Durch die offengebliebene Tür sieht Sylvaine Louisa im Flur stehen. Sie sieht, daß der Vater nur notdürftig angezogen ist; er hat sein Hemd unordentlich in die Hose gesteckt.

«Was ist denn nun eigentlich los?» fragt sie.

Resplandin tritt an ihr Bett. Er schaut sie an.

«Hör zu», sagt er, «ich komme mit einer traurigen Nachricht . . .»

Sie sieht zu ihm auf.

«Constant . . .», sagt er.

«Constant?» fragt sie.

«Ja, Constant . . . Er ist nämlich tot!»

Er hat es nicht besser ausdrücken können. Sylvaine ist mit einem Schrei halbnackt aufgesprungen. Louisa fällt ihr in die Arme und weint.

«Sylvaine! Sylvaine!»

«Tot?» fragt Sylvaine.

Sie empfindet plötzlich tiefes Mitleid für den armen Constant.

«Wo ist er denn?»

Sie zieht rasch den Morgenrock über das Nachthemd und sucht nach ihren Hausschuhen.

«In seinem Zimmer?»

«Nein», sagt Resplandin und senkt den Kopf. «Nein, er ist nicht hier. Er ist dageblieben . . . Er ist in Toulon gestorben.»

«Ah», sagt sie. «Bei einer Frau?»

«Ja», sagt der Vater.

Er läßt den Kopf sinken, als habe er die Schuld, und verstummt.

«Wir müssen ihn sofort herbringen», sagt Sylvaine. «Denn hier ist er doch zu Haus.»

12

CONSTANT hat sich im Hotel de la Girelle erschossen.

Wie allabendlich war er zu Fifi gekommen. Es ist ihm zur Gewohnheit geworden, um sechs, wenn die Gerberei schloß, in sein Auto zu steigen und nach Toulon zu fahren. Wenn er ankommt, ist die Bar voll; er kommt immer zur Apéritifstunde. Fifi sitzt hinten am Tisch, nahe dem Kücheneingang, mit Männern oder mit Nine, einer ihrer Freundinnen, die die Kerle in den Cafés am Boulevard de Strasbourg anspricht. Das hat Fifi übrigens auch getan, als ihr Restaurant gerade mal schlecht ging – das ist um die Zeit gewesen, da Constant sie in der ‹Fregatte› kennengelernt hat. Später, bei näherer Bekanntschaft, hat sie ihm erzählt, sie stamme aus dem Gapeautal, genau wie Nine; aber mehr hat sie ihm nicht gesagt. «Ein Glück, daß ich von den Bauerntölpeln weg bin! Und die Familie! Mein Bruder, ein ungehobelter Bergmensch, hat mich reinweg einsperren wollen . . . Meine Mutter ist ganz nett, nur blöde ist sie. Sie sitzt sich lieber Blasen, wenn sie den Leuten die Matratzen ausbessert, als hier bei mir zu wohnen.»

«Kenne ich sie vielleicht?» hat Constant gefragt.

«Nein, das glaube ich nicht. Sie ist mal da und mal dort.»

Dann hat sie ihm auseinandergesetzt, Fournier habe der Mann geheißen, der ihr durchgegangen sei, nachdem er ihr Geld vertan hatte. «Da habe ich mir schön was eingebrockt!» Sie nennt ihn ‹ihren Kerl›, wenn sie ihn mal erwähnt. Dabei verzieht sie immer das im übrigen recht hübsche Gesicht. Sie erzählt auch von Nines Lebensgang:

«Für die ist es wirklich eine Erlösung gewesen, als ihre Mutter gestorben ist! Wer weiß wie lange hat sie krank gelegen, die Mutter, und ist zu nichts nütze gewesen, als der Tochter im Wege zu sein, die auf eigene Faust hat leben wollen. Jetzt ist Nine ganz und gar in die Bar de la Girelle übergesiedelt. Sie bringt alle Männer her, die sie aufgabelt. Sie macht sich ein feines Leben, und undankbar ist sie auch nicht. Sogar nett kann sie sein; aber manchmal, da bekommt sie einen Koller . . . Dann spricht sie kein Wort, oder sie trinkt sich voll und erzählt einem zum dreihundertstenmal ihre Liebesgeschichte mit Ollivier, einem jungen Kerl vom Grand-Cap, den sie trotz aller ihrer Liebhaber nicht hat vergessen können! Schon damals, als sie ihn gehabt hat, da hat sie Dummheiten über Dummheiten gemacht, und um dieser Sache willen ist ihr Verhältnis mit einem Muschelhändler, der Geld hinter sich hatte, in die Brüche gegangen. Sie hat dem Jungen ihre Liebe und ihr Geld und was weiß ich gegeben, und schließlich hat er sie dennoch sitzenlassen. Kann man so was für möglich halten? Erst hat er davon geredet, er wolle zusammen mit Provençal arbeiten, einem der hiesigen Fischer, der nach Le Lavandou hat übersiedeln wollen, und dann wäre Nine mit den beiden gegangen. Das ist ihr Lieblingsgedanke gewesen. Und dann hat Ollivier, als er eines Nachts allein weggewesen ist, so eine Art Onkel getroffen, einen Seemann, und mit dem zusammen hat er sich anheuern lassen. Er hat sich hier niemals wieder blicken lassen; sein Schiff muß wohl immer Marseille anlaufen. Das ist jetzt gut und gern zehn Jahre her; aber meinst du, sie hätte ihn vergessen? Sie denkt nicht dran, die dumme Gans!»

Wenn Constant von Fifis Geschwätz genug hat, dann fängt er an, Apéritifs auszuknobeln; er hat sich mit den Leuten in der Bar angefreundet. Saturnin ist gealtert, aber immer noch guter Dinge; er holt Wasser für seine Karbidlampe. Er lacht schallend und küßt Nine auf den Hals. Er sagt:

«Iß du nur Kuchen. Aber ich, ich muß immer viel Wasser haben: Süßwasser gieße ich auf meine Lampe und Salzwasser auf meine Austern. Und ich selbst mag am liebsten gebranntes Wasser. Die Menschen sind eben verschieden!»

Constant trinkt einen Schnaps mit ihm und dann einen mit einem andern und dann noch einen mit einem Dritten. Wenn die Kunden so gegen acht zum Essen gehen, deckt Fifi auf dem Marmortisch ganz hinten für Nine und für ihn und trägt ein Tomatengericht mit Paprikaschoten auf. Das schmeckt verteufelt scharf; aber Fifi hat einen roten Chianti da, mit dessen Hilfe es sich ganz gut essen läßt.

Danach geht Nine «auf Beefsteakjagd», wie sie es nennt, und Constant ißt in der Bar zu Abend; nach dem Essen kommt der Kaffee, nach dem Kaffee der Kognak, nach dem Kognak kommen ein paar Glas Bier; denn mittlerweile haben sich die Kunden wieder eingefunden. Um Mitternacht wird das Café geschlossen; Fifi macht Kasse und steckt das Geld in einen alten Lederbeutel, den sie in die Eisentruhe in ihrem Zimmer einschließt. Constant bleibt als letzter und steigt dann hinter Fifi die Treppe hinauf, die unter ihr knarrt; wenn sie wenig verdient hat, schimpft sie vor sich hin. Das Zimmer ist goldgelb tapeziert; vor den Fenstern hängen Spitzengardinen; auf dem Bett liegt eine Spitzendecke. Constant hängt seinen Anzug über die Stuhllehne. Fifi fragt:

«Kommst du?»

Dann setzt er sich zu ihr. Manchmal raucht er erst noch seine Zigarette zu Ende oder liest die Zeitung: manchmal schläft er auch ganz plötzlich ein. Er ist nicht mehr so ungestüm wie während der ersten Zeit. Sie macht ihm deswegen Vorwürfe; sie sagt: «Jetzt wundert es mich gar nicht mehr, daß deine Frau nichts von dir wissen will. Liebhaber wie du laufen zu Dutzenden auf dem Quai de Cronstadt herum. Ich bin dir treu – aber ich frage mich manchmal, warum eigentlich? Ich kann haben, wen ich will; ich bin noch nicht alt und häßlich...»

Er gibt keine Antwort. Manchmal schläft er übrigens ein, während sie auf ihn einredet. Nur wenn sie etwas gegen Sylvaine sagt, schreckt er hoch. Er ist so dumm gewesen, ihr seine ganze eheliche Leidensgeschichte zu erzählen, und sie zieht ihn damit auf:

«Wenn du deine Frau besser zu nehmen wüßtest, dann würde sie schon längst nicht mehr an ihren ersten denken. Aber wahrscheinlich benimmst du dich bei ihr genauso schlapp wie bei mir, und da denkt deine arme Frau natürlich an den, der ihr das Kind gemacht hat! Wer weiß, ob sie sich nicht heimlich mit ihm trifft? Ich bin überzeugt, daß sie dir mit ihm Hörner aufsetzt!»

Sie blinzelt schräg zu ihm hin, um zu sehen, bis wie weit sie gehen kann, ohne daß er ihr eine 'runterhaut. Denn es ist schon vorgekommen, daß er plötzlich zugeschlagen hat, gleichgültig wohin. Dann sagt sie nichts, sondern weint. Ihm kommt es recht komisch vor, daß die dicke Frau mit den geschminkten Wimpern und dem allzu tomatenroten Mund Angst vor ihm hat.

An manchen Abenden liegt er in einem Winkel des Bettes und denkt an Vernon, an die Ardèche. Er sieht im Geiste sein großes Vaterhaus vor sich und das Morgengrauen, als die Buchsbaumrabatten im Garten voller Schnee lagen, in jenem Winter, da er Sylvaine kennengelernt hat. Damals hat er nächtelang aufgesessen, um Soll und Haben der in Konkurs geratenen Spinnerei gegeneinander abzuwägen. Vier seiner Schwestern schliefen zu zweit in einem Bette; die fünfte teilte es mit der Mutter. Der Vater schlief unter einer großen Steinplatte, einem Steine, wie sie im Walde von Païolive aufrecht stehen. Trotz des großen Steines, der ihm auf der Brust lag, schlief er ruhig und friedlich. Aber ihn, Constant, hatte das Schicksal beim Genick gepackt und ihn mitten aus seinen Studien herausgerissen. Er hatte sein Rechtsstudium aufgeben müssen, das ihm Freude gemacht hatte; er hatte darauf verzichten müssen, einmal etwas Rechtes in der Welt darzustellen; denn jetzt handelte es sich darum, den Lebensunterhalt für die Seinen zu schaffen.

Und da war diese Hure gekommen, die in weit stärkerem Maße Hure war als die Fifi hier neben ihm – dieses Fräulein Resplandin, das sich von einem andern Manne hatte glücklich machen lassen, dieses schamlose Frauenzimmer, für dessen Bastard er dann hatte geradestehen müssen. Und dennoch hatte sie ihn immer nur über die Achsel angesehen; er jedoch hatte geglaubt, eines Tages werde er der Stärkere sein und sie unterkriegen. Und nun? Und nun? Eines schönen Morgens würde die Katastrophe kommen: der Boden würde ihm unter den

Füßen weggleiten, und zwischen Felsbrocken und entwurzelten Bäumen würde er auf schräger Bahn dem Abgrund entgegenrutschen . . .

Fifi schnarcht; ihr Kinn ruht auf ihrer schweren Brust. Aber er muß nachdenken.

Seit Monaten fälscht er die Unterschrift seines Schwiegervaters, läßt das Geld der Kunden in die eigene Tasche fließen und bezahlt die Lieferanten nicht. Ein Käufer aus Marseille hat angerufen, er komme zwecks Rücksprache mit Resplandin, weil man ihm für eine Rechnung, die er bereits an den Schwiegersohn bezahlt, eine zweite Zahlungsaufforderung geschickt habe.

Und diese Hure, diese Sylvaine, die seit wer weiß wie vielen Nächten wieder allein schläft und die ihn niemals richtig umarmt hat! Und diese Fifi, die niemals genug von der Liebe und genug Geld bekommen kann, die ihn aussaugt wie der Marder, den er in einer Winternacht im Stall zu Bellaïgue überrascht hat, wo das Raubtier den jungen Kaninchen bei lebendigem Leibe das Blut aussog, so daß nur eine leere Haut zurückblieb.

Er denkt nach. Ihm ist brennend heiß, und gleichzeitig klappert er mit den Zähnen; ihm ist, als liege er in dem eiskalten Wasser eines Gebirgsbaches.

Ein Gebirgsbach. Die kalte Ardèche, eine graue Schlange, die sich unter Pappelbäumen hinwindet, die Iris, die das strömende Wasser immerfort umspielt, die Zukunftspläne, denen er nachgehangen hat, als er den Kopf hochtrug in dem Gefühl, der Sohn des reichen Spinnereibesitzers Philippe Granville aus Vernon zu sein . . .

Die Mutter hat ihm gesagt: ‹Es hilft nichts, mein armer Junge; du mußt dich fügen. Es ist der einzige Rettungsweg für uns. Der liebe Gott wird es dir hoch anrechnen; ich will ihn in meinen Gebeten darum bitten.› Jeden Monat schickt er ihr Geld, dieser Mutter, damit sie zu leben hat. Sie frißt sich voll und bekommt wieder festen Boden unter die Füße. Dafür schickt sie ihm selbstgestrickte Strümpfe, die viel zu warm für die Witterung im Var sind, und lange Briefe, die einer wie der andere sind; Constant liest sie niemals zu Ende. Im letzten hat gestanden: ‹Die Hochzeit deiner Schwester Françoise mit dem jungen de Joyeuse findet im nächsten Monat statt. Ich rechne damit, daß du Trauzeuge wirst. Außerdem habe ich große Hoffnung, daß Marie-Claire sich bald verloben wird. Der jüngste der Mounier-Söhne aus Les Vans schwänzelt immer um sie herum.›

Er pfeift darauf. Er sagt sich: ‹Ich pfeife darauf. Meinetwegen sollen sie sich verloben, sich verheiraten, sich Kinder machen lassen, dabei krepieren oder leben bleiben – ich pfeife darauf. Ich habe mich um ihretwillen verkauft; ich habe mich beschmutzt; ich habe mir mein ganzes Leben versaut. Ich habe eine Frau, die ich liebhaben könnte und die mich nicht haben will, und ich muß bei einer Hure liegen. Und dieser Tage kommt heraus, daß ich gestohlen habe . . .› Das alles wiederholt er sich Hunderte von Malen, bis ihm der Kopf dröhnt.

Er springt aus dem Bett; mit einer schnellen Bewegung schleudert er seine Beine über den Bettrand. Fifi erwacht und fährt hoch; sie macht ihre Kuhaugen auf, streckt ihm den Arm hin und fragt:

«Was hast du denn, mein Süßer?»

Er stößt ihren Arm zurück und sagt:

«Nichts!»

Er bleibt mit nackten Füßen auf den kalten Fliesen stehen. Fifi hat sich wieder nach der Wand hin gedreht. Die elektrische Straßenbeleuchtung der Place à l'Huile läßt den Schatten der Fensterladen in schwarz-weißen Streifen aufs Bett fallen, klar und scharf wie ein Guillotinenfallbeil. Sonst ist es überall im Zimmer dunkel.

Behutsam geht Constant ins Badezimmer hinüber; er kann nichts sehen; aber er weiß, daß der stets geladene Revolver im linken Schubfach des Frisiertisches liegt. Mit dem Daumen drückt er den Sicherungsflügel zurück . . .

«Mein Gott!» schreit Fifi auf.

Es hat einen furchtbaren Knall gegeben.

Constant liegt am Boden; sein Gesicht ist friedlich. Aus einem Loch in der Brust rinnt sanft sein Blut.

13

DIE Leute haben gesagt:

‹Sie haben kein Glück, die Resplandins, trotz ihres vielen Geldes. Nun haben sie innerhalb der letzten paar Jahre vier Tote gehabt. Erst das kleine Würmchen, das da in der Ardèche zur Welt gekommen ist, reichlich bald nach der Hochzeit der

Tochter, was ja denn auch einiges Gerede verursacht hat; dann die arme Gabrielle, die mit ihrer Schwester Gina vor unsern Augen groß geworden ist. Danach die Tante Théonie, die zwar nicht hier aus der Gegend, aber trotzdem recht nett war. Und jetzt hat der junge Mensch ins Gras beißen müssen, den Sylvaine sich als Mann ausgesucht hatte und der Resplandin in der Gerberei so schön zur Hand gegangen ist. Wenn das Unglück erstmal einreißt in solch einer Familie – dann ist kein Halten mehr!›

Eine große heitere Ruhe ist über Sylvaine gekommen. Ihr ist, als fühle sie sich verjüngt und als liege das eigentliche Leben noch vor ihr. Wie hatte doch die Tante gesagt? ‹Hör auf mich, sei geduldig, warte, bis du einundzwanzig bist, und wenn ihr einander dann noch liebt . . .›

Und sie in ihrem jungen Glühen hatte dagegen aufbegehrt:

‹Noch vier Jahre? Du willst, daß ich noch vier Jahre lang warten soll? Bis dahin komme ich ja um!›

Tante Théonie hatte gelächelt. Und dennoch hatte Sylvaine recht gehabt.

Heute sagt sie sich:

‹Ja, allerdings, ich bin gestorben... Deshalb empfinde ich nichts mehr. Die ganze Zeit hindurch bin ich tot gewesen. Man hat mich genommen; man hat mich geliebt; man hat mich geschlagen; man hat auf mich eingeredet; ich habe Leben gegeben; ich habe gegessen und getan, als lebe ich; aber ich bin damals schon tot gewesen – das erkenne ich jetzt nur zu gut.›

Eine Süßigkeit, die alle ihre Sinne entzückt, durchströmt sie, wenn sie sich sagt, daß sie allen Schwierigkeiten entrückt ist, die das Dasein der andern bedrohen und verwirren. Ihr ist, als habe man ihr die Adern geöffnet, als rinne ihr Herzblut seit Jahren Tropfen auf Tropfen in laues Wasser.

Die Vorstellung des Blutes, das einem Herzen enttropft, läßt sie an Constant denken, wie er seitlich hingesunken auf dem kleinen blauen Teppich in Fifi Fourniers Badezimmer gelegen hat. Und das ganze Geschehnis ersteht aufs neue vor ihr:

Auf Fifis Hilferufe hatten als erste zwei Polizeibeamte geantwortet, die bei Geschäftsschluß aus der Bar de la Girelle fortgegangen und an der Ecke der Rue Méridienne stehengeblieben waren, wo sie sich miteinander unterhalten hatten. Sie waren die Treppe hinaufgestürzt, und während der eine die taumelnde Fifi auffing, die einen Nervenzusammenbruch hatte, stellte der andere Constants Tod fest und verbot amtlich das Betreten des Badezimmers. Der Arzt hatte auf den ersten Blick gesehen, daß das Leben durch das kleine Loch entwichen war, das die Kugel gemacht hatte, bevor sie Constant ins Herz gedrungen war und ihn getötet hatte.

Trotz der mancherlei Verdrießlichkeiten, die das alles für Fifi mit sich brachte, hatte die Familie benachrichtigt werden müssen. Nine, die spät in der Nacht mit einem Kunden heimkam, platzte mitten in die Tragödie hinein, und da sie das ganze Tal gut kannte, konnte sie alle Auskünfte geben, deren man bedurfte. Zwei Männer waren in Constants Auto nach Bellaïgue gefahren, und bei ihrer Ankunft hatte Sylvaine halbbewußt das ihr bekannte Geräusch des Motors gehört. Sie war gleich wieder eingeschlafen und erwachte erst, als sie den Vater und Louisa sich vor ihrer Zimmertür bereden hörte. Als Resplandin ihr alles auseinandergesetzt hatte, da hatte sie gesagt: «Warte auf mich; ich komme mit.» Und trotz der Einwendungen des Vaters war sie mit nach Toulon gefahren.

Die Place à l'Huile erwachte gerade, und auf ihr die Stände der Fischverkäuferinnen. Ein starker, frischer Duft stieg aus den flachen Körben auf, in denen die meerwasserfeuchten Fische lagen. Es war ganz so, wie Nine Desmichels es Ollivier in ihrer beider ersten Liebesnacht ausgemalt hatte.

Sylvaine war aus dem Auto gestiegen, und nichts hatte ihr gesagt, daß das Pflaster, auf das sie den Fuß setzte, daß der schwarz-weiß gemusterte Fliesenboden der Bar de la Girelle, daß die enge Treppe, die sie hinanstieg, sie Olliviers Spuren hätten erkennen lassen müssen, wenn die Erinnerungen ebenso am Stein hafteten wie in den Sinnen.

Fifi Fournier, die bei den Polizeibeamten stand, hatte die schweren, geschwollenen Lider vor Sylvaines klaren Augen gesenkt. Sie glaubte nicht anders, als daß diese Witwe ihr fluchen müsse, und ihre Lippen zitterten unter der verwischten Schminke des Vorabends. Sylvaine war quer durch das Zimmer gegangen, in dem die Ausdünstungen der Nacht noch in den goldgelben Seidenspitzen verharrten. Nine sah sie neugierig an; es wunderte sie, daß die Frau, die Constant mit Fifi betrogen hatte, so jung und so schön war.

Dann sah Sylvaine schließlich Constants Leiche daliegen, und zwei große Tränen liefen ihr über die Backen. Die andern Frauen beobachteten auf ihrem Gesichte die Merkmale eines

Schmerzes, den sie nachempfinden zu können glaubten, und im gleichen Augenblicke dachte Sylvaine tatsächlich: ‹Armer Constant! So also hat diese traurige Geschichte für dich ausgehen müssen?›

Dann war sie an der Leiche niedergekniet, deren Kopf mit den blicklosen Augen Resplandin in seine Hände genommen hatte; aber plötzlich war sie hastig aufgestanden, wie eine Pflanze sich jäh aus dem verhärteten Schlamm erhebt, der sie an den Boden geheftet hat, und als sie stand, hatte sie einen langen, schweren Blick auf alles ringsumher geworfen, gleich als wolle sie es sich für alle Zeit fest einprägen; und dann hatte sie zu ihrem Vater gesagt:

«Gehen wir jetzt?»

Damit war sie hinausgegangen, und die Blicke der beiden Huren hatten an ihr gehangen wie die zweier kauernder Affen.

In alles, was dann hatte vollzogen werden müssen, hatte sie sich kaum hineingemischt. Dem Begräbnis, den Besuchern, all den schauerlichen Dingen, die der Tod im Gefolge hat, hatte sie sich entzogen. Als der Vater, Louisa und die andern sie so ruhig sahen, hatten sie gemeint, der Schmerz habe sie betäubt und ihr das klare Denken geraubt, und ebendeswegen war sie in Ruhe gelassen worden. Weiter hatte sie nichts wollen. Sie durchlebte lange, stille, schweigende Tage in dem alten Garten hinter dem Hause, der von Lilien überwuchert war und in den nur beim Wäscheaufhängen gegangen wurde. Sie setzte sich auf die ausgeblichene Holzbank, und ihre leeren Hände taten, als formten sie etwas.

Es war, als halte sie ihr Leben wie einen Tonklumpen in der Hand; sie murmelte sinnlose Worte vor sich hin: «Ja, hier muß es abgerundet werden ... Diese Höhlung, dieser Buckel ...», und ihr Daumen glättete oder vertiefte ein imaginäres Relief.

Jetzt ist ein weiteres halbes Jahr seit dem Tode ihres Mannes verflossen. Das Leben dauert so lange und geht so schnell vorüber. Noch ein ganzer Frühling hat das Tal erblühen lassen und ist wieder verwelkt. Noch ein Sommer hat die geduldigen Bäume mit Früchten beladen, und wenn Sylvaine von der Arbeit kommt, die ihren Traum dämpft, merkt sie, daß die Abende kühl sind – daß es September geworden, wieder September geworden ist und daß der Winter bevorsteht. Sie denkt:

‹Wann werde ich wieder dahin kommen, daß ich ein Gefühl für die Jahreszeiten habe?›

‹Der Winter steht bevor . . .› Das hat eine Stimme in Sylvaines Kopf gesagt, und dieser Stimme lauscht ihr ganzes Wesen; eine sonderbare Aufmerksamkeit lenkt Sylvaines Sinne sämtlich auf die Worte, die diese Stimme sagt: ‹Der Winter steht bevor. Der Winter ist hart dort oben, unterhalb von Bramafan, in einem kleinen Hause, wenn man eine alte Frau ist, die sich ganz allein anziehen muß! Da ganz oben, im Gebirge, auf den Hängen des Grand-Cap. Ja, und durch nichts ist sie zu bewegen, von da oben herunterzukommen! Eine Frau wie sie, die . . . eine Frau wie sie, der . . .›

Sylvaine bückt sich zu zwei Narzissen, die schon zwischen den Blättern die dicken Stengel mit den sorglich in die feine papierene Hülle gewickelten Knospendolden emporrecken.

‹Wie tapfer sie sind!› denkt Sylvaine, und sie sagt ihnen: «Wie seid ihr tapfer, ihr kleinen Blumen! Seit euerm Aufkeimen gebt ihr euch so viel Mühe, eure Knospen zu Samenkörnern werden zu lassen – könnt ihr denn gar nicht einsehen, daß ihr doch immer gepflückt werdet, ehe es soweit ist?»

Und zart und leise wird ihr von den Pflanzenstimmen die Antwort: «Ja – aber wenn es nun der Zufall wollte, daß wir einmal, einmal nicht gepflückt würden?»

Sylvaine lächelt, als sie diese Stimme hört, zu der sich plötzlich eine andere, eindringlichere gesellt, die immerfort sagt: ‹Da oben, ganz allein, unterhalb von Bramafan . . . Und durch nichts ist sie zu bewegen, herunterzukommen!›

Nein, dazu ist sie wohl durch nichts zu bewegen. Aber man kann ja doch zu ihr hinaufsteigen. Ja, man kann zu ihr hinaufsteigen, wenn sie nicht herunterkommen will. Ja, so ist es. Jahrelang kann man umsonst blühen, ohne daß Samenkörner reifen, weil immer jemand kommt und uns pflückt. Aber wenn wir nun einmal, nur ein einziges Mal, nicht gepflückt würden?

Da oben, unterhalb von Bramafan . . . Von Bellaïgue aus braucht man nur die große Straße einzuschlagen; das ist leicht. Man folgt der Straße nach Solliès; man kommt an der Zypresse bei der kleinen Kapelle vorüber. Die Zypresse steht nicht mehr da; wahrscheinlich hat der Wind sie umgestürzt, oder es hat sie jemand abgehauen; das weiß man nicht. Aber die vielen Vögel, die in ihr gelebt haben – was ist aus denen geworden? Die eiserne Gittertür der kleinen Kapelle hängt schief in den Angeln; ein vertrockneter Nelkenstrauß steckt noch darin. Doch als Sylvaine die Augen schließt, da hängt die Tür wieder ordentlich wie früher; die Nelken sind wieder bunt; die Zypresse steht wieder aufrecht da, und in ihr nisten die Vögel, und Ollivier lehnt am Zypressenstamme und lächelt sein schönes Lächeln.

Aber ist er nicht auch drüben, auf der andern Straßenseite? Im Quellenholz? An den schattigen Stellen, wo die Heide nicht zum Blühen kommt, wo jedoch zwei Lippenpaare sich so wundervoll zu finden wissen? Steht er nicht hinter der Pinie dort und wartet auf Sylvaine? Ollivier hinter der Pinie. Ollivier an der Zypresse. Ollivier mitten auf der Straße – er winkt ihr, daß sie schneller gehen soll. Ollivier. Ollivier überall und nirgends . . .

Man muß durch Solliès-Toucas hindurchgehen, das in der letzten warmen Sommersonne seine honigsüßen Herbstfeigen reifen läßt. Die Platanen auf der Promenade überrieseln einen mit Kälte; aber auf dem Kirchplatz strahlt die Fassade mit der Rundbogenpforte die Nachmittagswärme wider. Der Weg zum Friedhof ist steinig; an den hohen Böschungen hat der Juli das Gras versengt. Nach dem der Toten kommen noch ein paar Gärten, aus denen Obstbäume ihre belaubten Zweige über die hölzernen Einfriedigungen strecken. Dann wird man von einem frischen Windhauch gestreichelt. Siehe – da ist die Quelle von Bonnefont; zwischen zwei rundlichen Steinen tritt sie zutage. Der obere ist ganz mit Moos und Algen überwuchert. Ein Holunder ist daraus gewachsen, ein mächtiger Busch. Der untere Stein ist nackt und glatt; er schimmert. Das Wasser strömt durchsichtig über ihn hinweg, und das Sonnenlicht spielt darin. Stein und Wasser streicheln einander; sie mögen einander gern; dann nehmen sie Abschied, und der Stein läßt sich von neuen Wassern streicheln, und die Wasser fließen schnell weiter, neuen Steinen zu. In müßigem Spiel überströmen sie ein Bett von Brunnenkresse. Langbeinige Wasserläufer gleiten darauf hin und her. Winzig kleine Fische, wie aus gesponnenem Glas, huschen vorwärts, als wollten sie wer weiß wie weit, und halten unvermittelt inne, als müßten sie sich besinnen.

Dann strömt das Wasser weiter. Tief unten in einer Schlucht wirft es sich gegen die Felsen und bespritzt sich selbst und lacht dabei hell auf. Und mit diesem Lachen strömt es wiederum weiter und läßt alles daran teilhaben, was es auf seinem Laufe sieht. Es gibt dem Grassaum Freude, den es durch seine Berührung nährt, und der Grassaum wirft ihm dankbar eine Handvoll malvenfarbener Asternblätter zu. Es gibt dem grünen Laubfrosch Freude, der sich unter einem Irisbüschel versteckt und mit geschwellter Kehle wie eine Taube singt. Es gibt der Libelle Freude, die ihre Flügelspitzen hineintaucht und im Fluge Perlen aufsprühen läßt. Und ist der blaue, schöne, ganz einsame Eisvogel nicht ein Inbegriff der Freude?

Sylvaine wird das Herz weit. Mit beiden Händen möchte sie das Gefängnis ihrer Brust aufreißen und ihr Herz so frei machen, wie der Eisvogel, die Libelle und die Wiesen es sind. Ob es dann auch in das Freudenlied einstimmen würde, das Taubenlied, das der Laubfrosch unter seinem Irisbüschel singt?

Doch das Wasser fließt, fließt, fließt seine Wasserbahn, und Sylvaine nimmt von ihm Abschied; sie steigt jetzt auf einem steinigen Wege den Berghang empor. Ihr Kleidersaum beginnt den Duft des Thymians in sich aufzunehmen, über den er hinstreift, und den Duft der Rosmarinsträucher, die sich unter ihren Fingern zu neigen beginnen. Bald werden die schwarzen, mit flachen Samenkörnern angefüllten Schoten der abgeblühten Ginsterbüsche aufspringen. Der Wind streut die Samen auf den Boden, wie es ihm gefällt. Einer leuchtet auf einem weißen Steine; ein Vogel sieht ihn – weg ist er. Ein anderer . . . vielleicht geht auch noch der nächste verloren. Aber ein Samenkorn fällt in eine Felshöhlung. Dort wird es seit Schöpfungsbeginn von einem Fleckchen feuchter Erde erwartet. In diese milde Erde hüllt es sich; es dehnt sich und bohrt sich hinein; es streckt ein Würzelchen aus und heftet sich damit an den Boden. Nun mögen Winde und Stürme wehen: dennoch wird ein Keim zum Lichte drängen, erst mit zwei Blättern, dann mit sechs, und dann mit hundert, und eines Tages wird ein großer Ginsterbusch dastehen und den Gebirgsjuni durchduften.

Der Weg, den Sylvaine eingeschlagen hat, wird zum Fußpfad, der unter immer dichter stehenden Bäumen dahinführt. Sylvaine sieht rings um sich her das Gewoge des Waldes; ganz hoch oben, an den Felshang geschmiegt, kaum daß man das verwaschene Rot der paar Ziegeldächer sich abheben sieht, liegt das kleine Dorf Bramafan; und was sich in höchster Höhe in den Himmel einkerbt – das ist der Grand-Cap.

Sylvaine bleibt stehen. Sie meint, das geschehe, weil sie sich ausruhen wolle; denn seit der Quelle von Bonnefont ist sie wacker ausgeschritten. Sie öffnet den Mund weit der Bergluft entgegen, und die Luft gibt ihr die gleiche Lustempfindung, die die Wiesen vom Wasser empfangen müssen. Sie öffnet die Arme, um sich ganz und gar darzubieten; die Luft streicht ihr unter den Achseln durch und gleitet ihr kühl über die Brust. Sie macht die Augen weit auf, läßt, was zwischen den Wimpern ist, von der Luft reinbaden und denkt, daß sie am liebsten nackt wäre, um überall die gute Hand dieser Luft zu spüren.

Sie geht weiter, immer dem Wege nach. Ihr ist, als verfolge sie ihn seit vier Jahren und gelange jetzt nach dort, wohin er führt. Und als habe er sie verstanden, macht der Weg eine Biegung und zeigt ihr zwischen den Stämmen eine kleine eingeebnete Fläche, und darauf ein kleines Haus, und spricht: «Sieh! Dort ist es!» Sylvaine dankt ihm tief im Herzen.

Dann bleibt sie stehen, und ohne daß sie sich schämt, badet sie sich in der Freude.

Diese Freude ... Sie ist schöner als das Quellwasser mit seinem glücklichen Tiergesang; sie ist schöner als der Bergwind mit seinem Waldduft. Wie kommt es nur, daß diese Freude schöner ist als all das?

14

«Das ist doch aber etwas ganz Natürliches, Vater», sagt Sylvaine. «Du kommst jetzt allmählich in die Jahre, da du ausspannen mußt.»

Sie sitzt im Büro des Vaters; er ist mit ihr dorthin gegangen und hat ihr gerade gesagt, daß er sich von der Leitung der Gerberei zurückziehen möchte.

«Es hängt nicht mit meinem Alter zusammen», sagt er. «Aber seit Constant mir nicht mehr zur Seite steht, ist dieser Direktorposten eine zu schwere Last für mich geworden. Ich habe dir deswegen bis jetzt keine Vorwürfe gemacht; aber du läßt ja seit einer ganzen Zeit die dringendste Buchhalterarbeit liegen und verschwindest tagelang. Ich habe kein Wort darüber verloren;

ich kann verstehen, daß du dich langsam ins Leben zurückfinden willst und vielleicht gar darauf aus bist, dich wieder zu verheiraten. Aber es lastet nun einmal auf diese Weise alles auf meinen Schultern.»

«Hast du das wirklich geglaubt, Vater?» fragt sie.

«Ja; ich weiß, daß der junge Lauraguais, der von der Papierfabrik, immerfort hinter dir her ist, und ich habe gemeint, du gingest mit ihm spazieren. Es ist eine große Fabrik, und sie geht gut; du weißt ja außerdem, seit wie langer Zeit ich gern meine Einwilligung gegeben hätte.»

«Was du nicht sagst!» antwortet Sylvaine ironisch.

Sie steht auf und tritt zum Fenster.

«Sieh da, die Linde fängt an zu blühen», sagt sie.

«Das ist deine ganze Antwort?» fragt der Vater.

«Was sollte man denn sonst auf dergleichen dummes Zeug antworten?»

«Wieso? Willst du denn den jungen Lauraguais noch immer nicht?»

«Nein», sagt sie trocken.

«Na, dann ist es vielleicht ein anderer.»

«Wir wollen lieber von andern Dingen sprechen», sagt Sylvaine entschieden. «Sprich du lieber von dir, Vater.»

«Ach, da ist weiter nichts zu sagen. Ich gebe die Leitung der Gerberei auf. Der Neffe des Besitzers muß dieser Tage kommen. Ich führe ihn dann in den Betrieb ein, und dann lasse ich ihn und Rousselet, den Nachfolger deines Mannes, hier und ziehe mich vom Geschäft zurück. Ich hatte mir die Sache so gedacht, daß ich in meine Ardèche heimkehrte und mir ein hübsches modernes Haus neben unserer alten Baracke in Vernon baute, und da will ich dann in Frieden alt werden. Aber was soll aus dir werden?»

«Aus mir? Nichts hindert dich, von hier wegzugehen, wenn dir der Sinn danach steht», sagt Sylvaine. «Ich kann recht gut allein hierbleiben.»

«Jetzt redest du deinerseits aber dummes Zeug», sagt Resplandin. «Das wäre eine schöne Geschichte – ich allein in Vernon, und du ganz allein hier! Eine Witwe in deinem Alter – was sollen denn da die Leute sagen?»

«Ach, die Leute», sagt Sylvaine wegwerfend.

Sie denkt: ‹Die Leute? Hast du denen denn noch immer nicht genug von mir vorgeworfen, so wie man den Hunden etwas vorwirft, als ich ganz blutig vor innerer Not und Elend gewesen bin? Als du mich geopfert hast?›

«Schön», sagt sie. «Dann wollen wir nicht weiter davon sprechen. Aber nach Vernon gehe ich unter keinen Umständen mit.» Constants Haus wiedersehen, die Buchsbaumrabatte, die er seinen Garten genannt hat, seine dort oben verheirateten Schwestern wiedersehen, den Friedhof wiedersehen, wo seine Mutter ihn hat beisetzen lassen, und das Grab, an dem seine Mutter betet . . . ?

«Hast du Frau Granville eigentlich geantwortet?» fragt Sylvaine.

«Alles in Ordnung», sagt Resplandin. «Ich habe ihr schon zum zweitenmal auseinandergesetzt, daß alle Schritte, die sie unternimmt, einfach lächerlich sind. Wie lange soll ich sie denn vielleicht ihrer Meinung nach unterhalten? Solange Constant lebte, hat sie eine Unterstützung geschickt bekommen; das hat zu unsern Abmachungen gehört; aber jetzt ist Constant seit beinahe fünf Jahren unter der Erde. Jetzt ist das Maß voll; ich schicke kein Geld mehr hin.»

«Sie hat aber doch nichts zum Leben», sagt Sylvaine. «Sie ist alt und kränklich.»

«Dann soll sie gefälligst bei einer ihrer verheirateten Töchter wohnen. Ich habe ohnehin schon fünf gerade sein lassen nach all den Unregelmäßigkeiten, die ich in den Büchern der Gerberei entdeckt habe. Die hat ihr Sohn ja schließlich geführt! Und dann, zum Teufel, vergißt sie vielleicht, daß dein Mann sich bei einer Hure erschossen hat?»

«Hast du ihr das etwa geschrieben?»

Sylvaine hat ruckartig den Kopf gehoben.

«Warum hätte ich es ihr denn nicht schreiben sollen?»

«Du hattest es mir versprochen!»

«Das hatte ich dir nur so zum Trost gesagt. Meiner Meinung nach gehörte es sich, daß die Mutter im Bilde war.»

«Da hast du also wieder einmal nach deinem eigenen Ermessen gehandelt», sagt Sylvaine.

Sie fühlt sich plötzlich sehr müde; es ist eine Müdigkeit, die sie seit ihrer Heirat häufig überkommt. Nach den schlaflosen Nächten, gegen die sie mit Schlafmitteln angeht, erwacht sie morgens und ist des Lebens müde, noch ehe es angefangen hat. Sie schleppt ihren Tag dahin, als sei er ein Bleigewicht; sie versucht vergebens, an irgend etwas Anteil zu nehmen. Und wenn der

Abend kommt, so heißt sie ihn wie einen Befreier willkommen, weil er die Verheißung des Schlafes mit sich bringt, darin man sein Gutes und Böses vergißt.

Eine Zeitlang hat die Arbeit in der Gerberei sie gezwungen, ihre Gedanken auf etwas anderes als auf sich selbst zu richten. Aber ganz wie ihr Vater es gesagt hat, ist sie davon abgekommen, und ebenso von der Hausarbeit, und ihre einzige Freude ist es, in die Wälder zu gehen.

In der Vorhalle nimmt sie ihren weiten Regenmantel aus naturfarbener Wolle vom Haken und geht hinten über den Hof und durch den alten Liliengarten. Louisa, die ihr vom Küchenfenster aus nachsieht, meint, sie wolle sich wohl mit einem Liebhaber treffen, und diejenigen, die Obst ernten oder die Wiesen besprengen, sehen sie vorübergehen und fragen sich, wo sich das Fräulein aus der Gerberei wohl immer herumtreiben möge?

Wenn sie an den ungeheuren Freudenüberschwang denkt, der ihr an dem Tage zuteil geworden ist, da sie zum erstenmal den Bergpfad zum Grand-Cap eingeschlagen hat, als sie Olliviers Haus jäh leibhaftig vor ihren Augen hat auftauchen sehen, dann sagt sie sich, daß das alles viel zu schön gewesen sei, um als Wahrheit und Wirklichkeit gelten zu können, und daß sie eben deshalb die Hütte leer und verlassen gefunden habe, als sie endlich auf der Schwelle gestanden hat.

Tiefes Schweigen war die einzige Antwort auf ihr Klopfen gewesen. Die Tür zum Holzschuppen hatte weit offen gestanden, und auf den Reisigbündeln hatte eine alte Männerjacke gelegen. ‹Vielleicht ist das Olliviers Jacke›, hatte Sylvaine gedacht.

Sie hatte gesehen, daß die Taschen von den Ratten angefressen worden waren; und da hatte sie sie wieder auf den Holzstapel gelegt.

Dann hatte sie den Heimweg angetreten.

Eine Woche danach war sie eines Nachts aufgewacht und hatte gedacht: ‹Ich muß noch einmal hinauf.›

Früh am Morgen war sie aufgebrochen. Aber schon von weitem hatte sie gesehen, daß alles unverändert war. Eine junge, vom Sturm niedergebrochene Pinie hatte quer über dem Vorplatz gelegen, und niemand hatte sie beiseite geräumt. Sie hatte sich darauf gesetzt; bis Mittag hatte sie dagesessen und sich in eine leidenschaftdurchwühlte Traurigkeit hineingesteigert; sie hatte geglaubt, daß, wenn sie Olliviers Mutter hier getroffen hätte, sich irgend etwas in ihrem Dasein geändert haben würde.

Dann hatte es ihr viele Monate lang an Mut gefehlt, nochmals hinaufzugehen.

Daran muß sie in dieser Minute denken, als sie dem Vater gegenübersitzt und sagt: «Da hast du also wieder einmal nach deinem eigenen Ermessen gehandelt.» Ja, wie stets hat er nach seinem Ermessen gehandelt, wie damals, als er sie von Ollivier getrennt, wie damals, als er sie mit Constant verheiratet hat...

«Ich will zu Bett gehen», sagt sie. «Ich habe Kopfschmerzen.»

«Warte noch ein bißchen», sagt Resplandin. «Ich habe dir noch nicht alles gesagt.»

«Wie du willst», sagt sie und setzt sich wieder ihm gegenüber.

«Ich brauche also nicht damit zu rechnen, daß du mit mir in die Ardèche kommst? Na, schön. Dann bleibe ich ebenfalls hier. Aber jetzt hör bitte mal zu: der junge Lauraguais, von dem ich gemeint habe, daß er dir gefallen könnte – der ist nicht der einzige, der dich gern heiraten möchte; sie wissen ja alle, daß ich Geld habe. Deine Geschichte, soweit überhaupt etwas davon herausgekommen ist dank meiner Vorsichtsmaßregeln, ist jetzt endlich in Vergessenheit geraten. Das heißt also, daß du nicht nur einen Mann finden könntest, sondern Hunderte. Gibt es denn keinen einzigen, den du möchtest?»

«Nein», sagt Sylvaine kalt.

«Na, hinter wem bist du denn hergewesen in der letzten Zeit, wenn du fort warst?»

«Hinter niemand.»

Wie hätte sie sagen können: ‹Ich habe eine Erinnerung gesucht, und nicht einmal das: nur den Schatten einer Erinnerung...›

«Du willst mich wohl für dumm verkaufen!» brüllt Resplandin los.

«Schrei nicht so, Vater», sagt Sylvaine ganz ruhig. «Daß du dir diese Schreierei nicht abgewöhnen kannst!»

«Na», sagt er; «dann behalte dein Geheimnis nur für dich. Einmal kommt es ja doch heraus.»

«Ein Geheimnis», sagt sie, «das kann man unter Umständen sehr lange bewahren.»

Der Vater blickt ihr starr in die Augen und sagt hart:

«Ich warne dich! Fang mir gefälligst nicht wieder mit den gleichen Dummheiten wie als Siebzehnjährige an! Verstanden? Diesmal verzeihe ich dir nicht wieder!»

«Meinst du denn, das damals wäre eine Verzeihung gewesen?» fragt Sylvaine freundlich.

Resplandin steht auf und tut ein paar Schritte.

«Ich hätte dich lieber meinem Wunsche entsprechend verheiratet», sagt er.

«Danke», sagt Sylvaine. «Mir genügt das eine Mal.»

«Aber wenn du mit aller Gewalt nicht willst, dann pfeife ich darauf. Meinetwegen werde eine alte Jungfer...»

«Eine alte Frau», sagt Sylvaine.

«Ach was», sagt der Vater und zuckt die Achseln, «du bist kaum jemals eine Frau gewesen. Ich glaube, es liegt an deinem Charakter. Du hast kein Zartgefühl.»

«Nein», sagt Sylvaine ruhig. «Ich habe kein Zartgefühl.»

«Deine Mutter hast du doch auch nicht richtig liebgehabt. Ich wenigstens habe nichts davon gemerkt. Und dein Mann – ich glaube, der arme Kerl... Oder etwa nicht?»

«Nein», sagt Sylvaine. «Ich habe niemand wirklich liebgehabt.»

Sie steht auf, schiebt den Fenstervorhang beiseite und sieht abermals hinaus. ‹Die Linde fängt an zu blühen›, denkt sie, ‹sie fängt an zu blühen, fängt wieder an zu blühen. Immer, immer wieder. Und ich?›

Die harte Stimme des Vaters durchrüttelt sie. Er sagt:

«Gut und schön. Dann werden wir eben miteinander alt. Aber du kannst wenigstens nicht sagen, es habe an mir gelegen. Ich habe genug getan, um dich glücklich zu machen.»

«Ach ja», sagt Sylvaine. «Du hast wacker das Deinige dazu getan!»

Sie verstummt. Ein Drang zum Weinen sitzt ihr in der Kehle und hindert sie am Atmen. Seit Constants Tod hat sie nicht mehr geweint, und sie weiß, daß sie jene Tränen nicht um ihretwillen vergossen hat, sondern um des armen Toten willen, der da auf Fifi Fourniers blauem Teppich gelegen hat.

Jetzt fühlt sie, wie ein schneidender Schmerz ihr die Brust durchwühlt. Seit dem Tage, da sie vergebens gehofft hatte, Ollivier in seiner Mutter und seinem Haus wiederzufinden, hat sie wieder angefangen, sich lebendig zu fühlen und zu ahnen, daß ihr im Leben noch Böses widerfahren könne. Doch jene begrabene Hoffnung war auferstanden und hatte sich auf ihrem Herzen niedergelassen. Eben noch war ihr klar gewesen, wie dumm ihre Halsstarrigkeit sei; sie hatte schon dem Vater sagen wollen, sie sei bereit, mit dem jungen Lauraguais zusammenzukommen –, da aber hat sich noch einmal – es ist die Kraft ihrer Liebe zu Ollivier – eine Hand auf ihren Mund gelegt.

Wie durch eine Nebelwand hört sie ihren Vater sprechen und Zukunftspläne entwerfen.

«Wir haben zu leben», sagt er, «es geht uns gar nicht so übel; viele Menschen möchten in unserer Lage sein, ohne Sorgen und ohne Verdruß. Bis zu meinem Tode wird es uns an nichts fehlen, und selbst danach kannst du in aller Behaglichkeit leben.»

‹Tod? Tod? Hat da jemand vom Tode gesprochen? Wessen Tod? Der des Vaters? Dann der eigene? Mit dem Tode wird alles aus sein.› Sie wird mit dem Vater, mit Louisa in diesem Hause leben; sie wird altern, und dann wird sie sterben. Und das ist dann das Ende . . . ‹Ein Erdenleben ist dir beschieden worden, ein einziges Erdenleben, und weiter nichts. Das mußt du ins reine bringen, wenn es dir nützen soll, wenn du darin glücklich sein willst, und wenn dir das nicht gelingt, ist es deine eigene Schuld! Ein weiteres Leben wird dir nicht zuteil, in alle Ewigkeit nicht! Und selbst wenn du noch einmal zu neuem Leben erwachen solltest, so würdest du es nicht fühlen, und also wäre es wertlos für dich. Du hast nur ein Leben, nur ein einziges Leben, und die Leute ringsum hindern dich, es in deine Hände zu nehmen gleich einer guten Frucht, an deren Saft du dich labst. Du hast nur ein Leben, und dann kommt der Tod . . .›

«Ach! Vater, Vater!» schluchzt Sylvaine auf.

«Was fällt dir denn plötzlich ein?» fragt Resplandin. «Du kommst mir seit einiger Zeit reichlich nervös vor. Was hast du denn?»

Die Tränenflut, die aus ihrer Verzweiflung aufgewellt ist, hält jäh inne und gefriert auf ihren Backen ob der Härte dieser Stimme, die noch einmal fragt:

«Was hast du denn?»

«Nichts», sagt sie.

Auch Constant hatte, bevor er sich erschoß, geantwortet:

«Nichts.»

15

ALS Sylvaine zum erstenmal zum Grand-Cap hinaufgestiegen war, hatte sich der September mit rötlich leuchtendem Weinlaub und wie Fackeln flammenden Sandbeerbäumen seinem Ende zugeneigt. Jetzt läßt der Februar ganze Bäche von Gänseblümchen an allen Wegrändern rieseln, und an den schwarzen Zweigen der Schlehensträucher schwellen die Knospen.

Wiederum sitzt Sylvaine auf dem jungen Baum, den der Sturm quer über den eingeebneten Platz vor der Hütte geworfen und den niemand beiseite geräumt hat.

Noch einmal ist sie hinaufgestiegen. Nachdem sie sich immer und immer wieder gesagt hat: ‹Warum soll ich es denn tun? Es ist ja doch niemand da›, ist sie dennoch, dennoch ein drittes Mal hinaufgestiegen. Und an diesem Morgen, nun sie ganz allein im Schweigen der Wälder sitzt, das aus dem Sichregen der Vögel und dem Sichregen des Laubes besteht, schaut sie auf die Tür des Holzschuppens, die noch immer weit offen steht, wie eben eine Tür, die nichts als eine alte, von Ratten angenagte Jacke zu beschützen hat.

Sie denkt an diese alte Jacke, an den Körper, den diese alte Jacke gewärmt hat und der vielleicht in eben diesem Augenblick wie ein Tier der Wildnis auf der höchsten Rahe herumklettert, unter sich blaue Meeresweiten. Vielleicht glänzt er aber auch vor Schweiß, nackt und kräftig in brennender Tropensonne; und vielleicht, vielleicht liegt er auch zerstört, grün, kraftlos und aufgequollen auf dem Grunde eines der Ozeane?

Gerade als sie das denkt, steht plötzlich ein Hund vor ihr, ein Hirtenhund, dessen lebendige Augen sie unter einer von der Stirn fallenden Haarfranse scharf mustern.

Sie streckt die Hand aus, um ihn zu streicheln, und der Hund schmiegt seinen Kopf in ihre Hand.

«Du bist aber nett», sagt Sylvaine. «Du bellst nicht mal und versuchst auch nicht, mich zu beißen? Läufst du ein bißchen herum? Von wo bist du denn ausgekniffen?»

Sie streichelt ihm sanft die Schnauze, und der Hund schließt die goldenen Augen. «Das magst du wohl, wenn man dich streichelt, nicht wahr, das magst du wohl? Langweilst du dich, weil du so allein bist?» fragt Sylvaine. «Was tust du hier so ganz allein? Und allzu wohlgenährt bist du auch nicht...»

Sie streichelt ihm die heraustretenden Rippen.

«Du siehst aus, als ob du Hunger hättest. Willst du was essen?»

Bei diesem Zauberwort springt der Hund nach der Hüttentür hin; dann dreht er sich nach Sylvaine um und jault leise auf.

«Was willst du denn?» fragt Sylvaine. «Willst du dort hinein? Aber da ist ja doch niemand mehr drin, du armer Hund, weder Ollivier noch seine Mutter.»

Da legt der Hund die Pfote auf Sylvaines Knie und bellt zweimal freudig auf.

Sie fängt an, mit ihm zu spielen. Sie fragt ihn:

«Was zu fressen? Suppe? Zucker? Das möchtest du wohl, nicht wahr? Komm mit mir nach Haus, dann sollst du alles haben. Aber hier gibt es nichts; hier ist keiner mehr. Ollivier ist zur See gegangen; vielleicht klettert er auf einem Maste herum; vielleicht liegt er auf dem Meeresgrunde; vielleicht hat er auf einer blauen Insel eine schwarze Frau geheiratet. Jedenfalls, du siehst es ja, ist er nicht hier. Wenn er hier wäre, dann würde er schon einen Schlüssel haben und seine Haustür aufschließen, und dann käme ich hinein, und du bekämst Futter. Und ich, ach, auch ich würde meinen Hunger stillen können. Aber leider ist niemand hier! Es bleibt uns nichts, dir und mir, als wegzugehen.»

Sylvaine steht auf, und da fängt der Hund an, wie toll vor Freude um den eingeebneten Platz herum zu springen. Dann hört er damit auf und springt wieder gegen die Hüttentür.

Sylvaine faßt auf die Klinke; der Hund wirft sich gegen das Holz. Sie sagt:

«Armer Hund, gib es nur auf! Ich habe dir ja doch gesagt, daß niemand da, daß die Tür abgeschlossen ist!»

Dann aber erschrickt sie fast: als der Hund dagegenspringt, geht die Tür auf, und er stürzt ins Haus.

«Du, Michel?» sagt eine alte Stimme. «Wer hat dich denn hereingelassen? Ist Marcelin da?»

«Ich bin es», sagt Sylvaine.

Sie bleibt auf der Schwelle stehen; sie wagt sich nicht weiter.

«Kommen Sie nur, Fräulein», sagt die Stimme, «ich habe geglaubt, es sei der junge Marcelin. Sie kenne ich zwar nicht — aber das macht gar nichts. Kommen Sie getrost herein; denn ich kann leider nicht aufstehen — ich bin krank.»

«Entschuldigen Sie bitte», sagt Sylvaine, «ich bin spazierengegangen, und da habe ich den Hund getroffen . . .»

«Aber es ist doch weiter nichts dabei, im Gegenteil! Sie haben mir einen Gefallen getan, als Sie Michel hereingelassen haben. Er heißt nämlich Michel, und er gehört mir. Ich hatte ihn gerade heulen und an der Schwelle kratzen hören; aber ich bin zu schwach, um ihm die Tür aufzumachen. Ich liege im Bett. Sie können mich wohl kaum sehen, weil mein Bett ganz im Dunkeln steht – aber Sie kann ich sehen, Sie stehen draußen im Licht, und ich sehe, daß Sie eine hübsche junge Dame sind.»

«Ich hatte geglaubt, es sei niemand hier!» sagt Sylvaine.

«Außer mir ist ja auch niemand hier! Treten Sie getrost näher und setzen Sie sich; leider kann ich Ihnen nicht allzuviel anbieten. Ja, nur ich bin hier, und ich bin allein und krank. Ich bin eine arme Frau, die zwar einmal ihren Mann und ihre drei Söhne gehabt hat, die aber jetzt ihr Schälchen Milch aus der Hand anderer, die es gut mit ihr meinen, nehmen muß!»

«Ich kenne Sie», sagt Sylvaine. «O ja, ich kenne Sie durch Ihre Freundin Justine Marcelin; sie hat mir von Ihnen erzählt, und wenn ich Ihnen helfen kann . . .»

«Ach nein? Sie kennen Justine?» fragt Arnaude. «Ja, die ist gegenwärtig ebenfalls krank. Ich habe mich zu Wintersanfang bös erkältet, und nun schleppe ich mich so hin. Vor drei Monaten habe ich so hohes Fieber gehabt, daß sie mich nach Solliès ins Krankenhaus gebracht haben. Da habe ich gute Pflege gehabt, aber schließlich bin ich dann doch wieder weggegangen. Wenn ich gewollt hätte, dann würden sie mich auch dabehalten haben; sie hatten mich in der Küche beschäftigen und obendrein noch weiterpflegen wollen; aber ich habe ja schließlich meinen Stolz; ich habe gesagt: ‹Arnaude Desmichels will bei sich zu Haus sterben!›»

Als der Name Desmichels in Sylvaines verlangendes Erinnern geworfen wird, da empfindet sie die gleiche Bewegung wie damals, als die Matratzenflickerin Olliviers Namen genannt hatte.

Ihr ist wohl in dieser stillen Hütte, der Einsiedlerklause, der sie vier Jahre lang entgegengepilgert ist. Ihr ist wohl bei dieser armen, alten, kranken Frau, die von Anbeginn der Zeiten an ihre Mutter ist, da sie ja doch dem Manne das Leben geschenkt hat, der ihr von Anbeginn der Zeiten an vorbestimmt worden ist – er, von dem nichts mehr hier ist als eine alte Jacke, in der die Ratten genistet haben; er, der lebend oder tot . . . Wo ist Ollivier?! Ollivier! Ollivier! Sie möchte von ihm sprechen.

«Könnte ich Ihnen vielleicht helfen?» fragt sie, und ihr ganzes Herz schwingt in ihrer Stimme.

«Sie sind sehr freundlich», sagt Arnaude. «Aber ganz und gar verlassen bin ich niemals gewesen. Als ich im Krankenhaus gelegen habe, da ist Justine gekommen und hat mich besucht, und ihr Sohn, der da oben in Bramafan wohnt (ich hatte ja doch geglaubt, er sei es, als Sie hereingekommen sind!), hat auf meine Ziege und meinen Hund gepaßt. Als ich weg mußte, da hat der gute Marcelin mich in seinem kleinen Wagen gefahren, und dabei waren die Wege sehr, sehr schlecht! Und dann ist Justine immer gekommen, hat im Hause aufgeräumt, die Ziege gemolken, mir Milch gekocht; aber seit vorgestern ist sie nun ebenfalls krank, und ich muß mich behelfen, so gut es eben gehen will.»

‹Und Ollivier?› denkt Sylvaine, ‹was tut Ollivier unterdessen? Während seine Mutter ihn so nötig hätte?› Wenn sie sich jetzt auf die Schwelle setzte, meint sie, und ganz laut nach der Straße hin riefe: «Ollivier! Ollivier!» – dann müßte sie ihn herankommen sehen, mit schimmernden Fischen in den Händen, die er gerade gefangen hat, wie damals in Le Lavandou ...

«Ich will Justines Arbeit übernehmen», sagt Sylvaine.

«Ach, eine junge Dame wie Sie?» sagt Arnaude. «Das kann ich Ihnen nicht zumuten! Dabei macht man sich ja doch die Hände schmutzig. Und vielleicht können Sie gar nicht melken oder Feuer anstecken?»

«Doch!» sagt Sylvaine. «Das kann ich!»

Ein glückliches Lachen erhellt ihr Gesicht; sie schwingt in dem jung erwachten guten Willen, Olliviers Mutter zu helfen.

«Ich möchte Ihnen gern etwas anbieten», sagt Arnaude. «Passen Sie mal auf. Da im Wandschrank steht noch ein bißchen von meinem Orangenwein; viel ist es leider nicht, denn es ist schon lange her, seit ich das letztemal welchen gemacht habe – aber zu zwei Gläschen für Sie und mich reicht es schon noch. Also Sie kennen Justine, sagen Sie?»

Sylvaines Augen haben sich jetzt an das Halbdunkel in der Hütte gewöhnt; sie nimmt die schmucklose Armut wahr, den kahlen Boden, den geschwärzten Herd und den Suppentopf. An der andern Wand steht das schmale Bett, in dem die Kranke liegt; außerdem sind nur noch zwei Stühle und der Tisch da.

«Sie beschauen meine Wohnungseinrichtung?» fragt Arnaude. «Ja, üppig ist sie nicht, aber ich hänge sehr daran. Ich habe auch noch eine Kammer mit einem großen Bett, einer Kommode, einem Spiegel darüber und einem Sessel. Die Kücheneinrichtung stammt aus unserer ersten Ehezeit. Der Hirt Nans hat sie uns geschenkt, das ist einer unserer Freunde gewesen; er hat ein Geheimnis gehabt, aber sonst war er ein guter Mensch. Glauben Sie nur: mein armer Antoine ist sehr froh gewesen, als er mir die Kammereinrichtung aus La Guirande mitgebracht hat, damals, als der Vater Desmichels gestorben und Sébastien Herr des Gutes geworden war. Sébastien war Antoines ältester Bruder; er ist immer gut zu uns gewesen. Ganz anders als Pierre, mein zweiter Schwager. Der hat zwar einen Haufen Geld gehabt, aber alles andere als ein gutes Herz. Und deswegen hat er auch kein Glück gehabt; seine Frau ist ihm mit einem jungen Menschen aus Méounes durchgegangen, und es heißt, seitdem sei er nicht ganz richtig im Kopfe. Ich habe ihn seit vielen Jahren nicht gesehen; er hat sich niemals um uns gekümmert, obwohl er doch Olliviers Vormund gewesen ist.»

Noch einmal durchschauert Sylvaine ein Beben, als der Name sie wie ein Schlag auf den Kopf trifft. Sie war es gewohnt geworden, ihn nicht mehr zu hören; jetzt aber kann sie ihn, wenn sie nur will, tagtäglich hören – sie braucht nur hierherzukommen, hierherzukommen...

«Aber es langweilt Sie wohl, wenn ich all das vor Ihnen auskrame? Ich spreche und spreche – und dabei sind das Familiengeschichten, die Ihnen wahrscheinlich ganz gleichgültig sind.»

Arnaude richtet die verblichenen blauen Augen auf Sylvaine und fragt: «Kenne ich Sie eigentlich, Fräulein? Sind Sie hier aus der Gegend?»

«Natürlich», sagt Sylvaine. «Ich bin Sylvaine Resplandin, von der Gerberei in Bellaïgue, und als Justine bei uns die Matratzen ausgebessert hat, da...»

«Ach», sagt Arnaude, «Sie sind die junge Dame aus der Gerberei? Gesehen habe ich Sie nie; aber ich habe schon viel von Ihnen gehört. Ich glaube, Sie haben Ihren Mann verloren?»

«Ja», sagt Sylvaine.

«Und ich, ich rede Sie immerfort mit ‹Fräulein› an!»

«Das macht doch nichts», sagt Sylvaine.

Ihr ist plötzlich ganz leicht, und das teilt sich ihrer Stimme mit. ‹Fräulein... Hier wieder Fräulein Resplandin werden, hier sich wiederfinden, wie das Tagebuch, das man verloren geglaubt hat und das vom Jauchzen der Jugend erfüllt ist...›

«Sie also sind die Tochter des Direktors, der so reich sein soll? Und wie geht es zu, daß Sie zu mir kommen?»

«Ich habe Sie besuchen wollen», sagt Sylvaine heiter.

Arnaude sieht sie mißtrauisch an.

«Das geschieht selten», sagt sie, «daß die Reichen sich Mühe machen, nur um den Armen guten Tag zu sagen – sehr selten geschieht das!»

«So reich bin ich gar nicht», sagt Sylvaine, «und Sie sind auch nicht ganz so arm. Sie bekommen ja doch Ihre Rente!»

«Meine Rente? Die ist mir ganz gleichgültig, die Rente! Meine Milch gibt mir meine Ziege, und deren Futter wächst im Walde. Die Behörden glauben, mit den paar Hellern, die sie mir hinwerfen, könnten sie mir meinen armen Mann bezahlen und meinen armen Joseph und meinen armen Félicien! Wenn der Krieg nicht gekommen wäre, dann hätte ich die noch bei mir.»

«Zwei Söhne haben Sie im Krieg verloren?»

Sylvaine weiß das alles; aber sie will, daß von Ollivier gesprochen wird. Sie fühlt, daß sie diesem Ziele immer näherkommt. Die beiden ältesten hat der Krieg hingerafft, ja, das weiß sie. Aber wann endlich spricht die Mutter von dem dritten? Dem dritten? Dem jüngsten?

«Ja», sagt Arnaude, «zwei Söhne. Und der dritte, der hat mich noch schlimmer allein gelassen, als wenn er gestorben wäre.»

Sylvaine senkt den Kopf und denkt: ‹Ja, so ist es. Er hat mich noch schlimmer allein gelassen, als wenn er gestorben wäre.›

Arnaude sagt: «So ist das Leben nun mal.»

Sylvaine möchte fragen: ‹Und wo ist er jetzt?› Aber Arnaude hat sich im Bett aufgerichtet und redet auf den Hund ein:

«Wirst du nun bald aufhören zu schnuppern und an meiner Bettdecke herumzuzerren? Du hast wohl Hunger? Ach ja, du bist jung, und da denkst du immer nur an dein Futter, du Glücklicher! Aber es geht nicht – ich kann dir nichts geben.»

«Was könnte man ihm denn geben?» fragt Sylvaine.

«Ich gebe ihm immer Brot und Milch; aber das kann ich nicht, denn dazu müßte erst die Ziege gemolken werden ...»

«Das kann ich ja tun», sagt Sylvaine. «Wo haben Sie die Ziege denn stehen?»

«Sie müßten durch den Holzschuppen gehen; dann können Sie ihren Stall schon sehen. Aber ich komme von dem Gedanken nicht los, daß Sie sich dabei schmutzig machen.»

«Wie heißt sie denn?»

«Cabrettoune.»

«Es ist immer besser, wenn man den Namen weiß – nicht wahr? Darf ich dies Töpfchen hier nehmen?»

Sylvaine zeigt auf einen gelben Steinguttopf, der auf dem Bord steht.

«Ja», sagt Arnaude, «das ist der richtige! Als wenn Sie es geahnt hätten!»

Sylvaine zieht den Mantel aus und geht nach dem Holzschuppen. Als sie wiederkommt, fragt Arnaude:

«Hat sie sich tatsächlich melken lassen?»

«Ja. Wir haben nämlich auch eine zu Haus, und daher weiß ich, wie man ihnen zureden muß.»

Sie stellt den Topf, aus dem der Schaum quillt, auf den Tisch.

«Und jetzt?» fragt sie.

«Das Brot ist in dem Beutel, der da am Wandschrank hängt, und die Hundeschüssel steht unter dem Ausguß.»

«Ja, richtig», sagt Sylvaine.

«Sie finden sich fein zurecht; aber es tut mir leid, daß ich Ihnen so viel Mühe mache. Daheim brauchen Sie doch wohl solche Arbeiten nicht zu machen?»

‹Daheim?›, denkt Sylvaine, ‹daheim ist mir alles ganz gleichgültig. Hier jedoch, in Olliviers Haus ...›

«Sehen Sie denn nicht, wie gern ich es tue?» fragt sie.

«Ja, wirklich, das sehe ich», sagt Arnaude. «Aber gerade das verwirrt mich, daß ich Sie mit Ihren netten, anmutigen Bewegungen hier in meiner Hütte sehe. Und dabei ist mir, als hätte ich Sie immer um mich gehabt. Ach ja, wenn der liebe Gott mir eine Tochter geschenkt hätte – von der hätte ich bessere Hilfe gehabt als von meinen Jungen!»

«Nun, dann bin ich eben Ihre Tochter», sagt Sylvaine.

Sie lacht, um die Verlegenheit zu überbrücken, die ihre Wurzeln bis ganz tief in ihr Inneres senkt und ihr die Hände unsicher macht.

Sie hat die Milch über die Brotbrocken gegossen und stellt die Schüssel auf die Erde.

«Komm, Michel, friß!»

Dann wendet sie sich wieder der Kranken zu und fragt:

«Und Sie?»

Arnaude hat sich im Bett aufgesetzt; wie vorhin schon einmal schaut sie Sylvaine in die Augen. Sie sagt:

«Ja, ich sehe Sie – ich schaue Sie an; Sie sind sehr hübsch und gut angezogen, und ich kann das alles nicht verstehen ... Da sind Sie nun mit Ihrem hübschen Gesicht, Ihrem netten Haar und Ihrer Freundlichkeit in meiner Elendshütte; Sie machen sich die Finger schmutzig, nur um meinem Hunde die Suppe zu kochen, statt Sie bei einem Manne sind, der Sie – daran besteht kein Zweifel – liebhaben würde ... Wollen Sie sich denn nicht wieder verheiraten?»

«Nein», sagt Sylvaine.

«Ihre Mutter ist auch tot, glaube ich?»

«Ja», sagt Sylvaine. «Hat Justine Ihnen das erzählt?»

«Was meinen Sie wohl – im Krankenhaus, da hatte man ja nichts anderes zu tun, als miteinander zu schwatzen, und auch wenn sie hierhergekommen ist und bei mir übernachtet hat, um mir ein bißchen Gesellschaft zu leisten, dann hat sie mir von diesen und jenen Leuten erzählt, bei denen sie die Matratzen ausgebessert hat. Da hat sie dann auch von dem großen Haus bei der Gerberei gesprochen, wo es so gute Wolle gäbe, und sie hat auch gesagt, es sei eine Tochter da, und die sei die Erbin; aber diese Tochter sei nicht gerade glücklich.»

«Ach nein», sagt Sylvaine; «das hat sie erzählt?»

«Ja, und auch, daß Sie einen Vater hätten, der hart wäre wie die Kastanienschalen in der Ardèche, und daß Ihre Mutter lieblos zu Ihnen sei und daß es durchaus nicht feststehe, ob Sie sich Ihren Mann nach Ihrem Herzen hätten auswählen dürfen.»

«Das alles hat sie erzählt?» fragt Sylvaine. «Ja, sie bekommt wohl mancherlei Einblicke, wenn sie ihre Wolle krempelt!»

«Ja, und sie hat auch erzählt, daß Ihr kleiner Junge gestorben sei und dann Ihre Mutter und dann die Tante, die Sie so gern gehabt hätten.»

«Tante Théonie? Ja, die habe ich sehr gern gehabt.»

Und dabei ... ja, dabei erinnert sie sich noch ganz genau des Tages, da das Telegramm «Théonie plötzlich gestorben», angekommen ist. Sie erinnert sich genau, daß ihr das keinerlei Eindruck gemacht hat. Sie erinnert sich: als der Vater aus Vernon zurückgekommen ist und erzählt hat, wie Théonie aus dem Garten gekommen sei, sich in einen Lehnstuhl gesetzt und gesagt habe: ‹Mir wird ganz schwarz vor Augen›, worauf sie tot in sich zusammengesunken sei – da ist sie, Sylvaine, fühllos und kalt geblieben, als sei sie selbst die Tote, um die sie hätte weinen müssen.

«Und dann auch noch Ihr Mann?»

«Ja», sagt Sylvaine.

«So jung – und so viel Tote», sagt Arnaude. «Da vergeht einem das Lachen.»

«Ach, das Lachen . . .», sagt Sylvaine.

«Ich habe mir oft überlegt, wissen Sie, so in meiner Kohlenbrennerdummheit, daß Lachen und Fröhlichkeit nicht daher kommen, daß die Truhen voll von Gold und Scheinen sind. Und nun sehe ich es mit eigenen Augen: Sie sind eine Dame, haben Geld, schöne Kleider, das ganze Haus voll Wäsche und so schwere Möbel, daß Sie sie nicht von der Stelle rücken können – wenigstens hat es mir Justine so ausgemalt –, und trotzdem sind Sie nicht fröhlich, weil die Fröhlichkeit nur aus einem zufriedenen Herzen kommt. Und ich – wenn ich auch alt und krank bin und keinen Heller besitze: wenn ich noch meine drei Jungen und meinen Antoine hätte, dann würde ich vor Freude tanzen.»

«Ja», sagt Sylvaine, und sie denkt: ‹Wenn ich Ollivier noch hätte, dann würde mein Körper ganz von selbst zu tanzen anfangen.›

Sie beugt sich zu dem kalten Herde nieder.

«Ich will Feuer anstecken und Ihnen die Milch warm machen. Sie müssen doch Hunger haben; es ist Mittag, eben hat es in Les Sénès geläutet.»

«Mittag! Aber da müssen Sie doch gehen!» sagt Arnaude. «Sie werden doch sicher zu Haus erwartet!»

«Ach», sagt Sylvaine, «das macht nichts. Auf mich wartet niemand.»

Sie fängt an, Reisig zu zerknicken und aufzuschichten, und dabei zittern ihr die Hände immer heftiger. ‹Liebes Feuer›, denkt sie, ‹Feuer der Mutter meines Mannes.› Arnaude sieht ihr zu, wie sie mit ihrem sanften Gesicht schafft. Da sagt Sylvaine, ohne daß sie sich umzuwenden wagt: «Ihren dritten Sohn, den jüngsten, Ihren Sohn Ollivier, wissen Sie: den habe ich früher mal gekannt . . .» Eine kleine rote Flamme steigt aus dem toten Holz.

«UND er ist niemals wiedergekommen?» fragt Sylvaine.

«Doch», sagt Arnaude. «Einmal, glaube ich, einmal ist er wohl hier gewesen...»

Sylvaine hat ihr Hütchen abgesetzt und den Mantel hinter die Tür gehängt, und nun fühlt sie sich ganz heimisch. Sie fragt nicht mehr: «Was bekommt denn der Hund zu fressen?» Sie sagt: «Warte doch, Michel! Warte doch ein bißchen! Wenn du mich auch in den Fuß beißt – deswegen geht es nicht schneller.»

Gegenwärtig beobachtet sie auf dem Spirituskocher, den sie mit heraufgebracht hat, sorgsam, wie die sahnige Haferschleimsuppe im Topfe steigt, in die sie Schokolade getan hat, damit sie bekömmlicher ist. Sie denkt, daß die Hafersuppe besser geraten ist als die letzte, und sie freut sich, daß sie nach Toulon gefahren ist, um die Zutaten einzukaufen. Sie sieht die Hafersuppe an; sie sieht die Schokolade an, die daneben auf dem Feuer steht, lavahaft brodelt und nach Vanille duftet. Sie sieht die frisch geweißte Küche an; sie weiß, daß die Kammer eine schöne blaue Tapete bekommen hat, auf der der Widerschein der spiegelblank gewachsten Möbel schimmert. Sie weiß, daß sie den Maler und den Tapezierer bezahlt hat, und daß sie die schönste Schokolade und die gehaltreichsten Haferflocken ausgesucht hat. Sie läßt liebevolle Blicke über all das schweifen – ihr ist, als habe sie ein Zauberschloß erbaut, in dem die Freude auf goldenem Throne sitze. Sie denkt: ‹Ich..., ja, ich... Mich ruft sie, wenn ihr kalt ist, wenn sie Hunger, wenn sie Schmerzen hat, sie, die Olliviers Mutter ist. Immer bin ich da und passe auf und lächle und umsorge sie und gebe Geld...›

Wie eine Tochter? Nein. Eine Tochter würde gesagt haben: ‹Ach, weißt du, Mama, es ist langweilig: es will und will dir nicht besser gehen, und dabei wartet mein Mann auf mich, und ich habe schließlich meinen Haushalt und meine Kinder!› Für Sylvaine vereinigt sich hier alles: Mutter, Mann, Haushalt, Kinder. Alles, was ihr das Leben gegeben hat und was ihr das Leben noch geben könnte: der Geliebte, den sie über das Meer herankommen sieht wie einen Erzengel; die alte Frau, die ihre Mutter geworden ist; das Haus, das ihr von ferne entgegenleuchtet mit dem Glanz des Sterns der Könige aus dem Morgenlande; wenn auch noch nicht die Kinder, die Ollivier ihr vielleicht eines Tages schenken wird – all das ist hier vereinigt und wartet darauf, daß sie es nimmt und bewahrt.

«Weshalb meinen Sie denn das?» fragt Sylvaine.

«Daß Ollivier wiedergekommen ist? Aus mancherlei Gründen; aber wissen Sie – mit Worten läßt sich das kaum erklären. Im Provençalischen gibt es ein Wort dafür, das heißt ‹la sentie›. Es bedeutet etwa: ein Gefühl auf Grund des sechsten Sinnes oder die Witterung oder die Ahnung. Haben Sie es niemals sagen hören? Ja, freilich, in Ihrer Schule haben Sie wohl kaum Provençalisch gehabt. Ich bin ja nun zwar als Italienerin geboren, aber durch meine Liebe zu Antoine zur Provençalin geworden, und andere Worte, um mich Ihnen verständlich zu machen, habe ich nicht. Sehen Sie; ich habe nicht etwa die Spur seiner Füße im niedergetretenen Grase bemerkt, noch seinen Handabdruck an der Tischkante oder etwas Schmutz, der etwa von den Schuhen meines Jungen abgefallen wäre – und dennoch habe ich ganz genau gewußt, daß er dagewesen ist. Finden Sie das sonderbar? Aber Sie hören wohl heute nicht zum erstenmal, daß es sonderbare Dinge auf Erden gibt.»

«Trinken Sie jetzt erst Ihre Schokolade; sie ist gut», sagt Sylvaine.

Arnaude trinkt zwei Schlückchen und stellt dann die Tasse wieder hin.

«Sie dürfen nicht etwa glauben, sie schmecke mir nicht», sagt sie. «Aber ich möchte viel lieber sprechen.»

Sylvaine setzt sich ans Fußende des Bettes.

«Ja», sagt Arnaude, «das ist jetzt wohl schon an die zehn Jahre her. Cabrettoune mußte zum Bock. Ich habe ihr tagtäglich gesagt: ‹Ich bringe dich ja hin; warte nur – ich bringe dich ja hin!› Aber der Bock war oben in Bramafan, und Sie können sich wohl denken, daß das ein bißchen viel für meine alten Knochen war! Schließlich ist dann eines schönen Tages der junge Marcelin gekommen und hat gesagt: ‹Passen Sie mal auf: ich bringe die Ziege nach Bramafan, und Sie kommen und holen sie wieder ab. Der Rückweg ist leichter – bergab rollen die Kürbisse allein!› Er nimmt sie tatsächlich mit, und, wie verabredet, fasse ich drei Tage danach den Entschluß und gehe nach Bramafan, um sie mir wiederzuholen. Ich bin beizeiten losgegangen, und so bin ich denn auf den schmalen Fußwegen, die an dem großen Felsen heraufführen, schließlich hingekommen. ‹Bleiben Sie nur zum Essen da›, haben die Marcelins gesagt. Die sind alle nette Leute, die Eltern der Frau, die Frau und ihr Junge, der kleine Justin, der mich angelächelt hat. Aber ich habe ‹danke› und ‹nein› gesagt. Ich habe mich schrecklich schwach gefühlt und immer gemeint, ich würde bei fremden Leuten krank werden und womöglich nicht in meinem eigenen Bett sterben. Ich habe eine Tasse Kaffee getrunken, wie es sich gehört, denn sonst wären sie böse geworden; und dann bin ich meines Weges gegangen. ‹Los, Toune›, habe ich meiner Ziege zugeredet, ‹jetzt, nun du verheiratet bist, wirst du wohl hoffentlich ruhiger sein.› Da haben die Marcelins alle gelacht! Wir haben uns verabschiedet, und dann bin ich talwärts gegangen. Ich hatte meine dicke Suppe auf dem Feuer stehenlassen, und obwohl ich nur Heidewurzeln darangelegt hatte, die langsam schwelen, hatte ich Angst, daß sie angebrannt sein würde, wenn ich heimkäme. Ich hatte mich auf die Suppe gefreut, denn ich hatte sie von dem letzten Rest Dinkel gekocht, den ich noch hatte; er stammte aus der letzten Aussaat auf dem Felde ganz oben, das meine Jungen noch bestellt hatten.

Der Boden ist dort so mager, daß nur diese Getreideart fortkommt; und jede Ähre trägt immer nur ein einziges Korn, und das ist so hart und spitz wie Haferkörner. Aber es läßt sich daraus eine Suppe kochen, die ich sehr gern mag, und wenn mein guter Antoine bloß den Duft im Hause roch, dann kam er schon und sagte: ‹Sieh da – hast du Kornsuppe gekocht?›, und dann setzte er sich an den Tisch und aß mit mir.

Ich habe also den ganzen Weg zu Tale an meine Suppe gedacht, und Cabrettoune hat mich an ihrer Kette hinter sich her gezerrt. Und ich habe meiner Ziege gesagt: ‹Du bist wie die Menschen! Die ganzen letzten Tage hast du immer nur an die Liebe gedacht, lauter als eine Katze hast du geschrien, alle Strikke hast du zerrissen, und nichts hast du getan, als zum Berg hinaufzuschauen, wo du deinen Bock gewitterst hast; und nun du dagewesen bist, da willst du nichts als dich ausruhen, da willst du deinen Stall, deine vier Wände, und deine Ziegenlämmer zur Welt bringen ...›

Michel hatten sie oben behalten; sie hatten ihn eingeschlossen, damit er nicht mit mir hinablief. ‹Sonst reißt er Sie womöglich um›, hatte Marcelin gesagt, ‹weil er immer hinter der Ziege her sein würde; ganz wild würde er sie machen.› Als ich zu Haus angekommen bin, bringe ich Toune in ihren Stall und gehe dann schnell in die Küche, um nach meiner Suppe zu sehen, ob sie schon angebrannt war. Ich hatte noch nicht den Topf vom Feuer gehoben – da schnupperte ich ... Ja, wie soll ich Ihnen das beschreiben? Nicht den Duft meiner Suppe; nein, etwas anderes; keinen Duft; eher ... Ja, wie soll ich das ausdrücken? Irgend etwas – ja, das ist es; irgend etwas war in der Luft, das vorher nicht dagewesen war – das sich eingenistet hatte, während ich da oben gewesen war. Vielleicht klingt es lächerlich, wenn ich das so erzähle. Und dennoch stimmt es. Und so stehe ich denn mutterseelenallein in meiner Küche und frage mich: ‹Was ist das nur? Was ist das nur? Ich wittere etwas; ganz sonderbar ist das! Ich wittere etwas, das ich nicht sehe und das dennoch um mich ist wie der Bergwind.› Ich habe mich umgedreht; mir war, als stehe jemand hinter mir; dann habe ich mich ganz schnell nochmals umgedreht, denn jetzt war mir, als stehe jemand neben mir. Schließlich habe ich mich hingesetzt und überlegt: ‹Wenn ich hier drinnen etwas wittere, dann muß auch etwas hier sein.› Ich habe meine Nase, meinen Mund, meine Hände, meine Haut ganz weit aufgetan – alles, was ich den Ausstrahlungen dieses Etwas öffnen konnte. Und ohne es zu wollen, habe ich mich sagen hören: ‹Ollivier?› Da habe ich mir gedacht: ‹Ja, er muß es sein. Er ist hergekommen.› Und ich habe gefühlt, daß ich mich nicht täuschen konnte.

Da habe ich angefangen, ihn zu suchen. Ich habe den Schrank aufgemacht; es war alles in Ordnung. Ich habe die Fliesen am Fußboden angesehen, die Wände, die Decke; denn mir war, als müsse irgendwo eine Spur geblieben sein. Auf dem Tisch stand der Suppenteller, in den ich vor dem Fortgehen den großen Umrührlöffel gelegt hatte, genau wie zuvor. Unter dem Topfdeckel brodelte leise meine Suppe. Ja, es ist alles wie vorher gewesen; nichts habe ich gefunden, und dennoch war ich sicher, so sicher, wie ich fünf Finger an jeder Hand habe, daß mein Junge dagewesen war.

Und wissen Sie, was ich am nächsten Morgen als einziges Merkzeichen gefunden und woran ich gemerkt habe, daß ich recht gehabt hatte? Ich war beim Fegen; die Tür stand offen, und ich kehrte mit dem Besen alles nach draußen, was sich hier bei uns auf dem Lande so an Schmutz ansammelt: Reisigstükke, Blätter, Staub und dazwischen Hundehaare. Und plötzlich habe ich unter dem Tische ein Fleckchen feine Asche gesehen, viel feiner, als Feuer sie macht. Ich habe mich gebückt; ich habe sie angefaßt, und da ist mir klargeworden – meine Männer hatten ja doch früher geraucht –, daß es Zigarettenasche war. Ich habe mit der Fingerspitze darin herumgerieben; ich habe sie in die hohle Hand genommen. Sie war weich wie eine tote Maus. Ich habe ein bißchen davon in Papier gewickelt und aufgehoben; es steckt in dem Gewürztopf drüben auf dem Kamin. Soll ich es Ihnen mal zeigen?»

Nein. Sylvaine glaubt, sie müsse sterben, wenn sie diese Asche anrühre. Diese Asche hat, bevor sie abgefallen ist, zu einer Zigarette gehört, und diese Zigarette hat ein Mund gehalten, und dieser Mund hat zu Olliviers Gesicht gehört, und das Gesicht zu seinem Körper. Ollivier, ganz und gar, ist für sie in diesen paar Aschenstäubchen, die weich sind wie eine tote Maus.

«Trinken Sie doch Ihre Schokolade, Frau Desmichels, sonst wird sie noch ganz kalt.»

«Es kommt mir immer ganz sonderbar vor, wenn Sie Frau Desmichels zu mir sagen. Dazu kennen wir einander eigentlich viel zu gut, und dazu sind Sie viel zu nett zu mir gewesen. Sie müßten mich mit einem andern Namen anreden.»

«Mit welchem denn?» fragt Sylvaine.

Es gäbe schon einen andern. Einen, der sich ganz von selbst auf Sylvaines Lippen gebildet hat, seit sie weiß, daß Olliviers Mutter lebt. Aber wenn sie die Frau hier mit diesem Namen anreden sollte – dann hätte Ollivier selbst sie an seiner Hand in dies Haus führen müssen.

«Als mein Junge noch ganz klein gewesen ist, da hat er mir einen sehr merkwürdigen Namen beigelegt; aber ich kann mich nicht mehr darauf besinnen ... Mein Kopf wird schwach.»

«Sie haben viel zuviel erzählt», sagt Sylvaine. «Sie sollten sich hinlegen und sich ein bißchen ausruhen.»

«Wie hieß er doch nur?»

Arnaude spricht wie im Traum. Ihre Augen gleiten über die vertrauten Dinge, die um sie sind, als erkenne sie sie gar nicht – wie zwei verirrte Sterne, die ihre Atmosphäre suchen. Sylvaine hat bemerkt, daß die alte Frau manchmal ganz abwesend ist; daß die Krankheit ihr den Sinn für das Gegenwärtige raubt. Voller Mitgefühl beobachtet sie, wie die Augen der Kranken hin und her wandern, wie ihre Lippen geheimnisvolle Worte flüstern, wie ihre Finger die Kante der Decke aufrollen und wieder entfalten. Sie hört, wie die brüchige Stimme dreißig Jahre alte Erinnerungen auskernt, als seien sie gestern geschehen ...

«Wie hieß es doch nur ... wie hat der Junge mich doch immer

genannt? Ja, so war es wohl, ja, so ähnlich... Nicht Arnaude, nein – Arnaude hat Antoine mich immer genannt! Arnaude Cumiana, so hatte ich in Italien geheißen; aber das habe ich schnell vergessen. Am ersten Abend, als wir nach dem Tanz miteinander spazierengegangen sind, hat er mich gefragt: ‹Wie heißt du eigentlich?› – ‹Arnaude›, habe ich geantwortet. ‹Weiter habe ich keinen Namen.› Gib mir das Tuch, Antoine; mir ist kalt. Ach was, mir ist ja gar nicht kalt; wie dumm bin ich doch – wir sind ja mitten im Juli; da kann es doch nicht frieren! Ende August, nach der Ernte, wird Ollivier entwöhnt. Die Hitze geht jetzt bald zu Ende; da wird der Übergang ihm leichter sein. Jetzt möchte ich nur noch eine Tochter haben. Möchtest du auch eine Tochter? Sag, Antoine! Sag doch, Liebster! Eine Tochter, und die müßte dann Antoinette heißen, und das wäre dann vielleicht unser letztes Kind. Willst du mir keine Tochter schenken? Sag doch! Aber wie hat Ollivier mich nur immer genannt? Du hast doch so darüber gelacht! M... Ma... Es ist zu schwierig; meine Zunge kann es nicht sagen...»

Das Flüstern ist undeutlich geworden; es verliert sich wie eine Wasserader, die ein Loch gefunden hat. Arnaudes Augen schließen sich, und Sylvaine sitzt ganz allein am Bett der Frau aus den Bergen, die ihr jetzt das Liebste auf der Welt ist.

Nun Sylvaine sieht, daß Olliviers Mutter eingeschlafen ist, macht sie sich an die niedrigen Arbeiten, die ein Haushalt auf dem Lande erfordert. Sie muß Cabrettoune für die Nacht Futter vorlegen; sie muß die Milch aufkochen, damit sie sich hält; sie muß nähen, waschen. Im Haus gibt es kein Wasser, und in diesem Frühling, der zögernd kommt, fließt es recht kalt draußen aus der Pumpe. Immerfort muß neues Holz auf das Feuer gelegt werden. Es gibt kein elektrisches Licht. Das gelbe, zitternde Licht einer Petroleumlampe, die Beleuchtung der Armen, wirft seinen Schein in die Mitte des Zimmers; alles übrige bleibt im Schatten.

Sylvaine versenkt sich in dieses Elend, in diese peinlichen Arbeiten mit einer Wollust, die sie selbst erstaunt. Ihre Finger werden rauh, weil sie immerfort Küchenseife und den Herd anfassen muß. Sie lächelt darüber. Sie könnte sich eine Hilfe nehmen; sie tut es nicht; sie weiß, daß sie es später doch tun wird – aber sie will solange wie möglich diese Dienstbotenarbeiten auf sich nehmen, die ihr Freude machen.

Abends muß sie wieder hinunter ins Tal. Wenn es so weit ist, trödelt sie noch ein bißchen herum; dann küßt sie Arnaude, rückt den Tisch mit dem Nachtlicht näher ans Bett, kehrt um, sagt zu Michel: «Paß schön auf Frauchen auf!» und dann geht sie schließlich.

Allabendlich um diese Zeit ist sie bitterböse auf Ollivier, weil sie denkt, daß er, während seine Mutter und sie selbst die Nacht über allein sein müssen, in der Ferne ist und sich vielleicht mit anderen Frauen vergnügt.

Am folgenden Tage hat sie immer Angst, daß Arnaude gestorben sein könnte; aber ganz im Gegenteil: die Kranke saugt neue Kräfte aus dem Schlummer und fragt Sylvaine mit einem schier spöttischen Glanz in den blauen Augen:

«Ich habe doch gestern abend nicht aus der Schule geplaudert? Weißt du: abends, da komme ich immer ein bißchen ins Reden; darauf muß man aber nicht hören ...»

Sylvaine überlegt.

‹Das kann nicht so weitergehen. Ich kann sie nachts nicht allein lassen. Ich muß irgend jemand ausfindig machen, der bei ihr wacht. Vielleicht Justine? Das ginge wohl. Oder ich selbst. Aber dann müßte ich ganz und gar aus der Gerberei wegziehen. Da würde mein Vater einen schönen Krach machen!› Sie empfindet bei diesem Gedanken eine kindische Freude.

Auf diese Weise geht ein weiterer Frühling hin, und der Sommer, der ihm folgt, entschuldigt Sylvaine, wenn sie ausgedehnte Waldspaziergänge macht. Immer hat sie Angst, daß ihr Vater ihr jemand nachschickt oder daß er gar eines schönen Morgens hereinplatzt, wenn sie mit ihrer blauen Leinenschürze die Hausarbeit in der Hütte der Desmichels macht.

Der Herbst bringt mancherlei Schwierigkeiten beim Fortgehen mit sich; da steigt sie nach Bramafan hinauf und setzt sich mit Justine ins Einvernehmen, die ihre Matratzenflickerinnenarbeit aufgegeben hat. Justine ist bereit, immer dann bei Arnaude zu bleiben, wenn Sylvaine nicht kommen kann. Das geschieht während einer Woche, da sehr schlechtes Wetter ist. Aber sobald sie es irgend einrichten kann, schickt sie die alte Freundin wieder heim zu ihren Kindern und sagt:

«Jetzt können Sie nach Haus; ich bin ja da.»

Sie setzt sich zu der Kranken, nimmt die abgezehrte, knochige Hand, die leicht wie der Körper eines Feigenfressers ist, in ihre lebendige Hand und wartet, daß mit dem Abend die Stunde kommt, da Arnaude das Gefühl für das Gegenwartsleben zu verlieren beginnt und Schritt für Schritt in das Vergangene hinabsteigt. Dann beugt Sylvaine sich nieder, und heftig atmend sieht sie, wie dem halb geöffneten Munde die Erinnerungen bergstromhaft entfließen, und durch die wirbelnden Fluten hindurch sieht sie die armselige Jugend im Lande Piemont erstehen, den Tod der Mutter, die Wanderung des Vaters Cumiana mit der mageren Tochter, die so schöne Augen hat, über die Alpenstraßen, den milden Gefilden des Var entgegen. Die Begegnung mit Antoine, die Liebe, in die dieses fünfzehnjährige Mädchen so viel Leidenschaft getragen hat; den Abschied von La Guirande, die Hilfe des Hirten Nans, das harte Köhlerhandwerk, die Beglückung durch die Geburt der drei Söhne, dann den Krieg, ‹das Ungeheuer›, den Tod der drei Männer, Olliviers Fortgehen, und die tiefe, leidenschaftliche Treue, die über dem allen ist – ein Firnis, der mit den Jahren immer fester wird und niemals abblättert.

So lernt sie kennen, was Ollivier erst sehr viel später erkennen sollte: das tiefste Innere seiner Mutter, das sich, ohne daß es Arnaude bewußt wurde, Sylvaine darbietet.

Schließlich ist ihr, als verwirre auch ihr sich das klare Denken – als habe sie selbst mit den Desmichels in allen Phasen ihres Daseins gelebt. Dann erschrickt sie, steht auf, zieht hastig ihre Hand aus der Arnaudes und geht ein paar Schritte ins Freie, um wieder zu sich zu kommen. Doch eine gebieterische Macht treibt sie aufs neue zu der Fiebernden, und sie wartet, daß eine alte Frau ihr das immer wieder neue Geschenk der Jugend Olliviers zuteil werden läßt.

Arnaude sagt:

«Jetzt, wo ich nicht mehr so böse bin wie damals, verstehe ich besser, was Félicien mir in bezug auf Ollivier hatte sagen wollen ... Ja, wirklich; der Junge hat keine Jugend gehabt, wie er sie eigentlich hätte haben müssen! Allein, wie ich während des Krieges gewesen bin, habe ich ihn mit in meine Trauer hineingezogen; ich habe ja immerfort hier in meiner Waldhütte um meine Männer geweint. Und als Félicien wiedergekommen ist, da ist dann noch eine andere Verwirrung über Ollivier gekommen; unsere Einsamkeit ist keine gute Vorbereitung für ihn gewesen ... Da hat er denn etwas Schlechtes getan, und hernach hat er nicht gewagt, mir wieder vor die Augen zu kommen. Mir ist das alles mittlerweile völlig klargeworden. Unsere Kinder, weißt du, die lieben wir immer viel zu leiblich; denk daran, wenn du einmal Kinder hast, und liebe sie auch ein bißchen mit dem Kopfe. Verstehst du?»

«Aber ich werde ja doch aller Wahrscheinlichkeit nach keine haben», sagt Sylvaine.

«Ach, was wissen wir vom Leben?» sagt Arnaude.

17

So gewöhnt sich Sylvaine daran, daß sie zwei Heimstätten hat. In der einen läßt sie sich von Louisa bedienen und hat teil an all den Annehmlichkeiten und Bequemlichkeiten, die dank Resplandins Geld dort herrschen. In der anderen verwandelt sie sich in das Hausmädchen einer kranken Köhlerfrau; aber nur dort fühlt sie sich wirklich wohl.

Als sie am Tage ihres ersten Besuches bei Arnaude erst lange nach dem Abendessen heim nach Bellaïgue gekommen war, hatte ihr Vater ein einigermaßen erstauntes Gesicht gemacht; er hatte damals noch nichts von den Überraschungen geahnt, die ihm durch Sylvaine in der Folgezeit bevorstanden. Am andern Tage ging sie nicht fort. Sie stöberte in den Schränken herum, wo der Wäsche- und Leinenvorrat lag, oder sie lief, anscheinend sehr beschäftigt, durch die Flure des großen Hauses und ging dann schnell mit vollen Armen in ihr Zimmer.

Der Vater kümmerte sich nicht darum; er saß in seinem ehemaligen Büro, das er sich vorbehalten hatte, und las, oder er rechnete alte Außenstände durch, die er einzutreiben beabsichtigte. Louisa war in der Küche.

Zur Essensstunde, die Vater und Tochter in dem weitläufigen Speisezimmer zusammenführt, wo sie auch nach Gabrielles Tode die Mahlzeiten einzunehmen pflegen, sagt Sylvaine eines Abends:

«Vater, möchtest du mir bitte etwas Geld geben?»

«Geld?» fragt Resplandin.

Er läßt Messer und Gabel sinken; es ist das erstemal, daß Sylvaine ihn um Geld bittet. Bis dahin war es ihm niemals aufgefallen, daß er ihr keins gab, und sie hatte sich niemals merken lassen, daß sie Geld gebraucht hätte. Sie kümmerte sich nicht um die Ausgaben, und der Vater bezahlte alles, was sie etwa nötig hatte, als wenn sie fünfzehn gewesen wäre. Das Haushaltsbuch hatte Gabrielle geführt, und dann war es, unter Resplandins Kontrolle natürlich, an Louisa übergegangen; und wenn Sylvaine ausgegangen war, dann war das nur geschehen, um im Walde spazierenzugehen.

«Geld? Wofür denn?»

«Ich kenne arme Leute, und denen möchte ich gern helfen», sagt Sylvaine.

«Ich gebe allerhand Geld für wohltätige Zwecke aus», sagt Resplandin. «Ich bezahle das ganze Jahr hindurch ein Bett im Krankenhaus zu Solliès; ich gebe Spenden an die Schulkasse und für die Weihnachtsbescherungen der alten Leute im Armenhaus.»

‹Ja, lauter Dinge, die nach außen hin auffallen›, denkt Sylvaine.

«Allen Menschen kann ich nicht helfen.»

«Das ist es ja auch nicht ... Vater, ich möchte nämlich ... Ich brauche nämlich auch Geld für mich; ich muß ja doch einigermaßen angezogen sein, und da wollte ich mir etwas in Toulon machen lassen.»

«Das ist eine ganz andere Sache!» sagt Resplandin. «Natürlich lege ich Wert darauf, daß meine Tochter gut angezogen ist. Wieviel brauchst du?»

«Fünfhundert Franken», sagt Sylvaine.

«Sollst du haben. Aber vertu sie nicht!»

Einen Monat danach fragt Resplandin unvermittelt:

«Wie ist es eigentlich mit dem Kleide, das du dir in Toulon hattest machen lassen wollen? Ich möchte es gern mal sehen. Du bist doch deswegen in der vorigen Woche zweimal drüben gewesen.»

«Es ist noch nicht fertig», sagt Sylvaine.

Sie hat Angst, ihr Vater könne herausbekommen, daß sie überhaupt nicht in Toulon gewesen sei und sich auch kein Kleid bestellt habe.

Manchmal fragt Louisa:

«Mein Gott, Sylvaine, bei diesem Regen willst du spazierengehen?»

«Es hört bald auf; der Himmel ist schon ein bißchen blau, und überdies habe ich ja auch meinen Mantel und meine derben Schuhe an.»

Sie sagt auch dem Vater:

«Ich habe ein schreckliches Verlangen nach frischer Luft.»

Die beiden sehen ihr durchs Fenster nach:

«Wohin sie bloß immer gehen mag?» sagt Resplandin.

Manchmal schließt sie sich in der Wäschekammer ein, und Louisa hört, wie die Nähmaschine im Gang ist und wie Sylvaine singt. Sie denkt:

‹Was macht sie sich bloß, daß sie dabei so froh ist?›

Am andern Tage bleibt Sylvaine vom Morgen bis zum Abend weg.

«Wo ißt du denn eigentlich?» fragt Louisa.

«Bei irgendeinem Bauern, wo es Eier und Milch gibt.»

Der Vater denkt unablässig:

‹Sie mag sagen, was sie will. Eines schönen Tages gibt das doch eine Buschhochzeit; irgend so etwas muß ja dabei herauskommen.›

Eines Abends, als Sylvaine im Dunkeln heimkommt, sieht sie Licht in des Vaters Schlafzimmer.

‹Liegt er denn schon zu Bett?› fragt sie sich, ‹und ist es denn schon so spät?›

Kaum hat sie unten in der Vorhalle den Mantel abgelegt, als Louisa sie von oben her ruft:

«Komm schnell herauf, Sylvaine. Dein Vater ist sehr krank.»

«Was hat er denn?» fragt Sylvaine.

Louisa kommt ihr auf der Treppe halbwegs entgegen.

«Einen Schlaganfall», flüstert sie, «aber er selbst soll es nicht wissen.»

«Hast du zu Doktor Venel geschickt?»

«Ja, er muß jeden Augenblick kommen.»

Sylvaine geht ins Zimmer; der Vater liegt lang auf dem Bette, eine graue Masse.

«Sieh nur», sagt Louisa, «er sieht übel aus!»

«Hast du Schmerzen, Vater?» fragt Sylvaine und küßt ihn.

Resplandins schlaffe Lippen bringen nichts als ein kindliches Lallen hervor.

«Ein Hexenschuß», sagt Louisa und wirft Sylvaine einen herzzerreißenden Blick zu.

Auf der anderen Seite des Bettes sitzt die Frau des neuen Direktors, der nebenan wohnt, in einem Sessel; Louisa hat sie zu ihrer Unterstützung hergerufen.

«Sie sind auch da, Frau Rousselet?» sagt Sylvaine.

«Herr Rousselet und ich haben deinen Vater hergetragen», sagt Louisa. «Aber eigentlich wären drei dazu nötig gewesen.

Er war in seinem Büro hingefallen. Ich habe es gehört, bin hingelaufen, und da hat er dagelegen. Es ist so ein kleiner Schwächeanfall.»

Sie zwinkert Sylvaine zu, das gleiche zu sagen. Resplandin sieht die beiden an.

«Ja, natürlich, ein Schwächeanfall», sagt Sylvaine. «Es hat weiter nichts auf sich.»

«Ja, und da hat Louisa uns gerufen», sagt Frau Rousselet, «und wir sind schnell gekommen – das können Sie sich wohl denken! Ich hatte gerade meinem Kleinen was gegeben . . .»

Sylvaine beugt sich zu ihrem Vater nieder. Er liegt reglos da. Er atmet in kurzen Stößen durch den weit offenen Mund. Sein großes Gesicht, das schon immer vom Blutandrang gerötet gewesen ist, erscheint wie von schwarzem, in den Adern geronnenem Blut aufgeschwemmt. Seine ungefügen, verkrampften Fäuste sehen auf der weißen Bettdecke violett aus.

‹Und ich?› fragt sich Sylvaine, ‹was habe ich derweile gemacht? Als ich Frau Desmichels allein in ihrer Hütte gesehen habe, da habe ich mich gefragt: ‹Und was macht Ollivier, während seine Mutter ihr Schälchen Milch von wohlwollenden fremden Leuten hinnehmen muß?› Jetzt bin ich in genau derselben Lage; ein Dienstmädchen und Fremde haben ihn aufgehoben und in sein Bett getragen. Ja – aber Olliviers Mutter ist eben auch eine richtige Mutter gewesen.›

«Nun wollen wir dich aber schön pflegen», sagt sie und nickt nach dem Bette hin.

Der Arzt ist gekommen und wieder gegangen; er hat angedeutet, daß eine Folge des Anfalls sehr wohl eine Lähmung der unteren Gliedmaßen sein könne. «Aber deswegen kann er trotzdem noch lange leben, wissen Sie», hat er hinzugefügt. Sylvaine richtet sich auf der Couch ein behelfsmäßiges Nachtlager und schickt Louisa zu Bett.

«Du klappst sonst noch vor Erschöpfung zusammen», sagt sie.

Das Nachtlicht brennt; sie tut die ganze Nacht kein Auge zu, und wenn sie nicht über ihren Vater nachdenkt, dann denkt sie träumerisch an das kleine, in der Nachtstille der Wälder verlorene Haus. Als Louisa um fünf Uhr morgens nach dem Rechten sieht, sagt Sylvaine ihr:

«Bleib du jetzt bei ihm; ich möchte noch ein paar Minuten schlafen.»

Sie legt sich auf ihr Bett; dann erwacht sie jäh, als es heller Tag ist.

‹Mein Gott, habe ich lange geschlafen! Wer weiß, wie es ihm jetzt geht?›

Resplandin liegt stumpf und schlaff da wie am Abend zuvor. Im Laufe des Vormittags spricht der Arzt vor.

«Das kann lange dauern», sagt er.

Nach dem Mittagessen fragt Sylvaine Herrn Rousselet:

«Würden Sie mir wohl einen Gefallen tun? Ich möchte, daß einer der Lehrlinge für mich eine Besorgung macht. Es ist aber weit – gut zwei Stunden wird er schon brauchen. Ich gebe ihm natürlich etwas dafür.»

«Gewiß, gern, gnädige Frau», sagt der Direktor.

«Er muß einen Brief forttragen; ich will ihn schnell schreiben.»

Aber dann fällt ihr plötzlich ein, daß Arnaude ja nicht lesen kann.

«Nein, paß mal auf», sagt sie dem Lehrling, «du kannst ja doch wohl eine mündliche Bestellung ausrichten? Also: du sagst dort, wo ich dich jetzt hinschicke, daß du von mir kämest, daß Herr Resplandin krank sei und daß ich deswegen nicht kommen könne. Sie solle dir sagen, was sie braucht; ich käme sobald wie immer möglich, ja, sobald wie immer möglich», wiederholt sie nachdrücklich.

Sie begleitet ihn bis an das Gartentor und fragt:

«Du hast mich doch auch ganz genau verstanden, nicht wahr? Du gehst die Straße nach Solliès-Toucas, dann, hinter dem Friedhof, bis zur Bonnefont-Quelle, und dann den kleinen Fußweg bergauf. Der ist kürzer als der Weg nach Bramafan. Dein Fahrrad kannst du ja bei der Quelle stehenlassen; von dort aus kannst du die Köhlerhütte beinahe schon liegen sehen. Komm, hier hast du fünf Franken.»

Sylvaine geht wieder in das Zimmer des Vaters.

«Jetzt bleibe ich hier, Louisa; du kannst dich ausruhen.»

Frau Rousselet ist wieder zu ihrem Kinde gegangen; Sylvaine setzt sich an das Bett und sieht ihren Vater an.

‹Es sieht nicht so aus, als wenn er Schmerzen hätte›, denkt sie. ‹Wer weiß, ob er jemals wieder wird gehen können? Der Arzt scheint es nicht recht zu glauben. Bei seinem Charakter möchte er wahrscheinlich lieber tot als gelähmt sein.›

Tot? Sylvaine spürt, daß sie den Tod des Vaters genau so hinnehmen würde, wie sie damals den der Mutter, ihres Kindes und ihres Mannes hingenommen hat. Ihr Gesicht brennt. Sie denkt:

‹Bin ich wirklich solch ein Scheusal?›

Aber dann durchflutet sie eine Erleichterung und beschwichtigt sie. Das ist, als sitze eine zutrauliche Taube auf ihrer Schulter und fächle ihr mit sanften Flügelschlägen Kühlung zu; eine Regung der Freude durchzittert das Zimmer, in dem es nach Krankheit riecht.

‹Nein›, denkt sie weiter. ‹Ich weiß, daß ich lieben kann... Nur die hier kann ich nicht lieben.›

Sie sieht ihr anderes Haus vor sich, die Hütte, in der Ollivier geboren ist, die rohen, aus Felsbrocken aufgebauten Mauern. ‹Das Haus meines Herzens›, sagt sie sich. Dort oben, in jenem Hause, sitzen zwei Frauen in einer Kammer und sprechen von ihr. Arnaude Desmichels liegt in ihrem sauberen Bette, und das Daunenkissen, das Sylvaine ihr hinaufgebracht hat, wärmt ihr die Beine. Eine Unterjacke, die Gabrielle gehört hat, hält sie oben warm, und außerdem hat sie auch noch ein Umschlagetuch aus rosa Wolle, das Sylvaine ihr gehäkelt hat.

«Wie ein junges Mädchen sehe ich jetzt aus!» hat Arnaude gesagt, als sie es sich um die Schultern gelegt hat.

Am Fußende des Bettes sitzt Justine Marcelin in einem großen Sessel, den Sylvaine in Solliès-Pont gekauft hat, strickt und schwatzt dabei mit Arnaude.

Sylvaine glaubt die beiden vor sich zu sehen.

Justine fährt sich mit der Stricknadel durchs Haar, läßt ihr Strickzeug sinken und sagt:

«Nun sag bitte mal, Arnaude, ob es uns nicht gut geht? Und das danken wir dem Fräulein. Wir sitzen schön warm, haben nichts zu tun, können miteinander reden, und wenn du was zu essen oder zu trinken willst, dann brauchst du es bloß zu sagen. Dein Schrank ist immer voll. Du hast guten Wein, frisches Gemüse, der Suppentopf steht auf dem Feuer, und sogar Geld ist da! Mein Gott, und wie hat das Fräulein mir eingeschärft, daß ich dir man auch ja ein Eigelb in die Schokolade rühre!»

Ein schönes, glückliches Lächeln umspielt Sylvaines Lippen. Dann muß sie plötzlich wieder ihren Vater ansehen und sich vorwerfen, sie habe kein Herz.

So gehen die Tage hin, und an jedem gibt es Arbeit und mannigfache Gedanken. Eines Morgens, als Louisa ihr den Kaffee bringt, hören sie einen dumpfen Krach. Sie stürzen hin – Resplandin liegt auf der Erde. Zwischen das Bett und den Lehnstuhl ist sein schwerer, halbtoter Körper gefallen. Seine weit aufgerissenen Augen starren blicklos; schleimiger Speichel rinnt ihm aus dem Munde.

Die beiden Frauen stützen ihn und wollen ihn wieder ins Bett legen; aber er ist zu schwer für sie, und sie müssen Hilfe herbeirufen.

Sylvaine glaubt, daß es mit ihm zu Ende geht. Mehrere Tage liegt er ohne Bewußtsein; zwischendurch kehren ihm ein paarmal die Sinne wieder und er versucht zu sprechen.

«Die Gerberei ...» stammelt er.

Sylvaine denkt: ‹Wie leid würde er mir tun, wenn ich ihn lieb hätte.›

Endlich, nach Wochen, erholt er sich, und als er viele Stunden lang geschlafen hat, sieht er die Tochter lange an und erkennt sie. Er fragt:

«Geht es mir jetzt besser?»

«Natürlich, Vater. Du bist schon fast wieder gesund.»

«Nur», sagt er, und dabei ist sein Gesicht verzerrt und zuckt, «nur, daß ich nie wieder werde gehen können; ich fühle, daß meine Beine ganz abgestorben sind.»

Sylvaine weicht seinem gequälten Blick aus; sie weiß nicht, wie sie ihn beruhigen soll. Bleich und abgemagert durch die vielen Nachtwachen steht sie am Bette.

«Du hast schön für mich gesorgt», sagt er. «Komm, ich will dir einen Kuß geben.»

Sie beugt sich zu dem Kranken nieder; er küßt sie, und sie denkt dabei: ‹Das ist das erstemal in unserm ganzen Leben, daß er mir einen Kuß gibt, der kein Abschieds- oder Willkommenskuß ist, sondern ein Kuß aus Herzlichkeit.›

Er hält ihre Hand. Sylvaines Hand bleibt eiskalt. In ihrem Innern hört sie eine befreite Stimme singen: ‹Endlich ist er gesund, und ich kann wieder hinauf zum Grand-Cap!›

18

Am andern Tage geht Sylvaine wieder den steinigen Weg, und während sie ihn, frei wie eine Bergziege, zwischen den Pinien hinansteigt, ist ihr, als habe sie niemals so wohlig und ungehindert geatmet. Während sie ihren Vater gepflegt hat, ist ihr die

Erinnerung an die Würzigkeit der Gebirgsluft verlorengegangen, die wie eine kräftige Speise eingeht. Sie atmet sie in vollen Zügen, damit sie ihr ganzes Innere durchströmt.

Als Louisa sie frühmorgens zum Fortgehen angezogen gesehen hat, da hat sie gefragt:

«Willst du denn fort?»

Sylvaine hat geantwortet:

«Ja, ich mache einen tüchtigen Weg und komme heute abend nicht heim. Wenn Vater vor morgen nach mir fragen sollte, dann sag ihm, ich sei sehr müde und schlafe.»

Sie hat sie fest angesehen, um jeden Einspruch im Keime zu ersticken; aber Louisa hat nichts entgegnet. Dann hat Sylvaine noch den Vater geküßt und ihm gesagt:

«Ich muß einen weiten Spaziergang machen, Vater, und dann will ich gleich zu Bett, weil ich mich kaum noch aufrecht halten kann. Laß mich bitte, wenn irgend möglich, nicht stören.»

«Geh nur», hat Resplandin gesagt und dann zu Boden geschaut.

Er liegt jetzt auf dem Ruhebett, ist allem gegenüber, was im Hause vor sich geht, völlig teilnahmslos, und das einzige, was ihn heiter stimmen könnte, ist das Stückchen blauen Himmels, das er durch das Fenster zu sehen vermag.

‹Ich habe bei ihm bleiben können, solange er mich wirklich nötig gehabt hat›, denkt Sylvaine, ‹aber jetzt könnte ich es nicht mehr.›

Als sie den Berghang zur Hälfte erstiegen hat und just dort ist, wo man von einer Biegung des schmalen Fußwegs aus das Haus liegen sehen kann, rollt ihr zwischen den Bäumen ein kugeliges, behaartes Etwas entgegen, das vor lauter Freude fiept und jault. «Michel! Michel!» ruft sie.

Der Hund schleppt sich bis vor ihre Füße, leckt sie und schnappt so außer sich vor Freude nach ihr, daß es Sylvaine zu Herzen geht:

«Du guter Hund!»

Sie streichelt ihm das rauhe Fell, das am Halse borstig wie das eines Ebers ist, während Michel sie geradezu hingebungsvoll anschaut.

Und als sie in sich selber die gleiche Freude ausbrechen fühlt, denkt sie:

‹Es ist grauenhaft – ich habe den Hund lieber als meinen Vater.›

Als sie die Hüttentür aufklinkt und «Guten Tag!» sagt, da ruft Arnaudes schwache, gebrochene Stimme von der Kammer her:

«Endlich bist du gekommen!»

«Oh!» sagt Sylvaine, «Sie sagen du zu mir? Nie haben Sie das wollen, und nun ist es ganz von selbst gekommen!»

«So ruft eben das Herz», sagt Arnaude.

Sie beugt sich aus dem Bette heraus; sie streckt die Arme, so weit sie kann, Sylvaine entgegen; sie umarmt sie, drückt sie an sich, als habe sie etwas Köstliches verloren und jetzt wiedergefunden.

«Ich habe mich so sehr nach dir gesehnt ... so sehr!»

«Und ich erst, Manaude – das können Sie sich überhaupt nicht vorstellen!»

«Ach, so sehr wie ich doch nicht; so sehr doch nicht – das ist gar nicht möglich! Tag und Nacht, jede Minute, und jede hat mich gequält, weil sie dich nicht hergebracht hat.»

«Sie weinen doch nicht etwa? Nein, nicht weinen – ich bin ja doch da! Jetzt gehe ich nie wieder weg, nein, nie wieder; das schwöre ich Ihnen. Ich werde es schon irgendwie einrichten.»

«Hast du denn auch an mich gedacht?»

«Ob ich an Sie gedacht habe? Morgens, beim ersten Tagesschimmer, wenn ich aus dem Sessel am Krankenbette aufgestanden bin, wenn Louisa gekommen ist und mich abgelöst hat, habe ich mir gesagt: ‹Jetzt wacht sie dort oben auch auf. Der Wiedehopf hat gerufen; es ist sechs Uhr.› Und nun sagt sie wohl: ‹Ob sie wohl heute zu mir heraufkommen wird?›»

«Ja», sagt Arnaude, «genau so ist es gewesen.»

«Und den ganzen Tag lang sind mir die Gedanken im Kopfe herumgegangen, einer hinter dem andern her, wie die Lämmer: ‹Ob sie wohl auch ihre Schokolade bekommen hat? Ob sie wohl die Kalbsbröschen gegessen hat, die ich ihr durch Mazaugues habe hinaufschicken lassen? Ob sie wohl auch ihr Digitalin genommen hat? Was mögen die beiden nur den ganzen Tag ohne mich anfangen?› Und abends, wenn ich die Nachtwache angetreten habe, dann habe ich mich abermals gefragt: ‹Was sie wohl heute angefangen haben?›»

«Was hätten wir denn schon anfangen können, Fräulein, ohne von Ihnen zu sprechen und uns nach Ihnen zu sehnen? Und uns die Augen auszuschauen, wenn wir am Fenster saßen, ob Sie nicht endlich kämen? Aber könnten Sie nicht eigentlich auch mir guten Tag sagen?»

Sylvaine wendet sich um: «Sie haben sich dermaßen in Ihre Ecke verkrochen, Justine, daß ich Sie überhaupt nicht gesehen habe!»

«Ich mische mich nun eben nicht dazwischen, wenn ich merke, daß zwei Menschen einander was zu sagen haben. Haben Sie vielleicht gemeint, ich sei nicht hier? Ja, wo hätte ich denn sonst sein sollen? Schließlich bezahlen Sie mich doch dafür, daß ich hierbleibe, und dann bleibe ich auch hier!»

«Und wenn ich Ihnen kein Geld gegeben hätte – dann wären Sie nicht hiergeblieben?» fragt Sylvaine lachend.

«Doch, dann wäre ich aus Liebhaberei hiergeblieben; denn jetzt bin ich ja doch für alles verantwortlich.»

Und alle drei lächeln sie, weil sie einander so gut verstehen.

Sylvaine fühlt eine Lebenslust in sich aufsteigen, die ihr erst hier wieder zuteil wird, in dem Zimmer, wo Olliviers erste Karte: ‹Gruß aus Rio de Janeiro› noch immer im Spiegel über der Kommode steckt, zwischen Glas und Rahmen. Und in der Kommode liegt noch immer die alte Wäsche, die Ollivier dagelassen hat, als er fortgegangen ist. An der Küchenwand hängt noch immer die Waffe, auf die Ollivier, als Félicien Angst vor dem Kommen der Gendarmen hatte, mit den Worten hingedeutet hat: ‹Und außerdem haben wir ja noch das Gewehr!› Arnaude hat Sylvaine erzählt, wie das gewesen ist, und sie meint, dabeigewesen zu sein. Ja, hier herrscht eine Atmosphäre, die sie mag, eine Atmosphäre, die von allem geladen ist, was Ollivier angerührt hat; und überdies weiß sie ja, daß in dem kleinen Topf mit der Aufschrift ‹Gewürze› auf dem Wandbrett die Zigarettenasche liegt...

Sie reißt sich von diesen frohen Gedanken los, um auf den Höhepunkt der Freude zu gelangen. Sie sagt zu Justine:

«Ja, nun können Sie mir wohl die Verantwortung überlassen und hinauf zu Ihrem Enkelkinde gehen; ich habe es so eingerichtet, daß ich bis morgen bleiben kann.»

«Wie schön!» sagt Arnaude. «Und wie haben Sie das fertiggebracht? Ist Ihr Vater denn wieder gesund?»

«Ja. Louisa bleibt bei ihm; er glaubt, ich ruhe mich aus.»

«Und nun kommen Sie her und wollen abermals eine Kranke pflegen?»

«Manaude, wenn Sie wieder anfangen, ‹Sie› zu mir zu sagen,

dann bleibt mir nichts, als Sie mit ‹Frau Desmichels› anzureden.»

In Arnaudes Augen kommt ein zärtlicher Schimmer.

«Manaude ist mir lieber.»

«Ja, weil Ollivier Sie so genannt hat...»

«Und warum hat Ollivier dich so angeredet?» fragt Justine.

«Weißt du denn das nicht? Weil er zwischen Antoine, der Arnaude zu mir sagte, und Joseph und Félicien, die Mama sagten, gewissermaßen in der Zwickmühle war, da hat Ollivier sich in seinem Kinderkopfe einen Namen zurechtgemacht, in dem beide Namen drinsteckten – eben ‹Manaude›!»

«Gar nicht so übel», sagt Justine.

«Ja, er ist schon als ganz kleiner Junge sehr klug gewesen», sagt Arnaude.

«Das wissen wir, und außerdem steht hier ja eine junge Dame, die es immer wieder gern hört...»

«Mach, daß du zu deinem Sohne kommst!» ruft Arnaude. «Du eifersüchtiges Frauenzimmer!»

«Ich gehe ja schon!» sagt Justine.

Und dann kichern sie wie zwei Backfische.

«Nimm Michel mit», sagt Arnaude, «und paß ein bißchen auf ihn auf. Hier macht er doch nur Dummheiten, und oben bei dir ist ja doch sein Vater, der Schwarze aus Bramafan, der Freund von Michelle.»

Als Justine fort ist, zieht sich Sylvaine eine Leinenbluse über und beugt sich zu der Kranken.

«Wie geht es Ihnen denn nun eigentlich?» fragt sie. «Kommen Sie allmählich wieder zu Kräften?»

«Neulich habe ich ein paar Schritte zu gehen versucht, immer an den Möbeln entlang; aber mir ist dabei ganz schwindelig gewesen.»

«Sie dürfen nicht zu rasch gehen», sagt Sylvaine. «Vor allem müssen Sie essen. Ich habe einiges mitgebracht und will Ihnen ein Mittagessen kochen, an dem Sie Ihre helle Freude haben.»

«Hör, Sylvaine – ja, siehst du, jetzt sage ich du zu dir, und ich glaube, anders kann ich dich gar nicht mehr anreden, seit du mir anvertraut hast, wie lieb du als Sechzehnjährige meinen Ollivier gehabt hast, und wie diese Liebe seither nicht von dir gewichen ist. Seitdem weiß ich auch, daß es dich ein bißchen froh gemacht hat, all das Liebe, was du für den Sohn empfunden hast, auf die Mutter übertragen zu können. Und ich habe angefangen, dich gern zu haben wie eine Tochter, weil du so schön für mich gesorgt hast. Das hatte ich dir schon seit langem sagen wollen; ich habe mich nur nicht recht getraut, weil es so schwer auszudrücken ist...»

Während sie sprach, hat Arnaude Sylvaines Hand in die ihrige genommen und sie gedrückt, und nun sagt sie noch:

«Setz dich; ich muß dir auch noch etwas anderes sagen.»

Sie denkt nach, und ein paar Augenblicke lang hört Sylvaine ihren röchelnden Atem.

‹Es geht ihr nicht gut›, sagt sie sich.

«Ja, das ist es – das hatte ich dir sagen wollen. Ich finde es nicht recht, daß du um meinetwillen deinen Vater allein gelassen hast. Denn seit Ollivier fort ist, da ist mir aufgegangen, was ich vorher nicht verstanden hatte, und wenn ich jetzt an meinen eigenen Vater denke, dann muß ich auch an den deinigen denken.»

«Er ist nicht allein», sagt Sylvaine. «Er hat ja doch Louisa.»

Sie setzt sich auf den Bettrand. Arnaude spricht weiter:

«Er ist dennoch allein. Wenn seine Tochter nicht da ist, dann ist er allein. So hat mein Vater mich gefragt, und ich habe darüber hinweggehört: ‹Soll ich also wirklich ohne mein Kind weggehen?› Das hat er mich an unserm Hochzeitsabend gefragt, als Antoine und ich hier in diesem Hause geblieben sind. Und Nans, der Hirt, unser Freund, hat gelacht und ihn gefragt: ‹Sie glauben doch nicht etwa, daß sie mit Ihnen geht?› – ‹Ich weiß schon›, hat mein Vater geantwortet, ‹aber es tut mir weh.› Ich habe gar nicht auf ihn geachtet; ich war ja bei Antoine. Und nun sage ich dir: hier bist du bei Ollivier, und deshalb kümmerst du dich nicht um deinen Vater.»

«Wenn Sie wüßten...», sagt Sylvaine. «Ja, natürlich – Sie sagen: ‹Ich weiß.› Sie glauben alles zu wissen, weil ich Ihnen gesagt habe, ich hätte Ollivier geliebt, und doch hätte man mich mit einem andern verheiratet, damit ich meine Liebe vergessen sollte. Aber das ist ja nicht alles. Nichts wissen Sie.»

«Komm, ich will es dir erklären. Ich möchte nicht, daß du dich eines Tages mit Gewissensbissen herumquälst, wie ich es tue», sagt Arnaude, «und daß du, wenn du es erlebst, daß dein Sohn dich allein läßt, wie meiner mich allein gelassen hat, daß du dann meinst, es sei die Strafe für dein Verhalten gegenüber deinem Vater. Verstehst du das? Darüber habe ich nachgedacht, als ich mit meinen Schmerzen allein gelegen habe, und deswegen verzeihe ich Ollivier. Und nun ich es dir gesagt habe, muß ich an meinen Vater denken... Ich sehe ihn vor mir in seinem schwarzen Samtanzug, den er schon in Piemont getragen hatte und der durch das Herumziehen auf den Landstraßen ganz schäbig geworden war. Nach Mutters Tode hatte er mir eines Tages gesagt: ‹Kommst du mit, Kind? Ich kann es in diesem Unglückslande nicht länger aushalten. Komm mit nach Frankreich; da lebt es sich leichter als hier in Delmonte.› Ich hatte die Welt kennenlernen wollen. Unterwegs hat Vater in einem fort gerufen: ‹Scherenschleifer!› Wir hatten zu leben. Wenn Vater bei der Arbeit war, habe ich zugesehen, wie sein Fuß das Pedal auf und nieder getreten hat und wie die Funken zwischen Schleifstein und Klinge aufgesprüht sind und wie das Wasser regelmäßig aus dem rostigen Lappen getropft ist. All das hat mir Spaß gemacht. Unterwegs bin ich immer neben Bellot hergegangen; das ist ein guter Hund gewesen. Mit einem Brustriemen über der Schulter habe ich ihm ziehen helfen, und Vater hat geschoben. Wenn ich müde war, dann habe ich mich auf die Lumpenkiste zwischen den Rädern gesetzt und mich spazierenfahren lassen. Abends, wenn der Hund ausgespannt worden war, bin ich mit ihm herumgelaufen, und dann haben wir alle drei eng aneinander geschmiegt auf einem Heuboden geschlafen.

Als wir ins Var gekommen sind, da hat es Vater in Belgentier gefallen, und er hat mir gesagt: ‹All die rinnenden Bäche, und die großen Bäume, und der schöne Sonnenschein – das ist herrlich.› Da hat er sich denn in Belgentier niedergelassen und seinen Karren jeden Morgen auf dem Marktplatz aufgestellt; und wir haben auch immer zu tun gehabt. Dann sind wir durch die Umgebung gezogen, bis hoch ins Gebirge hinein! Draguignan, Fayence, Salerne – all das kenne ich, und sonderbarerweise fallen mir jetzt sogar Namen ein, die ich vergessen hatte...»

«Sie müssen sich schonen», sagt Sylvaine, die Arnaude immer heftiger atmen hört.

«Ach, laß nur. Ich war sechzehn, als Antoine mir oben von seinem Baum herunter die Kirschen zugeworfen hat – ich habe es dir ja erzählt. Mit achtzehn war ich verheiratet, nach der großen Auseinandersetzung auf La Guirande. Nans, der Hirt, der sich nicht gescheut hat, sich auf Tod und Leben mit dem Vater Desmichels zu überwerfen, nur damit er bei Antoine bleiben konnte, hat uns diese Hütte und den Wald ringsherum gegeben.

Wir haben hart gearbeitet. Nans hat sich als Schafhirt verdingt, aus Angst, daß er uns zur Last wäre. Antoine und ich haben alles ganz allein gemacht. Dann habe ich Félicien bekommen und dann Joseph. Als sie zehn gewesen sind, haben sie uns schon tüchtig geholfen. Der arme Hirt hat sich durch einen Sturz vom Felsen den Leib aufgerissen und ist gestorben. Ich habe dir doch auch von Nans erzählt, nicht wahr?»

«O ja», sagt Sylvaine.

«Ich habe dir erzählt, was für ein sonderbarer Mensch er gewesen ist, ein gutherziger Mensch, aber verschlossen bis zur Undurchdringlichkeit – nicht wahr?»

«Ja», sagt Sylvaine.

«Aber habe ich dir auch die Geschichte mit dem Holzstück erzählt?»

«Ich weiß nicht recht», sagt Sylvaine, «ich glaube nicht.»

«Daran kannst du erkennen, was das für ein Mensch gewesen ist, dieser Nans. Also stell dir vor: eines Sonntags sitzen mein armer Mann und ich am Feuer und denken über die Einteilung der Arbeit nach, und da zieht Antoine, der einen Stapel Feuerholz aufgeschichtet hatte, ein Aststück daraus hervor, und während er mit mir redet, fängt er zum Spaß an, die Rinde abzuschälen und dann mit seinem Messer daran herumzuschnitzen, so daß es schließlich Gestalt annahm. Wie hat er daran gearbeitet! Hier ein Buckel, dort eine Vertiefung. Ich habe ihm zugeschaut. Schließlich ist aus dem Aststück eine Art Körper mit eingestemmten Armen geworden, ganz so wie die Hirten, wenn sie auf der Landstraße die Lämmer hinter den Mutterschafen hertragen. ‹Was soll denn das sein?› habe ich gefragt. ‹Ach, nichts Besonderes›, hat Antoine gesagt und das Schnitzwerk ins Feuer werfen wollen. ‹Nicht›, habe ich gesagt, ‹es sieht ganz so aus wie Nans!› Ich habe seine Hand zurückgehalten. ‹Schenk es mir; es ist so hübsch›, habe ich noch gesagt. ‹Wer hat dich das denn gelehrt?› – ‹Niemand!› hat er geantwortet. ‹Das habe ich schon als kleiner Junge ...› Dann habe ich das Ding genommen und auf den Kamin gestellt. Na, schön. Abends setzt sich Nans zufällig ans Feuer. ‹Was ist denn das?› fragt er. ‹Das hat Antoine so zum Spaß geschnitzt›, antworte ich. ‹Ich glaube, er hat schon als kleiner Junge solche Holzschnitzereien gemacht. Du bist doch auf La Guirande gewesen – hast du das nie beobachtet?› – ‹O doch, manchmal ...› sagt Nans. Und das sagt er wie ein Träumender. Und dann, und eben deshalb habe ich das alles nicht vergessen können, habe ich eine Träne ihm über die Backe rinnen sehen, und er hat einen Seufzer ausgestoßen, einen schrecklich tiefen Seufzer, so daß einem das Herz ganz weich wurde. Ich habe ihn angeschaut und nicht gewußt, was ich sagen sollte. Dann hat er sich das Gesicht abgewischt. ‹Dir tränen vor Kälte die Augen›, habe ich gesagt. Und er hat geantwortet: ‹Ach, ja.› Was soll man daraus machen? Ich war damals noch so jung. Aber siehst du nun ein, daß dieser Nans ein ganz sonderbarer Mensch gewesen ist? Daß sein Tod uns arg mitgenommen hat, das wirst du dir ja wohl denken können. Danach ist dann Ollivier geboren worden; ich habe dir ja wohl gesagt, daß ich lieber eine Tochter gehabt hätte; aber dennoch bin ich sehr froh gewesen. Mein Vater war wieder seinem Handwerk nachgegangen, zusammen mit Bellot, und mir war oft der Gedanke durch den Kopf gegangen, ob ich ihm nicht anbieten sollte: ‹Bleib doch bei uns, Vater, und ruh dich ein bißchen aus.› Wir konnten alle beide weder lesen noch schreiben, und so haben wir einander kaum jemals Nachrichten zukommen lassen. Eines Tages brachte die Post dann etwas Gedrucktes aus einem savoyischen Krankenhaus, und darunter stand geschrieben, mein Vater sei an einer Brustentzündung gestorben und habe vor seinem Tode meine Adresse angegeben. Er hat mir auch einen kleinen Ring schicken lassen, der meiner Mutter gehört hatte, mit einem darauf gravierten Herzen – diesen hier, siehst du?» Arnaude zieht einen schmalen Goldreif vom Ringfinger. «Dieser Ring und mein Ehering sind meine einzigen Schmuckstücke gewesen. Später einmal soll ihn die Frau meines letzten Sohnes haben. Wenn Ollivier sie mir nicht bringt, oder wenn er unverheiratet heimkehrt – dann sollst du ihn haben. Denn nächst Ollivier bist du mein Kind.»

«Sie sprechen zuviel», sagt Sylvaine, um ihrer Bewegung Herr zu werden. «Sie müssen sich doch schonen.»

«Ich muß mich beeilen – denn ich habe dir noch viel zu sagen. Der Arzt hat gesagt, mein Herz sei schwach. Ich habe ihn nur zu gut verstanden, ach ja!»

«Natürlich», sagt Sylvaine. «Eben weil Ihr Herz schwach ist, dürfen Sie es nicht überanstrengen. Ich will jetzt das Mittagessen fertigmachen; denn wenn Sie allein sind, werden Sie ja hoffentlich nicht sprechen!»

Sie tut, als lache sie, streicht die Bettdecke der Kranken glatt und geht in die Küche. Sie ist traurig; Arnaude ist inzwischen viel schwächer geworden. Sie erinnert sich, daß Doktor Venel, den sie aus Solliès hat kommen lassen, ihr vorausgesagt hat:

«Ganz gesund wird sie nicht wieder werden, das nicht; aber bei sorglicher Pflege können Sie ihr das Leben verlängern. Diese lange Lungenentzündung ohne richtige Pflege hat sie fürchterlich mitgenommen, und sie ist ja nicht mehr die jüngste ... Sie kann hinübergehen, während sie mit Ihnen spricht, während sie eine Bewegung macht, ohne daß sie es spürt, ganz ohne Schmerz.»

‹Ohne Schmerz für sie›, hat Sylvaine gedacht.

Jetzt wird sie den Gedanken nicht los, wie unnütz und leer ihr Leben wieder sein würde, wenn Olliviers Mutter nicht mehr da wäre. Dieser schmerzliche Gedanke mischt Bitterkeit in die Freude, daß sie sich hier, in ihrem Haushalt, wie sie es nennt, beschäftigen kann.

Doch die Hoffnung, daß Arnaude mit gutem Appetit essen werde, was sie ihr zubereitet hat, läßt sie lächelnd wieder in das Zimmer der Kranken gehen. Aber Arnaude schiebt den Teller weg und sagt:

«Mir ist das Herz zu voll von der Freude, daß ich dich hier bei mir habe. Ich komme gar nicht darüber hinweg.»

Als Sylvaine am Nachmittag Arnaude das Bett frisch überzieht, sieht sie, daß die Füße der Kranken ganz dick und geschwollen sind und daß die Schwellung sich bis zu den Knien fortsetzt. Sie weiß um die Folgen der Wassersucht.

‹Wenn ihr das bis zum Herzen steigt, ist sie verloren.›

Ein wilder Schmerz wühlt in ihrer Brust. So wird denn also die letzte Bindung zwischen ihr und Ollivier mit dem Leben dieser alten Frau, die sie traurig ansieht, dahinschwinden ...

«Meinst du, daß es mir schlechter geht?» fragt die Kranke. «Ich sehe es deinem Gesicht an.»

Sylvaine nimmt sich zusammen.

«Wieso denn, Manaude? Sie kommen mir ein bißchen abgespannt vor, weiter gar nichts; am liebsten möchte ich den Arzt kommen lassen, damit er Ihnen einen Einstich macht.»

«Liebes Kind», sagt Arnaude, «nicht, daß ich etwas sagen will, das dich schmerzt: aber dieser lange Monat ohne dich – ich habe geglaubt, ich würde daran sterben! Nun ich dich hier habe, ist mir, als habe ich damit nur so lange gewartet, um deine Hand in meiner halten zu können, wenn ich den Schritt hinüber tue. Und jetzt kann ich in aller Ruhe die Augen zumachen.»

«Bitte, sag doch nicht so etwas», fleht Sylvaine, die vor Kummer kaum sprechen kann.

Der Abend hüllt die Hütte in Dunkel ein; die Vögel flattern ins Gezweig und schaffen sich dort ein Ruheplätzchen. Vom Tal her schallt leise und regelmäßig das Gequak der Frösche im Schilf der Flußufer. Der Wind, der von Baum zu Baum läuft, stürmt um das Haus und wirft sich mit lautem Gelächter gegen die Mauern. ‹Oder er schluchzt›, denkt Sylvaine, ‹mit dem Wind ist es genau so wie mit dem Wasser – da weiß man auch nie, ob es lacht oder weint.»

Plötzlich fühlt sie sich schrecklich allein in dieser Holzfällerhütte, in der eine Sterbende liegt. Sie sitzt am Fenster und fängt an zu weinen; ganz weich, ohne Qual, weint sie über sich selbst und über die Erkenntnis, daß sie nichts von alledem hat festhalten können, was sie glücklich gemacht hat. Draußen klatscht eine Fledermaus mit ihren häutigen Flügeln zart ans Fensterglas. Sylvaine steckt eine Lampe an und tritt wieder an das Bett. Zwei Tränen, die an Arnaudes Augenwinkeln haftengeblieben sind, rinnen die Backen hinunter, als sie die Lider aufschlägt und leise und angestrengt sagt:

«Weine nicht, Kind. Mir ist jetzt viel wohler.»

So verbleiben sie eine ganze Weile und halten einander an den Händen, und Sylvaine steigert sich in die unsinnige Hoffnung hinein, daß sie ihre Kraft und Lebenswärme in diese armen, kalten Hände einströmen lassen könnte.

Bald danach spürt sie, wie sie müde wird, und da Arnaude ruhig atmet, läßt sie sich gegen die Rückenlehne des Sessels sinken.

Plötzlich reißt sie die Augen auf, ganz betroffen, daß sie geschlafen hat, und hört eine fremde, ihr ganz unbekannte Stimme. Arnaude sitzt aufrecht im Bett; sie ist es, die spricht:

«Nicht wahr, du sagst also Ollivier, daß ich ihm verziehen und daß ich immer und immer auf seine Rückkehr gehofft habe, daß es also nicht meine Schuld gewesen ist, daß ich vorher habe fort müssen. Der liebe Gott hat es nun einmal nicht anders gewollt; er hat mich wieder zu Antoine und meinen beiden Ältesten bringen wollen, und ich gehorche ihm gern. Aber vorher muß ich dir noch etwas sagen: Liebe Tochter, du bist das letzte Gute gewesen, was ich auf der Erde gehabt habe.»

Ein Schwächeanfall läßt sie auf das Kissen sinken. Sylvaine reibt ihr die Schläfen mit Kölnisch Wasser und flößt ihr einen

Teelöffel voll Medizin ein; ihre Kinnbacken sind krampfhaft geschlossen. Tränen rinnen aus ihren Augen. In ihrer Not denkt sie: ‹Mein Gott ... und ich bin allein! Wenn Justine hier wäre, dann hätte sie Marcelin zum Arzt schicken können; aber nun bin ich ganz allein hier, und sie ...›

Arnaude liegt kraftlos und reglos da; ihr Atem geht stoßweise und wird immer schwächer. Sylvaine sieht sie an, diese Mutter dreier Söhne, die so viel Liebe in ihrer schmalen Brust getragen hat und deren Herz jetzt bald aufhört zu schlagen ... Und sie sieht auch die Augen, die nach den ihren suchen; aber sie spürt auch, daß diese Augen nicht mehr sehen können, und daß die Stimme, die sie hört, nicht mehr von dieser Welt ist.

«Höre», sagt Arnaude, «komm ganz nahe ...»

Die Stimme ist so schwach, daß Sylvaine sich zu dem alten, grauen Munde niederneigen muß, ganz dicht, damit sie sie hören kann.

«Höre, der Ring, weißt du, der hat meiner armen Mutter gehört, und mein Vater hat ihn mir schicken lassen, aus dem Krankenhaus, wo er gestorben ist ... dem Krankenhaus, wo er ganz einsam gestorben ist, ja ... und damit hat er mir wohl verziehen, daß ich ihn allein gelassen habe ... Ja, und dieser Ring, siehst du, Ollivier, der ist nun für deine Frau. Du hast sie dir richtig ausgesucht, Ollivier, ja, du hast genauso gehandelt wie der arme Antoine. Die du genommen hast, die wird dich dein Leben lang liebhaben. Es ist alles gut, ich bin froh. Denn Sylvaine, weißt du, ist ein gutes Mädchen, ein Mädchen, das dich glücklich machen wird. Nimm den Ring und gib ihn ihr ... Gib deine Hand her, Tochter, gib die Hand meinem Jungen, damit der Ring, der Ring ...»

Arnaude versucht, sich aufzurichten; ihre Arme heben sich einem Unsichtbaren entgegen. Sie zieht den Ring vom Finger, der nur noch ein Knochen ist. Ihr undeutliches Sprechen ist zu einem geheimnisvollen Flüstern verebbt. Der Goldreif zittert vor Sylvaine in den alten Händen, die ihn ihr darbieten; aber bevor ihre Hand ihn fassen kann, rollt der Ring auf die Bettdecke, und die Arnaude Desmichels gewesen ist, sinkt weich zurück.

Der Tod ist gekommen.

«Mama!» schluchzt Sylvaine auf.

19

«WAS hast du denn?» fragt Resplandin unwirsch.

«Nichts», sagt Sylvaine.

Sie zittert; sie ist aus ihrem Traum gerissen worden, als würde sie von Pferden gevierteilt. Sie gibt dieselbe Antwort wie damals, als sie die ersten Male zum Grand-Cap hinaufgestiegen war, das Haus leer gefunden und sich deswegen so niedergeschlagen gefühlt hatte, daß die andern sie nach der Ursache hatten fragen müssen.

Jetzt war die Hütte noch viel leerer, nun Arnaude sie für alle Zeit verlassen hatte.

«Das sagt sich sehr schnell, ‹Nichts›», sagt der Vater. «Aber du ziehst ein Gesicht wie drei Tage Regenwetter, und essen tust du auch so gut wie nichts.»

Sylvaine läßt ihr klein und spitzig gewordenes Gesicht auf die Brust sinken; ihr Atem geht gepreßt, und zwischendurch seufzt sie. Sie denkt:

‹Es ist jetzt ein Jahr her, daß ich oben gewesen bin; die Linde fängt wieder an zu blühen. Ich habe ihr ein Zweiglein mit hinaufgenommen, zusammen mit der gehäkelten Nachtjacke, über die sie sich so gefreut hat. Jetzt trägt Justine sie. Was hätte ich denn auch damit anfangen sollen? Der Anblick hätte mich nur noch trauriger gestimmt. Alles übrige gehört Ollivier, und keiner außer ihm darf daran rühren; nur er darf, wenn er zurückgekehrt ist, die Wachssiegel lösen.›

Der Vater sagt:

«Weißt du, der Kerl da in Abriès, von dem ich noch das viele Geld bekam, der, dem du auf die Bude gerückt bist – der hat nun schließlich doch noch bezahlt! Nur du hast das fertigbekommen!»

«Dann ist es ja gut», sagt Sylvaine. Und sie denkt:

‹Wenn er zurückgekehrt ist›, sage ich . . . ‹Falls er zurückkommt›, das wäre richtiger gewesen.

«Noch etwas . . .», spricht Resplandin weiter. «Ich habe gehört, daß da oben bei Montrieux mächtig abgeholzt werden soll. Ein Haufen Leute scheint an der Sache interessiert zu sein. Ich hätte schon Lust, mich zu beteiligen; dabei kann eine ganze Menge Geld herausspringen. Einer aus Toulon hat die Sache in Schwung gebracht. Man müßte das im Auge behalten. Was meinst du?»

«Ja, das könnte man wohl», sagt Sylvaine.

«Wenn ich noch meine Beine hätte», sagt Resplandin, «dann würde ich einfach mal hingehen. Aber da sitze ich nun in meinem Rollstuhl wie ein alter Trottel! Willst du nicht mal hin?»

«Ich?» fragte Sylvaine.

«Was ist denn schon dabei?» fragt der Vater. «Früher bist du doch immer wer weiß wie im Gange gewesen. Und jetzt rührst du dich nicht mehr vom Fleck.»

‹Er kommt ja nicht wieder›, muß Sylvaine in einem fort denken, während der Vater spricht. ‹Wenn er wiederkommen wollte, dann wäre er längst da. Jetzt kommt er nicht mehr . . .›

«Wenn du es möchtest», sagt sie.

«Du tätest mir einen großen Gefallen. Wann willst du los?»

«Wann du willst», sagt Sylvaine.

In ihrer Stimme ist stumpfe Gleichgültigkeit; sie spürt es; aber sie tut nichts, um es zu vertuschen. Sie hat keine Kraft mehr, sich zu widersetzen. «Gute Nacht, Vater», sagt sie. «Ich will mich hinlegen; ich bin zu müde.»

«Aber es ist ja gerade erst dunkel geworden!» sagt Resplandin vorwurfsvoll.

«Ich weiß; aber ich kann mich kaum noch aufrecht halten; ich habe Kopfschmerzen.»

«Du, fehlt dir irgendwas?» fragt der Vater.

Sie tut eine matte Abwehrgeste. Ja, es fehlt ihr was, ach ja . . .

Sie geht. Als sie an der Küche vorbeikommt, sagt sie zu Louisa, die vor dem Tische sitzt, als sei sie in Nachdenken versunken:

«Ich gehe zu Bett; möchtest du mir nicht bitte noch einen Kräutertee bringen?»

«Was fehlt dir denn?» fragt Louisa.

«Ich bin schrecklich müde.»

«Hör mal, du!»

Louisa steht schnell auf und will Sylvaine zurückrufen; aber sie ist schon auf der Treppe. Da sagt sie sich: ‹Na, wenn ich nachher zu ihr gehe . . .› Sie geht zum Herde, tut eine Fingerspitze voll duftender Blätter in die Teekanne und gießt kochendes Wasser darauf.

‹Die große Linde vor dem Hause reicht bald nicht mehr aus›, denkt sie. ‹Wenn sie das nun nicht beruhigt, mit all den Pillen, die sie außerdem noch schluckt . . .›

Sie macht das Tablett fertig; dann hält sie inne und denkt: ‹Beinah hätte ich den Brief vergessen.›

Sie holt aus dem Tischkasten, unter dem Haushaltsbuch, den Umschlag hervor und schiebt ihn in die Schürzentasche.

Als Louisa ins Zimmer kommt, hat Sylvaine ihre Kleidungsstücke aufs Geratewohl über die Stühle geworfen; diese Unordnung läßt erkennen, wie gleichgültig ihr alles ist. Sie liegt auf dem Bett und hat einen Morgenrock an.

«Mich friert», sagt sie.

«Ich will dir eine Wärmflasche machen. Aber das geht nicht mit rechten Dingen zu. Du bist krank, ganz sicher!»

«Meinetwegen . . .», sagt Sylvaine, und ihre Stimme ist wie erstorben.

«Schämst du dich denn gar nicht, so etwas zu sagen?» fährt Louisa sie an. «In deinem Alter? Willst du mir etwa weismachen, das Leben sei dir über?»

«Ach ja», sagt Sylvaine. «Ach ja. Das Leben ist mir tatsächlich über. Was hat man denn davon?»

«Schämst du dich denn gar nicht?» sagt Louisa noch einmal. «Sieh mich mal an! Ich bin alt, allein, ein Dienstmädchen, und ich jammere nicht die Spur. Und du . . .»

«Vielleicht bist du tapferer», sagt Sylvaine.

Auf dem Nachttisch liegt ein Röhrchen mit Schlaftabletten; es ist offen; sie schüttelt sich zwei Tabletten in die hohle Hand.

«Nimmst du denn immer noch die Tabletten?» fragt Louisa.

«Aber ich muß ja doch schließlich schlafen!» sagt Sylvaine böse.

«Du machst dich ganz kaputt damit», sagt Louisa unterwürfig.

«Eben deshalb!»

Louisa gießt ihr den Kräutertee in die Tasse und tut zwei Stückchen Zucker hinein. Ein honigsüßer Duft verbreitet sich im Zimmer. Louisa schaut noch immer Sylvaine an.

«Wie mager du geworden bist!» sagt sie.

«Meinst du?» fragt Sylvaine und lächelt. «Ich bin immer wütend über meine Brust und meine Hüften gewesen, und nun werde ich mit einem Male schlank! Feine Sache!»

«Du bist nicht klug! Und dein Gesicht ist quittengelb und klein wie ein Musapfel. Was hast du denn nur? Was hast du denn nur? Neulich hat mich Frau Rousselet gefragt: ‹Haben Sie sich mal Frau Sylvaines Kopf richtig angesehen?› Ich habe ‹ja› gesagt, und: ‹Ich verstehe das auch nicht.› Was soll ich ihr denn antworten?»

«Ach, du arme Louisa», sagt Sylvaine.

«Sogar dein Vater regt sich schon darüber auf! Und ohne daß ich ihn schlecht machen will: wenn dem etwas auffällt, dann ist auch was los!»

Wieder sieht sie Sylvaine an.

«Es ist doch unmöglich . . .», sagt sie.

Sylvaine hebt den Kopf; ihrer beider Blicke treffen einander.

Dann schlägt Sylvaine die Augen nieder und fragt:

«Was soll denn unmöglich sein?»

«Es ist doch unmöglich, daß der Tod dieser alten Frau dich so mitnimmt? Denn seitdem bist du in diesem Zustand.»

«Woher weißt du denn das?» fragt Sylvaine.

«Ich habe heute nachmittag davon gehört, und eben deshalb habe ich dir noch etwas zu sagen. Aber antworte erst mal: es ist doch unmöglich, daß das die Ursache ist?»

«Das kannst du nicht verstehen . . .», sagt Sylvaine weich.

Sie hält inne. Sie denkt: ‹Wie soll man das erklären? Wer würde es verstehen?›

«Natürlich», sagt Louisa. «Das kann ich allerdings nicht verstehen; ich habe es dir ja schon gesagt. Ich kann mit dem besten Willen nicht einsehen, daß der Tod einer alten Frau im Gebirge, einer Kohlenbrennerfrau, mit der du dein Leben lang nicht das mindeste zu schaffen gehabt hast, warum der dich am Essen und Schlafen hindern sollte, so daß du dich um keinen Menschen kümmerst und dich mit dir selber herumquälst und schließlich so weit gekommen bist, daß du mir nichts, dir nichts krank wirst!»

«Du übertreibst», sagt Sylvaine.

«Ich übertreibe? Du siehst es also nicht ein? Ich weiß ganz genau, daß ich hier nur das Hausmädchen bin, und daß ich von Rechts wegen an den Küchenherd gehöre, aber da ich nun schon einmal Laurade heiße, genauso wie deine Mutter – da habe ich schließlich auch das Recht, gelegentlich mal den Mund aufzumachen. Glaub mir nur: du bist auf dem besten Wege, krank zu werden, wenn nicht gar was Schlimmeres!»

«Unke doch nicht so», sagt Sylvaine.

«Hör zu», sagt Louisa, «ich muß dir was sagen. Streck dich aus. So! Deck deine Beine zu; du bist kalt wie ein totes Huhn. Hast du die Frau eigentlich genauer gekannt?»

«Die Frau . . .», sagt Sylvaine.

Wieder kann sie vor Schwäche und Erschöpfung kaum weitersprechen. Wozu auch? Es gäbe da viel zuviel zu erklären. Wer weiß, ob Louisa schon darüber im Bilde ist, was Ollivier ihr bedeutet hat, oder ob sie ihr das auch noch auseinandersetzen müßte?

Und selbst, wenn sie ihr alles erzählte, von der Begegnung in Le Lavandou an, und alles, was seither geschehen ist und wodurch jene Begegnung nicht hat ausgelöscht werden können – wer weiß, ob Louisa sie verstehen würde? ‹Ja›, denkt sie weiter, ‹wer würde es verstehen? Justine vielleicht? Aber Justine ist in Bramafan, bei ihrem Sohn; sie schläft schon und trägt dabei Manaudes Nachtjacke. Auch sie plagt sich mit der Alterskrankheit herum, an der ihre Freundin gestorben ist.›

«Woher kanntest du die Frau denn eigentlich? Hier im Hause ist sie doch überhaupt niemals erwähnt worden. Und da frage ich mich natürlich, wie das möglich ist? Trink jetzt deinen Tee, ehe er kalt wird, und schluck deine beiden Tabletten, wenn sie dir guttun. Seit mindestens einem Jahr ist diese Frau doch nun tot. Ich hätte niemals geglaubt . . .»

Sylvaine hört Louisa reden, aber in dem monotonen Geräusch der Stimme versteht sie die einzelnen Worte nicht. Sie rührt den Tee um, damit der Zucker sich am Boden zerteilt; sie nimmt eine Tablette; sie trinkt zwei Schlucke; sie nimmt auch die andere Tablette; sie trinkt noch zwei Schlucke; sie denkt: ‹Ach, jetzt werde ich bald schlafen! Laß sie doch reden, laß sie doch reden; ich schlafe darüber ein, und das ist ein Glück . . .›

Das ist alles, wonach ihr gegenwärtig der Sinn steht: den Boden des Lebens unter den Füßen zu verlieren, sanft den Abhang der Ruhe hinabzurollen, der wie eine schöne, frische Wiese ist, und dann tief zu fallen . . . in die Fühllosigkeit.

Aber was ist das eben gewesen? Sie schreit auf:

«Was hast du gesagt?»

Sie schreit:

«Was? Was hast du da gesagt? Hast du eben ‹Ollivier› gesagt?»

«Ja, allerdings», sagt Louisa ganz verdattert. «Warum denn?»

«Warum hast du ‹Ollivier› gesagt? Woher weißt du das? Von meinem Vater?»

Sylvaine springt auf, faßt Louisa an den Armen und reißt sie zu sich.

«Au!» sagt Louisa, «hast du aber noch Kräfte! Aber wenn du mich so schüttelst, dann bringe ich kein Wort heraus! Eben habe ich dir doch noch gesagt, ich müßte mit dir sprechen! Aber daß das diese Wirkung haben würde – das hätte ich nicht für möglich gehalten!»

«Louisa . . .»

Sylvaine ist zurück auf ihr Bett gesunken. Ihre Augen, ihr Mund strecken sich den Worten entgegen.

«Louisa, ich flehe dich an . . . Warum hast du das gesagt? Sag mir doch, sag mir doch, wer es dir gesagt hat? Woher kennst du den Namen?»

«Laß mich sprechen», sagt Louisa, «denn sonst komme ich niemals zu Ende, und die Sache scheint dich ja sehr zu interessieren.»

Sylvaine wartet. In ihren Schläfen pocht das Fieber.

«Ja», sagt Louisa, «die Sache ist die, daß ich vorhin Einkäufe gemacht habe; ich hatte was vergessen. Und als ich nun über den Abkürzungsweg von Bellaïgue zurückkomme, da begegnet mir der Briefträger, der einäugige, weißt du. Der, der die Post in die Berge bringt. Er ruft mich, und mich wundert das, weil ich ja doch kaum eine Menschenseele kenne. Er sagt mir: ‹Ich habe hier einen Brief, und ich weiß nicht recht, was ich damit anfangen soll. Er ist an die Witwe Desmichels auf dem Grand-Cap gerichtet. Die Empfängerin ist tot, und die Hütte ist verschlossen. Ich habe gedacht: ‹Wenn ich ihn unter der Tür durchschiebe, dann fressen ihn womöglich die Mäuse.› Ob ich ihn den Desmichels auf La Guirande bringen sollte? Aber ich habe ja doch gewußt, daß die mit ihr verkracht gewesen sind. Da hat Tesseire mir geraten: ‹Bring ihn doch rauf nach Bramafan, zu Marcelins Mutter Justine, die war mächtig befreundet mit der Kohlenbrennerin.› Gut, ich gehe rauf. Justine sagt mir: ‹Ja, was in aller Welt soll ich denn mit dem Briefe anfangen? Paß mal auf: am besten bringst du ihn nach der Gerberei in Bellaïgue. Fräulein Sylvaine, die Tochter des ehemaligen Direktors, hat Arnaude gut gekannt; sie ist sogar bei ihr gewesen, als sie gestorben ist. Die wird schon wissen, was mit dem Brief zu geschehen hat; die ist nämlich gebildet.›»

Louisa macht eine Atempause.

«Das alles hat der Briefträger mir gesagt, und dann hat er

mir auch noch gesagt: ‹Ja, wo ich Sie nun schon getroffen habe, da will ich Ihnen nur den Brief geben, und Sie können ihn Ihrer Dame aushändigen. Wenn sie nicht weiß, was sie damit anfangen soll, dann bringen Sie ihn einfach wieder zur Post, und dann geht er an den Absender zurück.› Da habe ich ihn denn also genommen...»

«Du hast ihn?» fragt Sylvaine.

Sie vermag kaum zu sprechen; es ist, als habe ein großer Stein ihr die Brust zermalmt.

«Hier ist er», sagt Louisa. «Ich habe ihn dir nicht geben wollen, wenn dein Vater dabei war; ich kann mir ja schließlich denken, daß das Sachen sind, von denen du ihm nichts sagst.»

Sylvaine streckt die Hand aus, und Louisa gibt ihr den gelben Umschlag, den sie aus der Schürzentasche gezogen hat. Es ist ein gelber Umschlag, wie man sie beim Tabakhändler kaufen kann, zwei Stück zu drei Sous.

«Siehst du», sagt Louisa, «und hintendrauf steht der Name, den ich dir gesagt habe, als du so losgeschrien hast.»

Sylvaine liest:

«Ollivier Desmichels. Postlagernd. Toulon.»

Sie starrt auf den Namen; sie starrt auf den Brief.

«Na, willst du ihn denn nicht aufmachen», fragt Louisa.

«Er ist nicht für mich», sagt Sylvaine.

«Aber die arme Frau ist ja doch tot, und du hast ihr bis zum letzten Augenblick beigestanden – das hat wenigstens Justine dem Briefträger gesagt –, und nun bist du doch sozusagen die Erbin.»

Der Brief wiegt gleichzeitig leicht und schwer in Sylvaines Hand. Vielleicht ist er nur ein aus dem Nest gefallener Vogel mit einem schwachen Todesschrei; vielleicht ist er ein großer Hoffnungsvogel, der mit zusammengefalteten Flügeln darin ist und wartet, daß man ihm öffnet, damit er sich in die Lüfte schwingen kann. Dieser gelbe, gewöhnliche Briefumschlag, den der Tabakhändler für anderthalb Sous an die Erdarbeiter verkauft, die schreiben wollen – vielleicht birgt er ein großes Unglück...

Sie macht ihn auf.

«Mutter», sagt der Brief, «nach all der Zeit wage ich nicht mehr, dich um Verzeihung zu bitten; aber ich würde dich sehr gern besuchen. Ich bin jetzt als Holzhauer bei einem Unternehmen angestellt, das demnächst bei Montrieux fällen wird. Wenn du mir antwortest, daß du mich trotz allem sehen willst, dann werde ich nach dem Grand-Cap hinaufkommen. So ohne weiteres wage ich es nicht; dazu habe ich zu schlecht an dir gehandelt. Bitte antworte bald. Ich grüße und küsse dich herzlich. Ollivier.»

‹Antworte bald ...›, liest Sylvaine noch einmal.

Louisa sieht sie an.

«Den wievielten haben wir heute, Louisa?» fragt sie.

«Den fünfundzwanzigsten Mai.»

«Bald ist es ein Jahr her, daß sie begraben worden ist.»

‹Wie traurig ist das nun für alle beide!› denkt sie, bis ihr einfällt, wie kindisch diese Erwägung ist. Nichts, weder Freude noch Trauer, reicht jetzt noch an die Mutter heran; der Sohn allein muß die ganze Last tragen.

Sie denkt an Arnaude; sie denkt an Ollivier; sie denkt an sich selbst. Ihr Fieber weicht einer großen Ruhe. Es gibt jetzt einen Ort auf Erden, wo sie Ollivier finden kann.

Sie fühlt, wie der alte Schmerz sich von ihr löst, so wie die trockene Eukalyptusrinde auf einmal abfällt und den Baum neu und nackt zurückläßt.

‹Es hat ja so kommen müssen›, denkt sie, ‹ich mußte ihn ja wiedersehen; denn sonst wäre ich wohl schon lange tot. Und jetzt verstehe ich es: nur weil dieser Tag kommen mußte, habe ich weitergelebt. Nur deswegen.›

Drittes Buch
Die Rückkehr nach Plan-Bernhard

I

Bis jetzt ist Sylvaine gegangen, ohne daß sie der Umgebung einen Blick geschenkt hätte. Sie ist gegangen; ein Schritt ist wie der andere gewesen, als habe ein Mechanismus ihre Beine bewegt. Am Flußufer ist sie stehengeblieben. Der Gapeau ist vom Frühlingswasser geschwollen. Sylvaine setzt sich auf das steinerne Brückengeländer und sieht das Wasser strömen. Kleine Schaumpferde springen über abgerissene Zweige, die sich ihnen quer entgegenstellen, und Sylvaine denkt: ‹Wie viele Jahre fließt der Gapeau nun schon so hin und kümmert sich nicht darum, was an seinen Ufern geschieht?›

Das riesige Gebirgsmassiv von Montrieux ragt grün über den Wasserlauf; der spitze Turm der Abtei hebt sich nur undeutlich von dem Wipfelgewoge ab. Sylvaine geht weiter; sie geht über Fußwege, die sich unter den Bäumen hinschlängeln; ihr leinenbeschuhter Fuß schreitet lautlos; sie geht zwischen den Bäumen hin; sie möchte sehen, ohne gesehen zu werden.

An der Kapelle der heiligen Roseline fragt sie eine Frau, die im Bache wäscht: «Verzeihung, wo liegt bitte der Holzschlag?»

Die Frau weist mit der Hand hoch hinauf; eine Seifenschaumflocke rollt ihr den Arm hinab.

«Da müssen Sie noch ein bißchen klettern», sagt sie. «Hinter der Abtei brauchen Sie sich bloß umzuschauen – dann sehen Sie auch schon die Schneise, auf der die Stämme hinunterrutschen. Sie brauchen ihr dann nur an der Seite nachzugehen.»

Bald ist Sylvaine über die Abtei hinaus; sie sieht sie unter sich liegen; mitten darin, als Herzstück, liegt der Friedhof, und über das große Wasserbecken ergießt der Widerschein des Waldes eine Patina, die an Frühlingsgrün erinnert. Aber da wehen ihr auch schon Geräusche entgegen, Holzfällergeräusche: die dumpfen Schläge der Äxte, das Krachen der fallenden Bäume, Warnungen, die die Männer einander zurufen.

Noch einmal setzt sie sich am Wegrande nieder. Sie will sich noch eine Bedenkzeit geben. Sie hat noch immer nicht genug nachgedacht. Ollivier wiederzusehen, nachdem sie den Brief gelesen hatte – das ist ihr zu Anfang als etwas ganz Natürliches erschienen. Sie hat in jenem Augenblick zu Louisa gesagt, die noch immer stumm vor ihr gestanden und nichts begriffen hatte:

«Du mußt nämlich wissen, Louisa, daß ich diesen Ollivier mal sehr lieb gehabt habe; aber alle haben sich gegen uns verschworen.»

Louisa hat geantwortet:

«Ja, dann wird mir die Sache klar.» Ihr Gesicht hat nur so gestrahlt.

«Du darfst aber keinem was davon sagen.»

Louisa hat noch einmal gesagt:

«Ja, jetzt ist mir alles klar.» Und dann, nach kurzem Schweigen: «Ja, dann will ich nur zu deinem Vater gehen.»

«Ja», hat Sylvaine gesagt.

Sie ist zu Bett gegangen und hat den Brief an sich gedrückt; das hat sie an die Zeit erinnert, da sie siebzehn gewesen ist und die Postkarte aus Le Lavandou immer bei sich getragen hat. Aber sie hat gewußt, daß sie in dieser Nacht kaum Schlaf finden werde; sie muß ja über all das nachdenken.

Zunächst muß Ollivier mitgeteilt werden, daß Arnaude tot sei. Es muß ihm auseinandergesetzt werden, auf welche Weise der Brief über Justine an Louisa gelangt ist und dann an sie. Und dann muß ihm alles gesagt werden, was Arnaude ihr für ihn aufgetragen hat. Und dann würde ihrer beider erste Begegnung ganz im Schatten des Todes geschehen ... Nein, so war es falsch. Plötzlich kommt ihr ein fürchterlicher Gedanke und schnürt ihr die Kehle zu: ‹Und wenn er nun verheiratet ist?› fragt sie sich. Daran hat sie noch nicht gedacht. Sie sieht sich beim Holzschlag ankommen, und dann sagt ihr Ollivier, nachdem er die Nachricht vom Tod seiner Mutter hingenommen hat: ‹Ja, meine Frau hat mir gerade das Frühstück heraufgebracht; sie ist noch hier; eigentlich müßten Sie sie doch kennenlernen›, und dann kommt die Frau zu ihnen beiden. Und dann sagt er und sieht Sylvaine dabei an: ‹Die Dame habe ich früher mal gekannt.› Was könnte sie dann antworten? Es würde ihr nichts bleiben, als ‹Auf Wiedersehen› zu sagen und wegzugehen.

Ums Morgengrauen liegt sie immer noch wach; aber sie weiß jetzt, wie sie es anfangen wird. Sie wird Ollivier die Nachricht schicken, und erst dann wird sie zu ihm gehen. Aber wer soll ihm schreiben? Am Morgen ist ihr Entschluß gefaßt. Sie steht beizeiten auf und zieht Louisa ins Vertrauen: «Ich muß nach Bramafan hinauf. Bitte sag es nicht meinem Vater.»

Louisa schmunzelt und fragt nur: «Willst du nicht wenigstens deine Schokolade trinken, bevor du gehst?»

«Doch, gern», sagt Sylvaine.

Sie sehen einander freundlich an.

Sie geht und singt dabei ein kleines Lied vor sich hin, das sich ganz von selbst auf ihren Lippen bildet; der Weg kommt ihr kurz vor.

Michel erkennt sie wieder, er springt an ihr hoch.

«Wir müssen ihn anbinden», sagt Marcelin, «sonst läuft er weg und legt sich den ganzen Tag vor die Hütte. Armer Michel! Er hat Sehnsucht nach seinem Frauchen!»

Justine geht es besser; sie ist schier außer sich vor Freude, Sylvaine wiederzusehen. Sie schütteln einander die Hände. Sylvaine setzt ihr den Plan auseinander. Die Alte sagt: «Sie haben recht.» Dann schreibt Marcelin einen Brief mit der Adresse: ‹Ollivier Desmichels. Postlagernd. Toulon›, und darin steht, daß Arnaude vor bald einem Jahre gestorben sei. «Bring es ihm schonend bei», empfiehlt Justine, «denn wenn er sie auch allein gelassen hat – es wird ihm sehr schmerzlich sein.» Der junge Mensch unterschreibt: ‹Justine Marcelin, Bramafan.› Dann sagt er noch: «Ich gehe nach Solliès hinunter und stecke ihn in den Kasten.»

Sylvaine bleibt noch ein bißchen bei der Kranken und spricht mit ihr von Ollivier; dann geht sie wieder durch die Wälder talwärts. Am Nachmittag kramt und lungert sie im Haus herum, ohne daß sie sich mit etwas zu beschäftigen vermöchte. Noch den ganzen nächsten Tag läßt sie hingehen, und erst als sie ganz sicher sein kann, daß Ollivier den Brief bekommen hat, faßt sie den Entschluß, sich auf den Weg nach Montrieux zu machen.

Aber sie hat auch noch einen andern Gedanken gehabt: sie will sich nicht gleich zeigen, sondern ihn aus der Ferne beobachten, seine Stimme hören, und erst, wenn sie weiß, daß er nach wie vor so ist, wie sie sich ihn vorstellt, will sie sich zu erkennen geben.

Und jetzt steht nach all den Jahren des Wartens die Minute bevor, da sie Ollivier vielleicht wiedersehen wird – und jetzt meint sie, alles, was sie sich ausgedacht habe, sei kindisches Zeug gewesen, und sie wagt nicht, weiterzugehen. Sie bleibt sitzen, mit leerem Kopfe, und eine Schwäche hält mit boshaften Händen ihre Handgelenke nieder. Wenn Ollivier sie nun nicht wiedererkennt? Wenn sie ihn anruft, und er sie sieht und dann denkt: ‹Wer ist denn die da, die meinen Namen ruft?› Wie er wohl jetzt aussehen mag? Weshalb ist sie nur hierher gekommen? Geht sie neuen Leiden entgegen? Kann diese fünfzehn Jahre alte Liebe aus ihren verdorrten Wurzeln anderes wachsen lassen als eine verrottete Frucht? Warum hatte sie sich nicht eher klargemacht, daß dies alles nur Trug und Einbildung ist, und daß ihr, und nur ihr, nichts als die Erinnerung geblieben ist?

Plötzlich wird ihr klar, daß es das beste ist, wenn sie umkehrt; sie springt auf und geht weg; die kleinen Steine rollen unter ihren Füßen. Es rollen auch Steine unter den Füßen eines Mannes, der hastig den Weg hinansteigt. Ihrer beider Augen begegnen einander. Es ist Ollivier.

Er unterbricht seinen Schritt so jäh, daß er fast vornüber fällt.

«Oh!» sagt er. «Sylvaine!»

Sie sagt: «Wie geht's?»

In ihrem Innern tobt ein Aufruhr, ein Aufruhr, der stärker und mächtiger ist als das Tosen eines Wildwassers, als ein Bergrutsch, als der Sturm im Walde, wenn die Erde erbebt und ein Krater sich auftut und glühende Lava speit.

Und dabei sagt sie ganz ruhig: «Wie geht's?»

Diese Ruhe macht, daß Olliviers Stimme leiser wird wie ein verebbender Mistral.

Er sagt: «Kommen Sie hier auch mal her?»

«Ich gehe ein bißchen spazieren», sagt Sylvaine.

«Das ist hübsch im Frühling.»

Das sagt er und lacht dumm auf. Sie stehen einander auf dem schmalen Wege gegenüber.

«Haben Sie hier zu tun?» fragt Sylvaine.

«Ja, ich arbeite bei dem Holzschlag. Ich war unten im Kloster; ich hatte ein Seil holen wollen.»

«Ach, Sie brauchen dabei Seile?»

Wenn die Herzen außerhalb des Fleisches schlügen, müßte man die ihrigen hören wie das Röcheln eines klopfenden Motors.

«Ja, damit hält man die Bäume fest, wenn sie fallen. Ich habe das bei meinem Vater so gelernt, als ich Holzfäller gewesen bin.»

«Holzfäller sind Sie auch mal gewesen?»

«Ja, und dann bin ich Seemann geworden, und jetzt bin ich wieder Holzfäller. Das geht nun mal so im Leben...»

Er lacht trocken auf und sagt:

«Ich habe eine traurige Nachricht bekommen; meine Mutter ist gestorben.»

Etwas schnürt Sylvaine die Kehle zu.

Er wartet ein paar Augenblicke; dann fährt er fort:

«Richtig, Sie haben sie ja nicht gekannt. Ich hatte gehofft, ich würde sie noch am Leben treffen, und wir könnten unsere letzten Tage gemeinsam hinbringen. Ich habe sehr schlecht an ihr gehandelt; ich bin eine halbe Ewigkeit weggewesen und habe ihr kein einziges Mal geschrieben, und jetzt komme ich wieder, und jetzt ist sie nicht mehr da. Ach, das Leben ist schon eine schöne Ferkelei!»

In seinem Gesicht sind zwei Furchen, die sich von den Augenwinkeln zum Munde ziehen, und seine Mundwinkel senken sich nach dem Kinn zu.

«Sind Sie nicht verheiratet?» fragt Sylvaine.

Um das herauszubringen, hat sie unter dem Umhang beide Hände fest gegen die Brust pressen müssen.

«Nein», sagt er.

Sie sind nebeneinander bis zu dem Platz vor dem Kloster gegangen. Jetzt sehen sie einander an. Es ist ihnen beiden, als stünden sie am Rande eines schwarzen Loches.

«Ich will heimgehen», sagt Sylvaine.

«Und ich will an meine Arbeit», sagt Ollivier.

«Auf Wiedersehen.»

Schweigen fällt zwischen sie wie ein Stein.

Sie hat ihm eine Hand hingehalten, eine Hand, die hart und kalt wie ein Stein ist; er hat sie nicht ergriffen, und da ist sie herabgefallen wie ein Stein.

Ollivier sieht Sylvaine an.

«Ich gehe noch ein Stück mit Ihnen», sagt er.

Er ruft einem vorübergehenden Jungen zu:

«Laß dir beim Klostergärtner ein Seil geben und trag es hinauf; sie warten schon drauf!»

Sie gehen von dem Platz vor dem Kloster weg; sie kommen wieder auf den Waldweg.

Aber jetzt wagen sich nicht einmal mehr die blöden Worte vor, die sie eben noch gesprochen haben. Sylvaine horcht auf den Schritt, der ihren Schritten folgt.

‹Hinter mir geht Ollivier›, sagt sie sich. ‹Oh, wenn ich doch nicht erwachte; wenn ich mir doch noch eine Weile einbilden könnte, er sei es wirklich ...›

Der Weg geht zwischen Cistussträuchern hin; sie gehen auf dem Wege. Plötzlich hört sie seinen Schritt nicht mehr; sie fühlt, daß er stehengeblieben ist; ein dünner Schauer überrieselt sie; die Kräfte sind ihr wie abgeschnitten ... sie bleibt stehen; sie sieht sich um. Ollivier schaut sie an. Da stürzt sie sich ihm entgegen, noch ehe sie es gewollt hat.

Sie sagt:

«Ollivier!»

«Ich habe nicht geglaubt, daß du mich vergessen hättest ...», sagt er.

So stehen sie voreinander; Ollivier hat seine Hände der Frau auf die Schultern gelegt. Sie stehen starr und fest wie die zwischen den Bäumen eingerammten Felsen, die dort seit dem Schöpfungstage stehen.

2

Auch in der nächsten Nacht hat Sylvaine nicht geschlafen. Am andern Tage ist sie zur gleichen Stunde dagewesen.

Dieses Mal ist es zwischen ihnen wie früher gewesen, wenn sie einander getroffen haben – die gleichen Worte wie damals.

Dieses Mal ist er ihr bis zum Gapeau entgegengegangen; er hat sie herankommen sehen; sie ist durch den Eichwald gelaufen, um schneller da zu sein.

Er sagt lächelnd:

«Du bist ganz wie früher, genauso gelenkig!»

Da hält sie inne und sieht ihn an. Dann sind sie einander so nahe, daß sie sich nicht sehen können. Auch er ist beinahe noch wie früher, nur daß das Leben auf seinem Gesicht seine Spuren hinterlassen hat. Aber sein Haar leuchtet noch immer oben auf den Wellen, und in seinem Munde schimmern noch immer die schönen Zähne.

«Setz dich hin», sagt er, «damit ich dich ansehen kann. Ich bin es noch nicht recht gewohnt, daß du da bist.»

Sylvaine setzt sich und gibt ihm die Hand. Wieder steigt das alte Weh in ihr auf. Sie sagt:

«So lange habe ich auf dich gewartet!»

Und furchtsam fragt sie:

«Hast du denn nicht auf mich gewartet?»

«Ach», sagt Ollivier, «ich habe es nie für möglich gehalten; ich habe gemeint, es sei alles aus und wir würden einander nie wiedersehen.»

«Du hast geglaubt, ich hätte dich vergessen?»

«Ich hatte gehört, du hättest einen andern geheiratet, und da habe ich alle Hoffnung aufgegeben ...»

«Ja, eine Zeitlang ist es mir gegangen wie dir», sagt Sylvaine. «Aber dann ist die Hoffnung wiedergekommen.»

«Es ist alles so lange her!» sagt Ollivier.

«Fünfzehn Jahre! Damals war ich achtzehn, und heute bin ich dreiunddreißig. Bin ich dir nicht zu alt?»

«Du?» ruft Ollivier. –

Dann sagt er: «Schließlich bin ich doch beinah vierzig.»

«Ich weiß», sagt Sylvaine. «Ich habe deine Jahre genauso gezählt wie du selbst.»

«Fünfzehn Jahre!» seufzt Ollivier. «Und du sagst, die ganze Zeit über hättest du an mich gedacht?»

«Ja», sagt Sylvaine. «Die ganze Zeit.»

«Ihr Frauen», sagt Ollivier, «wenn ihr einen liebt, dann habt ihr eine Art von Treue ...»

Er senkt den Kopf, zupft an einem Wollknoten in seinem Jackenstoff und sagt:

«Wenn ich das gewußt hätte, dann wäre mein Leben viel besser gewesen.»

Er zupft noch immer an den Wollfädchen herum.

«Ganz wie dein Vater», sagt Sylvaine und lächelt ihn an.

Er blickt unvermittelt auf:

«Wie kannst du denn das wissen?»

Sie sagt ruhig:

«Ich weiß noch eine ganze Menge. Nicht wahr, wenn dein Vater an seinem Sonntagsanzug herumzupfte, dann hat deine Mutter doch immer gescholten?»

«Das muß ich dir früher mal erzählt haben», sagt er. «Du hast ein gutes Gedächtnis.»

«Hast du mir auch erzählt, wie dein Großvater von La Guirande seinen Sohn vor die Tür gesetzt hat?»

«Was?» fragt er verdutzt.

«Ja, als Antoine das Scherenschleifermädchen hat heiraten wollen. Hast du mir das auch erzählt?»

«Ich glaube nicht», sagt Ollivier.

«Und daß du dich im Holzstall versteckt hast, als die Gendarmen gekommen sind und deinen Bruder Félicien haben verhaften wollen? Hast du mir das auch erzählt?»

«Nein», sagt Ollivier.

«Wenn du auf dem Gipfel des Grand-Cap, oberhalb von Bramafan, Reisig geschnitten hast, dann hast du immer nach dem Meer hingeschaut und gesagt, du wolltest zur See gehen – nicht wahr?»

«Ja – aber woher weißt du denn das alles?»

«Laß mich nur weiterreden. Eure Waldhütte ist aus rotem Gestein erbaut, dem gleichen, aus dem das Gebirge besteht, an das sie sich schmiegt. Im Innern ist eine große Küche und darin steht ein Bett für die Jungen. Vor dem Kriege haben Joseph und Félicien dort geschlafen. Dann, als Joseph bei Poperinghe gefallen und Félicien an der Front war, da hast du darin geschlafen. Rechts neben dem Herde steht ein roter Steingutkrug, der immerzu umfällt. An die zwanzigmal habt ihr ihn gekittet, und ebensooft ist er wieder auseinandergefallen wie ein welkes Blatt ...»

«Weiter!» sagt Ollivier.

«Und dann kommt das Zimmer deiner Eltern. Die Möbel hat euch dein Onkel Sébastien gegeben. Auf der Kommode steht das Bild deines armen Vaters. Im dritten Schubfach liegt deine Wäsche. Du hast das neue Dutzend Leinentaschentücher angebrochen und deine drei schönsten Hemden mitgenommen, als du nach Toulon weggelaufen bist. Nicht wahr?»

Ollivier gibt keine Antwort. Sylvaine spricht weiter: «Michelle konnte sich gar nicht beruhigen, als du fort wolltest ...»

«Meinen Hund hast du auch gekannt?» fragt Ollivier.

«Michelle ist auch tot; aber es ist noch ein Junges von ihr da. Es heißt Michel, weil es ja doch auf La Guirande Brauch gewesen ist, daß die Hunde den Namen der Herren bekamen, und so hat sich der Name von der Mutter auf den Sohn vererbt.»

«Du weißt etwas von Michelle ...», sagt Ollivier.

«Ich kenne alles, was dich angeht», sagt Sylvaine, «dein Haus, deinen Hund, und selbst Jeunhomme, das Pferd, das dein Vater so gern gehabt hat; es hatte doch die Angewohnheit, am

Ende jeder Ackerfurche stehenzubleiben, so daß dein Vater immer gesagt hat: ‹Na, ich werde dir bald Pfeife und Kaffee bringen!› Siehst du, und in der Mühle von Sinssol habe ich ein Buch gefunden, in dem du abends immer gelesen hast, wenn du dageblieben bist, um auf die Gendarmen aufzupassen; es ist ein Erdkundebuch...»

«Sprich nicht weiter», sagt Ollivier.

«Das alles sage ich dir, damit du erkennst, daß ich mit dir gelebt habe, obwohl du so schrecklich lange Zeit weggewesen bist. Nun verstehst du wohl, daß mir heute ist, als seien wir niemals getrennt gewesen?»

«Du verdienst, daß man dich wie eine Heilige liebte!»

«Mir wäre es lieber, wenn du mich ganz schlicht und einfach liebtest, so wie ich dich als den Mann liebe, der du bist.»

«Gibt es solche Frauen?» fragt Ollivier.

Er schaut ihr tief in die Augen. Ihm ist, als könnte er auf diese Weise, gemeinsam mit dem schönen, ruhigen Licht, in das Innerste der Geliebten dringen. Er sagt:

«Hast du mich denn noch immer lieb?»

«Immer!» sagt Sylvaine. «Und du?»

«Ich?» sagt Ollivier.

Er verschränkt die Hände, daß sie aussehen wie ein durcheinander geratener Knoten.

«Ich, ach... wenn du wüßtest, wie alt mein Herz mir schon vorkommt! Mein Leben ist so leer, so lang gewesen...»

«Meins etwa nicht?» fragt Sylvaine.

«Ach, das ist etwas ganz anderes. Du hast einen andern Mann geliebt, ja, ich weiß es; du hattest mich eine Zeitlang vergessen – das dient dir zu Entschuldigung; es ist meine Schuld gewesen. Aber schließlich hast du doch dein Glück gegen alle durchgesetzt, denn dein Mann ist ja doch der Vater deines Kindes gewesen, noch vor der Hochzeit. Ja, du bist glücklich gewesen.»

Mit einer heftigen Bewegung wendet sich Sylvaine ihm zu:

«Ich – und glücklich? Wer hat dir denn das erzählt?»

Sie spricht laut und hart, wie vorhin Ollivier.

«Dein Vater», sagt Ollivier, «als ich zu ihm gegangen bin.»

«Das versteh ich nicht», sagt Sylvaine.

In ihrem Kopfe grollt und summt es, als flögen Hummeln darin.

Ollivier sagt noch einmal:

«Ja, dein Vater. Als ich zu ihm in die Gerberei gegangen bin. Er hat es mir erzählt. Ja, und da ... da ist mir alles klar gewesen.»

«Schweig», sagt Sylvaine.

Sie legt ihre Hand eisern fest auf die seine.

«Ich muß es noch einmal hören. Du sagst, du seiest zu meinem Vater gegangen?»

«Ja», sagt Ollivier.

«Wann ist das gewesen?»

«Als er mir geschrieben hatte, ich solle kommen. Ich bin allerdings damals auf See gewesen, und erst nach meiner Rückkehr, einen Monat später, habe ich seinen Brief unter der Tür gefunden, und deine auch.»

«Ach», sagt Sylvaine, «das ist also der Grund, daß du mir nicht geantwortest hast!»

Die Tränen stürzen ihr die Backen hinunter, als wären sie schon hinter den Wimpern bereit gewesen.

Ollivier läßt den Kopf sinken:

«Es ist sehr unrecht von mir gewesen; das sehe ich jetzt ein. Erstens schreibe ich überhaupt nicht gern, und dann sind da Gründe gewesen, die mich gezwungen haben, aus dem Hotel deiner Tante wegzugehen ... Aber als ich dann den Brief deines Vaters fand, da ist es wie ein Erwachen über mich gekommen; plötzlich hatte ich Hoffnung, und da bin ich zur Gerberei gelaufen. Und da hat mir dein Vater dann gesagt, du hättest dich diesem Constant geschenkt, weil du ihn liebtest, und du stündest im Begriff, dich mit ihm zu verheiraten. Da bin ich weggegangen. Was hätte ich denn sonst tun sollen, sag doch, was wäre mir denn sonst zu tun übriggeblieben?»

Sylvaines harte Hand, ganz Knochen und Nägel, umklammert die Olliviers so, wie man ein Messer hält.

«Sag es noch einmal! Sag es noch einmal!» sagt sie. «Es kann ja nicht sein! Du sagst, du seiest zu meinem Vater gegangen? Du?»

«Ja», sagt Ollivier. «Ich schwöre es bei meiner Mutter.»

«Und mein Vater hat dir gesagt, ich liebte einen andern und wolle ihn aus Liebe heiraten?»

«Ja», sagt Ollivier. «Das hat er mir gesagt.»

«Ach!» stöhnt Sylvaine auf.

Sie ist aufgestanden. Ollivier ist am Boden sitzen geblieben; er sieht sie aufwachsen wie eine Flamme und wie eine Flamme lodert ihr Gesicht vor wilder, wahnwitziger Empörung; wie Feuerzungen flackern die Arme ihr um den Kopf.

Und wie eine Flamme sinkt sie in sich zusammen. Sie liegt am Boden; Ollivier sieht nur ihr dunkles Haar, das ihr über das Gesicht gefallen ist; wildes Schluchzen schüttelt ihren Körper.

Er ist erschrocken über diesen Orkan, der sie zu Boden gefegt hat. Er möchte sie gern beruhigen. Er ruft:

«Sylvaine?»

Sie sagt:

«Gib mir die Hand.»

Sie preßt die Hand an ihre brennende Backe, und dann fängt sie an, sie mit kleinen Stößen weich und zart zu küssen.

Dann streicht sie sich das Haar aus der Stirn, sieht Ollivier lange stumm und traurig an, und dann sagt sie:

«Er hat dich belogen. Das mußt du wissen. Ach, wie unglücklich hat er uns gemacht!»

«Aber wieso denn?» fragt Ollivier.

«Wir wollen heute nicht mehr davon sprechen, du», sagt Sylvaine. «Was geschehen ist, ist geschehen, und ich trage mein gerüttelt Maß Schuld daran. Und du auch. Wenn wir uns später erzählen, wie es uns ergangen ist, dann können wir das abwägen. Aber wir sind ja doch zwei Kinder gewesen, ganz ungeschickt in unserer Liebe, und haben nicht gewußt, wie wir alles zu gutem Ende bringen sollten. Zumal ich – denn mir ist, als stehe mein Leben still seit dem letztenmal, da wir einander im Quellenholz getroffen haben ... Am übernächsten Tage hatten wir uns wiedersehen wollen ...»

Sie verstummt. Ihr ist, als sei ihr Herz jung wie damals.

«Es war im Winter», sagt Ollivier. «Ich weiß es noch.»

«Es ging schon auf den Frühling zu; die Heide fing gerade an zu blühen. Ich weiß nicht, du, wie du diese fünfzehn Jahre lang gelebt hast – aber ich weiß nur zu gut, daß mein Leben damals stehengeblieben ist, und daß ich erst jetzt wieder anfange, mich lebendig zu fühlen.»

«Aber dein Vater? Dein Vater?» fragt Ollivier.

«Mein Vater? Der hat dich belogen!» sagt Sylvaine. «Darüber werde ich ihn zur Rechenschaft ziehen. Mit uns beiden wird es von jetzt ab anders, das sage ich dir! Aber darüber laß mich bitte heute noch nichts sagen. Ja ... Morgen schon wird alles anders sein – das kannst du mir glauben!»

Sie hält inne; ihre Lippen beben vor Zorn. Dann sagt sie hastig und hart:

«Ich muß jetzt nach Haus. Morgen um dieselbe Zeit bin ich wieder hier. Bleibst du noch einige Zeit hier in der Gegend?»

«Natürlich», sagt Ollivier. «Wir haben doch gerade erst angefangen mit dem Holzschlag.»

Ihre Augen werden wieder sanft; sie streichelt Olliviers Haar. Dann lächelt sie:

«Morgen also! Denk heute abend an mich; denn ich will etwas tun, das uns beide angeht.»

«Ich will die ganze Nacht daran denken», sagt Ollivier, «wenn ich mir auch nicht vorstellen kann, was ...»

«Nein, schlaf ruhig», sagt sie zärtlich, «morgen ist alles ins reine gebracht.»

«Schlafen?» sagt er. «Letzte Nacht habe ich auch kaum geschlafen.»

«Du auch nicht? Warum denn nicht?» fragt sie.

Er schlägt die Augen nieder, und dann blickt er Sylvaine verlegen an:

«Ich hatte die ganze Nacht solchen Hunger ...»

«Hunger?» fragt Sylvaine.

«Nach dir. Und du weißt ja, daß man schlecht schläft, wenn man hungrig ist. Es ist, als habe einem die ganze Welt gehört und als sei sie gestohlen worden. Die ganze Nacht sucht man danach, da, und dort, und dann wird einem heiß ...»

Sylvaine wagt nicht zu antworten; sie wagt nicht sich zu gestehen, wie schön das ist. Sie wagt nicht zu sagen: ‹Mir ist es genau so ergangen.›

Schließlich legt sie ihre Hand auf Olliviers Hand, die flach im Grase ruht. Sie schiebt die fünf harten Finger auseinander und legt ihre Finger dazwischen. Obendrauf legt sie den Daumen, der die andern zusammenhält. Es ist warm in diesem Handbündel.

Ollivier küßt Sylvaine auf den Hals, unterhalb des Ohres, dort, wo der Duft der Haut und des Haares sich mischen.

«Liebste», sagt er. «Wie mich nach dir verlangt ...»

Ihre Lippen finden nicht voneinander. Dann macht Sylvaine sich los.

Sie sagt:

«Nein, erst in deinem Hause, als deine Frau, will ich dir gehören.»

Sie schiebt seine Hand weg. Olliviers Gesicht wird traurig.

«Sei doch vernünftig», sagt sie und streichelte ihm die Backe. «Schlaf ruhig diese Nacht. Von morgen ab braucht dich nicht mehr zu hungern.»

3

NACHDEM sie von Ollivier am Ende der kleinen Gapeaubrücke Abschied genommen hat, ist Sylvaine zur Straße hinabgestiegen. Ihre Beine schreiten rüstig einher. Mit vollen Zügen atmet sie die Luft und spürt, wie sie in regelmäßigen Stößen in ihre Lungen strömt. Sie kommt sich so stark vor, daß sie es sich zutraut, eine ganze Welt zu tragen. Ein Glücksgefühl durchschwingt ihren Körper. ‹Ich bin ja gar nicht alt›, meint sie jetzt. Sie denkt auch daran, daß drei Männer in ihrem Leben gewesen sind... Zweien hat sie ihren Körper gegeben, wider ihr Wollen, und der dritte, Ollivier, hat ihn kaum angerührt. Und dennoch gehört sie ihm. Aber daß sie ihm gehört – das ist, wie sie fest glaubt, die Grundlage ihres Daseins; denn bevor sie ihn wiedergefunden hat, ist ihr immer gewesen, als sei sie tot.

In Bellaïgue geht sie durch den Torweg und empfindet den Geruch der Gerberei so stark, wie sie ihn nie zuvor empfunden hat. Sie geht gleich in das ehemalige Büro des Vaters, wo der Gelähmte sich den ganzen Tag über aufhält.

«Ich möchte etwas mit dir besprechen, Vater», sagt sie.

«Guten Abend, Kind», sagt Resplandin. «Schön, daß du Neuigkeiten für mich hast, ich langweile mich entsetzlich.»

Seit Constants Tode und auch, seit die Schlaganfälle einen Teil seines Körpers abgetötet haben, nimmt er nicht den mindesten Anteil am Geschäftsgange der Gerberei mehr. Nur, daß er vom Fenster aus traurig und neiderfüllt auf das tätige Leben blickt, das dort herrscht.

«Ich bin in Montrieux gewesen, Vater», sagt Sylvaine.

Sie steht am Tische; sie ist ganz Kampfbereitschaft.

«Ach so», sagt Resplandin. «Hatte ich dich nicht gebeten, dir mal den Holzschlag anzusehen? Macht die Sache einen guten Eindruck? Hast du dir alles angesehen?»

«Nein», sagt Sylvaine, «ich bin nicht am Holzschlag gewesen. Ich habe mich mit Ollivier Desmichels getroffen.»

«Ach?» sagt Resplandin. «Und weiter?»

Er räuspert sich und spuckt in sein Taschentuch.

«Und da habe ich etwas erfahren, Vater, und ich wollte lieber, daß du tot wärest, als daß du das getan hättest. Du hast mich belogen, Vater.»

«Belogen?»

«Ja, damals, in der Nacht, als du und ich bei Mutter gewacht haben – da hast du mir gesagt, Ollivier habe sich niemals mehr um mich gekümmert, er habe mir kein einziges Mal geschrieben, und er sei niemals hier gewesen. Und alles das war gelogen!»

«Ach, das ist ja so lange her», sagt Resplandin friedlich.

Sylvaine hat die Hände auf die Tischplatte gestützt und sieht den Vater aus großen Augen an, die zugleich in die Vergangenheit schauen. Sie schüttelt den Kopf.

«Das sei lange her, sagst du, und damit meinst du, es sei abgetan. Und dabei hast du durch diese Lüge mein Leben zugrunde gerichtet.»

Unter den starren Augenlidern des Greises schießt ein Blick hervor wie eine Flamme.

«Dein Leben?» sagt er, «ich sollte doch meinen, das hättest du dir ganz allein durch deinen Fehltritt zugrunde gerichtet, und ich verstehe wirklich nicht, woher du den Mut nimmst...»

«Diesen Mut», sagt Sylvaine traurig, «diesen Mut, wenn ich ihn überhaupt habe, dann habe ich ihn recht spät gefaßt. Aber noch nicht zu spät – nein, zu spät noch nicht. Das wirst du schon noch zu spüren bekommen.»

«Was willst du damit sagen?» fährt Resplandin auf. «Vergißt du, was du getan hast? Daß du Unehre über deine Familie gebracht hast und daß es mein väterliches Recht gewesen wäre, dich umzubringen?»

«Das wäre vielleicht besser gewesen», sagt Sylvaine, «als mir so viel Leid zu verursachen. Doch jetzt...»

«Was, jetzt? Deine Drohungen...»

«Ich bedrohe dich nicht», sagt Sylvaine. «Ich möchte nur, daß du verstehst, wie alles zusammenhängt. Weißt du noch, wie du mich behandelt hast, als mir das damals widerfahren ist? Ich trug langes Haar und darin drei Schildpattkämme. Du hast mich geschlagen, daß sie mir auf dem Kopf zerbrochen sind, daß sie mich verletzt haben und daß meine Stirn voller Blut gewesen ist. Sage ich die Wahrheit?»

«Ja», schreit Resplandin sie an. «Aber eigentlich hättest du noch viel Schlimmeres verdient!»

«Mit deiner Lüge über Ollivier hast du mir das Schlimmste angetan, was du mir überhaupt hättest antun können», sagt Sylvaine. «Das war weit schlimmer als der Tod.»

«Ein gefallenes Mädchen wie du...», brüllt Resplandin; aber dann versagt ihm die Stimme, und er sinkt auf seinen toten Muskeln in den Krankenstuhl zurück.

«Laß mich nur aussprechen», sagt Sylvaine. «Ich habe dir mancherlei zu sagen. Wenn ich von Olliviers Kommen gewußt hätte, dann würde ich niemals Constant geheiratet haben und wäre glücklich geworden.»

«Wenn du hättest glücklich werden wollen», sagt Resplandin, «dann hättest du darauf bedacht sein sollen, ehe du mit diesem Schwein von Prokuristen schliefst!»

«Ich weiß», sagt Sylvaine. «Aber damals habe ich nichts gewußt. Und jetzt, nun ich mit dir als Frau zum Mann sprechen kann – wenn ich mich jetzt verteidigen wollte, dann würde mir das vielleicht sogar gelingen. Aber das ist heute nicht mehr nötig; es lohnt sich nicht mehr... Nein, nichts, nicht das mindeste habe ich gewußt, und daher rührt all mein Elend. Jetzt aber weiß ich etwas, und ich bin eigens hergekommen, um es dir zu sagen, Vater: jetzt weiß ich, daß ich hier nicht länger bleiben werde.»

Emile Resplandin hat den Kopf gehoben; sein harter Blick starrt die Tochter an; er fragt:

«Du willst fort?»

«Ja», sagt Sylvaine, «ich gehe fort; ich verlasse dieses Haus, ich verlasse dich, Vater.»

«Bist du verrückt?»

«Ich bin nicht verrückt. Ich möchte nur noch ein bißchen glücklich sein, und weiter nichts. Früher hast du es mir verwehrt; aber jetzt werde ich es durchsetzen, sogar gegen dich. Ich habe noch zwanzig Jahre zugute – die will ich mir nehmen.»

Sie hält inne. Resplandin starrt sie noch immer an, und auch sie sieht ihn an, und ihre Augen sind ganz weich und sanft geworden. Schon ehe sie sie ausgesprochen hat, spürt sie ihre Worte wie Honig in der Kehle.

«Ich will mit Ollivier zusammenwohnen», sagt sie.

«Und was soll aus mir werden?» schreit Resplandin auf.

Auf den Lehnen des Sessels zucken und tanzen seine geschwollenen Finger; er hat Bettleraugen.

Sylvaine hat sich ihm gegenübergesetzt. Sie hat ihr Kleid sorgfältig glattgestrichen, damit es keine Falten bekommt.

«Du hast Louisa. Die kann für dich sorgen. Ich kann dich jetzt nicht mehr liebhaben, Vater. Siehst du das ein? Es ist besser, wenn ich weggehe. Darum laß uns in aller Ruhe miteinander sprechen.»

«In aller Ruhe?» sagt Resplandin und hebt sein faltiges Gesicht, in dem zwei Tränen schimmern.

«Ja, ganz, ganz ruhig», sagt Sylvaine, und es ist, als singe sie.

«Sieh doch nur – ich weine ja ...», sagt der Vater.

«Ich weine ebenfalls», sagt Sylvaine.

«Du hast kein Herz», sagt die alte Stimme.

«Mein Herz ist anders als früher; weiter nichts.»

Sylvaine steht auf und geht zum Schreibpult. Sie öffnet es, zieht ein Schubfach auf und entnimmt ihm ein Bündel Papiere, die sie auf dem Tische ausbreitet. Dabei sagt sie:

«Jetzt wollen wir abrechnen.»

«Abrechnen?» fragt der Vater.

«Ja, du und ich.»

«Es ist alles mein Eigentum. Ich habe es verdient!»

«Ob es dir gehört oder nicht», sagt Sylvaine, «ich nehme mir jetzt meinen Anteil.»

«Hure», sagt der Vater dumpf.

«Ich weiß», sagt Sylvaine ruhig. «Seit über zwanzig Jahren nennst du mich so. Heute aber bin ich die Stärkere. Also versuch zu verstehen, was jetzt zu geschehen hat, denn sonst wird es auch so geschehen. Also: die Mühle von Sinssol gehört zu Mutters Erbteil, nicht wahr? Die nehme ich. Unterhalb von Sinssol liegt das Besitztum Plan-Bernard, das dem Großvater Desmichels gehört hat und das Antoine hatte erben sollen. Du hast nie etwas von Antoine gehört; aber ich weiß, wer er gewesen ist, und das genügt. Er ist mein Schwiegervater – der richtige. Als Olliviers Vater mit aller Gewalt das Mädchen hatte heiraten wollen, das sie auf La Guirande ‹seine Landstreicherin› nannten, da ist dieses Besitztum verkauft worden, damit es ihm niemals anheimfiele. Nun, dann bekommt der Sohn, dann bekommt Ollivier es eben; ich weiß nämlich, daß es zu verkaufen ist. Zwanzigtausend Franken ist es wert, und dreißigtausend werde ich bieten. Diese dreißigtausend Franken, die nehme ich mir.»

Sie geht zu dem großen Möbelstück, in dem das Vermögen der Resplandins aufbewahrt wird, und entnimmt einer abgenutzten Geldtasche dreißig Tausendfrankenscheine, die sie auf den Tisch legt.

Sie sieht, wie der Vater die Hand ausstreckt. Da nimmt sie die Scheine und steckt sie sich in die Bluse.

«Verzeihung!» sagt sie.

Ein Stöhnen durchschüttelt Resplandin.

Sie spricht weiter:

«Nun aber ist die arme Mühle von Sinssol schon sehr alt. Niemand, weder die Laurades noch du, hat sich je um ihre Instandsetzung gekümmert. Ich glaube, wir können das landesübliche Mahlgeld erheben. Es werden im Tal noch Oliven angebaut, und die Leute werden nur zu froh sein, wenn sie nicht bis nach La Verte zu gehen brauchen, wo Giraud seine Mühle hat...»

Es ist wie ein Selbstgespräch; und scheinbar ohne nachzudenken spricht sie weiter:

«Die Instandsetzungsarbeiten werden gut und gern zehntausend Franken kosten. Das sind also zusammen vierzigtausend. Aber die Arbeiten sind nicht schon morgen fertig, und bis zur Olivenernte müssen wir eine Reihe von Monaten leben. Wenn wir das Hüttendach ausbessern ließen, dann könnten wir unterdessen ganz gut dort wohnen. Für den Lebensunterhalt und die vorbereitenden Arbeiten, bis Plan-Bernard wieder im Schuß ist, rechne ich weitere zehntausend Franken. Der alte Desmichels hat immer gesagt, der Boden dort eigne sich vorzüglich für Frühgemüse.»

Sie blickt auf:

«Ich nehme also fünfzigtausend Franken, Vater. Dazu kommen die Einrichtung meines Mädchenzimmers und der Teil der Wäsche und des Leinens, den ich mir aussuchen werde – das ist alles, woran ich Interesse habe. Das übrige kannst du behalten.»

Sie legt die alte Geldtasche und das Bündel Papiere wieder in das Schubfach, schließt ab und legt den Schlüssel vor den Vater auf den Tisch.

Resplandin reckt die lebendige Hälfte seines Körpers aus dem Sessel, wobei er schüttert und schwankt, und ruft:

«Louisa! Louisa!»

«Ich habe sie nach Solliès geschickt», sagt Sylvaine. «Wir sind allein.»

«Diebin!» schreit Resplandin. «Ich zeige an, daß du mich bestohlen hast! Ich lasse dich von den Gendarmen verhaften!»

«Zwischen Vater und Tochter gibt es keinen Diebstahl», sagt Sylvaine ruhig. «Und außerdem müßte ich dann sagen, wieviel von deinen Kriegsgewinnen du der Steuer unterschlagen hast. Vergiß bitte nicht, daß ich die Bücher der Gerberei geführt habe.»

Ein Wahnsinnskrampf durchrüttelt den Greis; er läßt den Kopf auf die Schulter fallen.

«Das überlebe ich nicht...», sagt er.

«Ach was», sagt Sylvaine. «Dazu besteht keinerlei Ursache. Um Geld stirbt man nicht. Im übrigen bleiben dir mehr als hunderttausend Franken, und dann hast du ja auch noch deinen Anteil am Gewinn der Gerberei. Du bist kein armer Mann, und wenn du dich zu einsam fühlst, dann brauchst du ja nur Louisa zu heiraten. Sie kann vortrefflich mit dir umgehen, und sie wäre schon einverstanden.»

Resplandin schluchzt jetzt leise vor sich hin.

Sylvaine sieht ihn an und fragt sich, wie es kommt, daß ihr das so gar nichts ausmacht? Und dennoch ist es so – diese Verzweiflung rührt sie nicht im mindesten. Sie preßt die Hände auf die Papiere und Scheine, die sie sich in die Bluse gesteckt hat. Sie fühlt sich diesem alten Manne und diesem Hause so unendlich fern, daß sie sich wundert, wie sie überhaupt mehr als dreißig Lebensjahre mit ihnen hat zusammen sein können.

‹Aber ich habe ja auch nicht gelebt›, denkt sie, ‹nur, daß ich es nicht gewußt habe.›

«Da seit Mamas und Constants Tode nur noch wir beide da sind», spricht sie weiter, «bedarf es deiner Unterschrift nicht. Ich werde meine Sachen abholen lassen, sobald es Zeit ist. Bis dahin laß mich bitte nicht rufen; ich würde nämlich doch nicht kommen.»

«Wie kannst du das tun, Sylvaine? Denn im Grunde bist du doch gar nicht schlecht!»

«Nicht schlecht genug», sagt Sylvaine. «Ich bin erst schlecht geworden. Aber laß – es ist schon besser, wenn ich dir die Wahrheit sage. Wenn ich Ollivier schon vor einem Jahr wiedergefunden hätte, dann würde ich es vielleicht nicht gewagt haben, dir so gegenüberzutreten. Du erinnerst dich wohl, daß du mich im letzten Monat nach Abriès in die Alpen geschickt hattest, um die Sache mit den Schaffellen zu regeln?»

«Wieso?» fragt der Vater.

«Ich habe dein Geschäft in Ordnung gebracht, und nachher bin ich, während ich auf den Autobus wartete, über den Marktplatz gegangen. Ich habe mir die alte Markthalle angesehen, das altertümliche Gemäuer mit den dicken Balken. Überall auf den Mauern der Markthalle standen Sprüche aus alter Zeit. Und die habe ich gelesen. Es sind alle möglichen Ermahnungen zu gutem Handeln und zur Ehrlichkeit. Und der eine hat mir ganz besonders gut gefallen. Ich habe ihn ganz genau gelesen und mir immer wieder vorgesprochen, denn mir war, als sei er eigens dorthin geschrieben worden, damit ich ihn lese ... Während der ganzen Rückfahrt habe ich wieder und wieder den Spruch von der Mauer vor mich hin gesprochen, und ich habe gespürt, wie er sich mir noch härter eingeprägt hat, als er in den Stein gemeißelt dasteht. Er lautet:

‹Machet Gewichte und Maße, denn wie ihr messet, so wird euch zugemessen werden.›

Da ist mir klargeworden, was es auf sich hat mit der Gerechtigkeit, und daß es für alle Menschen auf Erden ein Recht gibt, auch für ein sechzehnjähriges Mädchen, daß sich von seinem heißen Blut hinreißen läßt und nicht weiß, was es tut. Und ich meine, wenn solch ein Mädchen für seine Verwirrungen aus Unwissenheit dadurch bestraft wird, daß sein ganzes künftiges Leben unter einen Fluch gestellt wird und daß man ihm keine Gerechtigkeit widerfahren läßt, weil es der schwächere Teil ist – daß es dann, wenn es der stärkere Teil geworden ist, sich selbst Gerechtigkeit widerfahren lassen kann und daß das nur recht und billig ist. Verstehst du mich, Vater? Mir ist klargeworden, daß all mein Unglück und mein verlorenes Leben ihre Ursache darin haben, daß du mir keine Gewichte und Maße gemacht hast. Vater, verstehst du mich? Du hast mich mit falschen Maßen gemessen und mit zu schweren Gewichten gewogen, und deine Gerechtigkeit ist verfälscht worden durch deinen Hochmut. Dein Hochmut mit allen seinen bösen Kräften hat auf dem gelastet, was ich an Unrechtem getan habe, und darum ist es so schwer, so grauenhaft schwer geworden ... Ach, Vater, ich habe mir gelobt, heute nicht zu weinen, und dennoch weine ich, weil ich fühle, wie all meine Not wieder über mich kommt und mich erdrückt.»

Plötzlich ruft eine Stimme unten von der Treppe her:

«Sylvaine!»

Sylvaine trocknet die Tränen, die über ihr Gesicht rinnen, und ruft:

«Komm nur herauf, Louisa.»

Der Vater hat reglos dagesessen. Louisa tritt ins Zimmer.

«Ich habe deine Bestellung ausgerichtet», fängt sie an.

«Setz dich», sagt Sylvaine. «Ich muß mit dir sprechen.»

«Mit mir?» fragt Louisa.

«Ja. Du bist unsere Kusine von Mutters Seite her, weil du doch eine Laurade aus Les Aiguiers bist. Daß du uns hilfst und wir dir dafür Geld geben, das hebt unsere Verwandtschaft nicht auf und ebensowenig die Achtung, die wir dir schulden. Darum will ich dich von allem Vorgefallenen in Kenntnis setzen.»

Resplandin tut eine Geste des Widerspruchs.

«Doch, Vater, es ist besser», sagt Sylvaine. «Also, Louisa, Vater und ich sind übereingekommen, daß wir uns trennen wollen.»

«Was?» fragt Louisa.

«Ja. Die Einzelheiten wird er dir sagen, wenn er will. Ich sage dir nichts als dies: mach alle meine Sachen fertig; ich gehe. Ich übertrage dir die Sorge für das Haus und meinen Vater; das wird dir nicht weiter schwerfallen, denn das meiste machst du ja schon jetzt. Richtet euch so ein, daß ihr gut miteinander auskommt. Und ich gehe selbst so weit, daß ich sage... wenn ihr heiraten würdet, dann wäre mir das das liebste.»

«Und was wird aus dir?» fragt Louisa.

«Was aus mir wird?» fragt Sylvaine.

Sie hebt den Kopf, sie ist wie berauscht.

Louisa hat später erzählt, daß Sylvaine in diesem Augenblick gelächelt, daß ihre Stimme geklungen habe wie damals, als sie sechzehn gewesen war.

«Ich gehe zu Ollivier. Du weißt wohl noch, wer Ollivier Desmichels gewesen ist? Der, den ich so liebgehabt habe, und den sie mir nicht hatten geben wollen! Ja, zu dem gehe ich jetzt, und mit dem lebe ich jetzt.»

«Du willst dich verheiraten?» fragt Louisa.

«Ich weiß nicht», sagt Sylvaine. «Daran habe ich noch nicht gedacht.»

Resplandin ist kraftlos gegen die Rückenlehne seines Sessels gesunken.

«Sorg für ihn», sagt Sylvaine. «Ich gehöre nicht mehr hierher.»

Sie verläßt das Büro.

4

Die Gapeaubrücke, wo Sylvaine sich tags zuvor von Ollivier getrennt hat, ist ein alter Steinbogen, den lockeres Frauenhaar in ein grünes Gewand hüllt. Ollivier sitzt vorn auf dem Geländer und schaut einen Büschel des feinen Grases an, den das Wasser mitreißen möchte und der sich nach Kräften mit den Wurzeln im Mörtel festhält.

Sylvaine kommt auf dem Richtweg quer durch die Wiesen. Sie sieht Ollivier; sie denkt, daß er gestern beim Abschied an der gleichen Stelle gesessen hat – man könnte meinen, er habe sich seither nicht vom Fleck gerührt.

Sie hat es gern, wie er ihr weich und ein wenig müde entgegenlächelt, seit er sie hat kommen sehen. Sie sagt:

«Ich glaube, ich komme ein bißchen zu spät. Hast du dir schon Gedanken gemacht?»

«Es geht an», sagt er. «Aber schon gestern haben die Kameraden für mich arbeiten müssen.»

«Ja, aber unser Leben ist doch wichtiger als die Arbeit da oben. Ich muß dir noch sehr viel sagen. Erst mal guten Tag!»

Ollivier verschränkt die Hände hinter Sylvaines Gürtel. Er sieht sie an: «Du bist da – du bist immer noch da!»

«Immer noch?» fragt Sylvaine lachend.

«Ja, immer noch . . . Es ist so schön, daß du immer noch da bist! Beim ersten Wiedersehen ist es mir ganz selbstverständlich vorgekommen; aber jetzt ist es jedesmal wieder eine schöne Überraschung.»

Er lehnt den Kopf an Sylvaines Schulter.

«Ich habe fortwährend Angst, daß du nicht wiederkommst. . .»

«Aber du siehst ja doch, daß ich gekommen bin», sagt Sylvaine, «und wenn du willst, komme ich sogar für immer.»

«Für immer?» fragt Ollivier.

Er hat hastig den Kopf gehoben.

«Ja, von morgen ab ließe sich das einrichten, wenn du willst. Ich bleibe bei dir. Für immer.»

«Mach dich doch nicht über mich lustig», sagt Ollivier. «Das würde ich dir niemals verzeihen, wenn du mit so etwas deinen Scherz triebest.»

«Ich treibe keinen Scherz damit, ich lache nur, weil ich sehr viel Lachen und Freude in mir aufgespeichert trage, das heraus muß. Aber im Ernst: wenn du einverstanden bist, ziehe ich mit allem, was ich brauche, morgen früh in die Hütte am Grand-Cap. Abends brauchst du dann nur zu kommen und zu rufen: ‹Frau, ist die Suppe schon fertig?› Und dann ist die Suppe auch fertig. Und der Tisch ist gedeckt und das Haus in Ordnung.»

«Und du?»

«Und ich – ich bin natürlich auch da.»

«Ach, das sagst du so hin . . .»

«Ich sage das nicht nur so hin. Es ist ja doch nichts Neues für mich. Seit fünfzehn Jahren sehne ich mich, deine Frau zu werden und allabendlich zu warten, daß du zu mir kommst.»

«Du verdrehst mir ganz und gar den Kopf», sagt Ollivier.

Plötzlich schiebt er Sylvaine von sich weg.

«Ich habe es ja gewußt», sagt er, «daß sich das nicht so ohne weiteres machen lassen würde. Was sagst denn dein Vater dazu? Du glaubst doch nicht etwa, daß er dich einfach gewähren lassen wird?»

«Meinst du, ich sei noch siebzehn?» fragt Sylvaine.

«Nein, nein; aber dennoch . . .»

«Zwischen meinem Vater und mir ist alles geregelt. Ich habe ihm gesagt, ich ginge fort und zöge zu dir. Und sieh nur, hier –»

Sie zeigt ihm eine Geldtasche, in der die fünfzig Tausendfrankscheine dick zusammengefaltet liegen.

«Hast du das gestohlen?» fragt Ollivier.

«Oh!» sagt Sylvaine. «Wäre dir das etwa nicht recht? Ich habe mir genommen, was mir zusteht – weiter nichts.»

Ollivier schaut verdutzt drein.

Sie erklärt ihm:

«Siehst du – das war das Wichtige, was ich gestern hatte erledigen und um dessentwillen ich so früh von dir hatte fort müssen. Nun ist es getan! Jetzt beginnt unser Glück. Siehst du denn nicht ein, daß in all diesen Scheinen unser Glück beruht? Wir haben, dank den andern, lange darauf warten müssen; aber schließlich haben wir es dennoch beim Schopfe gepackt, das Recht auf Glück.»

Sie faltet ein Dokument auseinander.

«Hier ist die Besitzurkunde der Mühle von Sinssol. Seit Jahrhunderten gehört sie der Familie Laurade; aber der Großvater meiner Mutter ist der letzte gewesen, der sie in Betrieb gehalten hat. Der Wildbach, der Coulepierre, hat einen andern Lauf genommen, seit da oben so viel abgeholzt worden ist.»

«Ja, ich weiß», sagt Ollivier. «Mein Vater hat immer behauptet, es sei gar keine so schlimme Arbeit, wenn man das Wasser in das alte Bett umleitete und dadurch die Mühle wieder in Betrieb setzte. Wenn sie ihm gehört hätte . . .»

«Jetzt gehört sie dir», sagt Sylvaine. «Würdest du dir die Arbeit wohl zutrauen?»

«Mir gehört sie?» fragt Ollivier.

«Natürlich!» sagt Sylvaine. «Daß du das noch immer nicht verstehst! Was mir gehört, gehört doch gleichzeitig dir!»

«Darüber müßte man nachdenken», sagt Ollivier.

«Das habe ich schon längst getan. Und das hier», sagt sie und schüttelt das Geldscheinbündel, «damit kaufen wir den Besitz Plan-Bernard zurück, der ja doch an Sinssol stößt, und den dein Großvater hatte verkaufen lassen, damit er ganz sicher ging, daß sein Sohn Antoine, dein Vater, ihn nie bekommen werde.»

«Alles weißt du», sagt Ollivier. «Und nun müßte ich dich eigentlich fragen, wie es kommt, daß du alles über meine Eltern, meine Brüder und mich weißt; aber gestern abend habe ich erfahren, wie das zugegangen ist.»

«Ach!» sagt Sylvaine.

«Ich bin nämlich oben in Bramafan gewesen und habe mich mit dem jungen Marcelin unterhalten.»

«Ach? . . .», sagt Sylvaine noch einmal.

Ihr schlägt das Herz, als sie sich fragt, was er nun wohl noch sagen werde.

«Ich habe auch Justine getroffen, und nun weiß ich alles, was du für meine Mutter getan hast. Warum hast du selbst mir das denn nicht gesagt?»

Ollivier kann nicht weitersprechen; etwas hat ihm die Stimme abgewürgt.

«Ganz einfach: weil ich es nicht gewollt habe.»

«Und aus welchem Grunde?» fragt Ollivier.

«Das hätte dann wohl beinahe so ausgesehen, als wäre ich auf eine Belohnung ausgewesen, ja, so ist es . . . Du siehst mich zu dir kommen nach all der Zeit, da wir getrennt gewesen sind; ich weiß nicht, was du über mich denkst, ob du dich überhaupt meiner noch erinnerst oder ob du mich vergessen hast. Du siehst mich kommen, und ich trage in beiden Händen all das Gute, das ich deiner Mutter angetan habe, wie als wollte ich sagen: ‹Siehst du: das bringe ich dir mit. Und du? Was hast du mir anzubieten?› Dann wärst du gezwungen gewesen, mich mit freudiger Miene zu empfangen, und wenn auch seit noch so langer Zeit in deinem Innern eine andere an meine Stelle getreten wäre. Und das habe ich eben nicht gewollt, ebensowenig wie ich dir den Tod deiner Mutter habe übermitteln wollen, damit beim ersten Wiedersehen nichts zwischen uns stünde. Meinst du nicht auch, daß ich so recht getan habe?»

«Vielleicht», sagt Ollivier. «Aber es wäre nicht nötig gewesen; ich hätte dich dennoch sofort genauso lieb gehabt wie früher.»

«Aber ich habe nun mal Angst gehabt», sagt Sylvaine.

«Ja, da bin ich denn also gestern abend hinaufgestiegen, um Marcelin für seinen Brief zu danken, und da habe ich erfahren, daß du es gewesen bist, die ihn den Brief hat schreiben lassen, und daß du an meiner kranken Mutter so gut wie eine Tochter gehandelt hast. ‹Noch viel besser als eine Tochter!› hat Justine mir gesagt. Und sie hat mir auch gesagt: ‹Tag und Nacht, bei Sonnenschein und Regen ist die junge Dame aus der Gerberei heraufgekommen und hat uns schöne Sachen mitgebracht und ein so gutes Lächeln gehabt, daß wir darüber wieder zu Zwanzigjährigen geworden sind, deine Mutter und ich. Und man könnte meinen, der liebe Gott hätte ihr den letzten Blick und das letzte Wort der armen Arnaude aufgespart; denn die beiden waren allein, als deine Mutter die Augen zugemacht hat.› Du kannst dir wohl denken, daß mich das schon gefreut hätte, wenn es mir von einer andern erzählt worden wäre. Aber daß nun gerade du es gewesen bist! Mir war, als finge mein Leben erst in dem Augenblick richtig an, als mir klargeworden ist, was du wert bist!»

«Verlier nicht so viel Worte darüber», sagt Sylvaine, «das verdiene ich nicht. Was ich getan habe, hat mich so glücklich gemacht, daß ich deswegen keinen Dank annehmen darf. Wenn du ermessen könntest, was mir das alles nach der unendlich langen Zeit bedeutet hat, da ich dich mir für immer verloren glaubte, daß ich nun plötzlich in deinem Hause war, bei der Frau, die dich zur Welt gebracht hat; daß ich erleben durfte, wie sie mich liebgewann, und mich fühlen konnte, als gehörte ich mit zur Familie, und alles über dich erfahren habe . . .! Ach, du: wie glücklich bin ich gewesen, wenn ich da oben allein mit deiner Mutter war und sie habe erzählen hören, was für Einfälle du als kleiner Junge gehabt und wie du dich mit allem auseinandergesetzt hast; und dann habe ich mich im Sessel zurückgelehnt und die Augen zugemacht und mir eine Geschichte erzählt: ‹Ja, nun bin ich gerade achtzehn geworden und habe Ollivier geheiratet. Nach der Begegnung in Le Lavandou ist er zu uns ins Haus gekommen. Es ist an einem Sonntag gewesen, und ich habe in dem Lorbeerboskett auf ihn gewartet, wo ich immer so gern allein gewesen bin. Auf dem kleinen Weg ist er gekommen, der von der Straße abzweigt, und all mein Wesen ist mit ihm gegangen, unserm Glück entgegen. Er hat mich sofort gefragt: ‹Ist Ihr Vater auch da? Nein? Dann warte ich eben.› Und als mein Vater dann gekommen ist, hat er zu ihm gesagt: ‹Herr Resplandin, ich möchte gern Ihre Tochter heiraten.› Und mein Vater hat gesagt: ‹Dann nur zu!› Und so ist es denn auch geschehen. Am Hochzeitsabend sind wir hierher, hinauf zur Hütte gestiegen. Arnaude hat sich sehr gefreut. Sie hat mich geküßt und gesagt: ‹Du hast gut gewählt, Ollivier; du hast getan wie der arme Antoine – hast dir ein Mädchen ausgesucht, das dich sein Leben lang liebhaben wird.› Und dann ist nichts Besonderes mehr geschehen; beide haben wir verrichtet, was uns an Arbeit zugekommen ist. Und dann ist Arnaude krank geworden, und da habe ich sie gepflegt, ja, und das tue ich ja auch in diesem Augenblick – ich pflege die Mutter meines Mannes. Gleich muß Ollivier zur Tür hereinkommen, wie allabendlich. Er wird so schrecklich müde sein, daß er duldet, wenn ich ihm beim Ausziehen seiner schweren Holzfällerschuhe helfe. Er wird seine Freude an dem Essen haben, das von mir gekocht worden ist, und dann werden wir beide in dem großen Bett schlafen, in dem Félicie Desmichels auf La Guirande ihre sieben Kinder zur Welt gebracht hat. Und dann schlafe ich ganz dicht neben Ollivier ein.› Siehst du – das habe ich mir dann selbst erzählt. Und manchmal hat deine Mutter mich gefragt: ‹Woran denkst du denn, Kind?› Und ich habe geantwortet: ‹An Ollivier.› – ‹Ich hab's ja gewußt›, hat sie dann gesagt, ‹aber ich wollte doch gern, daß du es sagtest.› Und dann hat sie noch mit leisem Spott gesagt: ‹Das ist eine Art Krankheit, du!› Und ich habe geantwortet: ‹Ja, ich weiß – aber es ist eine Krankheit, an der ich lebe, anstatt zu sterben.› – ‹Ach ja, die Liebe!› hat sie dann gesagt.»

Ollivier nickt. «Wenn mehr Liebe gleich der deinen in der Welt wäre, dann würde es auch weniger Schlechtigkeit geben.»

«Bist du denn auch bei der Hütte gewesen?» fragt Sylvaine.

«Ja», sagt Ollivier, «auf dem Rückwege. Es ist für mich ganz sonderbar gewesen, die Küche wiederzusehen, und den Holzstall, wo alles noch genauso ist wie früher und mir zu sagen schien: ‹Weißt du noch?› Aber restlos glücklich habe ich dennoch nicht sein können; dazu war mir das Herz zu schwer, wenn ich daran dachte, daß ich Mutter und Félicien allein gelassen habe . . . Der Gedanke daran hat mich dermaßen gewürgt, daß ich lieber weggegangen bin. Ich habe an meine erste Rückkehr denken müssen.»

«Das nächste Mal gehen wir zusammen hinauf», sagt Sylvaine.

«Ach ja! Wenn du dabei bist, wird alles für mich viel leichter sein. Du brauchst mir nur die Hand aufs Haar zu legen – dann durchströmt ihre Kühle mein Blut wie Gebirgswasser. Und das tut so wohl, daß ich mich sehne, im Grunde dieses Quellenbettes einzuschlafen . . .»

«Mein armer Junge», sagt Sylvaine.

Dann blickt sie auf:

«Hast du eigentlich deinen Hund gesehen?» fragt sie.

«Meinen Hund?»

«Ja, bei den Marcelins. Entweder ist er im Holzschuppen oder vor dem Hause gewesen.»

«Nein», sagt Ollivier. «Aber ich habe doch auch keinen Hund.»

«Doch», sagt Sylvaine. «Michel heißt er, und er ist ein Junges von Michelle. Ich hatte ihn mit mir nehmen wollen; aber er war wohl zu sehr an seine Wälderfreiheit gewöhnt – er ist mir immer wieder weggelaufen. Er ist bei den Marcelins in Kost. Willst du ihn nicht?»

«Oh!» sagt Ollivier, «du kannst dir wohl denken, wie gern ich ihn will. Aber gesehen habe ich ihn nicht.»

«Dann ist er wahrscheinlich unterwegs gewesen. Er ist noch recht jung; nichts als spielen will er. Und außerdem kennt er dich ja auch noch nicht.»

«Seine Mutter – die wäre vor der Tür liegengeblieben und hätte auf einen von uns gewartet, und wenn sie darüber gestorben wäre . . .»

«Ja, das glaube ich gern; denn es scheint, als habe Michelle dich, als du fortgegangen warst, ohne Unterlaß Tage um Tage gesucht. Und dabei war sie noch krank dazu; irgend jemand hatte ihr etwas angetan – wer, das ist nie herausgekommen. Sie hat Fieber gehabt und ist mit Mühe und Not auf drei Pfoten herumgehinkt, und so ist sie ins Gebirge und hinab zur Straße gelaufen und hat ausgeschaut, ob du nicht wiederkämest. Deine Mutter hat mir erzählt, erst als sie dem Hunde deine alte Jacke als Schlafunterlage gegeben habe, sei er etwas ruhiger geworden, und es habe ausgesehen, als spiele ein Lächeln um seine Schnauze.»

Ollivier blickt zu Boden. Er fragt:

«Ist Michelle an den Verletzungen gestorben?»

«Ach was», sagt Sylvaine. «Sie hat noch lange genug gelebt, um eine ganze Menge kleiner Hundchen zu werfen, ehe der da war, den jetzt Justine hat. Nein, ich glaube, sie ist ganz einfach an Altersschwäche eingegangen.»

«Ein Glück!» sagt Ollivier. «Das macht es mir leichter.»

Und als Sylvaine ihn verwundert ansieht, sagt er:

«Weil ich es nämlich gewesen bin, der ihr etwas angetan hat.»

«Du? Und dabei hast du sie doch so gern gehabt! Du hast es aber doch wohl nicht mit Absicht getan?»

«Doch», sagt Ollivier, «mit Absicht . . . sie sollte weg. Wenn ich seither daran gedacht habe, ist mir der Gedanke genau so schmerzlich gewesen wie der, daß ich Haus und Mutter verlassen hatte. Ja, weißt du, damals, in dem Augenblick, da ich den Entschluß gefaßt hatte, wegzugehen, da hat der Hund, der natürlich nicht wissen konnte, welch widerstrebende Gefühle in mir tobten, sich an mich geklettet und spielen wollen. Und ich wollte aber doch weg; ich habe versucht, ihm das begreiflich zu machen; aber das ging nicht . . . Ich bin quer durch den Wald gelaufen, nach der Straße hin – und da hat der Hund schon dagesessen; und dabei mußte der Autobus jeden Augenblick kommen, und ich wußte, daß der Hund es fertigbringen würde, bis Toulon hinterherzulaufen . . . Ich war wie verrückt; ich habe Steine genommen und geworfen; Michelle hat geblutet, und dann habe ich gesehen, wie sie mich angeschaut hat. Den Blick habe ich niemals vergessen können. Einmal, ja, einmal habe ich solche Augen zum zweiten Male gesehen! Auf See, auf meiner zweiten Reise. Es wehte mächtig, als wir aus dem Sankt-Lorenz-Strom herauskamen, und plötzlich, mitten im tollsten Toben von Wind und Meer, wurde ein Geschrei laut, ganz wie Kindergeschrei, ganz hell und schrill, so daß es einem ins Herz schnitt. ‹Was ist denn das?› haben wir uns gefragt. Es waren die Schweine. Stell dir vor: fünfzig Schweine hatten wir an Bord; sie waren achtern eingepfercht, aber in der schlingernden Walzerbewegung des Schiffes hatte der Pferch nachgegeben, und alles rollte von einer Bordseite auf die andere, Schweine und Latten durcheinander . . . Wenn du das gesehen hättest! Natürlich haben wir versucht, sie wieder zu verstauen; aber es ließ sich nicht machen; wir wurden mitsamt den übereinanderkollernden Tieren weggerissen, die schrien und in ihrer Angst um sich bissen. Ich habe es auch versuchen wollen und bin genauso weggerissen worden wie die andern; mit Not und Mühe habe ich mich an Bord halten können, und so bin ich denn in Fett und Blut, das aus den aufgeschlitzten, noch lebenden Schweinen geronnen ist, hin und her gerollt. Es war grausig! Und als ich es zum letztenmal versucht habe, ein Schwein mit einem Tau festzuzurren, da sind wir beide gegen die Reling geschleudert worden, und dabei ist das Schwein über Bord gegangen. Und da habe ich Michelles Augen wiedergesehen . . . In den Augen des Tieres, das seinen Tod fühlte, habe ich den Blick des verwundeten Hundes wiedergesehen, der mich noch immer liebhatte . . . Das hat mir schwer zu schaffen gemacht.»

Er verkrampft die Finger. Sylvaine hat schweigend zugehört. Dann sagt sie:

«Einmal habe ich auch etwas Böses getan, und das ist noch schlimmer gewesen, weil es ganz ohne Grund geschehen ist. Ich habe an meinem Zimmerfenster gestanden und in den Morgen hinausgeschaut, und der Morgen war so klar, als sei es zum ersten Male auf der Welt Tag geworden. Und ich fühlte mich leicht und klar wie der Morgen; ich war fünfzehn und wußte noch nichts vom Leben. Das erzähle ich dir, um dir zu zeigen, daß ich an jenem Morgen ganz glücklich gewesen bin und nicht den mindesten Grund gehabt habe, etwas Schlechtes zu tun – und dennoch habe ich es getan.»

«Ach, das sagst du nur, um mich zu entschuldigen.»

Er küßt zart ihre Hand.

«Nein – nur, damit du alles erkennst. Ich habe also, wie gesagt, an meinem Fenster gestanden und die Schönheit des Morgens in mich aufgenommen wie eine Pflanze, die ihre Blätter ausbreitet. Unter mir auf der Mauer saß eine Eidechse und tat das gleiche. Da saß sie und haftete mit ihren zwanzig kleinen Saugnäpfchen am Stein; ich konnte sie mit ihrer kleinen Kehle atmen, konnte ihre glänzenden Augen sehen, die im Sonnenlicht zwinkerten. Ich sah sie an und freute mich an der regelmäßigen Zeichnung der Haut und dem feinen Kopfe. Am liebsten hätte ich sie zwischen den Augen gekrault, so wie man es bei Hunden tut, um ihr etwas Angenehmes zu erweisen. Und da hat sie sich bewegt, und ich bin in mein Zimmer gegangen, habe einen Topf mit kochendem Wasser von meinem Toilettentisch genommen und habe sie damit übergossen.»

«Sind Eidechsen denn nicht giftig?» fragt Ollivier.

«Nein», sagt Sylvaine, «das habe ich ganz genau gewußt, und eben deshalb verstehe ich mich ja auch nicht. Als ich das Wasser ausgoß, da habe ich genau zugeschaut. Das Tier hat sich gekrümmt wie in einer Flamme, und dann ist es hochgeschnellt und ins Gras unterhalb des Fensters gefallen. Im gleichen Augenblick hat es mich durchzuckt: ‹Mein Gott, was habe ich getan!› Ich war ganz von Sinnen; ich bin, wie ich war, im Hemd die Treppe hinuntergelaufen. Unten hat meine Mutter mich gefragt: ‹Was fällt dir denn ein?› Ich habe gesagt: ‹Mir ist etwas aus dem Fenster gefallen.› Mit beiden Händen habe ich im Grase gesucht; ich hatte sie pflegen wollen wie meine kranken Hühner, mit Balsam und gezuckertem Wein. Aber ich habe nichts gefunden, und da bin ich wieder nach oben gegangen und habe so sehr geweint, daß schließlich meine Mutter zu mir gekommen ist und gefragt hat: ‹Was hast du denn?› – ‹Nichts›, habe ich geantwortet und immer weitergeweint. ‹Vollkommen blödsinnig›, hat meine Mutter gesagt. Den ganzen Tag über bin ich tief traurig gewesen. Und in der Nacht hat mir geträumt, eine riesengroße Eidechse laufe über mich weg, und jeder der zwanzig Saugnäpfe an den Zehen hat auf mir gebrannt wie Feuer. ‹Sie ist tot›, habe ich gedacht, ‹und nun erscheint sie mir im Traum.› Ich habe für sie gebetet, die Gebete, die im Katechismus für die Seelen im Fegefeuer stehen. Und dann, denk dir nur, habe ich sie wiedergesehen. Auf der Mauer hat sie gesessen, fast auf derselben Stelle. Wieder hat sie sich gesonnt, mit ihrem hübschen kleinen Kopf und der vibrierend atmenden Kehle. Aber sie hat keinen Schwanz mehr gehabt. Den mußte das kochende Wasser ihr abgebrüht haben; er hat ganz sonderbar ausgesehen, dieser Körper, der so unvermittelt aufhörte. Und dann später, als ich wieder dastand und wartete, ob sie nicht komme, da habe ich gesehen, daß ihr Schwanz wieder zu wachsen anfing. Und bald danach war er denn so vollkommen wiedergewachsen, daß man nicht einmal die Ansatzstelle mehr hat sehen können. Und da bin ich sehr froh gewesen.»

«Das kann ich nachfühlen», sagt Ollivier. «Denn wenn du mir gesagt hättest, Michelle sei an den Folgen meiner Gemeinheit gestorben, dann wäre ich nie darüber hinweggekommen.»

«Ja, aber sie ist ganz bestimmt erst sehr viel später gestorben, und deine Mutter hat sie vorher noch tüchtig verwöhnt. Und dann hat deine Mutter ein Junges behalten, weil sie meinte, du würdest dich freuen, wenn du es bei deiner Rückkunft vorfändest. ‹Mit den Michel-Hunden ist es wie mit den Desmichels›, hat sie mir gesagt, ‹das sind Namen, die nicht aussterben dürfen. Hundefamilien und Menschenfamilien, ganz gleich – wenn die Rasse gut ist, dann kann es davon nicht genug auf der Erde geben, und es darf nichts davon verlorengehen.›»

«Am liebsten möchte ich mir den Hund gleich jetzt ansehen», sagt Ollivier.

«Er ist hübsch», sagt Sylvaine, «und mich kennt er ganz genau. Wir nehmen ihn wieder zu uns, wenn wir erst dort oben wohnen.»

Ollivier schaut Sylvaine tief in die Augen, und er sieht in den ihrigen ein so sanftes Leuchten, daß er sich nicht losreißen kann.

«Du siehst mich aber mal genau an», sagt Sylvaine. «Woran denkst du?»

«Ich muß daran denken, wie schön du bist, und wie wenig ich dieses Glück verdient habe.»

«Mit dem Glück», sagt Sylvaine, «ist es wie mit den Eidechsenschwänzen – es wächst von selbst. Und später sieht man nicht einmal mehr den Fleck, wo es unterbrochen gewesen ist – so schön verwächst die Ansatzstelle. Und dann ist man froh, nicht wahr?»

«Ja», sagt Ollivier.

Sie schweigen, und dann fragt Sylvaine: «Wenn wir zusammen hinauf nach deinem Haus gehen, dann müssen wir uns aber auch die Mühle von Sinssol ansehen, damit wir genau Bescheid wissen, in welchem Zustand sie ist. Nicht wahr?»

«Ja», sagt Ollivier.

«Du antwortest ja kaum?» sagt Sylvaine. «Warum? Bist du unzufrieden?»

«Im Gegenteil!» sagt Ollivier.

‹Ein Haus›, denkt er, ‹ein Haus, eine Frau, einen Hund. Vielleicht ein Kind . . . Ja, das Glück.›

Das Herz ist ihm so voll, als ob es die ganze Welt enthalte.

5

Nach dem grünen Halbdunkel des Waldes muten die sonnenbestrahlten Fliesen vor dem Mühleneingang an wie ein heller, schimmernder See. Ollivier dreht den Schlüssel zweimal herum; aber dann muß er die Tür mit einem kräftigen Schulterstoß aufsprengen.

«Man merkt, daß sie lange nicht geöffnet worden ist, die Tür», sagt er.

«Geh voran», sagt Sylvaine.

«Nein, geh du voran», sagt Ollivier und tritt beiseite, «du bist doch hier zu Hause.»

«Allerdings, aber du bist der Herr, und ein guter Hausvater hat immer den Vortritt.»

Sylvaine lacht. Sie schubsen einander an die Türöffnung.

«Du willst nun also wirklich aus einem schlechten Arbeiter einen guten Hausvater machen?» fragt Ollivier.

«Freilich. Aber warum nennst du dich einen schlechten Arbeiter?»

«Weil es wahr ist.»

«Das glaube ich nicht», sagt Sylvaine.

Sie faßt ihn an den Schultern und schiebt ihn vor sich her in die große Vorhalle des alten Hauses.

«Wie finster es hier ist», sagt sie.

Sie öffnet eine Tür am Ende des Flurs, die in einen großen dunklen Raum führt. Als Ollivier schließlich, wiederum mit Gewalt, die Laden eines Fensters aufgemacht hat, deren eingerostete Angeln nicht aufgehen wollen, kommt der schöne Junimorgen mit seinem Lichte gleichfalls ins Zimmer.

«Die Spinnen werden einen schönen Schreck bekommen haben», sagt Sylvaine.

Die beiden halten Umschau. Drei Fenster hat das riesengroße Zimmer, und an den Wänden sind noch die alten Bildtapeten; hier und da ist der Gips abgeblättert, und große Vorhänge sind auch da.

Auf der Tapete wiederholt sich unendliche Male in grünen und roten Farben eine Gruppe: zwei junge Menschen wechseln die Ringe, und vor ihnen steht ein Mann, dem Anschein nach der Vater. Das junge Mädchen hat einen weiten Faltenrock an; an den Hüften sind korbhenkelartige, steif gebauschte Seidenrüschen. In der einen Hand hält die Kleine ein vollkommen rundes Bukett; die andere reicht sie dem jungen Manne. Er trägt eng anliegende Kniehosen und einen locker sitzenden Schoßrock. Ferner hat das prächtige Festgewand einen leicht gewellten Spitzenkragen und Spitzenmanschetten. Er hält den Dreispitz genau so wie das Mädchen das Bukett, und gleich ihr streckt er die andere Hand dem Ringe entgegen. Der Vater ist gekleidet wie ein gesetzter Mann; er schaut die beiden voller Wohlwollen an. Die Gesichter aller drei sind eitel Reinheit. Das Ganze ist alt und köstlich...

«Das heißt natürlich: ‹Das Verlöbnis›», sagt Sylvaine.

Sie geht im Zimmer umher; es stehen noch ein paar Möbelstücke darin, als habe man sie vergessen.

«Was für ein schöner provençalischer Schrank!» sagt sie. «Und sieh dir mal die Truhe hier an! Warum hat man so etwas wohl hier stehenlassen? Ich glaube allerdings, daß meine Mutter seit Großvater Laurades Tod niemals hierhergekommen ist. Und mein Vater, sofern er überhaupt hier war –, der hat keinen Blick für solche alten Dinge. Wollen wir jetzt auch noch die übrigen Räume ansehen?»

Hohe Türen mit abgerundeten, hellgrün gestrichenen Gesimsen führen in zwei Zimmer, die ihrerseits wieder durch ähnliche Türen mit zwei weiteren, aber kleineren Zimmern verbunden sind, von wo aus man auf einen Vorplatz sehen kann; dort hat sich ein alter Jasminstrauch angesiedelt; er umschlingt den Stein mit den langen, schwarzen, blütenbeladenen Zweigarmen.

«Aber das ist ja ganz wundervoll!» ruft Sylvaine.

Ein helles, frohes Kinderlachen bricht von ihren Lippen.

«Wie jung du doch bist....», sagt Ollivier.

Seit sie in diesem Hause sind, muß er sie ansehen: wie sie das Tapetenmuster beschaut, wie sie die Verzierungen des alten Schrankes streichelt, wie sie sich bückt, um die Eisenschlösser der Truhe besser sehen zu können. ‹Das Leben hat sie weniger verbraucht als mich›, denkt er.

«Warum?» fragt Sylvaine, «warum? Freust du dich etwa nicht?»

Sie langt nach seinen Händen.

«Bist du dir auch bewußt, daß das hier unser Haus ist? Unser, unser beider Haus!»

«Ich weiß nicht recht», sagt Ollivier.

«Was? Du weißt nicht recht?»

«Ich will es dir lieber zu erklären versuchen...»

«Da ist weiter gar nichts zu erklären», sagt Sylvaine. «Du hast ein Haus, und das gibst du mir. Oder gibst du mir dein Haus vielleicht nicht?»

«Meinst du: meine Hütte?»

«Und ich habe auch ein Haus, und das gebe ich dir. Sonst wäre es doch keine Liebe.»

«Ja», sagt Ollivier, «nur ist deins etwas wert, und meins taugt nichts.»

«Ja, und?» fragt Sylvaine. «Ach, du redest dummes Zeug. Komm, laß uns weiter sehen.»

Sie behält seine eine Hand in den ihrigen und zieht ihn in scherzhaften Tanzschritten an den Wänden entlang. Und jedesmal, wenn sie etwas sieht, das ihr gefällt, lacht sie wieder ihr schönes Kinderlachen.

«Hast du gesehen?» fragt sie. «Das Fenster hier kann man überhaupt nicht mehr aufmachen. Der große Jasmin, der vom Garten her heraufwächst, hat es sich zunutze gemacht, daß niemand mehr hier gewesen ist; bis zu den Fensterladen ist er gewachsen, und sogar durch die Schlitze hindurch – die schmalen, langen Zweige sehen aus wie Schlangen. Du mußt ihn beschneiden; aber bitte nicht zu sehr, nur gerade bis an die Fensteröffnung, und dann will ich ihn anbinden, damit er sich hält. Ich mag schrecklich gern Blumen unter der Nase haben, wenn ich aufstehe.»

Sie lehnt sich an das Fenster und zieht Ollivier an sich.

«Glaubst du nicht, daß wir uns hier wohl fühlen werden?» fragt sie.

«Alles kommt von dir, und es ist doch einmal mein Traum gewesen, daß dir alles von mir kommen sollte.»

«Es kommt ja doch auch alles von dir», sagt Sylvaine, «denn bis jetzt habe ich alles gehabt, und dennoch ist es nichts gewesen. Miß mein Glück nicht nach Marktwerten, du – ich habe so lange darauf warten müssen! Was kommt denn darauf an, ob das Haus dir oder mir gehört? Das Wichtigste ist doch, daß wir zusammen darin wohnen.»

«Ja», sagt Ollivier. «Aber ...»

«Ich bin so froh», sagt Sylvaine. «Wenn ich daran denke, daß unten im Sockelgeschoß der Preßsaal mit den Eisenbehältern ist, wo du mit Félicien geschlafen hast, dann erscheint es mir als etwas ganz Natürliches, daß du wieder hier einziehst und wir hier unsern Haushalt führen. Wenn uns nichts anderes übrigbliebe, als immer in deiner Hütte zu wohnen – dann würde ich eben dort wohnen; aber hier werden wir uns wohler fühlen. Paß mal auf, wie schön ich uns alles einrichten werde! Unten kommt die Küche hin – die Spülkammer stößt an den Holzschuppen. Das ist recht bequem. Dann das Speisezimmer, unser Schlafzimmer ... Das Zimmer dahinter werde ich als Ankleidezimmer einrichten; später könnte man ein Badezimmer einbauen lassen. In dem schönen Zimmer mit den drei Fenstern werden wir immer zusammensitzen; das wird nämlich dein Arbeitszimmer. Denn du mußt ja doch Rechnungen ausschreiben, weißt du, für das Mahlen. Wenn dir das schwer von der Hand geht, dann helfe ich dir eben; ich habe in der Gerberei zur Genüge Zahlen zusammengerechnet. Ich stelle einen kleinen Tisch neben deinen; und da sitze ich dann mit meinen Büchern und arbeite. Das gibt dann ein ebenso schönes Bild wie ‹Das Verlöbnis›. Ich glaube, wir werden es schrecklich fein haben.»

Ollivier senkt den Kopf; seine Stimme klingt einigermaßen beklommen, als er antwortet:

«So etwas bin ich nicht gewohnt, weißt du ...»

«Ja, was denn nicht?»

«All das, was du aufgezählt hast: Speisezimmer, Ankleidezimmer ...»

«Dann wirst du dich eben daran gewöhnen. An etwas Gutes gewöhnt man sich rasch.»

«Ich habe eine harte Jugend gehabt, so als Gebirgsjunge. Ich habe weit öfter mein Wurstbrot aus der Hand gegessen als von einem weißen Tischtuch, und ich habe mich zwar sehr häufig im Quellwasser gewaschen, aber kaum jemals in einer Badewanne. Ich bin eben ein Armeleutejunge.»

«Dann meinst du also, man sei reich, wenn man an einem Eßtisch sitzen und sich an einem Leitungsbecken waschen kann?»

«Du hast das von je getan», sagt Ollivier. «Wir haben eben verschiedene Lebensgewohnheiten.»

«Und du wirst es eben von jetzt an tun. Wenn die Mühle erst

wieder im Betrieb ist, wirst du dein gutes Auskommen haben und wieder ein Desmichels sein, der hierzulande etwas gilt.»

«Ja, aber bis dahin ...»

«Bis dahin? Wenn du eine Bauerntochter geheiratet hättest, dann würdest du es doch auch nicht abgelehnt haben, das Landstück zu bestellen, das sie dir eingebracht hätte.»

«Nein», sagt Ollivier.

«Und glaubst du etwa, es gebe nichts zu tun für dich? Du hast es doch selbst gesagt, daß das alte Bett des Gießbaches gereinigt und das Wasser zu uns her geleitet werden müsse, damit das Mühlrad sich wieder dreht. Das muß jetzt zunächst getan werden.»

«Dürfen wir das denn?» fragt Ollivier.

«Aber gewiß! Es ist ja doch der natürliche Lauf des Coulepierre. Wir brauchen nur im Flurbuch in der Mairie nachzusehen.»

«Ja», sagt Ollivier.

«Wenn wir erst Wasser haben, geht alles fast von selbst», sagt Sylvaine. «Dann bringst du den alten Krautgarten wieder in Ordnung, der neben dem Hause gewesen ist, und dann haben wir die schönsten Gemüse. Kannst du mit Hacke und Spaten umgehen? Ich kann wenigstens Rosen pfropfen und Samen legen. Paß mal auf, was für einen hübschen Garten wir haben werden! Recht viele Nelken möchte ich haben; die duften so gut!»

Ollivier sieht sie an.

«Wie jung du bist», sagt er zum zweiten Male.

Sylvaine lacht abermals und fährt fort:

«Und wenn das dann alles im Schuß ist ...»

«Ja», unterbricht Ollivier sie, «aber bis es so weit ist, lebe ich von deinem Gelde.»

Sein Gesicht ist ernst und sogar ein wenig hart geworden; das kommt von den beiden Falten an den Mundwinkeln.

Sylvaine läßt seine Hand los.

«Ach! Der Gedanke verstimmt dich also, seit wir hier sind?» fragt sie.

«Ja», sagt Ollivier.

Er schaut zu Boden.

«Deswegen brauchst du dir keine Gedanken zu machen», sagt Sylvaine. «Ich möchte ebenfalls nicht, daß es Geldgeschichten zwischen uns gibt. Aber bis alles hergerichtet und im Gange ist, muß so viel getan werden, daß wir ohne Geld nicht durchkommen.»

«Ja», sagt Ollivier. «Aber es braucht nicht gerade dein Geld zu sein. Ich möchte nicht, daß wir alles mit deines Vaters Gelde bezahlen; wenn es auf andere Weise auch weit länger dauert. Ja, nun muß ich es schließlich wohl doch sagen, so schwer es mir auch fällt. Neulich, als du so glücklich über deinen Sieg zu mir gekommen bist, hat es mir an Mut zum Widerspruch gefehlt. Ich weiß nur zu gut, daß an der Mühle sehr viel auszubessern ist; aber das möchte ich ganz allein auf mich nehmen. Das Haus hier in Sinssol, dein mütterliches Erbteil, das will ich gern von dir annehmen, so wie ich – du hast ja selbst gesagt – die Mitgift eines Bauernmädchens angenommen haben würde, wenn ich eins geheiratet hätte. Aber daß du vom Geld deines Vaters genommen hast, um damit Plan-Bernard zurückzukaufen oder auch nur, um davon zu leben, bis die Mühle betriebsfähig ist – nein, verstehst du, das geht nicht. Wie müßte ich mir vorkommen, wenn ich das annähme?»

Sylvaine gab keine Antwort. Schließlich sagt sie:

«Ich war der festen Überzeugung, es komme mir zu...»

«Erstens kommt es dir nicht zu, was du auch einwenden magst, sondern es gehört deinem Vater; und zweitens gibt es zwar zwischen Vater und Tochter keinen Diebstahl; aber wenn ich dann...»

«Du bist stolz», sagt Sylvaine.

«Sehr», sagt Ollivier, «denn außer deiner Liebe besitze ich nichts als meinen Stolz.»

Sylvaine hat sich auf die Fensterbank gesetzt, gerade vor den großen Jasminbusch, der von draußen durch die Laden gewachsen ist und sie unter dem Streicheln des Windes mit Blütenschnee überstreut. Sie hat Olliviers Hand in der ihrigen behalten und spielt damit. Er sagt jetzt nichts mehr, sondern sieht sie an.

«Was wollen wir denn nun tun?» fragt sie.

«Nur recht unangenehme Dinge», sagt Ollivier. «Zunächst muß deinem Vater das Geld zurückgegeben werden, und dann mußt du dich in das Leben schicken, das ich dir bieten kann; es wird armselig genug sein.»

«Das ist dumm», sagt Sylvaine, «wenn man es anders haben könnte...»

«Wenn man es durch unser eigenes Geld anders haben könnte, würde ich genau so denken wie du; denn ich liebe ebenfalls alles, was gut und schön ist. Aber mit fremdem Gelde – das mag ich nicht.»

Sylvaine denkt nach.

«Vielleicht hast du recht.»

«Aber ganz bestimmt», sagt Ollivier. «Und selbst wenn ich unrecht hätte, würde es mir lieber sein, wenn du wie ich dächtest.»

«Es fällt mir schwer», sagt Sylvaine.

«Eben darum», sagt Ollivier, «ist es mir lieber. Nein», verbessert er sich, «sondern weil es recht und billig ist.»

Sie schweigen eine Weile vor sich hin, und beide denken darüber nach, was sich aus dem Gesagten ergeben wird.

«Ich möchte jetzt gern zur Mühle hinunter», sagt Ollivier.

Sie stecken den großen Schlüssel, den Sylvaine mitgebracht hat, in das verrostete Schlüsselloch der Eingangstür mit dem runden Steinboden. Ollivier lacht:

«Ich bin immer durch den Stall gegangen!»

«Ich auch», sagt Sylvaine. «Eines Tages, als ich zur Hütte hinauf wollte, bin ich hergekommen. Deine Mutter hatte mir so oft von dem Preßraum erzählt, in dem du Félicien die Zeit seiner Gefangenschaft erleichtert hast, daß ich ihn gern mal gesehen hätte. Und da habe ich dann das Erdkundebuch gefunden, in dem ‹Ollivier Desmichels› gestanden hat.»

«Ja, richtig! Das war ein Buch, das ich noch von meiner Schulzeit her hatte und das ich mochte, weil es mir von all den Ländern erzählte, die ich so gern kennengelernt hätte. Ich habe aber, statt zu lesen, immer nur die Karten angesehen, weil das Licht so schlecht war. Dies Kerzenstümpfchen! Drei-, viermal haben wir es immer ausgeblasen, weil wir, ängstlich wie wir waren, immerfort die Schritte der Gendarmen zu hören glaubten. ‹Richtige Maulwurfsaugen bekommt man hier!› hat mein Bruder gesagt ... Armer Félicien!»

Ollivier lehnt sich an den Eisenbehälter, in dem Arnaude damals dem Sohne das Bett gemacht hatte, und schaut stumm und lange um sich.

«Sei doch nicht so traurig», sagt Sylvaine.

«Ach, das geht doch nicht anders», sagt Ollivier. «Ich muß doch an die Zeit denken, die mein Bruder und ich hier zugebracht haben. Und wie ich habe mit ansehen müssen, wie sein Körper und sein Geist sich gequält haben – er hat sich doch so herumgeplagt mit seinem Abscheu vor dem Kriege. Wenn er sich dann stundenlang den Kopf zermartert hatte und sein Gesicht so blaß war wie Kellersalat, dann habe ich ihn angesehen; ich hatte ihn doch noch gekannt, wie er von der Sonne und der Bergluft gebräunt gewesen war, und dann habe ich mich gefragt: ‹Ist er das wirklich?› Und dann habe ich ihn gefragt: ‹Woran denkst du eigentlich immer?› Da hat er seine Hände vom Gesicht genommen, das wie eine Pflanze ohne Saft und Kraft gewesen ist, und gesagt: ‹Fahnenflucht vor dem Feinde wird mit dem Tode bestraft.› Ich habe darauf nichts geantwortet. ‹Das steht im Militärstrafgesetzbuch›, hat er dann noch gesagt, und dann hat er geschwiegen. Ich habe die Mäuse hinter den Eisenbehältern herumlaufen hören, und manchmal habe ich auch Féliciens Schluchzen gehört ...»

«Weinst du?» fragt Sylvaine.

«Nein, aber das alles berührt mich sehr schmerzlich», sagt Ollivier. «Und wenn ich daran denke, daß ich später, als sie ihn dann festnahmen, alles habe geschehen lassen ...»

«Weiter blieb dir doch aber nichts übrig!» sagt Sylvaine. «Deine Mutter hat mir eine gute Erklärung dafür gegeben: ‹Der arme Junge! Wir hatten doch nie mit Gendarmen zu tun gehabt; da war es ganz natürlich, daß er es mit der Angst bekommen hat.›» –

«Aber eins ist alles andere als natürlich», sagt Ollivier, «nämlich, daß ich von Hause weggegangen bin, ohne abzuwarten, daß er wiederkam, und daß ich überdies noch sein Fortsein ausgenutzt habe ...»

«Ja, du hast ihm die Frau genommen, die er geliebt hat», fährt Sylvaine fort.

«Das weißt du?» ruft Ollivier.

«Vielleicht ist es dir nicht recht, daß ich soviel weiß. Aber es ist nicht meine Schuld, daß deine Mutter mir so viel zu erzählen gehabt hat.»

«Sie hat es also auch gewußt?»

«Allerdings. Als du in der Hütte nicht aufzufinden gewesen bist, da hat der Wachtmeister Angiollini Nachforschungen anstellen lassen, und dabei ist herausgekommen, daß du die Nacht bei Nine Desmichels verbracht hast und dann mit ihr nach Toulon gegangen bist.»

Sie zögert, und dann sagt sie noch:

«In die Bar de la Girelle.»

«Die kennst du auch?»

«Ach ja, die kenne ich, die Bar! Aber nicht durch deine Mutter. Da nämlich hat sich Constant erschossen, in Fifi Fourniers Zimmer.»

«Dein Mann?»

«Ja. Der, den man mir zum Manne gegeben hat und der um des Geldes willen bereit gewesen ist, mich zur Frau zu nehmen. Du siehst, es sind nicht alle Männer wie du; den meisten macht fremdes Geld nichts aus, selbst wenn sie durch eine Schmutzerei dazu kommen. Ja, der Mann, den ich, du weißt es ja jetzt, niemals geliebt habe.»

«Und das ist zufällig ausgerechnet in der Bar de la Girelle geschehen?»

«Ja, sonderbarerweise. Aber an dem Tage, da ich meinen Mann tot auf dem Badezimmerteppich habe liegen sehen, da hatte ich noch nicht gewußt, daß ich in dem schlechten Hause auch deine Spuren hätte finden können. Selbstverständlich war, wie stets, mein Denken ganz von dir erfüllt, und dennoch hat nichts zu mir gesprochen. Nichts hat mir gesagt: Schau genau hin, auch er ist hier gewesen. Diese Nine, die dich anstarrt, um ganz genau zu sehen, ob du auch weinst, dies Straßenmädchen mit dem nackten Körper unter dem rosa Schlafrock, dies Wesen, das im Grunde gar nicht vorhanden ist – die hat ihn haben dürfen, deinen Geliebten. Den, um dessentwillen du ein jammervolles Dasein geführt hast, weil du seine Augen und seine Worte nicht hast vergessen können, den sie hat umarmen dürfen, und wenn du sie fragtest: ‹Ollivier?› Dann würde sie dir antworten: ‹Freilich, Ollivier!›»

Nun haben auch Sylvaines Augen den Freudenglanz verloren, und es ist, als wollten sie weinen. Sie spricht weiter:

«Nein, nichts, gar nichts hat zu mir gesprochen. Wie ich gekommen bin, bin ich wieder weggefahren – mit einem schweren Herzen in der Brust ...»

«Ich sehe ein, daß du viel gelitten hast», sagt Ollivier. «Und es ist nicht deine Schuld gewesen.»

«Auch deine Schuld ist es nicht gewesen», sagt Sylvaine. «Schuld? Was heißt das überhaupt? Nicht wir sind schuldig, sondern das Leben ist es, oder vielmehr: das Leben und wir haben keine gute Mischung abgegeben. Es ist schwierig, das auseinanderzusetzen, nicht wahr? Es klingt so dumm, wenn man es sagt.»

«Ich glaube, ich verstehe dich», sagt Ollivier.

«Ich meine immer, wenn das Leben und die Menschen eine gute Mischung ergeben, einen so guten Teig, wie es eigentlich sein sollte, so wie es ist, wenn man Mehl, Eier, Salz und Zukker zusammenrührt, so daß man die Einzelteile schließlich nicht mehr unterscheiden kann, – ja, dann würde es auch kein Übel mehr geben, und so müßte es eigentlich sein. Verstehst du auch, was ich meine?»

«Ja», sagt Ollivier. «Bitte, sprich weiter.»

«Ja, die Kraft, die dich nach Les Sénès, zu Nine getrieben hat, der Lust entgegen, nach der dich so sehr verlangt hat, als du sie deinen Bruder hast nehmen sehen, die Kraft, die dich zu etwas getrieben hat, was du sonst nie getan haben würdest – gegen diese Kraft vermögen wir nichts. Sie treibt ja auch die Fische der Flüsse und Ströme in die fernsten Meere. Und ich kann sie mir vorstellen, alle diese Fische, wie sie im Wasser sind, im Schlamm, in ertrunkenen Wäldern, in den Rümpfen toter Schiffe, und wie sie dann plötzlich die Köpfe heben und sich sagen: ‹Wir müssen dorthin . . .› Nie zuvor sind sie dort gewesen, und dennoch kennen sie den Weg. Sie wissen, daß dort ein großes Seegras- und Tangmeer ist, wo sie die Stränge ihres Laichs ablegen können. Und daß danach die Männchen darüber hinwegschwimmen und sie befruchten.»

«Ja, davon habe ich gehört», sagt Ollivier.

«Und weißt du auch, daß diese Kraft den männlichen Ameisen Flügel wachsen läßt? Daß sie wolkengroße Schmetterlingsschwärme den Weibchen zufliegen läßt? Gegen diese Kraft vermögen wir nichts. Die Hündinnen, die man einsperrt . . .»

«Ja, die machen alles kaputt», sagt Ollivier. «Das weiß ich nur zu gut.»

«Und mit den Mädchen ist es genau so», sagt Sylvaine. «Nur nennt man sie dann ‹gefallene Mädchen›. Nach unserm Beisammensein im Quellenholz hätte man eine eiserne Schranke zwischen dir und mir errichten können – ich würde mir die Fingernägel ausgerissen haben, um sie zu heben. Aber das Böse, das ich getan habe, das bestand darin, daß auf meiner Schrankenseite jemand gewesen ist, der ein vertrauenswürdiges Gesicht hatte, und der hat mir gesagt: ‹Ich will dir helfen.› Einer, der gemerkt hat, welch eine große Kraft sich meiner bemächtigt hatte, und der auch unter jener großen Kraft gestanden hat; nur, daß ich es nicht gewußt habe. Und ich beschuldige weder ihn noch dich, noch mich, weil alles, was geschehen ist, nicht mit unserm bewußten Willen geschehen ist...»

«Du hast recht», sagt Ollivier.

«Als du zu Nine gegangen bist, da ist dein ganzes Ich dem Leben entgegengegangen; denn in jenem Augenblick ist man wahrhaft lebendig. Und als ich dem entgegengegangen bin, was mich verdorben hat, da ist es in einem Augenblick geschehen, in dem ich leben mußte, verstehst du? Für mich hat dieser Augenblick bei Tante Gina begonnen, als unsere Augen sich vermählt hatten. Danach haben du und ich die Köpfe gehoben wie die Fische in den Flüssen, und wir haben gewußt, daß wir uns jetzt auf den Weg machen müßten. Und als sie mich dann von dir gerissen haben, mit dem ich weit stärker verwachsen war, als es das blutige Fell mit dem Ziegenlamm ist, das abgehäutet wird; als man uns einander genommen hat, da bin ich gewesen wie jemand, dem alles mangelt, und ich habe in mir den Tod gefühlt – während ich doch in jenem Augenblicke leben mußte. Mich hungerte, und mich dürstete, und es war der Augenblick, da ich leben mußte. Und als mir da jemand Brot und Wein und alle Nahrung bot – woher hätte ich da den Mut und die Kraft nehmen sollen, das alles zurückzustoßen? Sag mir doch: woher? – Aber ich habe nur zu bald gespürt, daß jene Nahrung vergiftet war. Deine Liebe hat mich nähren sollen – aber das, was ich empfing, war nur ihr verzerrtes Abbild. Kennst du das vergiftete Korn, das in rote Farbe getaucht wird, damit es nicht zu Brot verbacken werden kann – kennst du das? Und daneben das schöne gewölbte Korn, wie du es aus der Ähre zupfst, dessen Milchsaft unter deinem Nageldruck hervorquillt – siehst du den Unterschied? Ich aber, ich habe ihn nicht gesehen. Ich hatte noch nicht die Augen, die zu sehen wissen. Verstehst du mich?»

«Ja», sagt Ollivier.

«Und weil ich geglaubt habe, daß ich mich von dem vergifteten Korn nähren könne, von der falschen Liebe – da habe ich die tiefste Sünde der Welt begangen, und die besteht darin, daß man sich nicht –, daß man der Erde nicht die beste Nahrung zu nehmen versucht. Was nachher geschehen ist: meines Vaters Roheit, der Mann, das Kind, – all das, all das hat mir nichts bedeutet. Ich habe mir immer nur gesagt: ‹Es hilft nichts – ich muß bezahlen.› Aber die große Kraft – um ihretwillen lohnt es sich, am Leben zu bleiben – war nicht in mir erstorben; sie wollte mein Glück; sie hoffte immer noch darauf, und deshalb ist an dem Tage, da ich dich wiedergefunden habe, mein erster Gedanke gewesen: ‹Ich habe es ja gewußt, daß ich ihn wiedersehen würde; denn wenn ich ihn nicht hätte wiedersehen dürfen, wäre ich längst tot.› Wenn es dem Fisch im Flusse verwehrt ist, nach dem Meere zu gelangen, wo er befruchtet wird, dann stirbt er ab. Und mich hat die große Kraft seit meiner Geburt dir entgegengetrieben – weit stürmischer, als es die Strömung der Flüsse vermöchte.»

Sylvaine hält inne und lächelt.

«Ich habe lange gesprochen», sagt sie, «aber ich mußte dir doch alles erklären. Und hattest du mich während der ganzen Zeit meines armseligen, unnützen Lebens vergessen?»

«O nein», sagt Ollivier. «Ich kann es nur nicht so gut ausdrücken wie du. Aber dich vergessen – nein, vergessen habe ich dich nie. Nur mutlos bin ich gewesen, und hoffnungslos.»

«Ach», sagt Sylvaine, und ihre Stimme fängt schon wieder an zu klingen, «das kommt, weil du ein Mann bist! Du hattest anderes zu tun, als an mich zu denken. Eben weil du ein Mann warst, hat dir ja doch das ganze Leben zur Verfügung gestanden, um dich von einer unglücklichen Liebe zu heilen. Wir Frauen jedoch, wir müssen daheim bleiben – was ist denn für uns das Leben? Was man uns zuteil werden läßt, ohne daß man uns auch nur fragt, ob es uns lieb ist, das ist wie eine Gabe, die man den Bettlern am Straßenrande hinwirft. Man wirft uns unsern Glücksanteil zu wie ein Konfektionskleid, ohne daß man sich Sorgen macht, ob es uns auch paßt: ‹Da, zieh das an; wenn es sitzt, na, dann ist alles gut.› Aber wenn es uns nicht paßt, dann stehen wir nackt und frierend in der Kälte, inmitten einer gleichgültigen und teilnahmslosen Welt. Oder wir suchen nach etwas anderem; aber wir haben ja keine Erfahrung. Und ohne Erfahrung trifft man eine schlechte Wahl; man verstößt gegen den guten und selbst gegen den eigenen Geschmack. Und das habe auch ich getan. Das habe ich dich einmal spüren lassen wollen; aber seit unserem Wiedersehen habe ich noch nicht den Mut dazu gefunden. Ich hatte Angst, du würdest es nicht verstehen. Doch jetzt weiß ich, daß du alles verstanden hast. Und nun möchte ich dir sagen . . .»

Sylvaine drängt sich an Ollivier, der vor dem Mühlstein steht. Ihre Hände packen seinen Hemdstoff und ziehen ihn auseinander; sie drückt den Mund gegen seine warme Brust. Dann sagt sie: «Du mußt mir glauben, wenn ich dir jetzt schwöre, daß ich niemals einem andern als dir habe angehören wollen. Ich habe immer nur dir gehören wollen. Nur dir! Nur dir! ...» –, so ruft sie ganz leise in die Brust des Mannes hinein.

Sie schmiegt sich an ihn; sie reibt ihr Haar an seiner Haut; schließlich wagt sie, zu Ollivier emporzusehen, um der Sprache seines Blickes die Antwort zu entnehmen. Ihr kommen die Tränen, denn sie fühlt, daß diese Sprache milde ist.

«Ich glaube dir», sagt Ollivier, «ich glaube dir, weil ich dich lieb habe, und weil ich dir glaube, darum habe ich dich noch viel lieber.»

6

VÖGEL, ein ganzer Schwarm, der im Kirschbaum nistet, sind die ersten, die das Frührot begrüßen. Den Kirschbaum hatte Arnaude gepflanzt; ein winziges, auf einer der Wiesen gefundenes Bäumchen hatte sie in die Erde gesetzt. Antoine hatte eine gute Sorte darauf gepfropft, und in diesem Jahre senkte der Baum die früchteschweren Zweige. Er war so gepflanzt worden, daß er morgens den ersten Sonnenstrahl empfing; zwischen zwei Pinien stand er, und seine Wurzeln hatten durch das Gestein hindurch das Grundwasser aufzuspüren gewußt.

Die Sperlinge hören auf zu zirpen; ein Fensterladen hat gegen die Hauswand geschlagen. Sylvaines Hand bleibt flach darauf liegen; sie will die gute Wärme der aufgehenden Sonne empfinden. Aus dem Hausinnern kommt eine größere Hand und legt sich daneben, und nun steht auch Ollivier am Fenster.

«Wie schön!» sagt er. «Die Menschen, die noch nicht auf sind, lassen sich den besseren Teil des Tages entgehen.»

«Wenn der Tag einem gefällt», sagt Sylvaine, «dann hat man recht, wenn man ihn so schnell wie möglich beginnen will. Damals, in der Gerberei, als ich dich verloren hatte, da habe ich mich zehnmal wecken lassen. Ich konnte mich nicht dazu zwingen, die Augen aufzumachen; ich wußte ja nur zu gut, was meiner wartete; eine sinnlose Folge von Augenblicken, die mich in ein schleichendes Fieber einsinken ließen wie in moorigen Schlamm, an dem man erstickt, wenn man um Hilfe zu rufen versucht...»

Sie verstummt; sie ist ganz erfüllt davon, wie reich sie jetzt ist, wenn sie es mit der einstigen Armut vergleicht.

In diesem Augenblick, stille Wassertropfen, die in ein stilles Wasser fallen, schlägt eine Kirchturmglocke im Tal fünf. Sie hören, wie der Hall in der Stille untergeht; in ihnen ist ein Glück, das sie müde macht.

«Willst du dich nochmal hinlegen?» fragt Ollivier. «Dann mache ich das Frühstück mal allein fertig.»

«Ach was», sagt Sylvaine, «es ist viel schöner, wenn ich es dir auftrage. Hier ist es nicht wie früher, weißt du. Hier habe ich Freude am Dasein.»

Sie tritt vom Fenster zurück und zieht sich fertig an. Das geht schnell vonstatten; die laue Luft umspült einen von früh morgens an; und so schlüpft sie einfach in ein Leinenkleid und zieht weiße Sandalen an; dann macht sie die Küchentür auf und geht zum Holzschuppen.

«Brauchst du Brennholz?» fragt Ollivier, der auch herausgekommen ist. «Warte, ich spalte es dir.»

Mit einem Arm voll Holz kommt er zurück und fängt an, es auf dem kleinen Platz vor dem Hause zu zerkleinern. Die junge Sonne strömt ihr blondes Licht über seinen nackten Oberkörper. Seine blaue Leinenhose hält auch ohne Gürtel; sie sitzt gut. Während Sylvaine auf ihr Holz wartet, betrachtet sie seine gewölbte Brust und seine festen Arme, unter deren brauner Haut, die glatt ist wie ein Irisblatt, die Muskeln spielen. Der leichte Morgenwind fährt durch sein gewelltes dunkles Haar und hebt es an und läßt es zurückfallen; es hängt ihm in die Stirn, und seine Augen funkeln unter den dichten Wimpern.

«So!» sagt er. «Aber warum siehst du mich denn so an?»

«Ich mag dich», sagt Sylvaine. «Das habe ich freilich schon gewußt, aber heute morgen spüre ich es noch stärker als sonst.»

Über vier Pinienzapfen und dünnem Reisig schichtet sie ihr Feuerholz auf, zündet es an und stellt den Topf mit dem Kaffeewasser darüber.

«Gleich beim ersten Male brennt es richtig», sagt Ollivier. «Feuer anstecken kannst du, als ob du hier im Gebirge zur Welt gekommen wärest.»

«Du weißt ja», antwortet sie, «daß es heißt: um richtig Feuer anstecken zu können, müsse man verrückt, verliebt oder ein Dichter sein. Ich bin vielleicht ein bißchen von alledem zugleich; und deshalb hat es so gut geklappt.»

«Du glaubst, du bist das alles zugleich?»

«Ja, manchmal glaube ich das», sagt Sylvaine. «Und jetzt will ich melken.»

Ollivier lacht sie mit seinem schönen Munde an; auf jedem seiner blanken Zähne spiegelt sich das Morgenlicht, und sie lacht ihn mit Lippen an, die rot sind wie Blut, das selig das Fleisch durchströmt. ‹Wie leicht doch alles ist!› denkt sie. ‹Eine Zeitlang ist mir alles so schwer vorgekommen, und jetzt geht es fast von selbst. Es ist, als stellten alle Dinge sich in meinen Dienst. Ja, das ist Glück . . .›

Cabrettoune hat sie in ihrem Stall, hinten an dem kleinen Hofe, schon kommen hören. Sie streckt Sylvaine die geschwellten Euter hin, und die Milch zischt in dünnen Strahlen in den gelben Fayencetopf. Sylvaine streichelt die Ziege und gibt ihr eine Brotrinde, die das Tier gegen die Wand drückt, um sie leichter fressen zu können.

«Sie gibt von Mal zu Mal weniger Milch», sagt Sylvaine, «und als sie gestern angepflockt war, hat sie immerfort gemekkert. Sie will zum Bock.»

«Aber es ist doch jetzt gar nicht die Zeit! Anderswo sind gerade die Ziegenlämmer geworfen worden.»

«Nein, ich weiß, die richtige Zeit ist es nicht», sagt Sylvaine, «aber während ihrer Krankheit hat deine Mutter sie nicht hinbringen können, und nun ist das Tier ganz durcheinander geraten.»

Sylvaine verstummt jäh. Ihr ist etwas eingefallen. Sie hat daran denken müssen, was Arnaude ihr von dem letztenmal erzählt hat, als sie die Ziege zum Bock geführt hatte. Bei der Rückkehr hatte sie jenes ‹ahnende Gefühl› gehabt, daß Ollivier in der Nähe sei. Und neulich hat Ollivier gesagt . . . Sie fragt: «Hast du nicht mal gesagt, einmal wärest du wieder heimgekehrt?»

«Heimgekehrt?» fragt Ollivier.

«Ja, hierher. Bitte verzeih, aber ich gleite von einem Gedanken zum andern. Als ich von der Ziege erzählte, habe ich daran denken müssen, wie deine Mutter beim Heimkommen von Bramafan das Gefühl gehabt hat, du seiest gekommen.»

«Ach?» sagt Ollivier.

«Ja, sie hat mir gesagt, alles sei wie vorher gewesen: die Dinkelsuppe auf dem Heidewurzelfeuer, der Schöpflöffel auf dem Teller – und dennoch sei sie überzeugt gewesen, du seiest wiedergekommen. Und dann hat sie Asche von deiner Zigarette gefunden.»

«Von meiner Zigarette? Ich habe niemals geraucht», sagt Ollivier.

«Aber...», sagt Sylvaine.

«Und dennoch bin ich tatsächlich hier gewesen», sagt Ollivier.

Er senkt den Kopf; die Erinnerung überwältigt ihn.

«Ja... niemand war hier; ich bin hineingegangen, durchs ganze Haus; überall habe ich nachgesehen; ich habe gegessen, und dann bin ich hinausgegangen, um mich dort ein bißchen umzusehen.»

«Aber warum hast du denn nicht auf deine Mutter gewartet?» fragt Sylvaine. «Das ist doch beinahe unbegreiflich.»

«Sogar noch mehr habe ich getan», sagt Ollivier. «Ich habe sie mit der Ziege zurückkommen sehen, und da habe ich mich hinter dem Gebüsch versteckt.»

«Aber warum denn nur?» fragt Sylvaine. «Sie hätte sich doch so schrecklich gefreut!»

«Ich weiß es nicht...», sagt Ollivier. «Ich kann es dir nicht erklären. Es ist sehr schwierig, das zu verstehen – auch für mich selbst.»

Er verschränkt die Hände und öffnet sie wieder und läßt dabei die Knöchel knacken. Man merkt, wie aufgeregt er ist.

«Ich weiß es nicht», sagt er noch einmal. «Ich habe es mir seither oft genug überlegt. Ich glaube... Ja, siehst du, ich glaube, wenn ich wieder in dies Haus zurückgekehrt wäre, das ich wie ein Dieb verlassen habe; wenn ich dahin zurückgekehrt wäre und an meine Schuld hätte denken müssen, an mein böses Verhalten gegenüber Félicien, an mein langes Schweigen – ich glaube, dann hätte ich mich so sehr schämen müssen, daß ich den Blick meiner Mutter nicht ertragen hätte. Ja... und dabei war ich doch kein Zwölfjähriger mehr! Aber es ist wohl so: vor seiner Mutter ist man immer ein Zwölfjähriger; und als ich sie habe kommen sehen, da habe ich nichts gefühlt als den Drang, mich zu verstecken, um nicht gesehen zu werden.»

«Und sie hätte sich doch so schrecklich gefreut!» sagt Sylvaine noch einmal.

«Ich hatte Angst vor ihren Vorwürfen; ich hatte Angst, daß sie weinen würde; ich hatte Angst vor allem, was sie mir, wie ich es verdiente, vorhalten, und Angst vor allem, was dadurch wieder wach werden würde.»

«Und dabei ist sie so gut gewesen ...»

«Eben deshalb. Wenn sie eine von den Müttern gewesen wäre, die um nichts und wieder nichts mit Ohrfeigen bei der Hand sind, dann wäre ich ihr gegenübergetreten. Aber als ich von meinem Versteck aus ihr liebes, vom Kummer gezeichnetes Gesicht gesehen habe, da hat die Reue mich festgenagelt. Und als die arme Mutter die Haustür hinter sich zugemacht hatte – da bin ich aufgestanden und wie ein Irrer in den Wald gestürzt. Ich konnte nichts mehr sehen; der Schmerz hatte mich blind gemacht; und dennoch bin ich weggelaufen – versuch doch, es zu verstehen ...»

«Du hast ein sonderbares Leben geführt», sagt Sylvaine.

«Ja», sagt Ollivier. «Während meiner ganzen Jugend habe ich die Tränen meiner Mutter geschmeckt, die mir die Lippen feucht machten, wenn sie mich an sich preßte, an ihre schwarze Bluse.»

Ollivier verstummt. Man hört das klägliche Meckern der Ziege.

Auch Sylvaine schweigt; aber nach ein paar Minuten sagt sie:

«Die arme Toune! Mit aller Gewalt will sie Junge haben! Ich will sie hinbringen. Wenn sie geworfen hat, haben wir eine kleine Herde. Weidewiesen gibt es hier herum genug, und es wäre ein schöner Gewinn.»

«Ja, das tu nur», sagt Ollivier. «Gegenwärtig hast du mehr Sinn für die Landwirtschaft als ich.»

Sylvaine sieht, daß er traurig ist und noch ganz gedankenverloren. Sie lacht:

«Aber was willst du denn? Auf deinem Schiff, im Indischen Ozean, konntest du dich doch nicht gut mit Ziegenhochzeiten befassen! Du hast Zeit gehabt, deine Bergjugend vergessen zu können; aber mit mir ist es umgekehrt gewesen: ich bin ja beinahe eine Städterin; denn bis zu meinem fünfzehnten Jahre bin ich doch in dem Pensionat zu Hyères gewesen, und dabei habe ich mich stets nach frischer Luft auf dem Lande gesehnt. Meine Mutter war völlig verzweifelt deswegen; denn sie hatte es sich in den Kopf gesetzt, aus mir eine ‹junge Dame› zu machen, wie sie es nannte ...»

«Wenn sie dich also jetzt als Holzhauerfrau sähe – dann würde sie alles andere als stolz sein?»

«Ach, du lieber Gott! Aber das ist mir ganz gleichgültig.»

Wieder lacht Sylvaine. Dabei springt ihr ein Blusenknopf auf.

«Schrecklich!» sagt sie. «Von Tag zu Tag werde ich dicker!»

Ollivier läßt seinen Blick wie eine Hand auf ihr ruhen. Er sagt leise: «Du, ich mag dich auch.»

Sylvaine schaut zu Boden. Aber dann macht sie sich von der Verwirrung frei und sagt:

«Nein, meiner Mutter wäre es ganz bestimmt nicht recht, wenn sie mich hier in deinem Hause das Herdfeuer anstecken sähe; aber ich tue es gern und bin froh und glücklich dabei, und das ist die Hauptsache. Und Gott sei Dank kann meine Mutter es ja auch nicht mehr sehen!»

«Wie kannst du so etwas Böses sagen!» fährt Ollivier auf. «Und dabei hast du meine Mutter so schön gepflegt!»

Sylvaines frohes Lächeln verlischt.

«Deine Mutter ist eine richtige Mutter gewesen», sagt sie.

Im Laufe des Gespräches hat sie über den Tisch vor dem Hause ein handgewebtes Leinentuch gebreitet, das körnig und weiß wie Rahmkäse ist, und darauf Brot, Butter, Kaffee und Milch gestellt. Außerdem sind noch Salat aus frisch gepflückten Tomaten, Wurst und Käse da.

«Milchkaffee ist ein Frühstück für Frauen, die keine schwere Arbeit zu leisten brauchen», sagt sie. «Ich habe gemeint, es könne dir vielleicht nicht genügen, wenn du es auch noch nicht gesagt hast.»

«Ich muß zugeben», sagt Ollivier, «daß ich bis jetzt immer warm und kräftig gefrühstückt habe. Aber schließlich ...»

«Das hätte ich mir denken können», sagt Sylvaine. «Hast du denn immer noch nicht eingesehen, daß ich dazu da bin, dir alles recht zu machen?»

«Nein», sagt Ollivier, «noch immer nicht. Es ist ja auch lange her, daß eine Frau für mich gesorgt hat.»

«Oh», sagt Sylvaine, «und dabei hat dich doch eine ganze Anzahl von Frauen geliebt. Laß nur; ich weiß Bescheid! Erst war es diese Nine ... und dann meine Tante Gina.»

Sie sieht ihn ängstlich von unten herauf an. Und auch er schaut drein, als müsse er sich rechtfertigen.

«Das kannst du aber nicht von meiner Mutter erfahren haben», sagt er. «Denn davon hat sie meiner Meinung nach nichts gewußt.»

«Nein», sagt Sylvaine, «das hat mein Vater mir erzählt, damit mich vor dir ekeln sollte, nachdem er mir mit aller Bestimmtheit versichert hatte, du habest auf seinen Brief nicht geantwortet und seiest auch nicht nach Bellaïgue gekommen. Aber da das ja eine Lüge gewesen ist, da könnte das andere . . .»

Und nun sieht sie Ollivier tapfer in die Augen und fragt ihn.

«Nein», sagt Ollivier, und seine Stimme klingt hart wie nie zuvor, «das ist keine Lüge gewesen. Ich brauchte es nicht zuzugeben; aber ich will nicht, daß zwischen dir und mir etwas Unsauberes zurückbleibt. Es ist so – ich habe etwas mit deiner Tante Gina gehabt; sie ist meine Geliebte gewesen.»

«Oh!» sagt Sylvaine.

Sie sagt «Oh!», wie man «Oh!» sagt, wenn man beim Wandern über einen steinigen Hügelhang zwischen den Felsbrocken eine Viper sich aufrichten sieht. Und nun wartet sie ab, ob die Viper sie beißen und ob ihr das sehr weh tun wird.

«Ich muß weit ausholen, damit dir alles in der rechten Weise klar wird», sagt Ollivier. «Es wird mir nicht leicht; aber ich will daran denken, daß du mir neulich erzählt hast, wie es mit dir gewesen ist und daß ich dich da verstanden habe. Also wirst du mich vielleicht ebenfalls verstehen können. Du hast gesagt, das mit Nine – das sei die große Kraft gewesen; sie hätte mich dazu getrieben; und da hast du recht gehabt. Aber da du sie ja kennst, die große Kraft – da weißt du wohl auch, daß sie einem lange zu schaffen macht?»

«Wenn sie einem nicht mehr zu schaffen macht, dann ist man alt geworden», sagt Sylvaine.

«Und ich bin damals noch nicht einmal ein richtiger Mann gewesen! Ich habe dir ja erzählt, daß ich erst zwei Reisen zusammen mit meinem Onkel und dann ein gutes Dutzend allein gemacht habe. Und daß es mir dann plötzlich über gewesen ist, so sehr über, daß ich fast krank geworden bin vor Verlangen, wieder auf festem Boden zu stehen. Gut. Also damals bin ich eines Abends nach der Abmusterung durch Marseille gebummelt, und da habe ich auf der Place de la Joliette Provençal getroffen. Provençal, weißt du, der aus mir schon früher, als ich noch in der Bar de la Girelle gewohnt habe, einen Fischer hat machen wollen. Den treffe ich nun also in Marseille, wo er sich übrigens nur vorübergehend aufgehalten hat – denk bitte mal, solch ein Zufall! Denn wenn ich ihn nicht getroffen hätte, würde ich nicht nach Le Lavandou gegangen sein, und dann würde ich dich vielleicht nie im Leben kennengelernt haben.»

«Ja», sagt Sylvaine. «Mit dem Zufall ist es ganz seltsam.

Denn wenn ich nicht damals bei der Weinlese ohnmächtig geworden wäre, dann würde Vater mich niemals zu Tante Gina gelassen haben.»

«Und wenn ich wie sonst immer über die Quais gegangen wäre, anstatt diesmal die Rue de la République hinunter, dann würde ich niemals Provençal getroffen und am übernächsten Tage wieder für eine weitere Reise angeheuert haben. Und dann hätten wir unser Erdendasein jeder für sich hinbringen müssen...»

«Ja», sagt Sylvaine. «Aber da hast du Provençal getroffen, und alles ist anders geworden. Weiter.»

«Also, er fällt mir um den Hals: ‹Na, wie geht's denn?› – ‹Danke, so leidlich.› Er sagt mir, er habe sich in Le Lavandou niedergelassen, was ja sein alter Lieblingsplatz gewesen war; er habe zwei Boote und sei Fischer und Fischhändler. ‹Es macht sich so›, hat er mir gesagt, ‹aber du wärst mir lieber!› – ‹Wieso, ich?› – ‹Ja, der junge Mensch, den ich da habe – und er hat schon eine ganze Reihe von Vorgängern gehabt –, der ist eben nicht wie du. Man hat schon seine Last mit den Lümmels! Der eine besäuft sich; der andere durchbummelt die Nächte, und am andern Morgen ist er schachmatt und hundeelend; der dritte verkauft die Fische, steckt das Geld in die eigene Tasche und begaunert mich um meinen Verdienst. Du siehst, man hat so seine Sorgen. Aber wenn du mitmachtest...› Ich nehme ihn sofort beim Wort: ‹Willst du es wirklich noch mal mit mir versuchen?› frage ich. ‹Ob ich es noch mal mit dir versuchen will? Paß mal auf: ich fahre sechs Uhr zehn nach Toulon. Du brauchst nichts zu tun, als zum Bahnhof zu kommen. Einverstanden?› – ‹Einverstanden!› sage ich. Am andern Tage sind wir zusammen losgefahren; ich habe mit dem Rundnetz umzugehen gelernt, und vier Tage später habe ich schon Fische bis hinauf nach Roquebrune verkauft. Und du kannst mir glauben, daß ich den Laden geschmissen habe! Wenn ich auf den Märkten ankam, taten die Weiber wie verrückt; von allen Seiten her kamen sie angelaufen; es war, als rufe meine Widderhorntrompete sie zu andern Dingen als zum Fischekaufen. Wenn ich rief: ‹Au péi! Au péi!›, dann kamen sie gerannt, mit lachendem Munde, das Geld in der Hand. Der Meergeruch in den Binnenlanddörfern – der tat es ihnen an. Ich habe alles verkauft und bin mit leerem Wagen zurückgefahren. Provençal hatte sich in einem kleinen Hause am Hafen eingemietet. ‹Ich würde dich gern bei mir unterbringen›, hat er gesagt, ‹aber schließlich habe ich meine kleinen Mädchen im Hause, und das würde Gerede geben.› Er hatte seine beiden mittlerweile herangewachsenen Töchter bei sich, und vielleicht hätte er es nicht ungern gesehen, wenn ich eine davon geheiratet hätte; aber ich mochte sie alle beide nicht. Und nun ist es soweit, daß ich von deiner Tante erzählen muß. Erinnerst du dich ihrer noch?»

«O ja!» sagt Sylvaine. «Sie war schön. Am Tag der Weinlese, von dem ich dir erzählt habe, da hat sie im vollen Sonnenschein so schön ausgesehen, daß ich, als noch der Traubenduft hinzukam, vieles verstehen gelernt habe.»

«So ähnlich hat sie auch auf mich gewirkt, als ich sie zum erstenmal gesehen habe. Provençal hat mir gesagt: ‹Du solltest dich im Hotel Laurade in Kost geben. Die Wirtin hält auf gute Küche und hat eine Schwäche für nette Jungs. Du würdest da leben wie der Taschenkrebs in seiner Felsspalte. Soll ich dich hinbringen?› – ‹Ja, gern!› habe ich geantwortet. Wieder solch ein Zufall! Beinahe hätte ich schon mit einem abgeschlossen, der das Hotel des Pescadous leitete. Ich mache das also rückgängig und gehe zu deiner Tante. Aber als ich dich dann kennengelernt habe, da hat das innerhalb einer Minute alles zerstört, was sich seit Tagen zwischen Gina und mir anspann. Das hat sie auch später eingesehen; denn sie hat mir gesagt: ‹Wenn ich gewußt hätte, daß du nicht nach Toulon führest, wie du es gesagt hattest, dann würde ich mich gehütet haben, jemals meine Nichte hierher zu bringen.› Denn ich hatte damals tatsächlich mit Provençal zusammen weg wollen, um eine Privatjacht zu führen; der Besitzer, ein reicher Herr, hatte eine kleine Mittelmeerreise machen wollen. Und da hat mein Kamerad, der ja nur einen Arm hatte, sich verletzt und ist in Toulon ins Krankenhaus gekommen. Also bin ich in Le Lavandou geblieben, um unser Geschäft weiterzuführen, und so bin ich dagewesen, als du gekommen bist.»

«Immer und immer wieder die große Hand des Zufalls, die die Dinge nach ihrem Willen fügt!» sagt Sylvaine. «Für die einen geht es gut aus, für die andern schlimm.»

«Und deine Tante, die hat bald gewittert, daß, seit du in mein Leben getreten warst, die Dinge sich für sie und mich gewandelt hatten. Aber sie hat immer gedacht, und auch das hat sie mir gesagt: ‹Sylvaine fährt bald wieder weg, und ich, ich bleibe da.› Und was sie mir nicht eingestanden hat, das habe ich auch so begriffen. Sie hat sich die Sache folgendermaßen gedacht: ‹Ich, ich bleibe da, und ich bin Tag für Tag mit meinen guten Worten, meiner guten Küche, meiner mütterlichen Anteilnahme und schließlich auch als liebende Frau um ihn. Da werde ich ihn schon so weit kriegen, daß er alles andere vergißt.› Recht hat sie gehabt, wenn auch nicht ganz und gar; denn vergessen habe ich dich nicht. Aber sie hat sich eben auf die Männer verstanden. Sie hat gewußt, wie schwach sie sind und wie leicht sie sich herumkriegen lassen. Und als du nun also abgereist warst...»

«Ja, ich kann mir schon denken», sagt Sylvaine. «Und während jener Zeit hat die Flamme, die von dir zu mir übergesprungen ist, mich völlig verbrannt.»

«Ich war allein; Provençal war noch immer krank; du warst daheim, und zwischen uns standen deine Eltern, deine Lebensgewohnheiten und deine Unschuld... Meine Geliebte konntest du nicht sein, und ich habe damals noch geglaubt, die Liebe sei nur etwas Körperliches.»

«Ich war dir verfallen, seit dein Blick mich getroffen hatte», sagt Sylvaine. «Ich bin fast zugrunde gegangen vor Verlangen, dir anzugehören.»

«Ja, aber ich habe immer an deine Unschuld denken müssen, und ich habe gewußt, daß man Mädchen wie dich erst nimmt, wenn man sie geheiratet hat. Weißt du noch, daß ich dir versprochen hatte, dir zu schreiben, und daß ich das auch getan habe?»

«Ach, deine erste Postkarte!» sagt Sylvaine. «Ich war ganz von Sinnen, als ich sie bei mir trug; ich meinte immer, sie müsse mir dort, wo ich sie trug, ein Brandmal erzeugen, so sehr habe ich unausgesetzt gespürt, daß es mir wie ein im Verborgenen schwelendes Feuer ins Fleisch brannte. Am liebsten hätte ich sie allen Menschen gezeigt, und dabei mußte ich sie doch verstekken. Nur Tante Théonie...»

«War die auch so wie Tante Gina?»

«Nein», sagt Sylvaine, «o nein!»

Es hilft nichts, sie muß lachen, als sie Tante Gina und Tante Théonie miteinander vergleicht.

«O nein», sagt sie noch einmal. «Das ist, als wolltest du eine alte, traubenschwere Rebe mit einer Heckenrose vergleichen, die keinerlei eßbare Früchte trägt. Tante Théonie hat keine Kinder gehabt, aber sie hatte etwas Mütterliches wie deine Mutter, die drei Söhne gehabt hat. Nur mit ihr habe ich über dich und meine große Liebe sprechen können, die mich bei lebendigem Leibe verbrannte. Und dann mit Justine; denn Justine Marcelin, der habe ich die Karte auch gezeigt, als sie bei uns die Matratzen ausbesserte, und da hat wiederum der Zufall seine Hand im Spiel gehabt; denn später, viel später hat Justine mir von deiner Mutter erzählt...»

«Als ich dir geschrieben hatte, da habe ich auf deine Antwort gewartet und mir gesagt: ‹Weiter werde ich nichts von ihr bekommen; sie ist ein viel zu gut behütetes Mädchen, und heiraten kann ich sie nicht, dazu reichen meine Lebensumstände nicht aus.› Gina hatte mir erzählt, dein Vater sei sehr hart und streng. Der Gedanke, vor ihn, den Gerbereidirektor, in meinem schäbigen Fischerjumper und meiner Armut hinzutreten – davor habe ich eine riesengroße Angst gehabt... Wirklich, wenn es draußen auf See kräftig wehte, dann habe ich viel weniger Angst gehabt! Ich fühlte weit mehr Kraft in mir, mich gegen die Wellen zu wehren, die meinem Schiff zu Leibe wollten, als gegen die Art und Weise deines Vaters, wenn er mir etwa sagte: ‹So, wie Sie da vor mir stehen, wollen Sie meine Tochter heiraten?› Aus diesem Grunde habe ich es immer wieder hinausgezögert, immer wieder, wenn du mir schriebst, ich solle kommen und um dich anhalten.»

«Und ich habe mir derweile die Augen nach dir ausgeschaut», sagt Sylvaine.

«Aber an dem Sonntag, als ich nach Bellaïgue kommen sollte, da habe ich Mut gehabt. Du hattest mir geschrieben, deine Tante Théonie sei wieder in die Ardèche zurückgefahren, und nun wüßtest du nicht mehr, wie wir unsern Briefwechsel aufrechterhalten sollten. Aber jetzt hatte ich mich so an deine guten Briefe gewöhnt, daß ich wußte, wie fürchterlich schwer es mir werden würde, darauf zu verzichten. Ich weiß noch, daß ich an jenem Morgen beizeiten aufgestanden, nach der Halbinsel gegangen bin und mich unter eine Pinie gesetzt hatte. Provençal war noch immer im Krankenhaus, und so saß ich an jenem Januarsonntag allein auf der Halbinsel und sah aufs Meer hinaus. Es war noch ziemlich früh im Jahr, aber die Mimosen standen bereits in voller Blüte; weißt du wohl noch, daß der Winter sehr milde gewesen war?»

«Ja», sagt Sylvaine, «die Narzissen kamen viel früher heraus als sonst.»

«In dem Harzduft der Pinie, unter die ich mich gesetzt hatte, witterte ich schon Frühlingswärme. Ich habe mir gesagt: ‹Jetzt gehst du heim, ziehst dir deinen guten Anzug an und fährst mit dem Zehnuhrzug nach Toulon. Von da aus verkehren eine ganze Menge Autobusse nach dem Gapeautal.› Mir war ein bißchen unbehaglich zumute, wenn ich daran dachte, daß ich am Grand-Cap vorüberfahren müsse, wo ich doch meine Mutter und Félicien einfach hatte sitzenlassen. Aber zugleich habe ich mir gesagt: ‹Wenn ich dieses hübsche Mädchen aus guter Familie geheiratet habe, dann steigen wir zusammen hinauf, und dann wird es meiner Mutter nicht schwerfallen, mir zu verzeihen.› So weit hatten deine Briefe mich gebracht, daß ich ohne weiteres glaubte, dein Vater würde einverstanden sein!»

«Das hatte ich schließlich ebenfalls geglaubt», sagt Sylvaine.

«Also wie ich dir gesagt habe: ich bin ins Hotel gegangen. Gina war allein in der Küche. Ohne ihr richtig in die Augen zu sehen, frage ich: ‹Hätten Sie wohl ein bißchen warmes Wasser für mich? Ich möchte mich rasieren. Und könnten Sie mir auch vielleicht meine Hose aufbügeln?› – ‹Willst du verreisen?› fragt sie mich. – ‹Ja.› – ‹Na, du willst wohl den Papst besuchen, daß du dich so in Schale wirfst?› Ich lache. Und da sieht sie mich an, und du weißt ja, wie sie einen ansehen konnte, und fragt mich hart und ernst: ‹Wohin willst du?› Am liebsten hätte ich geschwiegen; aber das habe ich nicht fertiggebracht; ich habe gesagt: ‹Nach Bellaïgue.› – ‹Ach, jetzt verstehe ich. Du willst deinen Antrag machen?› Das sagt sie mir so einfach ins Gesicht, mit einer Miene, als wolle sie sich über mich lustig machen, und da habe ich den Kopf zurückgeworfen: ‹Ja, ich will um die Hand Ihrer Nichte anhalten.› – ‹Die?› lacht sie los, ‹die? Die ist mir die rechte! Ausschütten wird sie sich vor Lachen! Und glaubst du vielleicht, mein Schwager, der mehr Tausendfrankenscheine im Geldschrank hat als du Krabben in deinen Fischkörben, glaubst du, daß der dich in all deiner Schäbigkeit zum Schwiegersohne nimmt? Der wird die Tür weit vor dir aufsperren, damit du hineinkannst, und er wird dir sogar noch zuvorkommen! ‹Aber treten Sie doch näher, Mylord! Natürlich sollen Sie meine Tochter haben, und mein Geld obendrein!› Jawohl! Scheißen wird er dir was und dich in den Hintern treten, und weiter gar nichts!› – ‹Wie können Sie nur so gemein sein›, sage ich, ‹wo ich Ihnen doch nicht das mindeste getan habe?› – ‹Nein›, sagt sie, ‹da hast du recht! Das hast du allerdings nicht!

Mir nichts getan? Oh, du Narr du ...!› – ‹Ich habe Ihnen immer Fische gebracht, wenn ich welche hatte ...› – ‹Auf deine Fische pfeife ich, und zwar nicht schlecht! Was soll ich denn mit deinen Fischen anfangen?› – Mochte sie schreien – ich bin stumm vor ihr stehengeblieben. ‹Na ja›, sagt sie und ist plötzlich so ruhig wie das Meer, ehe der Mistral kommt; ‹na ja. Mach, was du willst. Hier hast du warmes Wasser; häng deine Hose übers Treppengeländer, dann hole ich sie mir und bügle sie, und leg meinetwegen auch deinen Rock und deinen Schlips mit hin; denn natürlich mußt du auf Draht sein.› Da bin ich dann hinausgegangen, und später habe ich gehört, wie sie meine Sachen weggenommen hat. Ich habe mich rasiert; ich bin ganz zufrieden gewesen und habe mir gedacht: ‹Na, die bist du fein losgeworden! Wenn ich was mit Gina gehabt hätte, dann würde ich kein Wort mit Sylvaine haben sprechen können.› Ich weiß noch, daß ich mir den ganzen Körper mit Eau de Cologne abgerieben habe und wie das gebrannt hat. Ich habe mich ganz darauf eingestellt, als ob ich noch am gleichen Abend dein Mann werden solle. Ich hatte mir ein sauberes Hemd angezogen und saß nun da und wartete auf meine Sachen, als ich Gina von unten durchs Treppenhaus rufen hörte: ‹Zieh nur bis über Mittag wieder dein Arbeitszeug an; meine Eisen sind jetzt nicht heiß genug. Nach dem Essen plätte ich dann schnell, und dann bekommst du mit Leichtigkeit den Zug ein Uhr zehn.› – ‹In Ordnung!› sage ich. Ich hatte ihr nicht widersprechen und sagen wollen, daß ich lieber schnell im Stehen eine Kleinigkeit gegessen hätte, um so schnell wie möglich fortzukommen.»

«Ist sie denn damals schon deine Geliebte gewesen?» fragt Sylvaine.

«Ich habe dir doch schon gesagt, daß sie es nicht gewesen ist; aber sie ist immer sehr nett zu mir gewesen.»

«Ja, ich weiß», sagt Sylvaine.

«Es war, wie jeden Sonntag, im kleinen Eßzimmer für sie und mich gedeckt; sie aß immer an einem gesonderten Tische. Sie lädt mich ein: ‹Willst du einen Anis?› Und ehe ich noch antworten kann, gießt sie zwei Gläser ein und schiebt mir eins hin. ‹Donnerwetter! So voll!› sage ich. ‹Du mußt dir Mut antrinken!› antwortet sie. Ich sehe, daß sie Witze machen will, und ich gehe darauf ein. ‹Ist Sylvaines Vater denn wirklich so schrecklich?› frage ich. ‹Ach was!› sagt sie, ‹das habe ich vorhin nur so im Scherz gesagt. Und außerdem bist du ja tapfer; du bist ja schließlich ein Mann!› Ich habe mir gesagt: ‹Ein bißchen komisch ist sie doch, die Frau ...› Dann haben wir gegessen, und zwar ein feines Essen, das kannst du mir glauben; eine große Languste, die bei ihr bestellt worden war und die ich tags zuvor gefangen hatte. ‹Und der Gast?› frage ich. ‹Der mag Kartoffeln essen. Wir sind ja schließlich auch noch da.› Mein Mund brannte mir wie ein Backofen. Gina hatte eine Sauce à l'américaine gemacht, nach eigenem Rezept. Und die hatte es in sich. ‹Wenn du Weißwein willst, dann gieß uns nur ein›, sagt sie, ‹der ist gut gegen solchen Brand.› Dann gab es junge Erbsen, eine Seltenheit für diese Jahreszeit, und dann ein Backhuhn. Nur, damit du auch alles weißt. Sie sagt so nebenher: ‹Das ist der hübsche rote Hahn, der niemals an die Hühner hat 'ran wollen. Sein Pech!› Sie goß sich immerzu ein, und mir auch; erst einen trockenen Weißwein und dann einen alten Roten; als sie den auf den Tisch gesetzt hat, da hat sie gesagt: ‹Das ist Moulin-à-Vent; kennst du den? Wenn nicht, dann solltest du schnell seine Bekanntschaft machen; du wirst es nicht bereuen!› Dann kam Selleriesalat mit einer Art Senfsauce; dann Nachspeise; dann der Kaffee; da will ich aufstehen. Sie hält mich zurück: ‹Du hast noch Zeit! Es ist allerhöchstens zwölf Uhr fünfundzwanzig; wir haben beizeiten gegessen. Gleich muß Augustine kommen.› Augustine war die Aufwärterin; weißt du noch?»

«Ja», sagt Sylvaine. «Und währenddessen habe ich ...»

«Ich will dir ja alles erklären. Also sie sagt: ‹Gleich muß Augustine kommen; die kann dann abdecken, und derweile plätte ich deinen Anzug, und dann kannst du fort. Komm, trink noch einen Kognak.› Wieder gießt sie mir ein, und als ich den Kognak hinuntergekippt habe, gießt sie mir noch einen ein. ‹Von dem ersten hast du ja gar nichts gehabt›, sagt sie. Ich stehe auf; ich kann mich kaum noch auf den Füßen halten. ‹Geh in dein Zimmer›, sagt sie mir, ‹leg dich einen Augenblick hin, während ich mein Eisen aufs Feuer stelle. Die fünf Minuten hast du noch Zeit. Ich lasse dir deinen Anzug dann durch Augustine bringen.› – Ich danke ihr: ‹Sehr liebenswürdig!› Ich gehe hinauf und halte mich dabei am Geländer fest; ich mache meinen Ledergürtel auf; mir war zum Ersticken; ich glaubte, ich schwitzte Blut aus den Augen. Oben habe ich mich dann ganz unvermittelt nackt ausgezogen. Das Hemd, das ich doch gerade erst angezogen hatte, klebte mir auf der Haut. Ich sah an meinem Körper herunter; er war prall wie ein Weinbergpfirsich. Ich legte mich hin. Ich mußte an dich denken, wie ich niemals an dich gedacht habe ... ‹Ach, wenn sie doch hier wäre!› habe ich gedacht. ‹Wenn sie doch hier wäre!› Es klopft an die Tür. ‹Da bringt mir Augustine den Anzug›, denke ich, ziehe mir eine Decke über und rufe: ‹Herein!› Aber es war deine Tante.»

«Hör auf!» sagt Sylvaine und legt die Hand auf Olliviers Arm.

«Es tut mir zu weh, wenn du mir das alles erzählst. Wenn ich bedenke, daß ich zur gleichen Zeit im Lorbeerboskett am Boden gelegen habe, und daß sich mir das Herz so zusammengekrampft hat, daß ich es habe herausreißen und von mir werfen wollen wie ein bissiges Tier –! Ach, wenn ich das bedenke! Und bis zum Abend, bis zum Abend habe ich so gelegen und nicht glauben wollen, daß es jetzt dunkel würde, ohne daß du kämest! Und währenddessen hast du ...»

«Ich konnte doch nicht dafür ...», sagt Ollivier.

«Und du», schluchzt Sylvaine, «was hast du derweile getan? Sag es doch! Sag es doch! Was hast du derweile getan? Oh, wie hasse ich dich!»

«Ja», sagt Ollivier traurig, «was will man machen? Ich bin ja nur ein Mann ... Später bin ich dann um sieben Uhr abends aufgewacht; im Zimmer war es dunkel; ich habe meinen alten Anzug angezogen und bin hinuntergegangen. Gina war in der Bar und schäkerte mit ihren Kunden. Als sie mich gesehen hat, da hat sie mich umarmen wollen; aber ich habe mich losgerissen und bin hinausgegangen. Das Wetter war umgeschlagen; es wehte in wilden Stößen, und das Seewasser spritzte mir ins Gesicht. Ich bin auf dem Felsen meiner Halbinsel sitzen geblieben; die Spritzer haben mich durchnäßt, und ich habe geweint. Mich fröstelte; aber ich bin sitzen geblieben.»

«Und warum bist du sitzen geblieben?» fragt Sylvaine in einer jähen Aufwallung. «Du weintest, und dich fror, und dennoch bist du dageblieben?»

«Ich hatte Schluß machen wollen, so tief ekelte mich ...», sagt Ollivier.

«Sterben? Aber du bist ja wahnsinnig! Sterben? Und was hätte aus mir werden sollen? Was wäre aus mir geworden, wenn du damals gestorben wärest? Hast du denn überhaupt nicht an mich gedacht?»

«Nach dem, was ich dir angetan hatte?» sagt Ollivier. «Du selber hast ja eben noch gesagt, du haßtest mich.»

«Ach, lieber, lieber Junge», schluchzt Sylvaine, «bitte, verzeih mir doch! Gesagt habe ich es zwar ... aber nicht gedacht. Nicht wahr? Das weißt du doch?»

Sie nimmt Ollivier in die Arme und drückt ihr tränennasses Gesicht an das seine, und ihrer beider Gesichter sind von warmen Tränen überronnen, die, ein einziger Strom, auf ihre ineinander verkrampften Hände tropfen.

«Ich habe viel durchgemacht», sagt Ollivier leise, «als du mir von Romain erzählt hast.»

«Oh – das ist etwas anderes», sagt Sylvaine. «Denn ich – ich habe es doch erlitten ...»

Sie verstummen beide; sie sind zu erfüllt von ihrer Qual, um von anderen Dingen sprechen zu können. Sylvaine hat Olliviers Hand ergriffen und drückt sie voller Demut an die Lippen. Die andere Hand hat Ollivier auf Sylvaines Kopf gelegt, der an seiner Brust ruht. Seine Hand gleitet sanft über ihr Haar, ihr Ohr, ihre Backe. Als sie sie an ihrem Munde spürt, küßt Sylvaine mit ihren fieberheißen Lippen auch diese andere Hand. Und dann senkt Ollivier den Kopf, und sein Mund findet Sylvaines Mund.

Der schöne Morgen und der Vogelschwarm im Kirschbaum, der gedeckte Frühstückstisch – an der Butter naschen die Bienen –, die Hütte der Desmichels, der Wald, das ganze Grand-Cap-Gebirge, die Erinnerung an Romain, die Erinnerung an Gina und all die Wirrnisse, die hinter ihnen liegen und die ihnen so wichtig erschienen waren –: für die beiden, die mit geschlossenen Augen dasitzen, ist das alles nicht mehr vorhanden. Sie fühlen nur einander und ihr wechselseitiges Verzeihen.

Der Kuß schmiedet sie bis in ihre letzten Tiefen zusammen; sie sind nicht länger ein Mann und eine Frau. Sie sind ein Paar.

7

An einem solchen Morgen beginnen Sylvaine und Ollivier, froh, wiederum Seite an Seite erwacht zu sein, abermals einen frohen Tag; aber sie nehmen ihn kaum wahr; sie schauen einander an und sind glücklich, daß sei einander nahe sind.

Ollivier wird gleich fort zur Arbeit gehen. Er hat sein Holzfällerhandwerk bei Montrieux nicht aufgeben wollen, solange die Mannschaft nicht an einer andern Stelle eingesetzt wird. Seine Axt und ein Bündel Seile liegen zu seinen Füßen.

Als er zu Ende gefrühstückt hat, steckt er sich eine Zigarette an. «Zu Mittag also?» fragt Sylvaine. «Das ist aber ein tüchtiger Weg, wenn du bei der Hitze zum Essen nach Haus kommst.»

«Ich gehe den Abkürzungsweg durch den Wald, ganz oben, unterhalb des Felsgrates. So weit ist es gar nicht, weißt du, und überdies ist der Weg schattig. Und schließlich komme ich ja nur zu gern her!»

«Ich komme dir entgegen, auf dem Fußweg nach Bramafan.»

«Das ist lieb von dir», sagt er.

In diesem Augenblick, als sie einander den Abschiedskuß geben und Ollivier Sylvaine lange an sich drückt, bellt Michel, der um sie herumgetollt ist, laut und hell auf. Es kommt jemand zwischen den Bäumen hervor.

«Das ist ja Louisa!» sagt Sylvaine verwundert. «Ist meinem Vater etwas zugestoßen?» ruft sie ihr entgegen.

«Nein, nein!» ruft Louisa.

Sie legt beide Hände auf die Brust, um anzudeuten, daß sie ganz außer Atem ist. Sie bleibt in einiger Entfernung vor den beiden stehen und sagt: «Ich bin sehr schnell gegangen.»

«Was ist denn los?» fragt Sylvaine, die ihr entgegengegangen ist. «Ist Vater krank?»

«Bitte setzen Sie sich doch», sagt Ollivier. «Sie können ja kaum noch.»

«Ach, ist das ein Weg, hier herauf!» sagt Louisa. «Ich habe gerade noch den ersten Morgenomnibus nach Solliès-Toucas geschnappt; aber von da bis hier herauf – das ist eine gehörige Kletterei. Ich bin ein bißchen zu alt für Gebirgspartien.»

«Ist Vater krank?» fragt Sylvaine noch einmal.

«Nein», sagt Louisa, «aber er ist todunglücklich, und da hat er mich zu dir geschickt ...»

Sie unterbricht sich; die Anwesenheit des Mannes, um dessentwillen Sylvaine der Gerberei den Rücken gekehrt hat, macht sie verlegen.

«Du kannst ruhig in Olliviers Gegenwart sprechen», sagt Sylvaine. «Wir haben keinerlei Geheimnisse voreinander.»

«Nein», sagt Ollivier. «Es ist besser, wenn ich euch allein lasse. Biete ihr Kaffee an, Sylvaine, und dann sprecht euch aus. Für mich wird es übrigens höchste Zeit. Also, auf Wiedersehen heute mittag!»

«Warte, ich komme ein Stückchen mit», sagt Sylvaine. «Ich bin gleich wieder da», sagt sie zu Louisa.

Sie läuft ihm nach; er ist schon auf dem Wege; aber sie muß ihm noch einmal auf Wiedersehen sagen.

«Also heute mittag? Ich gehe dir weiter entgegen als gestern, bis kurz vor Bramafan. Ich erzähle dir dann alles...»

«Und wenn sie dich zurückholen will?» fragt Ollivier.

«Wieso, mich zurückholen?»

«Für immer...»

Seine Stimme hat gebebt; er hat Sylvaines Hand ergriffen.

«Ach», sagt Sylvaine, «was für schlechte Scherze du machst! Mich zurückholen? Für immer? Sie weiß doch ganz genau, daß ich nicht mitginge, und selbst dann nicht, wenn Gott oder der Teufel mich persönlich abholten!»

«Ein bißchen Angst habe ich dennoch gehabt...», sagt Ollivier. Er nimmt ihren Kopf in beide Hände und läßt kein Fleckchen ihres Gesichtes ungeküßt.

«Ich sollte von dir fortgehen?» fragt sie. «Wie hast du nur so etwas denken können?»

Sie lacht, aber sie ist dem Weinen nahe.

«Du weißt ja nicht, was du für mich bist», sagt sie, und nun ist auch in ihrer Stimme ein Zittern.

«Dann kann ich also getrost weggehen?» fragt Ollivier.

«Ich glaube, ja!»

«Dann geh nur schnell wieder hin», sagt er zärtlich, «sie wartet ja doch auf dich. Und zu Mittag also!»

«Zu Mittag! Ich komme dir entgegen!»

«Ja, ja!» sagt er, «damit ich dich um so schneller wiedersehe!»

Ollivier verschwindet hinter der Wegkrümmung, und Sylvaine geht wieder zu Louisa.

«Also?»

Louisa sieht sie an. Sylvaine sagt:

«Gieß dir doch Kaffee ein, er ist noch ganz warm. Nimmst du Milch? Nein? Aber doch Zucker. Also, was ist denn nun eigentlich los?»

Louisa setzt ihre volle Tasse wieder hin, ohne daß sie getrunken hat. Man sieht es ihr an, daß ihr mancherlei im Kopfe herumgeht.

«Also hier wohnst du?» fragt sie endlich. «Wie kannst du das nur mögen? Diese Hütte, und die niedrige Arbeit, die du doch niemals hast zu tun brauchen ... Ach, und wenn ich dann an euer schönes Haus denke, an dein hübsches Zimmer, an deine Schleiflackmöbel und alle deine Kleider!»

«Hast du jemals wen liebgehabt?» fragt Sylvaine kalt und trocken.

«Was?» fragt Louisa.

«Ja, ich habe dich gefragt, ob du jemals wen liebgehabt hast? Einen Mann? Früher mal? Als du jung warst? Ich kann das nicht wissen ... Schließlich bist du doch mal jung gewesen? Also hast du doch wohl wen liebgehabt?»

Louisa schaut zu Boden.

«Es ist schon lange her», sagt sie. «Er war Hirt.»

«Und hat er dich auch liebgehabt?»

«Ich weiß es nicht. Das habe ich niemals herausbekommen.»

«Hat er es dir nicht gesagt?»

«Nein ...»

«Dann hättest du ihn eben fragen müssen», sagt Sylvaine lachend, weil Louisa sich so schämt. «Siehst du: ich bin ganz einfach nach Montrieux hinaufgegangen, um Ollivier wiederzusehen, ohne zu warten, daß er zu mir gekommen wäre. Und damit habe ich dir klarmachen wollen: wenn man liebt und geliebt wird, dann ist alles übrige völlig gleichgültig. Wie sollte ich irgendwelche Freude empfinden, daß ich zwischen ‹Schleiflackmöbeln› aufwache, wie du sagst, wenn mich beim Erwachen Ekel vor dem gesamten Dasein überkommt? Was kommt auf Kleider, ein schönes Haus und was dergleichen mehr ist, an, wenn es nur um mich herum ist, und mein Inneres bleibt von allem Glück verlassen? Ohne alle Liebe? Deswegen habe ich dich gefragt, ob du jemals wen liebgehabt hast; denn dann könntest du mich verstehen.»

«Ich verstehe dich ja auch», sagt Louisa. «Nur ...»

«Ja, natürlich! Dir wäre es selbstverständlich lieber gewesen, wenn Ollivier reich wäre! Ja, das ist er nun aber mal nicht.»

«Aber», sagt Louisa, «du mußt doch Geld von zu Hause haben?»

«Das hat damit nichts zu tun», sagt Sylvaine. Und dann fragt sie wieder: «Was ist denn nun also mit Vater?»

«Ja», sagt Louisa, «vor vierzehn Tagen, als du das Haus verlassen hast ...»

«Was? Vierzehn Tage ist das schon her?» fragt Sylvaine.

«Ja, gestern sind es genau vierzehn Tage gewesen. Anfangs

hat es dein Vater gar nicht glauben wollen. Als du weg warst, hat er so eine Art Krise gehabt, und als er dann die Augen wieder aufgemacht hat, da hat er mir gesagt: ‹Louisa, hol mal meine Tochter her.› Ich war vollkommen platt und habe nicht gewußt, was ich antworten sollte. Da hat er um sich geschaut und deinen leeren Stuhl gesehen und die Sekretärschlüssel, die du hattest auf dem Tisch liegenlassen, und dann hat er gesagt: ‹Also sie ist wirklich weg?› – ‹Ja, sie ist weg›, habe ich gesagt. Da hat er den Kopf gesenkt und gesagt: ‹Bring mich zu Bett.› Ich habe mir dabei nicht von Frau Rousselet helfen lassen wollen, und ich habe gemerkt, daß es ihm ebenfalls lieber war, wenn wir allein blieben. Er hatte Angst, es könnte ihn jemand fragen, wo du denn seiest...»

«Das hätte mir nichts ausgemacht», sagt Sylvaine.

«Ich weiß; aber trotzdem... In der Nacht habe ich durch die Türritze gesehen, daß in seinem Zimmer Licht war. Ich habe gefragt: ‹Brauchen Sie mich?› Da hat er gesagt: ‹Nein.› Am andern Morgen hat er ziemlich trübselig dreingeschaut. Sein erstes Wort war die Weisung: ‹Du sagst keinem Menschen auch nur ein Wort! Sie kommt schon wieder.› Ich habe geantwortet: ‹O ja, natürlich kommt sie.› Aber das habe ich selbstverständlich nicht geglaubt.»

«Da hast du recht gehabt», sagt Sylvaine. «Ich komme nämlich nicht wieder.»

«Und dann ist alles weitergegangen wie sonst, bis heute morgen.»

«So», sagt Sylvaine. «Und was ist heute morgen gewesen?» Sie spürt eine Ruhe in sich, über die sie sich selber wundert.

«Heute morgen habe ich ihm sein Frühstück hingetragen, wie jeden Tag. Er hat sich aufgesetzt und ins Leere gestarrt, und ich habe ihn gefragt: ‹Na? Haben Sie gut geschlafen? Hier ist Ihr Kaffee.› Ich habe ihm das Tablett ans Bett gestellt, und dann, als hätte meine Stimme ihn gestoßen, ist er plötzlich seitwärts aufs Kopfkissen gefallen, das ganz zerwühlt gewesen ist, und hat sich die Fäuste in die Brust gekrallt. ‹Huh!› hat er gemacht, ‹huh!› Ganz wie ein krankes Pferd. ‹Fühlen Sie sich nicht gut?› habe ich gefragt. Aber er hat immer nur ‹huh!› gemacht. Er hat so gezuckt, daß das ganze Bett gewackelt hat und daß die Kaffeetasse umgefallen ist. Ich habe gar nicht gewußt, was ich anfangen sollte. Schließlich habe ich denn gefragt: ‹Soll ich Ihre Tochter herholen?› Da ist er plötzlich ruhig gewesen, hat die

Augen aufgemacht und hat mich angesehen, und die Tränen, dick wie Kürbisse, sind ihm nur so die Backen heruntergekollert. ‹Ja, Louisa›, hat er gesagt, ‹tu das; hol mir das Kind her; es drückt mir sonst das Herz ab.›»

«Hat er das tatsächlich gesagt?» fragt Sylvaine.

«Ja, das hat er tatsächlich gesagt, und dabei hat er geweint.»

«Na ja. Ich habe ihn nur bei Mutters Tode und bei meinem Fortgehen weinen sehen, das heißt bei Gelegenheiten, die ihm selbst zu schaffen machten. Denn bei Dingen, die mir zu schaffen machten, hat er niemals geweint.»

«Du bist aber gehässig und nachtragend!» sagt Louisa.

«Allerdings», sagt Sylvaine. «Ich habe aber auch jahrelang alles mögliche in mir aufspeichern müssen. Tropfen auf Tropfen, wie in den Kalkhöhlen, wenn sich Tropfsteine bilden – und ich habe noch Glück gehabt, daß ich nicht ganz und gar zu Stein geworden bin ...»

«Du hast kein gutes Herz», sagt Louisa. «Schließlich ist er doch dein Vater.»

«Das weiß ich», sagt Sylvaine. «Denn wenn er nicht mein Vater wäre, würde ich dir nicht diese ganze Zeit zugehört haben. Also: was hast du mir nun eigentlich sagen wollen? Bist du bloß hier zu uns heraufgeklettert, um mir zu sagen, ich hätte kein gutes Herz? Oder bildest du dir etwa ein, ich würde von Ollivier weggehen, nur, weil du mir gesagt hast, mein Vater weine?»

«Ich habe zwar meinen Vater nicht gekannt», sagt Louisa, «weil er gestorben ist, als ich noch ganz klein war. Aber ich sollte doch meinen: ein Vater, das ist schließlich etwas ... Es ist eine traurige Sache, weißt du, wenn man da so einen Vater vor sich hat, der hinter seiner Tochter herbettelt. Wenn man sieht, wie er einen bei der Hand nimmt und so tut, als wolle er sie überhaupt nicht wieder loslassen, und einem mitten ins Gesicht Worte sagt wie ein Bettler am Straßenrande, der ein Stück Brot haben möchte. Hättest du nur gehört, mit welch einer leisen und unglücklichen Stimme er gesprochen hat, und gesehen, wie er wie ein kleines Kind gelächelt hat ... Einen Stein hätte das erbarmt! ‹Louisa›, hat er gesagt, ‹du bist doch gut, Louisa. Du weißt jetzt, wo es mir weh tut ... Ja, mein Kind fehlt mir. Jahrelang habe ich sie hier bei mir gehabt und kaum gemerkt, daß sie überhaupt dagewesen ist. Sonderbar ist das, nicht wahr, Louisa? Und jetzt bekomme ich meine Strafe, weil ich mich so sehr nach ihr sehne, daß ich einfach umkomme, wenn ich sie nicht hier habe.› Und dann hat er angefangen, mir Sachen zu erzählen, wie ich sie nie zuvor von ihm gehört habe, Sachen aus deiner Kindheit, wie du ihm da den Arm um den Hals gelegt hast, und er hat sich nicht mal die Zeit genommen, dich zu streicheln, weil er so etwas kaum gekannt hat, denn er ist ja ohne alle Zärtlichkeit aufgewachsen, und sein Vater und seine Mutter haben einander ja immer nur am Neujahrstage geküßt, und auch dann nur, wenn er nicht im Zimmer gewesen ist... Denk dir nur mal an: das alles hat er mir erzählt, Sylvaine. Und früher hat er kaum ein Wort mit mir gewechselt. Und während der ganzen Zeit hat er meine Hände in seinen heißen Händen gehalten, und immer und immer wieder hat er gesagt: ‹Und dabei habe ich das Kind doch immer liebgehabt, das kannst du mir glauben; und erst jetzt sehe ich das so richtig ein.›»

«Sollte er mich tatsächlich liebgehabt haben?» fragt Sylvaine.

«Wenn du das mit angesehen hättest, dann würdest du es glauben», sagt Louisa.

«Vielleicht. Und nun bist du also zu uns heraufgekommen...»

«Ja, ich bin gekommen. Ich habe ihm gesagt: ‹Nun weinen Sie nur nicht mehr; ich gehe ja schon hin.› Und nun bin ich hier. Und er wartet auf dich.»

Sylvaine gibt keine Antwort.

«Besuch ihn doch wenigstens mal», sagt Louisa. «Sprich mit ihm, sag ihm ein paar Worte! Du kannst ihn doch nicht wie einen Hund verrecken lassen, wo du ihm doch so fehlst und er so außer sich vor Verzweiflung ist!»

«Ich will wieder hier herauf», sagt Sylvaine kurz und hart.

«Aber das sollst du ja auch. Wer sagt denn, daß du es nicht solltest?»

«Alle werden sie das sagen; aber das macht mir nichts aus.»

«Ach, es ist, als stammtest du ebenfalls aus der Ardèche! Komm, sei gut... Geh mit mir; du kannst wirklich glauben, daß du ein gutes Werk tust», sagt Louisa.

Sie steht auf, beugt sich zu Sylvaine nieder und zieht sie an sich. Sylvaine, die bis jetzt mit auf die Brust gesenktem Kopf dagesessen hat, schaut zu der guten Alten auf und sieht, wie ihr eine Träne über die welke Backe rinnt.

«Auch du weinst?» sagt sie. «Ja, dann will ich nur mitkommen. Schließlich kann ich ja nicht die ganze Welt zum Weinen bringen.»

«Na», sagt Louisa, «ganz so schlecht bist du denn doch wohl nicht.»

«Nun bist du aber stolz, nicht wahr? Warte bitte einen Augenblick, ich habe noch einiges zu erledigen, ehe ich fortgehe. Denn Ollivier ist auch noch da!»

«Den also liebst du!» sagt Louisa.

Sylvaine sieht sie mit ihren schönen, lebendigen Augen an.

«Liebst du vielleicht nicht das Brot, das du ißt? Und den Wein, den du trinkst? Und den Schlaf, der dich stärkt? Und die Luft, die dich umspielt? Denn alles das bedeutet Ollivier für mich.»

Louisa schaut sie lange stumm an. ‹Es ist etwas Sonderbares um die Liebe›, denkt sie. ‹Sie muß schön sein, und es schmerzt mich, daß ich sie nie kennengelernt habe.›

«Aber du hast ja gar nicht deinen Kaffee getrunken», sagt Sylvaine, «und jetzt ist er kalt.»

«Das schadet nichts», sagt Louisa. «Ich trinke ihn auch so. Mach schnell – das ist meine einzige Bitte an dich. Er sehnt sich doch so nach dir.»

‹Also›, überlegt Sylvaine, ‹ich stelle Ollivier die Wurst, die Butter und den Tomatensalat von heute morgen hin. Das Stück kaltes Schweinefleisch von gestern ist auch noch da. Ich will ihm noch zwei Eier hinlegen; die wird er sich ja wohl kochen können.› Während sie sich das sagt, stellt sie in aller Hast die Teller auf den Küchentisch. ‹Ich bin dumm gewesen›, denkt sie weiter. ‹Ich hätte voraussehen müssen, daß ich hinuntergehen würde; ich hätte ihm sagen können, er möge in der Kantine in Montrieux essen. Nun macht er heute mittag den langen Weg, und dann bin ich nicht zu Hause; das wird ihm gar nicht recht sein. Und dabei habe ich ihm überdies noch versprochen, ich wolle ihm entgegengehen ... Ach, die Menschen bringen einem alles durcheinander! Wie gut ist es uns hier ergangen, als wir beide allein gewesen sind!›

Sie bleibt kurze Zeit am gedeckten Tisch stehen und denkt nach, und dann kommt ihr ein Gedanke: ‹Ich schreibe ihm ein paar Worte auf.› Sie schreibt mit dem Bleistift auf eine zufällig daliegende Rechnung, ihr Vater sei krank, und sie müsse zu ihm, aber sie werde unter allen Umständen am Abend zurück sein. Sie ahnt, daß Ollivier dagegen sein wird, und die Unruhe deswegen überwiegt bei weitem das Mitleid mit dem Vater. Ein grausames Wort fällt ihr ein; sie hat es einmal gelesen, als sie während ihrer schlaflosen Nächte ein Buch nach dem andern verschlungen hat. ‹Nicht jeder kann ein Waisenkind sein!› denkt sie, und dann denkt sie weiter: ‹Es ist schon besser, wenn ich zu ihm gehe; denn schließlich können wir nicht ewig verkracht bleiben. Ich sehe schon kommen, daß er mir sagen wird: ‹Verheirate dich doch wenigstens! Dann könnte ich deinen Mann hier bei mir empfangen.› Wenn er ihm vor fünfzehn Jahren freundlich entgegengetreten wäre, dann brauchte alles nicht so zu sein, wie es jetzt ist. Ob ich mich so weit werde beherrschen können, daß ich ihm das nicht sage? Sonst gibt es womöglich wieder Streit. Ja, wenn er einwilligt, Ollivier zu empfangen, dann soll das der Prüfstein sein, daß er seinen Irrtum eingesehen hat; und dann könnten wir zu dritt vielleicht ganz gut miteinander auskommen oder doch wenigstens so tun.›

Sie sagt:

«So, jetzt bin ich fertig, Louisa. Wir können gehen.»

‹Sie hat schnell gemacht; ein bißchen Zuneigung zu ihrem Vater hat sie also doch noch›, denkt Louisa, während Sylvaine sich einzig beeilt hat, weil sie denken mußte: ‹Je eher ich wegkomme, desto eher bin ich wieder hier.›

Sie kehrt noch einmal um, weil sie Michel in den Holzschuppen einschließen muß: ‹Denn sonst läuft er mir womöglich nach...› Dann fällt ihr noch etwas ein, und sie geht in die Kammer. Dort kniet sie vor dem Kamin nieder, hebt den Rost hoch, holt einen Blechkasten hervor, öffnet ihn, fängt an, etwas herauszunehmen.

«O nein, das wäre eine Dummheit!» sagt sie laut.

Sie stellt alles wieder hin, wie es gewesen ist, steht auf und geht hinaus.

Als sie vor dem Hause steht, schaut sie nach dem Walde von Montrieux hin, dessen grüne Masse im Osten das ganze Landschaftsbild einnimmt, und sie meint, daß ihr Blick über die Weite hinweg Olliviers Blick finde.

«Kommst du nun endlich?» fragt Louisa.

«Ja», sagt Sylvaine.

8

«UND das sagst du mir ganz bestimmt nicht nur, um mir etwas Nettes zu sagen?»

Es ist Sonntag. Seit dem frühesten Morgen läuten unablässig

alle Glocken des Tales, von Méounes bis La Farlède, und rufen im regelmäßigen Rhythmus ihrer Klöppel: «Kommt! Kommt!» Aber es ist zu schön draußen; nur die alten, ausgedörrten Frauen und die Mädchen, die wissen, daß ihre Liebhaber am Ausgang auf sie warten, sind in die Kirche gegangen.

«Ganz bestimmt nicht!» sagt Sylvaine, «und wenn er mich nicht ausdrücklich darum gebeten hätte, dann würde ich dir kein Wort davon gesagt haben.»

«Und du hast zugestimmt?»

«Versprochen habe ich nichts», sagt Sylvaine. «Er hat mir sehr leid getan; ich habe ihn während der letzten Tage mit ganz andern Augen als früher angesehen. Louisa hat recht: er ist sehr mager geworden, und es scheint ziemlich schlimm um ihn bestellt zu sein. Ich weiß, daß er nicht gut, ja, daß er nicht einmal gerecht gegen uns gewesen ist. Aber schließlich ist er doch mein Vater ...»

«Freilich», sagt Ollivier. «Aber du hast doch wohl die Entscheidung mir überlassen?»

«Ich habe gesagt, wenn wir nicht spätestens um halb zwölf in der Gerberei seien, dann hätten wir nicht gekonnt.»

«Und dann?»

«Wieso?» fragt Sylvaine. «Dann wird er eben allein mit Louisa essen, oder er wird vielleicht sogar überhaupt nicht essen. Er hat nicht mehr seinen guten Appetit von früher. Er hat Louisa eingeschärft, sie solle schon frühmorgens zu Cyrille, dem Mann der Kolonialwarenhändlerin, gehen, damit er ihr Forellen fängt, und schon gestern hat er, als ich dabeigewesen bin, Krebse bestellt. Außerdem weiß ich, daß sie einen großen Hahn geschlachtet haben, und daß Louisa eine Torte backen wird.»

«Gräßlich», sagt Ollivier, «die Umstände!»

«Sag mir bitte ganz offen: hast du keine Lust, daß wir hingehen? Bist du dagegen?»

«Nein, das nicht ...», sagt Ollivier. «So einfach läßt sich das nicht sagen.»

«Du hast doch nicht etwa auch jetzt noch Angst?» fragt Sylvaine. «Jetzt bist du doch nicht mehr der Fischer im blauweißgestreiften Pullover, der sich mehr vor dem alten Resplandin grault als vor dem Meer bei Sturm?»

«Und was sollte ich denn jetzt sein?» fragt Ollivier. «Findest du im Ernst, daß ich gegenwärtig etwas Besseres bin? All die Jahre, die mir seither über den Kopf geschüttet worden sind, haben mich weder reicher noch ansehnlicher gemacht. Für den Gerbereidirektor, dem seine Tochter ohne weiteres hat fünfzigtausend Franken wegnehmen können, ohne daß er deswegen zum armen Mann geworden wäre, bin ich nach wie vor, das glaub mir nur, du, ein Holzfäller aus den Bergen, der, nachdem er sich auf dem Meere herumgetrieben und keinen Heller mit heimgebracht hat, zum Dieb seiner Tochter geworden ist.»

«Du bist ein Mann, der sich seine Braut erwählt hat. Du hast mich nicht gestohlen; ich bin die Deine geworden; mich hat schon früher am stärksten nach dir verlangt, und ich bin von mir aus zu dir nach Montrieux gegangen. Das alles ist ihm nicht unbekannt. Ich halte es für das beste, wenn wir erst einmal heirateten. Ach, mir ist es völlig gleichgültig, ob ich verheiratet bin oder nicht! Aber ich würde nur zu gern den Namen Desmichels tragen, auf den deine Mutter so stolz gewesen ist, und überdies: wenn wir heiraten, dann nimmst du mein Vaterhaus gewissermaßen im Sturmangriff. Siehst du das ein?»

«Ich möchte schon», sagt Ollivier. «Ich weiß ganz genau, daß das bedeutet, daß ich mein Leben lang an deiner Seite glücklich sein werde. Und wie ist es mit dir?»

«Du weißt doch, daß für mich dasselbe gilt», sagt Sylvaine. «Dann stünde mein Vater vor einer Tatsache und könnte gar nicht anders, als seine Einwilligung zu geben. Außerdem muß er sich ja doch etwas Ähnliches gedacht haben; denn er hat mich ja doch gebeten, dich mit zum Essen nach Bellaïgue zu bringen. Du kannst sicher sein, daß er uns beim Nachtisch danach fragen wird...»

«Ja», sagt Ollivier.

«Also: gehen wir? Soll ich dir deinen blauen Anzug heraushängen?»

«Hör mal, Sylvaine.»

«Was gibt es denn nun noch? Hast du wieder Scheu, mir etwas zu sagen?»

«Nein, ich scheue mich nicht; im Gegenteil. Schon seit Tagen hat es mich gedrängt, es dir zu sagen. Aber jetzt, nun du möchtest, daß ich mit dir zur Gerberei fahre – und um die Wahrheit zu sagen: ich möchte ebenfalls in das Haus, in dem du als Mädchen gelebt hast...»

Er sitzt vor Sylvaine, die ihn anschaut, und verschränkt mit der ihm eigentümlichen Bewegung seine Hände, auf denen vom Halten des Axtstieles harte Schwellungen sind; dann legt er sie flach auf seine Knie und sieht der Frau, die ihm so viel gegeben hat, fest in die Augen. Er sagt:

«Also: ich möchte, daß du das Geld zurückgibst.»

«Das Geld?» fragt Sylvaine überrascht. Aber sie hat ihn nur zu gut verstanden.

«Ja, die fünfzigtausend Franken. Die will ich nicht. Die haben meinem vollen Glück im Wege gestanden.»

Sylvaine sagt zögernd:

«Ich habe sie schon zurückgegeben.»

«Nein», sagt Olivier, «lüg mir nichts vor. Ich habe es vorher gewußt, daß du lügen würdest, wenn ich dich darum bäte, und eben deshalb habe ich bis jetzt nichts davon gesagt. Aber zurückgegeben hast du sie nicht. Sie liegen unter der Kaminplatte in der Kammer in einer Keksdose.»

«Ja», sagt Sylvaine.

«Ich weiß es, sage ich dir; ich habe es gesehen. Hin und wieder bin ich hingegangen und habe nachgeschaut, weil ich mir gesagt habe: ‹Vielleicht gibt sie sie allein zurück›, und das hätte mich natürlich noch mehr gefreut; aber das habe ich wohl nicht von dir verlangen können. Als dein Vater dich durch Louisa hatte rufen lassen, und als ich dich dann mittags weder im Walde getroffen noch hier im Hause vorgefunden hatte, da habe ich deinen Zettel auf dem Tische gefunden und mir gesagt: ‹Jetzt hat sie das Geld zurückgegeben!› Ich bin hingegangen und habe nachgesehen; aber das dicke Banknotenbündel war noch immer da.»

«Ich habe die Absicht gehabt», sagt Sylvaine, «aber da ...»

«Und die andern Male? Gestern? Vorgestern? Donnerstag? Da hast du nicht mehr die Absicht gehabt?»

«Es ist so blöd!» sagt Sylvaine.

«Es gibt vieles, was sich blöd ansieht und was du dennoch getan hast. Du bist zu mir nach Montrieux gekommen, ohne zu wissen, ob ich dich überhaupt noch liebhatte oder ob ich nicht gar mit einer andern zusammenlebte. War das etwa nicht blöd? Und du hast dein schönes Haus mit allem seinem Überfluß und deinen Vater verlassen, um erst meiner Mutter als Tochter und dann mir als Frau zu dienen. War das etwa nicht blöd? Die Sache ist einfach die, daß du in deinem Herzen Gründe dafür gefunden hattest, Gründe, denen du nachgeben konntest und die dir den tiefen Sinn von all dem gezeigt haben. Nicht wahr?»

«Ja», sagt Sylvaine.

«Ja, siehst du, und heute ist es ganz genau so. Dein Herz und dein Gerechtigkeitssinn müssen doch zu dir sprechen, und du solltest auf sie hören. Wer hat das Geld denn verdient? Sage! Antworte! Hast du es etwa verdient?»

Sylvaine schaut zu Boden und sagt:

«Nein.»

«Also nicht du – das gibst du zu. Und wem käme das Geld zu, wenn nicht dem, der es verdient, der deswegen geschuftet, der es mit Hilfe seiner Arbeit erworben hat? Bist du etwa anderer Ansicht? Ja?»

«Nein», sagt Sylvaine. «Nur ...»

«Nur, daß du meinst, das Geld, das deinem Vater gehört, das gehöre auch dir, und wenn du dich nicht in Geduld fassen könntest, bis dein Vater zwischen den gewissen vier Brettern liegt, dann könntest du es getrost gleich nehmen, ohne daß du dabei etwas Böses tätest. Nicht wahr – so ist es doch?»

«Ja», sagt Sylvaine.

«Das ist mir völlig klar. Aber du hast dich geirrt. Das sage ich dir, damit du erkennst, daß du dies eine Mal nicht richtig gehandelt und dich durch die Leidenschaft hast blenden lassen. Aber ich will nun einmal nicht, daß wir unser Leben mit Geld beginnen, das ein anderer verdient und das er uns nicht gegeben hat, verstehst du? Ich habe es dir schon einmal gesagt, an dem Tage, da du mich mit zur Mühle von Sinssol genommen und mir auseinandergesetzt hast, wo du das Badezimmer und den Salon einrichten wolltest. Aber da hast du nur gelacht und nicht den Eindruck gemacht, als hättest du mich verstanden. Ich habe mancherlei Unrechtes in meinem Leben getan; das weißt du; ich habe dich ja bis in mein tiefes Inneres blicken lassen, das alles andere als vollkommen ist. Aber ich habe niemals von jemand Geld angenommen, das ich nicht verdient hätte – bis auf das eine Mal von Nine. Nur daß ich damals siebzehn gewesen bin, kann mir zur Entschuldigung gereichen. Und darum will ich es auch jetzt nicht tun, verstehst du? Du brauchst deswegen nicht böse zu sein; ich habe nichts gegen dich, daß du es genommen hast; ich habe auch nichts gegen dich, daß du mir gesagt hast, du hättest es zurückgegeben, obwohl das nicht wahr gewesen ist. Ich will, daß du es zurückgibst, und weiter nichts, verstehst du?»

«Ja», sagt Sylvaine.

«Du weißt wohl noch, wie du mir bei unserm Wiedersehen den Ring gegeben hast, den meine Mutter dir in ihrer Sterbestunde gereicht hatte. Da hast du gesagt: ‹Hier, deine Mutter hat mir gesagt, dieser Ring solle von der Frau ihres letzten Sohnes getragen werden; nimm ihn; wenn du eine liebhast, dann gib ihn ihr.› Und du weißt wohl auch noch, wie du mit der ausgestreckten Hand, den Ring zwischen den Fingerspitzen, dagestanden hast, weil ich dir gesagt habe: ‹Du willst ihn mir doch nicht etwa wiedergeben?› Weißt du das noch?»

«Ach, ja!» sagt Sylvaine. «Das ist bei unserm ersten Wiedersehen gewesen. Gerade im Abschiedsaugenblick, auf der Straße, am Waldrande. Du hast meine Hand mitten in der Bewegung ergriffen wie einen Vogel in der Luft; du hast deine Hand über dem Ring geschlossen und mir gesagt: ‹Behalt ihn; wenn ich ihn einer gegeben hätte – dann nur dir.›»

«Aber diesen Ring», sagt Ollivier, «der von der Mutter meiner Mutter stammt, den also zwei wackere, ehrliche Frauen getragen haben – den würde ich niemals einem Mädchen gegeben haben, das seinen Vater bestohlen hätte.»

«Ich gebe das Geld zurück», sagt Sylvaine.

«Gut», sagt Ollivier. «Dann komme ich mit dir. Häng bitte meinen blauen Anzug heraus.»

«Ach, du kommst wirklich mit?» sagt Sylvaine. «Nun bin ich aber froh.»

Sie wirft sich ihm entgegen und umarmt ihn.

«Mut hast du dennoch!» sagt er lachend. «Dies Gespräch kostet dich fünfzigtausend Franken.»

«Das ist mir im tiefsten Grunde vollkommen gleichgültig», sagt Sylvaine und fängt ebenfalls an zu lachen. «Du weißt ja – mir geht es einzig um dich –, du hättest weniger arbeiten und um so schneller dein eigener Herr werden sollen.»

«Das bin ich noch nie gewesen, mein eigener Herr, bis auf die Zeit, da ich hier im Grand-Cap-Gebirge mit meinem Vater und meinen Brüdern Köhler gewesen bin. Aber glaubst du, ich hätte mich damals wohlgefühlt? Mein Verlangen nach dem Meere hat mir alles vergiftet.»

«Hoffentlich bekommst du nicht eines schönen Tages Lust, wieder auf und davon zu gehen», sagt Sylvaine.

«Nur das nicht! Nein, nur das nicht! Da kannst du völlig unbesorgt sein! Davon habe ich die Nase voll!»

«Ist es dir denn so schlecht ergangen? Du hast mir noch nie von deinen Reisen erzählt.»

«Ach, was soll ich davon groß erzählen? Ich war mit einer

Vorstellung vom Meere aufgebrochen, die, wie ich heute weiß, vollkommen falsch war. Wenn man zur See fährt, geht es einem wie dem Besitzer eines schönen Hauses – wenn er drin wohnt, sieht er es nicht mehr. Und dann muß bedacht werden, daß ich meine Schiffsjungenzeit in einem bösen Augenblick angetreten habe. Ich habe oft daran denken müssen, daß meine gute Mutter mir wohl nicht so leicht die Genehmigung gegeben haben würde, wenn sie sich überlegt hätte, daß wir noch mitten im U-Boot-Kriege waren. Ein Glück, daß ich wenigstens den Onkel Florestan zur Seite hatte! Ich will dir erzählen, wie alles das gewesen ist.»

«Ja, bitte erzähle», sagt Sylvaine.

«Sobald wir an Bord der ‹Dupleix› waren, hat mein Onkel mir gesagt: ‹Du hältst dich an mich; ich sage einfach, du seist mir behilflich.› Da kommt der Erste Offizier und sagt ihm, er solle bei jeder Ausreise und Einfahrt in einen Hafen auf der Brücke sein und gleich hinaufgehen. Gut, ich gehe mit. Auf der Brücke bin ich hoch über dem ganzen Schiff und sehe den Kommandanten und den Lotsen. Beim Chadburne löst der Erste Offizier meinen Onkel ab. Ich sehe, wie er an einem Handgriff herumhantiert, der sich über einer Art Zifferblatt bewegt, und darauf steht: ‹Vorwärts, rückwärts, stopp, langsam, halbe Kraft, volle Kraft ...› Jedesmal, wenn er den Handgriff bewegt, schlägt eine Nadel genau so aus, und mir wird klar, daß er die Befehle des Kommandanten irgend jemand im Maschinenraum übermittelt. Das ist meine erste Enttäuschung! Ich hatte natürlich gewußt, daß die großen Schiffe keine Rahsegel mehr führen; aber das hier war allzu mühelos, so kam es mir vor. Die einzelnen Fachausdrücke sind mir erst später klargeworden. Nun fängt die Maschine langsam an zu arbeiten; das klingt wie ein großes schlagendes Herz; ich hörte es zum erstenmal. Ich sah, wie Marseille zurückblieb, und schließlich sah es aus, als sei es mit der hell schimmernden Notre-Dame de la Garde an den Wolken aufgehängt. Als wir aus den Molen heraus waren, liefen wir schneller, bis wir vor dem Leuchtturm von Planier liegenblieben, um auf Weisungen für die Reise zu warten. Mich wunderte das. ‹Es geschieht der Minen wegen›, erklärt mir mein Onkel. ‹Kein Schiff fährt jetzt allein aus, und keins weiß seinen Bestimmungsort. Sie bekommen unterwegs ihre Weisungen, und die werden sogar manchmal geändert. Ja, manchmal ist das nicht gerade heiter. Hast du Angst, Junge?› – ‹Nein›, sage ich.

Das wäre dir doch auch nicht recht gewesen, wenn ich ja gesagt hätte? Mein Onkel sagt: ‹Geh essen, und dann leg dich schlafen.› Gegen zehn, mitten im tiefsten Schlafe, höre ich Stimmen, und mir wird klar, daß ein Torpedoboot uns den Fahrtbefehl gibt und dabei sagt, daß es uns zusammen mit einem andern Schiff führen werde, dessen Namen ich vergessen habe. ‹Bestimmungsort unbekannt›, höre ich. Ich lege mich wieder hin, aber ich komme nicht zum Schlafen. Das Schiff arbeitete mächtig. Ich merkte, daß es einen Zickzackkurs nehmen mußte, um Torpedoschüssen auszuweichen. Mein Onkel hat mir erzählt, daß ums Morgengrauen der Wachoffizier in etwa fünfzehnhundert Meter Entfernung etwas Schwarzes gesehen habe; erst habe er geglaubt, es sei ein französisches U-Boot; aber dann habe er die schnell sich nähernde Schaumspur eines Torpedos bemerkt. Die Aufregung kannst du dir wohl denken! Wir drehten nach Steuerbord ab, und das Geschoß glitt drei Meter hinter uns vorbei. Wir waren gerade noch davongekommen, und bis wir im Fernen Osten waren, ist uns das noch ein paarmal passiert. So hatte ich mir die Seefahrt freilich nicht vorgestellt!»

«Das kann ich mir denken», sagt Sylvaine.

«Ein andermal, aber das habe ich dir wohl schon erzählt, auf der Überfahrt nach Neuyork, haben der Koch und der Zimmermann einander halbtot geprügelt, dann hat ein Schiffsjunge sich verbrüht, und dann die Schweine, die über Bord gegangen sind ... Wie soll man da Zeit haben, sich das Meer anzuschauen? Onkel Florestan hat recht gehabt: man konnte das Meer weit besser von der Spitze des Grand-Cap aus sehen, und von da nahm es sich viel schöner aus! Ein andermal haben die Steinkohlen in den Bunkern sich entzündet ... Na, schön! Dann hat die Mannschaft gemeutert; die Anführer sind bestraft worden; wir haben andern Ballast übernommen, und dabei kommt der Zweite Ingenieur zu Schaden. Wir laufen bei Nebel die Azoren an; das verzögert die Reise; wir laufen in La Horta ein, schaffen den Ingenieur ins Lazarett; er stirbt. Als wir wieder auslaufen wollen, bekommt mein Onkel einen fürchterlichen Fieberanfall; er muß ebenfalls zurückbleiben ... Und da habe ich also allein weiter müssen. Ja, da habe ich mich nach dem Walde und unserem Hause gesehnt, wie mein Onkel es mir vorausgesagt hatte! Das kannst du mir glauben!»

«Und all die schönen Länder, die du gesehen hast?» fragt Sylvaine. «Darüber hast du deine Wälder nicht vergessen?»

«Nichts hatte ich vergessen», sagt Ollivier, «und dabei habe ich mir ganz fest eingebildet, ich sei weggelaufen, um nichts von alldem wiederzusehen: weder meinen Bruder Félicien noch meine Mutter noch unser Haus noch alles, was bis jetzt mein Leben ausgemacht hatte. Das alles sollte aus und vorbei sein. Ich glaube, um so fühlen zu können, machen die Leute weite Reisen. Als mein Onkel in La Horta aus dem Lazarett gekommen ist, hat er sich mit einer Eingeborenen zusammengetan und ist dageblieben; ein paarmal habe ich noch von ihm gehört; dann nicht mehr ...»

«Was ist denn aus ihm geworden?» fragt Sylvaine.

«Ich weiß es nicht», sagt Ollivier. «Aber wenn er wieder nach hier kommt, wird er sich schon melden; er hat mich nämlich sehr gern.»

Beide schweigen einen Augenblick; dann sagt Ollivier: «Wie bin ich eigentlich dazu gekommen, dir all das zu erzählen?»

«Aus dem gleichen Grunde», antwortet Sylvaine, «aus dem ich dir immer Geschichten aus meiner Kindheit erzähle – damit wir einander immer besser kennenlernen und die Vergangenheit wie die Gegenwart gemeinsam haben.»

«Ja, das ist es wohl», sagt Ollivier lachend, «und dann auch, um dich darüber hinwegzubringen, daß du eben eine ganze Menge Geld eingebüßt hast!»

Er zieht Sylvaine an sich und küßt sie auf den Hals.

«Ach, darauf pfeife ich», sagt sie. «Wenn es dir Spaß macht, arm zu sein – nun, dann sind wir eben arm. Du hast gesagt, du liebtest mich, und du weißt ja, daß ich weiter nichts will.»

«Mir geht es genau so. Denk bloß mal an!»

«Nicht möglich!»

«Doch, Frau Desmichels!»

Sylvaine sieht ihn strahlend an.

«Wir heiraten also?»

«Wir heiraten», sagt Ollivier.

«Dann wollen wir schnell nach Bellaïgue und es Vater sagen», sagt Sylvaine. «Dem schlagen wir ein Schnippchen, wenn wir ihm mit dem Entschluß zuvorkommen. Es ist zehn; wir müssen uns anziehen.»

«Ja, los», sagt Ollivier. «Aber vorher will ich das Geld sehen!»

«Ach, wenn du dir mal was in den Kopf gesetzt hast!»

Sylvaine wiederholt im stillen, was sie sich schon einmal gesagt hat: ‹Ja, jetzt bin ich glücklich. Wenn einem alles so einfach vorkommt, dann versteht man gar nicht, warum es nicht schon von je so gewesen ist. Habe ich in diesem Hause hier wirklich so schlimme Tage zugebracht? Es reicht völlig hin, daß Ollivier bei mir ist – dann vergesse ich die nutzlose, verdorbene Jugend, die ich gehabt habe ... Und dabei könnte man jetzt meinen, es sei etwas ganz Natürliches, daß wir hier zu dritt zusammensitzen.›

«Ich glaube, Sylvaine reist im Wolkenschifflein», sagt Emile Resplandin.

«Oder sie mag ihren Kaffee nicht», sagt Ollivier.

«Ach, Verzeihung», sagt Sylvaine. «Ich habe ein bißchen vor mich hingeträumt.»

«Warst du sehr weit weg?» fragt Ollivier.

«Nein», antwortet sie, «im Gegenteil, ganz in der Nähe, hier mitten unter uns, und zufällig ist die Wirklichkeit genau so schön wie der Traum.»

Das drittemal seit ihrer Hochzeit sind die Desmichels nach Bellaïgue gekommen. Jetzt braucht Ollivier sich nicht mehr zu schämen, wenn er aufsteht und Louisa den Gelähmten auf die Terrasse schieben hilft. Er fängt allmählich an, sich daran zu gewöhnen, daß er bei dem Vater seiner Frau und also auch ein bißchen daheim ist.

Das erstemal (aber das ist ja schon so lange her, schon über einen Monat) ... das erstemal, als er hinter Sylvaine dieses Haus betreten hatte, da hatte er die Zähne aufeinandergebissen, als er das harte Gesicht dessen wiedersah, der ihn damals so brutal abgewiesen hatte, als er um die Hand des Mädchens hatte bitten wollen, das er liebte. Aber der alte Resplandin hatte ihm seine Greisenhand, auf der die Adern sich wie Schlangen ringelten, hingestreckt; er hatte Ollivier voll angesehen und dann gesagt: «Verzeih mir, Junge. Ich glaubte, recht zu tun, als ich dich damals, vor Jahren, nicht als Schwiegersohn haben wollte. Jetzt aber scheint es mir, daß ich unrecht gehabt und mich wie ein Schwein benommen habe. Also gib mir die Hand und komm in mein Haus, wie du es damals getan haben würdest, wenn ich dir anders entgegengetreten wäre.»

«Ich danke Ihnen», hatte Ollivier gesagt.

Und Sylvaine hatte gesagt:

«Ich danke dir auch, Vater. Nun ist alles ausgeglichen.»

Das Essen war vollauf das gewesen, was man sich davon versprochen hatte, nämlich ein üppiges ländliches Essen mit Krebsen, Forellen, geschmorter Hammelkeule, Backhuhn und fast ohne Gemüse. Louisa hatte gemeint, Salate, Artischocken und Kartoffeln seien viel zu gewöhnlich für diesen Tag. Wie Sylvaine es vorausgesehen hatte, fing der Vater, wohlig gesättigt von den Fleischspeisen und vom Weine angeregt, beim Nachtisch an, auf die Heirat anzuspielen.

«Das ist schon in Ordnung», hatte Sylvaine sogleich geantwortet. «Nächste Woche werden wir in Belgentier aufgeboten.»

«Dann kann ich also die beiden Rousselets herüberbitten?»

«Sicher, Vater, jederzeit.»

«Louisa, schnell, hole die Rousselets», hatte der alte Mann gerufen, «sag ihnen, sie möchten mit dem Kleinen herüberkommen; es gäbe Torte, Kaffee und Schnaps!»

Sylvaine und Ollivier freuten sich, als sie sahen, daß Resplandin vor Freude ganz rot wurde. Sie mußten beide daran denken, daß sie diesen Festtag lieber für sich allein auf dem Grand-Cap begangen hätten; aber sie fühlten nur zu sehr, daß sie es sich nicht merken lassen dürften.

Louisa war hinausgegangen. Sylvaine fand sich schnell wieder in ihre frühere Tätigkeit hinein; sie stellte fest, daß sich das Schubfach der Anrichte, in dem die Teelöffel lagen, noch genauso schwer öffnen ließ wie früher; und dann verteilte sie Tassen und Kuchenteller auf dem Tische.

Ollivier beobachtete sie und sagte sich: ‹Ja, sie ist dennoch die geborene Dame! Hoffentlich hilft ihre Liebe ihr darüber hinweg, wenn sie sich in der Armseligkeit meines Hauses wiederfindet.› Er fühlte sich deswegen bedrückt und ängstlich, daß sie eines Tages der Unzulänglichkeit überdrüssig sein könne. Aber er kannte Sylvaine noch nicht bis ins Letzte; und so konnte er auch nicht wissen, daß ihrer beider Liebe für sie alles Übrige aufwog.

In diesem Augenblick, als sie sich nach ihm umdrehte und ihm ein heimliches Lächeln des Einverständnisses schenkte, mußte er an ein spanisches Sprichwort denken, das sie sich zu eigen gemacht hatte und hin und wieder anführte: ‹Mutter, gib mir das Glück und wirf mich ins Meer!› Ihm war immer ein bißchen beklommen zumut, wenn er spürte, daß sie gebildeter sei als er; aber jetzt dachte er: ‹Ja, jetzt verstehe ich es; es bedeutet, daß man, wenn man Glück hat, getrost auf tobendem Meere ohne Masten, Segel und Ruder treiben kann und dennoch davonkommt.›

Die Rousselets, und vor ihnen Louisa, hatten ihren Einzug ins Eßzimmer gehalten: der Vater, Resplandins Nachfolger in der Leitung der Gerberei, ein hochgewachsener, hagerer Mann; seine Frau, fast ebenso groß wie er und wiederum einem Baby entgegensehend; und ein zweijähriger Pausback, vollgefüttert von Milchbrei, der mit verlangenden Augen zusah, wie die Kuchenplatten gereicht wurden.

Resplandin hatte sich erhoben, soweit seine gelähmten Beine das zuließen, und hatte, indem er auf Ollivier zeigte, gesagt:

«Darf ich Ihnen meinen künftigen Schwiegersohn vorstellen?»

Rousselet hatte sich verbeugt und heimlich gedacht:

‹Na, dann kommt also die Hochzeit doch noch zustande!› Denn wie fast alle Leute in Bellaïgue kannte auch er jetzt Sylvaines und Olliviers Geschichte.

Man hatte, wie das nach dem Essen so geht, von allen möglichen Dingen gesprochen, und dann hatte Rousselet gefragt:

«Also besteht jetzt für uns Hoffnung, daß wir in das große Haus ziehen können?»

«Wieso?» hatte Resplandin seinerseits gefragt.

«Ja, Sie werden doch nicht ganz allein hier wohnenbleiben, wenn Ihre Tochter heiratet? Sie werden doch sicher zu ihr ziehen? Und das um so eher, als es ja doch heißt, Ihr Schwiegersohn werde die Mühle von Sinssol wieder in Betrieb setzen?»

«Ja, ja...», hatte Resplandin gesagt, während Sylvaine und Ollivier sich heimlich einen Blick zugeworfen hatten.

«Sie wissen ja», hatte der neue Direktor weitergesprochen, «daß wir in dem kleinen Hause hinten im Garten einigermaßen eingeengt leben. Der Kleine muß mit in unserm Zimmer schlafen, und dabei kommt doch demnächst noch ein Baby an. Dann ist für uns alle überhaupt kein Platz mehr.»

«Ja, das weiß ich», hatte Resplandin nachdenklich gesagt.

«Und ich muß zugeben, daß ich, als Sie mir die freudige Nachricht gesagt haben, egoistisch gewesen bin und ein bißchen an uns gedacht habe. Ich habe mir gesagt: ‹Sicherlich wird Herr Resplandin uns Platz machen und zu seinen Kindern ziehen.› Oder etwa nicht?»

«Nein», hatte Resplandin gesagt. «Daß ich Ihnen das Haus

frei mache – das könnte sein. Aber zu den Kindern ziehen – nein. Jung gehört zu jung und alt zu alt. Außerdem bin ich ja auch nicht allein; ich habe die gute Louisa, die für mich sorgt, und wie schön sie für mich sorgt, ist ja bekannt. Weshalb soll ich also den jungen Leuten, die gerade erst beisammen sind, als altes Wrack, als einer, der schon mit einem Fuß im Grabe steht, zur Last fallen?»

«Aber Vater!» sagte Sylvaine vorwurfsvoll.

«Es ist reizend von dir, daß du tust, als schmerze dich das. Aber im Grunde deines Herzens denkst du genau wie ich, davon bin ich überzeugt.»

«Sylvaine hat meiner Mutter wundervoll zur Seite gestanden», sagte Ollivier. «Sie wird auch Ihnen zur Seite stehen.»

Resplandin sah ihn groß an.

«Ach so, Junge!» sagte er. «Ollivier heißt du, Ollivier Desmichels! Du gehörst noch zu den Menschen, die da wollen, daß es Gerechtigkeit auf der Erde gebe, und die, wenn sie sie nicht finden, sie einfach durchsetzen.»

«Ja», sagte Ollivier.

«Dafür bin ich dir dankbar. Aber gerade um der Gerechtigkeit» – er betonte das Wort besonders stark – «um der Gerechtigkeit willen muß ich euch beide allein euerm Glück überlassen. Denn schließlich habe ich euch daran gehindert, daß es euch eher zuteil geworden ist, wenn ich auch gemeint habe, das Richtige zu tun. Euer Glück gehört euch – versteht ihr?»

Und da Ollivier verlegen schwieg, und da Sylvaine nicht wußte, was sie antworten sollte, denn es war das erstemal, daß der Vater sich anmerken ließ, daß er ein Herz habe, fing Resplandin an zu lachen und fuhr fort:

«Ich habe nämlich einen andern Plan, und der kommt nicht nur mir zugute, sondern gleichzeitig außer mir noch vielen andern, und darunter solchen, die noch nicht einmal auf der Welt sind. Es besteht Aussicht, daß ich Grundbesitz kaufe, ein Gut, das mir nicht erst seit heute in die Augen sticht und das ich gern gehabt hätte, seit ich es bei einem Geschäftswege hier im schönen Gapeautal zum erstenmal gesehen habe. Aber damals die Augen zu jenem Gute erheben – das war das gleiche, wie sie zu einer Milliardärstochter erheben; und also habe ich die Finger davon gelassen. Heute jedoch liegen die Dinge ganz anders, leider zum Schaden von diesem und jenem; es ist nicht mehr alles so, wie es damals gewesen ist, und so habe ich einige Hoffnung...»

Sie schwiegen alle; keinem war der Sinn dieser langen Rede richtig klargeworden.

Frau Rousselet drohte dem Kleinen, der mit den Fingern dem Tortenrest zu Leibe gegangen war, und Direktor Rousselet dachte daran, daß er noch im Büro arbeiten müsse. Resplandin fiel das Schweigen auf, und er sagte:

«Nicht wahr, es ist euch allen nicht klargeworden, was ich da erzählt habe? Aber ich will Ihnen was sagen, Rousselet: in drei Monaten, und vielleicht schon eher, können Sie mit Kind und Kegel in mein Haus ziehen! Dann ist nämlich der alte Resplandin längst über alle Berge!»

«Ich bin Ihnen wirklich sehr dankbar», sagte Rousselet und stand auf. «Aber wenn Sie mir jetzt gestatten würden...»

«Ja, gehen Sie getrost», sagte Resplandin. «Ich weiß, was hier auf einem lastet und einem selbst sonntags keine Ruhe läßt.»

Als die Familie Rousselet dann gegangen (Sylvaine hatte Ollivier zugeflüstert: «Begleite sie bis zur Gartentür und bleib ein bißchen weg; ich will ihm jetzt das Geld wiedergeben») und Louisa beim Geschirrabwaschen war, blieben Vater und Tochter allein an dem abgeräumten Tisch.

«Laß uns in dein altes Büro gehen, Vater. Ich möchte einiges mit dir bereden.»

«Ach», sagte Resplandin, «das trifft sich ja gut. Ich nämlich mit dir auch. Aber warum im Büro?»

«Was dort verwirrt worden ist, muß auch dort gelöst werden», sagte Sylvaine.

«Gut», sagte er. «Ich denke wie du. Bitte schieb mich hinüber.»

Sie schob den alten Mann in seinem Rollstuhl in den kleinen Raum, wo ihrer beider letzte Auseinandersetzung stattgefunden hatte.

Sie hielt den Stuhl vor dem Tische an und fragte:

«Willst du mir bitte die Sekretärschlüssel geben, Vater?»

Er sah sie scharf an, aber sie hielt seinem Blicke stand.

«Hab keine Angst, Vater», sagte sie freundlich. «Gib sie mir nur, die Sekretärschlüssel.»

«Sie liegen im Schreibtischkasten», sagte er.

Sie ging zum Schreibtisch; sie zog das Schubfach auf; sie nahm das kleine Schlüsselbund, das sich kalt wie ein Laubfrosch anfühlte, und schloß den Sekretär auf. Während sie das alles tat, fühlte sie den Blick des Vaters schwer und bohrend auf sich gerichtet. Sie schloß den Sekretär auf, und ohne daß ihre Hand dabei zitterte, klappte sie die Schreibplatte nieder. Sie fand sogleich die alte Geldtasche, der sie die fünfzig Tausendfrankenscheine entnommen hatte. Es waren noch weitere Scheine und Papiere darin. Vor dem Vater legte sie sie auf den Tisch.

«Was ...», sagte Resplandin.

Er hatte sich mit gebeugten Armen auf den Lehnen seines Rollstuhles aufgestützt.

«Sieh!» sagte Sylvaine. Sie machte ihre Handtasche auf und nahm das Bündel Tausendfrankenscheine heraus, das von einem Gummiband zusammengehalten wurde.

Sie legte einen nach dem andern auf den Tisch und zählte dabei: «Eins, zwei, drei, vier, fünf, sechs, sieben ... Leg bitte jedesmal die Hand darauf», sagte sie, «damit sie nicht wegwehen.»

Resplandin tat es; seine Hand war schwer.

«Acht, neun ...», zählte sie.

Und so legte sie einen Schein auf den andern, und jedesmal legte Resplandin seine Hand darauf, die so schwer war wie die Steine, aus denen Papierpressen gemacht werden.

Als sie ‹fünfzig› gezählt hatte, sagte sie: «Danke. Nun kannst du deine Hand wieder wegnehmen.» Dann faltete Sylvaine die Scheine zusammen, tat sie in die alte Geldtasche und legte diese in den Sekretär; dann verschloß sie den Sekretär und verwahrte die Schlüssel wieder im Schreibtischkasten. Und schließlich legte sie die Hände auf des Vaters Schultern und sagte:

«Das wäre getan!»

«Mir unbegreiflich ...», sagte Resplandin.

«Ollivier hat sie nicht haben wollen», sagte Sylvaine. «Und da wollte ich sie natürlich auch nicht haben. Also habe ich sie dir wiedergegeben. Ist es dir jetzt klar?»

Und da Resplandin sie noch immer verständnislos ansah, sagte sie lächelnd: «Komm, jetzt wollen wir schnell wieder ins Eßzimmer; wahrscheinlich ist er längst wieder da und weiß nicht, wo wir geblieben sind. Ich schiebe dich schon, Vater.»

An alles dieses denkt Sylvaine an jenem dritten Tage, den sie seit ihrer Hochzeit in Bellaïgue verbringen. Und während sie daran denkt, sagt sie sich: ‹Jetzt sind wir glücklich. Fünfzigtausend Franken mehr oder weniger — was hat das mit dem Glück zu tun? Nichts, gar nichts! Das weiß ich ganz genau! Ich will nicht abstreiten, daß Geld zum Glücke beitragen könne; aber ich habe nur eine einzige Sorge, und die ist: Ollivier täglich bei seiner Holzfällerarbeit und danach, in seinen Freistunden, als Maurer und Tischler zu sehen, wenn er an der Mühle von Sinssol schafft. Aber wenn ich diese Sorge nicht hätte, die ihre Ursache in unserer Armut hat, und statt dessen wäre Ollivier mir gegenüber anders geworden oder gar, er liebte mich nicht mehr – was hülfe es mir dann, wenn ich reich wäre?›

In diesem Augenblick fragt der Vater, und es ist, als sei er ihrem Gedankengange gefolgt:

«Wie weit seid ihr nun eigentlich mit der Wiederherstellung eurer Mühle gekommen?»

«Es geht langsam vorwärts», sagt Ollivier ruhig.

«Und das ist alles, was du sagst?» fragt Sylvaine. «Die Sache ist nämlich die, daß Ollivier seine ganze Freizeit daransetzt und dennoch kaum vom Fleck damit kommt. Es ist zuviel in Ordnung zu bringen! Es ist vollkommen ausgeschlossen, daß wir im Dezember schon Oliven zum Mahlen annehmen können.»

«Das wäre schade», sagt Resplandin. «Denn gerade in diesem Jahre neigen die Bäume sich fast zu Boden unter der Last, und ihr würdet gleich mit einem schönen Verdienst anfangen können.»

«Wenn Ollivier auf mich gehört hätte, würde er zwei Hilfskräfte gemietet haben, die hätten dann während der großen Trockenheit damit anfangen können, das alte Bachbett zu säubern, damit das Wasser beim ersten Herbstregen bis zu unsern Rädern hin geflossen wäre.»

«Und warum hat er das nicht getan?» fragt Resplandin. «Mir scheint nämlich, daß du recht hast. Oder etwa nicht, Ollivier?»

«Vielleicht...», sagt Ollivier.

«Er tut es nicht», sagt Sylvaine und verzieht unzufrieden das Gesicht, «weil wir kein Geld haben, um die Arbeiter bezahlen zu können.»

«Ach, deswegen?» lächelt Resplandin boshaft. «Und warum sagt ihr kein Wort davon? Daß du kein Geld hast annehmen wollen, Junge, das ich dir nicht gegeben habe – das verstehe ich vollkommen. Aber vielleicht gibst du mir keinen Korb, wenn ich dir anbiete, dir was zu leihen?»

«Na, also!» sagt Sylvaine.

«Ich werde also dein stiller Teilhaber, und morgen möchte

ich hören, daß dir zwei Arbeiter im alten Bachbett helfen. Es wird Zeit, daß Emile Resplandins Schwiegersohn aufhört, für andere Leute zu arbeiten. Verstanden?»

«Ja, Vater, du hast vollkommen recht», sagt Sylvaine schnell.

«Du bist nicht gefragt worden. – Verstanden, Ollivier?»

«Ja, Vater!» sagt Ollivier.

10

Am Dienstag nach diesem in Bellaïgue verbrachten Tage sitzt Sylvaine morgens allein in ihrer Küche, als von draußen eine kräftige Stimme ruft:

«Hallo! Niemand da?»

Sie trocknet sich die Hände an der Schürze ab und geht hinaus.

Ollivier ist mit Marcelin, den er gemietet hat, und mit dem ältesten von dessen Söhnen, jenem Justin, der an dem Tage geboren worden ist, da Marcelin beinahe Arnaude überrascht hätte, als sie ihren fahnenflüchtigen Sohn versteckte, bei der Arbeit im alten Bachbett.

Als Sylvaine ihnen um zehn das Frühstück, Schinken, Brot und Wein gebracht hat, sind die drei Männer tüchtig bei der Arbeit in dem wirren Gewucher gewesen, das in der vom Wasser verlassenen Mulde aufgeschossen war. Alles mögliche wächst darin: Oleander, der zu dieser Zeit gerade seine riesengroßen Büschel von beinahe künstlich rosafarbenen Blüten trägt, Narzissen, die dick wie Porreestengel sind, von denen jedoch nur die gelben Stengel mit den Samen dastehen; tolle Geschlinge von Klematis mit flaumig behaarten Samenständen, die auch an den winzigsten Zweigen hinaufgerankt sind und sie miteinander verknüpft haben; längst abgeblühte Veilchen und Anemonen und Schlehdorn, zwischen dessen Dornen nur noch die blauroten Früchte sitzen. Justin, Marcelin und Ollivier schlagen sich mit diesem Verhau von Zweigen herum, die ihnen von allen Seiten her ins Zeug und in die Haare fahren, und fluchen mordsmäßig.

«Wenn wir mit der Axt nichts ausrichten», sagt Ollivier, «dann stecken wir die ganze Geschichte in Brand. Nur ist das jetzt, während der warmen Jahreszeit, einigermaßen gefährlich. Die Wälder hier im Var brennen wie Zunder.»

Sie gehen dem Gewirr mit Messern, Sicheln und Baumscheren zu Leibe. Sie schwitzen. Sie müssen das Hemd ausziehen, und der Schweiß strömt ihnen nur so über die behaarte Brust. Sie sagen:

«Den Teufel nochmal! Hat das Luderzeug mal Wurzeln!»

Aber dennoch kommen sie vorwärts, und hinter ihnen ist schon eine kleine Strecke des Bachbettes für das Wasser gesäubert.

Sylvaine hat ihnen die mit einem feuchten Lappen umwickelten Wein- und Wasserflaschen ins Gebüsch gestellt. Sie hat Narzissenpflanzen an sich genommen, aus deren silbrigen Zwiebeln Tausende von schwarzen Haaren niederhängen, und Stecklinge vom Oleander.

«Die will ich in Sinssol in den Garten pflanzen», sagt sie.

«Jetzt ist aber nicht die Zeit dazu», sagt Justin.

«Oh», sagt Ollivier, «was die pflanzt, das wächst auch an! Sie kümmert sich nämlich drum. Sie schaut zu, wie es wächst, und es ist, als sei sie dabei behilflich.»

«Das kommt, weil ich die Pflanzen liebhabe; das wissen sie ganz genau. Und um mir eine Freude zu machen, blühen sie dann.»

Die drei Männer haben ihren Spaß an diesem Fraueneinfall, und Sylvaine steigt wieder zur Hütte hinauf, denn sie muß ja das Mittagessen für die drei Arbeiter fertigmachen. Und während sie gerade grüne Bohnen entbastet, hört sie es rufen:

«Hallo! Niemand da?»

Und sie geht hinaus.

Sie erkennt den Rufer auf der Stelle: es ist der Bauunternehmer Mignonné aus Belgentier, ein großer, blonder, kräftiger Mann mit hellen Augen, die einem gerade ins Gesicht blicken.

«Hallo, Frau Desmichels!» sagt er.

«Hallo, Herr Mignonné! Was treibt Sie denn hierher?»

«Ich möchte mir die Arbeiten ansehen», sagt der Unternehmer.

«Die Arbeiten?» fragt Sylvaine. «Welche denn? Aber treten Sie bitte erst mal näher und erfrischen Sie sich ein bißchen; die Sonne fängt an zu brennen.»

«Ja, da kann ich nicht nein sagen; denn kühl ist der Weg hier herauf gerade nicht. Für einen schönen Juli ist es ein recht schöner Juli, und drüben bei Solliès-Ville fangen sie schon mit der Ernte an.»

«Das liegt ja auch niedriger als wir hier», sagt Sylvaine, «das

Korn ist uns da um vierzehn Tage voraus. Wir wohnen hier ja beinah schon im Gebirge.»

Sylvaine hat zwei Gläser auf den Tisch gestellt und gießt Orangenwein ein; das Rezept hat Arnaude ihr vermacht.

«Schmeckt gut, aber ein bißchen bitter», sagt Mignonné.

«Ich mache es wie meine Schwiegermutter Desmichels», sagt Sylvaine. «Ich setze ziemlich viel Kamille zu; dann stillt es besser den Durst.»

Nachdem er frisches Wasser hinzugegossen hat, trinkt der Unternehmer seinen Wein auf einen Zug aus.

«Noch ein Glas?» fragt Sylvaine.

«Nein, danke . . .»

Der Unternehmer deckt das Glas mit der flachen Hand zu.

«Also, weshalb ich nun eigentlich hergekommen bin: ich merke, daß der Herr Papa Ihnen nichts davon gesagt und also eine Überraschung vorgehabt hat. Sonntagabend hat er im Café de la Rivière, wo ich immer zu finden bin, nach mir fragen lassen, und ich solle ihn möglichst bald mal aufsuchen. Gestern morgen um diese Zeit bin ich hingegangen, und er hat mir gesagt: ‹Paß mal auf, Mignonné, ich brauche dich. Ich will nämlich meiner Tochter ein dickes Geschenk machen. Die Mühle von Sinssol gehört ihr als mütterliches Erbteil, und ich möchte, daß sie lieber dort wohnt als in der Kohlenbrennerhütte. Das mußt du einsehen. Meine Tochter ist in einem geräumigen Hause aufgewachsen, und ich mag es nicht, daß sie es so eng hat. Nun aber sind an der Mühle schauderhaft große Reparaturen vorzunehmen, und ich verstehe durchaus, daß mein Schwiegersohn mit dem besten Willen damit allein nicht zu Rande kommt. Also, jetzt hör mal zu. Du steigst da mal rauf, und zwar ein bißchen bald, denn die Geschichte ist eilig . . . Sag mir bitte nicht: ‹Resplandin, kann ich nicht machen›, weil die beiden nämlich bis zum Herbst fix und fertig eingerichtet sein müssen. Also du steigst da mal rauf, nimmst dir meine Tochter mit, die da oben in ihrer Hütte wohnt, und ihr beide überlegt euch, wie die Geschichte wieder in Gang zu bringen ist. Verstanden?› – ‹Jawohl›, habe ich gesagt. – ‹Dann kommst du wieder zu mir, machst mir einen Kostenanschlag, und dann fängst du an.› – ‹Schöneken›, habe ich gesagt. Und als ich schon habe weg wollen, da hat er mir noch gesagt: ‹Mach nur alles ganz genau so, wie meine Tochter es haben will. Erstmal ist sie klug und weiß ganz genau, was sie will, und zweitens möchte ich, und das ist die Hauptsache, daß es ihr auch gefällt. Du kannst dich ihr ruhig anvertrauen – sie wird dir schon einen Plan machen.›»

«Ach, der Plan», sagt Sylvaine, «den habe ich schon längst gemacht. Nur das Beste hat gefehlt!»

«Und so», endet Mignonné, «bin ich auf dem schnellsten Wege hergekommen, und wenn es Ihnen recht ist, gehen wir jetzt los.»

«Gleich!» sagt Sylvaine. «Sie müssen nur so freundlich sein, noch eine Minute auf mich zu warten. Ich war gerade dabei, grünen Bohnensalat zu machen. Außer meinem Manne muß ich nämlich noch Marcelin aus Bramafan und seinen Sohn verpflegen; es ist zu warm, als daß man es den beiden zumuten könnte, über Mittag hinaufzusteigen. Und so habe ich alle Hände voll zu tun.»

«Sind die hier in der Nähe beschäftigt?» fragt Mignonné.

«Bei uns», sagt Sylvaine. «Sie helfen meinem Manne beim Reinigen des alten Bachbettes; wir wollen den Coulepierre wieder umleiten, damit er uns unsere Mühle treibt.»

«Dolle Sache! Sie wollen also wieder Oliven mahlen?»

«Ja», sagt Sylvaine. «Wir haben gemeint, die Leute würden sich freuen, wenn sie sie uns bringen könnten, anstatt damit nach Girauds Mühle zu müssen, die so weit weg liegt. Außerdem wollen wir für den Anfang billiger sein. Wir nehmen zehn Sous weniger.»

«Interessant», sagt Mignonné.

«Wir haben nämlich keinerlei Hilfskräfte, wissen Sie; mein Mann wird sich mit Justin und dessen Sohn ablösen. Die Schreiberei mache ich. Daß bei uns gut gemahlen wird – darauf können Sie sich verlassen! Sie werden es nicht erleben, daß Ihnen das Öl innerhalb eines Vierteljahres in den Krügen ranzig wird, weil man Ihnen zwischen Ihre guten Oliven vom Baum gefallene, wurmstichige gemogelt hat.»

«Oha! Ihr Vater hat recht!» lacht Mignonné. «Sie sind ein kluges Frauenzimmer, und Desmichels kann von Glück sagen.»

Da muß auch Sylvaine lachen.

«Ich nehme doch an, daß Sie Ihre Ernte zu uns schicken werden?»

«Natürlich», sagt Mignonné. «Denn erstens sind Sie Kunden, und zweitens weiß ich ja jetzt, daß bei Ihnen saubere Arbeit geleistet wird. Ich habe eine ganze Menge Olivenbäume, wissen Sie.»

«Ja», sagt Sylvaine. «Ihnen gehört der Hügel Les Aiguiers bei Pierrefeu, und dann der Hang hinter Solliès-Toucas ...»

«Und dann noch ein großes Stück bei Montrieux, Les Perrières. Und ich habe keinen einzigen Baum ausgerissen; ich bin nicht wie all die dummen Kerle, die, nur um einen gehörigen Vorrat an Brennmaterial zu haben oder um das Holz für fünfzehn Franken den Doppelzentner zu verkaufen, mir nichts, dir nichts die Bäume abgehauen haben, so daß es einem ins Herz schnitt, wenn man daran dachte, wie gut sie trugen. Jetzt fangen sie natürlich wieder mit Neuanpflanzungen an – aber bis ein Ölbaum so weit ist, darüber kann ein halbes Jahrhundert hingehen! Die sind längst zu Staub und Asche vermodert, die dummen Affen, wenn ihre Bäume noch nicht einmal Frucht angesetzt haben. Zu blödsinnig, so was! Genau wie die Bauern bei Grasse – ich habe es mit eigenen Augen gesehen; denn ich habe da oben eine Villa bauen müssen. Eines schönen Tages haben sie angefangen, ihre sämtlichen Jasminsträucher auszureißen, an denen sie doch Tausende und aber Tausende verdient haben, bloß weil die Blüten sich gerade mal schlecht verkauften; die großen Parfümfabriken hatten nämlich angefangen, statt der Blütenessenzen andere zu verwenden, sogenannte ‹synthetische›. Das Zeug soll auf chemischem Wege aus Steinkohlen gewonnen werden – was weiß ich? Irgend so ein Schweinezeug, das von Rechts wegen keine Frau auf der Haut dulden sollte. Also kurz und gut: eine Zeitlang haben sie ihre Jasminblüten nicht loswerden können. Und glauben Sie, nun hätten sie sich in Geduld gefaßt auf Grund ihrer dicken Geldsäcke und sich gesagt: ‹Es wird schon mal wieder anders kommen?› Kein Gedanke! Im Gegenteil! Alles herausgerissen haben sie! Blödsinniges Gesindel! Es hat mich ganz krank gemacht, als ich das habe mitansehen müssen. ‹Durchhalten! Den Mut nicht sinken lassen!› habe ich denen gesagt, die mich um Rat gefragt haben. Aber nur ein Mensch ist mir gefolgt, eine alte Frau aus Peyminade, die ihren Lebensabend auf ihrem Besitztum verbringen will. Die hat nach wie vor zusammen mit ihrem Hausmädchen und ihrem Gärtner ihre Jasminblüten gepflückt und sie im Hause getrocknet, und wenn man an der Tür vorbeikam, dann hat einen der schöne Duft festgehalten, und man hat sich umgedreht und geschnuppert. Dann hat sie sich auf eigene Rechnung und Gefahr die Essenz herstellen lassen und sie in großen Glasballons aufbewahrt; die Destillerien hat sie gemietet. Und diese gute Frau, das können Sie mir glauben, die hat daran schwer verdient, als die Herren Fabrikanten sich später plötzlich entschlossen haben, wieder natürliche Blüten zu verarbeiten... Aber ich glaube, ich halte Sie auf», unterbricht Mignonné sich unvermittelt. «Sie haben ja doch zu arbeiten.»

«Das schadet nichts», sagt Sylvaine. «Es interessiert mich sehr, über diese Dinge etwas zu erfahren, und während des Zuhörens habe ich meine grünen Bohnen entbastet. Jetzt brauche ich sie nur noch aufzukochen, und dann können wir nach Sinssol gehen. Das Wasser kocht bereits; in ein paar Minuten bin ich fertig, und dann gehen wir. Wenn ich wiederkomme, sind sie gar.»

Sie geht in die Küche, und gleich darauf kommt sie wieder. Der Bauunternehmer schaut um sich.

«Es sieht hier schon ganz anders aus», sagt er, «wenn ich es mit früher vergleiche. Im vorigen Jahre bin ich mal vorbeigekommen; aber da wuchs noch nichts Grünes ums Haus, und die Erdaufschüttung bröckelte ab.»

«Mein Mann hat die Mauer ausgebessert und Pfähle eingerammt. Und dann haben die Winden gleich angefangen, emporzuranken und über das Dach zu wachsen. Hübsch, all die blauen Blüten, nicht wahr?»

«Ja, wirklich hübsch. Es ist hier alles viel hübscher und sieht sauber aus – beinahe wie eine kleine Villa!»

«Meine Schwiegermutter ist alt gewesen, die Ärmste, und krank. Sie hat sich geholfen, so gut es eben ging.»

«Sie ist eine wackere Frau gewesen», sagt Mignonné, «und sie hat ihr gerüttelt Maß Unglück gehabt. Wenn sie sehen könnte, wie gut ihr Haus jetzt im Stande ist, würde sie sich freuen.»

«Ja», sagt Sylvaine, «aber leider...»

Sie muß daran denken, wie Arnaude ihr bei ihrem ersten Besuche gesagt hat: ‹Sie schauen sich meine Wohnungseinrichtung an? Üppig ist sie gerade nicht; aber ich hänge sehr daran.› Auch Sylvaine hängt an dieser armen Hütte, in die sie eines Abends gekommen ist, um sich dem Manne zu schenken, den ihr das Schicksal auserkoren hatte. In diesem Augenblick ist ihr, als tue sie unrecht, wenn sie sich jetzt mit so viel Freude daranmacht, sich und Ollivier ein neues Heim zu schaffen.

«Sind Sie jetzt fertig?» fragt Mignonné.

Als sie über den geneigten Waldhang gehen, sehen sie von

weitem die drei Arbeiter, die bis zur Brust im Pflanzenwuchs stecken.

Sylvaine läuft zu Ollivier, um ihm die erfreuliche Nachricht zu erzählen; vor der Mühle von Sinssol trifft sie wieder mit dem Bauunternehmer zusammen.

«Alt ist sie zwar», sagt er, «aber sie hat solide Mauern; mindestens sechzig sind sie stark. Sie haben es hier weder zu warm im Sommer noch zu kalt im Winter, und ein Erdbeben kann ihnen auch nichts anhaben.»

«Die Fensterbrüstungen sind sehr breit», sagt Sylvaine. «Darauf stelle ich Blumentöpfe.»

Sie zwängt den großen Schlüssel ins Schlüsselloch und stößt die Tür auf, die Ollivier geölt hat. Mignonné macht die Fenster auf und bewegt die Flügel mehrmals in den Angeln hin und her. Er schaut sich die Decke an, tastet die Wände ab und klopft mit dem Fuß auf den Boden.

«Ließe sich machen», sagt er, «alles gut erhalten.» Dann fährt er fort: «Ihren Großvater Laurade, der hier Herr und Meister gewesen ist – den habe ich gekannt! Das war schon ein toller Kerl! Groß, grauhaarig, gut zwei Zentner schwer, und immer zu Scherzen aufgelegt. Ich war ganz klein, als er schon ein alter Mann war; aber er hielt was auf sich. Sein Vater hat hier mit der Olivenmahlerei angefangen. Er hätte ein gutes Geschäft damit machen können – aber leider ist er ein viel zu großer Weiberfreund gewesen, und sein Sohn hat es genau so getrieben. Ihre arme Großmutter, die hat schwer unter seinen Seitensprüngen zu leiden gehabt. Ihre Mutter habe ich ebenfalls gut gekannt, und ebenso Ihre Tante Gina; aber die ist ja nur in ihrer Jugend hier gewesen; dann hat sie geheiratet, wie ich gehört habe, und sich wieder scheiden lassen, und nun hat sie ja ein Hotel in Le Lavandou. Das habe ich herausbekommen, als ich da mal vorbeigekommen bin und die Aufschrift ‹Hotel Laurade› gelesen habe. ‹Sieh mal einer an!› habe ich mir gesagt und bin hineingegangen. Da hat sie mich zu einem Gläschen eingeladen. Sie ist ein kluges Frauenzimmer, aber sie treibt es beinah so toll wie ihr Vater. Stehen Sie in Verbindung mit ihr?»

«Nein», sagt Sylvaine.

Sie macht die Tür des großen Raumes auf, wo der Jasmin durchs Fenster gewachsen ist, und zeigt ihn Mignonné.

«Ich möchte gern, daß das so bleibt.»

«Warum denn? Dies verschandelte Fenster und der Baum, der ins Haus gewachsen ist?»

«Nein, das nicht!» lacht Sylvaine. «Ich weiß natürlich, daß sich das nicht machen läßt. Aber wenn Sie das Fenster in Ordnung bringen, dann schneiden Sie bitte den Jasmin nicht ganz ab, nur so weit, wie es nötig ist.»

«Aber dann kommen Ihnen doch Tiere ins Zimmer!» sagt der Unternehmer.

«Das macht nichts», sagt Sylvaine. «Wenn wir morgens vor der Hütte unsern Frühstückskaffee trinken, kommen immer zwei Mäuse an der Mauer entlanggelaufen; die wissen ganz genau, daß sie Brotbröckchen und Käsereste bekommen. Seit wir dort wohnen, kommen sie, und wir sehen ihre kleinen schwarzen Augen in dem Steinwinkel funkeln. Sie kommen bis an den Tisch heran, und das lustigste ist, daß sich, seit sie kommen, auch zwei große Eidechsen einfinden, die gefleckten, wissen Sie?»

«Ja», sagt Mignonné.

«Also diese beiden Eidechsen laufen an der Mauer entlang auf dem gleichen Wege wie die Mäuse, und im Vorbeilaufen schnappen die Eidechsen den Mäusen die Brotkrumen weg! Das ist doch spaßig, nicht wahr? Und genau so spaßig ist es, daß das den Mäusen allmählich klargeworden ist und daß sie jetzt bis unmittelbar zu uns an den Tisch kommen und dort fressen. Ich habe viel Freude daran.»

Mignonné schaut sie an. Er sagt:

«Eine komische Person sind Sie!»

«Weil ich Ihnen sage, daß ich keine Angst vor Tieren habe?» meint Sylvaine. «Die überlasse ich den Stadtdamen; die können meinetwegen auf die Stühle springen und kreischen.»

«Na, ich zum Beispiel kann Eulen nicht leiden. Meine Frau sagt immer, sie brächten Unglück.»

«Unglück?» sagt Sylvaine. «Sie selbst sind doch schon schlimm genug dran, weil sie häßlich sind und weil die Menschen ihr Geschrei nicht mögen. Ich habe mal versucht, eine großzuziehen, eine ganz kleine Eule, die ein Bauer hatte totschlagen wollen. Ich habe sie bei mir in meinem Zimmer gehabt; aber dann hat meine Mutter sie zum Fenster hinausgeworfen und gesagt, solch ein Viehzeug mache Schmutz.»

«Na, dann lassen wir Ihren Jasmin also stehen; Sie brauchen keine Angst zu haben! Mir macht das schließlich auch Spaß, weil ich dabei an die Jasminpflanzungen von Grasse denken muß; ich habe Ihnen ja vorhin davon erzählt; und überdies riecht Jasmin so schön! Also – der langen Rede kurzer Sinn: was soll ich Ihrer Meinung nach denn nun hier im Hausinnern umbauen?»

«Passen Sie auf!» sagt Sylvaine.

Während sie ihm lang und breit auseinandersetzt, wie sie sich in dem alten Hause einzurichten gedenkt, wandeln sie von einem Raum in den andern. Mignonné hat einen Zollstock aus der Tasche gezogen und mißt nach; seine Berechnungen macht er mit dem Bleistift an der Wand.

Manchmal verbessert ihn Sylvaine.

Dann lacht der Unternehmer.

«Sie haben doch nicht etwa Jura studiert?» fragt er schließlich. Sylvaine lacht ebenfalls.

«Sie sehen doch, worauf es mir ankommt, nicht wahr?»

«Allerdings», sagt der Unternehmer. «Sie sind helle!»

«Wann fangen Sie denn an?» fragt Sylvaine.

«Morgen früh», sagt er. «Ich lasse Material und Werkzeug mit dem Wagen herauffahren und bringe zwei Arbeiter mit, damit die Sache schneller geht.»

«Das ist aber mal nett von Ihnen», sagt Sylvaine. «Und jetzt begrüßen Sie wohl noch meinen Mann und kommen dann mit uns zum Essen?»

«Das geht leider nicht», sagt Mignonné. «Meine Frau würde auf schlechte Gedanken kommen; sie weiß nicht Bescheid.»

«Das ist schade», sagt Sylvaine. «Aber morgen können Sie sich doch sicher einrichten?»

«Bitte, machen Sie sich keine Umstände! Ich esse hier mit meinen beiden Arbeitern; denn um nach Hause zu fahren, ist es leider zu weit.»

«Morgen essen Sie bei uns», beharrt Sylvaine. «Sie haben während der Arbeiten noch Gelegenheit genug, hier im Grünen zu essen.»

«Na, dann gut, und schönen Dank. Und jetzt will ich noch Marcelin und Ihren Mann begrüßen, und dann will ich heim.»

«Also dann auf Wiedersehen morgen», sagt Sylvaine. «Mit dem Essen werden Sie schon zufrieden sein!»

Sie gehen ihres Weges. Sylvaine denkt an ihre Bohnen, die auf dem Feuer stehen, als Mignonné an einem Baumstumpf innehält und ihr lachend zuruft:

«Und wissen Sie, was ich Ihrem Manne jetzt sagen werde?

‹Na, du hast mit deiner Heirat aber wirklich den Vogel abgeschossen! Denn eine Frau wie deine, die findet man nicht alle Tage!›»

Sylvaine lacht zurück:

«Ich glaube, das weiß er. Aber sagen Sie es ihm getrost; es freut ihn, glaube ich, und mich freut es auch.»

Sie steigt schnell zur Hütte hinauf, so schnell und so sehr in Gedanken an ihr Mittagessen, daß der Briefträger sie zweimal anrufen muß: «Frau Desmichels!»

«Ja?» antwortet sie, und da erst gewahrt sie den Beamten zwischen den Bäumen.

«Ich habe hier einen Brief für Sie, und wo ich Sie nun gerade treffe ...»

«Geben Sie her», sagt sie. «Danke.»

Der Briefträger geht den Fußweg hinab, und Sylvaine schaut den Umschlag an.

«Donnerwetter!» sagt sie, «aus Toulon und von einem Notar – was kann das nur sein?»

Wieder sieht sie das gelbe Papierrechteck an.

«Und noch dazu an Frau Desmichels ist er gerichtet, nicht an Herrn. Was ist das bloß?»

Sie will im Gehen lesen; aber dann hilft es nichts – sie muß sich an eine Eiche lehnen, weil die innere Erregung sie förmlich lähmt.

«Donnerwetter!» ruft sie. «Donnerwetter!»

Und dann sagt sie: «Trotz alledem – er ist ein anständiger Kerl, und wenn ich ihm nicht schon verziehen hätte, dann würde ich jetzt einfach nicht mehr anders können.»

Sie spricht von ihrem Vater. In dem Umschlag hat ein Briefbogen gesteckt, und auf dem Bogen steht:

«An Frau Ollivier Desmichels
Grand-Cap-Gebirge unterhalb Bramafan (Var)

Gnädige Frau,

mit Gegenwärtigem habe ich die Ehre, Ihnen mitzuteilen, daß Herr Emile Resplandin, wohnhaft zu Bellaïgue, Gerberei, das Landstück ‹Plan-Bernard›, im Norden begrenzt durch den Grand-Cap-Forst, im Süden durch den Gapeau-Fluß, im Osten durch den Landbesitz Venel und im Westen durch Sinssol-Mühle, erworben und Ihnen übereignet hat.

Herr Emile Resplandin hat besagtes Landstück erworben,

den Kaufpreis bei mir eingezahlt und gebeten, daß alle Urkunden über den Kauf auf Ihren Namen ausgefertigt würden, was geschehen ist. Sie sind somit rechtskräftige Eigentümerin des Landstücks ‹Plan-Bernard›, und ich bitte Sie, mich in meinem Büro aufzusuchen, um sich über alles diesbezügliche zu unterrichten und um Ihre Unterschriften zu vollziehen.

Gezeichnet: Baudoin
Notar
Place de la Marine
Toulon (Var).»

Sylvaine faltet rasch das Blatt zusammen und schiebt es in ihre Bluse. Mittlerweile ist sie bis vor die Hütte gelangt; sie läuft über den Grasplatz und geht in die Küche. Das Feuer brennt; der Kochtopf steht darauf; sie taucht den Löffel hinein und fischt sich eine Bohne heraus. Sie bläst darauf; dann kostet sie.

«Gar», sagt sie.

Mit zwei Topflappen nimmt sie den Topf an den Henkeln und stellt ihn neben das Feuerloch. Sie scharrt Asche über das Feuer und stürzt wieder fort. Dabei knallt sie die Tür hinter sich zu, daß die Töpfe an der Wand klirren. Sie überquert den Grasplatz, und sobald sie im Walde ist, fängt sie an zu laufen. Sie springt über die Wurzeln und die niedrigen Cistussträucher; sie sucht sich aufs Geratewohl Richtwege querdurch, und endlich erblickt sie die drei Arbeiter in ihrem Gestrüpp.

«Ollivier!» ruft sie. «Ollivier!»

Als er ihre Stimme hört, klettert Ollivier auf die Bachbettböschung und ruft:

«Was ist denn los?»

Mit besorgtem Gesicht versucht er Sylvaine ausfindig zu machen.

«Komm schnell her!» ruft sie.

Und als er dann bei ihr ist, sagt sie:

«Hier, lies. Das ist aber wirklich ein Überraschungstag.»

Ollivier liest den Brief. Er bringt kein Wort heraus.

«Wa . . .», stammelt er, «wa . . .?»

«Nun kommt der Grund und Boden deines Großvaters Desmichels zu dir zurück», sagt sie. «Weißt du, was das heißt?»

«Ja», sagt Ollivier. «Es ist beinahe zu schön . . .»

Er senkt den Kopf; sie spürt, daß er am liebsten weinen möchte. Eine dicke Träne tropft auf seine Hand, die Sylvaine ergriffen hat, und nun bleibt auch ihr nichts andres übrig, als zu schweigen. Als sie endlich wieder sprechen kann, sagt sie:

«Das ist erst der Anfang. Ich habe es ja immer gewußt, daß es eine Gerechtigkeit gibt.»

11

«Also ihr habt euch gefreut?» fragt Emile Resplandin. «Das ist mir die Hauptsache.»

Sein altes Gesicht strahlt, daß es förmlich verjüngt anmutet, wie Sylvaine überrascht feststellt.

Wieder einmal sitzen sie zu dritt vor der Gerberei. Ollivier hat den Rollstuhl bis unter die große Linde geschoben, wo Louisa gedeckt hat. Der Juli, der seinem Ende zugeht, lastet heiß und schwer auf dem Tal, und Resplandin ist eingenickt. Sylvaine zwinkert Ollivier zu, und während Louisa abdeckt, gehen die beiden behutsam, um den Vater nicht aufzuwecken, die schmale, von Majoran durchduftete Allee entlang. Sylvaine schiebt den Arm unter den ihres Mannes.

«Komm», sagt sie.

«Wohin führst du mich denn?» fragt Ollivier.

«An eine Stelle, wo mir um deinetwillen viel Glück und auch viel Schmerz zuteil geworden ist – nach dem Lorbeerboskett, wo ich so oft auf dich gewartet habe bis zu jenem Sonntag. Als wir uns danach im Quellenholze wiedergesehen haben, da bin ich zwar glücklich gewesen; aber die volle Gewißheit, daß wir zusammenkommen würden – die war nicht mehr in mir. Als ich deine Nähe und deine Liebe spürte, da habe ich sie in einer Art verzweifelter Hoffnungslosigkeit hingenommen...»

Sie sind bei dem schattigen, kühlen Rund angekommen, das die Lorbeerbäume bilden. Trotz des Sommers wächst hier kurzer, grüner, samtartiger Rasen. Ollivier setzt sich; Sylvaine streckt sich aus und schmiegt sich an ihn, so daß ihr Kopf in seinen Händen ruht.

«Hier hingegen», sagt sie, «bin ich immer ganz und gar glücklich gewesen – so glücklich, wie nur ein junges Mädchen sein kann, das gerade der Kindheit entwachsen ist und nichts vom Leben weiß, als daß es sie wie ein Wunder überkommen wird.»

«Ja, du bist damals sehr jung gewesen», sagt Ollivier, «und sehr temperamentvoll für dein Alter. Ich verstehe schon, daß dein Vater es mit der Angst bekommen hat.»

«Willst du ihm etwa nachträglich beipflichten?» lacht Sylvaine.

«Nein. Aber seit ich ihn kenne, kann ich mich besser in ihn hineindenken.»

«Zumal seit er dich zum Besitzer von Plan-Bernard gemacht hat, nicht wahr?»

Sylvaine lacht aus vollem Halse, um Ollivier zu ärgern.

«Wenn er damals hart gewesen ist», sagt Ollivier ernst, «so hat er das jetzt dadurch ausgeglichen, daß er so gut zu uns gewesen ist.»

«Und dabei weiß ich nicht mal, was ihm überdies noch im Kopfe herumgeht; aber er plant noch etwas, ‹das uns sicherlich Freude machen wird›. Das hat er mir wenigstens vorhin bei unserer Ankunft gesagt. Ich habe allerdings keine Ahnung, was es sein könnte.»

«Wir werden schon sehen», sagt Ollivier. «Einstweilen war es schon sehr nett von ihm, daß er mir am Sonnabend durch Mignonné den Lohn für Marcelin, für dessen Sohn ... und auch für mich hat schicken lassen.»

«Er weiß, daß wir ja schließlich leben müssen», sagt Sylvaine.

Sie macht sich weit weniger Gedanken über die Freundlichkeiten des Vaters als Ollivier; ihr kommt das alles ganz selbstverständlich vor.

«Ihr seid mit dem Bachbettsäubern gut vorangekommen», sagt sie. «Gegen Ende der nächsten Woche werdet ihr, glaub ich, fertig, nicht wahr?»

«Das glaube ich auch», sagt Ollivier, «und wenn dann die Septembergewitter sich über dem Grand-Cap entladen und die kleinen Bäche niederströmen, dann wird der Coulepierre auch wieder viel Wasser führen, und wir können versuchen, ob die Mühle läuft, und berechnen, was dabei herauskommt.»

«Und die ersten Oliven, die wir mahlen – das sollen die Oliven von Plan-Bernard sein. Wir beide wollen sie selbst pflükken, jeden Abend ein bißchen, ohne daß wir uns von jemand helfen lassen, und dann stellen du und ich die Mühle an und gewinnen unser erstes Öl. Dann ist es wirklich unser Öl, weil niemand außer uns daran mitgearbeitet hat.»

«Wie jung du noch bist!» sagt Ollivier und streichelt ihr das Haar.

«Ja, ich weiß, du hast es mir schon einmal gesagt», sagt Sylvaine. «Du hast es gesagt, als ich dich zur Mühle von Sinssol geführt und dir auseinandergesetzt habe, was dort geändert werden müsse, damit wir uns wohl fühlten; und da hast du gesagt: ‹Wie jung du doch bist!› Du hast zu mir gesprochen wie zu einem Kinde, dessen kindischen Einfällen man scheinbar nachgibt, obwohl man ganz genau weiß, daß es sich nur um kindische Einfälle handelt. Und dennoch: wer hat recht gehabt? Na? Antworte mal, du! Wird die Mühle vielleicht nicht wieder instand gesetzt? Ist nicht demnächst alles so umgebaut, wie ich es hatte haben wollen? Du mußt doch einsehen, daß meine Pläne ganz richtig gewesen sind; Herr Mignonné hat es selbst gesagt: ‹Das ist tatsächlich eine gute Einteilung; das wird mal eine nette Wohnung.› Wir bekommen fünf schöne Zimmer und allen Komfort, den ich für nötig halte.»

«Ja», sagt Ollivier. «Aber alles auf Kosten deines Vaters. Und du weißt ja ganz genau, daß ich gerade das nicht gewollt habe.»

Sylvaine steht auf und sieht ihn an.

«Aber wir zahlen es ihm doch zurück», sagt sie.

«Allerdings», sagt Ollivier. «Aber dennoch ...»

«Mein Gott, bist du ein komplizierter Mensch!» schilt Sylvaine. Doch gleich darauf lacht sie wieder: «Wie viele Menschen würden sich freuen, wenn sie es so hätten!»

«Ich freue mich ja auch», sagt Ollivier. «So viel Glück habe ich gar nicht verdient ...»

Er hat die Beine der vor ihm stehenden Sylvaine umschlungen und küßt sie zart durch den dünnen Stoff des Kleides hindurch.

Sylvaine legt ihm die Hände auf den Kopf und streichelt ihm das braune Haar.

«Doch», sagt sie, «du hast alles nur mögliche Glück verdient, weil du aufrecht und anständig bist und ein Herz hast.»

«Herz? Meinst du? Meinst du, ich hätte ein Herz, wo ich doch meine Mutter und meinen Bruder habe sitzenlassen und wie ein Schuft weggelaufen bin? Und wo ich dich ...»

Er preßt das Gesicht an Sylvaine; sie spürt seinen knochigen Kopf.

«Sprich nicht mehr davon», sagt sie. «Das ist doch längst vergessen.»

«Ich habe es mir niemals so sehr vorgeworfen wie gerade jetzt», sagt er.

Sylvaine setzt sich wieder zu Ollivier und lehnt sich an ihn.

«Ich muß dir noch etwas sagen ... etwas, das dir vielleicht den Gedanken an diese Jugendsünde leichter macht. Deine Mutter hat mir erzählt, wie es bei ihrer Hochzeit mit deinem Vater zugegangen ist. Weißt du es auch?»

«Ich weiß nur, daß sie ein Scherenschleifermädchen gewesen ist und daß Vater sich um seiner großen Liebe willen mit den Seinen überworfen hat.»

«Ja, aber die Einzelheiten? Ich glaube nämlich, daß sie sie dir nicht erzählt hat. Denn Mütter scheuen sich immer, die Söhne erkennen zu lassen, wie sie in ihrer Jugend als Liebende gewesen sind. Und ganz sicher hat sich deine Mutter durch diese Scham einige Zurückhaltung auferlegt.»

«Vielleicht», sagt Ollivier. «Denn sie hat mir nur erzählt, was ich dir gesagt habe.»

«Ja, aber vor mir hat sie keinerlei Scheu gehabt, denn ich bin ja schließlich eine Frau, und auch als fremde Frau ist man einer andern Frau näher als der eigene Sohn. Einmal also, als sie sich gerade recht schlecht fühlte, hat deine Mutter die Zeit ihrer großen Liebe zu deinem Vater vor mir wiedererstehen lassen, und die der Liebe deines Vaters zu ihr. Oh, sie hat dabei nicht die großen Worte gebraucht, wie die Liebenden in den Büchern sie austauschen; aber sie hat mir erzählt, sie sei an ihrem Hochzeitsabend so bezaubert von Antoine gewesen, daß sie gar nicht darauf geachtet habe, als ihr Vater mit den Worten: ‹Also muß ich wirklich ohne mein Kind fort?› aus der Tür gegangen sei. Nans, der Hirt, euer Freund, hat ihr später erzählt, wie der alte Mann sich an der Wand entlanggedrückt und, als er schließlich draußen gewesen sei, gesagt habe: ‹Das ist so sonderbar ... das ist so sonderbar ...› – ‹Aber ich›, hat deine Mutter gesagt, als sie mir das erzählte, ‹ich habe überhaupt nicht auf ihn geachtet. Ich habe immer nur meinen Antoine angeschaut und mir gesagt: ‚Wie ist er schön! Und jetzt gehört er mir, und ich bin Frau Desmichels!' und das hat mich ganz toll vor Freude gemacht.› Ja, das hat deine Mutter mir erzählt, damit ich verstünde, wie es sie in ihren letzten Stunden schmerzte, daß sie ihren Vater auf solcherlei Weise verlassen habe, und dann hat sie auch von meinem Vater gesprochen: ‹Tu nicht, wie ich getan habe, Kind! Vergiß nicht um eines Mannes willen, und wenn du ihn noch so sehr liebst, den, der dir mit deiner Mutter das Leben geschenkt hat.› Und dann hat sie mir noch etwas gesagt, und das ist sehr wichtig, und deshalb mußt du ganz genau zuhören ...»

«Sprich nur, ich höre», sagt Olivier.

«Sie hat mir gesagt: ‹Versteh mich recht, Kind: ich möchte nicht, daß du eines Tages unter den gleichen Gewissensbissen wie ich leidest und daß dein Sohn dich verläßt, wie der meine mich verlassen hat, und daß du dir dann sagen müßtest, es sei die Strafe für dein Verhalten gegen deinen Vater. Darüber habe ich viel nachgedacht, als ich mit meiner Krankheit und meinem Leid allein gewesen bin, und das ist die Ursache, daß ich Ollivier verziehen habe.›»

«Hat sie das wirklich gesagt?» fragt Ollivier dumpf.

Er nimmt Sylvaine in beide Arme.

«Ach, wenn du wüßtest, was du mir damit gegeben hast!» sagt er. «Ich hatte so große Furcht, daß sie mir nicht verziehen hätte!»

«Doch, ganz bestimmt, sie hat dir verziehen! Und ein andermal hat sie überdies noch gesagt: ‹Wenn du eines Tages seine Frau bist, dann mußt du es ihm sagen.›»

«Danke», sagt Ollivier. «Du hast mir eine schwere Last abgenommen.»

«Und wenn ich meinem Vater habe verzeihen können», sagt Sylvaine, «dann ist es nur um der Worte deiner Mutter willen geschehen. Mir war, als hörte ich sie an jenem Tage, da Louisa zu mir heraufgekommen ist, und eben deswegen bin ich zu ihm gegangen. Wären die Worte deiner Mutter nicht gewesen, so hätte mein nachtragender Haß mich zurückgehalten.»

«Du brauchst es nicht zu bedauern», sagt Ollivier. «Denn seither geht es doch bergauf mit uns.»

«Aber was mir dabei am meisten Freude macht», sagt Sylvaine, «das ist, daß ich dich, Ollivier, hier in der Gerberei sehe! Davon hatte ich so viele Jahre geträumt, und schließlich, als ich gar nicht mehr glauben konnte, daß es jemals Wirklichkeit werde – da ist es doch noch eingetroffen! Immerfort muß ich dich ansehen, wenn du vor mir bist – hier, wo die Lorbeerbäume meiner Kindheit uns umstehen, oder wenn du vor dem Hause in Mutters altem Sessel sitzt.»

«Du sprichst nicht allzuoft von deiner Mutter», sagt Ollivier. «Hast du dich nicht gut mit ihr verstanden?»

«Nein, wirklich nicht», sagt Sylvaine.

«Und warum?»

«Das weiß ich nicht. Nein, ich kann mir nicht klar darüber werden. Mir ist, als habe ich sie kaum gekannt, und dabei habe ich doch achtzehn Jahre unmittelbar neben ihr gelebt.»

«Seltsam», sagt Ollivier.

«Ja, seltsam», sagt Sylvaine.

Wieder hat sie ihrem Mann die Hand auf das gewellte Haar gelegt.

«Zählst du meine weißen Haare?» fragt Ollivier.

«Du tust ja, als wenn du schon Hunderte hättest! Und dabei sind es nur ein paar!»

«Und dennoch hast du mich lieb?»

«Ach, was!» sagt Sylvaine. «Kein bißchen!»

Lachend küssen sie einander; da hören sie, wie Louisa sie ruft:

«Heda! Das junge Ehepaar! Der Vater hat gerufen!»

«Wir kommen schon», sagt Ollivier.

Hand in Hand gehen er und Sylvaine nach dem Hause hin.

«Ich glaube, ich habe ein bißchen geschlafen?» fragt Resplandin.

«Das macht die Hitze», sagt Ollivier.

In Belgentier schlägt es vier Uhr.

«Schon vier?» fragt Resplandin. «Hu, da muß ich aber schnell machen! Ich muß nämlich etwas mit euch besprechen. Bleibt ihr zum Abendessen hier?»

«Eigentlich ...», fängt Sylvaine an.

«Ich hatte morgen beizeiten bei der Baustelle sein wollen», sagt Olivier, «und da möchte ich lieber früh ins Bett.»

«Dann essen wir einfach schon um acht», sagt Resplandin. «Und wenn ihr trotzdem schon vorher wegwollt – ganz wie's beliebt. Aber erstmal setzt euch hin; die Sache läßt sich nicht mit ein paar Worten abmachen.»

Ollivier und Sylvaine schieben sich Stühle heran, und Louisa will sich an der niedrigen Mauer entlang verdrücken.

«Was fällt dir denn ein, du?» fährt Resplandin sie an. «Hältst du dich hier für überflüssig? Du bleibst hier und hörst ebenfalls zu, verstanden? Was ich zu sagen habe, geht euch alle an.»

Er legt beide Hände flach auf die Armlehnen, und dann fängt er an:

«Also: an dem Sonntag damals, als wir auch so beieinander

gesessen haben, nur daß außerdem noch Rousselet, seine Frau und der Kleine . . .»

«Übrigens», unterbricht Louisa, «mit Frau Rousselet ist es nun bald soweit.»

«Ach?» sagt Resplandin. «Na, noch ein Grund, um sich zu beeilen. Also an jenem Sonntag hatte ich nicht deutlicher werden wollen, weil wir nicht unter uns gewesen sind wie jetzt, und außerdem war ich damals noch nicht ganz sicher, ob die Angelegenheit sich regeln würde.»

Er hält inne, richtet sich hoch auf und wendet sich Ollivier zu, der etwas weiter zurücksitzt.

«Sag mal, Junge, wie lange ist es eigentlich her, daß du nicht auf La Guirande gewesen bist?»

Ollivier schweigt einen Augenblick verdutzt, weil diese Frage ganz außerhalb seines Gedankenkreises einsetzt.

«Ich bin da überhaupt noch nicht gewesen», sagt er. «Meine Mutter hat mir viel davon erzählt; aber ich war noch zu klein, als nach Großvaters und Onkel Sébastiens Tode das Gut an Onkel Pierre gefallen ist, der nicht gut an uns gehandelt hat. Einmal hat meine Mutter es mir von weitem gezeigt; ich habe die Dächer zwischen den Bäumen hindurchschimmern sehen – weiter nichts.»

«Du kennst also deinen Onkel Pierre überhaupt nicht?»

«Nein», sagt Ollivier. «Alles, was ich von ihm weiß, und was Onkel Florestan mir erzählt hat, ist, daß er ganz gebläht von seinem Reichtum sein und eben deswegen kein Herz haben soll. Um seine verheirateten Schwestern und um die Kinder seiner Brüder hat er sich überhaupt nicht gekümmert, als wenn wir gar nicht auf der Welt gewesen wären. Als Tante Marguerite den Kummer mit ihrem Manne hatte – er hat im Arsenal eine Unterschlagung begangen –, da hat sie ihm geschrieben; aber er hat ihr niemals geantwortet; Onkel Florestan hat ihr und den drei Kindern unter die Arme greifen müssen.»

«Und daß es um das häusliche Leben deines Onkels Pierre ziemlich übel bestellt gewesen ist –, das hast du auch nicht gewußt?»

«Doch, ich habe sagen hören, daß die Kaffeehausbesitzerstochter, die er um ihres Geldes willen geheiratet hatte, schon vor der Ehe fremd gegangen sei und es später genau so getrieben habe. Anscheinend haben sogar die Knechte auf La Guirande etwas davon gemerkt. Na, eines schönen Tages soll sie dann mit irgendeinem Kerl auf und davon gegangen sein und alles Geld mitgenommen haben.»

«Noch was?»

«Weiter habe ich nichts gehört.»

«Dann weiß ich also mehr als du», sagt Resplandin. «Als meine Tochter mit aller Gewalt in die Familie Desmichels hat einheiraten wollen, da habe ich natürlich wissen wollen, woran ich war, und habe Erkundigungen eingezogen. Über deinen Vater, deine Mutter, deine Brüder und dich habe ich mit aller Bestimmtheit gehört, daß ihr wackere Leute wäret; aber gleichzeitig habe ich von der Hartherzigkeit deines Onkels auf La Guirande gehört, und was ihm vor einem Monat zugestoßen ist.»

«Was denn?» fragt Ollivier.

«Er ist ins Irrenhaus zu Pierrefeu überführt worden. Er ist wahnsinnig geworden.»

«Wahnsinnig?» schreit Ollivier auf.

«Ja. So sehr, daß er getobt und geschrien, mit Armen und Beinen um sich geschlagen und sich schließlich in die große Luke des Strohschobers gestellt hat – und da hat er gebrüllt, sie sollten alle hersehen, jetzt werde er seine Flügel ausbreiten und davonfliegen. Da haben sie unten schnell einen Heuhaufen aufgeschichtet, und als er losgesprungen ist, da ist er darauf gefallen. Und als sie ihn dann mit zerrissener Hose und über und über schmutzig, weil er sich vollgemacht hatte, ins Haus getragen haben, da hat er geweint wie ein Kind und gesagt, seine Frau habe ihn betrogen und sei ihm durchgegangen und habe all sein Geld mitgenommen . . .»

«Der arme Kerl!» sagt Ollivier.

«Ja», sagt Resplandin. «Er ist schon ein armer, bedauernswerter Mensch. Und dann ist er eines Tages auf den Scheunenanbau geklettert; aber diesmal hat er ein Gewehr bei sich gehabt und geschrien: ‹Ich knalle euch alle übern Haufen, wie ihr geht und steht! Weil ihr mir meine Frau und mein Geld weggenommen habt! Weil ihr mich unglücklich gemacht habt! Ihr kommt alle dran! Paßt nur auf!› Und dann hat er angefangen loszuballern. Die ganze Belegschaft des Gutshofes hat sich versteckt – die einen hinter den Gebäuden, die andern hinter Strohhaufen . . . Nach allen Seiten hin hat er geschossen. Schließlich hat ein junger Kerl sich ein Herz gefaßt und ist vorsichtig auf der Leiter von rückwärts zu ihm hinaufgestiegen, und dann hat er ihm einen Sack über den Kopf gezogen und ihn zu Boden gerissen. Die andern Knechte, die nur darauf gewartet hatten, sind gelaufen gekommen und haben geholfen; aber du kannst dir wohl denken, was für Kräfte noch in ihm gesteckt haben! Sie haben ihn schwer fesseln müssen, ehe sie ihn in sein Schlafzimmer tragen konnten, und als dann die Ärzte gekommen sind, da haben sie ihn sofort in die Heilanstalt überführen lassen.»

«Und nun?» fragt Ollivier.

«Da ist er noch immer. Anscheinend ist er jetzt ruhiger geworden. Er geht im Hof spazieren; er glaubt, er sei daheim; er sagt, die Platanen müßten gepfropft und die Reben vor Januar beschnitten werden, damit sie gute Trauben ansetzten. Mit den andern Irren hat er sich nur einmal in eine Unterhaltung eingelassen. Eine Frau hat ihm zufällig gesagt: ‹Ich heiße Solange›, also so, wie seine Frau heißt, und da hat er sich auf sie gestürzt und sie erdrosseln wollen, so daß sie ihm wieder die Zwangsjacke haben anlegen müssen.»

«Ich habe ihn nicht gekannt», sagt Ollivier, «ich weiß, daß er kein guter Mensch gewesen ist – aber dennoch tut mir das alles schrecklich leid.»

«Das kann ich nachfühlen», sagt Resplandin. «Familie ist und bleibt eben Familie, und Blut ist ein ganz besonderer Saft. Und ich habe dir das alles ja auch nicht erzählt, um dir weh zu tun, sondern um dir alle möglichen andern Dinge auseinanderzusetzen. Du weißt nun also, wie es um den Mann bestellt ist, den Herrn und Meister von La Guirande. Der, der alle die Schlüssel in der Hand gehabt hat, die dein Urgroßvater Desmichels, und dann dein Großvater, und dann dein Onkel Sébastien immer ins richtige Loch gesteckt haben, so daß die Türen ohne Zwang und Kreischen aufgegangen sind. Und du kannst dir wohl vorstellen, was plötzlich aus dieser schönen, jahrzehntealten Ordnung hat werden müssen, als dieser Irre dazwischengefahren ist? Siehst du sie nicht förmlich vor dir, die Knechte, wie sie sich über sein Unglück und seine Hahnreischaft lustig machen? Wie sie hinter ihm mit spöttischen Gesten herlachen, und wie sie sich dann an die Mägde heranmachen und keine andern Gedanken mehr im Kopfe haben, als ihnen den Hintern zu tätscheln? Ach, es hat dort, wie ich gehört habe, in den Wochen, da dein Onkel Pierre nicht mehr bei klarem Verstande gewesen ist, eine saubere Wirtschaft geherrscht! Ja, und dann hat man ihn schließlich nach Pierrefeu geschafft ... Weiter hat sich da nichts tun lassen.»

«Schauderhaft!» sagt Ollivier.

«Ja. Und mein Gewährsmann, der deine Familie kennt und der mir das alles erzählt hat, der hat mir auch gesagt, La Guirande solle verkauft werden, und da er kein Geld habe, um das Gut zu kaufen, wolle er wenigstens versuchen, es in gute Hände zu bringen...»

«Wer ist denn dieser Gewährsmann?» unterbricht Ollivier.

«Das wirst du schon noch erfahren», sagt Resplandin. «Deshalb erzähle ich dir ja dies alles. Daß ich von hier hatte fortwollen, das war ja schon seit längerer Zeit meine Absicht. Du weißt, Sylvaine, daß ich, seit ich nichts mehr mit der Gerberei zu schaffen habe, seit ich sie in Betrieb sehe, ohne daß ich selbst mit Hand anlegen könnte, mich einfach hundeelend fühle und lieber woanders lebte. Außerdem habt ihr ja gehört, was Rousselet gesagt hat. Die Enge, in der er haust, ist ihm einfach unerträglich. Und da habe ich mich entschlossen, das Gut zu kaufen und nach dorthin überzusiedeln.»

«La Guirande?» fragt Ollivier.

«Ja, La Guirande. Ich will dir lieber reinen Wein einschenken: die Sache ist schon perfekt. Vor zehn Tagen hat der Notar aus Toulon mir die Akten zur Unterschrift geschickt. Am gleichen Tage, da ich erfahren hatte, daß dein Onkel Pierre das Landstück Plan-Bernard zurückgekauft habe, das dein Großvater verkauft hatte, um es seinem Sohne Antoine wegzunehmen – an eben jenem Tage habe ich es auf euch überschreiben lassen. Und Herr von La Guirande...»

«Bist du», sagt Ollivier.

Seine Stimme klingt ein bißchen bitter. Er kann es nicht gleichgültig hinnehmen, daß der Besitz, auf den die Desmichels länger als ein Jahrhundert so stolz gewesen sind, nun nicht mehr das Eigentum seiner Familie ist. Er verschränkt die Hände, wie stets, wenn er sich Gedanken macht.

«Man könnte fast meinen, es sei dir nicht recht?» fragt Emile Resplandin.

Sylvaine schaut von einem der beiden Männer zum andern. In ihr beginnt ein schrecklicher Unwille gegen ihren Vater aufzusteigen, der ihnen diese lange, quälende Geschichte anscheinend nur erzählt hat, um ihnen am Schluß mitzuteilen, er sei jetzt der Gutsherr von La Guirande geworden. Sie spürt Olliviers Schmerz und möchte ihn am liebsten so, wie er dasitzt, umarmen, um ihm darüber wegzuhelfen.

«Ach», sagt schließlich Ollivier, «es ist schon besser, wenn du das Gut hast. Aber schließlich hat es den Desmichels so lange gehört . . .»

«Du sprichst reichlich voreilig für einen Mann mit gesundem Verstande», sagt Resplandin. «Ich habe gesagt: ‹Und Herr von La Guirande . . .›, und da hast du fortgefahren: ‹Bist du!› Das scheint zu stimmen, und dennoch irrst du dich.»

«Ja, wenn nicht du – wer denn sonst?» fragt Ollivier.

«Wenn nicht ich, dann eben ein anderer, gewiß! Du bist helle! Die Sache ist nur die, daß keiner von uns diesen andern kennt!»

«Wieso?» fragt Ollivier.

Ihm brummt der Kopf; er versteht jetzt überhaupt nichts mehr.

«Nein», sagt Resplandin. «Keiner kennt ihn. Er ist nämlich noch nicht auf der Welt.»

Ein mächtiges, fröhliches Lachen schüttelt ihn.

«Euer Erbe ist der Herr», sagt er, «euer Sohn, und der wird ja den Namen Desmichels führen. Begreifst du es nun endlich, Junge?»

12

«TROTZ alledem: dein Vater ist ein ganz sonderbarer Mensch», sagt Ollivier. «Wer hätte das von ihm geglaubt?»

«Ja», sagt Sylvaine. «Ich bin womöglich noch mehr überrascht als du, und es kommt mir vor, als sei er plötzlich ein ganz anderer Mensch geworden. Man soll doch niemals mit seiner Menschenkenntnis großtun.»

Sie sehen das Gut La Guirande vor sich liegen. Das Herrenhaus sieht aus wie ein kauerndes Huhn mit seinen Kücken, die da und dort hervorschauen, und die Kücken, das sind die kleinen Dächer der Scheunen, der Viehställe, der Schweinekoben, der Keller und Schuppen. Die Rundziegel, feucht vom Tau der Septembernacht, leuchten im Morgenglanz. Der schöne Sommer hat sich in den Herbstregen abgekühlt, und Ollivier hat zu seiner Freude die erste Wasserader im alten Bett des Coulepierre rinnen sehen. Er hat prophezeit:

«Paß auf, in einem Monat haben wir so viel Wasser, daß wir die Mühle in Betrieb setzen können.»

«In einem Monat ist die Mühle fix und fertig, und wir können einziehen», hat Sylvaine hinzugefügt. «Hoffentlich fällt es dir nicht gar zu schwer, aus deinem Hause fortzuziehen?»

«Nein», sagt Ollivier. «Ich sehe ein, daß der Winter dort für dich alles andere als angenehm sein würde, und schließlich sind wir ja doch auch in der Mühle immer beieinander.»

Als sie an diesem Morgen durch die lange Platanenallee gehen, die die Straße nach Solliès mit dem großen Einfahrtstor des Gutes verbindet, schaut Sylvaine zu dem Rundbogen auf, der sich über ihnen wölbt, und liest laut das in den Keilstein gemeißelte Datum ab:

«Siebzehnhundertachtzehn», sagt sie. «Allerhand!»

Sie drückt Olliviers Arm, damit er stehenbleibt, und fährt fort: «Jetzt mußt du aber mal an Vater Antoine denken, der mit seinem Wäsche- und Kleiderpäckchen auf dem Rücken durch dieses Tor gegangen ist, damals, an dem Tage, da dein Großvater ihn gefragt hat: ‹Dies alles – oder das Mädchen?› Dies alles – das haben wir heute hier vor Augen, und auch die verborgenen Reichtümer, die dein Großvater im Hofe hat ausbreiten lassen, um den Sohn in Versuchung zu führen – all das spricht hier zu uns; hörst du es nicht? ‹Dies alles – oder das Mädchen.› – ‹Das Mädchen›, hat Vater Antoine geantwortet und ist seines Weges gegangen. Deine Mutter hatte schon recht, daß sie ihm dafür bis zum Tode dankbar gewesen ist; denn es gehört zum Schönsten, was ein Mann vollbringen kann, wenn er die Frau, die er liebt, über alles setzt. Meinst du das nicht auch?»

«Ach ja!» sagt Ollivier. «Ich bin noch sehr jung gewesen, als meine Mutter mir die Geschichte erzählt hat, und ich habe sie damals noch nicht richtig verstehen können. Aber wenn ich heute daran denke, bin ich stolz auf meinen Vater.»

«Ich bin nicht weniger stolz auf ihn», sagt Sylvaine.

Sie sind auf den großen Wirtschaftshof gekommen. Zwischen dem unregelmäßig gelegten Steinpflaster ist Unkraut üppig aufgeschossen. Sylvaine glaubt, wie Arnaude es ihr beschrieben hat, die um den Hirten Nans gescharten Schafe und Pferde zu sehen; sie glaubt ihn selbst zu sehen, den Knecht, den seine Liebe zu Antoine zur Widersetzlichkeit gegen den Herrn getrieben hatte.

Unter einer Eiche im Hofwinkel steht noch immer ein großer Tisch. Dort haben wohl die Knechte an Sommertagen gesessen.

Auf diesem Tische hat der alte Desmichels sieben Haufen von Münzen und Banknoten aufgeschichtet. Auf jener abgetretenen Treppenstufe hat Mutter Félicie Venel aus Méounes zwischen ihren Töchtern gesessen und geweint. Zu ihren Füßen hat sich Michel niedergekauert, der Jagdhund, und ist so still gewesen wie alle Tiere, wenn sie einen Menschen weinen sehen – Michel, der Vater der Hündin Michelle, die Ollivier als Junge so gern gehabt und von deren Jungen Arnaude eines großgezogen hat; denn: ‹Menschenfamilien und Hundefamilien›, hat sie gesagt, ‹wenn das Blut gut ist, darf man sie nicht aussterben lassen›.

Ollivier geht dem Hause zu, ohne sich bei den Einzelheiten aufzuhalten. Seine eigenen Erinnerungen bereiten ihm weniger Hemmungen als diejenigen, die Arnaude ihrer Krankenpflegerin durch ihre allabendlichen Erzählungen eingeprägt hat.

Sylvaine läuft ihm nach; aber da merkt sie, daß ihr Hund, der die beiden auf dem Wege durch den Wald begleitet hat, unbeweglich unter der Torwölbung sitzen geblieben ist.

«Komm, Michel!» ruft sie. «Auch du bist nämlich hier zu Haus!»

Trotz des kühlen Morgens hat Emile Resplandin sich auf die Veranda schieben lassen. Er will seine Kinder vor seinem neuen Heim bewillkommnen. Sylvaine beugt sich zu ihm, küßt ihn und fragt:

«Na, Vater, fühlst du dich hier wohl?»

«Sehr!» sagt er. «Ich habe gestern nacht besser denn je geschlafen. Nur sind wir, wie du siehst, noch nicht ganz mit der Einrichtung fertig ...»

«Gewiß, es ist aber auch ein tüchtiges Stück Arbeit gewesen!» sagt Sylvaine, die Louisa und den Männern beim Packen der Kisten in der Gerberei geholfen hat.

Nachdem er Ollivier die Hand geschüttelt hat, sagt Resplandin: «Was für ein Haufen Zeug sammelt sich doch während zwanzig Ehejahren an! Ich habe einen Koffer mit Kleidern und Wäsche packen lassen, die deiner Mutter gehört haben. Mach damit, was du willst. Und ihren Schmuck habe ich auch für dich bereitgelegt.»

«Ach, weißt du, Schmuck ...», sagt Sylvaine.

Sie schaut auf den dünnen, von der Hausarbeit abgegriffenen Goldreif an ihrem Finger, der von Arnaudes Hand auf die ihrige übergegangen ist, und meint, er werde immer das einzige Schmuckstück sein, das zu tragen ihr wirklich Freude mache.

«Na?» fragt Resplandin und wendet sich Ollivier zu, «freut es dich, daß du nun wieder auf dem Gut der Desmichels bist?»

«Es kommt mir ganz sonderbar vor...», sagt Ollivier.

«Man merkt, daß es heruntergewirtschaftet ist. Ich habe das alles in viel besserem Zustande gekannt. Sieh nur, da drüben in den Wiesen stehen Kirschbäume mit Zweigen, die der Wind abgeknickt hat, und sie sind nicht mal herausgeschnitten worden. Das nimmt den Bäumen die Kraft.»

«Wenn du willst, gehe ich und schneide sie ab», sagt Ollivier.

«Und in der Niederung ist ein Narzissenfeld, noch dazu ‹Gloriosa›, weißt du: die mit weißen Blüten und gelbem Herzen, die so stark duften. Anscheinend sind sie seit drei Jahren nicht verpflanzt worden; die Zwiebeln müssen jetzt mindestens zehn Häute übereinander haben, und wenn sie nicht noch in diesem Jahr verpflanzt werden, ersticken sie einfach.»

«Sie müssen außerdem an anderer Stelle eingesetzt werden; sie haben neuen Boden nötig», sagt Ollivier.

«Ja. Wenn ich sie herausnehmen lasse, schicke ich dir einen oder zwei Karren voll nach Sinssol; dann kannst du dir ebenfalls ein Feld anlegen.»

«Danke, gern», sagt Ollivier. «Ja, und dann der Weinberg von Plan-Bernard. Du hast völlig recht – da muß mancherlei getan werden. Der Wildwuchs hat überhandgenommen; überall ranken drei Meter lange wilde Schößlinge herum, die keine Trauben tragen.»

«Für dieses Jahr ist es leider zu spät. Aber wenn du sie tüchtig zurückschneidest und mit Dünger nicht sparst und, wenn es soweit ist, ein paarmal mit Vitriol abspritzt, dann wirst du sie wohl durchbekommen.»

«O ja», sagt Ollivier. «Es kostet einen Haufen Arbeit – aber durchbringen will ich sie schon.»

«Als der Weinberg von Plan-Bernard auf der Höhe war, da hat er den besten Wein des ganzen Gutes gegeben. Als dein Vater sich aufgelehnt hat, da hat dein Großvater ihm davon bringen lassen und gehofft, dieser Wein werde ihn zum Bleiben bewegen. Hast du das gewußt?»

Sylvaine hört die beiden Männer sprechen, und seit ein paar Minuten kann sie den Blick nicht von Resplandins Gesicht wenden.

‹Er weiß merkwürdig gut Bescheid›, denkt sie.

«Ja», sagt sie schließlich, «Ollivier weiß das, weil sein Vater Antoine es ihm erzählt hat, als er noch klein gewesen ist. Und ich weiß es, weil Olliviers Mutter mir all das oft genug erzählt hat, während ich sie gepflegt habe. Aber du, Vater – woher weißt du es denn?»

Resplandins Gesicht hellt sich auf, so hinterhältig lächelt er.

«Ja, ich weiß es nun eben mal...», sagt er.

Ollivier hat den Kopf gehoben.

‹Das stimmt›, sagt er sich. ‹Woher kann er das wissen?›

«Der Großvater ist tot», fährt Sylvaine fort, «Olliviers Vater, Sébastien, Louise – alle sind sie tot, und selbst Justine Marcelin, die die Geschichten von La Guirande kannte wie alles, was hier in der Gegend geschehen ist – die ist nun auch tot. Also blieben nur Onkel Pierre – aber der ist ja doch im Irrenhaus –, Marguerite und Rosine, die du nicht kennst, und Onkel Florestan, der Jüngste unter den Geschwistern, von dem niemand wieder gehört hat...»

«Ja», sagt Resplandin, «ich habe mich eben umgehört.»

Sylvaine sieht ihn nach wie vor an; sie meint, er habe einen sonderbaren Zug im Gesicht.

«Das zumindest muß man doch tun», sagt er, «sich bis in alle Einzelheiten um einen so bedeutenden Besitz kümmern, den man mit seinem guten Geld bezahlt hat und aus dem man für den geringen Rest seines Lebens einige Freude zu ziehen hofft, um ihn dann dem Enkel zu hinterlassen, den die eigene Tochter einem zu schenken versprochen hat.»

Sylvaine lacht, als sie ihn lachen sieht.

«Oh, erstens habe ich überhaupt nichts versprochen! Und dann weiß ich selbst ja noch gar nicht, ob ich einen Jungen bekomme! Wenn es nun eine Tochter wird?»

«Dann ist sie trotzdem eine Desmichels», sagt Resplandin, «und das Gut wird trotzdem wieder in die alten Hände kommen, und zwar durch mich!»

«Wir haben überhaupt noch nicht an Kinder gedacht», sagt Sylvaine und blickt ihren Mann an. «Wir sind schon jetzt glücklich genug.»

«Ihr vielleicht – aber ich muß ein Enkelkind haben.»

Nun lacht auch Ollivier.

Vom Haus her schallen Geräusche; Möbelstücke werden gerückt; es herrscht ein Hin und Her.

«Soll ich nicht lieber Louisa helfen?» fragt Sylvaine.

«Sie hat schon Hilfe», antwortet Resplandin. «Es sind zwei Arbeiter aus der Gerberei da, die Rousselet hergeschickt hat, und dann ist noch jemand gekommen.»

«Freut sich Rousselet jetzt?» fragt Sylvaine.

«Und wie! Vor allem, daß seine Frau niedergekommen ist und dann, daß er sich, wenn sie wieder auf ist, mit ihr und den beiden Kindern in unserem ehemaligen Hause einrichten kann.»

Sylvaine steht auf und tritt in den geräumigen Eingangsflur, wo die Arbeiter kommen und gehen.

«Ja», sagt sie, als sie zurückkommt. «Außer Louisa sind tatsächlich drei Männer da. Aber der eine packt nicht so richtig mit zu; der hat an der Wand gestanden, als ich gekommen bin, und mich ganz sonderbar angesehen ... es hat außerdem den Anschein gehabt, als habe er uns belauscht. Wer ist denn das?»

«Ach, irgend jemand», sagt Resplandin.

«Mir ist noch etwas eingefallen, Vater», sagt Sylvaine. «Du bist doch an deinen Rollstuhl gefesselt – wie willst du denn da den Gutsbetrieb leiten?»

«Ja, wirklich», sagt Ollivier. «Das ist doch eine gehörige Arbeit!»

«Das wird schon klappen», sagt Resplandin. «Paßt nur auf, wie das klappen wird.»

«Und überdies bist du ja doch kein Landwirt?» fragt Sylvaine.

«Vergeßt nicht, daß ich es in meiner Jugend gewesen bin. Und dann habe ich ja auch eine gute Hilfe.»

«Meinst du damit uns, Vater?»

In Sylvaines Stimme schwingt Unruhe. «Denn wir, weißt du ...»

«Ihr möchtet lieber für euch bleiben, nicht wahr?»

«Nicht nur das. Aber Ollivier hat alle Hände voll zu tun, und ich nicht minder, wenn wir der alten Mühle von Sinssol zu neuem Leben verhelfen wollen. Und außerdem ist ja auch noch Plan-Bernard da! Ollivier hat es dir ja schon angedeutet: der Weinberg sieht böse aus; alle Reben liegen nieder und haben wilde Schossen getrieben. Wir haben uns die Olivenbäume angesehen – auch die bedürfen der Pflege. Dieses Jahr geben sie kaum Öl genug für den Hausgebrauch, und höchstens noch ein paar grüne und schwarze Oliven zum Einmachen; das ist alles. Dann muß das große Feld bestellt werden, das bis zum Walde reicht; denn da sollen ja doch die Narzissenzwiebeln gesetzt werden, die du uns schenken willst. Du siehst, das ist ein Haufen Arbeit! Und dann möchte ich ja auch noch einen Gemüsegarten haben. Wenn man alle Gemüse zur Suppe gleich zur Hand hat, dann ist das bequem, und man spart. Ich habe schon Samen gekauft, und Ollivier will mir längs der Terrassenmauer Mistbeete anlegen; die Mauer liegt ja nach Osten. Um die Blumen werde ich mich kümmern, und du kannst dir wohl denken, daß ich gern welche hätte. Meine Nelken- und Kamillenpflänzlinge haben gut Wurzel geschlagen, und wenn es soweit ist, will ich auch Rosen kommen lassen. Wir haben allerlei zu tun.»

Nun schaut der alte Resplandin seinerseits die Tochter an, deren Gesicht eine große Freude erhellt, so daß die Augen wie zwei kleine Festlampen strahlen.

«Wer sagt dir denn, daß ich euch um eure Hilfe hatte bitten wollen?» fragt er.

«Ja, aber ...», sagt Sylvaine verwirrt, «das mußte ich doch annehmen, weil du außer uns ja kaum jemand hast und ich dich nicht gern in Bedrängnis weiß.»

«Ach? Du meinst, ich hätte nur euch?» fragt Resplandin. «Und du glaubst, ich wüßte nicht ganz genau, daß ihr, wenn ich euch bäte, alles in Sinssol stehen und liegen zu lassen, um mir bei der Instandsetzung von La Guirande zu helfen, euch mächtig vor den Kopf gestoßen fühltet, obwohl es sich dabei um das Gut der Desmichels handelt?»

«Deshalb ...», sagt Sylvaine.

Ollivier hört zu; er wagt nicht recht, sich einzumischen.

«Deshalb möchtet ihr lieber für euch bleiben, natürlich, das weiß ich ganz genau. Deshalb wäret ihr am liebsten den ganzen Winter hindurch in eurer Kohlenbrennerhütte geblieben wie zwei Maulwürfe in ihrem Loch, vorausgesetzt, daß man euch ungestört gelassen hätte – nicht wahr?»

«Ja, und nun?» fragt Sylvaine.

«Ja, und da habe ich eben vorgesorgt, weil ich vorausgesehen hatte, daß es so kommen würde.»

Ollivier hebt den Kopf.

«Wenn es sein muß ...», sagt er. «Aber schließlich hast du, Vater, uns doch Sinssol und Plan-Bernard geschenkt.»

«Und da würde es dir das Herz abdrücken, wenn du die beiden Besitze vernachlässigen müßtest, Junge, nicht wahr? Aber ich sage es ja – das hatte ich vorausgesehen, und deshalb habe ich vorgesorgt. Noch ehe ich das Gut endgültig gekauft hatte, habe ich mir eine Hilfskraft zugelegt. Einen tüchtigen, wakkeren Mann! Und wenn ihr es wissen wollt: dieser Mann ist die Veranlassung gewesen, daß ich das Gut überhaupt gekauft habe. Für drei Menschen habe ich La Guirande gekauft: erstens für den Kleinen, den Erben, den Sylvaine mir versprochen hat; dann für mich, weil ich ein ruhiges Fleckchen brauche, wo ich meinen Lebensabend verbringen kann, und dann für den wakkeren Mann, von dem ich gesprochen habe und der auf La Guirande der Arm sein soll, wie ich der Kopf bin. Das wißt ihr ja wohl, Kinder, daß mein Kopf noch in Ordnung ist; darauf könnt ihr euch verlassen!»

«Wer ist denn nun bloß dieser Mann?» fragt Sylvaine. «Kennen wir ihn?»

«Ja», sagt Resplandin. «Es ist der, den du vorhin im Flur an der Wand hast stehen sehen; der, von dem du gesagt hast, er habe anscheinend keine Lust zum Zupacken.»

«Ach nein?» sagt Sylvaine.

«Ja, der ist es. Ollivier kennt ihn übrigens auch.»

«Ich?» fragt Ollivier.

«Und jetzt will ich ihn rufen, damit ihr ihn euch mal bei Licht besehen könnt!»

Er wendet den Oberkörper dem Hause zu, und indem er sich mittels der auf die Lehnen gestützten Arme so weit wie möglich zurückbeugt, ruft er:

«Komm mal her!»

Dann sieht er Sylvaine und Ollivier mitten in die erstaunten Gesichter und fährt fort:

«Das wird ein feiner Spaß für uns alle.»

Dieses ‹Komm mal her!› muß ein verabredetes Zeichen gewesen sein. Vom Hause her antwortet eine rauhe Stimme «Komme schon!», und fast gleichzeitig erscheint ein Mann auf der Schwelle und bleibt auf der obersten Stufe stehen.

«Florestan!» schreit Ollivier auf.

«Er hat ihn tatsächlich sofort wiedererkannt!» sagt Resplandin.

Florestan und Ollivier halten einander in den Armen wie zwei ermattete Ringer, die beide wissen, daß sie zu Boden stürzen, wenn einer von ihnen den Griff lockert. Ollivier lacht nervös und stoßweise, wie immer, wenn er tief erregt ist, und bei Florestan ist es so ähnlich, nur daß es bei ihm mehr nach Schluchzen klingt.

Sylvaine hat ein würgendes Gefühl im Halse, als sie die beiden sieht, die die ganze Eingangstür von La Guirande einnehmen. Resplandin wischt sich über die Augen.

«Diese Kerle!» sagt er. «Heulen könnte man!»

In die Stille hinein hört man Florestan sprechen, der sich aus der Umarmung gelöst hat und Ollivier anschaut.

«Nun habe ich dich wiedergefunden», sagt er, «und gleichzeitig habe ich das Gut wiedergefunden, das ich mir für alle Zeit verloren geglaubt hatte. Alles ist mir auf einmal zuteil geworden. Es ist fast zuviel des Glückes.»

«Du bist es wirklich?» sagt Ollivier. «Du bist es? Ach, du hast immer so eine Art, unvermittelt dazwischenzuplatzen...»

«Toll, was, Junge? Ja, ich habe nun einmal eine Schwäche für Überraschungen.»

«Also bist du nicht mehr in La Horta?»

«Anscheinend nicht!» sagt Resplandin und will sich ausschütten vor Lachen.

Ollivier hört das Gelächter und sieht Resplandin, der sich die Augen wischt, und sieht Sylvaine, die sie beide anschaut.

«Sieh», sagt er, «das ist meine Frau. Das ist Sylvaine. Gib ihr einen Kuß. Sylvaine, das hier ist Onkel Florestan. Küß ihn.»

Da faßt sich auch Louisa ein Herz; sie kommt an die Tür und schaut zu. Sie scheinen alle froh und glücklich zu sein. Und das ist schön.

13

«Nun können wir uns wie brave Eltern vorkommen, die ihre Kinder gut untergebracht haben», sagt Sylvaine.

«Eigentlich sollte man meinen, daß vielmehr dein Vater uns gut untergebracht hat!» bemerkt Ollivier lächelnd.

«Ich habe damit sagen wollen, daß Vater und Onkel Florestan jetzt mit Louisa im Herrenhaus von La Guirande gut unter Dach sind; wir wissen, daß dein Onkel seine Ruhe wiedergefunden und daß mein Vater angenehme Gesellschaft hat und daß wir uns darüber freuen können.»

«Da hast du recht», sagt Ollivier.

Dann denkt er ein Weilchen nach, und schließlich fragt er:

«Hast du auch die fünfhundert Franken abgebucht, die wir deinem Vater letzten Sonntag zurückgezahlt haben?»

«Ja», sagt Sylvaine.

«Es ist erst die zweite Rate», sagt Ollivier. «Es geht doch elend langsam!»

«Du machst dir deswegen doch nicht etwa Gedanken?» fragt Sylvaine. «Erstens hat mein Vater das Geld nicht nötig, und zweitens weiß er, wie unser Betrieb läuft und daß wir unser möglichstes tun.»

«Ich kann erst wieder richtig frei atmen, wenn wir alles abgetragen haben», sagt Ollivier.

«Du bist dumm!» sagt Sylvaine. «Ich habe mit Vater darüber gesprochen, als ich letzten Mittwoch unten in Solliès gewesen bin. Ich habe ihm erzählt, wie du es dir zu Herzen nimmst, daß der Mühlenbetrieb nicht so viel eingebracht hat, daß wir ihm sein Geld auf einen Hieb zurückzahlen konnten. Und da hat er mir gesagt, ich solle dir nur sagen, du seiest dumm und er habe, als er uns das Darlehen zur Verfügung gestellt habe, ganz genau gewußt, daß wir es ihm unter gar keinen Umständen sofort würden zurückzahlen können.»

«Er ist viel zu gut zu uns», sagt Ollivier. «Und nun hat er uns außerdem noch den Wagen geschenkt...»

«In meinem Zustand kann ich wirklich nicht mehr zu Fuß auf den schlechten Wegen hinunter», sagt Sylvaine. «Darüber ist er sich auch klar gewesen. Ich habe lachen müssen, als er gesagt hat: ‹Wohlverstanden: den Wagen schenke ich dem Kleinen, nicht etwa dir›!»

Ollivier sagt noch einmal: «Er ist ein guter Mensch.»

«Und er hat mir auch noch gesagt, zu danken brauchten wir ihm nicht, denn wenn er uns etwas schenke, dann geschehe das aus purer Selbstsucht. Hast du gesehen, was er in den Keilstein über dem Einfahrtstor von La Guirande hat meißeln lassen?»

«Ja», sagt Ollivier, «den Spruch, den du damals in Abriès in den Hochalpen gelesen hast. Aber den Wortlaut weiß ich nicht mehr ganz genau.»

«Machet Gewichte und Maße», sagt Sylvaine, «denn wie ihr messet, so wird euch zugemessen werden.»

«Ja, richtig!» sagt Ollivier.

«Vater sagt, so etwas Schönes habe er sein Lebtag nicht gehört, und wenn der Spruch am Tor der Gerberei gestanden hätte, wie er ihn jetzt an das Tor von La Guirande hat meißeln lassen, dann würden die Worte ihn oft davor bewahrt haben,

Unrecht zu tun. Und dann hat er noch gesagt, seiner Meinung nach könne er jetzt überhaupt nicht genug Gewichte und Maße machen, ‹denn er wolle, daß man sie ihm ebenfalls mache, wenn er einmal sehr alt sei›. Und eben deshalb sagt er, alles geschehe aus purer Selbstsucht.»

Sie unterbrechen ihre Unterhaltung, weil ein Mann den Mühlenvorplatz überquert.

«Hallo, Justin!» ruft Ollivier. «Was ist denn los?»

«Ich hole die Karre zum Steinefahren», sagt Justin. «Ich bin dabei, die Ecke unten am Gapeau zu säubern.»

«Brauchst du mich dazu?» fragt Ollivier.

«Nein», sagt Justin.

«Morgen fangen wir hinter den Olivenbäumen von Plan-Bernard mit der Aussaat an.»

«Gemacht!» sagt Justin und geht weiter.

«Brauchbarer Bursche, der junge Marcelin», sagt Sylvaine. «Seine Großmutter Justine würde sich freuen, wenn sie ihn bei uns arbeiten sähe.»

«Er hält das Pferd gut instand; er hängt geradezu an dem Tier.»

«Hast du morgen viel zu tun?»

«Ja, wir säen Korn; der Boden ist gut vorbereitet; ich glaube, es lohnt sich.»

«Hast du schon gesehen, daß die Narzissen keimen?» fragt Sylvaine.

«Dieses Jahr kommen sie ein bißchen spät; aber nächstes Jahr um diese Zeit, also im Januar, werden sie wohl schon blühen, und wir können mit dem Versand anfangen.»

«Besonders mit den ‹Gloriosa›. Die verkaufen sich am besten.»

«Wir werden schon durchkommen!» sagt Ollivier. «Es ist schon alles viel besser geworden.»

«Ach ja!» sagt Sylvaine.

Sie lehnen beide aus einem der Fenster des Hauses zu Sinssol, unter dem man jetzt den Coulepierre hindurchrauschen hört, der im letzten Dezember die Mühle angetrieben hat. Aus den Oliven von Plan-Bernard, denen von La Guirande und denen, die der Unternehmer Mignonné ihnen hergeschickt hat, ist zwischen den Mahlsteinen gelbes Öl hervorgequollen, zähflüssig wie Honig. Allzu viele Kunden haben sich diesmal noch nicht eingestellt; aber viele haben ihnen die Ernte des nächsten Jahres zugesagt, nachdem sie gesehen haben, wie wacker hier gearbeitet wird.

Der große Preßraum, wo Félicien sich vor den Gendarmen in den Eisenbehältern versteckt hat, ist von Spinnweben und Mäusen gesäubert worden. Er leuchtet jetzt nur so vor Sauberkeit, und die elektrischen Glühbirnen, die Ollivier angebracht hat, strahlen darauf nieder. ‹Es sieht fast aus wie der Maschinenraum eines Schiffes›, denkt er, und der Vergleich macht ihm Freude, obwohl ihm sein Landbesitz unendlich viel lieber ist als das Meer.

«Ich habe es dir ja gleich gesagt», hat Florestan gemeint, «um dieses Weibsstück, das Meer, richtig zu lieben, darf man kein provençalischer Bauer sein wie wir beide. Sonntags sein Boot zu nehmen, wenn man nahe der Küste wohnt, und sich ein paar Seekröten oder sonstige Fische für die Bouillabaisse zu fischen – warum nicht? Aber tage- und wochenlang unterwegs sein, ohne daß man die Erde mit der Hand greifen kann, oder nicht zu wissen, wenn man an sein Korn denkt, ob es wächst und gedeiht, monate- und jahrelang keinen Baum zu haben, den man pfropfen könnte, und keine Möglichkeit, während der nächsten zwanzig Morgen nachzusehen, ob es noch nicht an der Zeit sei, den Wollappen abzunehmen, der die Pfropfstelle zusammenhält – das ist doch kein Leben, nicht wahr? Und wenn ich solch ein Leben trotzdem auf mich genommen habe, dann ist es nur geschehen, weil mein Bruder Pierre mir so übel mitgespielt hat. Ich will ihm nichts Schlechtes nachsagen, denn dort, wo er ist, ist er ohnehin schon schlimm genug dran. Aber seine Bosheit und seine Hoffart als Gutsherr haben mich von zu Hause weggetrieben, und ohne Herrn Resplandin hätte ich nicht die mindeste Möglichkeit zur Heimkehr gehabt.»

«Mein Gott, hast du aber mal einen Redefluß, Florestan!» hat Resplandin gesagt. «Deswegen brauchst du mich doch nicht ‹Herr› zu nennen! Man merkt, daß du in deinen Mußestunden immerfort die Nase in den Büchern hast – du verstehst dich auf die feine Lebensart! Nenne mich getrost ‹Meister›, wie es Landesbrauch ist; das mag ich viel lieber, denn ich, der ich ja doch aus der Ardèche stamme, kann mich dann als Provençale fühlen.»

All dieses lassen Sylvaine und Ollivier sich durch den Kopf gehen; und so mannigfaltig es ist – alles steht in unmittelbarer Beziehung zu ihrem Alltagsleben in dem alten Hause zu Sinssol, wo sie seit einem Vierteljahre wohnen. Arm in Arm schauen sie aus dem Fenster. Sie sehen die grüne Wäldermasse, die sich zum Grand-Cap hinaufschiebt, und darüber den langen, hellen Felsgrat, der nach Montrieux hinführt, und noch höher, jäh und schroff wie der Steinkegel auf einem Vulkangipfel, das rote Massiv des Grand-Cap. Zur Rechten und Linken steigt ihrer beider Land in Terrassen an, die von niedrigen Mauern gestützt und von kleinen, steinernen Verbindungstreppen unterbrochen werden. Auf jeder Erdstufe ist etwas anderes angebaut: hier Kartoffeln, die schon im Februar gerodet werden können, hier kleine Erbsen, die schon weißlich blühen; dort Salatarten, Kohl, Petersilie, Porree – alles, was im Haushalt gebraucht wird. Wenn sie an die Lilienpflanzungen denkt, meint Sylvaine, sie könne schon den Duft riechen. Dann kommen die Erdstufen mit Tulpenzwiebeln und mit Anemonenknollen.

«Wie schön wird das alles erst in zwei Monaten aussehen!» sagt Sylvaine.

Sie hat ausgesprochen, was Ollivier sich gerade gedacht hat, und als sie ihrem Manne in die Augen schaut, sieht sie darin das gleiche freudige Leuchten, das sie in den ihrigen spürt. Sie beugt sich zu ihm und küßt ihn auf die Backe.

«Freust du dich?» fragt er.

«Und wie!»

«Ich auch!» sagt Ollivier.

Ihre Blicke gleiten nieder zu dem rotfliesigen Vorplatz, wo Michel, ihr Hund, mit drei kleinen, einen Monat alten Katzen herumspielt. Jede einzelne leckt er sorglich ab. Das ist lustig anzusehen, und Sylvaine schaut lächelnd hin, als ein Ruf zu ihnen herüberschallt:

«Herr!» ruft Justin.

«Ja?» antwortet Ollivier. «Was gibt es denn?»

«Ich habe etwas entdeckt...», sagt Justin, der mittlerweile herangekommen ist. «Kommen Sie mal mit!»

«Kommst du auch mit, Sylvaine?» fragt Ollivier.

«Was mag er bloß aufgestöbert haben?»

Lachend und einander an den Händen haltend, tollen sie den steinigen Weg hinunter, der nach den nahegelegenen Feldern am Gapeau führt, Justin nach.

«Nicht zu schnell!» mahnt Ollivier. «Wenn du nun hinfielest...»

«Dann würde Vater schön böse sein!» sagt Sylvaine.

«Ich nicht minder!» sagt Ollivier.

«Möchtest du lieber einen Jungen oder ein Mädchen?» fragt Sylvaine.

«Mir ganz gleich», sagt Ollivier. «Mein Kind ist es ja doch.»

«Wenn es ein Junge wird, soll er Antoine heißen, und wenn es ein Mädchen wird, nennen wir es Arnaude. Mit den alten Namen werden sie dann Eigentümer von La Guirande sein. Das ist dann, als seien dein Vater oder deine Mutter wiedergekehrt.»

Ollivier zieht Sylvaine zärtlich an sich.

So kommen sie zu Justin, und Ollivier fragt:

«Na, was hast du denn nun entdeckt? Einen Schatz etwa?»

«Etwas ebenso Gutes», sagt der junge Bursche. «Einen Backofen.»

«Wirklich?» fragt Sylvaine.

«Donnerwetter!» sagt Ollivier. «Und der wäre mir bis jetzt entgangen?»

«Das kommt, weil er ganz versteckt zwischen dem alten Mauerrest, den ich hatte niederreißen sollen, und dem Schlehdorn gelegen hat, der sich geradezu wie Hände darüber gebreitet hat.»

«Donnerwetter!» sagt Ollivier abermals. «Dann könnten wir ja eigentlich anfangen, unser Brot selbst zu backen.»

«Ach ja!» ruft Sylvaine. «Das möchte ich schrecklich gern!»

«Warum auch nicht?» sagt Justin. «Dabei käme besseres Brot heraus als das vom Bäcker. Sie haben eigenes Korn, und das können Sie in der Mühle mahlen; und aufs Brotbacken verstehe ich mich; ich bin sechs Jahre Bäcker in Aix gewesen.»

«Richtig», sagt Ollivier. «Das hat mir dein Vater mal erzählt. Aber im Ernst: meinst du, daß sich das machen ließe?»

«Natürlich könnte man das», sagt Justin. «Sehen Sie ihn sich nur mal an. Er ist in gutem Zustande.»

«Ach ja, Ollivier! Ach ja, Ollivier!» ruft Sylvaine.

Ollivier beugt sich zu der Lücke im Gezweig nieder und erblickt die aufgemauerte Wölbung eines alten Backofens. Die Rundung besteht aus großen, dicken, regelmäßigen Fliesen, die wie Ziegel angeordnet sind; die Fliesen der einen Reihe rühren mit den Schmalseiten an die Mitte derjenigen der nächsten Reihe. Oben verjüngt sich das Gewölbe zu einer sorglich ausgemörtelten Kuppel. Das Innere ist sauber und trocken.

«Tatsächlich, er ist in gutem Zustand», sagt Ollivier. «Ja, Sylvaine, dann verspreche ich dir, sofern Justin die Sache übernimmt, daß wir nach der Ernte mit Korn von unserem eigenen Grund und Boden unser eigenes Brot backen.»

«Passen Sie mal auf, wie Ihnen das schmecken wird!» sagt Justin. «So weiß wie das Brot in der Stadt fällt es zwar nicht aus; aber dafür hat es andere Vorzüge.»

«Naja», sagt Ollivier. «Nun mach erst mal deine Arbeit hier fertig, und wenn wir dann geerntet haben, wollen wir es mit einem Schub versuchen.»

Er geht mit Sylvaine wieder zum Hause hinauf.

«Wollen wir nicht durch den Wald gehen?» fragt sie. «Es ist kaum weiter und so viel schöner.»

«Strengt es dich auch nicht zu sehr an?» fragt Ollivier.

«Ach was!» sagt Sylvaine stolz.

«Du bist tapfer.»

«Glücklich bin ich, und weiter gar nichts. Und Freude ist wirklich keine Last.»

Die Januarsonne scheint mit schrägen Strahlen auf den Waldboden, wo Piniennadeln im Nachttau funkeln. Sylvaine und Ollivier gehen von Baum zu Baum, zwischen Stümpfen, die große rote Harzflecken ausgeschwitzt haben. Ollivier hebt einen schuppigen, angenagten Zapfen auf.

«Hier müssen Eichhörnchen sein!» sagt er. «Als ich bei Félicien gewacht habe, habe ich sie im Gezweig spielen sehen. Einmal . . .» Er hält inne; er hat an die Nacht denken müssen, da Nine bei dem Bruder gewesen ist. Da ist er zum Kellerloch hingekrochen und hat Nines Lustschrei gehört. ‹Wie lange ist das her›, sagt er sich. ‹Und die Liebe ist etwas viel Schöneres und zugleich Schrecklicheres als der klagende Lustruf, den ich damals zum erstenmal gehört habe. Die Liebe . . .›, denkt er weiter, ‹und Sylvaine . . . Ja, auch sie weiß um die Liebe; sie hat teuer dafür bezahlen müssen, daß sie mich so sehr geliebt hat. Und ich, ich bin dann wiedergekommen, nachdem ich sie beinahe vergessen hatte – ich bin gekommen, und sie hat mir alles gegeben . . . Eine Frau, eine gute Frau – das ist allerhand, was man auch sagen mag! Das ist wie die Luft, die man atmet; man achtet gar nicht darauf. Und wenn sie einem fehlt, die Luft zum Atmen, dann stirbt man; aber wenn man sie hat, dann saugt man sie ein und denkt gar nicht daran, daß sie es ist, die einen am Leben erhält.›

«Du sagst ja gar nichts mehr!» sagt Sylvaine. «Denkst du an irgend etwas?»

«An dich», sagt er, «und wie glücklich ich bin, daß ich dich habe.»

«Und ich», sagt sie, «ich denke an unser gutes Brot, und wie es mir schmecken wird!»

«Ja, aber», sagt Ollivier, «du darfst dir darunter nicht wer weiß was vorstellen ... Gut wird es selbstverständlich sein, weil es auf natürliche Art und Weise gebacken wird. Aber so golden und hübsch wie das Brot in den Läden ist es keinesfalls. Das Brot der Reichen, das der Bäcker backt, dem fehlt das Beste, weißt du: der Kleber, die Kornschale, in der die Sonne ihre gesegnete Chemie vollbringt. Was dabei herauskommt, ist zwar recht nett anzusehen, hat aber weder Aroma noch Geschmack. Es ist bloß weißes Brot, Luxusbrot. Sonderbar, diese Wortverbindung ‹Brot› und ‹Luxus›, nicht wahr?»

«Ja», sagt Sylvaine. «Das ist mir bis jetzt noch gar nicht aufgefallen.»

«Aber das Brot, das wir in unserm alten Hause, an dem der Mühlbach vorübertost, essen werden, ist echtes, unverfälschtes Brot, weil das Herz des Korns noch darin ist. Nur ein bißchen dunkel wird es sein ... Es ist eben Armenbrot, weißt du ...»

Sylvaine nickt.

Sie legt ihm beide Hände auf die Schultern. Sie schauen einander in die Augen.

«Das ist die Nahrung, die ich dir biete», sagt Ollivier, «und das ist alles, was ich dir bieten kann. Denn du hast ja doch dem Leben in Reichtum den Rücken gekehrt, um mein Leben ... mein Brot der Armen mit mir zu teilen ...»

«Ich weiß», sagt Sylvaine. «Ich mag es. Es ist gut.»

Inhalt